"信毅教材大系"编委会

主　　任　卢福财

副 主 任　邓　辉　王秋石　刘子馨

秘 书 长　廖国琼

副秘书长　宋朝阳

编　　委　刘满凤　杨　慧　袁红林　胡宇辰　李春根
　　　　　　章卫东　吴朝阳　张利国　汪　洋　罗世华
　　　　　　毛小兵　邹勇文　杨德敏　白耀辉　叶卫华
　　　　　　尹忠海　包礼祥　郑志强　陈始发

联络秘书　方毅超　刘素卿

信毅教材大系·通识系列

中国古代名家诗词艺术

Art of Chinese Classical Poetry

龚 贤 编著

复旦大学出版社

总　序

世界高等教育的起源可以追溯到1088年意大利建立的博洛尼亚大学,它运用社会化组织成批量培养社会所需要的人才,改变了知识、技能主要在师徒间、个体间传授的教育方式,满足了大家获取知识的需要,史称"博洛尼亚传统"。

19世纪初期,德国的教育家洪堡提出"教学与研究相统一"和"学术自由"的原则,并指出大学的主要职能是追求真理,学术研究在大学应当具有第一位的重要性,即"洪堡理念",强调大学对学术研究人才的培养。

在洪堡理念广为传播和接受之际,爱尔兰天主教大学(爱尔兰国立都柏林大学的前身)校长纽曼发表了《大学的理想》的著名演说,旗帜鲜明地指出"从本质上讲,大学是教育的场所","我们不能借口履行大学的使命职责,而把它引向不属于它本身的目标"。强调培养人才是大学的唯一职能。纽曼关于《大学的理想》的演说让人们重新审视和思考大学为何而设、为谁而设的问题。

19世纪后期到20世纪初,美国威斯康星大学查尔斯·范海斯校长提出"大学必须为社会发展服务"的办学理念,更加关注大学与社会需求的结合,从而使大学走出了象牙塔。

2011年4月24日,胡锦涛总书记在清华大学百年校庆庆典上指出,高等教育是优秀文化传承的重要载体和思想文化创新的重要源泉,强调要充分发挥大学文化育人和文化传承创新的职能。

总而言之,随着社会的进步与变革,高等教育不断发展,大学的功能不断扩展,但始终都围绕着人才培养这一大学的根本使命,致力于不断提高人才培养的质量和水平。

对大学而言,优秀人才的培养,离不开一些必要的物质条件保障,但更重要的是高效的执行体系。高效的执行体系应该体现在三个方面:一是科学合理的学科专业结构;二是能洞悉学科前沿的优秀的师资队伍;三是作为知识载体和传播媒介的优秀教材。教材是体现教学内容与教学方法的知识载体,是进行教学的基本工具,也是深化教育教学改革,提高人才培养质量的重要保证。

　　一本好的教材,要能反映该学科领域的学术水平和科研成就,能引导学生沿着正确的学术方向步入所向往的科学殿堂。因此,加强高校教材建设,对于提高教育质量、稳定教学秩序、实现高等教育人才培养目标起着重要的作用。正是基于这样的考虑,江西财经大学与复旦大学出版社达成共识,准备通过编写出版一套高质量的教材系列,以期进一步锻炼学校教师队伍,提高教师素质和教学水平,最终将学校的学科、师资等优势转化为人才培养优势,提升人才培养质量。为凸显江财特色,我们取校训"信敏廉毅"中一前一尾两个字,将这个系列的教材命名为"信毅教材大系"。

　　"信毅教材大系"将分期分批出版问世,江西财经大学教师将积极参与这一具有重大意义的学术事业,精益求精地不断提高写作质量,力争将"信毅教材大系"打造成业内有影响力的高端品牌。"信毅教材大系"的出版,得到了复旦大学出版社的大力支持,没有他们的卓越视野和精心组织,就不可能有这套系列教材的问世。作为"信毅教材大系"的合作方和复旦大学出版社的一位多年的合作者,对他们的敬业精神和远见卓识,我感到由衷的钦佩。

王　乔

2012 年 9 月 19 日

前 言

中华民族勤劳善良、热爱生活、善于创造,五千年文明的发展演进、推陈出新造就了一个成就卓著的诗词大国。我国的古典诗词不仅是中华优秀传统文化的精华和文艺精品,还是华夏各族人民在生活实践、情感交流、思想表达的过程中智慧创造的艺术结晶,更是中国特色和中国风格艺术的代表,它已成为人类文化艺术宝库中的珍品,在世界上产生广泛、深刻而持久的影响。学习、传承、弘扬中华优秀传统文化是时代赋予我们的历史责任与使命,赏析诗词作为文化传承、文艺审美、规律探析、素质培养的重要方式,不仅可以帮助我们积累知识,而且也满足了人们日益增长的精神文化需求。

阅读赏析诗词是一个激活原典、还原创作并进行再创造的过程,读者的生活阅历、知识积累、审美取向和鉴赏能力都直接影响到对作品的理解与把握。白居易《与元九书》云:"诗者,根情,苗言,华声,实义。"性情是诗歌的根本,语言是表达的载体,声律节奏展现优美形式,思想内容决定艺术价值。又云:"感人心者,莫先乎情,莫始乎言,莫切乎声,莫深乎义。""情""言""声""义"是诗词创作最基本的要素,也是诗词品评最重要的标准。作家运用各种创作要素和不同艺术表现手法,创作出风姿各异、丰富多彩、内蕴深广的作品。中国古代脍炙人口、盛传不衰的诗词名篇,都在性情、语言、形式、内涵、意象、意境和境界等方面体现着鲜明的中华民族特色。

第一,中国古代经典诗词性情真挚深浓。性情是诗词的灵魂、血液和生命,陆机《文赋》说:"诗缘情而绮靡。"诗词以情感动、熏陶、鼓舞、教育读者,即所谓"激情酿佳句,义愤出诗人"。中国古代诗词名篇无不饱含真挚、深刻、浓厚的思想感情。《诗经》之《伐檀》《七月》对社会不公平现象的质问谴责,《离骚》报国理想难以实现的忧思愤怨,《古诗十九首》的情景交融、语短情长,汉乐府之"感于哀乐,缘事而发",率皆性情起于前而歌辞成于后。唐代新乐府提倡"诗歌合为事而作",即事抒情,旨在"补察时政""泄导人情"(白居易《与元九书》)。陶渊明《归园田居》语淡味浓,李白《早发白帝城》欢快朗畅,杜甫《春望》思家爱国,孟郊《游子吟》感恩母爱,苏轼《江城子·乙卯正月二十日夜记梦》刻骨相思,辛弃疾《破阵子·为陈同甫赋壮词以寄之》壮怀激烈,陆游《示儿》沉痛深切,无不饱含着对亲人、家国、民族、社会、生活的挚爱,无不以真挚深浓的情感引起读者的共鸣。

第二,中国古代经典诗词语言精练含蓄。诗词在文学的诸种样式中对语言的要求最高,诗词语言是最精粹、最精美、最富表现力和智慧的语言。中国历代经典诗词虽然艺术风格千姿百态,但无不追求"情必极貌以写物,辞必穷力而追新"(刘勰《文心雕龙·明诗》),甚至"吟安一个字,捻断数茎须"(卢延让《苦吟》),以期达到"笔落惊风雨,诗成泣鬼神"(杜甫《寄李十二白二十韵》)、"语不惊人死不休"(杜甫《江上值水如海势聊短述》)的语言艺术境界,都努力在炼字选词上苦心孤诣,形成了精美多彩的诗歌语言艺术奇观。历代经典诗词的语言大多生动鲜活、形象鲜明、凝练简洁、精警有力、含蕴深刻。"海内存知己,天涯若比邻"(王勃《送杜少府之任蜀州》),以议论抒写心有灵犀、超越空间的友情;"桃花潭水深千尺,不及汪伦送我情"(李白《赠汪伦》),用夸张比拟深厚的友谊,形象生动而耐人寻味;"大漠孤烟直,长河落日圆"(王维《使至塞上》),若巨幅水墨,境界宏阔,线条清晰,轮廓分明,造语凝重有力;"朱门酒肉臭,路有冻死骨"(杜甫《自京赴奉先县咏怀五百字》),用强烈对比生动揭露出贫富悬殊的社会现实,精警深刻,惊心动魄;"绿杨烟外晓寒轻,红杏枝头春意闹"(宋祁《玉楼春·春景》),"着一'闹'字而境界全出"(王国维《人间词话》);"槛菊愁烟兰泣露"(晏殊《蝶恋花》),采用移情手法抒写悲伤情绪,哀怨缠绵;"离愁渐远渐无穷,迢迢不断如春水"(欧阳修《踏莎行》),以空间的距离不断扩大抒写不断加重的离愁别恨,生动形象,鲜明深刻。这些诗词的语言无不生动简洁,精练含蓄。

第三,中国古代经典诗词形式整饬优美。中国古代经典诗词之所以具有持久旺盛的生命力和常读常新的艺术魅力,不仅因为其在思想情感、声韵节奏方面取得了突出的成就,还因为其灵活多样又相对稳定的体裁形式。收放自如的古体长篇虽多以思想内容取胜,但形式仍然洒脱可观,如《孔雀东南飞》《蜀道难》《长恨歌》等;格律精严的近体律绝及依谱成篇的长短曲词,尤能彰显出艺术形式的整饬优美。近体格律诗词充分利用和发挥了汉语言文字在发音、声调、协韵、对仗、会意等方面独有的优长和特点,句式简练合规,格律谐畅稳定,既富有浓厚的音乐色彩和突出的语言韵律,又蕴含饱满充沛的思想情感和生动鲜活的艺术形象。杜甫《绝句》言:"两个黄鹂鸣翠柳,一行白鹭上青天。窗含西岭千秋雪,门泊东吴万里船。"本诗以名词、动词、数词、量词及动景、静景、方位的对仗,既整齐工致,又创造出色彩亮丽、画面清新且层次分明的优美意境。苏轼《饮湖上初晴后雨》曰:"水光潋滟晴方好,山色空蒙雨亦奇。欲把西湖比西子,淡妆浓抹总相宜。"前二句切对工整,景美思欢;后二句比喻新奇美妙,节奏和谐流畅。李清照《声声慢》巧妙利用汉字发音特点和叠字效果,抒发其因国破家亡、天涯沦落而产生的孤寂落寞、悲凉愁苦的心绪,深沉凝重,哀婉凄苦,极富艺术魅力。

第四,中国古代经典诗词内涵深广蕴藉。中国古代就有"温柔敦厚"的诗教传统,提倡将人格修养与艺术涵养相结合、题材内容与社会效果相统一的创作原则。在这种创作思想的指导下,中国古代诗词主流在内涵方面追求蕴藉含蓄、委婉曲致、深厚广远,力图避免浅白直露、轻俗浮薄,讲究意象选择、意境营造。因此,中国古代诗词不仅内容丰富深广、题材广泛多样,将社会生活、民俗民情、人生感悟、现实思考与评判以及各种传说典故等融化入诗,而且在艺术追求上以含蓄委婉为正宗,以达到咫尺千里、以少胜多的效果,展现出深刻的思想内涵和深厚的民族文化积淀。张若虚《春江花月夜》通过对优美自然景色的描绘来抒发深挚的相思离别之情,展现出一幅充满人生哲理与生活情趣的画卷。陈子昂《登幽州台歌》道:"前不见古人,后不见来者。念天地之悠悠,独怆然而涕下!"短短四句就包含了对宇宙时空的深邃思考和对生命理想的深沉感慨,揭示出当时社会中怀才不遇的知识分子遭受压抑的境遇和理想破灭时的孤寂郁闷心情,具有典型的社会意义。其他如王之涣《登鹳雀楼》、杜甫"三吏""三别"、李商隐《无题》、范仲淹《渔家傲·秋思》、苏轼《题西林壁》《惠崇春江晚景二首》《念奴娇·赤壁怀古》、辛弃疾《永遇乐·京口北固亭怀古》、陆游《游山西村》、朱熹《观书有感》等,不胜枚举,都具有深广蕴藉的情感、思想、文化内涵。

第五,中国古代经典诗词意象丰富多彩。飞鸟意象表现灵魂自由,青山意象含蕴身心家园,水意象表达情感,明月意象蕴含思乡,船意象抒写漂泊与自由,捣衣、砧声意象象征离愁、乡愁,落花意象弥漫着春光不再、青春不再、美人迟暮的感慨与恐惧,等等。中国古代诗词意象很多,可谓应有尽有,常用的主要有如下几类:第一类是高山、奔流、雄关、沧海、大江、长风等意象,这类意象一般表现豪情壮志,如"大江东去,浪淘尽,千古风流人物"(苏轼《念奴娇·赤壁怀古》)、"青山遮不住,毕竟东流去"(辛弃疾《菩萨蛮·书江西造口壁》)、"楼船夜雪瓜洲渡,铁马秋风大散关"(陆游《书愤》)、"君不见黄河之水天上来,奔流到海不复回"(李白《将进酒》)、"长风破浪会有时,直挂云帆济沧海"(李白《行路难》)、"青海长云暗雪山,孤城遥望玉门关"(王昌龄《从军行七首·其四》)等;第二类是沙漠、古道、落日、寒风、冷雨、梧桐、杜鹃(子规)、芭蕉等,这类意象多抒发凄凉悲伤的思绪和孤独惆怅的感情,如"枯藤老树昏鸦,小桥流水人家,古道西风瘦马。夕阳西下,断肠人在天涯"(马致远《天净沙·秋思》)、"金井梧桐秋叶黄,珠帘不卷夜来霜"(王昌龄《长信秋词》)、"梧桐更兼细雨,到黄昏、点点滴滴"(李清照《声声慢》)、"一声梧叶一声秋,一点芭蕉一点愁,三更归梦三更后"(徐再思《水仙子·夜雨》)、"可堪孤馆闭春寒,杜鹃声里斜阳暮"(秦观《踏莎行·郴州旅舍》)、"子规夜半犹啼血,不信东风唤不回"(王令《送春》)等;第三类是冰雪、松、菊、梅、竹等,这类意象多用来表达心志忠贞、品格高尚,如"采菊东篱下,悠然见南山"(陶渊明《饮酒二十首·其五》)、"应念岭表经年,孤光自照,肝胆皆冰雪"(张孝祥《念奴娇·过洞庭》)、"零落成泥碾作尘,只有香如故"(陆游《卜算子·咏梅》)、"愿君学长松,慎勿作桃李"(李白《赠韦侍御黄裳二首·其一》)等;第四类是杨柳、兰舟、长亭、关山、鹧鸪鸟等,这类意象多用于挥写离别之苦,如"寒蝉凄切,对长亭晚,骤雨初歇。都门帐饮无绪,留恋处,兰舟催发……今宵酒醒何处?杨柳岸,晓风残月"(柳永《雨霖铃》)、"秦楼月,年年柳色,灞陵伤别"(李白《忆秦娥》)、"更吹羌笛关山月,无那金闺万里愁"(王昌龄《从军行七首·其一》)、"落照苍茫秋草明,鹧鸪啼处远人行"(李群玉《九子坡闻鹧鸪》)等;第五类是春日、清风、明月、泉溪、花草等,这类意象多抒发闲情雅致,如"迟日江山丽,春风花草香。泥融飞燕子,沙暖睡鸳鸯"(杜甫《绝句二首·其一》)、"明月松间照,清泉石上流"(王维《山居秋暝》)、"春日游,杏花吹满头"(韦庄《思帝乡》)、"日出江花红胜火,春来江水绿如蓝"(白居易《忆江南》)等。当然,有的意象又有着多样的寓意,在不同篇章中表达不同含义。读者赏析诗词时,应该具体分析,整体思考。

　　第六,中国古代经典诗词意境传情达意。诗主性情,更重意境。中国古代经典诗词的意境多姿多彩,或雄浑壮阔,或悲凉凄婉,或豪放旷达,或绚丽灿烂,或含蓄典雅,或奔放洒脱……总之,大多新颖别致,传情达意。可以说,意境是作品思想内容与艺术形式完美融合而创造出的艺术效果,创新是艺术创作的普遍追求。中国古代诗词以情、景、事、理、意、趣为主要创作要素,以抒写情感志向、反映社会生活、思考宇宙人生、表达审美旨趣理想、体现时代脉动和社会发展为主要创作目标,作家往往能够灵活运用多种艺术手法,将客观事物景象与主观感悟思考紧密结合,融写景、抒情、叙事、说理于一体,创造出情感深厚充沛、形象鲜明生动的意境,如"采菊东篱下,悠然见南山"(陶渊明《饮酒二十首·其五》)、"暖暖远人村,依依墟里烟。狗吠深巷中,鸡鸣桑树颠"(陶渊明《归园田居·其一》)、"绿树村边合,青山郭外斜。开轩面场圃,把酒话桑麻"(孟浩然《过故人庄》)、"空山新雨后,天气晚来秋。明月松间照,清泉石上流"(王维

《山居秋暝》)等。李白、孟浩然、韦应物等创作的山水诗，更是用自然清新的语言描物写景，抒情表意，创作出形神兼备、情景交融、诗中有画、含蓄蕴藉的意境，如"孤帆远影碧空尽，唯见长江天际流"（李白《黄鹤楼送孟浩然之广陵》）、"两个黄鹂鸣翠柳，一行白鹭上青天。窗含西岭千秋雪，门泊东吴万里船"（杜甫《绝句》）、"千山鸟飞绝，万径人踪灭。孤舟蓑笠翁，独钓寒江雪"（柳宗元《江雪》）、"西塞山前白鹭飞，桃花流水鳜鱼肥。青箬笠，绿蓑衣，斜风细雨不须归"（张志和《渔歌子》）、"春潮带雨晚来急，野渡无人舟自横"（韦应物《滁州西涧》）、"池塘生春草，园柳变鸣禽"（谢灵运《登池上楼》）等。

创造意境又有情随境生、移情入境、体贴物情等几种方式。情随境生是作者在生活中遇到了某一物境，忽有感悟，思绪满怀，于是借对物境的描写表达情感，达到意与境的交融，如"相望试登高，心随雁飞灭。愁因薄暮起，兴是清秋发"（孟浩然《秋登万山寄张五》）、"晴川历历汉阳树，芳草萋萋鹦鹉洲。日暮乡关何处是？烟波江上使人愁"（崔颢《黄鹤楼》）等。移情入境是作者带着强烈的主观感情观察外在物境，并把感情注入其中，借对物境的描摹将这种情感抒发出来，客观物境因此带上了作者的主观情绪，如"感时花溅泪，恨别鸟惊心"（杜甫《春望》）、"雨洗娟娟净，风吹细细香"（杜甫《严郑公宅同咏竹》）、"瑶台雪花数千点，片片吹落春风香"（李白《酬殷明佐见赠五云裘歌》）、"汴水流，泗水流，流到瓜州古渡头。吴山点点愁"（白居易《长相思》）、"遥岑远目，献愁供恨，玉簪螺髻"（辛弃疾《水龙吟·登建康赏心亭》）等。体贴物情是作家对具有差异性的客观物象产生某种共同印象，仿佛这些物象本身便具有性格感情一样，这虽然出于想象，但又带有一定客观性，如"众鸟欣有托，吾亦爱吾庐"（陶渊明《读山海经十三首·其一》）、"碧玉妆成一树高，万条垂下绿丝绦"（贺知章《咏柳》）、"岸花飞送客，樯燕语留人"（杜甫《发潭州》）、"江山如有待，花柳更无私"（杜甫《后游》）、"忽如一夜春风来，千树万树梨花开"（岑参《白雪歌送武判官归京》）等，都达到了物、我、情交融的境界。

第七，中国古代经典诗词境界高远阔大。诗词境界是作者思想高度与艺术表现能力的结合体现，也是衡量具体诗词作品艺术成就的重要标志。如果说意境多是通过画面形象传情达意的话，那么境界则更多体现作品在思想和艺术上所达到的高度。《尚书》中有"诗言志"的论述，"志"即作家的思想情感、理想抱负。这一古老的主张把诗词创作导向富有积极意义的发展道路，表达建功立业、报效祖国的理想抱负，赞赏正气正义与公理良知，抒发爱家、爱国、爱民、爱生活的思想情感，表达热爱自然、向往自由的情怀旨趣，乃至抒写对社会不平、壮志难酬的愤慨，或抨击贬抑陋端时弊、谴责批判弊政暴行,都成为诗词创作的重要题材内容,以人为本、大济苍生、安邦治国、天人合一等思想取向也提升了诗词作品的价值境界。纵观屈原、陶渊明、李白、杜甫、白居易、苏轼、陆游、辛弃疾等备享后世赞誉的名家大家,无不将其对山水自然、宇宙人生、人类生存、现实生活、社会发展、家国安危的思考感悟,或对人自身、人与人、人与自然、人与社会之间互相关系的思索理解,或对平等正义、济世安邦、家国强盛、兼济天下理想抱负的追求向往,融入创作,使其作品表现出内容深刻、思想深邃、启迪智慧的高远境界,展现出内蕴深广、气势磅礴、震撼心灵的宏大气魄,也体现了作家视野的开阔、品格的高尚、学养的深厚、抱负的高远和胸襟的博大。

　　古代经典诗词由于情真意切、凝练含蓄、声韵和谐、朗朗上口,声情并茂、意境优美,易读易记、可吟可歌,自古至今一直备受读者喜爱,不仅是语文教学的重要组成部分,而且也是人们陶冶情操、丰富文化生活的重要内容。学习这些诗词,不仅要欣赏作品的语言之美、声韵之美、思想之美及意境之美,受到情感熏陶并被其艺术气息感染,而且要在这种熏陶滋养中潜移默化培养审美情趣和文明素养,培育形象思维能力、想象力和艺术创造创新能力,为维护社会和谐发展、推动人类文明进步做出应有贡献。

目 录

第一章　先秦诗歌艺术 …… 001
- 第一节　先秦诗歌概述 …… 002
- 第二节　《诗经》爱情诗略说 …… 006
- 第三节　《诗经》的史诗特色 …… 010
- 第四节　屈原《九歌》的艺术特征 …… 015

第二章　汉代诗歌艺术 …… 023
- 第一节　汉代诗歌概述 …… 024
- 第二节　汉乐府叙事诗的艺术特色 …… 026
- 第三节　《古诗十九首》的生命意识 …… 034

第三章　六朝诗歌艺术 …… 039
- 第一节　六朝诗歌概述 …… 040
- 第二节　曹操诗歌的英雄主义精神 …… 046
- 第三节　曹植诗歌的艺术特征 …… 052
- 第四节　阮籍咏怀诗的思想与艺术特征 …… 058
- 第五节　左思《咏史》的主旨与艺术特征 …… 063
- 第六节　陶渊明诗歌的风格 …… 069
- 第七节　谢灵运的经济生活与山水诗 …… 075
- 第八节　永明体诗与佛经转读 …… 082

第四章　隋唐五代诗词艺术 …… 089
- 第一节　隋唐五代诗词概述 …… 090
- 第二节　"初唐四杰"的诗歌精神 …… 101
- 第三节　陈子昂诗歌的思想与艺术特征 …… 108
- 第四节　王维山水诗的艺术特征 …… 114
- 第五节　孟浩然诗歌的艺术特征 …… 118
- 第六节　王昌龄与边塞诗 …… 127
- 第七节　李白诗歌的艺术特征 …… 133
- 第八节　杜甫诗歌的艺术特征 …… 137

第九节　韦应物与盛唐之音 …………………………………… 143
　　第十节　白居易叙事诗的艺术特征 …………………………… 148
　　第十一节　刘禹锡诗歌的思想与艺术特征 …………………… 151
　　第十二节　柳宗元诗歌的思想与艺术特征 …………………… 156
　　第十三节　李贺诗歌的风格 …………………………………… 162
　　第十四节　杜牧咏史诗的艺术特征 …………………………… 169
　　第十五节　李商隐无题诗的艺术特征 ………………………… 173
　　第十六节　李煜词的情感特征 ………………………………… 176

第五章　宋至元诗词艺术 ………………………………………… 185
　　第一节　宋至元诗词概述 ……………………………………… 186
　　第二节　柳永词的精神与艺术特征 …………………………… 191
　　第三节　晏殊与欧阳修词比较 ………………………………… 195
　　第四节　范仲淹与王安石词比较 ……………………………… 201
　　第五节　苏轼与辛弃疾豪放词风比较 ………………………… 205
　　第六节　黄庭坚诗歌的艺术特征 ……………………………… 209
　　第七节　秦观词的艺术特征 …………………………………… 214
　　第八节　李清照词的艺术特征 ………………………………… 219
　　第九节　陆游咏梅诗词 ………………………………………… 222
　　第十节　辛弃疾咏史词 ………………………………………… 227
　　第十一节　元好问词的艺术特征 ……………………………… 231

第六章　明清诗词艺术 …………………………………………… 241
　　第一节　明清诗词概论 ………………………………………… 242
　　第二节　高启诗歌的艺术特征 ………………………………… 246
　　第三节　龚自珍诗歌的艺术特征 ……………………………… 253

参考文献 …………………………………………………………… 263

第一章　先秦诗歌艺术[①]

学习要点：

1. 了解先秦诗歌发展概况。
2. 掌握《诗经》、楚辞的主要内容和艺术特色。
3. 掌握《诗经》中爱情诗的分类。
4. 掌握《诗经》的史诗特色。
5. 掌握屈原《九歌》的艺术特色。

[①] 本书标题中的"艺术"主要指艺术特色或艺术风格。

第一节 先秦诗歌概述

先秦诗歌是指秦统一各国前的诗歌,包括《诗经》、楚辞、春秋战国的一些传统民歌及上古原始社会歌谣。民歌及上古歌谣集中收录于《古诗源》中。先秦诗歌是中国传统诗歌的源头,其中《诗经》是中国现实主义诗歌的源头,楚辞是中国浪漫主义诗歌的源头。

一、《诗经》

《诗经》是我国最早的诗歌总集,收集了从西周初期至春秋中叶大约500年间的诗歌305篇。先秦称之为"诗",或取其整数称"诗三百"。西汉时它被尊为儒家经典,始称"诗经",并沿用至今。

关于《诗经》的编集,汉代有两种说法,一种是行人采诗说。《汉书·艺文志》载:"古有采诗之官,王者所以观风俗,知得失,自考正也。"《诗经》305篇的韵部系统、用韵规律及诗歌形式基本上是一致的,而它的内容涉及的时间长、地域广,在先秦交通不便、文字互异的情况下,如果不是经过有目的的采集和整理,要产生这样一部诗歌总集是不可想象的,因而采诗说较为可信。另一种是孔子删诗说。《史记·孔子世家》载:"古者诗三千余篇,及至孔子,去其重,取可施于礼义……三百五篇,孔子皆弦歌之。"唐代孔颖达、宋代朱熹、清代朱彝尊和魏源等对此说均持怀疑态度。公元前544年吴公子季札至鲁国观乐,鲁乐工为他所奏的《风》诗次序与今本《诗经》基本相同,说明那时已有了一部《诗》,此时孔子年仅八岁,因此近代学者一般认为删诗说不可信。然而根据《论语》中孔子所说的"吾自卫返鲁,然后乐正,雅、颂各得其所",可知孔子确曾为《诗》正过乐。只不过至春秋后期新声兴起,古乐失传,《诗三百》便只有歌诗流传下来,成为今日所见的诗歌总集。

《诗经》所录均为曾经入乐的歌词。《诗经》的体例是按照音乐性质的不同来划分的,分为风、雅、颂三类。

第一类,风,是不同地区的地方音乐。它是从周南、召南、邶、鄘、卫、王、郑、齐、魏、唐、秦、陈、桧、曹、豳等15个地区采集的土风歌谣,共160篇,大部分是民歌。

第二类,雅,是周王朝直辖地区的音乐,即所谓正声雅乐。它是宫廷宴享或朝会时的乐歌,按音乐的不同又分为《大雅》31篇和《小雅》74篇,共105篇。除《小雅》中有少量民歌外,大部分是贵族文人的作品。

第三类,颂,是宗庙祭祀的舞曲歌辞,内容多是歌颂祖先的功业的。它又分为《周颂》31篇、《鲁颂》4篇、《商颂》5篇,共40篇,全部是贵族文人的作品。

从时间上看,《周颂》和《大雅》的大部分当产生在西周初期,《大雅》的小部分和《小雅》的大部分当产生在西周后期至平王东迁时,《国风》的大部分和《鲁颂》《商颂》当产生于春秋时期。从思想性和艺术价值上看,三《颂》不如二《雅》,二《雅》不如十五《国风》。

《诗经》全面展示了周代的社会生活，真实反映了中国奴隶社会从兴盛到衰败的历史面貌。其中有些诗，如《大雅》中的《生民》《公刘》《绵》《皇矣》《大明》等，记载了后稷降生到武王伐纣的历史，是周部族起源、发展和立国的历史叙事诗。有些诗，如《魏风·硕鼠》《魏风·伐檀》等，以冷嘲热讽的笔调形象揭示出奴隶主贪婪成性、不劳而获的寄生本性，唱出了人民反抗的呼声和对理想生活的向往，显示了奴隶制崩溃时期奴隶们的觉醒。有些诗，如《小雅·采薇》《小雅·何草不黄》《豳风·东山》《唐风·鸨羽》等写征夫思家恋土和对战争的哀怨，《王风·君子于役》《卫风·伯兮》等表现了思妇对征人的怀念，这些诗从不同的角度反映了西周时期不合理的兵役制度和战争徭役给人民带来的无穷痛苦和灾难。有些诗，如《周南·芣苢》完整地刻画了妇女们采集车前草的劳动过程，《豳风·七月》记叙了奴隶一年四季的劳动生活，《小雅·无羊》反映了奴隶们的牧羊生活。还有不少诗表现了青年男女的爱情生活，如《秦风·蒹葭》表现了男女之间如梦的追求，《郑风·溱洧》《邶风·静女》表现了男女之间戏谑的欢会，《王风·采葛》表现了男女之间痛苦的相思，《卫风·木瓜》《召南·摽有梅》表现了男女之间的相互馈赠，《鄘风·柏舟》《郑风·将仲子》则反映了家长的干涉和社会舆论给青年男女带来的痛苦。另外，如《邶风·谷风》《卫风·氓》还抒写了弃妇的哀怨，愤怒谴责了男子的忘恩负义，反映了阶级社会中广大妇女的悲惨命运。

《周礼·春官·大师》云："教六诗，曰风，曰赋，曰比，曰兴，曰雅，曰颂。""六诗"在《毛诗序》中又作"六义"。其中，风、雅、颂是从体例分类来说的，赋、比、兴是就表现手法而言。关于赋、比、兴，宋代朱熹在《诗集传》中做了比较确切的解释："赋者，敷陈其事而直言之也；比者，以彼物比此物也；兴者，先言他物以引起所咏之词也。"《豳风·七月》《卫风·氓》都是赋体，前者铺叙了奴隶春耕、采桑、纺织、田猎、造酒、贮藏和准备过冬等一年四季的全部劳动生活，表现了阶级的对立和奴隶们的悲愤之情；后者倒叙了弃妇与氓由恋爱到结婚直至被氓遗弃的悲惨遭遇，表现了弃妇的哀怨和决绝。《魏风·硕鼠》《邶风·新台》都是比体，前者把剥削者比作贪婪的大老鼠，后者把淫乱无耻的卫宣公比作大癞蛤蟆，二者都寄寓了极大的讽刺之意。《周南·关雎》《魏风·伐檀》都是兴体，前者以贞鸟雎鸠的"关关"叫声起兴，联想起人的男女之情；后者以奴隶们的"坎坎"伐木声起兴，联想到奴隶主阶级的不劳而获。在《诗经》中，赋、比、兴手法常常是交替使用的，有"赋而比也"，有"比而兴也"，还有"兴而比也"。《卫风·氓》是赋体，但诗中"桑之未落，其叶沃若。吁嗟鸠兮，无食桑葚"又显然是"兴而比也"。《卫风·硕人》用铺陈的手法描写庄姜的美貌，但其中"手如柔荑，肤如凝脂，领如蝤蛴，齿如瓠犀，螓首蛾眉"传神地表现出庄姜的天生丽质，这显然又是"赋而比也"。赋、比、兴手法的成功运用，是构成《诗经》民歌浓厚风土气息的重要原因。

《诗经》以四言为主，兼有杂言。在结构上多采用重章叠句形式加强抒情效果。每一章只变换几个字，却能收到回旋跌宕的艺术效果。在语言上多采用双声叠韵、叠字连绵词来状物、拟声、穷貌。"以少总多，情貌无遗矣。"此外，《诗经》在押韵上有的句句押韵，有的隔句押韵，有的一韵到底，有的中途转韵，现代诗歌的用韵规律在《诗经》中几乎都已经具备了。

《诗经》是我国现实主义文学的光辉起点。由于其内容丰富以及在思想和艺术上的高度成就，在中国以至世界文学史上都占有重要地位。它开创了中国诗歌的优秀传统，对后世文学产生了不可磨灭的影响。《诗经》的影响还越出中国的国界而走向世界，日本、朝鲜、越南等国很早就传入汉文版《诗经》，至18世纪又出现了法文、德文、英文、俄文等译本。

二、楚辞

楚辞是战国时期以屈原为代表的楚国人创造的一种韵文形式。楚辞这一名称最早见于西汉前期司马迁的《史记·酷吏列传》。在汉代，楚辞也被称为辞或辞赋。西汉末年，刘向将屈原、宋玉的作品以及汉代淮南小山、东方朔、王褒、刘向等人承袭模仿屈原、宋玉的作品共16篇辑录成集，定名为"楚辞"。"楚辞"遂又成为诗歌总集的名称。由于屈原的《离骚》是楚辞的代表作，故楚辞又称为"骚"或"骚体"。

楚辞是在楚国民歌的基础上经过加工、提炼而发展起来的，有着浓郁的地方特色。由于地理、语言环境的差异，楚国一带自古就有它独特的地方音乐，古称南风、南音；也有它独特的土风歌谣，如《说苑》中记载的《楚人歌》《越人歌》《沧浪歌》；更重要的是楚国有悠久的历史，楚地巫风盛行，楚人以歌舞娱神，神话大量保存，诗歌音乐迅速发展，使楚地民歌中充满了原始的宗教气氛。所有这些影响使得楚辞具有楚国特有的音调音韵，同时具有深厚的浪漫主义色彩和浓厚的巫文化色彩。可以说，楚辞的产生是和楚国地方民歌以及楚地文化传统的熏陶分不开的。同时，楚辞又是南方楚国文化和北方中原文化相结合的产物。春秋战国后期，一向被称为荆蛮的楚国日益强大。它在问鼎中原、争霸诸侯的过程中与北方各国频繁接触，促进了南北文化的广泛交流，楚国也受到北方中原文化的深刻影响。正是这种南北文化的汇合，孕育了屈原这样伟大的诗人和楚辞这样异彩纷呈的伟大诗篇。

楚辞在中国诗史上占有重要的地位。它的出现，打破了《诗经》以后诗坛两三个世纪的沉寂，大放异彩。后人也因此将《诗经》与楚辞并称为"风骚"。风指十五《国风》，代表《诗经》，充满着现实主义精神；骚指《离骚》，代表楚辞，充满着浪漫主义气息。风、骚成为中国古典诗歌现实主义和浪漫主义创作的两大流派。

楚辞代表作家屈原（约前340—前278），是我国文学史上出现的最早的爱国诗人。在《楚辞》初本的十六卷中，屈原的作品占绝大部分，共收他的诗作八卷二十余篇，包括《离骚》《九歌》《天问》《九章》《远游》《卜居》《渔父》《招魂》等。其他八卷是宋玉的《九辩》、景差的《大招》、贾谊的《惜誓》、淮南小山的《招隐士》、东方朔的《七谏》、严忌的《哀时命》、王褒的《九怀》、刘向的《九叹》等。南宋朱熹在此基础上编为《楚辞集注》，增入贾谊的《鹏鸟赋》《吊屈原赋》两篇，删去《七谏》《九怀》《九叹》等作品，朱熹认为这些作品缺乏真实的思想感情。他还把屈原的作品划为"离骚类"，把其他作品划为"续离骚类"，按原篇章次序编为八卷。

屈原的作品大致可分两类：一类是《离骚》《九章》等在流放生活中写的政治抒情诗，一类是以《九歌》为代表的祭歌和反映诗人世界观、人生观的《天问》。屈原代表作《离骚》是我国古代最长的一篇浪漫主义抒情诗，也是楚辞的代表作品。由此，世人称楚辞为"骚体诗",并与《诗经》并称"诗骚"。《离骚》是诗人在遭第二次流放时,满怀"信而见疑,忠而被谤"的委屈,凝聚忧愤、感慨于笔端写成的。这首近2 500字的长诗,叙述了诗人的身世和志向,通过表现诗人一生不懈的斗争和决心以身殉志的悲剧,反映了楚国统治阶层中正直与邪恶两种势力的尖锐斗争,暴露了楚国的黑暗现实和政治危机,表达了诗人为国为民而战斗不屈、"虽九死其犹未悔"的精神。

今存最早的《楚辞》注本是东汉王逸的《楚辞章句》。刘向编定的《楚辞》十六卷原本已佚。《楚辞章句》以刘向《楚辞》为底本,除了对内容做了较完整的训释之外,还提供了有关原本的情况。在《楚辞章句》的基础上,南宋洪兴祖又作了《楚辞补注》。此后,南宋朱熹著有《楚辞集注》,清初王夫之撰有《楚辞通释》,清代蒋骥有《山带阁注楚辞》,等等。

第二节 《诗经》爱情诗略说

　　《诗经》中的爱情描写主要集中在《国风》里,《小雅》里也有一些,以《郑风》《卫风》里的情诗最为有名。这些诗主要是民歌,主人公基本上是对爱情强烈追求的青年男女。这些诗篇毫不掩饰地歌唱了人们心中对爱情的渴望,使后来许多封建学者感到很头痛。这些诗的存在,是古人的爱情观、婚姻制度、民族风俗的有力的见证。古人非常强调婚姻、家庭的重要意义,用各种手段来干预婚姻和家庭,因此那时的青年男女没有爱情自由,相反往往会受到各种压抑和阻挠。而受压抑的又以女性占多数,也正是女性的反抗最坚决。她们愿意为爱情付出一切,一旦陷入爱情,她们会不顾亲人和习俗的阻挠,大胆说出:"泛彼柏舟,在彼中河。髧彼两髦,实维我仪。之死矢靡它。母也天只!不谅人只!泛彼柏舟,在彼河侧。髧彼两髦,实维我特。之死矢靡慝。母也天只!不谅人只!"(《鄘风·柏舟》)她们甚至大胆地自找对象,道出:"摽有梅,其实七兮!求我庶士,迨其吉兮!"(《召南·摽有梅》)当她们得到幸福时,就会自然地唱出:"投我以木瓜,报之以琼琚。匪报也,永以为好也。"(《卫风·木瓜》)

一、《诗经》爱情诗评价

　　正因为《诗经》中有太多对爱情直露的表白,古代许多儒学家们往往将《诗经》中的这类诗说成是"淫诗",认为其内容有伤风化,不应成为人们学习的对象。从传说中孔子删诗以来,在中国文学史上对《诗经》中情诗的评价就有许多分歧,甚至到现在还是说法不一。

　　孔子说:"《诗》三百,一言以蔽之,曰'思无邪'。"(《论语·为政》)这是他对《诗经》总的评价。对于具体诗篇,孔子说:"《关雎》乐而不淫,哀而不伤。"(《论语·八佾》)这说明他认为"《诗》三百"都是思想健康的作品。因此,孔子很重视《诗经》在教育、政治活动等方面的作用,他强调学习《诗经》要学以致用,他教育学生要认真学习《诗经》,可见孔子对《诗经》是给予充分肯定的。后人对孔子的话的曲解,主要是在孔子对"郑声"的评价上做文章。孔子说:"行夏之时,乘殷之辂,服周之冕,乐则《韶》舞。放郑声,远佞人。郑声淫,佞人殆。"(《论语·卫灵公》)又说:"恶郑声之乱雅乐也。"(《论语·阳货》)其实孔子所谓的"韶"和"郑声",都是指音乐。"韶"指舜时候的音乐,"郑声"指春秋时代郑国的音乐。他认为郑国的音乐不好,并没有说郑国描写的爱情的诗篇是淫诗。孔子之后一直到秦汉,评论家的看法基本与孔子一致。

　　汉末的《毛诗序》杂糅了秦汉以来关于郑卫之音的评价,但对《诗经》中描写爱情、婚姻的诗作了很大曲解,对后世《诗经》研究产生了极为消极的影响。《毛诗序》说:"《关雎》,后妃之德也。"后妃,指周文王正妻太姒,说她"乐得淑女,以配君子,忧在进贤,不淫其色。哀窈窕,思贤才,而无伤善之心焉"。这是对《关雎》之义的曲解。《关雎》是《诗经》的开篇,也是几千年来脍炙人口的名诗,描绘了一个上层青年男子对意中女子的爱慕和追求,及其想象与那美丽女子结为伴侣时的情景。说《关雎》所写的是后妃之德,实在是有点牵强附会,歪曲了《诗经》中爱情的本来面目。

南宋朱熹虽然摆脱了一些前人的羁绊,但他比《毛诗序》中对爱情、婚姻诗的解说更牵强附会。他为了维护封建伦理道德,采取了极为主观的态度来解说《诗经》。他认为《诗经》之《郑风》《卫风》中描写爱情、婚姻的诗几乎都是淫诗,他在《诗集传》里云:"郑、卫之乐,皆为淫声。"他评价《邶风·静女》说:"此淫奔期会之诗也。"对《卫风·木瓜》,他则说:"疑亦男女相赠答之辞,如《静女》之类。"朱熹虽然承认它是爱情诗,但又以淫诗否定了它。

明清以来对《诗经》中爱情诗的评价有所改观。明清以来,有些研究《诗经》的学者虽然没有摆脱封建礼教和婚姻制度的桎梏,但他们开始对南宋那种把《诗经》中描写爱情的诗一概视为淫诗加以排斥的态度感到不满。许多学者在研究《诗经》时已开始把郑、卫之音与郑、卫之诗歌分开,从而给予《诗经》中的情诗以肯定。由于他们世界观的局限,他们只肯定了其中的一部分描写爱情的诗篇,把另外一部分仍然归于淫诗之列,但相比前人已经有了很大进步。杨慎、戴震、陈启源等学者都不同程度地驳斥了将《诗经》中的情诗诬为淫诗的观点。

现代人们对《诗经》中的爱情、婚姻诗的评价已经逐步趋于客观化了,恢复了这些作品的本来面貌。《诗经》中的情诗展示给了读者人类美好的情感世界,突出了情窦初开的青年男女对生命内在本初结构恢复完整的焦渴,还原了生命与生活的意义。《诗经》歌咏了礼制完善之初的周代社会男女交往的清纯、自然和本性,表现出对人的生命本体的尊重和对人的个体价值的强烈追求,这是中国古代文化中最光辉的思想,也是最纯朴的思想。《诗经》时代的情感是真挚的、纯真的、山花烂漫的、天真无邪的,《诗经》时代有对在水一方的伊人的思慕,但是"所谓伊人,在水一方。溯洄从之,道阻且长",永远让河边的主人公怅惘若失。《诗经》的情感是纯朴的,"窈窕淑女,君子好逑",简单明了,酣畅淋漓。正是因为《诗经》是人类童年时代天真纯朴、烂漫自由的思想的表达,因此被后期的经学家、道学家批判为蛊惑之词,而这种未经礼教束缚的思想恰恰是自然的人性,是一种活泼生命的体现,真正意义上体现了天地精神。它标志着和谐、自由、平等,散发着愉快、天真的气息。

二、《诗经》爱情诗分类

第一,描写恋爱生活的作品。西周初至春秋时期的劳动人民自春天到夏历十月为农忙时期,这时人们集中在野外,从事耕作。人们在春耕之前的二月到三月初举行各种祭祀仪式,也允许男女青年进行恋爱活动。青年男女到郊外踏青休憩,参加盛大集会,男女在自由接触中就可以表达真挚的爱情,以求进一步交往。他们的情歌大都是在这个时期唱出来的。这种描写恋爱生活的诗往往写得浪漫欢快,直接表达了男女主人公对美好爱情的喜悦和向往,如《郑风》中的《野有蔓草》:

野有蔓草,零露漙兮。有美一人,清扬婉兮。邂逅相遇,适我愿兮。

> 野有蔓草，零露漙漙。有美一人，婉如清扬。邂逅相遇，与子偕臧。

描写了一对青年男女在田野间不期而遇自然结合的情景，表现出内心的无限喜悦，写得浪漫不羁。诗以田野郊外草蔓露浓为背景，同时也是一种象征，情长意浓，男女邂逅，自然情景交融，人不期而遇，情也就不期而至了。这首诗写得很大胆，也很率真，说明诗人心中并无对礼教的顾忌。《诗经》中还有许多是描写男女青年纯真恋爱生活的诗篇，如《邶风·静女》《郑风·溱洧》等。

第二，描写相思之苦的作品。古代青年男女的爱情大都是十分真挚、坚贞的，因此往往会造成相思之苦，《诗经》中有一部分爱情诗即是抒写热恋男女的相思之情。这类诗写得真挚，情意绵绵，如《周南·关雎》：

> 关关雎鸠，在河之洲。窈窕淑女，君子好逑。
> 参差荇菜，左右流之。窈窕淑女，寤寐求之。
> 求之不得，寤寐思服。悠哉悠哉，辗转反侧。
> 参差荇菜，左右采之。窈窕淑女，琴瑟友之。
> 参差荇菜，左右芼之。窈窕淑女，钟鼓乐之。

写一个男青年的真挚爱情与相思之苦。他在河边见到一个心爱的姑娘，于是便整天执着痴心地想她，睡梦里也追求着她，以致翻来覆去整夜睡不着觉，最后如痴如狂地想到与她结婚。写男或女相思或单恋的还有《周南·汉广》《秦风·蒹葭》《郑风·子衿》等，都是脍炙人口的诗篇。

第三，反抗礼教压迫的作品。爱情的航船很少一帆风顺，往往会遇到旋涡和暗礁、惊涛与骇浪。其原因是多方面的，在当时礼教主导的社会中，家庭的反对与社会舆论的压力是主要阻碍，如《郑风·将仲子》：

> 将仲子兮，无逾我里，无折我树杞。岂敢爱之？畏我父母。仲可怀也，父母之言，亦可畏也。
>
> 将仲子兮，无逾我墙，无折我树桑。岂敢爱之？畏我诸兄。仲可怀也，诸兄之言，亦可畏也。
>
> 将仲子兮，无逾我园，无折我树檀。岂敢爱之？畏人之多言。仲可怀也，人之多言，亦可畏也。

这是一篇抒写一个女子因受到家长阻挠和人言摧残，而不敢表露爱情，害怕情人到来的诗歌。这首诗揭示了一个少女在爱情上内心的痛苦、矛盾及冲突，反映了自由恋爱受到礼教限制的痛苦。女主人公由于怕父母之言而不敢与情人约会，说明父母之命的包办婚姻对青年男女的阻力很大。第二、三章诗句里，提到"畏我诸兄""畏人之多言"，说明当时已存在一种反对恋爱自由的社会舆论。这个女子的痛苦歌声，实际上是对礼教的控诉。

第四,弃妇的怨诗。在礼教的压迫下,妇女还常常被喜新厌旧的丈夫遗弃,因此在《诗经》中还有一些是描写弃妇被遗弃的过程及怨恨的。弃妇诗是情诗中比较特殊的一类,《卫风·氓》就是弃妇诗中的名篇:

> 氓之蚩蚩,抱布贸丝。匪来贸丝,来即我谋。送子涉淇,至于顿丘。匪我愆期,子无良媒。将子无怒,秋以为期。
> 乘彼垝垣,以望复关。不见复关,泣涕涟涟。既见复关,载笑载言。尔卜尔筮,体无咎言。以尔车来,以我贿迁。
> 桑之未落,其叶沃若。于嗟鸠兮,无食桑葚!于嗟女兮,无与士耽!士之耽兮,犹可说也。女之耽兮,不可说也。
> 桑之落矣,其黄而陨。自我徂尔,三岁食贫。淇水汤汤,渐车帷裳。女也不爽,士贰其行。士也罔极,二三其德。
> 三岁为妇,靡室劳矣;夙兴夜寐,靡有朝矣。言既遂矣,至于暴矣。兄弟不知,咥其笑矣。静言思之,躬自悼矣。
> 及尔偕老,老使我怨。淇则有岸,隰则有泮。总角之宴,言笑晏晏。信誓旦旦,不思其反。反是不思,亦已焉哉!

诗一开始写一个女子与一个看起来善良忠厚的男子相爱,经媒妁之言后结为夫妻,但女子在过了几年的贫苦生活后却受到了丈夫的无情抛弃。作者痛心地把弃妇比作陨落的桑叶,说明几年的贫苦生活的煎熬,使她失去了青春美貌。当女主人发现自己被抛弃后,不仅伤心、悔恨,而且愤怒地指责丈夫的忘恩负义,表现了她坚强的敢于反抗的性格。但在礼教统治日益加强的情况下,她得不到社会舆论的支持,连自己的兄弟也嘲笑自己,说明她的悲剧是自由恋爱与礼教冲突的结果。与《卫风·氓》有同样主题的弃妇诗还有《邶风·谷风》《王风·中谷有蓷》等,这些诗都塑造了不同性格的弃妇形象,从不同角度控诉了礼教的罪恶,具有深刻的社会意义。

第三节 《诗经》的史诗特色

《诗经》不仅是文学性的诗歌,与音乐、舞蹈关系密切,也是史学作品,是中国的"史诗"。17世纪末18世纪初的意大利哲学家维科说:"最初的历史必然是诗性的历史。"纵观人类社会历史与世界史学发展大势,由于原始人缺乏推理能力而充满想象力,诗就承载了原始人类特有的表达功能,因此人类最早的语言是诗性语言。中外史学都渊源于史诗,《荷马史诗》是古希腊史学之源,《诗经》虽然不是中国史学的首始(因为在《诗经》之前已有甲骨文与金文记录史事),但也与中国史学源头关系密切,可以登上史学的大雅之堂。

《诗经》中的史诗具有相当的史学价值,反映了公元前11世纪到前6世纪左右的史事,即西周初到春秋中叶约500年的历史。《诗经》既是这500年历史时期的作品汇集,同时又反映了周王朝由盛而衰及奴隶制从兴盛到衰亡的整个时代的历史。《诗经》与古希腊《荷马史诗》相比,有着自己的史诗特色。

第一,《诗经》的史诗反映社会历史图景,但不是专题叙述历史。史诗不同于普通的诗歌,普通诗歌一般抒情言志,不具历史学功能;而史诗除了有诗歌韵律之外,还负载着反映某种历史事实的功能。然而,史诗又不同于一般史著,因为史著必须明确记述某种历史事件,而诗歌就带有含蓄委婉的特征,不是清晰了然地表达确定的历史事实。《荷马史诗》是吟述特洛伊战争之史事,专题性比《诗经》清晰。《诗经》的史诗文学韵味浓郁,也有明显的历史学印记。《诗经》不少篇章反映了西周至春秋的历史,涉及政治、经济、军事等方面的问题。《周颂·桓》云:

绥万邦,娄丰年,天命匪解。桓桓武王,保有厥士。于以四方,克定厥家。於昭于天,皇以间之。

该诗讲的是武王平定了天下,年年大丰收,老天降福给周室。威风凛凛的武王,拥有英勇的兵和将。用他们去抚四方,家家安定,人人喜洋洋。啊,光辉天空照,天使他代殷行天道。这是通过赞美武王取代商殷而有天下的诗句,反映武王克殷的历史。《商颂·玄鸟》追述商朝的历史,"天命玄鸟,降而生商",叙述商朝建国、拓疆的情况。《诗经》的史诗反映的历史有商、西周、春秋各时期的内容,但不是专题叙述历史。诸如戍边兵卒的痛苦、统治者的德政与暴政、农耕狩猎情况、贵族歌宴欢乐与穷苦百姓的呻吟、男女思念恋情、祭祀颂辞等,星星点点,题材广泛。这些内容固然在一定程度上反映社会生活的侧面,也具有一定的历史真实性,但显得笼统模糊。

第二,《诗经》的史诗表达的思想情感浓烈,显示了原始思维的朴素性。史诗本身是诗歌,故文学气息浓烈,与一般史著不同。历史著作固然也表达作者的思想感情,但不赤裸外露,而是通过对历史事件的褒贬倾向来体现,一般不采用文学直接抒情的手法。《诗经》的史诗则不然,它在反映某种历史图景时,采用艺术手法,尽吐情思,很具感情色

彩,如《周南·汝坟》这样叙述:

> 遵彼汝坟,伐其条枚。未见君子,惄如调饥。
> 遵彼汝坟,伐其条肄。既见君子,不我遐弃。
> 鲂鱼赪尾,王室如毁。虽则如毁,父母孔迩。

走在那汝水堤岸上,把枝儿条儿砍个光。没有看见那人儿,愁得像清早缺口粮。鲂鱼呀累红了尾,官家的差遣像火一样。尽管差遣像火一样,父母在近旁怎不挂心肠。这首诗表达妻子想念远役的丈夫,希望他不要忘记爷娘的思想情感。类似这种反映男女相思情怀的诗在《诗经》中还有很多。纵使在涉及文王、武王、成王政事的大题材时,仍使用抒情手法,如《周颂·昊天有成命》这样说:

> 昊天有成命,二后受之。成王不敢康,夙夜基命宥密。於缉熙!单厥心,肆其靖之。

老天定下了成命,文王、武王承受它。成王更不敢安逸,早早晚晚受命多勉力。啊,继承它,光大它!用尽心力呀,因而天下太平啦。本诗讲述文王、武王、成王勤政,终使天下安泰的历史图景,运用艺术手法,表达歌颂成王功德的强烈情感。《诗经》的部分诗虽是史诗,反映历史景象,但不失情感色彩。作者把强烈情感写入这些作品中,体现了人类原始思维的朴素性。与《荷马史诗》相较,《诗经》的史诗情感色彩更浓。

第三,《诗经》的史诗反映现实思想,揭示斗争热点。《诗经》的史诗虽然涵盖500年的历史,但每一篇却只反映一时一地的事件,而且一般只反映同时代事件。春秋时期,中国奴隶制社会由盛转衰,社会矛盾日趋激烈,贫民奴隶不满情绪日益增强。《诗经》的史诗流露了穷苦大众的怨恨情绪,揭示时代热点。《小雅·雨无正》中"降丧饥馑,斩伐四国",意为降下动乱灾荒,戕害天下四方;"周宗既灭,靡所止戾",意为西周都城已经破灭,哪儿可以落脚。这些都是作者目睹天下动乱、西周都城覆灭发出哀叹怨声,反映西周末年的社会动荡、阶级斗争激烈的现实景象。《大雅·召旻》曰:

> 旻天疾威,天笃降丧。瘨我饥馑,民卒流亡。我居圉卒荒。
> 天降罪罟,蟊贼内讧。昏椓靡共,溃溃回遹,实靖夷我邦。

老天暴虐又疯狂,把这多灾祸向下降。饥饿叫我们都病伤,老百姓们尽亡。灾荒一直蔓延到边疆。老天降下了法网,坏蛋内部闹嚷嚷。七嘴八舌做事不像样,乱七八糟真放荡,真想把国家来覆亡。该诗表达作者忧心如焚的情绪,直接抨击幽王任用小人,造成天怒民怨的社会现实。这种揭示当时社会斗争热点的现实内容在《荷马史诗》中并不多见。

第四,《诗经》的史诗文史交融浑一,具有文学性。通常史学作品都具有文学色彩,又含历史学价值,史诗尤其是这样。上古时代的中国人本能地使用艺术手法,使《诗经》

富于文学色彩。然而《诗经》不单具有文学性,也含有史学意义,形成文史交融浑一的现象。《秦风·黄鸟》叙述秦穆公死时以人殉葬的残酷、悲惨情景,诗云:

  交交黄鸟,止于棘。谁从穆公?子车奄息。维此奄息,百夫之特。临其穴,惴惴其栗。彼苍者天,歼我良人!如可赎兮,人百其身!

飞来飞去的小黄鸟落在那枣树上,谁陪着穆公去下葬?子车家奄息遭了殃。这个奄息呀,一人能抵百人强。走近了那墓穴,怕呀怕得直哆嗦。老天爷呀老天爷,杀害我们的好人哩!假若能够赎回呀,用百个人儿代替他!作者用黄鸟飞来飞去赋而比的手法,不仅增加气氛,也喻示着即将发生令人恐惧的事件,牵引出人殉的惨绝人寰而主人公又无可奈何的场景。接着用"惴惴其栗"描写那位健壮善良的人在陪葬时的恐怖惨景。随后又描述老百姓的同情心理与哀呼声:"彼苍者天,歼我良人!如可赎兮,人百其身!"人们呼唤老天爷,世间为什么会有杀害无辜的好人?假如能够赎回这个善良人的话,愿意用百来个人去替换他。此情此景,层层深入,把陪葬的悲惨及群众心理揭示得淋漓尽致。《诗经》用这样的手法,艺术地反映了秦穆公死时的陪葬礼俗。文学艺术与历史事实水乳交融,浑然一体。《诗经》这种表现方法还有多例,如《周颂·酌》是赞美武王伐商得天下之事,作者运用比喻手法热情地讴歌:

  於铄王师,遵养时晦。时纯熙矣,是用大介。我龙受之,蹻蹻王之造。载用有嗣,实维尔公允师。

啊!真英武,武王的进攻,率兵讨伐那昏君。顿时光明照天空,成大事呀立大功。我周家应天顺人有天下,威风凛凛兴一番事业呀。一代一代相传下,武王秉公心,不虚假,大众信服他。这首诗反映武王伐纣的历史事实。"时纯熙矣"意为顿时光明照亮天空,用来比喻武王的英明光辉,映衬武王深得民心。这首诗既朴实又充满感情,倾吐对武王的崇敬之情,同时又形象反映了武王伐纣得民心顺民意的史实。文史紧密结合,相互映衬,相得益彰。《诗经》运用多种艺术手法,诸如比兴手法、对照手法、抒情手法、排句修辞手法等,深含艺术风采又不失历史真实,可谓文史交相辉映。

  《诗经》的史诗之所以具有这样的特色,首先是中国奴隶社会制度的特点影响了《诗经》的内容。中国奴隶制产生于公元前21世纪的夏朝,夏、商、周都是奴隶制社会,而且中国属于古代东方型奴隶社会制度,其特点是君王专制。古希腊荷马时代,即公元前11世纪至前9世纪,处于氏族社会解体的军事民主制时期。所以《诗经》产生的时代与《荷马史诗》所处的时代有国情上的差异。东西方奴隶制度不太相同,西方是属于奴隶制民主制社会制度,而中国奴隶制十分专制,因此阶级矛盾尖锐,社会矛盾复杂。夏、商、周的王朝更迭,如火如荼的争战,均成为《诗经》史诗的中心内容。所以《诗经》很多篇章反映奴隶、下层贫苦人民的疾苦与悲惨遭遇,反映社会不公与暴政的肆虐,如《大雅·荡》斥责君王的暴虐:

荡荡上帝,下民之辟。疾威上帝,其命多辟。天生烝民,其命匪谌。靡不有初,鲜克有终。

文王曰咨,咨女殷商。曾是彊御？曾是掊克？曾是在位？曾是在服？天降滔德,女兴是力。

恶劣呀上帝,下民的君王哩。暴虐呀上帝,他的政令邪僻。天呀生下众百姓,他们命运真难信。文王长叹,唉,你这殷商。怎么这样凶暴？怎么这样搜刮？怎么让他高高在上？怎么让他大权独掌？天呀生下这个傲慢人,你们帮他兴风作浪。这是对商纣暴政的控诉,反映中国奴隶制度的罪恶。人们关注朝政与统治者,这成为《诗经》的主要内容,《荷马史诗》里就见不到这些控诉情景。可见,中国奴隶制与专制的国情导致《诗经》史诗具有现实内容的特色。

其次,中国史学起源早。中国自夏朝就开始了奴隶制,在《诗经》之前就出现了史学作品,甲骨文与金文都简单记述了一些上古历史,并且中国早有史官设置。因此,中国比起古希腊,在史诗问世之前就已有了史书、史官,反映历史的能力比古希腊强。《诗经》大多数篇目都是针对当时社会现实而作的,如《大雅·文王》叙述周王朝把殷遗民迁到西方的情况,《大雅》与《颂》主要是描写奴隶主贵族的生活,《国风》与《小雅》反映下层人民的生活,《小雅·六月》《小雅·采芑》与《大雅·常武》都较集中地反映宣王时同其他各族的矛盾,等等。显然《诗经》比起《荷马史诗》,反映历史的能力与成熟程度稍胜一筹。《荷马史诗》是后人对特洛伊战争的追忆,先形成民间传说,然后诗人加以搜集整理汇编而成,其情感因素比反映现实社会的《诗经》淡薄。因此,《诗经》史诗的特色与中国史学起源较早并叙述当代事件有直接关联。

再次,中华民族以经验思维为主,八卦思维、阴阳思维、五行思维对《诗经》有一定的影响。中国奴隶社会与古希腊奴隶社会的时代思维存在着差异。中国奴隶社会时代以经验思维为主,八卦思维、阴阳思维和五行思维都植根于经验思维。中国自《周易》起就存在经验思维的习惯,思考问题是建立在已有经验的基础上的。而古希腊是哲学思维,古希腊米利都学派首先从哲学角度思考世界物质的本源问题,古希腊人对事物喜欢进行理论化的哲学思考。中国经验思维的习惯在《诗经》中表现很多,如妇女对戍边丈夫的思念或服役兵卒对家人怀念的描述都是基于经验思维,才会写得如此惟妙惟肖。八卦思维、阴阳思维、五行思维等中国奴隶社会时代就有的思维在《诗经》中均有所体现。《小雅·小旻》中的"我龟既厌,不告我犹"是说卜卦的次数真不少,龟甲不把吉凶告;《大雅·绵》的"爰契我龟"、《小雅·小宛》的"握粟出卜"、《小雅·杕杜》的"卜筮偕止"等都是直接讲述占卜问题,是八卦思维的体现。阴阳五行思维在《诗经》中也不乏表现。五行思维以土为中心,把水、火、木、金分别与土交杂起来构成世界万物。重土观念衍化为重农的农业文化思想,《诗经》中就谈了很多农业生产问题。《周颂·臣工》云：

嗟嗟臣工,敬尔在公。王厘尔成,来咨来茹。嗟嗟保介,维莫之春,亦又何求？如何新畬？於皇来牟,将受厥明。明昭上帝,迄用康年。命我众人：庤乃钱镈,奄观铚艾。

啊！你们这些官吏，把公事认真来办理。去报告你们的收成，需要请示和商议。啊！你们这些田官，现在是暮春季节，你们有什么要求？生田、熟田怎样耕作？美啊，大麦、小麦马上要收割。聪明显灵的上帝，给我们个丰年吧。命令我的伙计们，藏起锄头藏起锹，快点儿割麦拿起镰刀。这首诗抒写农耕与农事，足见《诗经》的重农思想。在中国，受农业文化思想的影响，常以小农生活的好坏作为衡量政治优劣的标尺。《诗经》正是从这种观念出发，大量涉及仁政与暴政，反映人民生活疾苦的现实。因此，《诗经》史诗的特色与古代中华民族的经验思维及重农思想有一定的关系。

最后，中国上古时期"天命""鉴戒"史观也在一定程度上孕育了《诗经》史诗的特色。中国早有史官建置，有史作问世。鉴于亡国的教训，史官常借"殷鉴"向统治者提出警告、谏语，"天命观"与"鉴戒观"是中国产生的最早史学思想。西周至春秋期间创作的《诗经》自然在一定程度上受到天命、鉴戒史观的影响。《诗经》许多篇章反映了天命、鉴戒史观，如《大雅·文王》"永言配命，自求多福"，把品德来修养，永远配合着天命；《小雅·天保》"天保定尔，亦孔之固""天保定尔，俾尔戬穀"，老天保佑你，亦真牢靠哩，老天保佑你，使你有福禄；《小雅·信南山》"曾孙寿考，受天之祜"，曾孙获得了长寿，受着老天的保佑。这些诗句都明显地表明《诗经》受到上古时代天命观的影响。同样，《诗经》也受到上古史学鉴戒观的影响。《大雅·皇矣》云："其德克明。克明克类，克长克君。"他的长处是能是非分明，是非明，善恶清，能教养，能奖刑。做这个大国的国王，四方服，上下亲。这是垂训思想。《大雅·抑》云："质尔人民，谨尔侯度，用戒不虞。慎尔出话，敬尔威仪，无不柔嘉。"治理你的人民，谨慎你的法度，防止意外事故。你说话要小心，你态度要恭敬，这就处处安宁。这也是鉴戒思想。类似的鉴戒思想在《诗经》中多有表达，可见《诗经》比《荷马史诗》更具政治色彩，更有为统治阶级服务的意识。《荷马史诗》仅是记述历史上的特洛伊战争，只具保存史料的价值，直接为统治者服务的自觉性淡薄。《诗经》传承天命、鉴戒观念，在一定程度上影响了《诗经》史诗特色的形成。

总之，《诗经》不仅是中国文学的瑰宝，也深具史学特色，承载着重要的史学意义。

第四节　屈原《九歌》的艺术特征

屈原的重要代表作品《九歌》是一组体制独特的抒情诗。这组诗脱胎于楚地民间巫术祭歌，经屈原精心加工创造，达到了相当完美的艺术境界。特别是《九歌》吸收了沅湘民间文学艺术精华，格调绮丽清新、玲珑剔透，充满宗教神话色彩，弥漫着浪漫主义气息。其艺术形象生动感人，意象雄奇瑰丽；采用比兴写景述事，托物寄情，文近旨远；语言精美，韵味隽永。

第一，采用神话传说，并赋予其新的内涵，把自然美与社会美融合在一起，渗透了浓厚的浪漫主义色彩，是《九歌》最突出的艺术特点。流传在楚地民间的神话传说故事，同宗教一样"是最原始的时代从人们关于自己本身的自然和周围的外部自然的错误的、最原始的观念中产生的"（恩格斯《路德维希·费尔巴哈和德国古典哲学的终结》），是人类凭借想象和幻想在自己的狭隘的世界之外所创造的一个艺术世界，反映了远古人民征服自然力、支配自然力的美好愿望。《九歌》就是在糅合着这种神话传说故事的民间祭歌基础上改编而成的。它不仅保持了原有祭歌的性质、历史特征和神话色彩，而且在艺术上做了很大程度的加工提高，注入了新的内容。在《九歌》中，屈原一方面围绕着神的形象展开了对大自然和楚地民间祭祀的细致描摹，另一方面又以此作为象征手段将人的音容笑貌和人的思想感情赋予自然物，从而塑造出更加完美更加典型的个性鲜明的神的形象。《云中君》就抓住了云神所代表的自然物云，着力描绘了云的色彩、形态，突出表现了它那瞬息万变、倏尔即逝的特性。

　　浴兰汤兮沐芳，华采衣兮若英。灵连蜷兮既留，烂昭昭兮未央。
　　蹇将憺兮寿宫，与日月兮齐光。龙驾兮帝服，聊翱游兮周章。
　　灵皇皇兮既降，猋远举兮云中。览冀州兮有余，横四海兮焉穷。

云浮游在天宇，洁白明丽，时而化为云锦，霞光灿烂，时而周游四方，飘然远逝。在高空中它与日月齐辉，风驰电掣，飘忽不定……如此这般，作者把自然界的云写得如此空灵、逼真。《湘君》《湘夫人》围绕神话传说中一对潇湘情侣幽会的情节，或直接或间接把岸芷汀兰、流水潺湲的江南水乡独有风光涂抹得异常清新、明丽、柔美，与《河伯》中所描绘的黄河那种"冲风起兮横波"的浩浩气势恰成鲜明对照。

除了风景画，还有风俗画。《九歌》作为当时楚地崭新的民间祭歌，免不了要描绘以鼓乐歌舞祭祀与礼赞神明的热烈场面，反映楚地淳朴的民情风俗。在这方面最典型的要算《东皇太一》。此诗对民间祭祀活动的特点和程序展示得相当充分而又完备：

　　吉日兮辰良，穆将愉兮上皇。抚长剑兮玉珥，璆锵鸣兮琳琅。
　　瑶席兮玉瑱，盍将把兮琼芳。蕙肴蒸兮兰藉，奠桂酒兮椒浆。
　　扬枹兮拊鼓，疏缓节兮安歌，陈竽瑟兮浩倡。

中国古代名家诗词艺术

灵偃蹇兮姣服，芳菲菲兮满堂。五音纷兮繁会，君欣欣兮乐康。

首先以巫为主祭，即借巫扮神通神。祭祀开始由巫师手持辟邪宝剑，翩翩起舞，随之身上各种佩饰有节奏地发出铿锵之声。接着进献祭品，即以物事神。灵巫们把瑶席铺在神堂前，把鲜果供在神堂上，还依次献上用香草熏蒸的祭牲，用桂花酿造的祭酒，用椒子做的祭汤，供神享用。最后奏乐起舞，即以乐舞娱神。在进献祭品之后，人们扬槌击鼓，吹笙操瑟。身着华服的女巫，按鼓乐节奏的急徐疏缓而挥袖起舞，并伴之以歌唱。上述以巫通神、以物事神和以乐舞娱神，就是整个祭祀活动的过程。诗中对祭祀时佩服、陈设、祭品、歌舞等的描写，透露出敬神之心、娱神之意。

由此可见，《九歌》并不排斥对自然和社会的真实模拟，但又绝非止于这种模拟，而是以此为手段，创造出一种似真非真的典型环境，然后用更加虚幻的情节，使风景与风习、宇宙自然与社会人生融汇为一体，从而塑造出性格各异的神的形象。这就是《九歌》的浪漫主义不同于别的浪漫主义作品之所在。《云中君》中，诗人通过对云的描绘与想象，塑造了关于自然神——云神的特有形象；《东皇太一》中，诗人通过对祭祀场面的描写与感受，塑造了施恩德于民、与民同乐的天之尊神——伏羲神的崇高形象。《山鬼》中的形象创造也是如此，在诗中既展现了南国山幽林深的特点，又穿插敷演了一个类似巫山神女的美丽的神话传说故事，刻画了一个善良温柔、缠绵多情的山中女神形象。作者对这位女神的描写始终没有超出她那自然山林的生活背景。她以薜荔为衣，以女萝为带，幽居在茂密的竹篁之间，饮的是山中泉，睡的是松柏席，出行时以香木为车，驾赤豹而从文狸……总之，她的衣、食、住、行，乃至表达爱情的特殊方式，无不与山林的风光景物息息相关，就连她的性格也是娟秀中带几分野性，温柔中带几分旷放。这样就使读者处处感受到这个形象所代表的自然美的特质。与此同时，诗中还描写了她的身世遭际和爱情上的受挫，表现了她那丰富的内心世界，这些又令读者联想到她也是人世间不甘寂寞、渴望爱情的少女典型。因此，屈原笔下的山鬼形象兼具自然美和社会人情美，是一个有着丰富内涵的浪漫主义的艺术形象，渗透着屈原那个时代人民的纯真感情和美学理想。

之所以说《九歌》所创造的类似山鬼的浪漫主义形象有着丰富的内涵，不但因为它反映了当时楚国人民的纯真感情和美好愿望，还因为它注入了作者的爱憎与理想，特别是《九歌》中的天神形象，在很大程度上可以说是屈原在被放逐这种特定境遇下追求美政理想的艺术写照。东汉楚辞评论家王逸指出："昔楚国南郢之邑，沅湘之间，其俗信鬼而好祠，其祠必作歌乐鼓舞以乐诸神。屈原放逐，窜伏其域，怀忧苦毒，愁思沸郁，出见俗人祭祀之礼，歌舞之乐，其词鄙陋，因为作《九歌》之曲，上陈事神之敬，下见己之冤结，托之以讽谏。"（《楚辞章句》）王逸根据屈原所处的历史背景，分析了屈原的生活遭遇和创作心态，指明了屈原借《九歌》"托之以讽谏"的创作动因。既然如此，《九歌》就绝非楚地巫歌的简单复制或单纯的民俗风习的采撷，每一篇章都有自然与人的交融、神话与现实的交融、宇宙与心灵的交融，作者所创造的丰满的艺术形象之中，当蕴含着更多的精神内涵。《少司命》中的少司命是一位主管人类生育的女神，她情系众生，善解人意，当她来到人世间，便劝人免愁，赐人子嗣，给人类带来幸福和欢乐。诗的结尾，诗人抑制不住内心的激动和崇敬,为这位飒爽英姿的生育之神造型:"孔盖兮翠旌,登九天兮抚彗星。竦长剑兮拥幼艾,荪独宜兮为民正。"这里既突现了她的体态美,又突现了她的心灵美。她乘着插有绿色的旌旗、装有孔雀羽毛华盖的车,毅然登上九重天,以彗星当扫帚,为人类扫除邪秽。她一手高举长剑,一手托着幼婴,威武、刚毅、慈善,俨然是一尊圣母的雕像。

《九歌》不单人物形象生动感人,其意象也是雄奇瑰丽的。这组改编后的祭祀歌舞词,大不同于一般的民间巫歌或任何宗教祭祀诗。它不用抽象意念的直陈和纯理性的演绎,或表明对神明的虔敬与礼赞,或对世人进行惩恶扬善的说教。屈原十分注重以诗的审美方式观照生活、表现生活,善于从生活中捕捉、从神话传说中提炼创造丰富的意象,并将自己的理想和感情融化于意象群之中。《九歌》的每一篇章均被设置在一个单一的神话故事或历史传说之中,并糅合了自然景观、宗教祭祀和诗人的理想爱憎,以众多新鲜意象构成雄奇瑰丽的艺术境界,如《东君》:

> 暾将出兮东方,照吾槛兮扶桑。抚余马兮安驱,夜皎皎兮既明。
> 驾龙辀兮乘雷,载云旗兮委蛇。长太息兮将上,心低佪兮顾怀。

《东君》是对太阳神的礼赞,而这种抽象概念完全被具体可感的意象所取代——东方升起曙光,照遍栏杆扶桑,随着太阳神驾车启程,黑夜悄悄离去,大地一片光明。当太阳神驾"龙辀",乘风雷,旌旗猎猎,展现于寥廓的天宇,其景象是多么雄伟、壮观!可她喷薄欲出、冉冉升腾时,却显得乍升乍降、低回流连,完全是一副不胜羞怯的少女模样。这也许是出自对大地的眷恋,也许是因为驰驱的疲劳尚未恢复,也许是诗人的凄苦情绪的投入。在这里,意是核心,意化为象,象生于意。意与象二者浑然一体,诗人的内心情思与生活的外在景观得到了和谐的统一。此诗结尾处云:

> 青云衣兮白霓裳,举长矢兮射天狼。
> 操余弧兮反沦降,援北斗兮酌桂浆。
> 撰余辔兮高驰翔,杳冥冥兮以东行。

青云、白霓、天狼、北斗这一类宇宙星云,全被诗人调动起来涂抹出一幅极为壮阔的落日图。诗人将太阳被云霓簇拥的情状想象为"青云衣兮白霓裳",衣青着白,其色彩意象异常鲜明。同时诗人又将夕阳透过云霞射出来的光芒想象为"举长矢兮射天狼",光芒拟作长箭,天狼星拟作恶狼,太阳被赋予人的精神品格。这种化静为动、化无生命为有生命的手法创造出了具有丰富意蕴的象征性的意象,使得诗人着力描绘的太阳神形象得到了升华,不仅大大地增加了诗的情趣,而且生动地表达了人们对驰驱不息、普照万物、乐于为民除害的太阳神的深情赞美。

《九歌》总是从动态中去描写自然物象和社会风情,或是描绘客观物象的动态,而极少纯静止地描写。这种动态意象的创造具有流动之美,比之静态意象更富于生命力,更能调动读者的联想和想象。《云中君》对自然界的云神就是从动态中去把握和表现的:

> 灵皇皇兮既降,猋远举兮云中。览冀州兮有余,横四海兮焉穷。

光灿灿的云朵刚刚降临,倏地又飞向九霄。其灼灼光彩遍及九州,横绝四海。简单几笔就把云气充斥寰宇、舒卷自如、飘忽不定的特性描摹得生动传神,给读者以空灵飞动之感。

第二,运用比兴写景述事和抒发思想感情,是《九歌》又一重要的艺术特点。《九歌》比兴艺术是屈原继承了《易经》《诗经》的合理内核,同时又吸收了楚文化,特别是南楚民间巫文化而形成的新的比兴艺术,起到了烘托气氛、刻画形象和抒发情感的目的。如《湘君》这首描写湘夫人与湘君幽会的诗,通篇极少有连贯的铺陈,而比兴则随处可见:

> 桂棹兮兰枻,斲冰兮积雪。采薜荔兮水中,搴芙蓉兮木末。心不同兮媒劳,恩不甚兮轻绝。石濑兮浅浅,飞龙兮翩翩。交不忠兮怨长,期不信兮告余以不闲。

这是展示湘夫人赴约途中心理情绪活动的一段。"斲冰兮积雪",王逸以为"言已乘船遭天盛寒,举其棹楫,斲斲冰冻,纷然如积雪"(《楚辞章句》),判定是写实。其实,无论是从湖湘的时令气候,还是从全诗所要表达的内容主旨来看,王逸的说法都站不住脚。深秋沅湘一带不会下雪,偌大的洞庭湖面更不会出现冰冻。所谓"斲冰""积雪"不过是作者运用比兴手法,即以冰喻水,以雪喻浪花,以"斲冰"喻击桨行船。作者是从事物的外部形态联想设喻,自然贴切而富有力感,惟妙惟肖地勾勒出了湘夫人奋力划船的身影,透露出她寻夫途中的急切心理。如果说"斲冰""积雪"侧重于比喻,那么,"采薜荔兮水中,搴芙蓉兮木末"则侧重于象征了。本来薜荔缘树而生,而今却采之于水中;芙蓉即荷花,乃水生植物,而今却求之于树梢。既非其所在,即使用力再勤,亦不可得。作者用这样有悖常理的举动作为喻体,隐含了所求不得其所、事与愿违和徒劳无功的意思,预示着湘夫人赴约将不会有美满结局。果然,她很快就感受到了由于对方负约带来的痛苦。她对情人的热切期盼与苦苦寻觅,得到的却是"不闲"这样的谎言与欺骗,叫她怎能不从心底涌出绵绵怨恨呢?

可见诗中对托物或借物的形象描写,对诗所欲表达的要义和感情起着象征作用。又如《湘夫人》中湘君幻想为心上人修建居室的描写:

> 筑室兮水中,葺之兮荷盖。荪壁兮紫坛,播芳椒兮成堂。桂栋兮兰橑,辛夷楣兮药房。罔薜荔兮为帷,擗蕙櫋兮既张。白玉兮为镇,疏石兰兮为芳。芷葺兮荷屋,缭之兮杜衡。

这所水中宫殿是何等富丽堂皇!它是用荷盖作屋顶,用芳荪作壁,用紫贝作中堂,用桂树作栋梁,用兰木作椽,用辛夷作门楣,用白芷隔卧房,用薜荔结帷幔,用蕙草作室内隔帐,用白玉镇坐席,四周分置着芳香的石兰,如此众多的琼芳玉树构筑、装饰了这对情侣的爱巢,可谓五彩斑斓,异香四溢。作者运用比兴手法,具象美感,体物入神,赋香草佳木以灵性,其形象描绘不单是以华美的居室衬托出主人公尚美的情操和高贵的品格,更重要的是借幻景写真情,展示了湘君对湘夫人的思念之切、情爱之深,表现了神灵或楚人对纯真爱情的执着追求和对幸福生活的无限憧憬。用香草兴喻美人是《九歌》最常用的比兴方式。《湘夫人》中就有"沅有茝兮澧有兰,思公子兮未敢言"。上句属兴,用茝、兰起兴,以引起下文。但兴中亦有比,即用沅茝、澧兰比喻茝般芳香、兰样高洁的公子(湘君)。故谓兴中有比,比内含情,表现了主人公难以诉说的刻骨相思。类似的还有《少司命》中绿叶紫茎的秋兰和麋芜:

秋兰兮麋芜,罗生兮堂下。绿叶兮素华,芳菲菲兮袭予。夫人自有兮美子,荪何以兮愁苦?
秋兰兮青青,绿叶兮紫茎。满堂兮美人,忽独与余兮目成。

"秋兰""麋芜"均为香草,用以装饰神堂,绿色枝叶衬托着白色花朵,显得多么雅致,多么芳华,多么富有生机! 就在这一片芳菲缭绕之中,参加祭礼的美人兴高采烈,眉目传情,寻觅自己的爱情和子嗣。绿叶素枝的秋兰与麋芜既是兴,也是比,既是写实,也是虚拟。它既是祭祀神堂里的实际场景,又象征着生命、爱情和蕃茂。因此,他们深信不疑:只要围绕这种花草参与歌舞祭祀,就能如愿获得爱情、子嗣和丰盈。

创造任何一种艺术美都离不开一定的历史文化背景,不了解《九歌》比兴所由产生的楚国历史文化积淀和沅湘民俗文化背景,也就不能理解屈原独特的比兴艺术,不懂得他何以要把香草与美人联系起来。《九歌》是屈原流放沅湘时的作品,其比兴艺术自然植根于原始宗教盛行的楚国沅湘之间的巫风文化土壤。这里气候湿热,草木葱茏,盛行植物崇拜,某些奇花异草还可能曾是南方某些氏族的图腾。比如"兰"就是被楚人视为最芬芳、最高洁的花卉,有"王者之香"的美称,被尊为楚国的国花。《左传》有宣公三年郑文公妾曾梦兰而生贵子的记载,《西京杂记》亦谓汉时池苑种兰以降神。可见兰历来就是吉祥之物,是贵胄或男子的象征。因此,《九歌》用以比喻美人以及像湘君、湘夫人、少司命一类尊贵的神灵,是极其自然而确切的。这一方面体现了《九歌》鲜明的地方色彩和时代特征,另一方面又如司马迁在《屈原列传》里所指出的"其志洁,故其称物芳",屈原在香草形象中融进了自己高尚的人格、理想和精神情操,充分展现了他对美好事物的仰慕和追求。

第三,《九歌》语言精美,韵味隽永,极富音乐之美。屈原在《九歌》中以楚地民间祭歌为基础,去其"鄙俚",刘其"亵慢淫荒之杂"(朱熹《楚辞集注》),而取其有益的方言、方音,又吸收了《诗经》、诸子散文的语言长处,创造了一种新鲜的具有浓厚艺术趣味的诗歌语言。《九歌》的语言极其绚丽璀璨,有着鲜明的色彩感。刘勰在《文心雕龙》中称赞屈原作品"辞来切今,精彩绝艳,难与并能",从其语言色彩情调而论,这是十分中肯的。在《九歌》中,无论是绘景还是写人,绝不轻描淡写,总是以浓墨重彩描绘出鲜明的形象。比如用"驾龙辀兮乘雷,载云旗兮委蛇"来写太阳神驾车启程时威武雄壮的气派,用"浴兰汤兮沐芳,华采衣兮若英"来写天宇浮云的形态特征,用"绿叶兮素华,芳菲菲兮袭予"来渲染神堂肃穆、祥和的气氛,用"灵偃蹇兮姣服""五音纷兮繁会"来描写祭祀乐舞场面,用"荒忽兮远望,观流水兮潺湲"或"风飒飒兮木萧萧,思公子兮徒离忧"来表现神灵失恋时失落的心态。这些诗句,或色彩浓丽,或绘声绘影,而又都感情鲜明,准确凝练,饶有诗意。语言精美并非单指用词华美,更非要追求雕琢藻绘。质朴的语句只要能自然生动地表达诗人对客观事物的真切感受与审美体验,亦不失为精美。《湘夫人》的开头说:"帝子降兮北渚,目眇眇兮愁予。袅袅兮秋风,洞庭波兮木叶下。"诗人用质朴的语言,寥寥几笔就勾勒出一幅洞庭清秋图——秋风习习,碧波粼粼,黄叶纷纷飘落在水面上。伫立在湖畔的湘夫人正极目远眺,仿佛看到了自己的心上人飘然降临。在这幅洞庭清秋的画面上,有景有情,情景交融,可以使人感受到深秋的凉意和感情上的寂寞,流露出一种说不尽的惆怅凄迷的情调。

真正的诗歌语言不仅具有色彩美,而且具有音响美、韵律美,即音乐美。作为入乐伴舞的《九歌》就达到了这样的艺术境界。《九歌》诸篇章除了在句中嵌入独具特色的音韵助词"兮"来调节其音节,使参差错落的句式朗朗可诵之外,还常常借用双声词、叠韵词、叠音词和象声词来求得音韵和谐动听。如《山鬼》结尾:"雷填填兮雨冥冥,猿啾啾兮狖夜鸣。风飒飒兮木萧萧,思公子兮徒离忧。"诗中的"填填""啾啾""飒飒""萧萧"等叠音词都用作象声词,读来朗朗上口,铿锵有力,大大增强了诗的韵律美和节奏感。雷声、雨声、猿啼声、风声、林涛声,在这一阵紧一阵的自然音响中,读者会觉得自己也置身在雷雨交加、木鸣猿哀的险恶旷野,真切感受到山中女神被抛弃的巨大痛苦。因此,这些叠音词、象声词用得非常恰当,达到了音韵和谐、声情并茂的艺术境界,能使读者受到音乐美的感染和情感的熏陶。

此外,《九歌》还运用对偶句式来造成诗句的音乐效果,如"采薜荔兮水中,搴芙蓉兮木末。心不同兮媒劳,恩不甚兮轻绝"(《湘君》)、"悲莫悲兮生别离,乐莫乐兮新相知"(《少司命》)、"捐余袂兮江中,遗余褋兮澧浦"(《湘夫人》)。这些对偶句形式整齐,音韵和谐,无论写景图貌或是议论抒情,可以达到两层相关或相反的意思互相补充,彼此映衬,臻于完美。

复习思考题

1. 先秦诗歌对中国诗歌发展具有哪些影响?
2. 哪些因素影响了中国历史上不同时代对《诗经》爱情诗的评价?
3. 中国古代诗与史的关系。
4. 屈原爱国思想的历史与时代意义。

进一步阅读建议

1. 〔唐〕孔颖达疏:《毛诗正义》,中华书局,1957年。
2. 〔宋〕洪兴祖撰:《楚辞补注》,中华书局,2015年。
3. 〔宋〕朱熹撰:《诗集传》,北京图书馆出版社,2006年。
4. 〔宋〕朱熹集注:《楚辞集注》,上海古籍出版社,1979年。
5. 〔清〕王夫之[①]撰:《楚辞通释》,杨新勋点校,上海古籍出版社,2018年。
6. 〔清〕方玉润撰:《诗经原始》,中华书局,1986年。
7. 游国恩著:《楚辞概论》,商务印书馆,1930年。
8. 程俊英主编:《诗经赏析集》,巴蜀书社,1989年。
9. 姜亮夫著:《重订屈原赋校注、二招校注》,云南人民出版社,2002年。
10. 余冠英选注:《诗经选》,中华书局,2012年。
11. 逯钦立辑校:《先秦汉魏晋南北朝诗》,中华书局,2017年。
12. 周振甫译注:《诗经译注》,中华书局,2010年。
13. 马茂元选注:《楚辞选》,商务印书馆,2021年。
14. 聂石樵注:《楚辞新注》,上海古籍出版社,1980年。
15. 袁宝泉、陈智贤著:《诗经探微》,花城出版社,1987年。
16. 杨义著:《楚辞诗学》,人民出版社,1998年。
17. 周啸天主编:《诗经楚辞鉴赏辞典》,商务印书馆国际有限公司,2012年。
18. 李中华著:《词章之祖:〈楚辞〉与中国文化》,河南大学出版社,1998年。
19. 李中华、杨合鸣编著:《〈诗经〉主题辨析》,广西教育出版社,1989年。
20. 上海辞书出版社文学鉴赏辞典编纂中心编:《先秦诗鉴赏辞典》,上海辞书出版社,2016年。

---

① 王夫之(1619—1692),字而农,号姜斋,人称"船山先生",明末清初思想家。《楚辞通释》《王船山诗文集》将其定为清朝人,《古诗评选》将其定为明朝人。——编者注

第二章　汉代诗歌艺术

学习要点：

1. 了解汉代诗歌的发展概况。
2. 掌握汉乐府和《古诗十九首》的思想内容和艺术特色。
3. 掌握汉代乐府诗在叙事方面的艺术成就。
4. 掌握《古诗十九首》生命意识的主要内容。

第一节 汉代诗歌概述

汉代诗歌是指西汉初至东汉末约400年间的诗歌,包括文人诗和民间歌谣,以汉乐府和文人五言诗成就最高。

一、汉乐府

"乐府"最初是秦汉掌握音乐的官署机构。六朝时,人们把合乐的歌辞、袭用乐府旧题或模仿乐府体裁写成的诗歌统称为"乐府",于是"乐府"演变成为一种诗体名称。这一名称沿用到后世,含义进一步扩大,如宋人把词,元、明人把散曲也称作乐府。

汉乐府民歌继承和发扬了《诗经》的现实主义传统。它"感于哀乐,缘事而发"(班固《汉书·艺文志》),传达了汉代民众的心声,反映了广阔的社会现实,是汉代社会生活的一面镜子。其内容一是表现民众的悲苦、怨恨与反抗,如《孤儿行》反映了私有制下道德沦丧导致的悲剧,《东门行》则表现了百姓困不可忍之后的反抗。这类民歌远超先秦民歌"怨刺"的界限,反映了新的时代特点。二是反映战争、徭役给人民带来深重苦难的诗歌,如《战城南》通过对激战后凄凉恐怖战场的描写和人乌间惊心动魄的对话,反映了战争给人民生命带来的巨大灾难和对农业生产的严重破坏,有力控诉了穷兵黩武者的罪行;《十五从军征》更通过一位老兵回乡后目睹的悲惨情景表现了这一点,他15岁从征,80岁才得返家,几十年兵役使他备受苦难,而归来后早已家破人亡,亲戚丧尽,只有累累荒冢和断壁残垣,盼望已久的归梦被现实击得粉碎;《悲歌》反映了异乡漂泊者"欲归家无人,欲渡河无船"的痛苦。三是反映爱情、婚姻与家庭生活的诗歌。与《诗经》时代相比,汉代男女青年在爱情婚姻上受礼教的压抑更重,但从现存作品看,其时人们表达情感的浓烈程度并不逊于《诗经》,而且更具悲剧色彩。《有所思》写一女子思念远方情人,本想赠以珍贵礼品,却"闻君有他心,拉杂摧烧之。摧烧之,当风扬其灰!从今以往,勿复相思"。这种深挚的感情并不易断绝,她的一举一动又害怕被外人知道,内心充满矛盾。《上邪》中女主人公向自己的所爱发出爱情誓言:

> 上邪!我欲与君相知,长命无绝衰。
> 山无陵,江水为竭,冬雷震震,夏雨雪,天地合,乃敢与君绝!

以必无之事为誓,语言铿锵,感情真挚浓烈,非爱之至深者不能道。《孔雀东南飞》是另一类型的爱情婚姻悲剧。此诗是我国古代著名的长篇民间叙事诗,代表了汉乐府民歌的最高艺术成就。

汉乐府民歌多采用叙事形式,具有较强的故事性和鲜明生动的人物形象,如《孤儿行》《陌上桑》《孔雀东南飞》。其语言朴实凝练,不事雕琢,如《江南》。其句式灵活多样,有四言、杂言,而其最大贡献是开创并完成了五言诗的形式,不仅影响到东汉文人五言诗的创作,而且直接为建安诗歌的繁荣奠定了基础。

二、汉代文人诗

五言诗源于民间歌谣。西汉五言谣谚渐多,对文人五言诗的兴起有深刻影响。最早出现的文人五言诗是班固的《咏史》,这是他有意模仿乐府民歌之作,"质木无文"(钟嵘《诗品》)。稍后有张衡的《同声歌》,东汉末有秦嘉的《赠妇诗》、辛延年的《羽林郎》(一说为汉乐府民歌)、宋子侯的《董娇娆》等。这些作品都热衷于表达个人的内心体验,多数有刻意加工之迹,用意稍切。其中《羽林郎》和《董娇娆》是较优秀的作品,受乐府民歌的影响很明显。

汉代文人五言诗的代表作是《古诗十九首》。这组诗首载于《文选》,作者佚名,时代莫辨,萧统辑入《文选》,泛题为"古诗"。关于其作者和时代,历代说法不一。近代学者意见渐趋统一,认为《古诗十九首》非一人一时一地之作,它们产生于东汉顺帝至献帝之间,作者是中下层失意的知识分子。本组诗的思想内容一是抒写游子思妇的离别思念之情,游子漂泊的凄苦、思亲思乡的情结、思妇寂寞孤独的心态,诗中都有细腻而深刻的表现,如《行行重行行》《涉江采芙蓉》;二是伤时感乱,慨叹人生,抒发一种对死的恐惧和对生的欲望情绪,体现了生命意识的觉醒和人生价值的思考,反映了人生观的巨大变化,如《青青陵上柏》《今日良宴会》。

《古诗十九首》抒发的感情真切动人,毫不掩饰地表现诗人内心的迷惘、痛苦以及强烈的生命意识和个体意识,使作品产生很强的感染力。其语言浅近洗练,质朴自然,不假雕琢,但又异常精练,含义丰富,往往表达出十分复杂曲折的思想感情,即所谓"深衷浅貌,短语长情"(陆时雍《古诗镜》)。作者运用比兴、衬映、烘托等手法,融情入景,寓景于情,达到天衣无缝、水乳交融的境界。

第二节 汉乐府叙事诗的艺术特色

汉乐府民歌中出现了大量的叙事诗,著名的有《东门行》《孤儿行》《妇病行》《陇西行》《蛱蝶行》《上山采蘼芜》《十五从军征》《陌上桑》《羽林郎》《艳歌行》以及《孔雀东南飞》等。

在《诗经》中,已经出现了某些具有叙事成分的诗作,却非完整、正式的叙事诗。在楚辞中,虽然有些诗篇(如《离骚》)篇幅有所扩大,也有形象、情节,但其形象只是抒情主人公的形象,情节只是为作者抒发感情所设,这些诗亦为抒情诗而非叙事诗。叙事诗正式产生于汉代而未成于《诗经》、楚辞时代自有其原因。究其所以,约有下列数点:

第一,汉代丰富复杂的社会生活。西汉中期以后,整个社会动荡不安,阶级矛盾日益尖锐,客观现实愈趋复杂。此时社会生活的丰富复杂性,远非《诗经》、楚辞时代可比。仅以婚恋题材作品而言,《诗经》里爱情诗多数是咏唱男女恋情的喜悦、甜蜜,少数反映了两心未通或爱情遭到挫折的苦闷,如描写弃妇的《卫风·氓》《邶风·谷风》二诗,都说明《诗经》时代在男女爱情、婚姻问题上的单纯明朗。楚辞时代距《诗经》时代相去未远,当变化不大。到了汉代,情况有了极大的不同。汉武帝独尊儒术,《列女传》《女诫》等反映封建妇德的书也为统治者竭力推广,封建宗法制度、家长制度对男女情爱的控制越来越森严,以致出现了"七出"之条①。除了这种控制愈来愈严的趋势外,在当时又有一些例外情况。据杨树达《汉代婚丧礼俗考》载,汉代绝婚主要是男弃女,其原因有因口舌、因嫉妒、因无子、因盗窃、因不得于父母、因不德、因娘家不道、因欲攀缘势家等;但也有女方主动求绝的,或以夫家贫贱,或以夫恶疾,或以夫家不和(《孔雀东南飞》中兰芝主动请去,即反映了此时代风习)。又如改嫁一事,有因夫死而改嫁者,有因夫久出不归而改嫁者,有因遭离弃而改嫁者;但亦有立志不改嫁者,虽父母迫之而不从,至或有毁形、自杀以相抗者等,错综复杂。爱情、婚姻情况如此,其他方面可以推想。汉乐府民歌都是"饥者歌其食,劳者歌其事"(何休《春秋公羊传解诂》),"感于哀乐,缘事而发"(班固《汉书·艺文志》)。社会生活日趋丰富复杂,诗歌创作用《诗经》、楚辞时代的抒情诗方式来反映显然已经不够。于是,人们另辟蹊径,用叙事的诗歌把他们看到的、听到的、想到的如实记载下来。

第二,城市的繁盛,市民阶层的兴起。汉定天下,海内为一,经过文景之治,国力逐渐恢复、强盛。古典城市更新进步,商业都市蓬勃兴起。"自京师东西南北,历山川,经郡国,诸殷富大都,无非街衢五通,商贾之所臻,万物之所殖者。"(桓宽《盐铁论·力耕》)商业城市的繁盛,又促进了市民阶层的产生和发展,东汉时期市民队伍更加壮大。王符《潜夫论·浮侈》中曾论及此种情况:"今举俗舍本农,趋商贾。牛马车舆,填塞道路。游手为巧,充盈都邑。务本者少,浮食者众……今察洛阳,资末业者,什于农夫;虚伪游手,什于末业。"不仅大都市如此,"天下百郡千县,市邑万数,类皆如此"。随着市民阶层的

---

① "妇有七去:不顺父母去,无子去,淫去,妒去,有恶疾去,多言去,窃盗去。"(《大戴礼记·本命》)

兴起壮大，他们对文学艺术欣赏的需要，对用文学作品表达自己感情、反映自己生活的需要也越来越迫切。如戏剧方面，西汉前期即出现了市民所喜闻乐见的百戏，出现了戏剧性、叙事性强的故事戏《东海黄公》。文学方面，当时文坛上盛行铺采摛文的汉赋，这些赋所描写的既与普通民众的生活不相干，又因佶屈聱牙、文意艰深，让市民们无法领略。他们"是爱听故事又爱说故事的。他们不赋《两京》，不赋《三都》。他们有时歌唱恋情，有时发泄苦痛，但平时最爱说故事"（胡适《白话文学史》）。而汉乐府民歌中很多都是叙事诗，有不少叙事诗就是由市民创作的，反映了他们自己的生活，如《陌上桑》《羽林郎》《东门行》等，均属于反映市民生活的叙事诗。

第三，诗体的进步。《诗经》的句式基本上是四字句，节奏由双音顿构成。这种诗体较呆板、单纯，篇幅较短小，一般不能担负起表达错综复杂情节和塑造鲜明人物形象的任务。楚辞篇幅有所扩大，句式有所加长，出现了杂言形式，但一方面这种句式不稳固，字数时多时少；同时由于采取在句中或句尾加"兮"字的方法，容易造成一唱三叹的效果，适宜表达感叹情绪和抒发感情。汉乐府民歌在诗体上打破了《诗经》四言格式的定型，又吸收了楚辞杂言的特点，并加以修改（如去掉"兮"字）、发展，而渐渐趋向五言，完成了诗体革命。五言句式是三音顿，它在一句诗的节拍上构成了奇偶相配的特点。这样，既扩大了句子表达容量，又加强了句子表达意思的灵活性，为叙事诗交代情节、塑造复杂人物性格提供了便利的形式。汉乐府民歌中的叙事诗基本上都是完整的五言诗，可见诗体进步对叙事诗产生起到了多么重要的作用。

第四，南北文学的交流和融合。自西周至春秋战国时期，中国文学一直有南北之分。北方文学可以《诗经》为代表，其特点是重实际，轻幻想，《诗经》所反映的大抵为日常生活、社会人事，很少神话痕迹。南方文学可以楚辞为代表，其特点是带有浓厚的神话色彩和想象成分，如《离骚》中主人公上天入地，叩关求阍，瑰丽神奇。南北文学之间虽有互相影响之处，但基本上还是按照各自的运动轨迹发展运行着。到了汉代，随着南北疆域统一，文学也出现了第一次交流和融合，汉乐府民歌叙事诗即为南北文学交流和融合后绽放的一朵鲜花。它兼有二者的特点，一方面重实际，反映社会，反映生活，如《东门行》《孤儿行》等诗；另一方面又富有浓郁的想象成分，这些想象成分既直接体现在某些奇特怪诞的寓言叙事诗中，又间接体现在一些诗作情节的构思及人物形象的塑造上，如《陌上桑》中的罗敷夸夫，《孔雀东南飞》中二人殉情后化成相思树、鸳鸯鸟。《诗经》、楚辞中本已含有叙事成分，具有叙事诗的萌芽状态。经过历史的演进和上述种种原因，汉乐府民歌中叙事诗遂勃然而兴，蔚为大观，书写了中国文学史光辉的一页。

从内容上看，汉乐府民歌叙事诗大都深刻反映了当时的社会现实，描写了人民的痛苦，揭露了封建社会的罪恶，如《妇病行》《孤儿行》中下层人民遭受痛苦的现实，《东门行》中劳动人民对黑暗社会的反抗，《陌上桑》《羽林郎》里妇女的大胆斗争，《陇西行》对"健妇"的赞美，《孔雀东南飞》对刘、焦二人纯真爱情的歌颂和对封建家长压迫的揭露，等等，无不具有这样的特点。

需要特别注意的是以《蛺蝶行》《乌生》为代表的几首寓言体叙事诗。《蛺蝶行》叙述了一只蝴蝶被母燕掳去喂养小燕的经过，《乌生》叙述了一乌惨死于弹弓之下的经过及自怨自艾、自宽自解的心理。这些寓言叙事诗同样是社会现实的反映，同样具有上面所述的特点,非子虚乌有的幻想,只不过采取超现实手法来表达现实内容罢了。《蛱蝶行》实际上是汉代抢婚制度的反映。翻检史籍,两汉官僚豪贵掠抢良人美女的事例不是个例。再从《蛱蝶行》本身看,"持之,我入紫深宫中","紫深宫"三字尽透消息。"紫深宫"者,紫宫也。古代多称帝王宫殿为"紫宫",如《后汉书·霍谞列传》中"呼嗟紫宫之门,泣血两观之下"句,注云:"天有紫微宫,是上帝之所居也。王者立宫,象而为之。"郭茂倩《乐府诗集》所录《苻坚时长安歌》有句云:"一雌复一雄,双飞入紫宫。"其本事见《晋书·苻坚载记》:"坚之灭燕,(慕容)冲姊为清河公主,年十四,有殊色,坚纳之……冲年十二,亦有龙阳之姿,坚又幸之。姊弟专宠,宫人莫进。"弄清了"紫宫"的含义,了解了汉代抢婚制度,那么这首寓言叙事诗所要表达的深刻意义就很清楚了。它实际上反映了民间少女被抢进宫院,惨遭蹂躏,抱恨终身的现实。《乌生》一诗寓意比较清楚,暗示整个社会像一个屠场,弱小者无论怎样挣扎,总是逃脱不了悲惨的命运,逃脱不了被宰割、被吞噬的下场。

汉乐府民歌叙事诗实际上可分为三大类。第一类以《东门行》《妇病行》《孤儿行》《十五从军征》《上山采蘼芜》等为代表,第二类以《陌上桑》《羽林郎》为代表,第三类以《孔雀东南飞》为代表。① 这三类诗在情节安排、结构组织、人物形象塑造三方面都各具特色。为方便起见,下面就从这三个方面来分析这三类叙事诗在艺术上的特点。

一、情节安排

汉乐府民歌中第一类叙事诗在情节上的特点是对于所要叙述的事情并不做有头有尾的叙述,而只是选择其中最能吸引人、最能反映生活的片断来集中加以描写。这样,篇幅虽然短小,但它给人的印象却异常鲜明、深刻。《东门行》开篇便是"出东门,不顾归。来入门,怅欲悲",结尾为"咄!行!吾去为迟!白发时下难久居",主人姓甚名谁、什么职业、为何怒而出走以及出走后干了什么、结局如何,诗中全无交代,只如天马行空,狂飙掠野,突然而至,倏忽而去,渲染了一种忍无可忍、一触即发的气氛。诗中全力描写舍中儿母牵衣啼哭苦劝而丈夫叱行的片断。这个片断虽然简短,但由于它反映生活的典型性,由于作者集中、突出的描写,犹如一个特写镜头,非常醒目地呈现在读者面前,并给读者留下鲜明、深刻的印象。《妇病行》集中笔力描写丈夫上市买饵的片断,《孤儿行》描写孤儿行贾、汲水、收瓜三个片断,《上山采蘼芜》描写一对离异夫妇偶遇相互问答的片断,莫不具有如此的特点。

第二类叙事诗在情节安排上和第一类叙事诗有所不同,它的特点是讲究情节的完整性、曲折性。《陌上桑》《羽林郎》二诗,开篇都介绍了人物姓名——"秦氏有好女,自名为罗敷""昔有霍家奴,姓冯名子都。依倚将军势,调笑酒家胡",年龄——"二十尚不足,十五颇有余""胡姬年十五",地点——"日出东南隅,照我秦氏楼……采桑城南隅""春日独当垆",把所要叙述的故事头绪、来由交代得清清楚楚。在这个基础上,诗歌情节再向纵深开展,进入主要事件的叙述。耐人寻味的是《陌上桑》《羽林郎》二诗都是在记叙女

---

① 据《汉书·艺文志》载,西汉有民歌138首,今仅存三四十首,佚诗中叙事诗当不在少数。此处以这几首诗为各类叙事诗的代表。

主人公一番话以后戛然而止,没有进一步交代结尾如何。表面上看似乎有点有头无尾,但实际上它们是有头有尾的、完整的,因为想象"可以补充事实链条中不足的和没有发现的环节"(高尔基)。每个读者均可以根据女主人公的言语,通过想象把作者所未表达的故事结尾再现出来。正如清人张玉穀所言:"三解,皆罗敷之语……极夸夫婿之美好尊贵如此……竟不兜缴使君,而使君之惭愧而去可知矣。妙绝。"(张玉穀《古诗赏析》)同样,《羽林郎》中经过胡姬一番义正词严的拒斥,霍家奴的狼狈而去亦可想象出来。

　　第三类叙事诗的代表为《孔雀东南飞》。这首诗情节之完整、曲折,具有以下四个特点。一是诗前出现小序,这是第一、二类叙事诗中所未出现过的。小序共55字,简单明了地交代了故事发生的时间、男女主人公的姓名、事件的大致经过和结果以及写作者的情况。读者读了这个小序,就全面了解了全诗的故事情节、线索发展。二是情节完整。全诗长达1700余字、350余句,给读者展示了一个悲剧故事的全过程。"孔雀东南飞,五里一徘徊"是全诗的序幕,它渲染了一种哀伤凄艳的悲剧气氛,暗示了全诗的悲剧结局;"十三能织素"一段为故事开端,它叙述了兰芝心中的苦悲及自请遣归的要求;"府吏得闻之"到"念与世间辞,千万不复全"为故事的发展,详细记述了府吏抗争,兰芝遭遣,县令、太守相继求婚,刘兄逼迫,二人密约同死等一系列经过;"府吏还家去,上堂拜阿母"到"徘徊庭树下,自挂东南枝"描写了殉情始末,故事情节发展到顶点;最后一段华山合葬、鸳鸯同鸣,则交代了故事的结局。整个情节有头有尾,完整清晰。三是情节曲折。《孔雀东南飞》篇幅长,为情节曲折发展和矛盾冲突提供了极好的条件。全诗故事情节的发展宛如蜿蜒奔流于山间的溪水,时而喷珠溅玉,一泻而下;时而回环跌宕,斗折蛇行,无不曲折有致,扣人心弦。兰芝不堪役使,自请遣归,辞母别姑,挥涕登车,强烈冲击着读者的感情。焦仲卿恳求阿母,和兰芝结誓,又使读者松一口气。而当刘、焦二人甚至读者心里充满憧憬希望时,形势急转直下,陡生波澜,县令、太守相继遣人求婚,刘母、刘兄威逼利诱,兰芝竟至允婚,这时读者有对刘兄卑鄙行径的憎恶,有对焦、刘二人重逢无望的感叹,更有对刘兰芝允婚的不解和疑惑。此后,各种矛盾相继而至,纷纭迭起,焦仲卿的误会、嘲讽,刘兰芝的辩解、叹息,焦仲卿的临死别母,焦母的大恸劝说……就这样层层转折,步步递进,错综曲折,宛转回环,把故事情节推向最高峰,也把读者感情带到了紧张和极度悲痛的境地——红销香殒,华山合葬。纯洁爱情放射出最后的灿烂光芒,诗歌也获得了永恒的悲剧价值。四是主、副线相结合。第一、二类叙事诗,由于篇幅短小,故事简单,人物性格单薄,故就一般而言,整首诗只有一条一贯到底的线索。而《孔雀东南飞》在情节安排上却存在着一主一副两条线索。焦、刘二人和焦母、刘兄封建家长势力殊死斗争的经过为主线,兰芝被遣回家后县令、太守相继遣人作伐为副线,这两条线索巧妙地结合在一起,互为结果,互相补充。主线中所交代的兰芝的才貌、所受的良好教育,自然引出副线中的相继求婚,从而体现出兰芝的独特魅力,而副线中兰芝拒婚又展示了兰芝对爱情的坚贞、专一。

二、结构组织

　　结构组织是叙事诗的一个重要方面,汉乐府民歌中三类叙事诗在结构组织上也各具特色。第一类叙事诗在结构上的特点是,就多篇作品结构而言呈多变状态,就一篇作品而言呈单一状态,即各诗之间结构方式互不相同,然而一篇之中却显得单一。《上山采蘼芜》写一对离异夫妇偶然相遇的情况,以对话形式来构成诗篇,可称对话式结构。《十五从军征》记叙老兵归来在道上的询问、回到家中所见到的凄凉景象、做熟饭菜后出门的彷徨和涕泣涟涟的经过,按时间线索组织结构,可称之为连锁式结构。《孤儿行》则主要记叙了行贾归来、赤足汲水、瓜车倾覆三件事情并逐件加以描绘,可称之为并列式结构。

第二类诗结构特点和第一类诗刚好相反,从单篇作品看呈多变状态,从多篇作品看呈单一状态。所谓单篇作品呈多变状态,我们以《陌上桑》为例说明。从总体上看是按照时间先后来安排情节,从罗敷出门采桑,到路人倾倒,到太守挑诱,到罗敷夸夫,从头到尾,娓娓述来。在这个总构思中,作者又巧妙地穿插了人物语言和动作相结合、前后铺叙相结合、正面描写和侧面烘托相结合、虚构和实写相结合等手法。罗敷和太守智斗一部分,"五马立踟蹰""罗敷前致辞"等动作描写和"宁可共载不""使君一何愚！使君自有妇,罗敷自有夫"的对话记叙紧密结合,从不同侧面反映了人物性格,罗敷的大胆勇敢、义正词严和太守的见色心迷、厚颜无耻都得到了形象的反映。作品前段写罗敷服饰美丽、后段写罗敷夸夫都属于铺陈手法,"前后同一铺陈浓至,然前属作者正写,后乃就罗敷口中说出,故不觉堆垛板重"(张玉穀《古诗赏析》)。此外,刻画罗敷时的正面描写和从旁人眼中透露出罗敷美质的侧面烘托相结合,前半部分实写具体事件和后半部分罗敷夸夫的幻想、虚构相结合,等等,使得《陌上桑》的结构既有主干,脉络一贯,又富变化,旁逸斜出,跌宕有致。所谓多篇作品呈单一状态是指,把《陌上桑》和《羽林郎》联系起来看,其总体构思、结构组织都有相近之处。

第三类诗结构组织又有不同。张玉穀《古诗赏析》中论及《孔雀东南飞》一诗结构时云:"古来长诗,此为第一,而读去不觉其长者,结构严密也。"又云:"长诗无剪裁则伤繁重,无蕴藉则伤平直,无呼应则伤懈弛,无点缀则伤枯淡。此诗须看其错综诸法,无美不臻处。"可见,《孔雀东南飞》的结构组织达到了高度完美的地步。

《孔雀东南飞》一诗繁简结合,该繁则繁,该简则简,无不各臻其妙。兰芝被遣前"严妆"一段的描写,是典型的繁复的例子。作者刻意铺叙,用意何在？张玉穀自以为"得其环中",言:"被遣归家,有何情绪,作此严妆,呈其美态。亦谓男子之情,或移于色,特借是再为临行固结府吏之地。新妇苦衷,作者曲为写出。"(张玉穀《古诗赏析》)此见未免皮相。诗歌开头"十三能织素"一段叙述了兰芝的良好教养及高超才能,但未论及其貌,故于此处作一补叙,此其一。兰芝对府吏本就情深,"君既为府吏,守节情不移",但是在焦母逼迫下不能不去,又不忍遽去,于是借严妆之机,"事事四五通",以拖延临别前和丈夫待在一起的珍贵时间,此其二。兰芝本为遣出之妇,临行前偏偏着意打扮,究其实际,是对焦母的蔑视、反抗,是其反抗性格的表现,此其三。此外,借此严妆表示出兰芝的惊人美貌,为以下县令、太守求婚张本,埋下悲剧结构伏笔,此其四。所以,作者铺叙兰芝严妆这一场面,兰芝的美丽、多情、坚忍、反抗等特点鲜明地凸显出来了。诗中简的例子也不少,如诗的开篇,两句起兴一过,直接入题,简捷紧凑。故陈祚明赞道:"'五里一徘徊'用《艳歌何尝行》语,兴彼此顾恋之情。此下更不道两人家世,竟入'十三织素'等语,突然而来,章法甚异。盖长篇既极淋漓,最忌拖沓。此处写家世,末后写两家得闻各各懊怅追悔,便是

太尽。太尽反无味,故突起突住,留不尽之意方妙。"(陈祚明《采菽堂古诗选》)

为使诗歌生动感人,《孔雀东南飞》在结构上还采取了照应、反复、衬托、反跌、铺垫等一系列手法来组织材料,使之成为一个有机的整体。

本诗以"孔雀东南飞,五里一徘徊"起兴,余冠英认为:"汉魏有关夫妇离别的诗常用候鸟起兴。"(余冠英《介绍〈孔雀东南飞〉》)因此这首诗以孔雀起兴,含有暗示和比喻的作用,同时还创造了一种哀伤缠绵的气氛,提摄全篇,引起下文。而诗歌末尾以鸳鸯同鸣结束,同样含有生生死死、永不别离的比喻和暗示意义,仍然渲染了那种哀伤缠绵的气氛,很好地照应了开头。

本诗一开头有兰芝所言"十三能织素,十四学裁衣,十五弹箜篌,十六诵诗书,十七为君妇"一段,后面又有刘母所言"十三教汝织,十四能裁衣,十五弹箜篌,十六知礼仪,十七遣汝嫁"一段,这两段除个别字词不同外,基本上属同义反复,但二者之间仍有区别。首先二者角度不同,兰芝是自指,刘母是说对方,故有"教""遣"字样。其次还有情调、感情上的不同,兰芝所言主要是以此表达自己委屈的心情,而刘母所言则包含了骄傲、惊讶、委屈、生气等诸种感情,非无用多余的反复。

本诗衬托分为两种,一种是反衬,一种是正面衬托。王夫之曾言:"以乐景写哀,以哀景写乐,一倍增其哀乐。"(王夫之《姜斋诗话》)本诗中的反衬正具有如此作用。作者描写太守家为结婚做准备的场面,如火如荼,繁忙热闹,深切反衬出了兰芝内心的悲苦以及刘、焦二人见面时的冷清凄凉气氛。再看正面衬托的例子——以"今日大风寒,寒风摧树木,严霜结庭兰"的肃杀、凄清景象来衬托二人以身殉情的悲剧结局,也收到了很好的效果。

本诗结构组织上还采取了反跌手法。焦仲卿在和兰芝分别前夕,多次表示绝不相负,定将迎取,临了却改变初衷,冷言嘲讽。兰芝临别时也表示绝不变心,并以磐石、蒲苇为例,最后却突然同意嫁太守家。这些都是反跌手法的运用,大大加强了故事情节的戏剧性、曲折性。

铺垫亦是本诗常用手法之一。兰芝返家途中所言"我有亲父兄,性行暴如雷,恐不任我意,逆以煎我怀",就为刘兄逼迫兰芝出嫁做了铺垫,而"君当作磐石,妾当作蒲苇,蒲苇韧如丝,磐石无转移"四句,为最后两人自尽埋下了伏笔。

三、人物形象塑造

能否成功刻画人物形象,塑造鲜明的人物性格,是叙事诗是否达到高度艺术水平的关键之一。尽管塑造人物形象的方法和手段有所不同,但汉乐府民歌中三类叙事诗都塑造了一批比较鲜明富有个性的人物形象。

第一类叙事诗总的看来有两大特点:一是重情节安排而不重人物形象刻画;二是作者对人物形象往往不做直接刻画,而是通过人物行动以及语言来展现人物性格。前一特点,仔细阅读《妇病行》《孤儿行》《十五从军征》等诗即可体会到。《十五从军征》着力叙述老兵归途询问、家中惨状、做饭做羹、出门彷徨的情节,而对老兵形象的刻画不甚注意。《孤儿行》着重记叙了行贾归来、赤足汲水、瓜车倾覆三个情节片断,而未过多描写孤儿形象。这不等于没有人物形象描绘，作者大多通过人物行动、语言来展现人物性格，往往三言两语就能展现一个活生生的形象。《东门行》便通过出门、入门、拔剑等旋风般的动作以及"咄！行！吾去为迟！"等短促而又严厉的叱语，展现了一位叱咤喑呜、急风暴雨式的热血男子形象；又用拉住衣襟啼哭的动作及劝说语言，塑造了一位懦弱、善良、柔肠寸断的贤妻良母形象。只是这类叙事诗中人物形象不是诗歌重点，未作多方面刻画，故显得较单薄。

第二类叙事诗中，作者在叙述故事情节的同时，腾出更多笔墨，运用更多手法来塑造人物形象，因而人物形象刻画成为重点，罗敷、胡姬形象较病妇、孤儿、老兵等形象更为鲜明、丰满。以《陌上桑》为例，作者采用了外形描写、侧面描写、语言描写、行动描写等手法来刻画罗敷的形象。先看作者是如何描绘罗敷的美丽的。作者巧妙地设计了一个三部曲，第一部先写桑具，"青丝为笼系，桂枝为笼钩"，桑具之华丽隐隐让人联想到持此桑具主人公的美丽，读者心里已存几分揣想了；第二部再写服饰，"头上倭堕髻"四句从头上装饰写到身上衣服，雍容华丽，光彩照人，更预示着容貌的极致；第三部容貌描写。作者由远而近，步步进逼，从桑具而移至服饰，从服饰而逼出容貌。出人意料的是，在"行者见罗敷"八句中描写罗敷容貌，不像前二者一样从正面描写，而是采用侧面烘托的技巧，从行者、少年、耕者、锄者眼中透出罗敷的美貌绝伦。这种对容貌不做任何直接、固定、限制性的描写，给读者留有充分想象发挥余地的写法，颇具匠心，可见汉乐府民歌叙事诗刻画人物形象技艺的高超。陈祚明云："写罗敷全须写容貌，今止言服饰之盛耳，偏无一言及其容貌，特于看罗敷者尽情描写，所谓虚处着笔，诚妙手也。"（陈祚明《采菽堂古诗选》）从语言描写这一点看，面临使君挑逗利诱，罗敷先给予义正词严的痛斥："使君一何愚！使君自有妇，罗敷自有夫。"然后，罗敷极力夸耀起自己的丈夫来，她说得越高兴、越兴起，使君越显得狼狈、沮丧，最后只得于哄堂大笑中抱头而去，显示了罗敷之机智、正直、勇敢。此外，"下担捋髭须""脱帽着帩头"，写被罗敷美貌倾倒的痴态；"罗敷前致辞"，面对名宦不仅敢针锋相对地予以反击，而且还敢迎上前去，这些行动描写，都很好地展现了人物性格。

在《孔雀东南飞》里，人物形象塑造的手法及通过这些手法所塑造出来的人物形象都达到了一个新的高度。首先，人物形象塑造的手法大为丰富。除了外貌描写、行动描写、侧面描写等手法以外，主要还有个性化语言描写、细节描写、矛盾描写。全诗有三分之二的篇幅是人物对话，达200句以上。这些对话极富个性，"历述十许人口中语，各各肖其声情，神化之笔也"（陈祚明《采菽堂古诗选》）。焦母的"小子无所畏，何敢助妇语！吾已失恩义，会不相从许"，寥寥数言，勾勒出焦母的专横、霸道的嘴脸；刘兄的"作计何不量！先嫁得府吏，后嫁得郎君，否泰如天地，足以荣汝身。不嫁义郎体，其往欲何云"，则透露出一副趋炎附势、凶恶残暴的市侩形象；而"兰芝仰头答：'理实如兄言……'"一段则体现出兰芝聪明机智的性格，"盖未仰头答时，其俯首沉思已久。太守上官，属吏势难与抗；阿兄戾性，大义更难与争。胸中判定一死，索性坦然顺之，不露圭角，为后得以偷出，再会府吏地也。兰芝机警，正赖此神到之笔达之"（张玉穀《古诗赏析》）。

好的细节描写能够以小喻大、入木三分地体现人物形象。本诗细节很多，如对焦、刘两位母亲，作者用"槌床便大怒"和"阿母大拊掌"的细节来刻画其形象性格，"槌床"表现了焦母凶悍、粗野、泼辣的性格,"拊掌"则表现了刘母惊愕、悲愤、怨恚的神情。刘兰芝和焦仲卿见面时,兰芝"举手拍马鞍"这个细节描写便包含了丰富的内容,一方面是对"摧藏马悲哀"的一种抚慰,另一方面"拍马鞍"的动作栩栩如生地表达出了她那种悲哀欲绝、欲言还止的神态。

作者还注意把主要人物置于矛盾冲突的激流当中来展现其性格,塑造其形象。以女主人公刘兰芝为例,在全诗中刻画了她和焦母的矛盾、她和刘兄的矛盾、她和求婚者的矛盾以及她和焦仲卿误会时所产生的矛盾,通过这众多矛盾的先后展开、剧烈冲突、依次解决,淋漓尽致地展现了兰芝的性格。如她和焦母的矛盾显示了她刚强不屈、敢于斗争的性格,和刘兄、求婚者的矛盾显示了她聪慧、机智、对爱情忠贞不贰的性格,和焦仲卿的矛盾则显示了她善良、体贴的性格。

通过这些手法,《孔雀东南飞》为读者塑造了刘兰芝、焦仲卿、焦母等鲜明形象。其中,刘兰芝形象具有典型意义,和罗敷、胡姬、孤儿、病妇等形象比较起来,显得更丰满、更富层次性。同时,和前二类叙事诗相比,本诗尤为重要的特点是,中国古代叙事诗中的人物性格在此诗里第一次出现了发展的特点。关于前者,读完全诗,我们就可以清楚认识到兰芝的知书达礼、勤劳能干、聪慧机智、善良体贴、刚强不屈以及为维护纯洁爱情而忠贞不贰,勇于殉情的多方面性格,这使兰芝这一形象富有立体感,有血有肉。关于后者,可以从兰芝反抗性格发展、形成的过程中得到证实。在刘兰芝诸多性格因素中,最吸引人的乃是她刚强不屈的反抗性格,但是这并非一开始就存在于兰芝身上,而是有一个产生、逐步发展的过程。故事一开始,呈现在读者面前的是一个"十三能织素,十四学裁衣,十五弹箜篌,十六诵诗书"的知书达礼、多才多艺的女性形象,在家过着宁静、稳平的生活。出嫁后,她"奉事循公姥,进止敢自专? 昼夜勤作息,伶俜萦苦辛","鸡鸣入机织,夜夜不得息"。尽管如此,她还是不中焦母的意,即使是"三日断五匹",仍然"大人故嫌迟"。就在这种受尽折磨的状况下,她对丈夫的爱以及企图用自己的勤奋、恭谨来打动婆婆、改善婆媳关系的幻想,使兰芝"共事二三年",隐忍不发长达二三年之久! 但这一切努力都是无效的。正如清人李因笃所云:"阿母云'吾意久怀忿,汝岂得自由',则公姑之遣兰芝,征色发声,非一日矣。兰芝知其势不能挽回,始向府吏言之。"(李因笃《汉诗音注》)直到最后,知道自己无论怎样隐忍不发也是留不住的,刘兰芝终于迈出了反抗的第一步,勇敢提出了遣归的要求。

如果说刘兰芝是在忍无可忍的情况下迈出了反抗的第一步,提出遣归的要求,那么在她的愿望得到实现,回到自己家中的时候,她有过短时间的平静,对未来充满了希望和幻想。毕竟是自己的家,家里有慈祥的母亲,一定能给她受尽折磨的心灵以抚慰。更何况临别时焦仲卿信誓旦旦,声称"还必相迎取"。因此,她也就"不久望君来",把希望寄托在朦胧的未来了。然而风暴又一次向她袭来,县令、太守相继求婚,刘兄逼迫,这一切逐步使她清醒地认识到逼迫自己的不仅是外人,还包括自己的亲人,他们构成一股强大的封建家长专制势力,残酷而又沉重地压在自己身上。把希望寄托在朦胧的未来是靠不住的,幻想封建家长会开恩也是不可能的,只有坚决走反抗的道路。于是刚强不屈的反抗精神成了她性格中最坚决、最突出的部分,放射出耀眼的光芒。她的反抗也有了进一步的发展,达到了顶峰——她采取了死,用毁灭来赢取胜利。

第三节 《古诗十九首》的生命意识

　　《古诗十九首》属于汉代文人五言诗,最早见于南朝梁萧统所编《文选》,非一人一时所为,也未留下作者姓名。作为汉代五言诗的代表,《古诗十九首》具有高度的艺术成就,古往今来受到人们的高度评价。这19首诗是乐府古诗文人化的显著标志,深刻表现了文人在汉末社会思想大转变时期追求的幻灭与沉沦、心灵的觉醒与痛苦,不仅写出了时人对于生命的普遍感受,表现出强烈的忧患意识,而且艺术地展现了那个时代的现实境况与文人个体和群体的心理特征,抒发了人生最基本、最普遍的几种情感和思绪。全组诗语言朴素自然,描写生动真切,具有浑然天成的艺术魅力,处处蕴含着儒家和道家的哲学意味。钟嵘誉其为"惊心动魄,一字千金"(《诗品》),刘勰称其为"五言之冠冕"(《文心雕龙•明诗》),明代王世贞称之为"千古五言之祖"(《艺苑卮言》),《古诗十九首》在中国文学史上占有极为重要的地位。

　　汉末的社会现实直接影响着文人对自身生命的认知。特定作品总产生于特定时代,《古诗十九首》产生于社会黑暗、政治混乱和下层文人漂泊蹉跎的东汉末年。这一时期社会动荡不安,战争连绵,生灵涂炭,阶级矛盾尖锐,不同势力之间钩心斗角、争权夺利、党同伐异,"白骨露于野,千里无鸡鸣",乱离中的民众生命如芥草。《三国志•魏书•董卓传》载董卓"尝遣军到阳城,适值二月社,民在其社下,悉就断其男子头,驾其车牛,载其妇女财物,以所断头系车辕轴,连轸而还洛"。早在桓帝、灵帝时期,卖官鬻爵公行,宦官、外戚交替专权,统治阶级日益腐败,国家政治机器已被全面腐蚀,社会风气每况愈下,处于社会中下层的文人士子及其经世致用理想遭遇无情践踏。自武帝"罢黜百家,独尊儒术"后,修习儒家经典成为普遍习尚,潜研儒学并获得好的社会声誉成为文人士子们踏入仕途、获得功名利禄的重要途径。但是武帝并不真正重视文人,像扬雄、司马相如等才智之士只不过成为文学弄臣。到了东汉末期,各种不同思想较为活跃,道家、佛家思想也逐渐流行,儒学不再具有以往那种强力的统治地位,儒家思想对社会的控制也逐渐松弛,其衰微在所难免。修习儒学期望治国平天下的文士们感到前途暗淡,备受煎熬,不得不把目光从对社会政治的关注转向对自身和人生的关注。这种关注表现在文学作品里,就是崇尚个性、以文为娱的文学观念成为主流,作者们在其作品中表达生命意识也成为必然。

　　汉末文士们的边缘性生存境况也推动他们在文学里表现自己的生命意识。《古诗十九首》的作者虽然身份较低,但由于长期受到儒家思想浸染,他们有着较强的忧患意识、救世情结和责任意识。面对弊端丛生的现实和日益加剧的社会危机,他们怀抱一腔热情,渴望投身社会,期望救济贫弱。为了赢得社会声誉,这些拥有救世之心而无报国之门的文士们便批评朝政,讥弹时政,形成"清议"之风,表现出积极的用世精神。这种风气虽对朝政有一定影响,但公元166年和169年发生的两次党锢之祸,使一些正直名士遭到迫害,"信而见疑,忠而被谤"的现实给文士们的身心带来巨大打击,他们感到正常进仕之路已被堵死,加上战乱绵延、饿殍遍地的现实,使他们的生存更加边缘化。《古诗十九首》表现的汉末文士们的生存状态和生命行为无疑具有这种边缘性特征。

一般而言，生命意识是人对自身生命自觉理性的思考和情感体验，是人类独特的精神现象。生命意识在文学中常常集中表现为眷恋生命、恐惧死亡、对前途命运的困惑、对情感的深沉执着等。只有热情地关注个体生命的生存状态，积极追问生命的哲理意义，探询生命存在的价值，才算具备了生命意识。《古诗十九首》高度关注作为生命个体的人在社会中对自由的追求和对自身价值的思考，抒发"人同有之情"，表明对自我生命意识的体认和重视已走向自觉，生命主题成为重要主题。这种生命意识主要表现在以下几个方面：

首先，因理想失落而对原有生命价值范式和意义模式的质疑、否定。长期以来，文士们在"立德，立功，立言"理想支撑下，积极投身社会，渴望建功立业。当生逢乱世、命运多舛的汉末文士们无法超越现实压制，无法实现自己的人生价值时，他们的理想便出现了前所未有的失落，感到理想破灭，进而质疑、否定原有的生命价值和意义模式。其中既有找不到出路的知识分子对人生如寄的慨叹——"人生忽如寄，寿无金石固。万岁更相送，贤圣莫能度"（《驱车上东门》），亦有对世态炎凉、人情冷暖发出的悲情倾诉——"昔我同门友，高举振六翮。不念携手好，弃我如遗迹"（《明月皎夜光》）、"人生天地间，忽如远行客"（《青青陵上柏》），还有对一度笃信的道德原则的质疑——"南箕北有斗，牵牛不负轭。良无盘石固，虚名复何益？"（《明月皎夜光》）、"仙人王子乔，难可与等期"（《生年不满百》）。当他们实实在在与现实遭遇，一切都被现实无情击碎。无论是政治理想失落的悲叹，还是饱尝人情冷暖的苦闷，这里有对原先占据主流地位的价值观念（包括道德节操、生存境遇等）的疏离和否定，也有对人生理想追求不可能实现所发出的悲叹。当无情的现实世界严重摧毁士人的信仰时，由儒家学说建立起来的价值标准在现实生活中被否定，原先的价值标准和道德规范都是虚假和值得怀疑的，甚至毫无价值。这就意味着所有对生命的思考都要放到新的价值天平上重新考量。

其次，对生命本体意义的深切体悟追寻。由战乱、饥荒、瘟疫等交织而成的苦难现实，激起汉末文士们对人生和生命的悲慨，对个体生命处于社会游离状态的苦吟。他们以各种方式排遣由此带来的苦闷，或惜命重生，或追名逐利，或及时行乐，体现出对生命终极存在价值的悲情体认。这种对生命存在的体悟与追寻大致表现在两个方面。一是面对人生短暂无常，他们探求生命存在的意义，把现世欢乐当作人生价值的一个目标，他们及时行乐以期超越现实命运的痛苦，并试图重构价值体系。当遭遇坎坷，仕途不顺，他们不去求仙访道，而是关注现世中的生命质量，或秉烛夜游，或欣赏锦衣玉食，或追求爱情幸福，以狂放旷达的态度对待现实，赋予个体短促的生命以密集的内容，在稍纵即逝的人生中赢得欢乐和不朽，使有限的生命感到充实而富足。陈祚明《采菽堂古诗选》云："悲夫！古今唯此失志之感，不得已而托之名，托之神仙，托之饮酒……有所托以自解者，其不解弥深。"《古诗十九首》对这方面的描写较多，如"服食求神仙，多为药所误。不如饮美酒，被服纨与素"（《驱车上东门》）、"燕赵多佳人，美者颜如玉。被服罗裳衣，当户理清曲"（《东城高且长》）、"昼短苦夜长，何不秉烛游？为乐当及时，何能待来兹"（《生年不满百》）。无法延长生命的长度，只能追求生命的密度，饮酒作乐，远游求仙，在有限的时间内纵情享乐成为文士们忧生过后最直接的选择。这种面对人生易逝应及时行乐的"紧迫感",大有唯恐不及之态,这是失意时对生命朝不保夕的哀叹,对永生企慕之情的伤感,更是其内心要求和现实生活相矛盾的苦闷的反映,因而在有限的生存时间内,纵情享乐便成为畏惧死亡的一种表现。而当他们将个体之暂且偷欢融合到人类群体甚至宇宙本体中去,其内心的焦虑、孤独、寂寞之痛自然就被消解了。这种苟且偷欢的心态支配着文士们的行为和心理,从另一个侧面反映出他们对生命的渴望。黑格尔在评价他生活的那个时代时曾说:"我们这个时代是一个新时期的降生和过渡的时代。人的精神已经跟他旧日的生活与观念世界决裂,正使旧日的一切葬入于过去而着手进行他的自我改造。"(《精神现象学》)《古诗十九首》当中的感伤主义思潮与享乐主义交织在一起,本质上是作者一种安顿生命的方式。《古诗十九首》对生命存在的体悟与追寻还在于它彰显爱情主题。汉末礼崩乐坏,社会失序,人们思想较为活跃,对儒家礼教不以为然,而直面痛苦、悲情,爱情或许才是短暂人生中真正值得期许的目标,对真挚爱情的向往犹如热流从内心深处喷涌而出,具有撼人心魄的力量。《青青河畔草》大胆而又深情地呼唤情爱,《冉冉孤生竹》表现了主人公对于情感的炽热和含蓄,《行行重行行》抒发出夫妻离别之苦以及渴望团圆的美好心愿。《古诗十九首》对爱情的描写,或缠绵悱恻,或痛心疾首,都再现了人性的光辉和人类情感的共性,成为千古绝唱。

最后,哀叹生命短促,以"向死而生"的态度直面现实。人作为万物的一种存在,死亡不可避免。孔子云:"未知生,焉知死?"(《论语·先进》)人只要活得有意义,那就无须惧怕死亡。道家认为死是永恒的回归,是人的自然属性。东汉末年由于两次党锢之祸,许多文士被杀,环绕着文士们的是关于生死的咏叹,他们陷入对生命有限与无限的深沉思考之中。他们不回避死亡,直面惨烈的人生,强烈体会到生命的短暂、脆弱,在永恒与有限的矛盾中对生死界限有着清醒的认知,生命意识由此蓬勃而发。作者或直面人生的必然归宿——"出郭门直视,但见丘与坟。古墓犁为田,松柏摧为薪。白杨多悲风,萧萧愁杀人"(《去者日以疏》),或把永恒之物和有限人生进行对比——"人生非金石,岂能长寿考"(《回车驾言迈》)。在《去者日以疏》中,这种恐惧与无奈的悲怆之感尤为强烈。该诗开始就对人生进行了哲理性概括,然后引出城郊"坟墓"意象——"古墓犁为田,松柏摧为薪",展现生命逝去的凄凉,反映汉末文人对死亡的恐惧、无奈及悲怆之感。生命短促人所共知,如何在有限的生命里创造更大的人生价值?为此,作者毫不掩饰自己对功名利禄、富贵显达的渴求、追逐——"人生寄一世,奄忽若飙尘。何不策高足,先据要路津"(《今日良宴会》)、"驰情整巾带,沉吟聊踯躅。思为双飞燕,衔泥巢君屋"(《东城高且长》)、"盛衰各有时,立身苦不早。人生非金石,岂能长寿考?奄忽随物化,荣名以为宝"(《回车驾言迈》)。人生如白驹过隙,转瞬即逝,作为社会中普通的中下层文人,他们在如此黑暗的现实中,恐怕只能以功名利禄、仕途腾达来显现向死而生的壮举,实现人生的价值和意义,即关注现世,执着生前,使之化为日常生命之流中的感受和经验,不亏待生命存在,期盼通过努力改变自己的政治、社会地位,为实现理想奠定基础。人不是那么容易被打垮的,为有价值的生命而活着的人不会因困境而退缩,不会因困顿而绝望,不会因绝望而放弃,不惧怕折磨打击,不惧怕生活的苦闷阴郁,一切都要向着充满希望与美好的未来去努力。这种向死而生的生命意识使得《古诗十九首》对人间真情(包括爱情、友情、亲情、乡情)的描述动人心魄,产生了恒久的艺术生命。

《古诗十九首》产生于特定的历史时期,作者和乐府诗的作者不同,他们大都是社会中下层文士。他们本可以活得很有追求很有价值,但汉末黑暗的社会政治和现实使得他们进亦难,退亦难。他们想找一个僻静之所来安慰受伤的心灵,可没有找到栖身之地。在寻找人生出路和追求未来的旅程中面对忧患、孤独,他们不得不采取特殊方式来抒发感情,比如用乡情来排遣,用爱情来排遣,用及时行乐来排遣,他们发出对生存本能满足的呐喊,即将关注焦点从忧嗟天下转向自身,竭力从儒家正统价值取向中挣脱出来,把孤独与寂寞化为升腾不已的青春活力。这使得他们的生命意识蒙上了一层悲剧色彩,无论是仕途坎坷、人生如寄之苦,羁旅行役、游子思乡、离人相思之悲,还是知音难求、朋友相弃之无奈,以及生命无常、死亡的不期而遇等充满悲剧成分的生命感悟,莫不如此。正是他们不甘如此、不愿如此而又不得不如此的哀伤与辛酸、焦躁与不安,传达出一代知识分子内心的思考与情绪,反映出汉末文士们生命意识的觉醒。钟嵘认为《古诗十九首》"文温以丽,意悲而远,惊心动魄"。这组诗对生命的思考与慨叹,对有价值人生的追求与渴望,以及诗歌的悲凉、抑郁情绪,使其充满了悲剧意味,体现出强烈的悲剧美。

这组诗善于寻找对应物象,娴熟运用各种艺术手法,将对生命的感悟融于特定物象中,这使得这些寻常景物、普通意象具有了非同寻常的悲剧意味。季节转换、草木兴衰、风声鸟鸣都深深印刻在作者心里,散发出一股苍凉的悲秋意识。"蟋蟀""秋蝉"等意象预示人生短促,"孟冬""岁暮""长夜"和"长路""高楼"等时空意象能让人感悟岁月流逝,"鸳鸯""玄鸟""鸿鹄"等意象可以让人品味游子怀乡、思妇怨妇的忧伤,这些意象选择和运用饱含着作者对人生无常、生命短促的嗟叹。在传统价值体系近乎崩溃的汉末,这组诗把人的自我生存提到了前所未有的重要位置,昭示着人生价值的实现是自我价值与社会价值的统一,否则文士们就只能苦苦抗争而依旧前途渺茫。与此前的文学作品比较,这组诗对生命意识的思考更深入,预示着文学开始自觉、个体生命意识走向独立的时代即将到来。

复习思考题

1. 汉乐府诗与汉代社会的关系。
2. 汉乐府诗的成就及其影响。
3. 《古诗十九首》在中国诗歌发展史上的地位。

进一步阅读建议

1. 〔梁〕萧统编:《文选》,〔唐〕李善注,中华书局,1977年。
2. 〔陈〕徐陵编:《玉台新咏笺注》,〔清〕吴兆宜注,穆克宏点校,中华书局,2018年。
3. 〔宋〕郭茂倩编撰:《乐府诗集》,聂世美、仓阳卿校点,上海古籍出版社,1998年。
4. 〔明〕王夫之著:《古诗评选》,李中华、李利民校点,上海古籍出版社,2011年。
5. 〔清〕吴淇撰:《六朝选诗定论》,汪俊、黄进德点校,广陵书社,2009年。
6. 〔清〕陈祚明评选:《采菽堂古诗选》,李金松点校,上海古籍出版社,2008年。
7. 朱自清著:《朱自清〈古诗十九首释〉手稿》,浙江古籍出版社,2008年。
8. 余冠英选注:《汉魏六朝诗选》,人民文学出版社,1997年。
9. 隋树森集释:《古诗十九首集释》,中华书局,2020年。
10. 逯钦立辑校:《先秦汉魏晋南北朝诗》,中华书局,2017年。
11. 马茂元著:《古诗十九首探索》,作家出版社,1957年。
12. 吴小如等撰写:《汉魏六朝诗鉴赏辞典》,上海辞书出版社,2016年。
13. 叶嘉莹著:《叶嘉莹说汉魏六朝诗》,中华书局,2007年。
14. 王运熙著:《乐府诗述论》,上海古籍出版社,1996年。
15. 郑文笺注:《汉诗选笺》,上海古籍出版社,1986年。
16. 阮忠著:《两汉诗歌与传统文化》,上海三联书店,2012年。
17. 赵敏俐著:《两汉诗歌研究》,商务印书馆,2011年。
18. 钱志熙著:《汉魏乐府艺术研究》,学苑出版社,2011年。
19. 陈利辉著:《两汉乐府诗研究》,社会科学文献出版社,2012年。
20. 〔日〕吉川幸次郎著:《中国诗史》,章培恒、骆玉明等译,复旦大学出版社,2012年。

第三章　六朝诗歌艺术

学习要点：

1. 了解六朝诗歌的发展概况。
2. 掌握曹操、曹植、阮籍、左思等作家诗歌的思想内容和艺术风格。
3. 掌握陶渊明诗歌"真淳""淡远"诗风的内涵及具体表现。
4. 理解陶渊明、谢灵运对中国诗歌发展的重要贡献。

第一节　六朝诗歌概述

六朝一般指3世纪初到6世纪末建都南京的六个朝代，人们常以六朝文学指代魏晋南北朝文学。六朝时期是中国古典诗歌发展的一个独特时期。六朝时期形成了汉诗中著名的乐府诗风和随后的唐朝旧体诗复兴之间的重要联系。汉末，中国古代诗歌发展的主力已经随着政权日益转向兴起的地区霸主曹操等人，逐渐形成建安风骨，曹氏一族在汉末三国初对诗歌发展有着重要影响。两晋诗歌创作兴盛，不仅原创诗歌不少，还出现了诗集编辑和文学批评。南北朝时期，南朝诗歌与北朝诗歌各具特点，整体上南朝诗歌创作比北朝兴盛，在艺术上也取得了重要进步，直到庾信入北这种状况才有所改变。

一、建安诗歌

建安是东汉献帝的年号，本时期政治大权实际上掌握在曹操手里，因此文学史上向来把建安文学作为魏晋南北朝文学的起点。建安文学繁荣发展，取得了突出的成就，五言腾涌，俊才云蒸，作家、作品涌现，在文学史上占有重要地位。建安文学的特色一是在内容上反映了动乱的社会面貌和人民丧乱的痛苦，抒发了建功立业的理想；二是在艺术上具有一种清峻、通脱、华丽、壮大的文风，风格多慷慨激昂、沉雄苍劲。前人用"建安风骨"（或"建安风力""汉魏风骨"）来赞扬建安文学，就是指建安文学这种现实主义精神和慷慨激昂的风格。

建安文学发展繁荣及形成这样的特色，其原因如下：一是汉末动荡乱离的社会现实；二是人们的思想从儒学束缚下解放出来；三是曹氏父子带头创作，并对文学创作大力鼓励、提倡；四是汉代乐府民歌对建安诗人的示范作用。建安文学以诗歌为主体，主要作家是"三曹"（曹操、曹丕、曹植）、"七子"（孔融、陈琳、王粲、徐干、阮瑀、应玚、刘桢）和蔡琰。

曹操在汉末大乱中聚集兵马，建立了自己的军事武装。建安元年，他受封为司空，官渡一战击败北方最大的割据势力袁绍，逐步统一了北方，成为北方的实际统治者。曹丕称帝建魏后，追尊他为武帝，史称魏武帝。曹操在经学方面有较深造诣，对书法、音乐、围棋等都相当精通，可谓多才多艺。曹操是建安文学新局面的开创者。曹操的诗歌创作一是反映汉末的乱离现实和民生疾苦，如《蒿里行》《薤露行》《苦寒行》；二是表现他的雄心壮志和政治理想，如《步出夏门行》《短歌行》《对酒》，这类诗歌以政治家的气度书写了他的胸襟抱负；此外，曹操诗歌中也有一些以歌咏神仙为主要内容的游仙诗，如《精列》《秋胡行》。曹操诗歌的主体风格是慷慨悲凉、气韵沉雄，流露着王者的雄霸之气。前人评论曹操"如幽燕老将，气韵沉雄"（敖陶孙《诗评》），"沉雄俊爽，时露霸气"（沈德潜《古诗源》），"曹公古直，甚有悲凉之句"（锺嵘《诗品》），"其诗豪迈纵横，笼罩一世"（胡应麟《诗薮》），都恰当概括了这一艺术风格。曹操诗歌的形式都是乐府，是学习汉乐府的结果,多是借乐府古题写时事,有四言、五言、杂言等形制。四言诗在曹操的笔下重放异彩,也带动了五言诗的创作。

曹丕的《典论·论文》是中国文学批评史上第一篇专门性的论著。其诗代表作为《燕歌行》,内容上仍未脱《古诗十九首》之少妇闺怨题材,情景交融,清丽婉转,低回哀怨。更重要的是《燕歌行》为我国现存第一首成熟的文人七言古诗。曹丕诗有文士气,以深婉细腻的笔触写出乱世中人的内心世界,情感体验真挚深刻、细腻含蓄,语言清丽工致、婉转流畅。《古诗源》言:"子桓诗有文士气,一变乃父悲壮之习矣。要其便娟婉约,能移人情。"曹丕诗歌仍有建安诗歌悲凉的特征,只是曹操是悲而壮,曹丕是悲而婉而已。

曹植是建安时期留存文学作品最多、对当时及后代影响最大的诗人,后人对他的评价也最高。曹植今存诗歌90余首,以建安二十五年(220年)曹操病故、曹丕继任魏王为界,分为前后两期。其前期创作主要抒发理想和抱负,洋溢着乐观浪漫的情调,对前途充满信心,以诗歌成就为大。表现功业精神与报国信念的代表作有《白马篇》,游宴、唱和代表作有《名都篇》《公宴》,抒写友情的代表作有《赠丁仪》《赠王粲》《送应氏》。曹丕以魏代汉,对曹植的猜忌与打压日益加剧,使曹植在无可奈何的愁苦之外,更增加了对政治迫害的恐惧。这使得曹植后期诗歌创作主要表达由理想与现实的矛盾所激起的悲愤,充满着受压迫的苦闷与痛苦,和预感到生命即将在屈辱与碌碌无为中消耗并失去其应有价值而产生的悲哀,以及对自由生活的向往,形成了悲愤哀怨的基调。在政治迫害之下,曹植诗歌多有离别之悲、忧生之嗟、悼亡之恨,代表作有《赠白马王彪》《野田黄雀行》。曹植诗歌中还有一类闺怨诗,抒写女性的相思与隐忧,其间颇寓自己遭忌被弃的感慨,代表作有《美女篇》《七哀诗》《怨诗行》。曹植诗歌在艺术上可谓"骨气奇高,辞采华茂",达到风骨与文采的完美结合,成为当时诗坛最杰出的代表,把五言诗艺术提高到更高的境界。钟嵘《诗品》云:"陈思为建安之杰。"曹植兼擅各类文体、诗体,尤其长于五言。其诗既体现了《诗经》"哀而不伤"的庄雅,又蕴含着楚辞窈窈深邃的奇谲;既继承了汉乐府反映现实的笔力,又保留了《古诗十九首》温丽悲远的情调。曹植通音律,他的一些诗句平仄调协,音节铿锵,可见从五古到五律的音律规范痕迹。此外,曹植已不同于《古诗十九首》诗人的不刻意为诗,而开始着意于炼字造句,显示出他把观察事物、体验情感与选择辞藻、精心修辞相结合的用心。曹植对乐府诗最大的贡献在于他的五言诗,他是诗歌史上第一位大力写作五言诗的诗人,现存90余首诗中就有60多首五言诗,他的写作完成了乐府民歌到文人诗的转变,推动了文人五言诗的发展。

"七子"之称始见于曹丕《典论·论文》,为孔融、陈琳、王粲、徐干、阮瑀、应玚、刘桢七人。他们的诗歌体现了对民生疾苦的关注和同情,抒写了渴望建功立业的雄心壮志,充满了强烈的现实感和时代精神。王粲是七子中成就最高的诗人,被誉为"七子之冠冕",代表作有《七哀诗》。他南下避乱途中见战乱造成一片残败凄凉景象,心中悲情难抑,写下了《七哀诗》第一首,形象描写了由于军阀混战所造成的乱离景象,抒发了强烈的悲愤与深沉的感慨。

蔡琰为蔡邕之女,博学多才,好文辞,擅长音乐,能辨琴音,是建安时期著名的女诗人,代表作是具有自传性质的五言《悲愤诗》。该诗是建安时期最长的文人五言诗,也是中国文学史上第一篇文人创作的长篇叙事诗。

二、正始、太康诗歌

正始是魏齐王曹芳的年号,文学史上所说的正始文学还包括正始以后直到西晋立国(265年)这一时期的文学。正始时期,魏国内部发生了残酷血腥的权力斗争,司马氏擅权,大肆屠杀异己。在政治的黑暗恐怖中,文人少有全其身者,所谓"天下多故,名士少有全者"(《晋书·阮籍传》)。活着的人,或放浪形骸,或寄情山水,借以逃避祸端;或曲折为文,借以发泄不满。文人政治理想落潮,普遍出现危机感和幻灭感,诗风由建安时的慷慨悲壮变为词旨渊永、寄托遥深,诗歌表现了深刻的理性思考和尖锐的人生悲哀,体现出正始诗风的独特面貌。正始时期代表作家是"竹林七贤"(阮籍、嵇康、刘伶、王戎、阮咸、向秀、山涛)中的阮籍和嵇康。

阮籍少"有济世志",因"天下多故,名士少有全者",遂酣饮佯狂,全身避祸,在痛苦与矛盾中度过一生。阮籍崇尚老庄,蔑视名教礼法,但又"口不臧否人物","喜怒不形于色"。阮籍诗歌代表作是《咏怀八十二首》,散文代表作是《大人先生传》《通易论》《达庄论》等。阮籍咏怀诗体现了正始文学最基本的特点,即深刻的理性思考和尖锐的人生悲哀。过去还从未有人把人生描述得如此孤独、悲凉。其诗重在写心,从自己心理感受揭露封建社会压迫人性、人权的本质,是另一种形式愤世嫉俗之情的发泄。阮籍咏怀诗开创了中国文学史上政治抒情诗的先河,摆脱了对乐府民歌的模仿,把深刻的哲理引入诗中,同时与一系列的艺术形象相结合,表现手法多用象征寓意,形成曲折幽隐的风格特点,使诗歌内涵更为深厚。可以说,中国诗歌到了阮籍咏怀诗,明显变得厚重了。其咏怀诗首创了中国五古抒情组诗体例。

嵇康才华横溢,愤世嫉俗,蔑视礼法,谈玄服食,崇尚老庄,爱好自然,反对名教。他"非汤武而薄周孔"(《与山巨源绝交书》),"越名教而任自然"(《释私论》),最终被司马氏以"言论放荡,非毁典谟"的罪名而杀害。其诗"使气以命诗"(刘勰《文心雕龙·才略》),以表现其追求自然、高蹈独立、厌弃功名富贵的人生观为主要内容,风格清峻。其四言诗(如《幽愤诗》)成就较高,开拓了四言诗的新境界,《诗经》之后唯曹操、嵇康和陶渊明可与之相比。

太康是晋武帝司马炎的年号。太康作家主要以"三张"(张协、张载、张亢)、"二陆"(陆机、陆云)、"两潘"(潘岳、潘尼)、"一左"(左思)为代表。其中,左思成就最高。太康诗风总特点是繁缛,具体主要体现在三方面:一是语言由朴素古直趋向华丽藻饰,二是描写由简单趋向繁复,三是句式由散行趋向骈偶。应该说,这一变化是从曹植开始的。太康诗歌一方面继承并发展了曹植诗"词采华茂"的特点,另一方面对六朝山水诗发展以及声律、对仗技巧成熟有促进作用。

左思是建安风骨的继承者,是西晋最杰出的诗人。他出身寒微,在门阀士族制度的重压下,壮志难酬,其诗歌充满了寒士的愤懑和反抗之音。《咏史八首》是其代表作,表现了诗人的理想抱负,抨击了门阀制度对寒士的压抑和摧残,表达了对高门权贵的蔑视,开创了借咏史以咏怀的范例。其诗笔力矫健,气势高拔,辞采壮丽,深得建安风骨之精神,被称为"左思风力"。左思的辞赋也颇有盛名,其代表作是《三都赋》。

三、陶渊明与东晋诗歌

陶渊明是晋宋时期最杰出的诗人,也是汉魏六朝成就最高的诗人。他出身于破落官僚家庭,青年时期曾有"大济于苍生"(陶渊明《感士不遇赋》)的雄心壮志,29岁时为谋出路开始走上仕途,他仕途上"四起四落"的非凡经历尤其引人注目。他41岁出任彭泽令,80多天便辞官归隐田园,直到逝世一直过着隐居田园的清苦生活。陶渊明的思想较为复杂,但主要受儒、道两家思想的影响。他早年具有济世之志,几次出仕,正是儒家积极用世、兼济天下思想的体现。退隐后儒家安贫乐道、君子固穷的思想又成为他的精神支柱。其道家思想继承了正始以后道家精神批判现实、否定现实的一面,追求个体自由和超脱世俗的出世精神,以及崇尚自然、追求返璞归真的思想,但其中老庄消极避世、清净无为、顺适自然的思想又给予他以消极影响。"任真"是其性格最突出的特点,他为文为人皆表现出真率的态度。

陶渊明的田园诗描写了自然恬静的田园风光和自然纯朴的田园生活,是被他理想化、艺术化了的一种境界,反映了诗人恬淡闲适的生活情趣和悠然自得的超脱心境,同时也是对当时黑暗现实和官场丑恶的一种否定,如《归园田居·其一》《归园田居·其二》《饮酒二十首·其五》《和郭主簿二首》等;抒写了对躬耕生活的体验和对劳动的热爱,并体现了诗人对农民的深情厚谊,如《归园田居·其三》《庚戌岁九月中于西田获早稻》等;描写自己生活的困顿和农村的凋敝,反映了诗人的理想化境界之外的现实世界,如《怨诗楚调示庞主簿邓治中》《归园田居·其四》《乞食》等。其咏怀诗主要有《饮酒二十首》《杂诗十二首》《咏贫士七首》《读山海经十三首》等,围绕出仕与归隐的矛盾,表现了壮志未遂的苦闷及不与统治者同流合污的高尚品格,也曲折地揭露了现实的黑暗。这些诗中,贯穿着诗人对社会的认识和对人生的体会,表现了他对尘俗的厌恶,对腐朽的统治者的蔑视。在一些诗篇中,他还以松菊、孤云自比,表现了孤芳自赏、守志不阿的耿介品格。有些诗篇也流露出他壮志未遂的苦闷无奈和乐天安命的宿命论思想。还有一些借咏史而咏怀的作品,如《咏荆轲》借对古代人物的热烈歌颂或深挚同情,抒发自己的满腔悲愤,寄托自己坚强不屈的意志,被鲁迅称为"金刚怒目式"的诗篇。

陶渊明诗的艺术成就主要表现在三个方面。第一,恬淡自然、醇厚隽永的艺术风格。陶渊明诗歌题材和内容贴近平淡的日常生活,诗歌形象也往往取自习见常闻的事物,而且是直写其事,不假雕琢,不尚辞采,多采用白描手法,稍加点染勾画,便呈现出深远无涯的意境和疏淡自然的情趣,平淡之中见神奇,朴素之中见绮丽。朱熹云:"渊明诗平淡,出于自然。"(《朱子语类》)苏轼说他的诗"质而实绮,癯而实腴"(《与苏辙书》),"外枯而中膏,似淡而实美"(《评韩柳诗》)。元好问说他的诗"一语天然万古新,豪华落尽见真淳"(《论诗三十首·其四》)。陶诗除了这种基本风格外,还有一些被鲁迅称为"金刚怒目式"(《"题未定"草》)的诗歌。朱熹也曾谈到陶渊明豪放的一面:"陶渊明诗,人皆说是平淡,据某看他自豪放,但豪放得来不觉耳。其露出本相者,是《咏荆轲》一篇。平淡底人如何说得这样言语出来。"(《朱子语类》)第二,情、景、理和谐交融。陶渊明的诗歌意象看似平淡无奇，却创造了高远拔俗的艺术境界。其诗主旨在于写意，在于表达自己的心志、情趣和人生体悟，而写景、叙事只是为意造境。陶诗的许多作品达到了物我合一、主客融合的浑然天成的艺术境界，做到情、景、理的交融统一。第三，天然本色、精练传神的语言。陶渊明的诗歌不尚藻饰，不事雕琢，而是惯用朴素自然的语言和疏淡的笔法精练地勾勒出生动的形象，传达出深厚的意蕴，达到了写意传神的艺术效果。他善于提炼日常生活口语入诗，沾染着浓厚的生活气息，也常用比喻、象征、寄托等手法，即使使用典故也是俗语化的。

四、南北朝文人诗与乐府民歌

魏晋以来老庄道家为主的玄学思想流行，道家崇尚自然的精神和追求隐逸的情怀深深影响了文人士大夫的心态和文学创作。《文心雕龙·明诗》曰："宋初文咏，体有因革，庄老告退，而山水方滋。"文学创作中出现的玄言诗、田园诗、山水诗，都是在道家崇尚自然的人生精神和艺术精神影响下产生的，崇尚自然的审美取向已经成为较为普遍的风尚。文人士大夫亲近自然、崇尚隐逸、标榜山林的生活情趣，为山水文学创作提供了生活基础。南渡以后江南之地山川秀美的景色，自然也吸引着文人去感受自然和描写山水。南北朝诗歌的代表作家是谢灵运、谢朓、鲍照、庾信等。

谢灵运出身于东晋大族，为谢玄之孙，袭康乐公，因称"谢康乐"。其山水诗善于细致入微地描摹山水景物，营造清新自然、生动鲜明的画境。善于描绘画境，追求形似是其显著特点。他常在移步换景中展现山水之美，把叙事与写景结合起来。同时，他在摹景状物中十分注重字句锻炼，创造出了许多名垂后世的佳句，如《过始宁墅》中的"白云抱幽石，绿筱媚清涟"、《登江中孤屿》中的"云日相辉映，空水共澄鲜"、《石壁精舍还湖中作》中的"林壑敛暝色，云霞收夕霏"、《登池上楼》中的"池塘生春草，园柳变鸣禽"，风格鲜丽清新，精雕细刻而能出于自然。他注重声色的描绘，并借以抒发玄理。

谢氏家族的另一位代表谢朓，是永明体诗的代表诗人，也是齐梁时期最为杰出的诗人，与谢灵运并称为"二谢"，后代称他为"小谢"。谢朓最突出的贡献是对山水诗的发展和对新诗体的探索。在山水诗方面，他继承了谢灵运山水诗细致、清新的特点，通过描写山水景物来抒发情感意趣，达到了情景交融的地步。在新诗体的探索方面，他将永明声律运用于诗歌创作中，其诗音调和谐，体现出圆美流转的特点。谢朓善于熔裁警句，警句对仗工整，和谐流畅，清新隽永，体现了新诗体的特点。

鲍照的代表作有乐府诗《拟行路难十八首》，主要表现其建功立业的愿望，抒发寒门志士备遭压抑的痛苦，传达出寒士们慷慨不平的呼声，充满了对门阀社会的不满情绪和抗争精神。他继承了汉魏乐府的艺术形式、表现技巧及现实主义传统，从而使文人乐府诗的创作提高到一个新的层次。其风格俊逸雄迈、奇矫凌厉。他发展了七言诗，创造了以七言体为主的歌行体，以丰富的内容充实了七言体的形式，并变逐句押韵为隔句押韵，同时还可以自由换韵，为七言体诗发展开拓了宽广道路。

庾信一生经历分前后两个时期。前期仕南朝梁，诗歌多作于东宫任职期间，以奉和、应制之作为主。其诗追求新变,讲求声律,与徐陵齐名。后期出使西魏被留,后西魏被北周所代,庾信历仕两朝。后期羁旅他乡,其诗多思念故国之作,内容丰富深刻,充满深切情感,笔调劲健苍凉,艺术上也更为成熟。庾信存诗约320首,多作于后期,代表作《拟咏怀二十七首》,风格苍劲。庾信前期诗歌在诗歌形式上的多方面探索,为他积累了美感形式上和美感内容上的经验,以绮艳之辞抒哀怨之情。其后期诗歌体现着清新刚健、苍凉悲壮的风格,这也是他人生经历变化引起诗风的变迁。庾信创造了一种既清新又刚健的诗歌艺术,他将南方诗歌的清绮明丽和北方诗歌的雄浑劲健融合起来,成为融合南北诗风的集大成者,对唐诗发展有重要影响。杜甫曾评论云:"清新庾开府,俊逸鲍参军。"(《春日忆李白》)又云:"庾信文章老更成,凌云健笔意纵横。"(《戏为六绝句》)这几句诗说的就是庾信清新刚健、老成自如的特点。

南朝民歌大部分保存在郭茂倩所编《乐府诗集·清商曲辞》里,主要有吴歌与西曲两类。由于采集民歌的目的是满足声色之欲,加上统治者的提倡等原因,南朝民歌中反映男女之情的情歌特别发达。这类情歌表现的感情真挚细腻;情调艳丽柔弱,哀怨缠绵;语言天然,明净巧妙,清新自然,委婉含蓄;大量运用双关隐语。这些也是南朝民歌的一大特色。南朝民歌体制小巧,多为五言四句,代表作有《西洲曲》《子夜歌》《子夜四时歌》《读曲歌》《华山畿》等。

北朝民歌大部分保存在《乐府诗集·横吹曲辞》的《梁鼓角横吹曲》中,少部分保存在《杂曲歌辞》和《杂歌谣辞》中。关于爱情与婚姻的民歌是北朝民歌中数量最多的一类,如《捉搦歌》《折杨柳歌辞》。此外,还有反映北地风光、游牧生活,描绘北国草原辽阔壮美的,如《敕勒歌》《企喻歌辞四首》;有反映羁旅行役和流亡生活中怀土乡思的,如《陇头歌辞》《折杨柳歌辞》;有表现战争,反映战争场面,或写从军之乐,或叙从军之苦的,如《隔谷歌》。在感情表现上,北朝民歌以直率粗犷为特征,少有南方民歌那种婉转缠绵的情调。在语言风格上,北朝民歌以质朴刚健、富有力感见长,没有南方民歌那样的华美文辞和精致手法,更不用双关隐语技巧。在诗歌形式上,北朝民歌也以五言四句体式占优势,数量约为60%,其余多为整齐的七言、四言诗,杂言体较少。

第二节 曹操诗歌的英雄主义精神

曹操不是专力于写诗的诗人,但因其创作深契社会人生,"鞍马间为文,往往横槊赋诗"(元稹《唐故工部员外郎杜君墓系铭》),因而其作品有着史诗般的深广内涵,显现出建安时期奋发向上的时代精神。清人朱嘉徵说:"余颇颂其歌诗所陈,未尝不悲其志,悯其劳也。"(《乐府广序》)即就曹操诗歌的英雄主义精神而言。

第一,语直气雄、抗音吐怀是曹操诗歌创作最基本的审美特征之一,也是其诗英雄主义精神的主要表现之一。治军三十年,"戎马不解鞍,铠甲不离傍"(曹操《却东西门行》),倥偬军旅生涯则是其创作的内在驱动和英雄主义的坚厚骨架。罗曼•罗兰说:"世界上只有一种真正的英雄主义,那就是认识生活的真相后依然爱它。"(《米开朗基罗传》)纵观曹操一生,是结束汉末大动乱实现国家统一并自觉为之奋斗的一生,他的诗歌创作也始终贯穿着这一历史主题。因此,其作品不只真实具体地记述了当时政治生活重大事件,生动深刻地再现了风云变幻的现实生活内容,尤其令人瞩目的是对时代发展的走向有着哲理化的概括,这就使得他在作品中所表现的"悯时伤乱"的情感远远超出与他同时代的诗人,具有一种对于现实社会政治冷静理性的审视与深辟的历史评断,被后人称为"汉末实录,真诗史也"(钟惺《古诗归》),《薤露行》《蒿里行》就鲜明地显示出这一美学风貌。《蒿里行》从历史的横截面摄取现实动乱残酷、剧烈的景象,勾画出汉王朝名存实亡的悲惨溃灭:

关东有义士,兴兵讨群凶。
初期会盟津,乃心在咸阳。

初平元年(190年)春,函谷关以东各州郡起兵讨伐董卓。"乃心在咸阳"即"乃心王室",颂扬忠于国事、志在兴复汉室的精神,这是一扬。接着笔势陡转:

军合力不齐,踌躇而雁行。
势利使人争,嗣还自相戕。
淮南弟称号,刻玺于北方。

在先扬后抑、似扬实抑的叙述中,蕴含着他对于以儒家名教维系生存的汉王朝无力挽救危亡的深刻理解。

铠甲生虮虱,万姓以死亡。
白骨露于野,千里无鸡鸣。
生民百遗一,念之断人肠。

多少年后曹操回顾起这段历史惨状仍凄楚惨恻:"吾起义兵,为天下除暴乱。旧土人民,死丧略尽,国中终日行,不见所识,使吾凄怆伤怀。"(曹操《军谯令》)读者可以强烈感受到其中深蕴的悲剧意义。所以钟惺《古诗归》云:"老瞒生汉末,无坐而臣人之理,然其发念起手,亦自以仁人忠臣自负,不肯便认作奸雄。如'瞻彼洛城郭,微子为哀伤','生民百遗一,念之断人肠','不戚年往,忧世不治',亦是真心真话,不得概以'奸'之一字抹杀之。"

被王夫之称为"绝好"(《船山古诗评选》)的《苦寒行》作于建安十一年(206年)。"北上太行山,艰哉何巍巍!"开篇峻耸挺拔,为全篇奠定悲壮基调。此句点出行军方向,以下各句备言冰雪溪谷之苦:"羊肠坂诘屈,车轮为之摧",道路险隘,步履维艰,一层;"树木何萧瑟,北风声正悲!熊罴对我蹲,虎豹夹路啼",荒漠环境,怪兽横行,二层;"溪谷少人民,雪落何霏霏",山区人烟稀少,风雪交加,故下有"薄暮无宿栖",又一层。举目一片衰败凄凉,前途正不知有几多艰辛!从征将士触景感兴,思乡愁结:"延颈长叹息,远行多所怀。我心何怫郁,思欲一东归。"曹操并不因此动摇退却,反而更坚定地前进:"行行日已远,人马同时饥。担囊行取薪,斧冰持作糜。"他对胜利充满了乐观、自信。结尾是两句含意深长的吟咏:"悲彼《东山》诗,悠悠令我哀。"

最能充分显示曹操英雄本色的是《步出夏门行》中的《观沧海》和《龟虽寿》。建安十二年(207年)曹操北征乌桓凯旋,基本统一了中国北方,军事上频频告捷使他踌躇满志,正可饮马长江,南征孙、刘,完成统一大业。当他"东临碣石,以观沧海"时不禁豪气喷涌,浮想联翩,写下有"吞吐宇宙气象"(沈德潜《古诗源》)的千古绝唱《观沧海》。他以天马行空的浪漫奇想,描绘出天地宇宙间的宏伟壮观:

秋风萧瑟,洪波涌起。
日月之行,若出其中;
星汉灿烂,若出其里。

大海被塑造成具有无限伟力,包举宇内万物的崇高博大形象。清人张玉穀《古诗赏析》说此诗"写沧海,正自写也",甚是。茫茫沧海横无际涯,吞吐日月星辰正是诗人睥睨一切的自我写照。没有伟大政治家的胸怀气魄,是写不出这样壮美诗句的。而这种壮美的内核,便是诗人对人生、事业的热爱、执着,正如康德所说:"对于自然界里的崇高的感觉就是对于自己本身的使命的崇敬。"(《判断力批判》)《龟虽寿》则以如何对待人生、始终保持旺盛生命活力的哲理思辨,从又一个方面表现了建安时期富于理想、锐意进取的时代精神。

神龟虽寿,犹有竟时。
腾蛇乘雾,终为土灰。

死亡不可抗拒,有限人生将怎样把握?曹操唱出了时代强音:

> 老骥伏枥,志在千里;
> 烈士暮年,壮心不已。

老当益壮,宁移白首之心?铮铮十六字兴会淋漓地披泻出曹操向自我挑战、向有限生命索取的伟岸人生。《龟虽寿》堪称汉末三国时的压轴之作,是我国中古时代最辉煌的乐章之一。

第二,曹操诗歌饱含忧生嗟老、生命之念,是曹操诗歌英雄主义精神的又一表现形式。建安十三年(208年)赤壁之战失利,是曹操生平遭到的最大一次挫折,这年他54岁。忧生嗟老、生命之念是古往今来人们情感畛域的敏感点,雄世傲物的曹操也莫之能外。在如何对待人生、生命的问题上,曹操的《短歌行》《精列》和《龟虽寿》相互应和,演奏出那个时代最为高昂雄壮的音调。

先看《短歌行·其一》,诗以低唱微吟的形式发兴:

> 对酒当歌,人生几何!
> 譬如朝露,去日苦多。
> 慨当以慷,忧思难忘。
> 何以解忧?唯有杜康。

面对宴饮歌舞,撩动他心曲的却是对生命短暂的感伤,似乎曹操提出了一个"人生当及时行乐"的消极主题。其实不然,在低调的表层下,作者内心涵蕴的是壮志未酬、时不我待的激情壮怀,人生短促,任重道远,故尤觉时光紧迫。他的"忧思"虽没有明言,但根据诗中抒发的特定情感——"慨当以慷",及全诗主旨——思得天下英才以早建王业,我们不难判断。开头八句神完气足地刻画出诗人身居廊庙而心忧天下,期望乘时建树功业的自我形象。以下便反复申述求贤若渴、待贤以礼的赤诚之心:

> 青青子衿,悠悠我心。
> 但为君故,沉吟至今。
> 呦呦鹿鸣,食野之苹。
> 我有嘉宾,鼓瑟吹笙。

作者极言对贤才的一片系念深情。"但为"二句对"忧思难忘"以具体说明,期待贤才以开创"天下归心"的政治局面。故魏源《诗比兴笺·序》称:"对酒当歌,有风云之气。"

再看《精列》:

> 厥初生,造化之陶物,莫不有终期。
> 莫不有终期,圣贤不能免,何为怀此忧?
> 愿螭龙之驾,思想昆仑居。
> 思想昆仑居,见期于迂怪,志意在蓬莱。

志意在蓬莱,周孔圣徂落,会稽以坟丘。
　　会稽以坟丘,陶陶谁能度?君子以弗忧。
　　年之暮奈何,时过时来微。

这首诗的思想倾向基本是积极向上的,它以涵蕴不露而又无可辩驳的内在逻辑力量表达出诗人朴素的唯物主义思想:人生不免一死,虽圣贤如大禹、周公、孔子亦不免于此。亘古以来的漫长岁月里谁能永世长留?所以心胸开阔奋发有志的人绝不为死担忧("陶陶谁能度?君子以弗忧")。尽管诗中也有着"思想昆仑居""志意在蓬莱"的游仙长生幻想,但更重要的是"时过时来微",来日无多,弥足珍贵。综上可见曹操对年命的忧叹也是有限度的,确切地说这是曹诗英雄主义的又一表现形式。这种忧叹既不同于汉末某些文人那样因人生无常彷徨无据而走向完全否弃人生的悲观绝望——"出郭门直视,但见丘与坟。古墓犁为田,松柏摧为薪。白杨多悲风,萧萧愁杀人"(《去者日以疏》),又鄙弃因感于年命危浅而纵欲放浪、醉生梦死的颓唐、玩世——"浩浩阴阳移,年命如朝露……不如饮美酒,被服纨与素"(《驱车上东门》)。他的年命忧叹深处实蕴藏着"骋哉日月逝,年命将西倾。建功不及时,钟鼎何所铭"(陈琳《游览》)的建安人锐意进取的时代内涵。因此,这种运用消极形式表达积极意义的用世思想,也是曹操诗歌创作的又一艺术特征。

　　第三,曹操所写的那些以游仙为内容的作品,也不能简单地批评是表现了"追慕神仙幻境的消极思想"(刘大杰《中国文学发展史》)。普列汉诺夫说:"一切思想体系都有一个共同的根源,即某一时代的心理。"(《普列汉诺夫哲学著作选集》)曹操游仙诗的产生便同三国魏晋时生命意义被重新发现的社会氛围和社会心理有着直接的关系,对此可以从曹操思想及其作品考察。

　　其一,对于神鬼方术之说曹操是怀疑和否定的。他不只自称"性不信天命之事"(曹操《让县自明本志令》),而且统一北方后还以汉丞相名义"除奸邪鬼神之事。世之淫祀,由此遂绝"(陈寿《三国志·武帝纪》)。曹植《辩道论》也说对方士神仙,"家王及太子与余兄弟皆不信之,咸以为调笑","调笑"正表明曹操的不以为然。在他看来,神仙世界子虚乌有,现实人间才是他纵横驰骋的广阔天地。"岂复欲观神仙于瀛洲,求安期于海岛,释金辂而履云舆,弃六骥而羡飞龙哉?"(曹植《辩道论》)其游仙之趣殆如沈德潜《古诗源》所谓"游仙诗本有托而言,坎壈咏怀,其本旨也"。下面我们以《秋胡行·其一》为例进行分析。诗中写诗人曾遇三位仙人对他言讲"道深有可得",他却"沉吟不决",仙人"遂上升天"。诗人因何"沉吟"?诗中有"长恨相牵攀,夜夜安得寐"语,盖因军务政事缠身,仙人"去去不可追"。据《三国志》本传推测,此诗或写于"建安十二年三月,公西征张鲁,至陈仓。夏四月,公自陈仓,以出散关"时。仙人远去,益寿延年的愿望既难以实现,于是只有像齐桓公那样"正而不谲,辞赋因依",任用宁戚那样的贤才;发扬齐桓公"西伐大夏,涉流沙;束马悬车登太行"(司马迁《史记·齐太公世家》)的创业精神,来完成西征的事业。可见,曹操游仙不过借传统题材,以寓言形式寄寓用世之意。

　　其二,在主题上,曹操游仙诗同其年命忧叹之作表现出高度同一性,都源于"不戚年往,忧世不治"的创作心态。不过,一则直接言志抒怀,径言惜时进取;一则采用出世的

题材表现用世的思想,借天风海雨式的浪漫想象,表达因强烈的事业心而勃发的益寿延年的向往。其《秋胡行·其二》云:

> 愿登泰华山,神人共远游。
> 经历昆仑山,到蓬莱。
> 飘飖八极,与神人俱。
> 思得神药,万岁为期。

他既想登上泰华同仙人交往,又想遨游昆仑、蓬莱共神人往还,更盼望能"飘飖八极",求得"神药",长生不老。然而,这里描述的一切都是不含任何动念的假想,其中原因在于诗人本"不信天命之事",这在诗里说得非常清楚:"存亡有命,虑之为蚩。"并且,所谓"愿登泰华山,神人共远游""愿螭龙之驾,思想昆仑居",也不是真正遗世的向往,诗人念兹在兹的乃是"壮盛智慧,殊不再来""不戚年往,忧世不治"。于是"爱时进趣"的游仙主题依托"追慕神仙幻境"的外壳得以表达。

其三,曹操游仙诗着力刻画的是诗人的自我形象,表现的是他激扬江山的人格精神,有一种催人奋发的力量。只要把它同曹植的游仙诗作一比较,就不难看出,曹植游仙诗力图表达的是"悲时俗之迫厄兮,愿轻举而远游"(屈原《远游》)的现实世界的悲哀,使人在精神上感到无比拘挛和压抑,如"四海一何局,九州安所如。韩终与王乔,要我于天衢……俯视五岳间,人生如寄居"(曹植《仙人篇》),又如"九州不足步,愿得凌云翔。逍遥八纮外,游目历遐荒"(曹植《五游咏》)。正如吴兢《乐府古题要解》云:"皆伤人世不永,俗情险难,当求神仙翱翔六合之外。"曹操的游仙诗则以执着于人生的态度神入幻境,以现实的精神走向神仙,力图表现"太上有立德,其次有立功,其次有立言"(《左传·襄公二十四年》)的儒家传统信仰和价值观。尽管他在《气出唱》《陌上桑》《秋胡行》等一系列诗篇中描绘的神界仙境多么美妙绚丽、奇谲怪异,都不过是一种陪衬,占据中心位置的总是叱咤风云的诗人自己。他创造的这些神仙世界,有的作为苦难现实的对立面,曲折影射他的社会理想。比如《气出唱》,写他驾龙乘风,遨游海外,然后上达天庭,再到昆仑、君山,"乃到王母台","四面顾望,视正焜煌","金阶玉为堂,芝草生殿旁","坐者长寿遽何央",一派祥和安乐。其实,这又何尝不是诗人在《对酒》歌里所憧憬的"太平时,吏不呼门。王者贤且明,宰相股肱皆忠良","人耄耋,皆得以寿终"的政治社会理想呢?有的则是通过丰富的想象,描写他"驾虹霓,乘赤云"出入仙境,"景未移,行数千"(曹操《陌上桑》)任意东西地超凡出尘,艺术地再现他在现实斗争中的纵横捭阖。总之,曹操游仙诗的深层底蕴可以借用马克思在《关于费尔巴哈的提纲》中的一段话说明:"社会生活在本质上是实践的。凡是将理论诱到神秘主义方面去的神秘现象,都能在人的实践中和对这个实践的理解中得到合理解决。"而这种始终面向现实的斗争精神也就成为曹操诗歌英雄主义最本质的特色。

第四,在艺术处理和审美追求上,曹操诗歌也表现出反传统精神和鲜明个性。虽然曹操的诗属乐府拟作,但大多已不是乐府古辞原有的面貌。《薤露行》《蒿里行》本为长短句,曹操拟作五言,使原来参差历响的节奏变为比较单纯、质朴的旋律以适宜其写实的要求。而且《薤露行》在东汉不单是丧歌,也已运用到婚嫁、宴饮演唱(萧涤非《汉魏六朝乐府文学史》),到了曹操手里却拿来批判当代现实政治,寄托丧亡哀思,这在当时也是一大创举。《陌上桑》一名"艳歌罗敷行",《乐府解题》云:"古辞言罗敷采桑,为使君所邀,盛夸其夫为侍中郎以拒之。"曹操独抒机心,别出新意,改五言为略有参差而又大体整齐、节奏鲜明有力、音律悦耳铿锵的长短句,以抒写游仙情致。并且曹操还有虽用乐府旧题却反用其意的拟作,如《步出夏门行》。从残存的"市朝人易,千岁墓平"两句推测,古辞原是慨叹年命短浅、世事无常,曹操用来描写河朔一带的风土景物,抒发个人的雄心壮志。凡此种种似可说明曹操在政治上是拨乱世的豪杰,在文学上也是反传统的英雄。

  曹操诗歌还有意象浑厚、涵大蕴深的特点。虽然他的诗通常运用平实质直的语言叙事写景、言志抒怀,起兴高远,"如摩云之雕,振翮捷起"(陈祚明《采菽堂古诗选》),意象沉雄浑厚,意境壮阔恢宏,意蕴沉郁悲深。清人吴淇《六朝选诗定论》析《短歌行》云:"劈首'对酒当歌'四字……截断已过、未来,只说现前,境界更逼,时光更迫,妙传'短'字神髓。"此诗开篇纯乎议论,正因妙传"短"字神韵,遂使诗人壮怀激烈、横槊悲歌形象呼之欲出。在意象编织上曹操也匠心独具,或以比兴出之,托物寓志。《世说新语·豪爽》载,晋人王敦每酒后辄歌曹操"老骥伏枥"四语,以如意打唾壶,壶口尽缺。"老骥"之咏所以深得后人赞赏,就在其意象构成的俊爽雄深,能移人情——千里马虽老雄心犹在,身伏马厩志向千里;烈士暮年意志不衰,老当益壮激昂慷慨。二者在形象上相互补充,寓意上反复生发,酣畅淋漓地展现出诗人的襟怀抱负。

第三节 曹植诗歌的艺术特征

在中国文学史上,建安时代第一次掀起了文人诗创作的高峰,曹植是这一高峰中最为杰出的诗人。曹植诗今存完整的作品有 80 余首,五言诗是其主体,共有 60 余首,这是曹植诗中最有价值的部分。对曹植诗,前人有很高的评价。钟嵘说:"陈思为建安之杰。"(《诗品》)皎然说:"邺中诸子,陈王最高。"(《诗式》)还有人认为曹植诗乃"词中圣境"(陈廷焯《白雨斋词话》),还有人将其列入"古今三大诗家"(胡应麟《诗薮》)。这些评价都有一定道理。相对于建安时代其他诗人来说,曹植诗数量较多,艺术成就最高,不仅具有多方面的创造性,同时也能给人以多方面的审美感受,在中国诗歌史上处于令人瞩目的地位。

第一,曹植诗歌气势充足,境界阔大,给人一种壮美的感受。从曹植的诗中读者可以清楚地看到,其选取的意象有许多是刚性的、偏动态的、雄壮的,境界壮阔而宏大,如"天地无终极"(《送应氏·其二》)、"天地无穷极"(《薤露行》)、"白日曜青春"(《侍太子坐》)、"三光照八极"(《惟汉行》)、"修坂造云日"(《赠白马王彪》)、"千秋长若斯"(《公宴》)、"飞观百余尺"(《杂诗·其六》)、"明月照高楼"(《七哀诗》)、"抚剑而雷音"(《鰕䱇篇》)、"泛舟越洪涛"(《赠白马王彪》)、"将骋万里途"(《杂诗·其五》)、"惊风飘白日,忽然归西山"(《赠徐干》)、"惊风飘白日,光景驰西流"(《箜篌引》)、"白日西南驰,光景不可攀"(《名都篇》)、"山岑高无极,泾渭扬浊清"(《赠丁仪王粲诗》)、"之子在万里,江湖迥且深"(《杂诗·其一》)、"丈夫志四海,万里犹比邻"(《赠白马王彪》)、"八方各异气,千里殊风雨"(《泰山梁甫行》)、"远游临四海,俯仰观洪波"(《远游篇》)、"驾言登五岳,然后小陵丘"(《鰕䱇篇》)、"转蓬离本根,飘飘随长风。何意回飙举,吹我入云中"(《杂诗·其二》)等。在这些诗句中,天地、白日、八极、云日、千秋、飞观、明月、高楼、雷音、洪涛、万里、惊风、江湖、四海、八方、洪波、五岳、长风、回飙等意象,或是极大的数字,或是宇宙中巨大的自然物,或是高远空灵、无限伸展,都具有壮阔宏大的特征,可谓气势磅礴、境界阔大、雄壮豪迈。这些包含着壮阔宏大特点意象的诗句,作者还喜欢把它们放在诗篇开头,使之笼罩全诗,烘托气氛,渲染情绪,感染读者,从而形成了如沈德潜所说的"工于起调"(《说诗晬语》)的特点。不仅如此,作者通过这些具有壮阔宏大特点的意象,创造出一些壮阔宏大的意境,如《薤露行》:

> 天地无穷极,阴阳转相因。
> 人居一世间,忽若风吹尘。
> 愿得展功勤,输力于明君。
> 怀此王佐才,慷慨独不群。

诗歌的一开始,诗人就创造出一种浑浩的境界,然后在这种境界中抒发其"愿得展功勤,输力于明君"的理想,从而使人感觉到其理想的浩大,可以与天地相延伸。《吁嗟篇》中写道：

> 东西经七陌,南北越九阡。
> 卒遇回风起,吹我入云间。
> 自谓终天路,忽然下沉泉。
> 惊飙接我出,故归彼中田。
> 当南而更北,谓东而反西。
> 宕宕当何依,忽亡而复存。
> 飘飘周八泽,连翩历五山。
> 流转无恒处,谁知吾苦艰?

为了表现"转蓬"的悲惨命运,他选择了如"七陌""九阡""回风""云间""天路""沉泉""惊飙""中田""南北""东西""八泽""五山"等一连串壮阔的意象,创造出一种宏阔壮大的意境,这种境界的广大与"转蓬"的渺小形成了强烈对比,并在这种对比中写尽了"转蓬"流离失所、漂泊无依、出生入死、飞转不息的无穷悲哀,产生惊心动魄的艺术效果。

曹植诗意象不仅有壮阔宏大的,而且也有秀雅清纯的,具有柔媚、和谐、清新、秀丽等特点,如桃李、秋兰、绿叶、丹华、春华、朱华、春鸠、明月、绿池、绿叶等。他还喜欢用"清"字,如清时、清夜、清晨、清风、清景、清池、清波、清水、清路、清醴、清听等。诗人用这些秀雅而清纯的意象创造出了一些轻松、愉快、令人心旷神怡的意境,如写植物的"石榴植前庭,绿叶摇缥青。丹华灼烈烈,璀彩有光荣"(《弃妇篇》),写飞鸟的"春鸠鸣飞栋"(《赠徐干》),写月光的"明月照高楼"(《七哀诗》)、"明月澄清景"(《公宴》),写美女的"南国有佳人,容华若桃李"(《杂诗·其四》),写景色的"白日曜青春,时雨静飞尘"(《侍太子坐》)、"树木发春华,清池激长流"(《赠王粲》),描写自然景物的"秋兰被长坂,朱华冒绿池。潜鱼跃清波,好鸟鸣高枝"(《公宴》),等等。这些意象选择和意境创造都体现了优美的特征。

曹植诗还有一部分以女性为题材的作品,大都写得低回缱绻,一往情深。这些作品虽然寄托着作者的忧愤,但其遣词造句、描情写态却给人优美的感受。特别是其《美女篇》中描写女孩的丰姿艳丽更是优美动人:

> 美女妖且闲,采桑歧路间。
> 柔条纷冉冉,叶落何翩翩。
> 攘袖见素手,皓腕约金环。
> 头上金爵钗,腰佩翠琅玕。
> 明珠交玉体,珊瑚间木难。
> 罗衣何飘飘,轻裾随风还。
> 顾盼遗光彩,长啸气若兰。
> 行徒用息驾,休者以忘餐。
> 借问女安居,乃在城南端。

> 青楼临大路,高门结重关。
> 容华耀朝日,谁不希令颜?
> 媒氏何所营? 玉帛不时安。
> 佳人慕高义,求贤良独难。
> 众人徒嗷嗷,安知彼所观?
> 盛年处房室,中夜起长叹。

前半写女孩的外在美,即"妖丽",把一个衣着华美、艳丽绝伦的少女,生动形象地展现在读者面前;后半写女孩的内在美,即"娴雅",写得含蓄隽永,意味无穷,显示出作者的卓越才华,也表现出他非同凡响的审美体验。故清初著名文艺评论家叶燮评曰:"意致幽眇,含蓄隽永,音节韵度皆有天然姿态,层层摇曳而出,使人不可仿佛端倪,固是空千古绝作。"(《原诗》)

第二,曹植诗不仅壮美和优美并存,其抒发理想抱负的作品还给人以崇高的美感。古代诗歌多有对人生价值的思考,曹植也不例外。因为相对于无限而言,任何生命个体都存在于一个有限的世界里,所以敏感多情的诗人们常常为此痛心疾首,慷慨悲歌,于是对命运无常、人生苦短的嗟叹也就成为我国古代诗歌的一个重要主题。这一主题被汉代文人唱得尤为响亮,在《古诗十九首》中表现得尤其突出。然而,与《古诗十九首》的作者相比,曹植在面对无限与有限时表现得更为激情澎湃、更加朝气蓬勃,导向"戮力上国,流惠下民,建永世之业,流金石之功"(曹植《与杨德祖书》)的人生理想,以及"愿得展功勤,输力于明君"(曹植《薤露行》)、及时建功立业、拯济天下、追求人生不朽的价值关怀。因此,抒发建功立业的理想,表达"捐躯赴国难"(曹植《白马篇》)的壮志,也就成为曹植诗的重要主题。这一主题的表达,常常给人以崇高的美感,如其《杂诗·其六》写道:

> 飞观百余尺,临牖御棂轩。
> 远望周千里,朝夕见平原。
> 烈士多悲心,小人偷自闲。
> 国雠亮不塞,甘心思丧元。
> 拊剑西南望,思欲赴太山。
> 弦急悲声发,聆我慷慨言。

思想感情抒发得慷慨激昂,表达的不仅是建功立业的理想,还是一种人生精神,一种超越有限、体认无限的自信和豪迈,因而给人的感受是崇高的。

崇高比壮美更高级、更庄严,是一种庄严、圣洁、伟岸的美,也可以说是一种带有神圣性和严肃性的美。这种庄严、圣洁、伟岸的美在曹植的《白马篇》中表现得尤为充分。《白马篇》塑造了一位英气勃发、武艺高强、境界高尚的"游侠儿"形象,可以说是壮美与崇高的结合。

> 白马饰金羁,连翩西北驰。

借问谁家子,幽并游侠儿。
少小去乡邑,扬声沙漠垂。
宿昔秉良弓,楛矢何参差。
控弦破左的,右发摧月支。
仰手接飞猱,俯身散马蹄。
狡捷过猴猿,勇剽若豹螭。
边城多警急,胡虏数迁移。
羽檄从北来,厉马登高堤。
长驱蹈匈奴,左顾陵鲜卑。
弃身锋刃端,性命安可怀?
父母且不顾,何言子与妻?
名编壮士籍,不得中顾私。
捐躯赴国难,视死忽如归。

诗歌开篇就气势不凡,"金羁"与"白马"相衬,一黄一白,色彩鲜明,何其俊美!白马奔驰,轻捷矫健,如风驰电掣,生气飞动,这又是何等壮观!表面上是写马,而实际上是写人,马的雄风已鲜明地体现出游侠儿的勃勃英姿,表现出一位少年英雄的高大形象。这个开头可谓既"警"且"奇",有如高山坠石,狂澜骤起,其气势夺人,扣人心弦。接下来的叙述和描写不仅具有壮美的特点,而且还给人以崇高的审美感受。"借问"以下四句,交代游侠儿的履历。"幽并"是地名,本是古代冀州之地,战国时属燕、赵所辖。《隋书·地理志》记载说:"自古言勇侠者,皆推幽、并。"韩愈在其《送董邵南游河北序》中亦说:"燕赵古称多感慨悲歌之士。"因此,作为诗歌意象,"幽并"所包含的深厚文化意蕴和具有的崇高审美感受是十分明显的。这里的游侠儿并非一般意义的游侠少年,而是具有"感慨悲歌"气概的壮士,是具有古代"勇侠"风范的英雄。"宿昔秉良弓"以下八句,写游侠儿的精绝射技和非凡武艺,既运用了"破""摧""接""散"这些刚性很强的动词,还连用两个比喻,使游侠儿刚健有力的气质、勇猛顽强的精神得到充分体现。"边城多警急"以下六句,写游侠儿应召出征,杀敌立功,其身心蓄积和压抑的无限力量以及奔腾不息、战无不胜的气魄跃然纸上,其勇武压群敌、豪气吞万里的英雄形象亦活现在读者的面前,是壮美的也是崇高的。最后八句豪迈陈述,壮志冲天,英雄精神光辉夺目,奏出这首诗的最强音,也是当时时代的最强音。少年英雄那肝胆照天地、精神泣鬼神的高大形象,赫然矗立在天地之间。这首诗可以说是英雄的乐章。读罢此诗,掩卷凝思,一股浩然之气扑面盈怀,使人振奋;一股强烈的爱国激情荡气回肠,使人肃然起敬,催人向上。这正是一种庄严的美、圣洁的美、伟岸的美,是一种带有神圣性和严肃性的美。

  第三,与建安时代其他诗人相比,曹植诗的美学特征是最为突出的。曹操诗虽然"如幽燕老将,气韵沉雄"(敖陶孙《诗评》),但"武帝雄才而失之粗"(成书倬《多岁堂古诗存》),词采质朴,而部分诗歌显得有些粗豪。曹丕诗虽然"美瞻可玩"(锺嵘《诗品》),但"雅秀而伤于弱"(成书倬《多岁堂古诗存》),"婉娈细秀"(锺惺《古诗归》),骨力显弱。王粲的诗"文若春华"(曹植《王仲宣诔》),然"悲而不壮"(刘熙载《艺概》),"文秀而质羸"

（锺嵘《诗品》）。刘桢的诗虽然"真骨凌霜，高风跨俗"，但"气过其文，雕润恨少"（锺嵘《诗品》）。曹植诗则与他们不同，既克服了其父的"粗"，也克服了其兄的"弱"以及王粲、刘桢等人的"悲而不壮""气过其文"。曹植诗华丽其容，风骨其实，从而达到了"骨气奇高，词采华茂，情兼雅怨，体被文质"（锺嵘《诗品》）的审美境界。所谓"骨气奇高"，是说曹植诗不仅有血有肉，而且有骨有气，充满气势和骨力，以气取胜，以意取胜；所谓"词采华茂"，是说曹植诗风流倜傥，文采斐然，锻字炼句，声色和美；所谓"情兼雅怨"，是说曹植诗充满追求和反抗，显得慷慨刚健、悲愤沉郁；所谓"体被文质"，是说曹植诗质而有文，文而有质，文质相称，情文并茂。锺嵘的这一评价明确指出了曹植诗主要的风格特征，说明曹植诗不仅改变了中国诗歌质素简朴的风格，而且也进一步确立了中国诗歌文质彬彬、情文并茂的发展道路。

"骨气奇高，词采华茂，情兼雅怨，体被文质"，不仅是曹植诗的风格特征，同时也是曹植诗的美学特征。从曹植诗中可以看出，他的诗充满了建功立业的豪情壮志，体现了慷慨赴难的献身精神，贯穿了捐躯为国的爱国情感，同时也诉说了诗人的人生悲剧，抒发了诗人的幽怨与不平，表达了古往今来许多知识分子受压抑、受迫害的切肤之痛，从而形成了"骨气奇高"、神采焕发的气质，也表现出"情兼雅怨"、慷慨悲凉的情调。在中国古代的文论和画论里，对于美的认识一直有所谓阳刚与阴柔之别，如果说"骨气奇高"偏重刚健，那么"情兼雅怨"则偏于阴柔。曹植诗正是这种刚健美和阴柔美的融合与统一，刚中有柔，柔中有刚，刚柔相济，浑然天成。

刘勰《文心雕龙·时序》中评建安诗歌云："观其时文，雅好慷慨，良由世积乱离，风衰俗怨，并志深而笔长，故梗概而多气也。""慷慨"实际上是一种艺术风格，指所抒发的是悲情——悲痛、悲凉之情或悲壮之情。"雅好慷慨"是建安诗歌的共同特点，其中一个显著的特征就是大量使用"慷慨"或"悲"这些词语，这在曹植诗中表现得更为突出，如"江介多悲风"（《杂诗·其五》）、"高台多悲风"（《杂诗·其一》）、"高树多悲风"（《野田黄雀行》）、"悲风动地起"（《杂诗》）、"悲风鸣我侧"（《赠王粲》）、"悲风来入怀"（《浮萍篇》）、"拊翼以悲鸣"（《弃妇篇》）、"黄鸟为悲鸣"（《三良》）、"心悲动我神"（《赠白马王彪》）、"良马知我悲"（《种葛篇》）、"此曲悲且长"（《怨歌行》）等。可见，在曹植的诗歌里心是"悲心"，声是"悲声"，"风"大多是"悲风"，"鸣"也常常是"悲鸣"。不仅如此，他还常把"悲"和"慷慨"结合在一起，如"慷慨有悲心，兴文自成篇"（《赠徐干》）、"弦急悲声发，聆我慷慨言"（《杂诗·其六》）。正因为曹植诗喜欢用"悲"和"慷慨"等词语来抒发情感，所以他的诗很自然地给人一种悲慨美的艺术感受。但曹植诗在艺术上高于其他诗人之处，正在于他所抒发的悲情不仅是悲痛的、悲凉的，而且更多是悲壮的，不但具有"情兼雅怨"、慷慨悲凉的阴柔美，而且更有"骨气奇高"、慷慨悲壮的刚健美。这是曹植诗歌在艺术上的重要成就，也是曹植诗歌重要的审美特征。

曹植诗"词采华茂""体被文质"，改变了汉乐府诗的质朴风貌，文辞优美，文采斐然。正如胡应麟所言："子建《名都》《白马》《美女》诸篇，辞极赡丽，然句颇尚工，语多致饰。视东西京乐府天然古质，殊自不同。"（《诗薮》）曹植诗虽然风流倜傥、文采斐然、声色和美，但由于其"骨气奇高"，不流于浮艳纤弱，有骨有气，故充满气势骨力。因其"词采华茂"，不陷于平浅粗豪，质而有文，文而有质，文质相称，故情文并茂。正如成书倬《多岁堂古诗存》所云:"魏诗至子建始盛。武帝雄才而失之粗,子桓雅秀而伤于弱,风雅当家,诗人本色,当推此君。"不仅如此,曹植诗还十分注意对偶,在韵律方面也显得自然而优美,如"主称千金寿,宾奉万年酬"(《箜篌引》)、"秦筝发西气,齐瑟扬东讴"(《赠丁翼》)、"君若清路尘,妾为浊水泥"(《七哀诗》),以及前文所引"树木发春华,清池激长流""秋兰被长坂,朱华冒绿池""潜鱼跃清波,好鸟鸣高枝"等等。这些诗句对偶工整,音韵和谐,自然而优美。曹植诗这种质而有文、文而有质的辞采美,以及对偶工整、音韵和谐的韵律美,不仅是对中国诗歌艺术的伟大贡献,而且也是曹植诗重要的美学特征。

中国古代名家诗词艺术

第四节　阮籍咏怀诗的思想与艺术特征

　　《咏怀八十二首》是阮籍思想感情和人生追求形象化的体现，是他在被剥夺了自由发言权的情况下发出的苦闷歌吟。阮籍生活在痛苦中，他为苟全性命于乱世付出了巨大的精神代价。正始时期铁腕政治的束缚以及儒、道两种人生理想的分裂，使他内心充满了无法告人的痛苦与矛盾。他在政治上可以敷衍，在生活中可以佯狂，而唯独面对自己时他不得不真实。阮籍把政治压迫的窒息、佯狂的孤独、理想分裂的矛盾都化作诗歌的意象，表现出既抑郁悲凉又飘逸高远、委婉曲折、言近旨远的艺术风格。

　　第一，阮籍虽对政治阴谋与残暴有着清醒认识，执着于儒家王道和仁政，但何去何从的困惑使他出语极为谨慎，从不评论时人时事。这种缄口不言的态度，使他内心理想与现实的矛盾更趋激烈。他除了以极其放诞夸张的举止宣泄内心的矛盾痛苦以外，也用诗歌倾吐复杂感受。现实人生的沉重忧患给阮籍诗歌涂上了一层浓重的悲剧色彩。《咏怀》首章奠定了全部诗作的基调：

> 夜中不能寐，起坐弹鸣琴。
> 薄帷鉴明月，清风吹我襟。
> 孤鸿号外野，翔鸟鸣北林。
> 徘徊将何见？忧思独伤心。

抒发了诗人无路可走的绝望与孤独无偶的哀伤。由绝望、哀伤引发的对生命短促、人生无常的感叹，是《咏怀》的一个基本主题。这种感叹在东汉末期的《古诗十九首》中就已发其端，如"人生非金石，岂能长寿考""人生天地间，忽如远行客"之类，充分地反映了社会大动乱前夕人们内心的矛盾、苦闷。建安时期，随着社会大动荡，以及饥荒、瘟疫等灾难不断发生，时人的哀叹也随之愈加强烈。"三曹"父子分别有"对酒当歌，人生几何？譬如朝露，去日苦多"（曹操《短歌行·其一》）、"人生如寄，多忧何为？"（曹丕《善哉行·其一》）以及"盛时不再来，百年忽我遒。生存华屋处，零落归山丘"（曹植《箜篌引》）等感叹，但人生短暂也激发出"烈士暮年，壮心不已"（曹操《步出厦门行·龟虽寿》）的奋发气概，以及"愿得展功勤，输力于明君"（曹植《薤露行》）的立业壮志。而阮籍处在魏晋易代之际，连续不断的血腥屠杀和政治风云的起伏变化，使其《咏怀》中有关人生无常的感叹常常同身死家毁的忧惧交织在一起，感情格外沉重。

> 一日复一夕，一夕复一朝。
> 颜色改平常，精神自损消。
> 胸中怀汤火，变化故相招。
> 万事无穷极，知谋苦不饶。
> 但恐须臾间，魂气随风飘。

终身履薄冰,谁知我心焦!

(其三十三)

阮籍深感颜貌有朝夕之改,胸中有汤火之灼,一人之智难以对付世事之残酷,故一生行程如履薄冰之上。这种忧生惧死的情绪伴随他终生,使其一生都不得解脱。阮籍《咏怀》中有大量悲语,如"生命辰安在,忧戚涕沾襟"(其四十七)、"多虑令志散,寂寞使心忧"(其六十三)、"殷忧令志结,怵惕常若惊"(其二十四)、"远望令人悲,春气感我心"(其十一)。这种"忧""悲""怨""惊"的情感特征使阮诗的感情基调始终是抑郁的,即使为排遣此悲忧之情所作的放达之语,也仍透露出无法解脱的抑郁。

政局如浓密的大网,使阮籍焦灼不安;小人的趋炎附势,使他憎恶蔑视;"高名令志惑,重利使心忧。亲昵怀反侧,骨肉还相雠"(其七十二)的现实更使他痛心不已。现实生活中他寻找不到值得结友的人,也少有人理解他,因此缺乏知音的寂寞时时在其诗中流露出来:

独坐高堂上,谁可与欢者!
出门临永路,不见行车马。
登高望九州,悠悠分旷野。
孤鸟西北飞,离兽东南下。
日暮思亲友,晤言用自写。

(其十七)

阮籍孤独若此,孤鸟和离兽的意象正是诗人自我形象的写照。他宁可在孤独中咀嚼自己的哀伤,其自伤、自怜、自傲交织在一起,"哀辞将告谁"既是他的孤独,也是他的不屑。

阮籍诗中虽渗透了对现实社会浓重的悲哀、绝望,但却没有对现实政治作出直接评价,只是把一些具体事件化作情绪感受加以抒写。无论其内心的徘徊焦灼,还是愤慨绝望,都是通过凋零衰败意象的塑造、阴沉幽暗色彩的渲染以及日暮途穷时空的描绘来表现的。从意象塑造看,《咏怀》选取了大量衰败、下坠的意象,如"清露为凝霜,华草成蒿莱"(其五十)、"繁华有憔悴,堂上生荆杞"(其三)、"朔风厉严寒,阴气下微霜"(其十六)、"寒风振山冈,玄云起重阴"(其九)。这些景物构成了一个阴沉恐怖、哀风怒号的世界,在这个世界中,没有希望,没有生机,一切美好的东西都将逝去,一切繁华都将毁灭。诗人力图通过这些衰败的意象,创造出一种肃杀凄凉的气氛,透露出当时诗人处境的严峻。从色彩渲染上看,《咏怀》多选用冷色调词,如"青""玄"等。粗略统计,全部《咏怀》有13处用"青"修饰所描绘的自然景物,如"青风""青云""青门"等;有三处用"玄",如"玄云""玄鹤"等。通过冷色调给人感官上一种压抑的感受,衬托出令人窒息的社会环境,表达出他内心无可告人的苦闷和哀伤。从时空营构看,阮诗多取日暮、长夜或深秋作为时间背景。阮籍82首《咏怀》直接或间接运用了"日暮""夜秋"之处共有20处。阮诗空间背景多是苍苍莽莽的旷野、哀风掠过的山冈,如"寒风振山冈,玄云起重阴"(其九)、"登高临四野,北望青山阿"(其十三)。他在茫茫旷野作"穷途之哭",周围景色也和他一样具有痛苦绝望的特征。他通过特定时空营构描绘特有的景物,既暗示政局之紧张险恶,又表达沉痛抑郁的情感。

第二,阮籍既经历着现实的痛苦折磨,又有着超越人生苦难的强烈冲动。以道家思想为基础的玄学人生观,使他在无路可走时另辟了人生境界。他要在精神自由的境界中寻找人生慰藉,追求个性独立。他在现实中无法超脱,但可以在思想中塑造一个虽虚幻却又十分宏大的理想人格——大人先生。

> 夫大人者,乃与造物同体,天地并生,逍遥浮世,与道俱成,变化散聚,不常其形。
> ……
> 登乎太始之前,览乎忽漠之初,虑周流于无外,志浩荡而自舒……变化移易,与神明扶。廓无外以为宅,周宇宙以为庐,强八维而处安,据制物以永居。
>
> (《大人先生传》)

这个超越时空局限的"大人先生"在对于世界毁誉的蔑视中,追求一种"虑周流于无外,志浩荡而自舒"的自我人格的舒展。阮籍《咏怀》正是表现了这样一种恢廓境界:

> 横术有奇士,黄骏服其箱。
> 朝起瀛洲野,日夕宿明光。
> 再抚四海外,羽翼自飞扬。
> 去置世上事,岂足愁我肠。
> 一去长离绝,千岁复相望。
> (其七十三)

> 危冠切浮云,长剑出天外。
> 细故何足虑,高度跨一世。
> 非子为我御,逍遥游荒裔。
> 顾谢西王母,吾将从此逝。
> 岂与蓬户士,弹琴诵言誓。
> (其五十八)

前诗中"横术奇士"抛弃世事,游于四海之外,传达出他离绝尘世之情;后诗高冠切云,长剑出天,又表现出诗人欲超世绝群遗俗独往之举,这正是他在思想中对自我人格及生存空间的大力拓展。

庄周、屈原作品中对天上神仙世界的极力夸张正适合阮籍对恢廓人生境界的追求,因而,他在《咏怀》中运用了《庄子》的寓言、楚辞的神语传说,企图以神游天地来摆脱世事的困扰。阮籍崇仰庄子,庄子所描绘的"不食五谷,吸风饮露,乘云气,御飞龙"的藐姑射神人之飘逸形象在《咏怀》中屡有出现:

东南有射山,汾水出其阳。
六龙服气舆,云盖切天纲。
仙者四五人,逍遥晏兰房。
寝息一纯和,呼噏成露霜。
沐浴丹渊中,照耀日月光。
岂安通灵台,游濯去高翔。
(其二十三)

昔有神仙士,乃处射山阿。
乘云御飞龙,嘘噏叽琼华。
(其七十八)

现实生活中,逃离人群、孤独无奈的阮籍渴望去寻找仙人。他所吟咏的仙人,或"逍遥晏兰房""游濯去高翔",或"乘云御飞龙,嘘噏叽琼华",他们都是来去自由、举止无碍者。诗篇通过这些神话传说中虚构的形象,表达作者企图超越现实羁绊的愿望。

楚辞所展示的瑰丽神仙世界,同样也成了阮籍讴歌的题材。如:

十日出旸谷,弭节驰万里。
经天耀四海,倏忽潜蒙汜。
(其五十二)

濯发旸谷滨,远游昆岳傍。
登彼列仙岨,采此秋兰芳。
时路乌足争,太极可翱翔。
(其三十五)

作者在一片朦胧的仙境中找到了自己的生存空间,在那里无拘无束地翱翔,摆脱了现实罗网的束缚。《咏怀》所塑造的顺风遨游的神女、云间挥袖的佳人、乘云腾空的夏后、御日奔腾的羲和等形象,都不是现实人间的真实人物;所刻画的日行千里的天马、驰骋天空的六龙、延年益寿的兰芝等动植物,也是在人间难以寻找的神奇之物;至于昆仑、天池、旸谷等处所,更无法在尘世一一索指。作者驾驭上述诸多神奇意象,把自己在现实中无处放置的生命投入虚幻境界中纵横驰骋,亦即将入世的尴尬与无奈尽化为超世的飘逸高远的想象,在寄意缥缈的游仙当中忘却现实的苦闷,追寻理想的人生境界。然而,阮籍对游仙的态度又十分矛盾,他一方面大力赞美仙境的清淡虚渺,塑造神仙飘逸高远的形象,存有企慕神仙灵药的愿望——"独有延年术,可以慰吾心"(其十)、"愿登太华山,上与松子游"(其三十二)、"三芝延瀛洲,远游可长生"(其二十四);同时,又否定了永年的可能性——"荣名非己宝,声色焉足娱。采药无旋返,神仙志不符。逼此良可惑,令我久踌躇"(其四十一)。解脱世俗压抑和苦闷的意愿使他企仰于游仙,而对社会变迁、人世变幻的深刻认识,又使他采取了否定的态度。这种思想情绪上的矛盾与冲突,表现了阮籍企图排遣又难以完全排遣的内在苦闷,这种苦闷的蕴积使得他的游仙诗显示出深厚的内蕴。正是这种深沉的苦闷,使其《咏怀》在迷离恍惚之中展现出高远的意韵,造成一种悲剧色彩。

  在艺术表现上,《咏怀》继承了《诗经》《庄子》和楚辞等的优良传统,主要采用比兴象征等手法,以及借助神话传说中的形象来表达自己的感情,因而显得含蓄委婉,即使陈述也能做到言近旨远。当然,由于正始政局的恐怖,加上自己思想感情上的种种矛盾,阮籍的一些诗歌显得较为隐晦,但总体风格仍可概括为含蓄、委婉、曲折,所谓"阮旨遥深"(刘勰《文心雕龙·明诗》)是也。

第五节 左思《咏史》的主旨与艺术特征

左思是一个"穷且益坚,不坠青云之志"的诗人。刘勰《文心雕龙·才略》赞曰:"左思奇才,业深覃思,尽锐于《三都》,拔萃于《咏史》。"《咏史八首》是他诗歌的代表作。这组诗的主题正如何焯《义门读书记》卷四十六所言:"题云咏史,其实乃咏怀也。"罗宗强在《魏晋南北朝文学思想史》中云:"这组《咏史》不同于赞颂历史人物的咏史诗,不同于对历史人物做出评价的咏史诗,也不同于借历史人物、历史事件以发表对社会、人生的议论的咏史诗。它完全是抒怀,历史人物只是用来作为抒情的借喻。"那么,左思所抒之怀究竟是什么?锺嵘《诗品》云:"得讽喻之致。"章培恒《中国文学史》云:"其中心在于揭露、批判世族垄断政治,而使寒门士人怀才不遇、有志难伸的社会现象。"这些观点从背景成因说和政治反映说的角度来分析,确有道理,但不够具体。从文本所流露的思想情感来看,左思本组诗主题应包括两个方面:一是叹穷,即叹处境困穷;二是言志,即言人生志趣。左思《咏史》巨大而永恒的魅力并不完全取决于它的主题,也取决于它独特的艺术手法,使主观情志与客观形象巧妙结合,营造出独特的意境,给人耳目一新的感受。

这八首诗不是一般意义上的咏史诗,而是颇有深意的咏怀诗。所咏之怀包括两个主题:叹穷和言志。作者从三个维度抒写困穷处境:一是对造成困穷处境原因的辩白,二是对摆脱困穷处境的期待,三是对身陷困穷处境的超脱。作者又从立功扬名、著名立说、隐居高蹈三个层面来表现人生志趣。叹穷和言志相互交叉、相互渗透、相互融合,共同构成了左思咏怀的主题。

第一,叹穷,即叹处境困穷,这是左思《咏史八首》的一个重要主题。《晋书·左思传》记载:左思"貌寝,口讷……不好交游"。《世说新语》注引《左思别传》记载:"思为人无吏干,而有文才,又颇以椒房自矜,故齐人不重也。"由此可知,左思是一个内向而孤寂、敏感而自尊的人,同时又是一个处境困穷的文人,正如他《咏史·其八》所云:"外望无寸禄,内顾无斗储。亲戚还相蔑,朋友日夜疏。"这样一个才子处在如此困境中能不有所感触吗?因此诗歌就成了他倾诉内心情感的主要载体,也成为他生命不可或缺的部分。

综观《咏史八首》,作者主要从三方面来抒写处境困穷。首先,对造成困穷处境原因的辩白,如其二:

> 郁郁涧底松,离离山上苗。
> 以彼径寸茎,荫此百尺条。
> 世胄蹑高位,英俊沉下僚。
> 地势使之然,由来非一朝。
> 金张藉旧业,七叶珥汉貂。
> 冯公岂不伟,白首不见招。

在《咏史·其一》中,他曾把自己塑造成一个文、武、德兼备的人。对此,时人不禁反问道:"既然你有才能有抱负有节操,为何至今还屈居下僚、一事无成呢?"自尊而敏感的左思愤愤不平地反驳道:"地势使之然,由来非一朝。"这样一来,他就理直气壮地把"英俊沉下僚"的原因归咎于时代和社会的政治环境,而不是把它归咎于自身"无吏干",有力维护了自己的尊严,真正找到了些许慰藉。

其次,对摆脱困穷处境的期待,如其七:

主父宦不达,骨肉还相薄。
买臣困采樵,伉俪不安宅。
陈平无产业,归来翳负郭。
长卿还成都,壁立何寥廓。
四贤岂不伟,遗烈光篇籍。
当其未遇时,忧在填沟壑。
英雄有迍邅,由来自古昔。
何世无奇才,遗之在草泽。

抒发自己怀才不遇,"忧在填沟壑",但心中时时希望将来有一天能如主父偃、朱买臣、陈平、司马相如那样最终功成名就,"遗烈光篇籍"。

最后,对身陷困穷处境的超脱,如其八:

习习笼中鸟,举翮触四隅。
落落穷巷士,抱影守空庐。
出门无通路,枳棘塞中涂。
计策弃不收,块若枯池鱼。
外望无寸禄,内顾无斗储。
亲戚还相蔑,朋友日夜疏。
苏秦北游说,李斯西上书。
俯仰生荣华,咄嗟复雕枯。
饮河期满腹,贵足不愿余。
巢林栖一枝,可为达士模。

先用比兴手法,写自己身陷困境犹如鸟处樊笼,欲展翅高飞却四处碰壁。接着又写自己深居僻巷陋室,落寞孤寂。本该悲从中来,但他转念一想,即使像苏秦、李斯那样游说天下,推行连横合纵,最终也难免败局乃至杀身之祸。对此,不禁有人生无常、富贵难持的感慨,于是就从困窘处境中超脱出来,最后归于老庄思想,安于贫贱,知足常乐,过着自由自在的"达士"生活。因此,诗中流露出他"不戚戚于贫贱,不汲汲于富贵"(陶渊明《五柳先生传》)的旷达情怀。

第二,言志,即言人生志趣,这是左思《咏史八首》的又一重要主题。他在《三都赋序》中写道:"发言为诗者,咏其所志也。"可见,他把诗当作言志的载体,这也符合中国古典诗歌的审美追求。《尚书·尧典》曰:"诗言志,歌永言。"在《咏史八首》中,与叹穷相比,左思对志的表达也更为直露。诗中所透露的志不是单一的、固定的,而是多面的、变化的,这正是他人生志趣变化轨迹的真实展现。当一个人面对着生活失落、仕途失意和社会不公,倘若没有远大的人生志趣,那将会是孤寂索寞、哀伤凄楚、绝望沉沦的。左思与此不同,尽管他也孤寂索寞、哀伤凄楚,但从未绝望沉沦,总能在人生不同阶段找到相应的人生志趣。左思像是一个失魂落魄的孩子,总在不断寻找着给他力量和信心的母亲,而这个伟大的母亲就是志,即人生志趣。所以,胡适曾说:"左思是个有思想的人。"(《白话文学史》)或许只有这种志才是他的人生归宿、精神寄托,或许只有这种志才能支撑着他走完坎坷的一生,或许正由于这种志才使其《咏史》透露出一种壮逸之气。

通览《咏史八首》,左思主要抒写了三种人生志趣。一是立功扬名。左思从小生活在官宦之家,受到良好的文化教育和思想熏陶,其妹又被选入晋武帝后宫。因此,左思是满怀希望地来到洛阳,渴望干出一番"惊天地""光篇籍"的丰功伟绩。其一曰:

弱冠弄柔翰,卓荦观群书。
著论准过秦,作赋拟子虚。
边城苦鸣镝,羽檄飞京都。
虽非甲胄士,畴昔览穰苴。
长啸激清风,志若无东吴。
铅刀贵一割,梦想骋良图。
左眄澄江湘,右盼定羌胡。
功成不受爵,长揖归田庐。

在诗中,他先把自己写成一个文韬武略兼通的才智之士,接着以铅刀比喻,一把很钝的铅刀尚且希望自己能有一割之用,何况是"胸有大志,腹有良谋"(罗贯中《三国演义》)的贤能之人呢?最后,他高调抒写自己的雄心壮志,"左眄澄江湘,右盼定羌胡",而且"功成不受爵,长揖归田庐",功成身退。其三曰:

吾希段干木,偃息藩魏晋。
吾慕鲁仲连,谈笑却秦军。
当世贵不羁,遭难能解纷。
功成耻受赏,高节卓不群。
临组不肯绁,对珪宁肯分?
连玺耀前庭,比之犹浮云。

通过对段干木和鲁仲连事迹的叙述,深切抒发了自己对他们的羡慕和向往之情,真诚表达了自己为国立功的愿望。

二是著书立说。尽管他满怀希望地来到洛阳,但社会的龌龊、命运的捉弄终究使他未能摆脱坎坷窘迫的处境。在理想与现实的巨大反差前,在困苦生活的磨炼中,在对前途沉痛的反思后,左思也一天天成熟了,也一天天清醒了,不禁发出"踌躇足力烦,聊欲投吾簪"(《招隐·其一》)的感叹,努力为自己寻求一个新的人生志趣,建筑一个新的精神家园,这就是"专意典籍"(《晋书·左思传》)。其四曰:

> 济济京城内,赫赫王侯居。
> 冠盖荫四术,朱轮竟长衢。
> 朝集金张馆,暮宿许史庐。
> 南邻击钟磬,北里吹笙竽。
> 寂寂扬子宅,门无卿相舆。
> 寥寥空宇中,所讲在玄虚。
> 言论准宣尼,辞赋拟相如。
> 悠悠百世后,英名擅八区。

此诗前半首写京城的繁华和权贵的奢侈,后半首写扬雄生活的贫寂和著书的虔诚,二者相对照,强烈表达了自己要以扬雄为榜样,通过著书立说来实现"悠悠百世后,英名擅八区"的愿望。

三是隐居高蹈。在玄学之风盛行的魏晋时期,许多文人士大夫开始关注自然,向往自由,尤其在仕途失意时更加企慕隐士生活。左思就是在这种时代氛围的耳濡目染之下成长起来的,因此深受影响。如果说他前两个人生志趣中都是有意追求美名远扬、流芳百世,那么隐居高蹈则可以说是他在参透人生百味之后所做的又一个志的抉择。此时,他猛然发现自己所苦苦追慕一生的功名竟是那么虚无缥缈,那么遥不可及,而那"非必丝与竹,山水有清音"(《招隐·其一》)的悠闲生活又是那样荡人心魄,那样安然恬适。对此真有"误落尘网"之感,左思不禁发出"高志局四海,块然守空堂。壮齿不恒居,岁暮常慨慷"(《杂诗》)之叹。他晚年曾拒绝齐王聘任,在一定程度上也证实了这一点。其五曰:

> 皓天舒白日,灵景耀神州。
> 列宅紫宫里,飞宇若云浮。
> 峨峨高门内,蔼蔼皆王侯。
> 自非攀龙客,何为欻来游?
> 被褐出阊阖,高步追许由。
> 振衣千仞冈,濯足万里流。

此诗先尽力描摹京城的绮丽风光和豪贵的奢侈生活,但此时左思在回顾自己坎坷的一生后,逐渐醒悟到"自非攀龙客",表明自己不愿与世俗奔竞之徒同流合污,决心追随许由去享受那种隐居遁世悠游自在的生活。

总之,叹穷和言志共同构成了《咏史》的咏怀主题,二者缺一不可。它们相互交叉,相互渗透,相互融合。因此,左思《咏史八首》不仅尽情抒写了浓郁深沉的穷,而且还真切地编织了五彩斑斓的志;不仅"有一种不平之气"(罗宗强《魏晋南北朝文学思想史》),更有一种壮逸之气。而这种壮逸之气不仅包括了抒发立功扬名、著书立说的雄壮之气,也包括了隐居高蹈的超逸之气。

左思以独特的艺术手法,淋漓尽致地抒写了《咏史》的咏怀主题,并在艺术表达上独具创新,达到极高的艺术境界,具有永恒的艺术魅力。其特点表现在三方面。一是以赋入诗。左思作为辞赋大家,其诗歌创作也受到赋的影响。在诗中,他抛弃了赋追求辞藻华美的一面,吸取了赋讲究铺排、对偶、声律等手法。如其四和其五,就用铺排手法,由一般到个别,由隐到显,一层比一层具体,极力渲染了权贵们的豪华生活,形成了一种气势上逼人、画面上夺目、情感上动心的艺术效果。对偶手法的运用更是如此,如"左眄澄江湘,右盼定羌胡"(其一)、"振衣千仞冈,濯足万里流"(其五)等。其讲究声律手法主要体现在叠音词的巧妙运用上,如"济济""赫赫""寂寂""寥寥""悠悠""峨峨""蔼蔼""郁郁""离离""习习""落落"等,读起来朗朗上口,有音韵之美。二是以议论入诗。清人刘熙载《艺概·诗概》云:"左太冲《咏史》似论体。"《咏史·其一》云:"著论准过秦,作赋拟子虚。"可见左思明显深受贾谊《过秦论》议论手法的影响,这种影响不仅体现在他的文章中,而且也体现在他的诗歌中。左思是一位较早在诗歌中自觉而又成功地运用议论手法的诗人,其《咏史》的议论不是空洞的说教、枯燥的口号,而是以生动的艺术形象表现出来的,而这种艺术形象本身又是他在特定境遇下的特定情感的化身,所以他的诗总能把形象描写、抒情与议论三者有机结合起来,既能给人真的体验、美的感受,又能引人遐思、启人心智。其六曰:

> 荆轲饮燕市,酒酣气益震。
> 哀歌和渐离,谓若傍无人。
> 虽无壮士节,与世亦殊伦。
> 高眄邈四海,豪右何足陈!
> 贵者虽自贵,视之若尘埃。
> 贱者虽自贱,重之若千钧。

通过对荆轲形象的塑造,表达对富贵的鄙视和对功名的渴慕。其七曰:

> 主父宦不达,骨肉还相薄。
> 买臣困采樵,伉俪不安宅。
> 陈平无产业,归来翳负郭。
> 长卿还成都,壁立何寥廓。
> 四贤岂不伟,遗烈光篇籍。
> 当其未遇时,忧在填沟壑。
> 英雄有迍邅,由来自古昔。
> 何世无奇才,遗之在草泽。

这些议论发人深省，掷地有声，大大增强了作品的感染力。后世诗人如杜甫、韩愈等都从左思《咏史》议论手法的运用中得到启发。三是对比手法的运用。在《咏史八首》中，左思成功运用对比手法，在两者的巨大反差与鲜明对照中流露出自己的爱憎情感。如其四通过对豪贵和扬雄两种不同人生的对比曲折地表达出自己的人生志趣："一边是醉生梦死、荒淫无耻，一边是安于贫贱、闭门著书"（《汉魏六朝诗鉴赏辞典》）；一边的结果是与草木同腐，一边的结果是"英名擅八区"。此外，左思《咏史》的语言简朴无华，素淡有味，看似信手拈来，实则经过千锤百炼。袁枚《随园诗话》云："诗宜朴不宜巧，然必须大巧之朴；诗宜淡不宜浓，然必须浓后之淡。"如用此来评价左思《咏史》的语言风格，是非常恰当贴切的。在魏晋南北朝诗歌语言风格发展变迁的过程中，由讲究辞藻华丽变为追求质朴简洁，左思具有某种承前启后的作用。

第六节　陶渊明诗歌的风格

陶渊明是晋宋时期一位重要作家,其作品现存诗120余首、辞赋3篇、散文8篇,以诗成就最为突出。他开创了田园诗派,对中国古典诗歌的发展贡献甚大。然而,由于陶渊明身处晋宋门阀专权、浮靡文风盛行之际,其诗在当时并未受到足够的重视。直到梁代萧统《陶渊明集》问世,人们才开始重视陶渊明的文学创作。唐代陶诗在文学史上的重要地位得到了普遍认可,宋、清两代则出现了研究陶诗的两次高潮。严羽《沧浪诗话》称:"渊明之诗质而自然耳。"朱熹《朱子语录》云:"渊明诗平淡,出于自然。"不过仅用"平淡""自然"来评价陶诗是不够的,深入探究就会发现,"真淳""淡远"方不失为陶诗的主要风格。

第一,陶诗真淳。金代元好问曾作诗咏赞陶诗:"一语天然万古新,豪华落尽见真淳。"(《论诗三十首·其四》)其中"真淳"二字可谓道出了陶诗的艺术魅力和精神风貌。"真"即真实,与虚伪相对。深受老庄思想影响的陶渊明对"真"有更为现实、更为深刻的理解。"真者,所以受于天地,自然不可易也。故圣人法天贵真,不拘于俗。"(《庄子·渔父》)"人法地,地法天,天法道,道法自然。"(《老子》)在陶渊明看来,"真"就是自然,就是不拘于俗,就是自由自在,自然而然。"淳"在《古汉语常用字字典》中的解释有:质朴,朴实;通"醇",酒味厚、纯。"悠悠上古,厥初生民。傲然自足,抱朴含真"(《劝农·其一》)、"真想初在襟,谁谓形迹拘"(《始作镇军参军经曲阿作》)、"羲农去我久,举世少复真。汲汲鲁中叟,弥缝使其淳"(《饮酒·其二十》),可见陶诗中"真""淳"二字可相互引发,有多重含义——从陶渊明之性情、为人讲,可指诗人"任真"、淳朴的质性;从陶渊明之人生经历看,则指其"抱朴含真"的执着追求;从陶渊明的思想方面看,则指陶渊明淳厚、睿智的哲人之思;从陶诗的精神内涵来看,则指陶诗淳美、自然的田园意趣。陶渊明一生追求自然,"抱朴含真",而陶诗"同他的思想、生活和为人是完全一致的"(袁行霈《陶渊明研究》)。陶诗"真淳"具体体现如下:

一是陶渊明"任真"、自然的质性及"抱朴含真"的人生追求。昭明太子萧统在《陶渊明传》中说陶渊明"少有高趣……颖脱不群,任真自得"。陶渊明本人也坦言,"质性自然,非矫厉所得"(《归去来兮辞序》)。"任真"、自然是陶渊明的本性,正是由于他这种质性,决定了他生活和创作的原则。人们都说陶渊明是"幽居者""古今隐逸诗人之宗",可又有谁生来便消极避世呢?只有当理想在现实面前屡屡受挫时,人本性中潜伏着的消极情绪才会滋长。"猛志逸四海,骞翮思远翥"(《杂诗·其五》),陶渊明青少年时期胸怀远大,具有强烈的功名之心。然而,当他怀抱"大济于苍生"(《感士不遇赋》)之志进入仕途时,他面临的却是朝廷腐败黑暗,官场虚伪污浊,以晋孝武帝和司马道子为首的皇室贵族穷奢极欲,昏聩无能。"左右近习,争弄权柄,交通请托,贿赂公行"(司马光《资治通鉴》),门阀大地主擅权误国,不理政事,修道好佛,荒淫堕落。"性刚才拙"(《与子俨等疏》)、正直热诚的陶渊明在如此社会、如此官场怎能不"与物多忤"(《与子俨等疏》)?不是士族出身的他又哪有容身之处呢?公元393年,29岁的陶渊明出任江州祭酒,"不堪吏职,少日自解归"(《晋书·陶潜传》)。"是时向立年,志意多所耻"(《饮酒·其十九》),耿介磊落的性格使然,"抱朴含真"的追求使然。之后,他又先后任过桓玄幕僚、镇军参军、建威参军等职,始终处于"一心处两端"(《杂诗·其九》)的矛盾心态:一边是济世之志无由施展的不甘心,一边是降身辱志"违己交病"(《归去来兮辞》)的精神折磨。而每当仕途受挫之时,消极避世思想就来袭扰他,淳朴自然的田园生活就来诱惑他。"自古叹行役,我今始知之……静念园林好,人间良可辞。"(《庚子岁五月中从都还阻风于规林·其二》)"目倦川途异,心念山泽居。望云惭高鸟,临水愧游鱼。"(《始作镇军参军经曲阿作》)就这样陶渊明在官场苦苦挣扎了13年,三仕三隐之后他终于看破红尘。为了保持清白独立的人格,为了"抱朴含真",陶渊明毅然决定再次归隐田园,彻底与官场决裂。这是他第四次归隐,也是最后一次归隐。

> 少无适俗韵,性本爱丘山。
> 误落尘网中,一去十三年。
> 羁鸟恋旧林,池鱼思故渊。
> 开荒南野际,守拙归园田。
> ············
> 久在樊笼里,复得返自然。

这首《归园田居·其一》写于陶渊明从彭泽令挂印辞归第二年,真实反映了他归田后的感受。在诗人看来,世俗官场就好像"尘网""樊笼",束缚人天性。只有像飞鸟游鱼那样回归大自然,才能获得自由,才能觅得人生真谛。

之后陶渊明创作了大量的田园诗,诗中描写的隐居生活,无不浸透着他对社会、对人生的苦苦求索。从"晨兴理荒秽,带月荷锄归。道狭草木长,夕露沾我衣"(《归园田居·其三》),读者仿佛看到了他早出晚归致力农事的身影;"桑麻日已长,我土日以广。常恐霜霰至,零落同草莽"(《归园田居·其二》),反映了他对农作物收成的密切关心。然而尽管他努力躬耕,尽管他对生活要求很低,"岂期过满腹,但愿饱粳粮。御冬足大布,粗絺以应阳"(《杂诗·其八》),但是由于连年灾荒和沉重负担,陶渊明的生活很快便陷入窘困之中。《怨诗楚调示庞主簿邓治中》云:"夏日长抱饥,寒夜无被眠。造夕思鸡鸣,及晨愿乌迁。"《有会而作》云:"弱年逢家乏,老至更长饥。菽麦实所羡,孰敢慕甘肥。"然而贫困的生活并不能改变他对"真朴"的追求,即使向邻人乞食,他也不向黑暗势力低头。"相命肆农耕,日入从所憩。桑竹垂余荫,菽稷随时艺。春蚕收长丝,秋熟靡王税。荒路暧交通,鸡犬互鸣吠……怡然有余乐,于何劳智慧?"(《桃花源诗》)陶渊明晚年所作的这首诗生动具体地描绘了这个"抱朴含真"的理想社会图景,诗中自给自足、民风淳朴的"桃花源"境界,便是他毕生追求的社会理想。元嘉四年(427 年)九月,陶渊明一病不起,带着"淹留遂无成"(《饮酒·其十六》)的遗憾及"贫富常交战,道胜无戚颜"(《咏贫士·其五》)的骄傲与世长辞。简言之,陶渊明一生"任真"、质朴、"抱朴含真",为了理想,为了追求,他与虚浮污浊的官场决裂,他独善其身、守志不阿,真正实践了一个殉道者的高风亮节,而其诗即是他生活历程、心路历程的真实写照。

二是陶渊明淳厚睿智的哲学思考。"陶渊明不仅是诗人,也是哲人,具有深刻的哲学思考,这使他卓然于其他一般诗人之上。"(袁行霈《陶渊明研究》)在陶渊明生活的年代,中国思想文化领域正经历着巨大的变化:传统的儒、道两家思想经历了汉代经学、魏晋玄学洗礼,中国文化进入了儒、道、释三家斗争和融合的新阶段。陶渊明身处其间,也深受这股思潮的冲击。"陶既熟谙老庄、孔子,又不限于重复儒家、道家的思想;他既未违背魏晋时期思想界的主流,又不随波逐流;他有来自个人生活实践的独特思考、视点、方式和结论。"(袁行霈《陶渊明研究》)陶渊明汲取了各家思想精华,并结合自己的人生感悟,形成了自己独特的思维方式和淳厚睿智的人生哲学——"以本我为中心","以超然的精神追求淳真的本我"(陈洪《诗化人生——魏晋风度的魅力》)。

"少年罕人事,游好在六经"(《饮酒·其十六》),传统儒家思想促使青年陶渊明积极入世"大济于苍生"(《感士不遇赋》),而当他敏锐地觉察到社会的黑暗腐败污浊时,他厌恶官场尘俗,终于回归田园,"淳真"自然的老庄思想占据了陶渊明心灵的主要位置。"悠悠上古,厥初生民。傲然自足,抱朴含真"(《劝农·其一》),他认为上古生民未经世俗侵染,保有人类的朴素与真淳,是最为理想的本我之人。"三五道邈,淳风日尽。九流参差,互相推陨"(《扇上画赞》),"九流"出现以后,社会风气日渐浇薄,淳朴之风渐远。"真想初在襟,谁谓形迹拘"(《始作镇军参军经曲阿作》),显然,仕途为官"心为行役",他不得不将心灵与形迹分开,从而失去了自由、本真。"久在樊笼里,复得返自然"(《归园田居·其一》),亲近自然、回归自然让他身心自由,令他欣喜欢畅。"返自然"更是一种精神的皈依。在魏晋名流中,阮籍、嵇康对陶渊明影响最深。"越名教而任自然"(嵇康《释私论》),以自然对抗名教,陶渊明与阮籍、嵇康相通。然而陶渊明崇尚自然反抗名教又不同于阮籍,他不像阮籍那样佯狂任诞,他的思想生活、一吟一咏,莫不出自真率,本于自然。陶渊明认为万物都是变化的,"情随万化遗"(《于王抚军座送客》)、"万化相寻绎"(《己酉岁九月九日》)。

陶渊明还认为一个人只要善于"养真",就能独立于污浊社会之外,而不必遁入空门。"投冠旋旧墟,不为好爵萦。养真衡茅下,庶以善自名。"(《辛丑岁七月赴假还江陵夜行涂口》)而所谓"结庐在人境,而无车马喧。问君何能尔?心远地自偏。采菊东篱下,悠然见南山"(《饮酒·其五》),就是说他身在浊世而心在"桃源",真正成为超然于世外的淳真的人。正如清人方宗诚《陶诗真诠》说:"陶公高于老庄,在不废人事人理,不理人情,只是志趣高远,能超然于境遇形骸之上耳。"更可贵的是陶渊明崇尚自然,提倡躬耕,并亲自实践参加劳动,这表明他对鄙视体力劳动的儒家名教之蔑视和反抗。"坚持劳动、固守贫困的过程又是诗人思想发展的过程。"(逯钦立《汉魏六朝文学论集》)"人生归有道,衣食固其端"(《庚戌岁九月中于西田获早稻》),他认为自食其力的劳动生活才最符合自然原则。世人视躬耕为拙,与出仕相比,这确实是拙,但他宁可"守拙",也不肯取巧。总之,陶渊明结合自己的人生感思,大胆扬弃儒、道、释思想,吸取其精华,完善自己的人生哲学。他的诗也随其淳厚睿智的哲学思考而显得隽永厚重,耐人回味。

三是陶渊明淳真自然的田园意趣。萧统在《陶渊明集序》中评价陶诗说:"语时事则指而可想,论怀抱则旷而且真。"陈绎曾《诗谱》亦云:"陶诗情真、景真、事真、意真。"可见,陶诗最突出的特点就是淳真自然。如同其生活和思想一样,陶诗创作以归隐田园为界,明显分为前后两个时期——前期诗作以叹息行役、厌倦宦情、心念田园为主要内容,后期诗歌则主要描写淳朴、宁静、美好的田园风光和田园生活,表现了他抱朴含真、安贫守道、独善其身的高尚情操,而贯穿始终的则是淳真自然的田园情结。"平畴交远风,良苗亦怀新"(《癸卯岁始春怀古田舍·其二》)、"蔼蔼堂前林,中夏贮清阴。凯风因时来,回飙开我襟"(《和郭主薄·其一》),多么真切、纯朴、动人的田园景象!"过门更相呼,有酒斟酌之"(《移居·其二》),多么淳朴的乡风民俗!多么"逼真的田家气象"(温汝能《陶诗汇评》)!尤其是陶渊明后期诗作,这种淳朴自然的田园气息更是随处可见,如《归园田居·其五》:

　　山涧清且浅,可以濯吾足。
　　漉我新熟酒,只鸡招近局。
　　日入室中暗,荆薪代明烛。

极平常的一条山涧、一只鸡、一束照明用的荆薪,信笔道来,尽显其田园生活的简朴、邻人的亲切以及乡间风俗的淳厚,读来给人以淳美、清新、自然的享受。可以说,归隐后农村田园生活给陶渊明的艺术生活以新鲜血液,而陶诗也因此愈焕发了真淳自然的风采。"尽管做田家语,而处处有高远的意境。"(胡适《白话文学史》)陶渊明田园诗皆抒情诗,诗中往往把田园风光和田园生活作为官场与仕途的对立面来描写。他越是抒写对宁静、淳朴田园生活的喜爱,就愈加反衬出他对喧嚣、虚浮、丑恶官场的厌恶。而这一切又都依托真淳、质朴的田园生活,以朴素的语言自然而然地表达出来,真让人感觉像是从"胸中自然流出"(朱熹《朱子语类》),"天然无斧凿痕迹"(陈绎曾《诗谱》)。《读山海经·其一》曰:

　　孟夏草木长,绕屋树扶疏。
　　众鸟欣有托,吾亦爱吾庐。
　　既耕亦已种,时还读我书。
　　穷巷隔深辙,颇回故人车。
　　欢言酌春酒,摘我园中蔬。
　　微雨从东来,好风与之俱。
　　泛览周王传,流观山海图。
　　俯仰终宇宙,不乐复何如?

完全是跟读者聊家常似的平白话语,却展现了一幅淳朴清新的农村田园生活的图景。与此同时,读者也领略到陶渊明对真朴、自由的田园生活的一片真情,他心许自然、陶然其中的神态跃然纸上。陶诗情与景交融,理与景互渗,充分展现了淳真自然的田园意趣。

　　第二,陶诗淡远。淡远主要是指陶诗外表看似平淡干枯而意蕴深远丰美,正所谓"质而实绮,癯而实腴"(苏轼《与苏辙书》)。晋宋之际正是诗风之变的关键时期,时尚以繁富促密为贵,而陶诗却追求恬淡自然。"渊明诗平淡,出于自然。"(朱熹《朱子语类》)真淳自然是陶渊明的人生理想,也是他诗歌创作的审美追求。"方宅十余亩,草屋八九间……狗吠深巷中,鸡鸣桑树颠"(《归园田居·其一》),在别人看来,诗中的景物是平淡的,甚至有点儿寒碜,有点儿拙,但在作者看来,这些田园景物首先是真实的、自然的,胜过那虚伪奸诈的官场多少倍。因而,在陶诗中读者找不到华美富丽的色彩、丝竹管弦的聒噪,更没有人工修饰雕琢的精致,有的只是平平淡淡、自自然然。"种豆南山下,草盛豆苗稀"(《归园田居·其三》)、"榆柳荫后檐,桃李罗堂前"(《归园田居·其一》)、"相见无杂言,但道桑麻长"(《归园田居·其二》),榆柳、桃李、种豆、桑麻、狗吠、鸡鸣等普通田园景物以及田间劳作、邻里往来等平凡的日常农村生活,第一次被当作重要的审美对象,出现在文人的诗作中,陶渊明无愧是中国田园诗的开创者。然而,陶诗平淡,却不浅薄。相反,在平淡的外表下含蓄着炽热的情感和浓郁的生活气息,深蕴着丰富的意韵和人生哲理。《饮酒·其五》中"采菊东篱下,悠然见南山。山气日夕佳,飞鸟相与还",这平实的田园景色中蕴藏着作者对"丘山"的热爱和"任自然"的人生追求,包含着非常深刻的人生感悟。因此,读陶诗如品佳酿,须细细品味,方能享受其醇美、浓香,且"越是反复咀嚼越觉得余味无穷"(袁行霈《陶渊明研究》)。为什么陶诗会达到如此超群脱俗的艺术境界呢?除淳朴自然的田园生活为其提供了丰富的创作素材外,更得益于诗人纯熟的表达方式、表现技法。

一是陶诗纯取白描,"癯而实腴"。白描原是中国画的一种画法,纯用线条勾勒而不加色彩渲染。作为文学创作的表现手法,白描指"不加色彩渲染、烘托,不用华丽辞藻……抓住被描写对象的主要特征,寥寥几笔,形神毕肖"(《语文知识词典》)的手法。陶渊明正是一个善用白描写意的高手。他的诗以自然取胜,他写诗绝不设色选声,更不讲究辞藻华美,但却能粗粗几笔勾勒出景物的神韵,还能于平淡中引发人丰富的联想,如《归园田居·其一》:

　　方宅十余亩,草屋八九间。
　　榆柳荫后檐,桃李罗堂前。
　　暧暧远人村,依依墟里烟。
　　狗吠深巷中,鸡鸣桑树颠。

诗中抓取了草屋、榆柳、桃李、狗吠、鸡鸣、炊烟等几种常见的农村田园风物,然而所有这一切组合在一起,却构成了饶有意趣的田园——榆、柳、桃、李中的几间草房,村落中的几缕炊烟,使人仿佛听到了深巷犬吠、枝头鸡啼……这里的田园是那样宁静安谧,那样淳朴自然,在这里作者获得了心灵的自由、安宁。所以说读陶诗让人感觉好像是在观赏一幅幅山水画,画面直触其事、其物、其景,不见任何精细的描绘和刻意修饰,但须调动我们的联想和想象去体味那只可意会不可言传的画外之意、味外之味。

二是陶诗物与神游,意趣深远。如果说陶诗仅仅是平淡自然,也就不能达到如此高度的艺术境界了。陶诗的妙处在于平淡与瑰丽的统一,情趣与理趣的统一。"本以言郊居闲适之趣,非以咏田园"(张戒《岁寒堂诗话》),陶渊明写作田园诗并不在于客观地描摹田园生活,而是要强调和表现这种生活情趣。因此,他在创作时并不是随意摄取田园生活景象,而是把那些最能引起自己思想感情共鸣的东西摄取到诗中来,使平凡的生活素材中含有极不平凡的意境。读之仿佛身临其境,感到亲切自然而又含义深邃。苏轼说:"观陶彭泽诗,初若散缓不收,反复不已,乃识其奇趣。"(《书唐氏六家书后》)所谓"奇趣",正是从意境中来。比如"羁鸟恋旧林,池鱼思故渊"(《归园田居·其一》)、"幽兰生前庭,含薰待清风"(《饮酒·其十七》),其中"恋""思""待"都是作者情感的迸发点,他为了加深抒情,把客观景物拟人化,使其具有了人的情感思绪。再如《癸卯岁始春怀古田舍·其二》中的"秉耒欢时务,解颜劝农人。平畴交远风,良苗亦怀新",《读山海经·其一》中的"孟夏草木长,绕屋树扶疏。众鸟欣有托,吾亦爱吾庐",刘熙载《艺概》评价说:"陶诗'吾亦爱吾庐',我亦具物之情也。'良苗亦怀新',物亦具我之情也。"两个"亦"字,看似平淡而极有意趣,表现了一种"心物冥合"、物我契合的奇妙境界。若非作者对自然有真切的喜爱,自然不能产生这种"神与物游"的意趣。

陶诗不仅富有情趣,也富有理趣。作者常常在写景抒情的同时,用朴素的语言阐释其对人生的感悟,给读者以心灵启迪。"常爱陶彭泽,文思何高玄。"(白居易《题浔阳楼》)若论玄心,陶渊明绝不亚于郭象、王衍、谢安等魏晋名流,但若与当时"淡乎寡味""平典似《道德论》"的玄言诗相比较,陶诗则素淡而意蕴深远。"人生似幻化,终当归空无"(《归园田居·其四》)、"人生归有道,衣食固其端"(《庚戌岁九月中于西田获早稻》)、"落地为兄弟,何必骨肉亲"(《杂诗·其一》),陶诗以景象为依托,以真情为基础,自然而然阐发老庄、议论玄理,或情随景深,或寓理于情,真正做到了景、情、理的融合统一。只有当审美主体把全部注意指向审美对象的内在意蕴时,审美主体与审美对象才能"物我同一",才能达到与宇宙之道合一的快乐境界。"死去何所道,托体同山阿。"(《拟挽歌辞·其三》)死有何惧?作者只将其作为与自然的融合,所以能超越自我,皈依自然,达到"无我之境"(王国维《人间词话》)。"问君何能尔?心远地自偏。采菊东篱下,悠然见南山。"(《饮酒·其五》)多么富有哲理的格言。再如"虽未量岁功,即事多所欣"(《癸卯岁始春怀古田舍·其二》),乐趣在于行为的过程中,而不在于功利的获得。这或许是在劝慰读者:要保持平常心,只管耕耘,不问收获。

三是陶诗语言平淡,平中出奇。凭陶渊明的艺术修养,他并非没有创文绮靡的才华,然而他率真耿介的性情、"抱朴含真"的追求以及对虚浮污浊官场的厌恶,决定了他不可能也绝不会去刻意推敲、修炼其诗歌语言。不仅如此,陶诗还尽力避开华美辞藻,挑选通俗平淡而富有生活气息的群众语言。他认为只有这样才更贴近生活,只有这样才与其理想追求表里如一。比如"今日天气佳""秋菊有佳色"等,从表面看确实平淡、干枯,然而细细琢磨一下,这正是乡间农民淳朴自然的日常道白,正与作者的追求相谐。苏轼云:"渊明诗初看散缓,熟看有奇句。"(释惠洪《冷斋夜话》)这就要求读陶诗须平心静气,细细品味,思其生活,品其性情,品其思想,品其平淡字句背后蕴蓄的深意真情。只有这样,才能识得"庐山真面目"。前边提到的两个"亦"字("吾亦爱吾庐""良苗亦怀新"),就是陶诗平字出奇的实例。再如,陶渊明《时运》写春风,"有风自南,翼彼新苗",一个"翼"字便写出了新苗在微风中扇动、摇曳的可爱形态,极为简练。《癸卯岁十二月中作与从弟敬远》中写冬雪,"倾耳无希声,在目皓已洁",寥寥数字,便写出了雪的轻柔以及出乎意外见到大雪时的惊喜之情,这是多么传神啊!有"随风潜入夜,润物细无声"的奇妙。

陶渊明不愧为魏晋南北朝时期最有成就的诗人,他的诗以崭新的内容、真淳淡远的风格,为我国诗歌领域开辟了一片新天地。

第七节　谢灵运的经济生活与山水诗

　　文学作品反映了作家的社会生活和思想情感,而作家的经济生活是其社会生活最基本的内容,所以经济生活对作家的创作具有重要影响。刘宋世家大族的杰出作家谢灵运之所以在山水文学创作中取得如此突出的成就,其经济生活状况对其文学创作产生了重要影响。谢灵运富足奢华的庄园经济生活催生了他的山水诗,还影响其诗歌的创作题材、情感状态、精神境界和审美取向等方面。

　　东晋中期是谢氏家族最辉煌和最荣耀的时期,谢安以卓越的政治才干和极高的声誉被推上宰相宝座,谢家子弟如谢尚、谢万、谢石、谢玄、谢琰等人也各领强兵驻守方镇,谢氏家族的人几乎垄断了东晋王朝的军政大权,形成了与皇族司马氏"共天下"的局面。特别是公元 383 年的淝水之战,由谢安任总指挥,谢石、谢玄等人领军上阵,创造了中国历史上一个著名的以少胜多的战例,更为谢氏家族赢得无上荣光,使其家族的一流门阀地位得以确立。从东晋到南朝,是谢氏家族的黄金时期,陈郡谢氏获得在社会上排名仅次于琅琊王氏的高峻门第,享有政治、经济、社会、文化等方面的优越特权。就经济方面而论,谢氏家族拥有雄厚的经济实力,拥有自己的庄园、山林和劳动人手。当时的朝廷有明文规定,在官之人都可以按官位高低占有土地、山泽和佃客,据《晋书·食货志》载:"其官品第一至于第九,各以贵贱占田,品第一者占五十顷,第二品四十五顷,第三品四十顷,第四品三十五顷,第五品三十顷,第六品二十五顷,第七品二十顷,第八品十五顷,第九品十顷。而又各以品之高卑荫其亲属,多者及九族,少者三世。宗室、国宾、先贤之后及士人子孙亦如之。而又得荫人以为衣食客及佃客……其应有佃客者,官品第一第二者佃客无过五十户,第三品十户,第四品七户,第五品五户,第六品三户,第七品二户,第八品第九品一户。"晋宋之际,谢氏家族形成以庄园经济为主的经济形态。《宋书·谢弘微传》载:"(谢)混仍世宰相,一门两封,田业十余处,僮仆千人,唯有二女,年并数岁。弘微经纪生业,事若在公,一钱尺帛出入,皆有文簿……及东乡君薨,遗财千万,园宅十余所,又会稽、吴兴、琅琊诸处,太傅安、司空琰时事业,奴僮犹有数百人。"谢混乃谢琰之子,谢安之孙,其妻为司马氏皇室晋陵公主①。谢弘微是谢混的侄子,谢灵运堂弟。此可见谢氏家族之富。

　　谢灵运是淝水之战中建立卓越功勋的前锋都督谢玄之孙,东晋时袭封康乐公,故又称谢康乐。《宋书·谢灵运传》载:"灵运父祖并葬始宁县,并有故宅及墅……灵运因父祖之资,生业甚厚。奴僮既众,义故门生数百。凿山浚湖,功役无已。寻山陟岭,必造幽峻,岩嶂千重,莫不备尽。登蹑常着木履,上山则去前齿,下山去其后齿。尝自始宁南山,伐木开径,直至临海,从者数百人。临海太守王琇惊骇,谓为山贼,徐知是灵运乃安。在会稽时,亦多徒众,惊动县邑。"东晋世族地主封山略湖之事,成帝时已有诏书严禁,"占山护泽,强盗律论,赃一丈以上,皆弃市"(《宋书·羊玄保传》),但实际未能生效。刘

---

① 谢混死后,公主名号被夺,贬为东乡君。

宋时期，地主世族占山封湖如故，《宋书·羊玄保传》载："时扬州刺史西阳王子尚上言，'山湖之禁，虽有旧科，民俗相因，替而不奉，爇山封水，保为家利。自顷以来，颓弛日甚，富强者兼岭而占，贫弱者薪苏无托，至渔采之地，亦又如兹'。"刘宋孝武帝大明时期，又效法西晋限制占田和佃客数量，许人占田，但需依据法定条件和官品的高低，废止东晋咸康二年（336年）限制占田的诏书。《宋书·羊玄保传》载："有司捡壬辰诏书，'占山护泽，强盗律论，赃一丈以上，皆弃市'。（羊）希以'壬辰之制，其禁严刻，事既难遵，理与时弛。而占山封水，渐染复滋，更相因仍，便成先业，一朝顿去，易致嗟怨。今更刊革，立制五条。凡是山泽，先常爇燌种养竹木杂果为林芿，及陂湖江海鱼梁鳅𩸙场，常加功修作者，听不追夺。官品第一、第二，听占山三顷；第三、第四品，二顷五十亩；第五、第六品，二顷……皆依定格，条上赀簿。若先已占山，不得更占。先占阙少，依限占足。若非前条旧业，一不得禁……停除咸康二年壬辰之科'。从之。"此后，包括谢氏家族在内的世族地主从前非法占有的田产变成合法的基业。

谢灵运在会稽始宁拥有更多的田产，其中包括两座山、五片果园、大面积的竹林菜圃及周遭的水田旱田。这种庞大的庄园经济，在当时世族中首屈一指。有其《山居赋》可证：

> 其居也，左湖右江，往渚还汀。面山背阜，东阻西倾。抱含吸吐，款跨纡萦。绵联邪亘，侧直齐平。
> …………
> 若乃南北两居，水通陆阻。观风瞻云，方知厥所。南山则夹渠二田，周岭三苑。九泉别涧，五谷异嵊，群峰参差出其间，连岫复陆成其坂。众流溉灌以环近，诸堤拥抑以接远。远堤兼陌，近流开渷。凌阜泛波，水往步还。还回往匝，枉渚员峦。呈美表趣，胡可胜单。抗北顶以葺馆，瞰南峰以启轩。罗曾崖于户里，列镜澜于窗前。因丹霞以頳楣，附碧云以翠椽……阶基回互，橑桹乘隔……眇遁逸于人群，长寄心于云霓。

谢灵运有如此庞大的田园地产，富足奢华的经济生活让他不知道生计之忧为何物，没有了陶潜那样"饥则叩门而乞食"（苏轼《书〈李简夫诗集〉后》）的尴尬和无奈，可以毫无经济压力地悠游于山水、田庄之间，探幽涉险，求奇猎异。诚如其《游名山志》云："夫衣食，人生之所资；山水，性分之所适。今滞所资之累，拥其所适之性耳。"

谢氏家族本来就有悠游山水、隐逸林园的传统，《晋书·谢安传》载：谢安"又于土山营墅，楼馆林竹甚盛，每携中外子侄往来游集，肴馔亦屡费百金，世颇以此讥焉，而安殊不以屑意"。《水经注·浙江水注》载：谢玄的庄园"右滨长江，左傍连山，平陵修通，澄湖远镜。于江曲起楼，楼侧悉是桐梓，森耸可爱……楼两面临江，尽升眺之趣"。谢灵运承其先辈之基业，"灵运父祖并葬始宁县，并有故宅及墅，遂移籍会稽，修营别业，傍山带江，尽幽居之美"（《宋书·谢灵运传》）。他在《山居赋》中云：

> 昔仲长愿言，流水高山；应璩作书，邙阜洛川。势有偏侧，地阙周员。铜陵之

奥,卓氏充钚撅之端;金谷之丽,石子致音徽之观。徒形域之荟蔚,惜事异于栖盘。至若凤、丛二台,云梦、青丘,漳渠、淇园,橘林、长洲,虽千乘之珍苑,孰嘉遁之所游……

览明达之抚运,乘机缄而理默。指岁暮而归休,咏宏徽于刊勒……选自然之神丽,尽高栖之意得。

他把拥有园林的古人分为两类:一类是占有渊奥的山川铜矿的西汉富豪卓王孙及修建奇丽金谷园的西晋首富石崇等,他们白白拥有风景"荟蔚"的园林,却不能享受"栖盘"悠游之意趣;另一类是拥有所谓"凤、丛二台"及"云梦、青丘"等林园的人,即拥有"千乘之珍苑"的帝王,他们亦不能体会"嘉遁"的情趣。而作者自己才真正完全领悟"高栖之意得"。

谢灵运《山居赋》描绘始宁庄园秀丽景色和富饶的物产。该庄园建在自然山水中,不仅山川秀美,到处充满生机,而且在经济上能够自给自足,其农林牧渔、竹林水草、珍禽稀兽及名贵药草等一应俱全,品种繁多,可谓"五谷异巘""百果备列",各种生命体多样而统一,相得益彰,共同营构了一个生机勃勃、华实俱丰的大庄园。而且,谢灵运还追求庄园内各种景点设计及建筑的审美化、艺术化,他依靠山水田土等天然地形,充分利用和改造,使其庄园能够尽量吸纳远近景观,高度体现贵族文人对园林美的追求,不仅具有"园在诗中"之美,而且也为其"诗在园中"创造了条件。庄园中变幻多姿的山光水色、翩翩摇曳的花草、肆意游弋的走禽等成为诗人的审美对象,成了诗人歌咏的主体。因此,诗人世家大族的庄园经济生活状态催生了他的山水诗。

充裕的庄园经济生存状态,不仅可以让谢灵运在其政治失意的时候悠游于秀美的庄园之中,也可以纵情于园外的山水。他每游辄咏,诗文赋在当时影响极大,《宋书》本传言其"每有一诗至都邑,贵贱莫不竞写,宿昔之间,士庶皆遍,远近钦慕,名动京师"。可惜已散佚十之七八。其山水诗大致可分为两部分,一部分描写自家始宁庄园,一部分描写庄园之外。始宁庄园是谢家祖辈传下来的大庄园,作者两次隐居始宁前后达八年之久。在内容方面,其描写始宁庄园的山水诗着意描摹刻画了庄园的奇丽景色,主要有《过始宁墅》《石壁立招提精舍》《石壁精舍还湖中作》《初至都诗》《石门新营所住四面高山回溪石濑茂林修竹》《石门岩上宿》《登石门最高顶》《于南山往北山经湖中瞻眺》《田南树园激流植援》《发归濑三瀑布望两溪》等。《过始宁墅》云:

束发怀耿介,逐物遂推迁。
违志似如昨,二纪及兹年。
缁磷谢清旷,疲薾惭贞坚。
拙疾相倚薄,还得静者便。
剖竹守沧海,枉帆过旧山。
山行穷登顿,水涉尽洄沿。
岩峭岭稠叠,洲萦渚连绵。
白云抱幽石,绿筱媚清涟。

中国古代名家诗词艺术

> 茸宇临回江，筑观基曾巅。
> 挥手告乡曲，三载期归旋。

本诗作于永初三年（422年），作者出任永嘉太守途中回始宁庄园小住，并兴建了部分房舍，临别始宁之际写成此诗。作为富足的世家大族代表人物，谢灵运不屑周旋于自己并不喜欢的权贵之间，他天生就有"耿介""贞坚"的秉性。诗中描绘了始宁庄园的秀丽美景，表达了对俗世的厌倦和要再度回来的心情。因此，始宁庄园不仅是诗人物质上的家园，而且也成了他的精神家园。

从创作题材方面看，先秦《诗经》、楚辞已有少量的山水景物描写，东晋玄言诗虽出现了较多的景物描写，但写景是为表达玄理服务，而谢灵运是第一位大量创作山水景物题材诗歌的诗人。其描写始宁庄园的山水诗，不仅写庄园中的楼阁亭台，更多的是描绘了庄园之中的山水林木、花草禾稼、虫鱼鸟兽等自然风物，如《石壁精舍还湖中作》中的"清晖""林壑""云霞""夕霏""芰荷""蒲稗""南径""东扉"等，《石门新营所住四面高山回溪石濑茂林修竹》中的"高山""回溪""石濑""茂林""修竹""幽居""石门""苔""葛""秋风""春草""瑶席""洞庭""波澜""桂枝""石下潭""条上猿""夕飙""朝日""崖""林"等，《于南山往北山经湖中瞻眺》中的"南山""北山""湖""阳崖""阴峰""回渚""茂松""侧径""环洲""乔木杪""大壑淙""石横""水分流""林密""蹊绝踪""初篁""绿箨""新蒲""紫茸""海鸥""春岸""天鸡""和风"等。不仅如此，谢灵运还把这些景物有机地排列组合，达到"巧言切状，如印之印泥，不加雕削，而曲写毫芥"（刘勰《文心雕龙·物色》）的艺术境界。《于南山往北山经湖中瞻眺》言：

> 侧径既窈窕，环洲亦玲珑。
> 俯视乔木杪，仰聆大壑淙。
> 石横水分流，林密蹊绝踪。
> ……
> 初篁苞绿箨，新蒲含紫茸。
> 海鸥戏春岸，天鸡弄和风。

有对远景概貌式的勾勒，也有对近景的精细刻画，其中的山水景物无不摇曳生姿，绘声绘色，毕肖曲尽，一派盎然生机。

从生存情感状态方面看，据《宋书》本传，谢灵运仕途屡不得志，他的人生很多时候处在一种失意、不满，甚至烦躁、愤懑的情绪之中，而隐居始宁庄园的日子，让他消解甚至从这些情绪当中解脱出来，在一定程度上进入了自适其性的生存状态中。《田南树园激流植援》云：

> 樵隐俱在山，由来事不同。
> ……
> 中园屏氛杂，清旷招远风。

> 卜室倚北阜，启扉面南江。
> ……
> 赏心不可忘，妙善冀能同。

作者隐居庄园，其中的宁静气氛和清丽景色让他的心情舒畅愉悦。《石门新营所住四面高山回溪石濑茂林修竹》云：

> 跻险筑幽居，披云卧石门。
> ……
> 裊裊秋风过，萋萋春草繁。
> ……
> 感往虑有复，理来情无存。
> ……
> 匪为众人说，冀与智者论。

诗人在险幽的石门住所忘我怀想，体悟到不为众人所解的人生哲理。《于南山往北山经湖中瞻眺》云：

> 朝旦发阳崖，景落憩阴峰。
> 舍舟眺回渚，停策倚茂松。
> 侧径既窈窕，环洲亦玲珑。
> 俯视乔木杪，仰聆大壑淙。
> 石横水分流，林密蹊绝踪。
> ……
> 初篁苞绿箨，新蒲含紫茸。
> 海鸥戏春岸，天鸡弄和风。
> 抚化心无厌，览物眷弥重。

在林木郁茂、万化竞秀的春天里，倘徉于山水之间的诗人体会到的是与万物皆化、物我融一的欣悦。但快乐并不永恒，作者有时也感到孤独和惆怅，如"惜无同怀客，共登青云梯"（《登石门最高顶》）、"不惜去人远，但恨莫与同。孤游非情叹，赏废理谁通"（《于南山往北山经湖中瞻眺》）。缺乏知己孤游的惆怅，可以让读者看到诗人悠游庄园生活的另一面。

从诗歌的精神境界方面看，谢灵运描写始宁庄园风景的山水诗多写庄园秀丽的景物，抒发诗人对庄园的喜爱之情。"白云抱幽石，绿筱媚清涟"（《过始宁墅》）、"昏旦变气候，山水含清晖。清晖能娱人，游子憺忘归……芰荷迭映蔚，蒲稗相因依。披拂趋南径，愉悦偃东扉"（《石壁精舍还湖中作》），皆风调明净清丽，情感真挚动人。《初去郡》云：

> 溯溪终水涉,登岭始山行。
> 野旷沙岸净,天高秋月明。
> 憩石挹飞泉,攀林搴落英。
> 战胜臞者肥,鉴止流归停。
> 即是羲唐化,获我击壤情。

诗人离开永嘉向始宁进发,回归的喜悦与自然明丽的风景和谐融一。陶渊明《归园田居·其一》云:

> 方宅十余亩,草屋八九间。
> 榆柳荫后檐,桃李罗堂前。
> 暧暧远人村,依依墟里烟。
> 狗吠深巷中,鸡鸣桑树颠。
> 户庭无尘杂,虚室有余闲。
> 久在樊笼里,复得返自然。

二者相较,虽然二人对所描写的对象都满怀喜爱之情,但谢诗明丽清净,表达了面对自然山水的超脱精神;陶诗朴实真切,表达了回归田园即回归自我的皈依精神。二者泾渭分明,这有着陶诗植根于远离城市喧嚣的农村田园,谢诗植根于富丽的贵族庄园的深层原因。

从审美取向方面看,富丽的庄园生活也影响了谢灵运的审美追求。清代沈德潜《说诗晬语》云:"谢诗经营而反于自然,不可及处,在新、在俊。陶诗胜人在不排,谢诗胜人正在排。"精辟地论述了谢诗的审美取向,但显得概论化。析而论之,谢灵运凭借其超人天才的精心修饰和雕刻,靠人力营构出诗歌的自然境界,再现了自然的清新明净之美,于永嘉时期"理过其辞,淡乎寡味"(锺嵘《诗品》)之潮流中风致独标。具体地说,谢灵运的山水诗注重追求明丽清净的美学风格、色彩的艳丽、对偶的精工、语词的锤炼等数个方面。首先,谢诗注重对明净清丽的审美风貌的追求。"岩峭岭稠叠,洲萦渚连绵。白云抱幽石,绿筱媚清涟。葺宇临回江,筑观基曾巅"(《过始宁墅》)、"昏旦变气候,山水含清晖。清晖能娱人,游子憺忘归……芰荷迭映蔚,蒲稗相因依"(《石壁精舍还湖中作》)、"中园屏氛杂,清旷招远风。卜室倚北阜,启扉面南江。激涧代汲井,插槿当列墉。群木既罗户,众山亦当窗。靡迤趋下田,迢递瞰高峰"(《田南树园激流植援》)等,率皆风调明净,清丽自然。刘宋元嘉三大家之一的鲍照评之曰:"谢五言如初发芙蓉,自然可爱。"(《南史·颜延之传》)就是就其清丽自然之诗风而发。明代陆时雍《诗镜总论》评之曰:"熟读灵运诗,能令五衷一洗,白云绿筱,湛澄趣于清涟。"明代胡应麟亦云:"康乐清而丽。"(《诗薮》)谢诗对明丽清净的美学的追求,使其诗句多了几分超脱俗世的韵味,在刘宋诗坛上极为耀眼。

其次,谢诗对艳丽色彩的追求。"初篁苞绿箨,新蒲含紫茸"(《于南山往北山经湖中瞻眺》),"绿箨""紫茸"一绿一紫,艳丽色彩和谐搭配,状物精切。"白云抱幽石,绿筱媚清涟"(《过始宁墅》),一白一绿,以白云抱石的山岭为背景,碧绿的筱麦在和风轻吹中清浪起伏,如水中的涟漪,白与绿搭配,写景逼真,实难改易。还有"山桃发红萼,野蕨渐紫苞"(《酬从弟惠连》)、"烈火纵炎烟,焚玉发昆峰"(《还旧园作见颜范二中书》)等,色彩浓艳,和谐统一。钟嵘《诗品》云:"元嘉中,有谢灵运,才高词盛,富艳难踪……为元嘉之雄。"谢灵运以华美的色彩刻画了自然风物之情貌,赋物真切,形象传神。

　　再次,谢诗对偶的精工。"山行穷登顿,水涉尽洄沿。岩峭岭稠叠,洲萦渚连绵。白云抱幽石,绿筱媚清涟。葺宇临回江,筑观基曾巅"(《过始宁墅》),还有前文列举的"山桃发红萼,野蕨渐紫苞""初篁苞绿箨,新蒲含紫茸""石横水分流,林密蹊绝踪""海鸥戏春岸,天鸡弄和风""野旷沙岸净,天高秋月明"等,皆形式整齐,属对工整。运用对偶可以将形状情态相同、相近、相异及相反的景物融合在对句中进行描绘,形成不同的搭配和组合关系,用简练的文字对景物进行全方位、多角度的描摹刻画,用最少的语言包容了最大容量的信息,收到事半功倍的效果。谢诗代表了南朝诗歌运用对偶的最高水平,为后代诗歌,尤其是唐代律诗的精严对偶提供了有益的启示。

　　最后,谢诗语词的锤炼,主要表现为动词的锤炼。"海鸥戏春岸,天鸡弄和风"(《于南山往北山经湖中瞻眺》),一"戏"一"弄",展现了一幅生机盎然、富于动感和情趣的春景图。王国维曰:"'云破月来花弄影',着一'弄'字而境界全出矣。"(《人间词话》)而灵运早已用之矣。"林壑敛暝色,云霞收夕霏"(《石壁精舍还湖中作》),"敛""收"二字将自然拟人化,亦富生气。"白云抱幽石,绿筱媚清涟"(《过始宁墅》),"抱""媚"二字传神再现自然的生命活力,尽夺造化之功。还有上文提及的"芰荷迭映蔚,蒲稗相因依"中的"映蔚""因依","石横水分流,林密蹊绝踪"中的"分""绝",等等,不一一列举。

中国古代名家诗词艺术

第八节　永明体诗与佛经转读

　　1934年4月陈寅恪于《清华学报》发表了《四声三问》一文,提出汉语四声来自古印度之梵文,其媒介就是佛经转读:"所以适定为四声,而不为其他数之声者,以除去本易分别,自为一类之入声,复分别其余之声为平上去三声。综合通计之,适为四声也。但其所以分别其余之声为三者,实依据及模拟中国当日转读佛经之三声。而中国当日转读佛经之三声又出于印度古时声明论之三声也……佛教输入中国,其教徒转读经典时,此三声之分别当亦随之输入……故中国文士依据及模拟当日转读佛经之声,分别定为平上去之三声。合入声共计之,适成四声。于是创为四声之说,并撰作声谱,借转读佛经之声调,应用于中国之美化文。此四声之说所由成立,及其所以适为四声,而不为其他数声之故也。"陈先生认为"中国当日转读佛经之三声又出于印度古时声明论之三声",然后"中国文士依据及模拟当日转读佛经之声,分别定为平上去之三声",合入声共计四声,于是创四声之说。此论一出,有赞同者,如罗常培、张世禄等;有反对者,如饶宗颐、俞敏等。时至今日,还是赞同者多,反对者少。笔者认为,汉语四声为汉语本有,非自印度输入。佛经转读与讲究声韵规则的永明体诗歌的产生二者之间是平行关系,佛经转读对永明体的产生影响甚微。

　　首先,汉语平上去入四声为汉语本有,为中国本土自产,非自印度输入。齐太子舍人李概在他的《音韵决疑序》中云:"平上去入,出行闾里,沈约取以和声之律吕相合。""闾里"即民间,李概清楚说明沈约等人提出的四声之说流行于民间。"齐永明中为国子生"(《梁书》)的锺嵘在他的《诗品序》中云:"齐有王元长者,尝谓余云,'宫商与二仪俱生,自古词人不知之。惟颜宪子乃云律吕音调,而其实大谬,唯见范晔、谢庄颇识之耳。常欲进《知音论》,未就'。王元长创其首,谢朓、沈约扬其波。三贤或贵公子孙,幼有文辩,于是士流景慕,务为精密,襞积细微,转相凌架,故使文多拘忌,伤其真美。余谓文制本须讽读,不可蹇碍,但令清浊通流,口吻调利,斯为足矣。至于平上去入,则余病未能,蜂腰鹤膝,闾里已具。"锺嵘这段话说明:(1)平上去入四声与中国古代音律宫商角徵羽五音之间有联系;(2)当时汉字的平上去入四声不是轻易能够掌握的;(3)王融、沈约、谢朓等人提倡的,建立于四声基础之上的蜂腰、鹤膝等八病之说亦流行于民间。

　　其次,据慧皎《高僧传·经师论》云:"自大教东流,乃译文者众,而传声盖寡。良由梵音重复,汉语单奇。若用梵音以咏汉语,则声繁而偈迫;若用汉曲以咏梵文,则韵短而辞长。是故金言有译,梵响无授。""梵响"即"梵音"。慧皎说明了在咏诵佛经的过程中,梵、汉两种语言的语音去适应对方时遇到了相当的困难,结果是"传声盖寡"与"梵响无授"。这表明在魏晋南北朝时期,佛经传入中土时梵音并没有随之大量传入。即使有一部分梵音传入,亦因掌握的困难而不会产生重大影响,如导致汉语四声的产生这样的重大事件。另外,考察成书于梁代的两部重要的佛教文献《弘明集》与《高僧传》,没有发现有关古印度声明论之三声说的记载。有关这一时期的正史,如《后汉书》《三国志》《晋书》《宋书》《北齐书》《魏书》《南齐书》《梁书》《陈书》《南史》《北史》《周书》《隋书》,仅有

《后汉书》与《隋书》各有一次涉及"声明"二字连用。《后汉书·律历志》在言及定律之准时云:"术家以其声微而体难知,其分数不明,故作准以代之。准之声,明畅易达,分寸又粗,然弦以缓急清浊,非管无以正也。"《隋书·音乐志》云:"皇帝还便殿,奏《皇夏》辞:'文物备矣,声明有章。登荐唯肃,礼邈前王。'"很显然,此二处连用之"声明"二字并不是佛教声明论之声明。考察严可均《全上古三代秦汉三国六朝文》,其中《全三国文》《全晋文》《全宋文》《全陈文》均无"声明"二字连用之例,《全齐文》仅于卷十三王融《皇太子哀策文》有一例——"庸器改物,徽号崇名。往辞绿盖,来驭朱缨。旍旗旖旎,鸾蠹声明。守器宣华,访安永福",《全梁文》有三例——简文帝《让鼓吹表》"宽博为善,不饰被于声明;缘宠成功,未增荣于铙管"、梁元帝《高祖武皇帝谥议》"被于物者,治定之实录也。斯所以声明焕乎钟石,昭晰备于弦管者焉"、萧子云《玄圃园讲赋》"去兹永福,来即东朝,文物是纪,声明是昭",此四例连用之"声明"二字与佛教均无关涉。

因此,至南朝陈代,并无古印度声明论之三声输入中国。汉语四声之说为中国本有,非自印度输入。在沈约等人发现四声之前,汉语早已形成了自己成熟的语音系统,即使这个系统在缓慢地发展演变。汉语语音(包括声调)是所有说汉语的人首先必须掌握的一个最根本的问题。周颙、王融、沈约、谢朓等人正是从汉语自身中发现并总结出四声的。由于诗歌创作的需要,沈约等人又依据四声进一步总结出八病,从而产生了讲究声韵规则的永明体诗歌。梁萧子显《南齐书·陆厥传》云:"永明末,盛为文章。吴兴沈约、陈郡谢朓、琅琊王融,以气类相推毂。汝南周颙,善识声韵。约等文皆用宫商,以平上去入为四声,以此制韵,不可增减,世呼为永明体。"沈约《宋书·谢灵运传》云:"夫五色相宣,八音协畅,由乎玄黄律吕,各适物宜。欲使宫羽相变,低昂互节,若前有浮声,则后须切响。一简之内,音韵尽殊;两句之中,轻重悉异。妙达此旨,始可言文。"齐梁时代的锺嵘在其《诗品序》中亦云:"王元长创其首,谢朓、沈约扬其波……于是士流景慕,务为精密,襞积细微,转相凌架,故使文多拘忌,伤其真美。"这是齐梁时期包括沈约在内的文人关于永明体的讨论。《南史·周颙传》云:"(周颙)始著《四声切韵》行于时。"《南史·陆厥传》云:"永明时盛为文章,吴兴沈约、陈郡谢朓、琅琊王融,以气类相推毂。汝南周颙,善识声韵。约等文皆用宫商,将平上去入四声,以此制韵,有平头、上尾、蜂腰、鹤膝。五字之中,音韵悉异;两句之内,角徵不同,不可增减。世呼为永明体。"《南史·陆厥传》又云:"时有王斌者,不知何许人,著《四声论》行于时。"《南史·沈约传》云:"(沈约)又撰《四声谱》,以为'在昔词人累千载而不悟,而独得胸衿,穷其妙旨'。自谓入神之作。武帝雅不好焉,尝问周舍曰,'何谓四声'。舍曰,'"天子圣哲"是也'。然帝竟不甚遵用约也。"这些记载可以证明周颙、沈约等人总结出四声、八病等声韵规则,并把这些规则运用于诗歌创作中,由此而产生了永明体诗歌。

前已述及,四声、八病之说流行于民间,那么沈约等人是如何总结出这些声韵规则并将其用于诗歌创作中的呢?前举李概《音韵决疑序》中的"平上去入,出行闾里"与锺嵘《诗品序》中的"蜂腰鹤膝,闾里已具",当时民间言语讲究平上去入四声是可能的,而讲究"蜂腰、鹤膝"等八病则不可能。所以,八病之说最有可能起源于当时的民歌,因为民间歌者最需要知道在某一曲调的某一句曲谱中某一个特定部位需要某一种声调的字,从而更方便入乐歌唱;由于长期的实践,他们也懂得了在这一曲调的这一句曲谱中这一个部位可以用这一种声调的字。依此类推，八病之说便出现了。南朝民歌作为民间演唱的歌曲，歌者在其演唱的过程中自觉运用四声，注意避免声病。沈约等人发现民间歌者"以字行腔"的经验并拿来亲自试验，结果发现四声完全可以用来表识字音，并且还可以与相应的曲调配合，即"平上去入，出行闾里，沈约取以和声之律吕相合"。沈约、王融等人正是从当时的民间得到启发，总结出一套讲究四声、八病等声韵规则的作诗方法。这样创作的诗歌，不仅便于吟诵，还更方便入乐歌唱。如此，永明体产生了。

佛经转读于刘宋、萧齐较为盛行。据《高僧传·经师论》云："始有魏陈思王曹植，深爱声律，属意经音。既通般遮之瑞响，又感鱼山之神制。于是删治《瑞应》《本起》，以为学者之宗。传声则三千有余，在契则四十有二。其后帛桥、支籥亦云祖述陈思，而爱好通灵，别感神制，裁变古声，所存止一十而已。至石勒建平中，有天神降于安邑厅事，讽咏经音，七日乃绝。时有传者，并皆讹废。"考察《三国志》及其他相关正史，没有曹植与佛教有关的记载，所以曹植删治《瑞应》《本起》及传声之说极可能是后世佛门中人用以张大其事而杜撰，不具可信性。曹植之后的帛桥、支籥及石勒建平中事亦可能属杜撰。《高僧传·释道安传》记载："（道安）既达襄阳，复宣佛法。初经出已久，而旧译时谬，致使深藏，隐没未通。每至讲说，唯叙大意转读而已。"道安生于西晋永嘉六年（312 年），卒于东晋太元十年（385 年），可知转读最迟当出现于东晋中叶。而《高僧传·经师论》亦有："逮宋齐之间，有昙迁、僧辩、太傅、文宣等，并殷勤嗟咏，曲意音律，撰集异同，斟酌科例。存仿旧法，正可三百余声。自兹厥后，声多散落。人人致意，补缀不同。所以师师异法，家家各制。皆由昧乎声旨，莫以裁正。夫音乐感动，自古而然。"而且还记载擅长转读的僧人：东晋时期有帛法桥、支昙籥；刘宋有僧饶、超明、明慧、道慧、智宗等人；经历东晋、宋、齐三代的僧迁；齐有永明五年卒于吴国的释昙智，亦有道朗、法忍、智欣、慧光"并无余解，薄能转读"，另有释法邻、释昙辩、释慧念、释昙干、释昙进、释慧超、释道首、释昙调等人并齐代知名。

上文已说明，佛经传入中土时梵音并没有随之大规模传入，即使有一部分传入，因为梵、汉两种语言的语音适应对方极为困难而只有极少部分人掌握，亦因此而难以产生影响。为了适应中土人士的欣赏口味，这一部分梵音逐渐汉化。而转读于宋齐之世又较为兴盛，因此，宋齐时期佛经转读所用的曲调基本上是中土的或已基本汉化的梵音。转读所要解决的是曲调与经文词句的搭配问题，即字与声的搭配问题。慧皎《高僧传·经师论》云："然天竺方俗，凡是歌咏法言，皆称为呗。至于此土，咏经则称为转读，歌赞则号为梵呗。昔诸天赞呗，皆韵入弦绾，五众既与俗违，故宜以声曲为妙。"这已说明梵呗和转读都以入声曲为妙。而慧皎在此前已说："然东国之歌也，则结韵以成咏；西方之赞也，则作偈以和声。虽复歌赞为殊，而并以协谐钟律，符靡宫商，方乃奥妙。"他把中土的诗歌与古印度的赞呗相提并论，二者皆以"协谐钟律，符靡宫商，方乃奥妙"。

那么，佛经转读怎样解决词与曲调的搭配问题呢？《高僧传·经师论》云："但转读之为懿，贵在声文两得。若唯声而不文，则道心无以得生；若唯文而不声，则俗情无以得入。故经言，以微妙音歌叹佛德，斯之谓也。而顷世学者，裁得首尾余声，便言擅名当世。经文起尽，曾不措怀。或破句以合声，或分文以足韵。岂唯声之不足，亦乃文不成诠。听者唯增恍忽，闻之但益睡眠。"慧皎在这里指出在转读的过程中出现的曲调与经文的词句配合不好的情况。接着他亦描绘了曲调与经文的词句理想搭配的状况:"若能精达经旨,洞晓音律。三位七声,次而无乱;五言四句,契而莫爽。其间起掷荡举,平折放杀,游飞却转,反叠娇弄。动韵则流靡弗穷,张喉则变态无尽。故能炳发八音,光扬七善。壮而不猛,凝而不滞;弱而不野,刚而不锐;清而不扰,浊而不蔽。谅足以起畅微言,怡养神性。故听声可以娱耳,聆语可以开襟。"

经师们的转读活动主要在寺庙和官舍进行。《高僧传·经师论》云:"支昙籥……晋孝武初,敕请出都,止建初寺……籥特禀妙声,善于转读。尝梦天神授其声法,觉因裁制新声。梵响清靡,四飞却转,反折还喉叠哢……所制六言梵呗,传响于今。"同书记载宋白马寺释僧饶"每清梵一举,辄道俗倾心",宋安乐寺释道慧"转读之名,大盛京邑",宋谢寺释智宗"博学多闻,尤长转读,声至清而爽快。若乃八关长夕,中宵之后,四众低昂,睡蛇交至,宗则升座一转,梵响干云,莫不开神畅体,豁然醒悟",齐安乐寺释僧辩"尝在新亭刘绍宅斋,辩初夜读经,始得一契,忽有群鹤下集阶前,及辩度卷,一时飞去。由是声振天下,远近知名。后来学者,莫不宗事",齐齐隆寺释法镜"仁施为怀,旷拔成务。于是研习唱导,有迈终古。齐竟陵文宣王厚相礼待,镜誓心弘道,不拘贵贱,有请必行,无避寒暑"。从这些在当时擅长转读及唱导且已知名的僧人的相关记载可以看出,转读与唱导为僧俗两界所熟习,民间亦相当知晓。经师们的这些活动主要在寺庙和官舍进行,民间百姓可以参听寺庙的转读,却不大可能参听官舍的转读。这里的寺庙和官舍都不是"闾里",所以佛经转读影响闾里歌唱的可能性极小,此为其一。其二,魏晋南北朝时期确有一部分佛乐传入中土,但是除梵、汉两种语言的语音去适应对方存在困难之外,佛经转读所用的曲调的精神特征与民歌曲调的精神特征相比较,二者的差异性亦较大。佛乐主要追求的是神圣、崇高、庄严、壮美,而民歌主要追求浅俗、婉转、缠绵、切近,二者之间相互影响的可能性也较小。因此,魏晋南北朝佛经转读影响民间(闾里)歌唱的可能性应该是非常小的。这样,佛经转读影响当时民间已有的四声、八病的可能性亦应该是非常小的。

汉语四声为汉语本有,非自印度输入。佛经转读与讲究声韵规则的永明体诗歌的产生,二者之间是平行关系,佛经转读对永明体的产生影响甚微。

复习思考题

1. 建安诗风的具体表现。
2. 六朝玄学与六朝诗歌的关系。
3. 六朝诗歌在中国诗歌发展史上的地位。
4. 曹操对建安诗歌发展的贡献。
5. 曹植对五言诗发展的贡献。
6. 怎样理解"阮旨遥深"?
7. 怎样理解"左思风力"?
8. 比较谢灵运山水诗与陶渊明的田园诗。
9. 永明体对诗歌声律有哪些讲究?

进一步阅读建议

1. 〔三国魏〕曹植著:《曹植集校注》,赵幼文校注,中华书局,2016年。
2. 〔三国魏〕阮籍著:《阮籍集校注》,陈伯君校注,中华书局,1987年。
3. 〔三国魏〕嵇康撰:《嵇康集校注》,戴明扬校注,中华书局,2015年。
4. 〔晋〕陆机著:《陆士衡诗注》,郝立权注,人民文学出版社,1958年。
5. 〔晋〕陆云撰:《陆云集》,黄葵点校,中华书局,1988年。
6. 〔南朝宋〕鲍照著:《鲍参军集注》,钱仲联增补集说校,上海古籍出版社,1980年。
7. 〔南齐〕谢朓著:《谢宣城集校注》,曹融南校注,上海古籍出版社,1991年。
8. 〔梁〕何逊著:《何逊集校注》,李伯齐校注,中华书局,2010年。
9. 〔梁〕萧统编:《文选》,〔唐〕李善注,中华书局,1977年。
10. 〔陈〕徐陵编:《玉台新咏笺注》,〔清〕吴兆宜注,穆克宏点校,中华书局,2018年。
11. 〔北周〕庾信撰:《庾子山集注》,〔清〕倪璠注,许逸民校点,中华书局,1980年。
12. 〔宋〕郭茂倩编撰:《乐府诗集》,聂世美、仓阳卿校点,上海古籍出版社,1998年。
13. 〔明〕胡之骥注:《江文通集汇注》,李长路、赵威点校,中华书局,1984年。
14. 〔明〕王夫之著:《古诗评选》,李中华、李利民校点,上海古籍出版社,2011年。
15. 〔清〕吴淇撰:《六朝选诗定论》,汪俊、黄进德点校,广陵书社,2009年。
16. 〔清〕陈祚明评选:《采菽堂古诗选》,李金松点校,上海古籍出版社,2008年。
17. 黄节撰:《曹子建诗注;阮步兵咏怀诗注》,中华书局,2008年。
18. 余冠英选注:《汉魏六朝诗选》,人民文学出版社,1997年。
19. 萧涤非著:《汉魏六朝乐府文学史》,人民文学出版社,1998年。
20. 逯钦立辑校:《先秦汉魏晋南北朝诗》,中华书局,2017年。
21. 吴小如等撰写:《汉魏六朝诗鉴赏辞典》,上海辞书出版社,2016年。
22. 叶嘉莹著:《叶嘉莹说汉魏六朝诗》,中华书局,2007年。

23. 夏传才校注:《曹操集校注》,河北教育出版社,2013年。
24. 王运熙、王国安著:《汉魏六朝乐府诗》,上海古籍出版社,2011年。
25. 袁行霈撰:《陶渊明集笺注》,中华书局,2011年。
26. 顾绍柏校注:《谢灵运集校注》,中州古籍出版社,1987年。
27. 葛晓音著:《先秦汉魏六朝诗歌体式研究》,北京大学出版社,2012年。
28. 党圣元编著:《六朝诗选》,商务印书馆,2018年。
29. 傅刚著:《魏晋南北朝诗歌史论》,商务印书馆,2017年。
30. 钱志熙著:《魏晋诗歌艺术原论》,北京大学出版社,2005年。
31. 〔日〕吉川幸次郎著:《中国诗史》,章培恒、骆玉明等译,复旦大学出版社,2012年。
32. 〔美〕孙康宜著:《抒情与描写:六朝诗歌概论》,钟振振译,上海三联书店,2006年。

第四章 隋唐五代诗词艺术

学习要点：

1. 了解隋唐五代诗歌的发展概况。

2. 掌握"初唐四杰"、陈子昂、王维、孟浩然、王昌龄、李白、杜甫、韦应物、白居易、刘禹锡、柳宗元、李贺、杜牧、李商隐、李煜等著名作家诗词的思想内容和艺术风格。

3. 理解唐代山水田园诗兴盛的原因，该诗派的代表作家及其作品。

4. 理解唐代边塞诗兴盛的原因，该诗派的代表作家及其作品。

5. 理解唐代诗歌在中国诗歌史上的突出成就。

中国古代名家诗词艺术

第一节 隋唐五代诗词概述

隋朝享国短暂,二世而亡,前后不满40年,在诗歌创作方面没有重要建树。唐朝是我国古代文学的成熟、繁荣时期。有唐一代,诗歌、散文高度发展,小说(传奇)、词等也得到不同程度的发展。唐代文学不仅作品数量之众、文学形式之丰富多样是此前各个时期的文学所无法相比的,而且题材广泛深厚,具有极高的艺术成就。

唐诗的繁荣,第一表现在作品数量多,普及程度高。第二是诗人众多,出现了王维、李白、杜甫、白居易等一大批优秀的诗人,众多风格流派呈现,如山水诗、边塞诗,各流派都有发展、演变的过程并形成较稳定的系统。第三是题材广泛,内容丰富,整个唐代诗歌是一幅唐代生活的巨大画卷,生活中的任何细节都可成为画卷的一角,且得到真实、本质的体现,语言和表现手法多姿多彩。第四是体制完备,近体诗的出现标志着诗歌体制的完备,古体诗在唐朝也有所发展。

唐初的90年左右,是唐诗繁荣到来的准备阶段,主要作家有"初唐四杰"及陈子昂。开元、天宝盛世是唐诗全面繁荣的阶段,这个时期流派纷呈,名家辈出,代表诗人是李白。安史之乱后,诗风骤变,气骨顿衰,理想浪漫色彩消退,表现战火中的人间灾难、生民涂炭成为诗歌的主调,代表诗人是诗圣杜甫。贞元、元和年间,诗坛上出现了革新的风气,诗歌创作出现了又一个高潮,代表诗人是韩愈、白居易。长庆以后,诗歌创作进入到一个新阶段,李商隐是本时期的杰出代表,他把诗歌表现心灵深层世界的能力推向了无与伦比的高峰,创造了唐诗最后的辉煌。

▶ 一、隋代诗歌

隋代北方诗人的创作一向以南方诗歌为典则,但杨素的情况则稍为特别。他本身是一个豪杰式的人物,心雄志大,不可一世。其诗今存多为五言,风格"雄深雅健"(刘熙载《艺概》)。诗中虽亦有些细巧的文笔,如"兰庭动幽气,竹室生虚白。落花入户飞,细草当阶积"(《山斋独坐赠薛内史》)之类,为南朝诗中所常见,但很少使用过于艳丽的词语。而且从每首诗的总体气象来看,无论是写边塞题材,还是向挚友叙旧述怀,都寄寓了一种人生悲感,诗境苍凉老成。

卢思道、薛道衡的诗则大多偏向齐梁风格。卢思道的《采莲曲》中"佩动裙风入,妆销粉汗滋"、《后园宴》中"媚眼临歌扇,娇香出舞衣"一类诗句,显得宫体气息甚浓。薛道衡的诗亦多以富丽精巧见长。他的名作《昔昔盐》写传统闺怨题材,并无多少新意,不过抒情委婉细致,较好发挥了南朝诗歌的长处。"飞魂同夜鹊,倦寝忆晨鸡。暗牖悬蛛网,空梁落燕泥",以女子独居的凄凉冷落衬托其哀苦的心情,一向为人们所称道。但作为北方的诗人,他们的诗在以南朝诗风为主导的同时,多少也体现出北方文人重"气质"的特色。薛道衡在行役途中写的一些咏怀诗颇为慷慨有力,如《渡北河》:"塞云临远舰,胡风入阵楼。剑拔蛟将出,骖惊鼋欲浮。雁书终立效,燕相果封侯。勿恨关河远,且宽边地愁。"而卢思道的《从军行》更为人称道。

隋代另一群作者主要是围绕在隋炀帝杨广周围的宫廷文人。杨广为晋王时便喜爱招引才学之士，即位之后，这些人也大多成为宫中的文学之臣，其中主要人物如柳䛒、王胄、王冑、诸葛颖、虞世基、徐仪等，都是从梁、陈入隋的。他们本就熟谙绮丽文风，作为文学侍臣，作品大多是"应制""奉和"之作，其才能多用在绮章绘句上，发展了南朝文学为文造情的一面。相比而言，倒是杨广的某些诗篇还有些可观之处。

这时在宫廷圈子之外，也曾出现过一些风格不同的诗人，如孙万寿等。孙氏于配置江南时，作《远戍江南寄京邑亲友》长达42韵，盛传一时，诗随意抒写，不事浮华，且情意真切。《东归在路率尔成咏》则以寒士的失志不平为题旨。这类诗与宫廷文人的繁缛作风迥异，而以质实真切取胜；虽成就有限，在当时也未能形成气候，却昭示了诗坛变革的主力必来自宫廷之外的重要事实。

二、初唐诗歌

王勃、杨炯、卢照邻、骆宾王四人都是初唐时期杰出的诗人，合称"初唐四杰"。《旧唐书·杨炯传》云："炯与王勃、卢照邻、骆宾王以文词齐名，海内称'王杨卢骆'，亦号为'四杰'。"四杰官小而才大，位卑而名高。他们有变革文风的自觉意识，反对纤巧绮靡，提倡刚健诗风，在诗歌的题材、风格、形式上都有新的开拓和贡献。杜甫云："王杨卢骆当时体，轻薄为文哂未休。尔曹身与名俱灭，不废江河万古流。"（《戏为六绝句》）对他们的历史地位做出高度评价。王勃诗的代表作是五言律诗《送杜少府之任蜀州》。杨炯的代表作是五言律诗《从军行》。卢照邻擅长七言歌行，代表作是《长安古意》。骆宾王的代表作是获罪下狱后所写的《在狱咏蝉》。

陈子昂也是初唐诗人。他青少年时轻财好施，慷慨任侠。24岁举进士，以上书论政得到武后重视，授麟台正字，后迁右拾遗，又因"逆党"反对武后而株连下狱。陈子昂在26岁、36岁时两次从军边塞，对边防颇有远见。他38岁辞官还乡，后被县令段简迫害，冤死狱中。陈子昂提倡"风雅""兴寄"和"汉魏风骨"，主张恢复汉魏风骨和风雅兴寄传统，反对齐梁诗风，倡导"骨气端翔，音情顿挫，光英朗练，有金石声"（陈子昂《与东方左使虬修竹篇序》）的诗歌美学风范。其代表作是《感遇》《登幽州台歌》。他对于唐诗发展具有重要贡献：一是倡导复古革新理论，批评齐梁绮靡诗风，明确提倡风雅与兴寄，成为唐代诗歌革新的基本纲领，为唐诗的健康发展确立了正确的方向；二是以他的创作实践展示一种深沉的政治思考和内在骨力，为唐诗健康发展端正了方向，尤其是《登幽州台歌》，更以深邃的历史目光和高亢的歌喉开启了盛唐之音。

张若虚与贺知章、张旭、包融并称为"吴中四士"。张若虚的《春江花月夜》是一首著名的七言歌行，被誉为"以孤篇压倒全唐""诗中的诗，顶峰上的顶峰"（闻一多）。该诗采用乐府旧题，表现的也是游子思妇的传统主题，但赋予了全新的内容。将相思离愁置于春江花月之夜浩瀚幽远、静谧瑰丽的境界之中，充满了诗意美，表现了对年华、青春的珍惜，以及对宇宙人生的思索，对生命的热爱。全篇韵律和谐婉转，富有音乐美。同时，熔诗情、画意、哲理于一炉，创造出情景交融、玲珑剔透的诗境，成为唐诗乃至整个中国诗歌文化的一个范本。此诗表明唐诗意境创造已进入炉火纯青的阶段，在艺术上为盛唐诗歌做了的准备。

三、盛唐诗歌

从玄宗开元年间直到安史之乱爆发，是唐朝的盛世，历史上称为"开元盛世"，也是唐诗最辉煌的时期，这一时期的诗歌被称为盛唐诗歌，是中国古典诗歌最典范的形态。诗风雄壮、浑厚，具有恢宏豪宕的气质和雄浑外展的境界，蕴含着盛唐人昂扬奋发、健康向上的风采，后人称之为"盛唐气象"。另一方面，"盛唐气象"还表现为一种兴象玲珑的境界与清水芙蓉的自然美。盛唐时期，不仅产生了山水田园诗派和边塞诗派，而且还诞生了李白、杜甫等伟大诗人。

山水田园诗的兴盛有三方面原因：第一，从初唐到盛唐近百年来社会基本安定，经济繁荣，为文人提供了漫游山水和隐居田园的物质条件；第二，佛、道的兴盛和知识分子漫游隐逸之风盛行是文人描写山水田园的直接原因；第三，文学自身发展的结果。王维、孟浩然是盛唐山水田园诗派的代表作家。

王维不仅是诗人，也是画家。他开元九年（721年）中进士，因通音律授太乐丞，不久因故谪济州司仓参军。开元二十二年王维被张九龄擢为右拾遗。两年后九龄罢相，他备感沮丧，萌生归隐之心。开元二十五年，他奉使赴河西节度使崔希逸幕，后以殿中侍御史身份知南选，安史乱前官至给事中。40多岁时，王维先后隐居终南山和辋川，亦官亦隐，思想日趋消极，佛教信仰日益发展。安史乱中，王维被俘，被迫做伪官；乱平，降为太子中允。后复累迁至给事中，以尚书右丞终，世称王右丞。王维以40岁为界，诗歌创作分为前后两个时期：前期仕途顺利，政治热情高涨，充满济世之志；后期佛教思想渐居主导，思想渐趋消极，退隐田园，躲避现实。王维诗歌创作大致分为四类：其一是山水田园诗，名作有《山居秋暝》《终南山》《渭川田家》《鹿柴》《鸟鸣涧》等；其二是游侠边塞诗，有《使至塞上》《观猎》等，意境雄浑，洋溢着壮大明朗的情思和气势；其三是乡情、友情、爱情诗，有《九月九日忆山东兄弟》《送元二使安西》等；其四是政治感遇诗。奠定王维在唐诗史上大师地位的是其抒写隐逸情怀的山水田园诗。他精通音乐，又擅长绘画，且以独特的禅学审美眼光观照自然，生动表现了自然界的变化和内在的律动，创造出"诗中有画"的静逸明秀诗境，兴象玲珑而难以句诠。

孟浩然，襄阳人，世称"孟襄阳"。其前半生主要居家侍亲读书，以诗自适，曾隐居鹿门山。他40岁游长安，应进士不第后返襄阳。孟浩然在长安时与张九龄、王维交谊甚笃，后漫游吴越，穷极山水，以排遣仕途失意的遗憾。在此前后，他还曾游历扬州以及湘、赣、蜀的一些地方，还曾滞留洛阳。开元二十二年（734年），襄州刺史韩朝宗约其同去长安，为其延誉，但孟浩然不慕荣名，竟至期未去。开元二十五年张九龄为荆州长史，招他为幕府，不足一年而返乡。开元二十八年，他病疹发背，医治将愈，适王昌龄来襄阳，相见甚欢，孟浩然因纵情宴饮，食鲜疾发而亡。孟浩然既追慕陶渊明躬耕田园的高尚情操，又怀有盛唐人拯世济物的时代理想，诗多以山水田园为描写对象，或描写隐居萧散高雅的生活和种种闲情逸致，或描写行旅途中所见山水胜景和高情远思，将净化的情思、清淡的语言、明秀的诗境融为一体,其山水诗具有自然平淡、清旷冲逸的特点,有少数诗写得境界阔大、气势雄浑,代表作有《过故人庄》《望洞庭湖赠张丞相》等。

高适少孤贫,爱交游,有游侠之风,以建功立业自期。早年游长安、蓟门、卢龙一带求进身之路,未果。高适客居梁、宋期间曾与李白、杜甫交结。天宝八载(749年)举有道科,授封丘尉,后辞官入河西节度使哥舒翰幕为掌书记。安史之乱后,擢谏议大夫,历淮南节度使、彭州刺史、蜀州刺史、剑南节度使,至左散骑常侍,封渤海县侯,世称"高常侍"。其仕途通达,为唐代诗人所少有。其诗题材广泛,思想内容较深广,以自己的生活体验和对战争的冷静观察为基础,擅写边塞军旅生活,思想感情复杂,基调慷慨悲壮,骨气沉雄浑厚。高适擅长七言歌行,风格雄浑,气势奔放,有边塞诗40多首,代表作有《燕歌行》。

岑参出身仕宦家庭,早岁孤贫,遍读经史。他20岁至长安,求仕不成,奔走京洛,漫游河朔。天宝三载(744年)岑参中进士,天宝八载、天宝十三载他两次出塞任职,回朝后任右补阙、起居舍人等职。大历间岑参官至嘉州刺史,世称"岑嘉州"。岑参早期诗歌多为写景、述怀及赠答之作。其山水诗风格清丽俊逸,颇近谢朓、何逊,但语奇体峻,意境新奇,感伤不遇、嗟叹贫贱的忧愤情绪也较浓,如《感遇》《精卫》《暮秋山行》《至大梁却寄匡城主人》等。六年的边塞生活使岑参的诗境界空前开阔,造意新奇的特色进一步发展,雄奇瑰丽的浪漫色彩成为他边塞诗的基调。他既热情歌颂了唐军的勇武和战功,也委婉地揭示了战争的残酷和悲惨,代表作有《白雪歌送武判官归京》《轮台歌奉送封大夫出师西征》等。此外,他还写了边塞风俗、各民族间的友好相处以及将士的思乡之情和苦乐不均,大大开拓了边塞诗的创作题材和艺术境界。其诗的主要思想倾向是慷慨报国的英雄气概和不畏艰难的乐观精神,艺术上气势雄伟,想象丰富,夸张大胆,色彩绚丽,造意新奇,风格峭拔。岑参擅长以七言歌行描绘壮丽多姿的边塞风光,抒发感情豪放奔腾。

王昌龄亦早年贫贱,开元十五年(727年)登进士第,任秘书省校书郎。他与李白及当时边塞诗派、田园山水诗派的主要人物过往甚密,唱酬不断,曾到过西北边塞。开元二十二年中博学宏词科,授汜水县尉。开元二十七年被贬岭南,途经襄阳,孟浩然有诗相送。次年回长安,又出为江宁县丞,数年后被贬为龙标县尉,世称"王江宁"或"王龙标"。安史乱起,他由贬所赴江宁,为亳州刺史闾丘晓所杀。王昌龄诗在其生前已负盛名,殷璠《河岳英灵集》收24人诗作,其中王诗最多,并誉之为"中兴高作"。王昌龄擅长七言绝句,以之与李白并称,人称"诗家夫子""七绝圣手"。王昌龄绝句长于抒情,善于心理刻画,能以典型的情景、精练的语言表现丰富的内涵,意味浑厚深长。现存王昌龄诗180余首,五七言绝句几乎占了一半。他的七言绝句以写边塞、从军为最有名,如《从军行》《出塞》,意境开阔明朗,情调激越昂扬,文字洗练,音调铿锵。尤其是《出塞·其一》,深入浅出,寓意深沉,被誉为唐人七绝压卷之作。

李白祖籍陇西成纪(今甘肃天水),先世居中亚碎叶,后随父迁居绵州昌隆(今四川江油)青莲乡,因号青莲居士。李白少年时代的学习范围很广泛,除儒家经典、古代文史名著之外,还浏览诸子百家之书,并"好剑术",相信道教,有超脱尘俗的思想,同时又有建功立业的政治抱负。他青少年时期在蜀地所写诗歌留存很少,但已显示出突出的才华。他二十五六岁时出蜀东游,在此后十年内漫游了长江、黄河中下游的许多地方,约在开元十八年(730年)抵长安,争取政治出路,但失意而归。天宝元年(742年),李白被玄宗召入长安,供奉翰林,作为文学侍从之臣参加草拟文件等工作。但因受朝中权贵谗毁,仅两年他就被迫辞官离京。此时期李白的诗歌创作趋于成熟。此后十余年,他继续在黄河、长江中下游地区漫游,"浪迹天下,以诗酒自适"(刘全白《唐故翰林学士李君碣记》),但他仍然关心国事,希望重获朝廷任用。天宝三载(744年),李白在洛阳与杜甫认识,结成好友。天宝十四载安史之乱爆发时,李白正在宣城、庐山一带隐居。次年十二月他怀着消灭叛乱、恢复国家统一的志愿应邀入永王李璘幕府。永王触怒肃宗被杀后,李白也因此获罪,被系浔阳(今江西九江)狱,不久流放夜郎(今贵州桐梓),途中遇赦得归,时已59岁。李白晚年流落在江南一带。61岁时,听到太尉李光弼率大军出镇临淮,讨伐安史叛军,他还北上准备从军杀敌,半路因病折回。次年他在族叔当涂县令李阳冰的寓所卒。李白集入世、隐逸、求仙、任侠于一身,他有着理想化的人生设计、自信豁达的精神风貌、狂放不羁的性格、飘逸洒脱的气质。

　　李白诗歌内容广泛,题材多样,时常表露出理想与现实发生冲突的矛盾感情和心理,是盛唐气象最杰出的代表。其诗思想内容主要包括:表达个人政治抱负,关心国事,揭露、批判黑暗腐败的社会现实,如《行路难》《宣州谢朓楼饯别校书叔云》《蜀道难》等;表现蔑视权贵、利禄,向往自由的精神,如《梦游天姥吟留别》《将进酒》等;同情百姓,反映人民的劳动生活和爱情生活,如《丁督护歌》《秋浦歌》《夜坐吟》等;歌颂自然风光,热爱祖国大好河山,如《庐山谣寄卢侍御虚舟》《望庐山瀑布》《望天门山》等。李白诗歌达到了中国古代浪漫主义的高峰,艺术成就具体表现在:诗歌带有强烈的主观感情色彩,无论叙事、写景,均融入其豪放性格;创造瑰丽奇伟的意境,想象丰富,经常运用神话传说、梦想幻境、奇异风光,以表达激越的感情;多用夸张、拟人、比喻和象征手法;语言清新、自然、豪放;诗风雄奇、飘逸、真率;多采用古体形式,尤擅七言歌行,句式自由,韵律多变。李白继往开来,在屈原之后创造了古代积极浪漫主义的高峰,形成了中国文学史上源远流长的浪漫主义传统。他继承陈子昂的诗歌革新,以自己的理论特别是创作实践,扫清了六朝绮靡的诗风,为唐诗的繁荣发展打开了新的局面,开创了以他和杜甫为代表的中国古典诗歌的黄金时代。中晚唐韩愈、李商隐等诗人都对他推崇不已。宋代以后,论诗者皆李、杜并称。李白对后世的影响首先体现在他诗歌中所表现的人格力量和个性魅力,在中国古代封建社会那种个体人格意识受到正统思想压抑的文化传统中,李白狂放不羁的纯真个性风采无疑有着巨大魅力。其诗豪放飘逸的风格、变幻莫测的想象、清水芙蓉的美,对后世诗人有巨大的吸引力。

　　杜甫祖籍襄阳,生于巩县一个"奉儒守官"的官僚家庭。他因曾居长安城南少陵,故称"杜少陵";又因在成都被严武荐为节度参谋、检校工部员外郎,后世称之为"杜工部"。杜甫的一生可分为四个时期。(1)漫游时期。玄宗开元十九年(731年)至天宝四载(745年),杜甫过着裘马清狂的浪漫生活。他曾先后漫游吴越和齐赵一带,其间赴洛阳考进士失败,天宝三载(744年)在洛阳与李白结为挚友,次年秋分手,再未相会。杜甫此期诗作现存20余首,多是五律和五古,以《望岳》为代表。(2)长安时期。天宝五载至天宝十四载杜甫困守长安,穷困潦倒。他不断投献权贵,以求仕进。天宝六载曾应试制举,天宝十载献《大礼赋》三篇得到玄宗赏识,命宰相试文章,但均无结果。直到天宝十四载十月,安史之乱前一个月,才得到右卫率府兵曹参军之职。仕途的失意沉沦和个人的饥寒交迫使他比较客观地认识到了统治者的腐败和人民的苦难,逐渐成为一个忧国忧民的诗人,其创作发生了深刻、巨大的变化,写下了《兵车行》《丽人行》《前出塞》《后出塞》《自京赴奉先县咏怀五百字》这样的名篇。此期流传下来的诗大约100首,其中大都是五言、七言古体诗。(3)流亡时期。肃宗至德元年(756年)至乾元二年(759年),安史之乱最盛。长安陷落后,杜甫从鄜州北上灵武投奔肃宗,但半路被俘,陷贼中近半年,后冒死从长安逃归凤翔肃宗行在,受左拾遗。不久因房琯案直谏忤旨,几近处死。长安收复后,杜甫回京任原职。758年六月,外贬华州司功参军,永别长安。此时期的杜甫对现实有了更清醒的认识,先后写出了《悲陈陶》《春望》《北征》《羌村》以及"三吏"(《新安吏》《潼关吏》《石壕吏》)和"三别"(《新婚别》《垂老别》《无家别》)等传世名作。759年,关辅大饥,杜甫对政治感到失望,立秋后辞官,经秦州、同谷,于年底到达成都。此期流传下来诗歌200多首,大部分是杜诗中的杰作。(4)漂泊西南时期。肃宗上元元年(760年)至代宗大历五年(770年)的十一年内,杜甫在蜀中八年,荆、湘三年。760年春,他已48岁,在成都浣花溪畔建草堂,并断续住了五年,其间曾因乱流亡梓、阆二州。765年,严武去世,杜甫失去凭依,举家离开成都,次年暮春迁往夔州。768年出峡,辗转江陵、公安,于年底达岳阳。他人生的最后两年,居无定所,漂泊于岳阳、长沙、衡阳、耒阳之间,时间多在船上度过。770年冬,杜甫死于长沙到岳阳的船上。这十一年里他写诗一千余首(其中在夔州所作430多首),多是绝句和律诗,也有长篇排律,名作有《茅屋为秋风所破歌》《闻官军收河南河北》《秋兴八首》《登高》《又呈吴郎》等。

杜诗现存1400多首,深刻反映了唐代安史之乱前后20多年的社会全貌,生动记载了杜甫一生的生活经历。杜甫把社会现实与个人生活紧密结合,达到思想内容与艺术形式的完美统一。杜诗被后代称作"诗史",但杜甫并非客观地叙事,以诗写历史,而是在深刻、广泛反映现实的同时,通过独特的艺术手段表达自己的主观感情。正如浦起龙所云:"少陵之诗,一人之性情,而三朝之事会寄焉者也。"(《读杜心解》)天宝后期,杜甫写了大量时事政治诗,短篇如《洗兵马》《有感》《丽人行》《三绝句》《病橘》《茅屋为秋风所破歌》《又呈吴郎》,长篇如《夔府书怀四十韵》《草堂》《遣怀》,虽内容各异,但都是个人情感与事实相结合,抒情色彩较浓。战争题材诗歌在杜诗中数量很大,他对不同性质的战争态度不同:反对朝廷穷兵黩武、消耗国力的有《兵车行》《又上后园山脚》等;支持平息叛乱、抵御外侮的有《观安西兵过赴关中待命二首》《观兵》《岁暮》等。杜甫有不少歌咏自然的诗,歌咏的对象往往是既联系自己也联系时事,是情、景与时事的交融,最具代表性的有《春望》《剑门》等。杜集中也有些诗时代气氛不浓,个人感情较淡泊,尤其是在成都草堂写的一部分诗,这是他经过长期漂泊得到暂时休息后心境的表现。在《屏迹》《为农》《田舍》《徐步》《水槛遣心》《后游》《春夜喜雨》等诗中,他对花草树木、鸟兽鱼虫的动态有细腻的观察、无限的喜爱和深刻的体会,体现了杜甫诗歌和为人的另一侧面。杜诗体制多样,兼有众长,兼工各体,并能推陈出新,别开生面。其五言古诗熔感事、纪行、抒怀于一炉,博大精深,无施不可,开唐代五古境界,代表作有《自京赴奉先县咏怀五百字》《北征》《羌村》《赠卫八处士》以及"三吏""三别"。其七言古诗长于陈述意见,感情豪放、沉郁,风格奇崛拗峭,如《醉时歌》《洗兵马》《茅屋为秋风所破歌》《岁晏行》等。其五言、七言律诗功力极高,五律如《春望》《天末怀李白》《后游》《春夜喜雨》《水槛遣心》《旅夜书怀》《登岳阳楼》,七律如《蜀相》《野老》《闻官军收河南河北》《宿府》《白帝》《诸将五首》《秋兴八首》《登高》等,唐人律诗很少能超过它们。杜甫还有许多五言排律和几首七言排律,使排律得到很大的发展,其《秋日夔府咏怀奉寄郑监李宾客一百韵》长达一千字。杜甫的绝句即景抒情,反映时事,并开绝句中议论之体,别开蹊径,贡献颇大。杜诗内容广阔深刻,感情真挚浓郁,在内容与形式上大大拓展了诗歌领域,给后世以广泛深刻的影响。

杜甫被后人尊为"诗圣",其诗在艺术上集古典诗歌之大成,并加以创新和发展。一方面,他身上集中了中国文化传统里的一些最重要的品质,即仁民爱物、忧国忧民的情怀。另一方面,就诗歌传统而言,杜诗的叙事与议论受《诗经》的影响,其悲歌慷慨的格调受《离骚》的影响,其缘事而发受汉乐府的影响,其浓烈的抒怀、细腻的感情受建安诗歌的影响。在诗的表现方法、表现形式、诗的语言及意象上,杜甫所吸收的就更为广泛而多样。从唐诗的发展看,从盛唐到中唐是一个巨大的转变,杜甫就是衔接这个转变的伟大的诗人。无论是思想感情、人格方面,还是艺术经验方面,杜甫都给后代以巨大的影响,他将现实主义诗歌推向高峰,开启了后代众多的诗家、诗派,与李白同为唐代诗坛最耀眼的双子星。

四、中唐诗歌

唐诗发展到中唐出现转折,由盛唐的浪漫热情转向对现实的冷静思考,呈现出唐诗发展的第二次繁荣,出现"中唐之再盛"的局面,而大历时期正是由盛唐向中唐的一个过渡时期,它开启了中唐诗风的转变。本时期诗派主要有韩孟诗派和元白诗派,代表诗人有韩愈、孟郊、白居易、柳宗元、李贺等。

韩愈和孟郊相识于贞元八年(792年),后来又长期游从、唱酬,并吸引了张籍、李翱、卢仝、李贺、马异、刘叉、贾岛等诗人参加,逐渐形成韩孟诗派,确立群体风格。诗派成员酬唱切磋,相互奖掖,形成了共同的审美趋向和共同的艺术追求。他们开一代诗风,多写古体诗,以文为诗,标志着唐诗之一大变。韩孟诗派不仅在当时影响巨大,对后世尤其是宋代诗歌创作产生了深远影响。他们的理论主张和美学追求主要表现在两方面:一是"不平则鸣"与"笔补造化",二是崇尚雄奇怪异之美。

韩愈祖籍昌黎,世称"韩昌黎",因官吏部侍郎,又称"韩吏部",谥"文",世称"韩文公"。韩愈诗歌的艺术特色主要表现为奇特雄伟、光怪陆离,如《陆浑山火和皇甫湜用其韵》《月蚀诗效玉川子作》等一类诗,"怪怪奇奇",内容深刻;《南山诗》《岳阳楼别窦司直》《孟东野失子》等,境界雄奇。韩愈也有一类朴素无华、本色自然的诗,如《汴州乱》等。韩愈擅长古体,律诗绝句数量较少,但律诗、绝句中亦有一些佳篇。韩愈诗作中最具独创性和代表性的作品,是他那些以雄大气势见长和怪奇意象著称的作品。在诗歌表现手法上,韩愈也做了大胆的探索和创新:一是用写赋的方法作诗,铺张罗列,浓彩涂抹,穷形尽相,力尽而后止;二是以文为诗,以议论入诗,即以散文化的章法、句法入诗,融叙述、写景、议论为一体。

孟郊祖籍平昌,早年贫困,曾游两湖、广西,无所遇合,屡试不第。46岁始中进士,50岁为溧阳尉。元和初任河南水陆转运从事,试协律郎,定居洛阳。元和九年,在阌乡(今河南灵宝)暴病去世。孟郊专写古诗,现存诗500多首,以短篇五古最多,抨击黑暗世俗、表现自我悲愤和贫寒生活为其诗歌的主要内容。其中,有的反映现实,揭露藩镇罪恶,如《征妇怨》《感怀》《杀气不在边》《伤春》等;有的关心人民疾苦,愤慨贫富不均,如《织妇辞》《寒地百姓吟》等;有的表现骨肉深情,如《游子吟》《结爱》《杏殇》等;有的刻画山水风景,如《汝州南潭陪陆中丞公宴》《石淙》《寒溪》《送超上人归天台》《峡哀》《游终南山》等;有的写仕途失意,抨击浇薄世风,如《落第》《溧阳秋霁》《伤时》《择友》等;还有的自诉穷愁,叹老嗟病,如《秋怀》《叹命》《老恨》等。孟诗艺术风格或长于白描,不用辞藻典故,语言明白淡素而又力避平庸浅易;或精思苦炼,雕刻奇险。这两种风格的诗,都有许多思深意远、造语新奇的佳作。孟郊以苦吟著称,注重炼字炼句,追求构思的奇特超常。他写得最多也最引人注目的是那些充满幽僻、清冷、苦涩意象的诗作。

李贺祖籍陇西,生于福昌县昌谷乡(今河南宜阳),后世称"李昌谷"。他是唐宗室郑王李亮后裔,但他出生时家已没落。李贺青少年时,才华出众,名动京师。李贺的父亲名晋肃,因避父讳(晋、进同音)终不得登第。李贺一生愁苦抑郁,体弱多病,只做过三年奉礼郎,卒时仅27岁。李贺一生以诗为业,其诗可分为四类。其一,讽刺黑暗政治和不良社会现象的,此类诗有的直陈时事,有的借古讽今,五古、七古较少,多为乐府诗,或借旧题,或创新题,大都凝练绚丽,名作有《雁门太守行》《老夫采玉歌》等,这类诗也有的含义隐晦,如《金铜仙人辞汉歌》。其二,个人发愤抒情的,这类诗有个人失意困顿、疾病缠身的消沉和时光易逝、人生短暂的悲叹,也有"天荒地老无人识"(《致酒行》)的不平和"世上英雄本无主"(《浩歌》)、"收取关山五十州"(《南园十三首·其五》)的豪情壮志。其三,神仙鬼魅题材的,这类诗曲折表现他对现实的厌恶和否定,后人因此称他为鬼才。其四,咏物等其他题材的,这类诗总的表现了李贺诗题材的广度和思想的深度。李贺诗想象丰富奇特,幽深奇谲,句锻字炼,色彩瑰丽,富有浪漫气息。他的短篇代表有《天上谣》《梦天》《帝子歌》《湘妃》等,被称为"长吉体"。他多写古诗与乐府,近体很少,无七律。李贺诗歌对人生、命运、生死等问题有深刻思考,通过写鬼怪、死亡、游仙、梦幻等内容,用各种形式来抒发、表现自己的苦闷,充满伤感意绪和幽僻怪诞的个性特征。他以丰富的想象力和新颖诡异的语言,创造出神秘幽奇、冷艳凄迷的艺术境界。

新乐府是由汉乐府发展而成的一种新诗体,有三大特点:一是自创新题;二是写时事,反映现实;三是不以入乐与否作为衡量的标准。中唐前期到贞元、元和年间,在白居易首倡及其进步诗论的指导下,元稹、张籍、王建等一批诗人积极参与,掀起"自命新题写时事"的现实主义诗歌创作高潮,文学史上把这一诗歌运动称为"新乐府运动"。

元稹字微之,洛阳人。他15岁以明两经擢第,28岁列才识兼茂明于体用科第一名,授左拾遗。元和四年(809年)元稹为监察御史,因触犯宦官权贵,次年被贬江陵府士曹参军,后历通州刺史、虢州长史。元和十四年任膳部员外郎,次年升任祠部郎中、知制诰。长庆元年(821年)迁中书舍人,充翰林院承旨,次年居相位三月,出为同州刺史、浙东观察使。大和三年(829年)元稹为尚书左丞,大和五年逝于武昌军节度使任上。

元稹的创作以诗成就最大,与白居易齐名,并称"元白",二人同为新乐府运动倡导者。元稹非常推崇杜诗,其诗学杜而能变杜,并于平浅明快中呈现丽绝华美,色彩浓烈,铺叙曲折,细节刻画真切动人,比兴手法富于情趣。乐府诗在元诗中占有重要地位,且具有一定的现实意义。长篇叙事诗《连昌宫词》在元集中也被列为乐府类,旨含讽喻,和《长恨歌》齐名。在诗歌形式上,元稹是"次韵相酬"的创始者。《酬翰林白学士代书一百韵》《酬乐天东南行诗一百韵》均依次重用白诗原韵,韵同而意殊。这种次韵相酬的做法,在当时影响很大。

白居易原籍山西太原,祖上迁下邽(今陕西渭南)。白居易晚年官至太子少傅,谥"文",世称"白傅""白文公"。白居易一生可分为前后两个时期,以44岁时被贬为江州司马为界,前期"志在兼济",后期"独善其身"。白居易的诗歌主张主要见于《与元九书》《秦中吟十首序》《新乐府序》中。他主张诗歌反映现实,提出"文章合为时而著,歌诗合为事而作"(《与元九书》)的主张,强调讽喻美刺的审美作用,"惟歌生民病,愿得天子知"(《寄唐生》),认为诗歌要反映民生疾苦,强调诗歌的政治作用和社会意义,这正是对传统儒家诗论的继承。他还强调诗歌的真实性,要通俗浅显,简明易懂。白居易将自己所作诗分为四个部分,即讽喻诗、闲适诗、感伤诗、杂律诗。白居易的讽喻诗继承杜甫的现实主义诗歌传统,伤民病痛,指斥时弊,广泛反映中唐时期的种种社会问题,代表作有《新乐府》《卖炭翁》等;感伤诗有两篇著名的叙事长诗,即《长恨歌》《琵琶行》;闲适诗多为怡情悦性、流连光景之作,代表作有《大林寺桃花》《钱塘湖春行》等;杂律诗的名作是《赋得古原草送别》。

在中唐诗坛上,元白、韩孟两派之外,刘禹锡、柳宗元二人是最有特色的诗人。刘禹锡字梦得,彭城(今江苏徐州)人。他曾参加王叔文集团的"永贞革新",改革失败后被贬。其诗大多简洁明快,风情俊爽,贯穿着一股豪迈刚劲之气,被人称为"诗豪"。刘禹锡最为人称道的是他的咏史怀古之作,这类诗善用精练的史笔概括史事,议论警策,运笔苍凉,感慨深沉,韵味隽永,如《西塞山怀古》《金陵五题》。刘禹锡长期流贬巴渝、湘沅等地区,他有意识地了解当地风土人情,采集并学习、吸收当地的民歌民谣,创作了不少有民歌情调的优秀作品,如《杨柳枝词》《竹枝词》,不失民歌的质朴情趣,又增加了文人诗的精美。

柳宗元字子厚,河东(今山西永济)人。他也参加了王叔文政治革新集团,失败后被贬永州十年,再贬柳州,死于谪所。其诗大多写于贬官永州、柳州时期,内容多抒发其个人离乡去国的悲愤抑郁,他将抑郁愤懑之情寄托于山水,创造出峻洁、澄澈的境界。苏轼称其诗"温丽清深……外枯而中膏,似淡而实美"(《评韩柳诗》)、"发纤秾于简古,寄至味于淡泊"(《书黄子思诗集后》)。柳诗现存140多首,均为贬谪后所作。前人把他与王维、孟浩然、韦应物并称为"王孟韦柳"。其部分五言古诗思想内容近于陶渊明诗,语言朴素自然,风格淡雅而意味深长。另外一些五古则受谢灵运影响,造语精妙,间杂玄理,连制题也学谢诗,但柳诗能于清丽中蕴藏幽怨,同中有异。另外,柳诗还有以慷慨悲健见长的律诗,《登柳州城楼寄漳汀封连四州》为唐代七律名篇。其绝句《江雪》在唐人绝句中也是不可多得之作。

五、晚唐诗歌

从文宗大和年间到唐末,是文学史上的晚唐时期。杜牧、李商隐以具有鲜明时代色彩、个性特征和独特艺术风格的诗歌,为唐代的灿烂诗国涂抹了最后一道绚丽的霞彩。

杜牧字牧之,京兆万年(今陕西西安)人。杜牧的文学创作有多方面的成就,诗、赋、古文都足称名家。在诗歌创作上,杜牧与李商隐齐名,并称"小李杜"。其古体诗受杜甫、韩愈的影响,题材广阔,笔力峭健。其近体诗则以文词清丽、情韵跌宕见长。七律《早雁》用比兴托物手法,对遭受回纥侵扰而流离失所的北方边塞人民表示怀念,婉曲而有余味。《九日齐山登高》却是以豪放的笔调写自己旷达的胸怀,寓意深沉悲慨。晚唐诗歌的总的趋向是藻绘绮密,杜牧受时代风气影响,也有注重辞采的一面。这种重辞采的共同倾向和他个人"雄姿英发"的特色相结合,形成风华流美而又神韵疏朗、气势豪宕而又精致婉约的诗风。他最出色的怀古咏史诗,多数抒写对于历史上繁荣昌盛局面消逝的伤悼情绪,也有不少借题发挥,表现自己的政治感慨与识见,代表作有《赤壁》《泊秦淮》《山行》等。

李商隐字义山,号玉谿生,又号樊南子,原籍怀州河内(今河南沁阳),祖辈迁荥阳。李商隐初学古文,受牛党令狐楚赏识,入其幕府,并从学骈文。开成二年(837年),受令狐绹推荐中进士。次年入属李党的泾原节度使王茂元幕府,王爱其才,以女妻之。因此受牛党排挤,辗转于各藩镇幕府,终身不得志。李商隐诗现存约600首,其中政治诗感慨讽喻,颇有深度和广度。李商隐直接触及时政的诗很多,尤其是《行次西郊作一百韵》,从农村残破、民不聊生的景象,追溯唐朝200年间的治乱盛衰,风格接近杜诗。《安定城楼》和《哭刘蕡》则体现了其政治抱负和愤慨。其咏史诗托古讽今,成就很大,往往讥刺前朝或本朝君王的荒淫误国,也有的借咏史寄托自己怀才不遇的感慨。这类诗多用律绝,截取历史上特定场景加以铺染,具有以小见大、词微意深的艺术效果,名作如《隋宫》《南朝》。他的抒情诗感情深挚细腻,感伤气息很浓,如《乐游原》。无题诗是李商隐的独创,多以男女爱情相思为题材,情思宛转沉挚,辞藻典雅精丽,如《无题·昨夜星辰昨夜风》《无题·相见时难别亦难》二首;也有的托喻友朋交往和身世感慨,如《无题·何处哀筝随急管》;还有一些诗寄兴难明。这些诗并非作于一时一地,亦无统一思想贯穿,多属于诗中之意不便明言或意绪复杂无法明言的情况,因而统名为"无题"。由于这些诗比较隐晦曲折,千百年来解说纷纭。李商隐诗歌的基本风格是情深词婉,能于秾丽中时带沉郁,流美中不失厚重,对后世的诗坛和词坛影响很深。

六、唐五代词

词起源于民歌,是配合燕乐演唱的兴起于隋唐之际的新诗体。词按照一定的乐谱填写、演唱,具有"调有定格,句有定数,字有定声"的特点。根据字数的多少,词可分为小令、中调、长调三类。由于词的兴起与音乐有关,故词最早被命名为"曲子词""曲""曲子",后来才称"词",别称"乐府""诗余""长短句"。

隋唐之际,西域少数民族乐曲及外国音乐大量传入,以致"自开元以来,歌者杂用胡夷里巷之曲"(《旧唐书·音乐志》),形成了以西域音乐为主,集南北、雅俗、胡汉、宗教与世俗音乐之大成的隋唐燕乐。唐玄宗开元、天宝之际,崔令钦撰《教坊记》,所录大曲、杂曲达320多种,与后来词牌、词调相同,形成敦煌曲子词,这是一种民间词。中唐以后,韦应物、张志和、王建、戴叔伦、白居易、刘禹锡等试创作小令,文人词逐渐成熟。晚唐五代文人词,以温庭筠、冯延巳、韦庄、李煜为代表。

花间词派是我国词坛上最早的流派之一,出现于前蜀,尊唐末温庭筠为祖,主要作家有韦庄、皇甫松、孙光宪、李珣、牛希济、欧阳炯等人。后蜀赵崇祚选录温庭筠、皇甫松、韦庄等18家的词,合为《花间集》,花间词派由此得名。他们在词风上大体一致,以华丽的语言描写妇女的体态、服饰、离愁别恨,表现作者空虚无聊的生活情趣,内容上较为狭窄,艺术上追求纤细绵密。

温庭筠是中国文学史上第一个以词名家的人。他使词这一文体开始真正走向独立,开创了文人词创作传统。其词收于《花间集》的有66首,内容以闺怨、宫怨等题材为主,如《梦江南》《更漏子》《菩萨蛮》。其词风格浓艳,声律谐和,词意含蓄,辞藻华丽,但题材比较狭窄,情致单调,色彩过浓。他的创作是近体诗向文人词的过渡,奠定了婉约词的基调。

南唐词的兴起略晚于前蜀,代表词人是李璟、李煜与冯延巳,以李煜成就最高。由于南唐君臣文化修养稍高,艺术趣味稍雅,故南唐词风亦有别于花间派。与花间词相比,南唐词文人化的色彩更浓,艺术性要更高,对宋词的影响更为深刻。

李煜初名从嘉,字重光,号钟山隐士,南唐中主第六子。他工诗画,精通音律,有很高的文学艺术修养,词尤为五代之冠。以他沦为阶下囚为界,其词创作分为前后两期。前期词多写宫廷享乐生活,风格柔靡,还不脱花间习气;后期由一国国君沦为阶下囚,故他在亡国后所写的词内容风格都为之一变,亡国之恨、故国之思多通过今昔盛衰的对比及伤春悲秋来倾诉,一景一物,"触目柔肠断"(《清平乐》),字血声泪,悲不自胜,已与花间词相去甚远。其词题材扩大,意境深远,感情真挚,语言清新,极富艺术感染力。李煜词的最大特点是白描。无论是描写男女之情,还是抒发亡国之痛,都坦露襟怀,直言不讳,情深意浓,去粉饰不做作。他极多愁善感,常常捕捉住稍纵即逝的感受和细微的心理变化,通过人物的语言动作加以传达,并用疏淡的景物点染烘托,使这些情思可感可触,可见可闻。他的词作语言生动通俗,接近口语,却不乏精练。李煜在文学史上的地位很重要。第一,他将歌女伶工之词升变为士大夫之词,冲破了词原有的樊篱;第二,他以词抒写国破家亡的感慨,将词从"艳科"中解放出来,扩大了词的境界,使词逐渐变成抒情言志的新诗体,对宋代特别是苏轼的豪放词有一定的影响;第三,他以高度的抒情技巧和白描手法,一洗花间词的脂粉气,也无后代的书袋气,丰富了词的表现力,对秦观、李清照、纳兰性德等人的创作均有影响。

第二节 "初唐四杰"的诗歌精神

"初唐四杰"的诗文虽未脱齐梁以来的绮丽余习,但已初步扭转了当时的文学风气。王勃明确反对当时流行的"上官体","思革其弊"(杨炯《王勃集序》),得到卢照邻等人的支持。他们的诗歌扭转了唐朝以前萎靡浮华的宫廷诗歌风气,使诗歌题材从亭台楼阁、风花雪月的狭小领域扩展到江河山川、边塞江漠的辽阔空间,赋予诗以新的生命力。卢、骆的七言歌行趋向辞赋化,气势稍壮;王、杨的五言律绝开始规范化,音调铿锵。陆时雍《诗镜总论》云:"王勃高华,杨炯雄厚,照邻清藻,宾王坦易。子安其最杰乎?调入初唐,时带六朝锦色。"四杰正是初唐诗坛新旧过渡时期的杰出人物。

第一,四杰在对宫廷诗的改造中实现了他们的审美追求。四杰的创作处于宫廷诗诗风的笼罩之中,不可避免受其影响,在固定化、程式化的格局内,完成其描述或歌颂的内容。但他们又是才子,其宫廷诗恣肆淋漓,是对宫廷诗的改造,这在初唐诗坛上是雄奇之举。闻一多先生对此做了热情洋溢的描述和评价:"在窒息的阴霾中,四面是细弱的虫吟,虚空而疲倦,忽然一声霹雳,接着的是狂风暴雨!虫吟听不见了,这样便是卢照邻《长安古意》的出现。这首诗在当时的成功不是偶然的……这生龙活虎般腾踔的节奏,首先已够教人们如大梦初醒而心花怒放了。然后如云的车骑,载着长安中各色人物panorama式的一幕幕出现,通过'五剧三条'的'弱柳青槐'来'共宿娼家桃李蹊'。诚然这不是一场美丽的热闹。但这癫狂中有战栗,堕落中有灵性。'得成比目何辞死,愿作鸳鸯不羡仙',比起以前那光是病态的无耻——'相看气息望君怜,谁能含羞不肯前'(简文帝《乌栖曲》),如今这是什么气魄!对于时人那虚弱的感情,这真有起死回生的力量……它是宫体诗中一个破天荒的大转变。"(《唐诗杂论》)

下面就具体来看这首《长安古意》:

> 长安大道连狭斜,青牛白马七香车。
> 玉辇纵横过主第,金鞭络绎向侯家。
> 龙衔宝盖承朝日,凤吐流苏带晚霞。
> 百丈游丝争绕树,一群娇鸟共啼花。
> 游蜂戏蝶千门侧,碧树银台万种花。
> 复道交窗作合欢,双阙连甍垂凤翼。
> 梁家画阁中天起,汉帝金茎云外直。
> 楼前相望不相知,陌上相逢讵相识?
> 借问吹箫向紫烟,曾经学舞度芳年。
> 得成比目何辞死,愿作鸳鸯不羡仙。
> 比目鸳鸯真可羡,双去双来君不见?
> 生憎帐额绣孤鸾,好取门帘帖双燕。
> 双燕双飞绕画梁,罗帏翠被郁金香。

片片行云着蝉翼,纤纤初月上鸦黄。
鸦黄粉白车中出,含娇含态情非一。
妖童宝马铁连钱,娼妇盘龙金屈膝。

一开始就是唐都长安的全景鸟瞰,从通衢大道到狭窄小巷,经纬交错,宝马香车穿梭往来,玉辇纵横,金鞭络绎,龙衔宝盖,凤吐流苏……这一切又都掩映在金碧辉煌、高耸嵯峨的宫殿之中。从表面看这是一首宫廷诗,但是作者在宫廷诗基础上做了重大改造,把它从宫廷引入市井,出现了万民狂欢的情景。长安人流如潮,以致楼前相望不相知,陌上相逢不相识,然而在歌海舞潮之中,有生死相恋的执着。双方剖明心迹:"得成比目何辞死,愿作鸳鸯不羡仙。比目鸳鸯真可羡,双去双来君不见?生憎帐额绣孤鸾,好取门帘帖双燕。"这种表述热烈、真挚、大胆,如前引闻一多所说,比起"病态"的宫体诗,其"气魄"不可伦比。这批舞女着意梳妆打扮,"含娇含态情非一",万种风情,百般娇态,宝马香车载之而去。虽然色调艳冶,但没有宫廷味,而是富于市井气。这在下文所展开的娼家夜生活描述中又得到深化。相对于"御史府中乌夜啼,廷尉门前雀欲栖",娼家是另一番景象——"隐隐朱城临玉道,遥遥翠幰没金堤",长安豪少们夜间出没于娼门。"挟弹飞鹰杜陵北,探丸借客渭桥西。俱邀侠客芙蓉剑,共宿娼家桃李蹊。"在暮色中娼家粉墨登场,身着"紫罗裙","清歌一啭口氛氲"。娼门之繁闹非同寻常,"北堂夜夜人如月,南陌朝朝骑似云",然而又正如闻一多所云,"诚然这不是一场美丽的热闹。但这癫狂中有战栗,堕落中有灵性"(《唐诗杂论》),绝非病态的宫体诗可比。作者笔触又指向长安上层社会内的权力争夺,"别有豪华称将相,转日回天不相让。意气由来排灌夫,专权判不容萧相。专权意气本豪雄,青虬紫燕坐春风"。他们把眼前之豪华视为永久,"自言歌舞长千载,自谓骄奢凌五公",但是,"节物风光不相待,桑田碧海须臾改。昔时金阶白玉堂,即今惟见青松在"。沈德潜《唐诗别裁集》说:"长安大道,豪贵骄奢,狭邪艳冶,无所不有。自嬖宠而侠客,而金吾,而权臣,皆向娼家游宿,自谓可永保富贵矣。然转瞬沧桑,徒存墟墓。"明代胡应麟《诗薮》称赞此诗说:"七言长体,极于此矣!"这首诗在诗体、诗风、审美追求等方面开一代新风。

卢照邻《长安古意》表明了他在对宫廷诗的继承与改造中,实现了自己的审美追求。而同样是长篇歌行的骆宾王《帝京篇》,也显示了这一追求。作者表述了和卢照邻《长安古意》相似的思想,即乐极生悲,盛极而衰。这是他们对古今历史和现实生存发展的一种体认,他们从繁华竞逐、夜夜狂欢中感受到欢乐不常在的悲伤。这种感受富于历史继承内涵,但在初唐国势迅猛发展时,诗人们却能感受到"倏忽抟风生羽翼,须臾失浪委泥沙"(骆宾王《帝京篇》)的沧桑之变,这是十分敏感和尖锐的,这是之前宫廷诗所没有的内容。骆宾王的审美成就如闻一多《唐诗杂论》所云:"那一气到底而又缠绵往复的旋律之中,有着欣欣向荣的情绪。"

第二,四杰被社会理想激发出热情和意气。初唐的统一是稳定持久的统一,其内统外征之状况承袭汉代而又超越汉代,故汉唐相关联。唐初最高统治集团的治国思路相当清晰,措施十分得力,遂铸成唐代第一个辉煌——贞观之治。初唐社会为知识分子用世和施展才华提供了较好的条件和环境,他们也被唐代如日东升的旺盛气象所吸引、所激励,他们要求的不是白首穷经,也不是思辨玄谈,而是建功立业、驰骋疆场。他们中的许多人都有雄心大志。骆宾王《夏日游德州赠高四序》写道:"仆少负不羁,长逾虚诞,读书颇有涉猎,学剑不待穷工;进不能矫翰龙云,退不能栖神豹雾,抚循诸己,深觉劳生。"王勃14岁时所写的《滕王阁序》就表达了效命疆场的宏愿:"勃,三尺微命,一介书生。无路请缨,等终军之弱冠;有怀投笔,慕宗悫之长风。"他15岁时写的《上刘右相书》坦率地表示:"伏愿辟东阁,开北堂,待之以上宾,期之以国士,使得披肝胆,布腹心,大论古今之利害,高谈帝王之纲纪。然后鹰扬豹变,出蓬户而拜青墀;附景抟风,舍苔衣而见绛阙……庶几乎麇卵不弃,终感元枵之精;骏骨时收,或致飞黄之锡。"之后李白的《与韩荆州书》也有这种意味。正因为四杰有着被社会气象和社会理想激发出的热情和意气,所以他们看重建功立业对于现世人生的价值和意义。杨炯《从军行》云:

烽火照西京,心中自不平。
牙璋辞凤阙,铁骑绕龙城。
雪暗凋旗画,风多杂鼓声。
宁为百夫长,胜作一书生。

在"百夫长"与"一书生"中,作者毫不迟疑地选择了前者,希望在沙场之上建立功勋。四杰期待风云际会,杨炯《紫骝马》云:"匈奴今未灭,画地取封侯。"四杰希望在"花舞大唐春"(卢照邻《元日述怀》)时有所作为,这种心态表现得十分热烈、急切。尽管他们多时运不济,偃蹇憔悴于圣明时代,但是他们不颓唐,他们还是对这个时代、这个社会充满希望,神往"戎衣何日定,歌舞入长安"(骆宾王《在军登城楼》)的威风英武。满怀希望与失意无着构成他们人生旅程的重要内容,回顾这些人生经历时,他们的作品也潜含意气与辛酸。作为唐诗中的鸿篇巨制,骆宾王《畴昔篇》长达100韵,是他的自传体回忆,诗中形象抒写了他的人生经历。他叙述自己少有大志,"重英侠"而"贱衣冠",曾在京城竞逐豪华,而今门可罗雀,形成鲜明对比:

金丸玉馔盛繁华,自言轻侮季伦家。
五霸争驰千里马,三条竞骛七香车。
掩映飞轩乘落照,参差步障引朝霞。
池中旧水如悬镜,屋里新妆不让花。
意气风云倏如昨,岁月春秋屡回薄。
上苑频经柳絮飞,中园几见梅花落。
当时门客今何在,畴昔交朋已疏索。

这就是他写此诗并命名为"畴昔篇"的原因。诗中特别描述了自己受谤下狱的遭遇,在蹭蹬岁月里含蕴着深沉的乡关之思。

他乡冉冉消年月,帝里沉沉限城阙。

中国古代名家诗词艺术

> 不见猿声助客啼，唯闻旅思将花发。
> 我家迢递关山里，关山迢递不可越。
> 故园梅柳尚余春，来时勿使芳菲歇。

在四杰的心灵世界里，意气风发和志不获骋构成了一对矛盾，这便如闻一多《唐诗杂论》所云："行为都相当浪漫，遭遇尤其悲惨。"这一矛盾构成四杰独有的人生景观，体现在他们的诗文内容方面，便是意气飞扬与情绪衰飒相结合。王勃《送杜少府之任蜀州》是那样奋发，其《别薛华》又那样伤感：

> 送送多穷路，遑遑独问津。
> 悲凉千里道，凄断百年身。
> 心事同漂泊，生涯共苦辛。
> 无论去与住，俱是梦中人。

情绪反差之大，使有的人怀疑不是出于一人之手。甚至同一诗文中情绪也有跌宕起伏，例如王勃《滕王阁序》前有"遥襟甫畅，逸兴遄飞"的朗畅，情绪高涨，但是"嗟乎"一声，陡然转变，浩叹"时运不齐，命途多舛"。感应着初唐蓬勃发展的时代和社会，四杰诗文都迸发着气势，显得昂扬和壮美，同时又有着他们自己的特点，少年意气，才华横溢。《全唐诗》杨炯卷说其"年十一，举神童"，又引张说之评价曰："杨盈川文思如悬河注水，酌之不竭。"骆宾王七岁有咏鹅之作，被誉为神童。卢照邻亦早熟，自诩"下笔则烟飞云动，落纸则鸾回凤惊"（《释疾文·粤若》）。至于王勃，杨炯《王勃集序》云："九岁读颜氏《汉书》，撰《指瑕》十卷。十岁包综六经，成乎期月，悬然天得，自符音训。时师百年之学，旬日兼之；昔人千载之机，立谈可见。居难则易，在塞咸通。于术无所滞，于词无所假。幼有钧衡之略，独负舟航之用。年十有四，时誉斯归。太常伯刘公巡行风俗，见而异之曰，'此神童也'。因加表荐，对策高第，拜为朝散郎。"少年才气，飞扬蹈厉，感受力很强，冲发力也很强。但他们又多愁善感，因此在创作中也多有伤感情绪。唐初社会确实给广大士子特别是寒族士子铺开了一条充满希望的锦绣大道，但并不是每一个人都能如愿以偿。他们的理想不能实现之原因是多方面的，由此形成了个人与社会的矛盾，四杰也是如此。不过社会毕竟处于上升阶段，他们虽然命运不济，却没有对社会绝望，这是一种积极向上的社会心态。这一点与晚唐人不同。初唐积极昂扬的社会心态影响了他们的审美心态，他们意气飞扬却不颓废，有时甚或有点悲壮。骆宾王的《于易水送人》曰：

> 此地别燕丹，壮士发冲冠。
> 昔时人已没，今日水犹寒。

在一个特定的地点——易水为友人送行。作者把送友人的题材和情感纳入怀古，在相同地点所发生的古代事件显现于眼前——"此地别燕丹"。他欣赏、赞美"壮士发冲冠"的悲壮情景和激烈情怀。"昔时"与"今日"的巨大时空差，"人已没"已成历史，似乎无可奈何,难以挽回,但"今日水犹寒",当年荆轲击节高歌"风萧萧兮易水寒,壮士一去兮不复还"(《易水歌》)的情景、情怀犹在。作者回顾历史,反观现实,表达的正是对现实的感受。

第三,四杰开拓与深化了时间审美。时间审美是指对时间流逝的审美感受和敏感,对时间的审美显示出中国美学的早熟。《论语·子罕》云:"子在川上曰,'逝者如斯夫!不舍昼夜'。"这是孔子对于时间像流水一样流逝的特征的理性体认,同时也包含着一种伤感情绪。此后,对时间的审美便成为中国美学的不衰主题。曹植《赠白马王彪》云:"清晨发皇邑,日夕过首阳……秋风发微凉,寒蝉鸣我侧……人生处一世,去若朝露晞。"《箜篌引》云:"惊风飘白日,光景驰西流。盛时不再来,百年忽我遒。生存华屋处,零落归山丘。"阮籍《咏怀》云:"清露被皋兰,凝霜沾野草。朝为媚少年,夕暮成丑老。""初唐四杰"开拓发展了这种时间审美的内涵和方式。卢照邻长诗《行路难》云:

> 君不见长安城北渭桥边,枯木横槎卧古田。
> 昔日含红复含紫,常时留雾亦留烟。
> 春景春风花似雪,香车玉舆恒阗咽。
> 若个游人不竞攀,若个娼家不来折。
> 娼家宝袜蛟龙被,公子银鞍千万骑。
> 黄莺一一向花娇,青鸟双双将子戏。
> 千尺长条百尺枝,月桂星榆相蔽亏。
> 珊瑚叶上鸳鸯鸟,凤凰巢里雏鹓儿。
> 巢倾枝折凤归去,条枯叶落任风吹。
> 一朝零落无人问,万古摧残君讵知。
> 人生贵贱无终始,倏忽须臾难久持。
> 谁家能驻西山日,谁家能堰东流水。
> 汉家陵树满秦川,行来行去尽哀怜。
> 自昔公卿二千石,咸拟荣华一万年。
> 不见朱唇将白貌,唯闻素棘与黄泉。
> 金貂有时换美酒,玉麈但摇莫计钱。
> 寄言坐客神仙署,一生一死交情处。
> 苍龙阙下君不来,白鹤山前我应去。
> 云间海上邈难期,赤心会合在何时。
> 但愿尧年一百万,长作巢由也不辞。

作者借"枯木"起兴,描绘了长安渭桥的豪华和斑斓多姿,然而突然之间"枯木"被摧,"巢倾枝折凤归去,条枯叶落任风吹"。作者面对这一意象发出了深沉的人生感慨。

综合前引的卢照邻《长安古意》、骆宾王《畴昔篇》、卢照邻《行路难》,再看王勃《临高台》等,四杰的时间审美集中在一个主题上——盛衰。这跟过去的时间审美,跟曹植、阮籍等人的诗不同。它不是在对时间观念的抽象、概括基础上进行的,也不是对个体生命

稍纵即逝的恐惧与忧虑,而是表现在对社会现象盛衰的关注上。王勃《临高台》云:

> 临高台,高台迢递绝浮埃。
> 瑶轩绮构何崔嵬,鸾歌凤吹清且哀。
> 俯瞰长安道,萋萋御沟草。
> 斜对甘泉路,苍苍茂陵树。
> 高台四望同,帝乡佳气郁葱葱。
> 紫阁丹楼纷照曜,璧房锦殿相玲珑。
> 东弥长乐观,西指未央宫。
> 赤城映朝日,绿树摇春风。
> 旗亭百隧开新市,甲第千甍分戚里。
> 朱轮翠盖不胜春,叠榭层楹相对起。
> 复有青楼大道中,绣户文窗雕绮栊。
> 锦衾夜不襞,罗帷昼未空。
> 歌屏朝掩翠,妆镜晚窥红。
> 为君安宝髻,蛾眉罢花丛。
> 尘间狭路黯将暮,云间月色明如素。
> 鸳鸯池上两两飞,凤凰楼下双双度。
> 物色正如此,佳期那不顾。
> 银鞍绣毂盛繁华,可怜今夜宿娼家。
> 娼家少妇不须颦,东园桃李片时春。
> 君看旧日高台处,柏梁铜雀生黄尘。

作者用五彩斑斓的笔墨写出长安繁华热闹的盛况,占据了诗篇大部分篇幅,但到诗的最后却猛然一转,由盛况陡变为衰态,完成对盛衰主题的揭示。在王勃的《滕王阁序》中,作者面对"物华天宝""人杰地灵""胜友如云""高朋满座"的盛况,所感受到的也是盛极而衰、兴尽悲来——"呜呼!胜地不常,盛筵难再""天高地迥,觉宇宙之无穷;兴尽悲来,识盈虚之有数"。其《滕王阁诗》写道:

> 滕王高阁临江渚,佩玉鸣鸾罢歌舞。
> 画栋朝飞南浦云,珠帘暮卷西山雨。
> 闲云潭影日悠悠,物换星移几度秋。
> 阁中帝子今何在?槛外长江空自流。

滕王阁高高耸峙,下俯江渚,当年佩玉鸣鸾、歌舞不休,如今都已罢休了。历史和现状出现了巨大落差,蕴含着旧盛今衰的主题。由于今日的衰败,又使得滕王阁只存在"朝飞南浦云""暮卷西山雨"的寥落与荒漠,进一步突出了今之衰。"闲云潭影"的闲适与冷清在"日悠悠"的时光流逝中重复呈现,"物换星移几度秋",这又从时间上进一层加浓了盛衰主题的感伤色彩。作者叹问"阁中帝子今何在",却未正面回答,突然跳成一个空间性镜头"槛外长江空自流",长江永恒,永流不息,这是永恒的时间。诗的盛衰主题上升到时间和空间的高度,引发深邃的人生思索。

  "初唐四杰"的时间审美,不是在逝者如斯的时间里落寞而隐居,也不是在转瞬即逝的时间里游戏而放纵,他们对时间的感知、对盛衰主题的感悟,始终包含着积极的人生态度,这与他们积极用世的人生理想密切关联,他们担忧的是功业未建而霜染双鬓。王勃《春思赋》所凝结的主题正是"抚穷贱而惜光阴,怀功名而悲岁月",可以说四杰的时间审美与社会理想、生命情怀、人生态度、个人功名联系在一起,有着浓厚的时代和个人色彩。

第三节　陈子昂诗歌的思想与艺术特征

经过"初唐四杰"、陈子昂等人的努力，唐代诗风为之一变，也使唐代诗歌逐渐走上了一条健康发展的道路。尤其是陈子昂，在扫清齐梁浮艳诗风影响的过程中发挥了重要的作用。他的好友卢藏用在《右拾遗陈子昂文集序》中云："宋齐之末，盖憔悴矣，逶迤陵颓，流靡忘返。至于徐、庾，天之将丧斯文也。后进之士，若上官仪者，继踵而生，于是风雅之道，扫地尽矣。"他称赞陈子昂"崛起江汉，虎视函夏，卓立千古，横制颓波，天下翕然，质文一变"。可以说陈子昂已基本完成在初唐诗坛上廓清南朝绮靡诗风影响的任务，功不可没，但是他的诗歌革新主张也存在偏颇之处。他的出发点是为了矫正当时诗坛"绮错婉媚"、浮艳纤弱、无病呻吟的不良风气，他强调诗歌作品应有健康充实的思想内容和刚直遒劲的感情力量，却有忽视诗歌形式美的倾向，尤其是忽视对诗歌意境、韵味追求的倾向，这也对他的诗歌创作产生了某种不利影响。

陈子昂的诗歌创作与他的诗歌革新主张有着密切的联系。他大力倡导恢复汉魏风骨和兴寄精神、风雅传统，其实质就是要求诗歌创作要密切联系社会生活，要干预社会、干预政治，要有充实的思想内容和刚健遒劲的风格。这与南朝诗歌、唐初宫廷诗歌是根本对立的。当大多数诗人（包括"初唐四杰""文章四友""沈宋"等人在内）还徜徉在政治生活之外时，陈子昂却勇敢地把笔触伸向了政治生活这块禁区。他不仅写个人遭际、羁旅苦辛、边塞生活及怀土伤别等传统题材，而且写当时重大的社会、政治题材，抨击社会的黑暗面。关心社会、关心政治、关心民生疾苦是盛唐诗歌的主要特征。正是在这一点上，陈子昂给了盛唐诗人以积极的影响。

陈子昂继承了风雅传统，即《诗经》所体现的美刺精神，关心政治，针砭时事。《感遇诗三十八首》是陈子昂的代表作。其中有不少篇章批判历代君王荒淫误国及武后的弊政、世道的昏暗，抨击统治者的残暴、奢侈与愚昧，有起衰救弊的积极作用。武后连年对外用兵，给人民带来了深重灾难，陈子昂对此深表愤慨，如第二十九首：

> 丁亥岁云暮，西山事甲兵。
> 赢粮匝邛道，荷戟争羌城。
> 严冬阴风劲，穷岫泄云生。
> 昏曀无昼夜，羽檄复相惊。
> 拳跼竞万仞，崩危走九冥。
> 籍籍峰壑里，哀哀冰雪行。
> 圣人御宇宙，闻道泰阶平。
> 肉食谋何失，藜藿缅纵横。

丁亥是垂拱三年（687 年）。这年冬天，武后欲用兵雅州，击生羌，陈子昂上书谏阻。这首诗即记此事。作者真实地描写了士兵们在冰天雪地、高山深谷中行军的情景，对他们的苦难深表同情。同时也点明了当权者失策是给人民带来深重灾难的根源,尖锐地抨击了统治者的穷兵黩武。他并不是反对一切战争,对抵御外族入侵的正义战争他是极力拥护的,如第三十七首:

> 朝入云中郡,北望单于台。
> 胡秦何密迩,沙朔气雄哉!
> 藉藉天骄子,猖狂已复来。
> 塞垣无名将,亭堠空崔嵬。
> 咄嗟吾何叹,边人涂草莱。

作者严厉谴责突厥贵族武装屡犯边境使边民惨遭涂炭的罪行。同时也对边将无能表示愤慨,对士卒抛尸沙场表示深切同情。隋代以来,以边塞战争为题材的作品不少,大多以描绘边塞风光,表现慷慨从戎、捐躯报国为主题,像陈子昂这样具体描绘人民疾苦、针砭时弊的作品却很少。这首诗是边塞诗创作中的一个突破,使这一题材更富于现实性,反映社会生活更为深刻。此诗对盛唐诗人,尤其是对高适的边塞诗创作产生了积极影响。

陈子昂有的作品甚至把批判矛头直接指向最高统治者,对他们的荒淫、昏聩表示极大愤慨,如第二十八首:

> 昔日章华宴,荆王乐荒淫。
> 霓旌翠羽盖,射兕云梦林。
> 朅来高唐观,怅望云阳岑。
> 雄图今何在,黄雀空哀吟。

章华台是楚灵王纵酒狂欢之处。汉代边让有《章华台赋》,借楚灵王荒淫误国的史实批评汉灵帝。陈子昂这首诗亦借古讽今,政治寓意极为清晰。如果说这首诗还是借古讽今的话,那么第十九首则是直接针对当时政治生活中的重大问题而发:

> 圣人不利己,忧济在元元。
> 黄屋非尧意,瑶台安可论!
> 吾闻西方化,清净道弥敦。
> 奈何穷金玉,雕刻以为尊?
> 云构山林尽,瑶图珠翠烦。
> 鬼工尚未可,人力安能存?
> 夸愚适增累,矜智道逾昏。

唐代崇信佛教,武则天就倡导礼佛,大造佛寺,广度僧徒,为此耗费了大量财力,这在当时成为一个十分突出的社会问题。这首诗显然是有感而发,对最高统治者的昏聩提出了尖锐批评。他反佛的理由虽然并不新鲜,但把它写入诗中是极为罕见的。

陈子昂不仅关心政治,也关心社会。他对社会黑暗、世态炎凉、人与人之间的尔虞我诈等丑恶现象也做了深刻的揭露和鞭挞,如第十首:

深居观元化,悱然争朵颐。
谗说相啖食,利害纷嚁嚁。
便便夸毗子,荣耀更相持。
务光让天下,商贾竞刀锥。
已矣行采芝,万世同一时。

他把唯利是图、互相倾轧的世态写得十分深刻,结尾表达了避世隐居的愿望,流露出厌世情绪。耿介之士不为社会所容,只能遁世隐居,这是封建社会许多才德之士共同的人生悲剧。可见作者的批判锋芒十分尖锐犀利。像陈子昂这样把诗歌创作与社会政治生活紧密地结合在一起,把批判锋芒直接对着重大社会问题、政治问题,甚至最高统治者,这对宫廷诗人来说是不可想象的,即使是在已经远离了宫廷生活的"初唐四杰"的诗歌中也是少见的。这种新的倾向为盛唐诗歌积极反映社会现实做了铺垫。

陈子昂诗歌追求风骨刚健。风骨刚健是陈子昂针对齐梁诗风绮靡纤弱的弊端而提出的美学要求,要求诗歌内容要充实,具有一种高昂充沛的感情力量。这在他那些抒写忧国忧民、抱才用世、奋身报国思想的诗篇中有很好的表现,如第三十五首:

本为贵公子,平生实爱才。
感时思报国,拔剑起蒿莱。
西驰丁零塞,北上单于台。
登山见千里,怀古心悠哉。
谁言未忘祸,磨灭成尘埃。

武则天万岁通天元年(696年),作者随武攸宜征契丹,深入塞垣,登山远望,怀古之情便油然而生。这首诗抒写了他"感时思报国"的豪情和壮志难酬、"磨灭成尘埃"的忧愤,感情慷慨激越,风格豪迈,是一篇骨气端翔的佳作。《登幽州台歌》更是一首千古绝唱:

前不见古人,后不见来者。
念天地之悠悠,独怆然而涕下!

卢藏用《陈氏别传》云:"子昂体弱多疾,感激忠义,常欲奋身以答国士。自以官在近侍,又参与军谋,不可见危而惜身苟容。他日又进谏,言甚切至,建安谢绝之,乃署以军曹。子昂知不合,因钳默下列,但兼掌书记而已。因登蓟北楼,感昔乐生、燕昭之事,赋诗数首……时人莫不知也。"这段文字叙述了此诗的写作背景。陈子昂随武攸宜征契丹,数进谏言却不被采纳,眼看报国宏愿成为泡影,因此登上蓟北楼,慷慨悲吟,浩歌泣下,抒发了千古贤士怀才不遇的孤独悲凉。他用"前""后"表现绵长的时间感,用"天地之悠悠"表现辽阔苍茫的空间感。在这个广阔无垠的背景下,他塑造了一个慨然独立的自我形象。此诗语言苍劲奔放,意境高远,感慨遥深,有强烈的艺术感染力。

陈子昂送别诗也写得格调高昂、风骨刚健,如《送魏大从军》:

　　匈奴犹未灭,魏绛复从戎。
　　怅别三河道,言追六郡雄。
　　雁山横代北,狐塞接云中。
　　勿使燕然上,惟留汉将功。

虽然是一首送别诗,却没有落入缠绵悱恻、凄苦悲切的窠臼,而是从大处着眼,激励对方立功沙场。首联以春秋晋国大夫魏绛喻魏大从戎远征,并借"匈奴未灭,无以家为"的霍去病激励出征者。颔联点题,写送别,言魏大应踵继六郡之雄赵充国,矢志谋国。颈联记其所历之地。末联勉励魏大应效法刻石铭功的东汉名将窦宪,灭虏凯旋,建功立勋。这是一首比较成熟的五言律诗,音节响亮,用典贴切,格调高昂,诗风雄健。《东征答朝臣相送》则表现了作者的豪迈情怀:

　　平生白云意,疲苶愧为雄。
　　君王谬殊宠,旌节此从戎。
　　挼绳当系虏,单马岂邀功。
　　孤剑将何托,长谣塞上风。

忠君报国,建功边塞,充满奋发向上的精神力量。全诗一气呵成,感情豪放激昂,英雄气概逼人耳目,读来令人如闻战鼓,有气壮山河之势。另外,《送别出塞》《送著作佐郎崔融等从梁王东征》《和陆明府赠将军重出塞》等也写得风骨遒劲。

陈子昂倡导兴寄精神,即要求诗歌创作要感物起兴,有感而发,发而有所寄托。用句通俗的话来说就是诗歌应蕴含深刻的思想意义。陈子昂有不少兴寄深远的佳作,如《感遇诗三十八首·其二》:

　　兰若生春夏,芊蔚何青青。
　　幽独空林色,朱蕤冒紫茎。
　　迟迟白日晚,袅袅秋风生。
　　岁华尽摇落,芳意竟何成?

作者以兰若自比,寄托了自己的身世之感。前四句着力赞美兰若压倒群芳的风采,实则是写自己芳洁的品格和超群的才华。后四句以兰若的逢秋凋落而芳意未成,暗喻自己不被知遇,功业不就,大有美人迟暮之感。这首诗托物寓意,兴寄深远。第二十三首则以翡翠鸟自比,含有自惜之意:

中国古代名家诗词艺术

> 翡翠巢南海，雄雌珠树林。
> 何知美人意，骄爱比黄金。
> 杀身炎州里，委羽玉堂阴。
> 旖旎光首饰，葳蕤烂锦衾。
> 岂不在遐远？虞罗忽见寻。
> 多材信为累，叹息此珍禽。

翡翠鸟筑巢南海的三珠树上，不幸为美人所爱，惨遭杀害。陈子昂奇才美德，不同流俗，后为武后赏识，名列朝班，不料遭谗入狱。翡翠鸟的遭遇不正是他自身的写照吗？翡翠鸟巢居南海尚遭杀害，暗喻自己即使隐居山林恐怕也难免于难。全诗以"多材信为累"作结，寄寓着深沉的感慨。

陈子昂还有一首《与东方左史虬修竹篇》，此诗的序文一向为人所重，而诗却很少有人注意。其实这首诗兴寄深远，应该说是最能体现他所提倡的兴寄精神的。

> 龙种生南岳，孤翠郁亭亭。
> 峰岭上崇崒，烟雨下微冥。
> 夜闻鼯鼠叫，昼聒泉壑声。
> 春风正淡荡，白露已清泠。
> 哀响激金奏，密色滋玉英。
> 岁寒霜雪苦，含彩独青青。
> 岂不厌凝冽，羞比春木荣。
> 春木有荣歇，此节无凋零。
> 始愿与金石，终古保坚贞。
> 不意伶伦子，吹之学凤鸣。
> 遂偶云和瑟，张乐奏天庭。
> 妙曲方千变，箫韶亦九成。
> 信蒙雕斫美，常愿事仙灵。
> 驱驰翠虬驾，伊郁紫鸾笙。
> 结交赢台女，吟弄升天行。
> 携手登白日，远游戏赤城。
> 低昂玄鹤舞，断续彩云生。
> 永随众仙逝，三山游玉京。

序文云："感叹雅制，作《修竹诗》（即《与东方左史虬修竹篇》）一首，当有知音以传示之。"可见这首诗是有所寄托的。诗的前半部分写竹出身高贵，生活在一个幽雅的环境中，因而培育了不畏风寒、四季长青的坚贞品格。陈子昂出身富家大族，任侠仗义。卢藏用说他"感激忠义，常欲奋身以答国士"（《陈氏别传》），称赞他"子之生也，珠圆流兮玉介洁。子之没也，太山颓兮梁木折"（《祭拾遗陈公文》）。作者冰清玉洁、超凡脱俗的品格与诗中的竹是何其相似!后半部分写竹因其优良的质地而被黄帝的乐师伶伦采割,雕凿成箫,用来歌颂神灵,从而飞上天庭。作者也是由于才华出众,才受到武后的赏识。因此他向"知音"暗示,希望能得到朝廷重用,实现自己的政治理想。这首诗托物寓意,兴寄悠深,是一篇"兴寄说"的典范作品。当然,提倡兴寄精神,主要目的在于强调诗歌应有深刻的思想意义,要有感而发,有所寄托,并不在于是否采用比兴手法。有些作品虽然没有采用比兴手法,但同样体现了兴寄精神。陈子昂的《燕昭王》云:

> 南登碣石馆,遥望黄金台。
> 丘陵尽乔木,昭王安在哉?
> 霸图今已矣,驱马复归来。

作者登上碣石馆,遥望当年燕昭王所筑的黄金台,引起无限感慨。燕昭王为报齐仇、图霸业,建馆筑台,延招天下贤士。而今遗迹虽存,却"丘陵尽乔木",令人怅然。这首诗虽然没用比兴手法,却明显寄托了他对当权者压制贤才、使有才之士报国无门的忧愤感慨。

陈子昂的诗歌表现出来的风雅传统、兴寄精神和刚健风骨,其基本精神是要求诗歌要密切联系社会生活,要有劲健刚直的思想力量和高昂壮大的感情力量。他的创作进一步扫清了当时诗坛绮靡纤弱诗风的影响,确实起到了起衰救弊的作用。对此,后人给予高度评价,李阳冰云:"陈拾遗横制颓波,天下质文翕然一变。"(《草堂集序》)胡应麟亦云:"子昂《感遇》,尽削浮靡,一振古雅,唐初自是杰出。"(《诗薮》)可见陈子昂的诗歌创作对初唐诗风的转变起的巨大作用。"终古立忠义,感遇有遗编"(杜甫《陈拾遗故宅》),盛唐诗人面向社会生活、关心政治、关心民生疾苦的现实主义精神,受到陈子昂诗歌理论和创作的明显影响。

陈子昂旗帜鲜明地反对浮靡轻艳的齐梁诗风,倡导风骨、风雅、兴寄,对扭转初唐诗歌创作中题材狭窄、内容贫乏、华而不实、轻艳纤弱的弊端和不良风气起了极大作用,在一定程度上也使唐诗走上了一条密切联系社会生活、干预政治、关心民生疾苦的健康发展道路。陈子昂的诗歌创作,正是在他的这种诗歌革新主张指导下进行的。其诗大多是有感而发,题材广泛,内容充实,感情强烈,诗风刚健,比较广泛而真实地反映了当时的社会、政治生活面貌,也开拓了诗歌的表现领域,从而使他成为唐代现实主义诗歌的先驱。

第四节　王维山水诗的艺术特征

中国古代山水诗源远流长，大致经历了先秦至西晋的孕育期、东晋南朝的形成期、隋唐五代的昌盛期和宋元明清的绵延拓展期四个大的发展阶段。王维是中国古代山水诗昌盛时期的杰出代表，代表了中国山水诗的最高水平。他存诗400多首，题材相当广泛，可分为山水诗、边塞诗、闺怨赠友诗等类型。其中，体现作者审美情趣的山水诗有百余篇，约占其全部诗作的四分之一，居各类题材之首。这百余篇山水诗在艺术方面远远超越前人，并对后世产生了广泛而深远的影响。

唐帝国的经济、文化空前繁荣，与境外诸国交通往来也十分频繁。这就为文学艺术的发展提供了十分有利的环境和条件，山水诗的发展也进入了一个前所未有的昌盛时期。唐代山水诗的繁盛，具体体现在从事山水诗创作的诗人数量之多和作品之丰上。仅据《全唐诗》所录，唐代近300年间涌现诗人2 200多位，创作诗歌达55 000余首，是唐代以前留下来的诗歌总和的数倍。在这数以千计的诗人队伍中，大多数都曾写过山水诗。他们究竟共写了多少山水诗，至今尚未做出精确统计，但大致估算，唐代山水诗总量恐怕也是此前留下的山水诗总量的数倍。更值得注意的是，唐代产生了王维、李白、杜甫等天才巨星，他们的山水诗不仅数量多，视野开阔，内容丰富，而且诗境不凡，艺术上多姿多彩，极富创新精神。

王维是把山水诗的美学价值推向高峰的作家，其山水诗具有独特的艺术特色。第一，王维山水诗具有"诗中有画"的诗画美。苏轼《书摩诘蓝田烟雨图》云："味摩诘之诗，诗中有画；观摩诘之画，画中有诗。"苏轼高度赞扬王维山水诗在艺术上取得的成就。王维诗画兼长，用画意作诗，凭诗情绘画，使山水诗与山水画互相渗透，融而为一。其山水诗不仅体现出绘画的构图、色彩和造型之美，还充分表现山光水色在时空瞬变中的神采，使简洁优美的诗句能同时呈现千里山河的绝妙画境。他对各种景致远近、浓淡、疏密、明暗的处理，无不逼真传神，甚至将动中之静、静中之动的微妙变化都镂刻得栩栩如生。其《终南山》云：

　　太乙近天都，连山接海隅。
　　白云回望合，青霭入看无。
　　分野中峰变，阴晴众壑殊。
　　欲投人处宿，隔水问樵夫。

此诗要表现终南山的宏伟壮观，却不从自然状貌作直观描摹，而是用惊叹夸张的口吻，一开始就展现它高近天都、横连海隅的气势，概括出终南山的远观印象。紧接着写登山所见近景，只觉自己置身于白云缭绕、青霭蒙蒙的云海之端，心情奇异惊喜。在迷蒙的喜悦中作者登上主峰，此刻群山万壑因地势、位置不同呈现出千姿百态，共同衬托中峰雄姿。末尾二句如沈德潜所云："或谓末二句与通体不配。今玩其语意，见山远而人寡

也,非寻常写景可比。"(《唐诗别裁集》)再看《自大散以往深林密竹磴道盘曲四五十里至黄牛岭见黄花川》:

  危径几万转,数里将三休。
  回环见徒侣,隐映隔林丘。
  飒飒松上雨,潺潺石中流。
  静言深溪里,长啸高山头。
  望见南山阳,白日霭悠悠。
  青皋丽已净,绿水郁如浮。
  曾是厌蒙密,旷然销人忧。

  作者将盘曲万转的山容水姿一一如画展出,松上雨点、溪石潺流同深溪静语、山头长啸彼此呼应,加上朦胧雾霭和南山日照的映衬,完全是画师的构图。宋代晁补之云:"右丞妙于诗,故画意有余。"(《王维捕鱼图序》)清代符曾云:"昔人称诗为有声画,画为无声诗,二者罕能并臻其妙。右丞擅诗名于开元天宝间,得唐音之盛,绘事独绝千古。所谓无声之诗,有声之画,右丞盖兼而有之。"(《王右丞集笺注序》)以上两首均为王维以画入诗的力作。王维的创作可以说是六朝以来山水诗创作的一大发展,融入了画师匠心,捕捉自然山水之美的精髓,以求神似,克服了受繁杂表象束缚、刻画过于琐细的毛病。
  王维还能突破山水诗人实录描摹的手法,以画法入诗,使山水诗具有浓郁传神的诗画美。一是注重自然景物彼此的烘托映衬,如"闲花满岩谷,瀑水映杉松。啼鸟忽临涧,归云时抱峰"(《韦侍郎山居》)、"郭门临渡头,村树连溪口。白水明田外,碧峰出山后"(《新晴野望》)。二是善于发现和捕捉大自然的生机,对一闪而过、转瞬即逝而富于美感的形态进行裁剪,融景成诗,如"万壑树参天,千山响杜鹃。山中一夜雨,树杪百重泉"(《送梓州李使君》)。三是注重色彩的调配,如"青山横苍林,赤日团平陆"(《冬日游览》)、"连天凝黛色,百里遥青冥"(《华岳》)、"古壁苍苔黑,寒山远烧红"(《河南严尹弟见宿弊庐访别人赋十韵》)。这些经过作者精选绘制的山水美景比自然实景更富吸引力,因为这样的描绘展现了自然界的变化和内在律动,写出了动与静的矛盾统一。
  第二,王维山水诗具有"形神兼似"的空灵美。魏晋以来,山水诗作为对自然探求、赞美的一种题材形式,已引起文士们的广泛关注和兴趣。以谢灵运为代表的诗人,将山水从体玄悟道中提炼成具有空间实感和美学情味的艺术品,推动了六朝山水文学的发展。然而在"尚丽"与"贵似"风气影响下,出现了一味追求形似的倾向,忽视了自然本身整体统一的精神。王维山水诗既继承了谢灵运、谢朓工笔精细、注重形象实感刻画的优点,又能以禅入诗,把山水诗从直感、直叙推进到妙想入神的境界,即从形似跨进形神兼似的新阶段。《汉江临眺》云:

  楚塞三湘接,荆门九派通。
  江流天地外,山色有无中。
  郡邑浮前浦,波澜动远空。

中国古代名家诗词艺术

襄阳好风日，留醉与山翁。

将这首诗同谢灵运的名作《登池上楼》比较，可以清楚看出谢诗刻意求工，贵在形似，十分注意视觉的先后，将倾耳举目所闻所见从上到下、从高到低、从远到近各个角度逐一展开，给人鲜明的立体感和真切感。王维的《汉江临眺》则是另一番景象，作者不写城邑大小，不提江形水势，却夸张地写汉江同三湘、九派的联系，写天地之外的江流和似有似无的山色，写江中的城邑倒影及奔向远方的波澜，虚笔写实，浑然一体，从而把汉江的辽阔悠远、依偎于江畔的襄阳城及其倒影随水流摇荡的景况、作者闲逸的心境，都表现得极为生动传神。

王维吸收禅宗超然脱俗的精神，以佛家眼光观察世界，"山河天眼里，世界法身中"（《夏日过青龙寺谒操禅师》），将佛教"空""寂"之境作为人生归宿。因此其诗作，尤其是后期写的《辋川集》，呈现出空灵境界，这是其山水诗臻于极致的一个标志。他的山水诗空灵冲淡，幽雅悠远，意蕴无穷，具有永恒的艺术魅力。

第三，王维山水诗具有和谐统一的声律美。王维凭借自己在音乐方面的特殊修养，在创作山水诗时，往往能比别人更敏锐地感受并精确地把握山水自然的天籁，通过精练准确的语言，做出有声有色、声色和谐的表达。"背岭花未开，入云树深浅。清昼犹自眠，山鸟时一啭"（《李处士山居》）、"寥落云外山，迢遥舟中赏。铙吹发西江，秋空多清响"（《送宇文太守赴宣城》）、"人闲桂花落，夜静春山空。月出惊山鸟，时鸣春涧中"（《鸟鸣涧》）……从这些诗例中，可以看出作者不仅融音乐技巧入诗，写出山水中律动的自然天籁，也通过某种音声特点传达自己的情志，透露人同自然相契相谐的虚静与灵动。《礼记·乐记》云："乐者，音之所由生也，其本在人心之感于物也。是故其哀心感者，其声噍以杀；其乐心感者，其声啴以缓……其爱心感者，其声和以柔。六者非性也，感于物而后动。"王维能准确捕捉自然界细微的生命律动，将自然音声融于诗中，来表现自然生态的动静生息和生命律动的生机活力，并着意用不同声律表达不同的感受，显示其不同的心境。正是这种相互依存、形态万千的组合，构成了宇宙万物生机无限、绚丽多姿、浑然天成、和谐统一的律动之美，达到极高的艺术水平。

王维山水诗将自然景象的纯美画面，融入自然音律浑然天成的美感，用清秀精微的语言，表现出澄淡幽静、空灵深远的意境，充分说明他已将山水诗的艺术水平提高到了前所未有的高度。他不仅从题材方面完成了山水诗与田园诗的融合，更在艺术上实现了两大传统流派的和谐统一，将山水诗艺术推向新的高峰，在中国诗史上享有崇高声誉。《史鉴类编》对王维山水诗艺术做了高度评价："王维之作，如上林春晓，芳树微烘，百啭流莺，宫商迭奏，黄山紫塞，汉馆秦宫，芊绵伟丽于氤氲杳渺之间，真所谓有声画也。非妙于丹青者，其孰能之！矧乃辞情闲畅，音调雅驯，至今人师之诵之，为楷式焉。"清初文学家贺贻孙在《诗筏》中指出："诗以蕴藉为主，不得已而溢为光怪尔。蕴藉极而生光，光极而怪生焉。李、杜、王、孟及唐诸大家，各有一种光怪，不独长吉称怪也。"

王维的诗风也是多样性的。关于此，历来诗评家有过许多评述。唐司空图云："王右丞、韦苏州，澄澹精致，格在其中，岂妨于遒举哉！"（《与李生论诗书》）又云："右丞、苏州，趣味澄敻，若清风之出岫。"（《与王驾评诗书》）宋何汶《竹庄诗话》云："《雪浪斋日记》

云,为诗欲清深闲淡,当看韦苏州、柳子厚、孟浩然、王摩诘、贾长江。"宋敖陶孙《臞翁诗评》云:"王右丞如秋水芙蕖,倚风自笑。"明胡应麟《诗薮》云:"苏州五言古优入盛唐,近体婉约有致,然自是大历声口,与王、孟稍不同。已上诸家,皆五言清淡之宗。"清刘大勤编《师友诗传续录》云:"王、孟诗假天籁为宫商,寄至味于平淡,格调谐畅,意兴自然,真有无迹可寻之妙。"清潘德舆《养一斋李杜诗话》云:"右丞五绝,冲澹自然,洵有唐至高之境也。"历代评论家评王维诗都认为清淡自然是王维诗歌最突出的风格特色。这种风格特色主要体现在作者那些反映隐逸生活情趣的山水诗中,如:

空山新雨后,天气晚来秋。
明月松间照,清泉石上流。
竹喧归浣女,莲动下渔舟。
随意春芳歇,王孙自可留。 (《山居秋暝》)

人闲桂花落,夜静春山空。
月出惊山鸟,时鸣春涧中。 (《鸟鸣涧》)

空山不见人,但闻人语响。
返景入深林,复照青苔上。 (《鹿柴》)

木末芙蓉花,山中发红萼。
涧户寂无人,纷纷开且落。 (《辛夷坞》)

独坐幽篁里,弹琴复长啸。
深林人不知,明月来相照。 (《竹里馆》)

以上诸作,皆情真景真,无矫饰,不造作,冲和素淡,清新自然。王维诗诗风不仅有清淡自然的特色,还有雄健、浑厚、奇峭、壮丽、婉曲、平实、俊爽、秀雅等特色。雄健、浑厚风格的,如《汉江临眺》,作者笔下的汉江,景色壮丽,气象高远,雄浑阔大;又如《终南山》,写终南山的高大、雄峻、幽深,笔力劲健,气势磅礴。清代张谦宜《茧斋诗谈》云:"《终南山》,于此看积健为雄之妙。"此不一一列举。

中国古代名家诗词艺术

第五节 孟浩然诗歌的艺术特征

　　孟浩然是唐代诗坛上负有盛名的诗人，与王维齐名，并称"王孟"，还与王维、高适、岑参并称"盛唐四大家"。孟浩然是襄阳人，早年隐居鹿门山，后漫游吴越。他39岁时，西入长安考进士，失意而归。开元二十五年（737年），张九龄在荆州，引为从事。开元二十八年（740年），孟浩然病疽而死。他的诗在当时颇负盛名，杜甫在《解闷十二首·其六》中云："复忆襄阳孟浩然，清诗句句尽堪传。"孟浩然不甘落寞，却在隐沦中度过一生。

　　孟浩然只做过时为荆州长史的张九龄的幕府数月，可以算是终生隐居。一般而言，隐士不多谈论世事，至少不便过多诉诸笔墨。孟浩然的作品除几首情诗、宫词和边塞诗外，都是表现他作为隐居高士的生活和情怀。其诗在取材和立意上最大的特点是选取日常生活的一个片段或一个完整事件，并借景物的烘托，来表现一位风神散朗的高士形象，也表达他自己的生活和思想感情。人的思想感情总要表露在日常生活之中，所以写日常生活很能表现人的思想感情。日常生活片段虽小，却可以反映生活的某些本质和思想的某些方面，如《春晓》：

　　　　春眠不觉晓，处处闻啼鸟。
　　　　夜来风雨声，花落知多少。

本诗选取清晨醒来听啼鸟、念花落一刹那的活动，用20字绝句生动表现了他的闲适生活和惜春心情。啼鸟、落花是春天常见的景物，听和想也是人们醒来最寻常的活动，经过作者对这个小小生活片段细节化、典型化的描写，赋予了这首诗无限情意，使之成为千古名作。

　　孟浩然更常写一个生活事件的较长片断。有的开头写高潮，有的结尾写高潮，有的只写中间一个片断。《与颜钱塘登障楼望潮作》云：

　　　　百里闻雷震，鸣弦暂辍弹。
　　　　府中连骑出，江上待潮观。
　　　　照日秋云迥，浮天渤澥宽。
　　　　惊涛来似雪，一坐凛生寒。

本诗写观潮，开头写到高潮。作者从听潮写起，写出观，写待潮，写观潮，写感受，不仅写出了钱塘江大潮的壮丽奇绝，而且写出了潮来时万家争空的观潮景象。他不单纯着眼于景物，也不单纯着眼于人物的感受，而是把二者结合起来，从人与景的关系来写，从生活的角度来写。因为着眼点高，自就不同凡响。这首诗有人物，有情节，有景物，仿佛一组电视画面展现在眼前。孟浩然也有叙述一个完整生活事件的诗，如《过故人庄》：

> 故人具鸡黍，邀我至田家。
> 绿树村边合，青山郭外斜。
> 开轩面场圃，把酒话桑麻。
> 待到重阳日，还来就菊花。

王维有《济州过赵叟家宴》：

> 虽与人境接，闭门成隐居。
> 道言庄叟事，儒行鲁人余。
> 深巷斜晖静，闲门高柳疏。
> 荷锄修药圃，散帙曝农书。
> 上客摇芳翰，中厨馈野蔬。
> 夫君第高饮，景晏出林间。

比较这两首诗，同是写到隐居故人家宴饮，王维诗是对主人赵叟的歌颂和对家宴的赞美，用传统写法；孟浩然所用写法与王维不同，他不渲染过故人庄事件本身，而着重叙述"过"的全过程。《过故人庄》第一联写老朋友邀请，第二联写途中所见，第三联写宴饮，最后一联写临别时约定下次聚会。全诗没有一笔直接写到友谊，而处处蕴含着主客之间的深挚情谊及他们相处的诚挚真率，写得格外真切感人。

孟浩然的诗歌常通过对一个生活片断或事件的叙述，来表达其思想感情。虽然有的也真率地抒发感情和情绪，但多数主要是靠具体生活本身所蕴含的思想感情来感染和打动读者的。在同一首诗中，他的诗抒情和叙事既可以一分为二，也可以合二为一。所写事件与表达的思想感情之间是不即不离、忽远忽近、若隐若现的关系，这决定了其思想感情表露得很淡。另一方面，由于其诗真实、生动、形象地表现了生活，即赋予了所表达的思想感情以深厚的生活基础，因此其诗作的思想感情又表现得明朗、真挚、充实。他的诗喜欢用具体、平淡的生活事件为基本素材来抒发思想感情，这为他冲淡的诗风奠定了基础。

首先，从结构看，孟浩然诗歌力求按照事物本身发展的规律和顺序来构思、安排诗句，展现了大巧若拙的特色。他善于以自己活动的时间为线索，把一些关系不大密切的事物联系在一起，构成一首结构严谨的诗。《宿武阳川》云：

> 川暗夕阳尽，孤舟泊岸初。
> 岭猿相叫啸，潭嶂似空虚。
> 就枕灭明烛，扣舷闻夜渔。
> 鸡鸣问何处，人物是秦余。

扣紧一个"宿"字，从傍晚、就寝、鸡鸣三个时段着笔，从头天黄昏写到次日凌晨，把武阳一带的景物、民俗和历史有机地交织在一起，历历如画，清妙动人。更多的时候，孟浩然诗歌按照一件事情本身发展的时间顺序来写。他青年时代写了《登鹿门山》：

> 清晓因兴来，乘流越江岘。
> 沙禽近方识，浦树遥莫辨。
> 渐至鹿门山，山明翠微浅。
> 岩潭多屈曲，舟楫屡回转。
> 昔闻庞德公，采药遂不返。
> 金涧饵芝术，石床卧苔藓。
> 纷吾感耆旧，结揽事攀践。
> 隐迹今尚存，高风邈已远。
> 白云何时去，丹桂空偃蹇。
> 探讨意未穷，回艇夕阳晚。

这首诗已经显露出孟诗按照一件事情本身发展的时间顺序来写的特点。本诗以"清晓因兴来"开头，次写途中景物，接着写近望鹿门山的景象，再写庞德公隐居，最后以"回艇夕阳晚"作结。这样写显得有点平铺直叙，但这正是孟诗的长处。诗歌正是在对登鹿门山铺叙中表现了对该山的向往和热爱，以及对庞德公的景慕。本诗结构完整，层次分明，像一篇完整的旅游日记。像这样在平淡匀称中见精巧严谨，正是孟诗在结构上的一个特点。

孟浩然写诗有时另辟蹊径，其诗构思看似迂曲，实则暗度陈仓，隐含机巧，使人浑然不觉。《晚泊浔阳望庐山》就很有代表性：

> 挂席几千里，名山都未逢。
> 泊舟浔阳郭，始见香炉峰。
> 尝读远公传，永怀尘外踪。
> 东林精舍近，日暮但闻钟。

写"晚泊"从"挂席几千里"写起，似乎显得节外生枝，而且用四句方写到"始见"庐山，节奏也似乎太慢。但本诗的妙处正在这里，这样写表现了他初见庐山的喜悦，而且又为后文理下了很好的副线，格高调远，气度恢宏。后四句不写庐山的奇姿秀态，而是别出心裁，以望庐山所感表现他的明朗心境及内心的那种怅惘不甘的情绪。本诗历来备受推许。沈德潜评之曰："悠然神远也。"（《唐诗别裁集》）吕本中云："详看此等语，自然高远。"（《童蒙训》）王士禛云："诗至此，色相俱空，正如羚羊挂角，无迹可求，画家所谓逸品是也。"（《带经堂诗话》）李白有《望庐山瀑布》，杜甫有《望岳》，与此诗题材完全一样。李、杜构思相近，从正面着眼，用想象和夸张极力表现庐山和泰山的雄奇，想落天外，令人叫绝。孟浩然的诗则以简淡的文字传出景物和人物风神，表现丰富的情意，言简意赅，语淡味醇，意境清远，韵致流溢。

孟浩然有的诗初看起来显得有些拙，其实以拙见巧，大巧若拙，极能体现他在构思

和结构上的独创性,如《夏日南亭怀辛大》:

> 山光忽西落,池月渐东上。
> 散发承夕凉,开轩卧闲敞。
> 荷风送香气,竹露滴清响。
> 欲取鸣琴弹,恨无知音赏。
> 感此怀故人,中宵劳梦想。

王维亦有类似题材的诗,如《秋夜独坐怀内弟崔兴宗》:

> 夜静群动息,蟋蟀声悠悠。
> 庭槐北风响,日夕方高秋。
> 思子整羽翰,及时当云浮。
> 吾生将白首,岁晏思沧洲。
> 高足在旦暮,肯为南亩俦。

王诗情真意切,清婉流丽,一看便知是好诗。孟诗乍看起来显得极为笨拙,但认真涵泳咀嚼,很有滋味。该诗前六句写夏日傍晚的美景和南亭纳凉,第七句写自己动了弹琴雅兴,全诗十句,至此尚无一点"怀"意,到第八句才笔锋陡然一转,写知音不在,连琴也不想弹了。最后落到了"怀"上:"感此怀故人,中宵劳梦想。"深入体味全诗,才深深叹服他构思的奇特及寄寓诗意的才能。前八句尽量铺垫,后两句水到渠成。诗中有怀的时间、地点,怀的背景,怀的情感。写景状物细腻入微,语言流畅自然,情感诚挚深厚,情境浑然一体,诗味醇厚,意韵盎然,清闲隽永,是抒情诗中别具一格的佳作。

其次,在表现手法上,孟浩然诗最大的特点就是用叙述笔调把人物、事件、景物融合为清丽深远的意境。其诗多以写事件和人物为主,但很少穷形极相地描写,也很少抒发强烈的感情,而大多运用叙述笔调,如《裴司士员司户见寻》:

> 府僚能枉驾,家酝复新开。
> 落日池上酌,清风松下来。
> 厨人具鸡黍,稚子摘杨梅。
> 谁道山公醉,犹能骑马回。

裴司士名朏,与孟浩然为"忘形之交"(王士源《孟浩然集序》),彼此感情很深。裴朏去任离襄州,孟浩然在京,说他连家也不想回。这首诗没有一句赞及他们的友谊,而是叙述这次寻常的家宴。诗从裴朏的"枉驾"写起,写家宴开酒、酌酒、具鸡黍、摘杨梅,最后写醉了回去。通过对这次家宴本身的叙述就蕴含了宾主之间的深厚情谊,真实表达了彼此之间交道而忘形,诗中没有浓烈感情的抒写,真正达到了"不著一字,尽得风流"(司空图《诗品》)的境界。孟浩然有的诗虽然也直抒胸臆,却很少抒发强烈的感情,也较少描

写细腻的心理,多对相应心境或情绪略加点明,随即收住,也可以说这是叙述思想感情,如《秋登兰山寄张五》:

北山白云里,隐者自怡悦。
相望试登高,心随雁飞灭。
愁因薄暮起,兴是清秋发。
时见归村人,沙行渡头歇。
天边树若荠,江畔洲如月。
何当载酒来,共醉重阳节。

本诗写了三个方面的内容:对友人的怀念、登高的兴致、自己的愁怀。写愁也只用"愁因薄暮起"一句一笔带过,这是孟诗的一个重要特点,即思想感情真率而淡远,意境明朗而清幽。

孟浩然诗中的景物都是他生活和活动环境中的事物,一般来说也都很寻常。因为他诗中的人物是活动的,所以他写景往往远近结合、大小结合、动静结合,构成淡丽清远的画面,以配合表现人物的活动,显得富于诗意和空间感,如《晚春》:

二月湖水清,家家春鸟鸣。
林花扫更落,径草踏还生。
酒伴来相命,开尊共解酲。
当杯已入手,歌妓莫停声。

湖水、人家、春鸟、林花、径草等,都是二月可见的景象,写得清新开阔,生机盎然,历历在目,别有意趣。这正可以看出孟浩然诗写景的特色,他不对景物精雕细琢,而是把景物叙述出来让读者通过联想去领略景物的美。孟浩然还很注意借景物来烘托自己的思想感情,融景入情或融情入景,情景交融。《望洞庭湖赠张丞相》云:

八月湖水平,涵虚混太清。
气蒸云梦泽,波撼岳阳城。
欲济无舟楫,端居耻圣明。
坐观垂钓者,徒有羡鱼情。

本诗头四句用烟波浩渺、浩瀚连天的洞庭湖水,来象征自己的宽广胸怀和宏大才情,为求荐定下了雄厚的基调,加强了诗的主题。后四句措辞不卑不亢,干谒而不露寒乞相,写得得体,称颂对方有分寸。全诗委婉含蓄,不落俗套,艺术上很有特色。又如《夏日南亭怀辛大》中的"荷风送香气,竹露滴清响",让人觉得作者在用它烘托自己的高洁,但又不指实。孟浩然写景的这一特点,创造性地发展了中国古诗的比兴手法,在这似用似不用之间将人物和景物、思想感情和客观环境完美地融合在一起。

孟浩然诗以抒情主人公为中心,或通过生活事件来表现人物,或借景物来烘托人物,不仅能使其诗写景美丽如画,意与境浑然一体,而且能使其诗中的人物像风景一样美丽,景物如人物一般高洁,并传达出一种清幽的情调,可谓"内外如一,出入此心而无间"(谢榛《四溟诗话》),如《万山潭作》:

> 垂钓坐磐石,水清心益闲。
> 鱼行潭树下,猿挂岛萝间。
> 游女昔解佩,传闻于此山。
> 求之不可得。沿月棹歌还。

本诗从神寄游女、归舟放歌的情境中,体现了作者心境的悠闲、清静、旷达、淡泊,表现作者作为隐逸高士的情趣和生活。闲适而带着一缕幽思的垂钓者,与万山潭清丽的景色和幽远的古代传说和谐统一。整首诗有动有静,冲淡之风显隐于动静之中。作者把人物、事件、景物融合起来,形成了浑融、清远的独特意境。再如《宿业师山房期丁大不至》:

> 夕阳度西岭,群壑倏已暝。
> 松月生夜凉,风泉满清听。
> 樵人归欲尽,烟鸟栖初定。
> 之子期宿来,孤琴候萝径。

本诗所描绘的自然景物形象,不仅仅准确地表现出山中从薄暮到深夜的时态特征,而且融入了他期盼知音的心情。特别是"松月生夜凉,风泉满清听"两句,写他见松月而觉夜凉,听风泉而感山幽,细致入微地传达出日暮山间听泉时的全部感受,很有韵味。全篇前六句都是融情入景,到了第七句才点出"之子期宿来",然后在第八句再点出一个"候"字,彰显他不焦虑不抱怨的儒雅风度,也从侧面表露出了他闲适的心境和对友人的信任。"孤琴候萝径",以"孤"修饰琴,更添了孤清之感,孤琴的形象还兼有期待知音之意。而用"萝"字修饰"径",也似有意似无意地反衬他的孤独,因为藤萝总是互相攀缘、枝蔓交错地群生的。这一句诗在整幅山居秋夜幽寂清冷的景物背景下,生动地勾勒出了作者的自我形象:这位风神散朗的诗人,抱着琴,孤零零地伫立在洒满月色的萝径上,望眼欲穿地期盼友人的到来。诗的收尾非常精彩,使诗人深情期待知音的形象栩栩如生。作者挥洒自如,点染空灵,笔意在若有若无之间将暮色之时山中景色勾勒得极具特色,并寓情于景。全诗诗中有画,盛富美感,蕴藉深微,挹之不尽。孟浩然有的诗纯粹用白描手法,也能造成很好的意境,如《赠王九》:

> 日暮田家远,山中勿久淹。
> 归人须早去,稚子望陶潜。

写送友归家,用的却是临别叮嘱的形式,黄昏中一对挚友挥手依依惜别的情景展现在读者眼前。全诗摆脱修饰,用语质朴、明白自然,人物、事件、景物和谐统一。

再次,在语言上,孟浩然融合口语和书面语,创造出富有表现力的语言。孟浩然的诗概括力和表现力非常强。《岁暮归南山》云:

北阙休上书,南山归敝庐。
不才明主弃,多病故人疏。
白发催年老,青阳逼岁除。
永怀愁不寐,松月夜窗虚。

首联两句记事,叙述停止追求仕进,归隐南山;颔联两句说理,抒发怀才不遇的感慨;颈联两句写景,自叹虚度年华,壮志难酬;尾联两句阐发愁寂空虚之情。在颔联中,作者把自己怀才不遇落魄的一生和悲凉愤懑的失意心情仅用十个字来表达,苍劲有力而又委婉含蓄。全诗语言凝练丰富,层层辗转反复,风格悠远深厚,富有韵味。这首诗很有典型性,可以看作封建社会失意士人命运和心境的写照。它引起后世读者的普遍共鸣,一直流传不衰,在唐代就为杜甫和包佶所化用。

孟浩然的诗语言新鲜活泼,没有奇词僻字,很少华艳辞藻,具有口语特点。这是他按照诗词语言的规律,精心锤炼而成的。《过故人庄》很能见出他锤炼语言的功夫——"合""斜"对仗精工;"就"字看似寻常,却是用古乐府《羽林郎》"就我求清酒""就我求珍肴"之"就"。全诗看来又堪称本色的"田家语",表现他高度的语言技巧,说明诗人善于从日常生活中寻求真正的诗的语言。像其他古代诗人一样,孟浩然也喜欢用典。他是一个"熟精文选理"(杜甫《宗武生日》)和前代典籍的诗人,但其诗从来没有用过冷僻典故。他吸收前人诗歌语言时注意吸收具有口语特点的有生命力的语言,如"以吾一日长""异方之乐令人悲""吾亦从此逝",他用入诗中,就是所谓"作诗使《史》《汉》间全语"(王直方《王直方诗话》)。这些语言本身是口语,经孟浩然点化,真有水中着盐之妙。孟浩然化用前人语言而能进行创造,能青出于蓝而胜于蓝。吴曾云:"颜之推《家训》云,'《罗浮山记》,望平地树如荠'。故戴嵩诗'长安树如荠'。有人《咏树》诗'遥望长安荠',此耳学之过也。余因读浩然《秋登万山》诗'天边树若荠,江畔洲如月',乃知孟真得嵩意。"(《复斋漫录》)"天边树若荠"显然比"望平地树如荠"和"长安树如荠"优美得多。孟浩然在广泛吸收前代诗人语言的同时,又注意保持自己的语言风格。孟浩然避开谢灵运诗辞采华丽的部分,撷取其清新的部分,既避免了其诗语言的单调枯燥,又增强了语言的活力和色彩。

孟浩然喜用五言律诗这种体裁,以其高度的语言驾驭能力,在属对方面丰富了这种诗体的表现手法。《裴司士员司户见寻》诗的"厨人具鸡黍,稚子摘杨梅",以"鸡黍"对"杨梅",其中又使用假对,以杨(羊)对鸡,就富有创造性,为后人所称赏。孟浩然还非常重视语言的音韵美,严羽云:"孟浩然之诗……有金石宫商之声。"(《沧浪诗话》)陆时雍云:"语气清亮,诵之如泉流石上,风来松下之音。"(《诗镜总论》)此语概括了孟诗音韵的特点。孟浩然的诗有如弹丸脱手,铿锵圆美,宛然有天籁的音韵。最能体现孟诗语言风

格的是其语言高度锤炼而又毫无锤炼之迹的诗,《晚泊浔阳望庐山》是当之无愧的代表,又如《秋登兰山寄张五》:

> 北山白云里,隐者自怡悦。
> 相望试登高,心随雁飞灭。
> 愁因薄暮起,兴是清秋发。
> 时见归村人,沙行渡头歇。
> 天边树若荠,江畔洲如月。
> 何当载酒来,共醉重阳节。

素淡清雅,读着真如"月中闻磬,石上听泉"(翁方纲《石洲诗话》)。可以说,孟浩然是一位语言大师,其诗语言极富有个性、朴素、明快、生动、省净、优美,"尽洗铅华",颇具"萧散自得之趣"(朱彝尊《曝书亭集》),达到了炉火纯青的境界。

最后,孟浩然诗歌在艺术上兼容并包,形成了独特的风格。"貌妍容有颦,璧美何妨椭。端庄杂流丽,刚健含婀娜。"(苏轼《次韵子由论书》)孟诗在平淡中具有豪放派的某些特点,形成了淡秀清旷的独特诗风。孟浩然生活在繁荣昌盛的唐代,少年时代就有"鸿鹄志"(《洗然弟竹亭》),胸怀高远,豁达大度,又具有深厚的艺术修养,其诗自然具有豪放的特点。孟诗有时气魄宏伟,潘德舆云:"襄阳诗如'东旭早光芒,浦禽已惊聒。卧闻渔浦口,桡声暗相拨。日出气象分,始知江湖阔''太虚生月晕,舟子知天风。挂席候明发,渺漫平湖中。中流见匡阜,势压九江雄。香炉初上日,瀑布喷成虹',精力浑健,俯视一切,正不可徒以清言目之。"(《养一斋诗话》)孟浩然不少诗确实"冲淡中有壮逸之气"(胡震亨《唐音癸签》)。孟诗有时感情激越,《秦中苦雨思归赠袁左丞贺侍郎》其中云:

> 二毛催白发,百镒罄黄金。
> 泪忆岘山堕,愁怀湘水深。
> 谢公积愤懑,庄舄空谣吟。

可见他心中的牢骚不平之气。孟诗有的辞采绚烂,如"美人骋金错,纤手脍红鲜"(《岘潭作》)、"云梦掌中小,武陵花处迷"(《登望楚山最高顶》)、"澄波澹澹芙蓉发,绿岸毵毵杨柳垂"(《高阳池送朱二》)。又如《送桓子之郢成礼》:"闻君驰彩骑,躞蹀指南荆。为结潘杨好,言过鄢郢城。摽梅诗有赠,羔雁礼将行。今夜神仙女,应来感梦情。"称得上"文采丰茸"(殷璠《河岳英灵集》)。

孟诗的豪放毕竟是平淡诗人的豪放,与豪放派诗人的豪放究竟不同。他是寓豪放于平淡之中,或者在雄阔壮丽中显出一派淡泊气韵。典型的如《望洞庭湖赠张丞相》在雄豪明朗中融有婉曲细腻。又如《与颜钱塘登障楼望潮作》:"百里闻雷震,鸣弦暂辍弹。府中连骑出,江上待潮观。照日秋云迥,浮天渤澥宽。惊涛来似雪,一坐凛生寒。"本诗也是豪放与平淡结合的典范之作。"百里"句起调雄奇,"鸣弦"句平下来;"府中"又转激越,"江上"句又平下来;"照日"二句浩渺清远,豪放与平淡参半;"惊涛"句形成高潮,"一座"句又略跌下。这样一张一弛,一高一降,极有韵致,极有风采,真如"洞庭始波,木叶微脱"(敖陶孙《臞翁诗评》)。孟诗又有鲜明的时代特点。贺裳云:"盛唐诸家,虽浅深浓淡奇正疏密各自不同,咸有昌明之象。"(《载酒园诗话》)孟诗能于绵密中见雄阔,于冲淡中见壮逸,于闲散中见激越,于朴素中见绮丽,它具有盛唐诗歌的共同特点,具有盛唐的时代特征,即所谓昌明的盛唐气象。

第六节 王昌龄与边塞诗

盛唐时期,随着经济的繁荣和社会政治的稳定,经过近百年创作实践和理论上的不断探索,唐代艺术的诸种样式如书法、绘画、音乐等几乎同时攀上了一个高峰,共同反映了中国封建社会上升阶段健康昂扬的时代精神,这就是被后人一再传唱、赞誉的盛唐之音。展现在盛唐知识分子面前的是一条充满希望和理想的道路,建功边塞是这条道路上的首选。他们热烈向往边塞生活,留下了许多气豪势壮、情感昂扬的诗歌,这就是边塞诗。盛唐边塞诗构成了盛唐之音的一种基本内容,也成为中国文学史上不可或缺的部分。其中,王昌龄的边塞诗以其俊朗、雄浑、新鲜、挚诚的艺术风格,卓然于盛唐诸家。

一、盛唐之音边塞诗创作的兴起

盛唐是一个青春焕发的时代,建立在政治安定和经济繁荣基础上的是一种雄大的气魄和自信。唐朝统治者汲取隋朝迅速灭亡的教训,采取了一系列开明的政治、经济和文化政策,经过持续的发展,国势日渐强盛。其中,军事力量的强大,有效避免了外族侵扰,保障国内生活的秩序和安定。唐帝国自高祖以降到玄宗,一直以一种强硬的态度回击异族挑衅,从突厥到回纥等边邦外族不敢轻起战端,主要原因就是慑于大唐强大的军事力量。这就增加了唐代知识分子对自己国家的自信,增强了立功边塞的力量和勇气。从杨炯的"宁为百夫长,胜作一书生"(《从军行》)到王昌龄的"虽投定远笔,未坐将军树"(《从军行二首·其一》),一条看似简单易行、直截痛快的进身途径展现在人们面前,"功名只向马上取"(岑参《送李副使赴碛西官军》)的成功之路,不仅鼓舞了一批驰骋沙场的边关将士忘身报国,为之拼搏奋斗,而且吸引了更多尚未走上这条道路的热血男儿对此心驰神往。从高门到寒士,从上层到市井,整个盛唐社会弥漫着"一种为国立功的荣誉感和英雄主义"(李泽厚《美的历程》)。

盛唐又是中外文化交流的高峰期,在长安、广州、扬州等主要城市,来自吐蕃、南诏、回纥、契丹、日本等地的使臣络绎不绝,他们在学习唐朝先进文化的同时,也为唐朝社会注入了一种带有异域情调的新鲜血液。除使臣之外,长安还居住着许多外国的王侯、供职于唐朝的外国官员以及外国留学生、学问僧、音乐家、美术家、舞蹈家、商人等各个阶层、各种职业的人物。外国宗教、音乐、舞蹈、美术等的持续输入,对中国文化的相关方面都产生了深远而持久的影响。这种"无所畏惧无所顾忌地引进和吸取,无所束缚无所留恋地创造和革新,打破框框,突破传统"(李泽厚《美的历程》)的行为,使盛唐在向世界传播自己先进本土文化的同时,吸收和借鉴域外文化的有益成分,兼收并蓄,使自己在不断吸取新的营养的基础上发展得更加完美,从而"具有博大宏放、灿烂辉煌的气象,保持着永恒的魅力"(袁行霈《中国诗歌艺术研究》)。作为众艺核心的诗歌,其发展推动了众艺并进。众艺之间互相潜通,互有共鸣,诗中有绘画的意境,诗中有音乐的美感,诗中有书法的神韵,诗中有舞蹈的节奏,盛唐诗歌独具气象。

初唐诗歌绮靡之风依然盛行,崇尚"绮错婉媚"的上官体,但创作中已经开始出现一些积极的变化,"初唐四杰"苍凉梗概的诗篇预示了一种昂扬壮大的崭新风格的出现。从上官仪到四杰,诗歌题材的变化虽然刚刚开始,无法比肩后来的广阔题材,但其作用是巨大的。如果把盛唐之音喻为一条宽广的河流,那么四杰的这种转变就是从夹杂着污浊的水源向清明澄澈的转变,是盛唐之音这条河流最初的源头。这种转变,是"从了无生气的无聊的宫廷生活中挣脱出来,转向广阔的社会,从无病呻吟转向抒怀言志,从纤弱变为壮大,从齐梁向盛唐开始转变的标志"(罗宗强《隋唐五代文学思想史》)。之后陈子昂恰如一唱雄鸡天下白,吹响了盛唐之音嘹亮的号角。"道丧五百年而得陈君……崛起江汉,虎视函夏,卓立千古,横制颓波,天下翕然,质文一变。"(卢藏用《陈子昂文集序》)陈子昂倡扬"骨气端翔,音情顿挫,光英朗练,有金石声"(《与东方左史虬修竹篇序》)的诗歌,简明扼要地勾勒出盛唐之音的主要框架。唐太宗和他的重臣们也明确提出了文学须益于教化,同时又重视文学艺术的个性特点,在反对淫靡诗风的同时肯定了文学的特殊性。他们文质并重的文学观,为盛唐之音的唱响奠定了坚实的基础。

经过长时间的孕育,盛唐之音奏响了。"新的事物、新的气象、新的追求,带动着诗歌以一种开天辟地般的气势去创造、去攀登、去打开一个又一个新的局面。"(袁行霈《中国诗歌艺术研究》)盛唐之音立足中国本土,兼收并蓄而蔚为大观,其最突出的特点就是渗透在诗歌骨髓里的一种具有雄放气魄的自信,一种昂扬壮大的情思,一种蓬勃向上的力量,"一种丰满的、具有青春活力的热情和想象"(李泽厚《美的历程》)。盛唐诗人们对美好事物怀有一种亲近、一份沟通,使得盛唐诗歌追求玲珑透彻的兴象和朴质本真的自然美,并流露出一种积极的人生追求、一种明朗健康的纯净。"秦时明月汉时关,万里长征人未还。但使龙城飞将在,不教胡马度阴山"(王昌龄《出塞·其一》)、"北风卷地白草折,胡天八月即飞雪。忽如一夜春风来,千树万树梨花开"(岑参《白雪歌送武判官归京》)固然是盛唐之音,"春眠不觉晓,处处闻啼鸟。夜来风雨声,花落知多少"(孟浩然《春晓》)、"人闲桂花落,夜静春山空。月出惊山鸟,时鸣春涧中"(王维《鸟鸣涧》)又何尝不是。飞动的形象、丰富的想象、饱满的情绪、新鲜的活力、青春的朝气,唯有盛唐的风骨。建安诗人也追求风骨,但那只是"一种荒凉高亢的歌声",兵荒马乱的废墟之上,难免"慷慨悲凉,梗概多气",唯有盛唐诗歌是"一种春风得意一泻千里的展望"(林庚《唐诗综论》),只有壮大,只有明朗,而没有悲凉。在盛唐之音中,"即使是享乐、颓丧、忧郁、悲伤,也仍然闪烁着青春、自由和欢乐"(李泽厚《美的历程》)。

诗风的发展流变也促使诗歌创作者自身的创作发生变化。边塞军旅的豪雄生活、边塞雄奇壮伟的自然景色,无不辐射出无穷魅力。边塞诗人们不再满足于站在客观事物外部冷静地临摹描写,而是积极投入风餐露宿的边塞生活中去,在建功立业的同时用诗句记录下自己的心声,这种声音昂扬向上、慷慨淋漓。"骝马新跨白玉鞍,战罢沙场月色寒。城头铁鼓声犹振,匣里金刀血未干"(王昌龄《出塞·其二》)、"青海长云暗雪山,孤城遥望玉门关。黄沙百战穿金甲,不破楼兰终不还"(王昌龄《从军行七首·其四》)、"单车入燕赵,独立心悠哉。宁知戎马间,忽展平生怀"(高适《酬裴员外以诗代书》)……这种自信和气魄,只有在欣欣向荣的盛唐才听得到。

这是一群体魄健全、有理想、有抱负、有报国热情的热血诗人,他们有着掌握自己命运的坚强意志,他们不仅有浪漫的诗人气质,还有叱咤三军的勇武风神。他们毫不隐讳自己的功名欲望,对生活、对前途充满信心。这群头脑灵活、反应迅速的诗人,以其敏锐的思想感受到了时代的召唤,他们不愿钻进故纸堆皓首穷经,宁愿去大漠边塞一展宏图。对一些豪放不羁的边塞诗人来说,循序渐进的科举之途,总不如在边关塞外刀光剑影与大漠风沙中搏杀那样充满刺激,那样诗意盎然。这群诗人大都有过从军边塞、参佐幕府的经历。即使是奉儒守官的诗圣杜甫,尚且知道"挽弓当挽强,用箭当用长。射人先射马,擒贼先擒王"(《前出塞·其六》),更不必说像王昌龄这样有过边塞经历的雄放不羁的诗人。

边塞诗也并非始自唐代,《诗经》之《王风·君子于役》《豳风·东山》等篇章已含有边塞的内容,至隋代卢思道《从军行》、杨素《出塞》等更已是名副其实的边塞诗。但这些诗篇零星散见在诗歌史上,未能集中反映征战生活和边塞风貌,不足以构成一种专门的诗歌类型。只有到了唐代,特别是盛唐,边塞诗人们在时代精神感召下,对戎马倥偬的边塞生活有了切身体会,他们或借乐府旧题抒发新意,或自制新题,创作了大量意蕴深厚的边塞诗。这些边塞诗以精彩动人的诗句去赞美边塞征战,集中反映征战生活和边塞风光,抒发诗人边塞生活的激情和理想,从而形成盛唐边塞诗派,成为盛唐之音的代表。

在盛唐边塞诗人笔下,战地沙场成为热血男儿施展身手建功立业的大好去处,对边关征战他们也是志在必得稳操胜券。诗人们将立功边塞的理想内化为一种自觉,摆脱了外力驱役,不管他们能否成功实现最初的理想,他们都无怨无悔、热情地追求着。"秦时明月汉时关,万里长征人未还。但使龙城飞将在,不教胡马度阴山"(王昌龄《出塞·其一》)、"大漠风尘日色昏,红旗半卷出辕门。前军夜战洮河北,已报生擒吐谷浑"(王昌龄《从军行七首·其五》),这些慷慨激昂、激情奋发的铿锵诗句,生动地展示出唐军的雄壮声威,渗透着诗人的乐观与喜悦。

二、王昌龄边塞诗诗风

王昌龄笔下的"大漠风尘日色昏""青海长云暗雪山"的慷慨悲歌,使读者感受到的不是战争的可怕和边塞的艰苦,而是主人公勇敢、豪迈的气概,是令人鼓舞的战斗生活。时代与社会对"龙城飞将"的崇敬,激发了诗人为国立功的荣誉感。对于这些勇士们来说,刀光剑影已不是威胁恐惧,而是一种雄心壮怀的理想生活。正是由于这种内在的以为国捐躯为荣的英雄主义,边塞诗人们才从司空见惯的军旅生活和边塞风雪中发现了新的奇异的美。《观猎》云:

角鹰初下秋草稀,铁骢抛鞯去如飞。
少年猎得平原兔,马后横捎意气归。

那搏击万里长空的"角鹰",那飞驰于广袤草原的"铁骢",那剽悍豪爽的马上"少年",都烙上了诗人理想的印记,激情洋溢,豪兴遄飞。作者不仅浓墨重彩地描绘雄伟壮阔的异域风光,更重要的是借这些雄伟山川表现他自己,抒发他胸中沸腾翻滚、不吐不快的壮志豪情,多么感奋鼓舞,多么快意酣畅!

王昌龄的边塞诗,无论是《行路难》《从军行》等表现出来的积极进取精神,还是那些描绘边愁思绪诗篇中所体现出来的人道主义,也无论是那些揭露边塞战争阴暗面的诗篇所凸显出来的他伟岸的人格,还是描绘边塞风光的浪漫情调,都浸润在盛唐的社会氛围里,成为一道亮眼的风景。即使是闺怨之类缠绵悱恻的题材,作者也塑造出新的盛唐女性,如《闺怨》:

  闺中少妇不知愁,春日凝妆上翠楼。
  忽见陌头杨柳色,悔教夫婿觅封侯。

盛唐从军边塞为风潮所向,作者之所以写深闺,是为了将女性与征战、闺阁与边关联系起来,以闺中春情反衬战士苦衷,以阴柔之美映照阳刚之美,最终目的还是写边塞。大漠孤烟、长河落日唤起的不只是热血男儿,即使远在后方的闺中少妇,在春日见到"陌头杨柳色"之前,也无"教夫婿觅封侯"的"愁"与"悔"。在知道"愁"与"悔"之后,她们仍以默默的实际行动支持边兵,那长安城中不绝于耳的捣衣砧声便可证明。在盛唐社会氛围中,很少有人将皓首穷经作为自己的人生理想,即便是饱学之士也会憧憬在边塞战争中运筹帷幄决胜千里。这在王昌龄诗中表现得尤为明显。

  昨闻羽书飞,兵气连朔塞。
  诸将多失律,庙堂始追悔。
  安能召书生,愿得论要害。
(《宿灞上寄侍御玙弟》)

才高自负的兀傲交织着位卑失意的抑郁,秉性疏简的狂放渗透着抗辞请任的自信,想为庙堂出谋划策、临敌制胜的雄豪精神跃然纸上。本诗透露出盛唐那种青春时代的自豪,洋溢着为国立功的荣誉感,体现了那个封建社会上升时期特有的奋发进取的时代精神。盛唐自信乐观、激情热烈的社会氛围孕育了王昌龄这样的诗人,他们又以自己的诗歌创作赋予了时代和社会崭新的内涵和色彩。

王昌龄边塞诗有对战争的理性思考。战争,即使是正义的战争,也意味着流血和牺牲,给民众带来的是生离死别甚至是伤病和死亡。在王昌龄笔下,有征人思妇两地相思的痛苦,有对骄惰轻敌、不恤士卒的边关将领的辛辣讽刺,有对"龙城飞将"的呼唤。他在赞扬士卒们勇敢无畏的同时,痛惜战争带来的沉重代价。但作者思索的并不是如何消除战争,他思索的是如何将战争限定在一种有限范围之内。对"龙城飞将"的渴望并不是去发动穷兵黩武的侵略战争,而是防御自卫,是"不教胡马度阴山"的保家卫国。可以说,这是一种理性思考。

王昌龄诗俊朗、雄浑、新鲜、挚诚的音律,在成为盛唐之音一个有机成分的同时,又以盛唐之音为背景标识出鲜明的主体特质。这表明他在一定程度上摆脱了对豪强权贵的依赖而逐渐走向独立,初步形成与尚武的社会氛围相契合、与激情昂扬的时代同步而又充分展现自我独立人格和个性的雄健诗风。

三、王昌龄边塞诗的意义

隋唐以前,边关征战在作者心中往往同死亡联系在一起。魏晋南北朝诗人那些可以称作边塞诗的诗歌,几乎不约而同带有一种人命危浅的悲凉之感,不免"梗概悲凉",有一股悲凉气。雄盖一世的曹操,其《却东西门行》曰：

> 鸿雁出塞北,乃在无人乡。
> 举翅万里余,行止自成行。
> 冬节食南稻,春日复北翔。
> 田中有转蓬,随风远飘扬。
> 长与故根绝,万岁不相当。
> 奈何此征夫,安得去四方？
> 戎马不解鞍,铠甲不离傍。
> 冉冉老将至,何时返故乡！
> 神龙藏深泉,猛兽步高冈。
> 狐死归首丘,故乡安可忘。

鸿雁之行止尚且有定,征夫却如田中飞蓬,离弃故土,老之将至而未能返归故里,诚已足悲。作者又思及龙藏深渊,虎步高冈,狐死首丘,兽尚不忘故土,而人竟垂老他乡,欲归不能。放达通脱的曹操尚有掩不住的悲哀苍凉之情,如幽燕老将涕泪纵横。其他建安诗人,当乱离之世,在兵荒马乱岁月里朝不保夕,欲为明朗欢快之辞,又安可得！两晋南朝诗人的边塞诗更是宛转哀鸣,凄苦悲凉的意味有增无减。这种抑郁悲哀之情如同重压在作者心头的乌云,使他们的边塞诗蒙上了浓重的灰暗色彩。生命无常、人生易老本是人类的一个普遍命题,两晋南朝诗人这种思绪中所包含的内容还与那个时代密不可分。黄巾起义前后,社会动荡,战乱不已,疾疫盛行,死者枕藉,连大批上层贵族也在所难免。在如此人命危浅的时代,荣华富贵顷刻消散,人存在的意义和价值到底是什么？觉醒的诗人们用其诗歌抒写了他们的慨叹。

到了盛唐,时代发生根本变化,边塞诗的内容也发生了重大的变化。王昌龄的边塞诗里,信心代替了感慨,壮大代替了悲凉,离愁别绪交织在建功立业的慷慨高歌之中。《从军行七首·其二》曰：

> 琵琶起舞换新声,总是关山旧别情。
> 撩乱边愁听不尽,高高秋月照长城。

他也写牺牲,也写边愁,但境界壮大而不哀怨。经过近百年的发展,到了国势强盛的盛唐时代,边塞战争引发了作者的豪壮歌吟。"高高秋月照长城"就写出了边塞的壮阔、粗犷、雄伟景象,蕴含着一种宏大壮伟的襟怀。盛唐社会蒸蒸日上,整个国家民族洋溢着一股勃勃生机,边塞战争多是正义的,表现在诗歌中便是一种雄大壮丽、乐观自信和阳刚之美。

王昌龄边塞诗继承了前代边塞诗的现实主义传统,以强烈的社会责任感关注边塞生活,同时他"不护细行"(李泽厚《美的历程》)的豪放性格、"流落不偶"(袁行霈《中国诗歌艺术研究》)的独特人生经历、一贬再贬的官宦生活、浪漫凄惨的边塞漫游,都在他的诗歌中得到充分展现。他以自己俊朗、雄浑、新鲜、挚诚的音律,卓然于盛唐。虽然他在政治上屡遭贬谪,在诗坛上却被尊为"诗家夫子",反映了当时人们对王昌龄边塞诗的肯定和赞誉。王昌龄创作的边塞诗有20余首,多于与其大致同时代的崔颢、王之涣、李颀等人。且他创作边塞诗时间较早,主要在开元中期,当王昌龄以其边塞诗扬名诗坛的时候,还未见高适、岑参创作边塞诗。王昌龄以七绝为主要形式表现边塞题材,在短小的篇章中寓托深厚的思想感情,拓展了七言诗表现的深度和广度,给后来诗人相当大的影响。

中唐边塞诗人李益在诗歌创作上也受王昌龄影响,但其诗浸染着一层淡淡的孤冷、伤感和忧郁,具有明显的时代色彩,"微增秋厉,不似盛唐快畅了"(李泽厚《美的历程》)。李益边塞诗中描写征战场面的诗歌数量相当多,但由于安史之乱,唐帝国国势渐衰,那曾经极大地鼓舞、激励人们胸襟和心志的盛唐精神,那些英姿勃发、豪气冲天的诗句已经"无可奈何花落去",因此,李益边塞诗带有许多时代的阴影。尽管他"少年有胆识",期待立功边塞,然而他所面对的却是"今日边庭战,缘赏不缘名"(《夜发军中》)、"长戟与我归,归来同弃置"(《来从窦车骑行》),情绪低落,斗志涣散,军心灰暗,盛唐卫国安边的自豪和兴奋已荡然无存。他在描写具体战争场景时,也多有"睢眦死路傍"(《从军有苦乐行》)、"黄河战骨拥长城"(《统汉峰下》)等惨不忍睹的悲壮景象。即使偶尔言及胜利,也是"满碛寒光生铁衣"(《度破讷沙二首·其二》),笼罩着一层阴冷的色调。李益《观回军三韵》曰:

行行上陇头,陇月暗悠悠。
万里将军没,回旌陇戍秋。
谁令鸣咽水,重入故营流。

《听晓角》曰:

边霜昨夜堕关榆,吹角当城汉月孤。
无限塞鸿飞不度,秋风卷入小单于。

这两首诗描绘的都是一种阴冷暗淡的景象,其中的忧伤重于欢乐,失望多于希望,是一种悲伤凄凉的氛围,一种悲壮苍凉的格调。中唐国势衰落在李益边塞诗中留下深深的烙印。李益也多用七绝描写边塞,明显是受到王昌龄的影响。

综上可见,王昌龄边塞诗得益于盛唐昂扬向上的时代氛围,并烙上他鲜明的主体印记。他豪放、俊朗、雄浑、新鲜、挚诚的边塞诗歌是盛唐之音一个显眼的组成部分,在边塞诗发展史上具有承前启后的重要意义。

第七节　李白诗歌的艺术特征

　　李白是唐代最伟大的诗人之一，是中国古代诗歌史上无与伦比的一代诗仙，他以独特的成就把中国的诗歌艺术推上了顶峰。他的许多优秀诗篇，不但在中国脍炙人口，而且在世界各国人民中也具有广泛影响。

　　李白诗歌艺术最大的特点是融会了屈原和庄周的艺术风格。他的作品中，经常在纵横飞动、气势充沛的诗句中蕴含着丰富的想象、神奇的夸张、生动的比喻，形成了独特的雄奇、奔放、飘逸的风格。龚自珍《最录李白集》云："庄、屈实二，不可以并，并之以为心，自白始。儒、仙、侠实三，不可以合，合之以为气，又自白始也。"李白诗歌既有屈原执着炽热的感情，又有庄周放达超脱的作风。他的乐府、歌行体以及绝句最能体现这个特点。

　　李白诗歌艺术成就最高的是乐府诗。他也认为自己擅长乐府，晚年在江夏还把古乐府之学传授给好友韦冰的儿子韦渠牟。李白现存乐府149首，多为旧题乐府。这些诗与古辞、前人创作已经形成的传统题材、主题、节奏，甚至气氛、意境和格调等，有紧密联系，如《陌上桑》《杨叛儿》等内容与古辞相同，写卓文君故事的《白头吟》与本事紧密相连，《夜坐吟》《玉阶怨》等明显是模拟鲍照、谢朓的同题作品。即使像《丁督护歌》，似乎与原曲主题无关，但诗中仍有"一唱督护歌，心摧泪如雨"，说明创作时对原乐曲的悲惨意境有深切联想。李白的乐府，包括《静夜思》《宫中行乐词》等新题乐府在内，几乎都是写战争、闺怨、宫女、饮酒、思乡、失意等传统题材的，而且在表现这些题材时，总是将个别特定的感受转化为普遍的传统的形象。又如《战城南》，为汉乐府本辞，经过梁陈时期吴均、张正见以及唐初卢照邻的创作，已经形成描写北方战争悲惨景况的特定内容。尽管李白的《战城南》可能是对唐代某一战争的独特感受，也写到一些具体地名，但很难考证他写的具体是哪一次战争，给人的印象也不是某场特定战役的反映，而是自古以来北方战争的集中概括，与古辞主题相同。又如李白的《将进酒》，其主题虽也与前人之作类似，但李白诗中充满乐观豪迈之情——"君不见黄河之水天上来，奔流到海不复回！"这种合理的神奇夸张使黄河具有震撼人心的魅力，文笔纵横驰骋。李白的伟大之处，并不在于扩大题材、改换主题，恰恰相反，他是在继承前人创作总体风格的基础上，沿着原来的方向把这题目写深、写透、写彻底，发挥到淋漓尽致的境地，使后来者难以为继，再也无法在这一旧题内超越他所达到的水平。

　　李白乐府诗多表现出浑成气象，多用比兴手法，不显露表现意图，这在他的一些杂言乐府中尤为明显。同时，他又把瑰丽奇幻的想象注入这些作品，使乐府旧题获得新的生命。前人对此特点已有评述，如《河岳英灵集》论李白诗云："至如《蜀道难》等篇，可谓奇之又奇。然自骚人以还，鲜有此体调也。"李阳冰《草堂集序》云："其言多似天仙之辞，凡所著述，言多讽兴。"王世贞《艺苑卮言》卷四云："太白古乐府，窈冥惝恍，纵横变幻，极才人之致。"这些都是指李白乐府故意不点出主题寓意，多比兴寄托，而使之内涵更丰富。这些特点造成人们至今对李白许多乐府诗存在很大的认识分歧。其妙处在于这些乐府可以允许有的人认为有寄托,有的人认为没有寄托,所以胡震亨《唐音癸签》卷三云:"乐府妙在可解可不解之间。"如果我们掌握了这些特点,对李白一些有分歧的乐府诗还是可以取得较为一致的认识。《蜀道难》的主旨和寓意历来是观点分歧最大的,前人作品中,阴铿《蜀道难》已有"蜀道难如此,功名讵可要"的思想,唐人姚合《送李余及第归蜀》也认为李白《蜀道难》乃因功业无成而作——"李白蜀道难,羞为无成归。子今称意行,蜀道安觉危",由此可以明白李白在诗中再三用"蜀道之难,难于上青天"的夸张,正是寄寓着初入长安追求功业无门而郁积的强烈苦闷。李白现存的乐府代表作,大都是出蜀以后追求功业时期写的,以初入长安失意而作居多。《梁甫吟》原是诸葛亮出山前隐居隆中之作,李白选用此题表明自己亦未出山。作品开头就云:"长啸梁甫吟,何时见阳春?"可知作者尚未见过明主。诗中用雷公、玉女、阍者等神话形象比喻张垍等小人,写出了自己初入长安被小人阻于君门之外的激愤心情。后期的《北风行》则一开头用极度夸张的形象渲染严酷的气氛——"燕山雪花大如席,片片吹落轩辕台",最后又用"黄河捧土尚可塞,北风雨雪恨难裁"这样极度夸张的比喻,将思妇失去丈夫后的深切痛苦刻画得具体可感、入木三分。可见,李白把旧题乐府发展到顶峰,对旧题乐府做了辉煌、伟大的完成和结束。从此以后,再也没有人能用乐府旧题写出超越李白的作品。

李白歌行体诗现存 80 余首,有不少是送别留别诗,如《白云歌送刘十六归山》《鸣皋歌送岑徵君》《梦游天姥吟留别》《西岳云台歌送丹丘子》《宣州谢朓楼饯别校书叔云》《金陵歌送别范宣》《峨眉山月歌送蜀僧晏入中京》等。这类诗与乐府诗不同,不仅因为它们没有旧题的制约,而且因为它们不像乐府那样寄兴于客体,相反它们都用第一人称来写,而且对象明确,创作意图都在诗中和盘托出,淋漓尽致。《梦游天姥吟留别》以色彩缤纷、瑰奇壮丽的梦幻和神话相结合的形式,来抒发对现实的感受,但主题却非常明确——"安能摧眉折腰事权贵,使我不得开心颜",并没有像乐府诗那样因"窈冥惝恍"而使后人对其寓意捉摸不定。歌行体诗与乐府诗特质的区别,大致可以认为是从李白开始的。

李白五言古诗较多,以《古风五十九首》为代表,这是编集者将李白数十年间所写的五言咏怀古诗汇编而成,并非一时一地之作。这些诗内容主要是指斥朝政、感伤己遇和抒写抱负等。这些诗与李白的乐府诗、歌行体诗不同,写得比较严密,较少夸张跳跃,但也常用比兴手法。《唐宋诗醇》说这些诗"远追嗣宗《咏怀》,近比子昂《感遇》,其间指事深切,言情笃挚,缠绵往复,每多言外之旨",基本上说得不错。应该说这些作品还是继承了《诗经》和楚辞的传统,如《古风·其一》就以恢复风、雅传统为己任,而 59 首诗中又有不少篇章是学习屈原以香草美人自喻来抒发感慨的。此外,其中有些咏史诗是脱胎于左思,游仙诗则明显受到郭璞影响。这些诗比起前人作品,内容更显豁,感情更深挚,意境更明朗,语言更流畅,这是李白对咏怀诗、感遇诗的发展。

李白的律诗现存 118 首,绝大多数为五律,七律仅八首。诗人早年曾花相当的功夫攻五律,其现存最早诗篇之一《访戴天山道士不遇》,就是一首工稳整饬的五律。李白开元年间写的《渡荆门送别》《送友人入蜀》《江夏别宋之悌》《太原早秋》《赠孟浩然》等,平仄对仗都合律,意境也是律诗气象。其天宝初应制立就的《宫中行乐词》,律对非常工切,也可说明李白对五律是有功力的。即使在后期,李白也还有格律严整的佳构,如《秋登宣城谢朓北楼》等作。《唐诗品汇》云："盛唐律句之妙者,李翰林气象雄逸。"沈德潜《唐诗别裁集》也说李白五律"逸气凌云,天然秀丽"。从上列诸诗看,李白五律确有一种飞动之势、英爽之气,与王维、孟浩然、杜甫不同。李白还有不少律诗不屑束缚于对偶,往往只用一联对句,甚或全用散句,有时平仄也不全部协调。《夜泊牛渚怀古》,按平仄协调是一首律诗,却没有一联对仗,而且最后两句"明朝挂帆席,枫叶落纷纷"含不尽之意于言外,不符合意象应起讫完整的律诗原则。又如《送友人》,首联对仗,颔联却用"此地一为别,孤蓬万里征"的散句,它和尾联的"挥手自兹去,萧萧班马鸣"都呈现出诗意的不完结状态,这是绝句的意境和气象。七律《登金陵凤凰台》虽然平仄对仗都符合要求,但首联反复出现相同的词语,全诗的气氛、风格也不像律诗。所以,胡应麟《诗薮》认为"杜(甫)以律为绝,李(白)以绝为律",这是有道理的。

李白绝句今存93首,历来一致认为"冠古绝今"。绝句的特点除平仄与律诗相同外,其余却相反,即要求散句,不要对仗;要意脉疏放跳跃,突出一点,不要完整严密;要含蓄,留有余地,不要完全说出表现意图。而这正好符合李白性格,所以李白绝句写得最好。王世贞《艺苑卮言》云："五七言绝句,李青莲、王龙标最称擅场,为有唐绝唱。"胡应麟《诗薮·内编》卷六云："太白五七言绝,字字神境,篇篇神物。"又云："太白五言,如《静夜思》《玉阶怨》等,妙绝古今。"云："太白七言绝,如'杨花落尽子规啼''朝辞白帝彩云间''谁家玉笛暗飞声''天门中断楚江开'等作,读之真有挥斥八极、凌属九霄意。贺监谓为谪仙,良不虚也。"李白有些描绘山水和抒发忧愤的绝句,用极度夸张的比喻,充满超迈奔放的激情,如"飞流直下三千尺,疑是银河落九天"写出雄伟气势,"白发三千丈,缘愁似个长"显示深广忧愤,都有强烈的感染力。李白绝句的特点是:语言明朗,声调优美,感情深挚,意境含蓄,韵味深长。上列诸诗都有这些特点,所以千百年来脍炙人口,传诵不绝,几乎无人能及。沈德潜《说诗晬语》云："七言绝句,以语近情遥、含吐不露为主。只眼前景、口头语,而有弦外音、味外味,使人神远,太白有焉。"这种说法并非过誉。

李白赋、表、书、序、记、颂、赞、铭、碑、祭文等各类文章,大致与他的性格和诗风相似,都有飘逸英爽之气。《大鹏赋》《大猎赋》《代寿山答孟少府移文书》等作品抒写豪情壮志,文笔纵横恣肆,有一往无前的气概,受《庄子》影响最为明显。《与韩荆州书》《春夜宴从弟桃花园序》等文章行云流水,一气呵成,千百年来脍炙人口。《泽畔吟序》则感情深挚,沉郁顿挫,表现出对奸臣的刻骨痛恨和对友人的深切同情。一般人写碑文,叙述家世行事容易板滞,而李白《虞城县令李公去思颂碑》等却写得层次井然,叙事具体而生动。这些文章或散或骈或骈散结合,大都剪裁得当,既富文采,又无雕琢堆砌之病,堪称唐代文章中的上乘之作。李白诗文是他文学主张的实践。他在《古风·其一》中提出文章贵"清真",反对"绮丽";《古风·其三十五》中又提出反对模仿、雕琢,主张"天真"、自然。他一生敬仰谢朓诗之"清发",提出诗歌应当像"清水出芙蓉,天然去雕饰"(《经乱离后天恩流夜郎忆旧游书怀赠江夏韦太守良宰》)。这些就是李白的美学理想。李白的诗文,确实以真率的感情和自然的语言构成"清水芙蓉"之美。方回《杂书》论李白诗云："最于赠答篇,肺腑露情愫。何至昌谷生,一一雕丽句。亦焉用玉谿,纂组失天趣。"他认为李白诗能袒露真情,不像李贺、李商隐那样雕章琢句,全赖人工。李贺、李商隐的诗,使人总感到如雾里看花,隔着一层,而李白诗却能使人洞见肺腑,这在李白许多赠送亲友的诗文中特别明显,他从不掩饰自己的真实情感。追求功业,就给韩朝宗上书云:"而君侯何惜阶前盈尺之地,不使白扬眉吐气,激昂青云耶?"(《与韩荆州书》)表达奉诏进京的喜悦,他说道:"仰天大笑出门去,我辈岂是蓬蒿人!"(《南陵别儿童入京》)希望升官,就写道:"恩光照拙薄,云汉希腾迁。"(《金门答苏秀才》)面对得志时人们巴结、失宠后无人理睬的世态炎凉,他写道:"当时笑我微贱者,却来请谒为交欢。一朝谢病游江海,畴昔相知几人在。前门长揖后门关,今日结交明日改。"(《赠从弟南平太守之遥·其一》)他被流放遇赦归来后,认为皇帝又将起用他,就写道:"圣主还听子虚赋,相如却与论文章。"(《自汉阳病酒归寄王明府》)即使是些男女冶游言笑,他也不掩饰:"千金骏马换小妾,笑坐雕鞍歌落梅,车旁侧挂一壶酒,凤笙龙管行相催。"(《襄阳歌》)坦率得天真可爱。李白诗文的语言都不假雕琢,自然流畅,明白如话,音节和谐,浑然天成,即王世贞《艺苑卮言》所谓"以自然为宗"。"君不见黄河之水天上来,奔流到海不复回"(《将进酒》),"飞流直下三千尺,疑是银河落九天"(《望庐山瀑布》),奔放雄健。"桃花潭水深千尺,不及汪伦送我情"(《赠汪伦》),何等深情!"百年三万六千日,一日须倾三百杯"(《襄阳歌》),何等豪放!"床前明月光,疑是地上霜。举头望明月,低头思故乡"(《静夜思》),又何等清新隽永,通体光华!这些语言,似乎都不假思索,信手写出,实际上这是李白长期从汉魏六朝乐府民歌和前人优秀作品语言中汲取养料,加工提炼,终达炉火纯青的境界。

总之,李白诗歌把我国古代诗歌艺术推向了顶峰,对后代产生了深远影响。李阳冰《草堂集序》称李白诗"千载独步,惟公一人",皮日休《七爱诗》称李白"惜哉千万年,此俊不可得",吴融《禅月集序》云:"国朝能为歌诗者不少,独李太白为称首。"唐代的韩愈、李贺、杜牧,都从不同方面受过李白诗风的熏陶;宋代苏轼、陆游的诗,苏轼、辛弃疾、陈亮的豪放派词,也显然受到李白诗歌的影响;而金、元时代的元好问、萨都剌、方回、赵孟頫、范德机、王恽等,则多学习李白的飘逸风格;明代的刘基、宋濂、高启、李东阳、沈周、杨慎、宗臣、王穉登、李贽,清代的屈大均、黄景仁、龚自珍等,都对李白非常仰慕,努力学习他的创作经验。

今天,李白诗歌不仅在中国广为流传,普及程度非常高,有许多学者在认真研究,而且流传到海外许多国家,得到各国人民喜爱,国外许多学者也在研究李白的诗歌艺术。李白已经不仅是中国著名诗人,而且是世界文化名人。

第八节 杜甫诗歌的艺术特征

杜甫在唐代诗坛上是与李白双峰并峙的伟大诗人,李白被后人尊为"诗仙",杜甫被尊为"诗圣",后人心目中似乎杜甫还胜过李白。即使在整个中国古代文学史上,杜甫也是少数最伟大的诗人之一。其诗歌不仅内容极为丰富广泛,真实深刻地反映了他那个时代的社会生活,而且其艺术性更是达到了我国古典诗歌的巅峰。

一、杜甫诗歌具有沉郁顿挫的主体风格

关于杜甫诗的艺术风格,前人一直是用"沉郁顿挫"四个字加以概括的。杜诗中多种多样的形象都在沉郁顿挫风格上得到统一。杜诗内容广博,体式多样,风格也多姿多彩,而其主体风格是其自道的"沉郁顿挫"。沉郁顿挫包括了"意"和"法",即思想感情和表现方式两个方面。"沉郁"有深挚、沉雄、郁结、抑塞之意,主要指感情力度和深度,侧重于"意"(思想);"顿挫"有抑扬曲折、句断意连、波澜起伏之意,主要指感情表达的层次、节奏,侧重于"法"(表现)。沉郁与顿挫之间有紧密联系。唯感情聚积得沉郁,表达起来才不至于一泻无余;唯表达得委曲盘旋,似有不尽之意,才越发显得感情深沉郁勃。

沉郁顿挫还有忧愤深广、潜气内转而又波澜老成的含义。唐王朝由盛转衰的动乱社会现实和长期以来生活的磨难,使杜甫年轻时的壮志逐渐为沉郁、感伤所取代,忧国忧民,慨叹身世,愈至晚年其情绪愈加强烈。而杜甫又是一位有骨气、有良知的知识分子,其郁结于胸中的悲愤涌至口边时,又往往强咽下去,使感情更加深沉浑厚。这种回环往复的感情流程发之于诗,便是潜气内转的起伏顿挫,给人波澜老成之感,《自京赴奉先县咏怀五百字》《洗兵马》《蜀相》《登高》《秋兴八首》《咏怀古迹五首》等均为典型之作。或景中含情,或借古说今,或欲说还休,反复吞吐,言情顿挫,都突出地表现了这种风格。

杜甫往往把思想感情凝聚在秋景之中,在秋天的萧瑟和衰飒中,渗透了诗人伤时忧国的心情。杜甫多年漂泊于长江上下,江流、孤舟、急峡、危城……这一切几乎和诗人的生活融为一体,其思想感情也在这些形象上找到了寄托。动荡的江水,陡峭的山峡,孤清的月色,凄厉的画角,这些都是他心情的反映。其《登高》是一首非常出色的抒情诗,这是一首七言律诗:

> 风急天高猿啸哀,渚清沙白鸟飞回。
> 无边落木萧萧下,不尽长江滚滚来。
> 万里悲秋常作客,百年多病独登台。
> 艰难苦恨繁霜鬓,潦倒新停浊酒杯。

本诗集中了秋天和大江这两个杜诗里最富于想象力和联想力的形象,诗中的急风、高天、猿啼、飞鸟、落木、长江,无不饱含着他对国家和身世的悲哀与愤慨。本诗颔联"无边

落木萧萧下,不尽长江滚滚来"是一名联。诗中那种雄浑苍劲的形象和跌宕顿挫的节奏,表现了诗人难以平静的忧愤,也反映了那个战乱时代的气氛。《秋兴八首》也集中抒写秋天和大江形象,成为杜甫抒情诗里艺术性最高的一组诗。这组诗最大的特点在于:用一片弥天盖地的秋色将秦、蜀两地联系起来,表现了故国平居之思;又用绵绵不尽的回忆把今昔异代联结起来,表现了抚今追昔之感。这组诗很能够代表杜甫那种沉郁顿挫的艺术风格。

二、杜甫诗歌艺术上的具体特点

首先,杜诗善于对现实生活做高度的艺术概括。这种概括,有时候是选取具有典型意义的事物,通过客观描写把复杂的社会现象集中在一两句诗里,从而揭示它的本质。比如《自京赴奉先县咏怀五百字》把尖锐的阶级矛盾集中在"朱门酒肉臭,路有冻死骨"这十个字里,使人感到触目惊心。再如《白帝》中"戎马不如归马逸,千家今有百家存"句,表现四川军阀混战的罪恶,也把一个复杂的社会现象概括在两句诗里。还有像《岁暮》中"天地日流血,朝廷谁请缨"句,集中概括了安史乱后的政治局势。杜诗的概括有时候是通过人物对话对某些事件进行概括介绍,比如《兵车行》通过一个行人的话广泛介绍了兵役繁重、战争艰苦,以及人民反对开边的情绪;《石壕吏》通过老妪的一番话,介绍了这一个家庭的遭遇,同时也概括了千万个家庭在战乱不息岁月里的凄悲境况。杜诗的现实主义,并不在于塑造典型的人物形象。他虽然也写了不少人,但这些人并不是作为具有个性的典型而出现的。他的现实主义特点在于从现实生活中选取典型事件,加以高度概括描写,通过这样的描写去揭示现实生活的本质。

其次,杜诗具有雄浑壮阔的艺术境界和细致入微的表现手法。由于杜甫深具爱国爱民的胸襟、博大精深的知识以及丰富的生活经验,所以他的诗歌境界是雄浑壮阔的。可是这种雄浑壮阔的境界往往是通过刻画眼前具体细致的景物和表现内心情感的细微波动来达到的。杜甫《戏题王宰画山水图歌》中有两句:"尤工远势古莫比,咫尺应须论万里。"他称赞王宰的山水画,说他的画有"咫尺万里"之势。杜诗也具有这种"咫尺万里"之势。李白和杜甫,他们的艺术境界都是很壮阔的,可是达到这样一种壮阔境界的途径却不同。李白是运用风驰电掣、大刀阔斧的手法来达到的,而杜甫则是以体贴入微、精雕细刻、以小见大、以近求远的方法来实现的。

如果说李白诗像暴风骤雨,以极不平凡的气势感动读者,那么杜甫诗就像是"润物细无声"的轻风细雨,不知不觉地渗透了读者的心灵。李白诗让人惊叹,杜甫诗让人亲近。比如同样是写安史之乱,李白的写法是从大处落墨。他的《古风·其十九》先写和神仙一起升天,升到天上从上面往下看,看到人间,接着有几句就反映了安史之乱以后的政治局面。李白这样写:"俯视洛阳川,茫茫走胡兵。流血涂野草,豺狼尽冠缨。"作者从天上俯视洛阳川,看到到处都是安史叛军,很多民众死在这场战乱里,那些豺狼却做了高官。"流血涂野草,豺狼尽冠缨",这是一种大刀阔斧的写法。杜甫却是具体细致地写出这场战乱的各个方面,像"三吏""三别"从不同角度、不同侧面具体反映了这场战乱带给国家和人民的深重灾难。杜甫笔下的安史军队是:"群胡归来血洗箭,仍唱胡歌饮都市。"(《悲陈陶》)通过一支沾满鲜血的箭,具体形象地反映了国家和人民的深重灾难。"群胡归来血洗箭"的景象,很具体很细致地反映了这场战乱带给国家和人民的灾难。可见杜甫以体物察情的细微见长。

再如《望岳》,本诗是杜甫年轻时候写的一首五古:

> 岱宗夫如何?齐鲁青未了。
> 造化钟神秀,阴阳割昏晓。
> 荡胸生曾云,决眦入归鸟。
> 会当凌绝顶,一览众山小。

"岱宗"是指东岳泰山,诗中说泰山很广大,泰山的青色一直横亘在齐鲁两地。"岱宗夫如何?齐鲁青未了"写泰山的广大。"造化钟神秀,阴阳割昏晓","阴"指山北,"阳"指山南,山北和山南光线明暗不同,因此这边是昏那边是晓。这两句写泰山因为高峻、广大,所以"昏""晓"不同。"荡胸生曾云,决眦入归鸟",是说远望层云叠起,而且云层在山腰里翻滚而起,自己的心胸不禁也随之激荡;目送归鸟飞向远方,鸟的身影越来越小,所以要一直睁大眼睛看着它,以至眼眶都要睁裂了。"会当凌绝顶,一览众山小"说自己将要登上泰山顶峰从上往下看,因为泰山很高,其他山峰都显得很小,故曰"一览众山小"。这首诗是写望泰山,在短短的八句诗里,就通过不同距离和不同角度写出四种不同的望法。头两句是远望,第三句和第四句是近望,第五句和第六句是细望,第七句和第八句是想象自己要登上山峰极目远望。在八句诗里写出四种不同的望法,可见杜甫写法的细致。

杜甫有《羌村三首》,先看第一首。本诗是杜甫从凤翔回到鄜州的家后写的。诗云:

> 峥嵘赤云西,日脚下平地。
> 柴门鸟雀噪,归客千里至。
> 妻孥怪我在,惊定还拭泪。
> 世乱遭飘荡,生还偶然遂!
> 邻人满墙头,感叹亦歔欷。
> 夜阑更秉烛,相对如梦寐。

"归客"指杜甫自己。"妻孥怪我在,惊定还拭泪",妻子和孩子们都很吃惊他居然还能活着回来,吃惊以后回想这一段分离的生活,感到很悲痛,流下了眼泪。"夜阑更秉烛"的"夜阑"是夜深之意,"更"即再一次。他们已经入睡了,但是睡不着,又起床再点上蜡烛互相看一看,到底这是真的还是在做梦。"夜阑更秉烛,相对如梦寐",杜甫不相信自己能够活着回来和家人团聚,他的妻子和孩子们也不相信他能够活着回来,所以刚刚见面时的激动已经过去了,大家都入睡了,可是睡不着,再起来点上蜡烛互相看着,好像是在做梦一样。本诗开始是写喜,回到家里的欢喜:"柴门鸟雀噪,归客千里至。"在一个傍晚日暮黄昏时分,杜甫回到了自己家里,鸟雀在叽叽喳喳叫着,好像也在欢迎他回来。接着写惊:"妻孥怪我在。"刚进家门的时候很高兴,见到家人的时候是吃惊,一方面家人很奇怪,想不到杜甫能活着回来;另一方面杜甫也想不到还能够一家团圆,家里人都那样平安。写了惊以后又写悲:"惊定还拭泪。"写了悲以后是写疑,反而怀疑这是在做梦:"相对如梦寐。"经过一场大战乱,杜甫一个人在外边受到很多磨难,忽然回到了家里,先喜,再惊,再悲,最后是疑。杜甫把握住了心情的每一个起伏,写得细致,写得出神入化。

杜诗不只写得细致入微,还能够通过这种细致入微的刻画达到雄浑壮阔的艺术境界,这是杜甫超出一般现实主义诗人的地方。杜甫有些诗是从身边琐事的描写,逐步推衍到国计民生的重大问题上,如《茅屋为秋风所破歌》和《又呈吴郎》都是这样的。《茅屋为秋风所破歌》从自己住的那间茅草房被秋风吹破写到天下的寒士,《又呈吴郎》通过一个老太太联想到当时国家的局势。杜甫还有许多诗把重大的社会政治内容和对生活中一个侧面的剖析穿插起来,运用这些细节去表现重大主题,比如《春望》这首五言律诗:

  国破山河在,城春草木深。
  感时花溅泪,恨别鸟惊心。
  烽火连三月,家书抵万金。
  白头搔更短,浑欲不胜簪。

"感时花溅泪,恨别鸟惊心"是拟人写法,自己感叹时局,见花而流泪,觉得花也在流泪;自己怅恨离别,听到鸟叫惊心,觉得鸟也在惊心。"烽火连三月,家书抵万金",一封家信能够值万金,非常难得,这真是体察到了久别家人后接到家书的心情。"白头搔更短,浑欲不胜簪",说自己已经老了,头发不仅白了,而且也逐渐少了。本诗首联"国破山河在,城春草木深",从大处着眼,写得悲壮。颔联角度改了,从小处落笔,用溅泪之花、惊心之鸟去点缀沦陷了的京城,同时也衬托出自己伤时之深。这样就把重大的社会政治内容和生活里的一个细小侧面穿插起来写,这些细节也表现出了重大主题。

杜甫的长诗《北征》,由国及家,再由家及国,先写国家大事,然后写自己的家庭,写了自己的家庭以后,又写国家大事,用自己一个家庭反映整个国家的变化,而写家庭的时候又是着重在儿女衣着上,在纵论国家大事时忽然插入一大段对儿女衣着的细致描写,这段写得十分精彩。"平生所娇儿,颜色白胜雪。"脸色苍白是病态,是因为吃不饱饭。"见耶背面啼,垢腻脚不袜。"写孩子看到父亲回来,转过脸去哭起来了,这时候杜甫看到他的孩子脚很脏,连双袜子都没有。为什么"见耶背面啼"呢?是因为孩子久不见父亲,已经生疏了,已经把父亲当作生人而羞赧了。为什么"垢腻脚不袜"呢?是因为家贫买不起袜子啊。"床前两小女,补绽才过膝。"他的两个女儿长得快,没有新衣服给她们穿,身上还是那件旧衣服补了又补,穿着不合身,既小又短,只是刚刚能够遮住膝盖。"海图坼波涛,旧绣移曲折。天吴及紫凤,颠倒在裋褐。"妻子把过去一些织了图案的丝织品都拿来给孩子改成衣服,做了补丁,所以原来那些丝织品上的图案颠来倒去,根本接不上茬了。这几句写他的儿子和女儿,是他刚回到家里看到的情形。下面接着写到他这次回来带了一点钱,因此家里的生活得到了改善。"瘦妻面复光,痴女头自栉。学母无不为,晓妆随手抹。移时施朱铅,狼藉画眉阔。"这时他瘦妻的脸色渐渐好了起来,他女儿也学母亲的样子梳头、搽胭脂、画眉毛,在打扮自己。"痴女头自栉",女儿自己拿了一把梳子在梳头。"痴女"用今天的话说就是傻丫头、傻闺女,这是对爱女的一种昵称。"学母无不为",学她母亲的样子,看到母亲在打扮,也跟着学。可是她不会打扮,所以早上起来打扮的时候随手乱抹,又涂胭脂又画眉毛。杜甫看到他的小女儿这个样子,感到又可笑又可爱。这一段插在纵论国家大事的中间,用儿女衣着这个细节反映战乱给人民带来的灾难,更显出国破之痛。所以说杜诗是和谐统一了巨细、大小、远近、虚实等各种对立面的审美典范,这也正是杜诗艺术高度的奥妙所在。正如《诗薮》所云:"盛唐一味秀丽雄浑,杜则精粗、巨细、巧拙、新陈、险易、浅深、浓淡、肥瘦靡不毕具。"

再次,杜诗在语言艺术方面取得了突出成就。杜诗的语言经过千锤百炼,用杜甫自己的话说,即"为人性僻耽佳句,语不惊人死不休"(《江上值水如海势聊短述》)。他喜欢佳句,所以其诗语言一定要达到那种惊人效果,如果达不到这种效果,就要继续反复修改,死也不甘心。他的《解闷十二首·其七》又云:"陶冶性灵存底物,新诗改罢自长吟。孰知二谢将能事,颇学阴何苦用心。""阴"是阴铿,"何"是何逊,两位都是南朝诗人。杜甫写诗总是不断修改,改了以后还要不断吟诵,在吟诵过程中再继续修改。他又说自己写诗要"毫发无遗恨"(《敬赠郑谏议十韵》)。"毫发"是形容很细微的地方,即使像一根毫毛、一根头发那样的一点遗憾也不能留下来,一定要做到让自己十分满意。"语不惊人死不休""新诗改罢自长吟""毫发无遗恨",这些话都可以说明他在语言上所下的功夫。杜诗语言不同于李白诗歌的单纯自然,而是苍老遒劲的,是凝练的。他称赞郑谏议的诗"波澜独老成"(《敬赠郑谏议十韵》),又说薛华"歌辞自作风格老"(《苏端薛复筵简薛华醉歌》)。可见杜甫认为诗句要老成才好。他自己的诗句也正像一口洪钟发出的深沉声音。

凝练,即用最少的字句表现最丰富的内容,达到高度概括的境界。苍劲、凝练,构成了杜诗语言的主要特色。要达到这样的境界,就要从锤字炼句下功夫。先说杜甫锤字,他下字力求准确有力,使每一个字都含有很重的分量和很深的含意。他很善于用实词,如"微风燕子斜"(《水槛遣心二首·其一》),这个"斜"字就用得很好。《石林诗话》云:"燕体轻弱,风猛则不能胜,惟微风乃受以为势,故又有'轻燕受风斜'之语。"又如杜甫在《旅夜书怀》里有这样两句:"星垂平野阔,月涌大江流。""星垂平野阔"的"垂"字很有锤炼之功,天上的星星垂下来和地面接在一起了,船航行到了广阔的平野上。"月涌大江流"这个"涌"字也是很有分量的,晚上看不见江水流动,可是从大江里月影的涌动可以感觉到江水的流动。另外,像《无家别》里"竖毛怒我啼",《宿府》里"独宿江城蜡炬残",《登高》里"风急天高猿啸哀,渚清沙白鸟飞回",还有《彭衙行》里"痴女饥咬我,啼畏虎狼闻",这些诗句里的实词都用得很有分量。"痴女饥咬我","饥""咬"是动词连在一块儿用,"啼畏虎狼闻","啼""畏""闻"这三个字也都是动词,在两句诗十个字里,杜甫接连用了五个动词,用得生动凝练。再说杜甫炼句。杜甫的诗句都显得苍老遒劲、凝练沉着。比如在《空囊》这首诗里有这样两句:"不爨井晨冻,无衣床夜寒。"在《洗兵马》里杜甫云:"三年笛里关山月,万国兵前草木风。"在《解闷十二首·其一》里杜甫云:"草阁柴扉星散居,浪翻江黑雨飞初。"这些句子和李白的诗句那种单纯明快的风格迥然不同。可以说,李白的两句诗到杜甫手里可能合并为一句,而杜甫的一句诗到李白手里也可以拆为两行。李白诗里"大道如青天"(《行路难·其二》)、"君不见黄河之水天上来"(《将进酒》)、"床前明月光,疑是地上霜"(《静夜思》)、"秋风吹不尽,总是玉关情"(《子夜吴歌·秋歌》)这样一些诗句,单纯到一句一个意思或者两句合起来才表达一个意思,这在杜诗里是很难找到的,李、杜的语言各有各的长处。

最后,杜诗众体兼长。从诗歌体裁方面看,杜甫是众体兼长的诗人,五言、七言、古体、律诗、绝句都能够运用自如,尤其是古体、律体杜甫写得非常好。杜甫的古体诗一共有500余首,其中五古361首,七古145首。他常常运用这种体裁将叙事、抒情、议论三者融合在一起,像《自京赴奉先县咏怀五百字》《北征》《洗兵马》以及"三吏""三别"都如此。《石壕吏》叙述了一个完整的故事,从暮至曙按照顺序写来,虽然只是叙事,可是他的义愤之情已在不言之中。本诗是杜甫古体诗里的佳作。杜甫的律诗有700余首,其中五律有600余首,七律有100余首,像《月夜》《秋兴》都是名篇。杜甫在七律方面贡献卓著。开元天宝之际,是五律全面繁荣时期,七律却还没有引起诗人们足够的注意。《河岳英灵集》选诗234首,其中只有一首七律,即崔颢的《黄鹤楼》。可见在开元天宝之际,七律还没有引起诗人们的足够注意。杜甫可以说是唐代写作七律的第一位大家,他的七律数量超过初盛唐诗人七律的总和。在思想内容方面,杜甫以前的七律大都是歌功颂德或者是应酬之作。杜甫不仅用七律来描绘自然风光,或者用来赠答酬唱,而且用七律这种形式表现政治内容,感叹时事,批评政治,抒发其忧国忧民的思想。在艺术上,杜甫以前的七律多追求秀丽、典雅,杜甫则创造出沉雄悲壮、慷慨激昂的风格,把七律创作推上一个高峰。

第九节　韦应物与盛唐之音

　　韦应物出生于唐玄宗开元二十五年(737年),卒于唐德宗贞元九年(793年),他生逢盛唐太平之世,成年后唐帝国却在安史之乱的沉重打击下进入了忧患频仍、国势衰微的中唐时期。时代盛衰之感与人生的升降沉浮相交织,胸中的盛世理想与物是人非的现实相碰撞,其诗歌常带有一种盛唐情怀,在中唐衰飒暗淡的社会氛围中树起一道亮丽的风景。蒋寅《大历诗人研究》云:"(韦应物)自成一家之体,卓为百代之宗。"韦应物特立于中唐"大历诗风",自成一家。他在由昔盛今衰的时代造成的社会心理普遍惨淡的现实面前,以一种独特的思维方式反映当时社会的种种景观,表现了与盛唐气象息息相通的内在精神气质,成为盛唐之音的袅袅余响。

　　首先,韦应物诗歌抒写一种乐观开朗、奋发昂扬的人生意气,洋溢着渴望建功立业的激情,不仅展现出他雄放豪迈的个性,更重要的是其中蕴含着刚健明朗的盛唐之音。韦应物家世显赫,韦氏世为三辅著姓。高祖韦挺在太宗朝官至御史大夫,曾祖韦待价曾为武后朝宰相,祖父韦令仪曾任司门郎中、宗正少卿等职,父亲韦銮、伯父韦鉴、伯子韦鹍均以善画知名当世,皆见录于唐张彦远《历代名画记》。当时民间流传着"城南韦杜,去天五尺"的俗语,韦应物就出生在这样一个显赫的家族中。天宝十四载(755年)安史之乱爆发,韦应物19岁。跌宕的时代风云和起伏的生命历程丰富了他的内心世界,在盛唐雄强包容的时代氛围中诗酒狂放地生活了近20年,给他的心灵留下了永不磨灭的深深印痕。韦应物15岁(天宝十载)便得袭门荫,做了唐玄宗的近侍三卫郎,在皇宫中轮番宿卫之余,得进太学附读。那时的韦应物年少轻狂,恃宠娇纵,荒唐少礼,不仅表现了一个少年志得意满的无知,也是时代风华的真实体现。其安史乱后的诗作《逢杨开府》云:

> 少事武皇帝,无赖恃恩私。
> 身作里中横,家藏亡命儿。
> 朝持樗蒲局,暮窃东邻姬。
> 司隶不敢捕,立在白玉墀。
> 骊山风雪夜,长杨羽猎时。
> 一字都不识,饮酒肆顽痴。

　　他在悔过中坦白。南宋刘辰翁评价该诗开头四句云:"缕缕如不自惜,写得侠气动荡,见者偏怜。"盛唐气象的代表李白在《赠从兄襄阳少府皓》中云:"托身白刃里,杀人红尘中。"和韦应物一样骄肆轻狂。恰若刘辰翁所言之"见者偏怜",由于时代包容开放,人的个性得到极大张扬,所以尽管劣迹颇多,但人们还是容易给轻狂少年韦应物含容着爱怜的责备。

　　正是唐代雄强盛大、开放包容的时代氛围孕育出一个个展现盛唐气象的才子文人,

中国古代名家诗词艺术

时代与社会成就了他们,让他们以极具个性的气魄和昂扬的入世精神开启了人生的理想航程。韦应物《骊山行》形象地抒发了他心灵世界不时回响的盛唐之音:

君不见开元至化垂衣裳,厌坐明堂朝万方。
访道灵山降圣祖,沐浴华池集百祥。
千乘万骑被原野,云霞草木相辉光。
禁仗围山晓霜切,离宫积翠夜漏长。
玉阶寂历朝无事,碧树葳蕤寒更芳。
三清小乌传仙语,九华真人奉琼浆。
下元昧爽漏恒秩,登山朝礼玄元室。
翠华稍隐天半云,丹阁光明海中日。
羽旗旄节憩瑶台,清丝妙管从空来。
万井九衢皆仰望,彩云白鹤方徘徊。
…………
英豪共理天下晏,戎夷詟伏兵无战。
时丰赋敛未告劳,海阔珍奇亦来献。

抒写了一种天下太平、国势雄强的盛况,展现了一派繁荣而华美的盛世图景。

韦应物轻狂放荡的生活展现了一种毫无拘束的人生,只有国势强盛、政治开明的盛唐才能容受诗人们自由表现自我的机会与空间。他的诗歌现存 560 余首,其中追忆少年时代豪纵不羁的生活、讴歌太平盛世的作品,不仅展现出他雄放豪迈的个性,更为重要的是其中蕴含着刚健明朗的盛唐之音,如《燕李录事》《西郊燕集》《军中冬燕》《广陵行》等。他的某些送行寄赠诗歌也常洋溢着奋发昂扬的意气和渴望建功立业的激情,如《送孙徵赴云中》:

黄骢少年舞双戟,目视旁人皆辟易。
百战曾夸陇上儿,一身复作云中客。
寒风动地气苍芒,横吹先悲出塞长。
敲石军中传夜火,斧冰河畔汲朝浆。
前锋直指阴山外,虏骑纷纷翦应碎。
匈奴破尽看君归,金印酬功如斗大。

此类诗歌还有《送崔押衙相州》《送常侍御却使西蕃》《寄畅当·闻以子弟被召从军》等。通过诗歌抒写建功立业的抱负和雄强奔放的意气,传达一种开朗乐观、昂扬向上的精神气质,是盛唐诗歌经久不衰的主题,这一主题就是盛唐之音的典型表现。韦应物的上述作品立意鲜明,风骨俊朗,雄劲昂扬,生动展现了这种盛唐之音。

其次,韦应物继承了盛唐以杜甫为代表的现实主义精神,创作了大量关心民生、揭露权贵暴行的诗歌,体现了强烈的入世热情和济世精神,表达了他欲复兴唐王朝的人生理想。天宝十四载(755年)爆发了长达八年之久的安史之乱,创造了开元盛世的唐王朝由此进入了中唐时期,内忧频仍,外患连连,一步步蚕食着帝国已经衰弱多病的体魄,也吞噬了整整一代人渴望建功立业的青春岁月。安史乱后,当年狂放不羁的韦应物失去了靠山,处处"憔悴被人欺"(《逢杨开府》),个体生命体验的强烈反差使他清醒认识到现实的严峻冷酷,于是"把笔学题诗"(《逢杨开府》),立志读书,希望通过提升个人才智学识,使人生前途获得新生。唐肃宗时他任洛阳从事,于唐代宗广德年间为洛阳丞。在任期间,他恪尽职守,对恢复民生做了许多工作。乱后的洛阳,诚如韦应物在《登高望洛城作》中所云"十载构屯难,兵戈若云屯。膏腴满榛芜,比屋空毁垣",凋敝残败。他"周览思自奋"(《同德寺阁集眺》),"坐感理乱迹,永怀经济言"(《登高望洛城作》),在朝廷支持下东都渐渐恢复了生机——"至损当受益,苦寒必生温。平明四城开,稍见市井喧"(《登高望洛城作》)。韦应物身处中唐的愁云惨雾中,深感现实冷酷,世态炎凉,但他并没有颓废消沉,而是继承盛唐文人关心现实、心系天下民生的精神,以积极的入世热情去改变现实,并创作了许多反映民生疾苦和揭露权贵暴行的诗歌,使他卓然特立于大历诗坛。

唐代以"悯农自愧"为主题的诗歌中,杜甫是写得最为深刻的诗人之一,他的"三吏""三别"等道尽了兵燹人祸、民不聊生的惨状。韦应物的悯农诗与杜甫一脉相承,不仅描写灾难深重的农民,如《观田家》等;也表达了对其他劳动者的深切同情,如《采玉行》:

官府征白丁,言采蓝溪玉。
绝岭夜无家,深榛雨中宿。
独妇饷粮还,哀哀舍南哭。

抓住了采玉工人的典型生活、工作环境,运用侧面烘托的手法,言简意赅地表现了采玉工人的艰危苦辛,凄婉欲绝,韵深调苦。《夏冰歌》叙述了权贵们将享乐建立在人民艰辛的基础之上,表达了对凿冰工人的深切同情。《杂体五首·其三》中"寒夜女""指历千万绪"的百日辛劳和权贵家"唯将一朝舞"的奢靡浪费形成鲜明对比,突出享乐者"岂思劳者苦"的主旨。韦应物为官的大部分时间是做地方官,他熟悉生民疾苦,了解社会弊端,与同时代的大历诗人怨艾彷徨相比,他的诗真实地反映现实生活,传达了社会转折过程中的深刻变化和民众苦难的声音。

曾经体验过奢华佚逸生活的韦应物,大乱之后目睹了民生危殆多艰,开始对"干戈一起文武乖,欢娱已极人事变"(《骊山行》)的现实进行深刻反思,他在《金谷园歌》《温泉行》《长安道》《贵游行》等作品中,严厉斥责权贵们奢逸淫靡的生活。《金谷园歌》曰:

当时豪右争骄侈,锦为步障四十里。
东风吹花雪满川,紫气凝阁朝景妍。
洛阳陌上人回首,丝竹飘摇入青天。
晋武平吴恣欢燕,余风靡靡朝廷变。
....

祸端一发埋恨长,百草无情春自绿。

借东晋石崇的金谷园,对当朝最高统治阶层的骄奢贪欲、疏于理政而引发战乱,进行深刻揭露。《汉武帝杂歌三首》以汉武帝暗喻当朝皇帝虚妄愚昧、嗜欲贪生,对最高统治者不恤民生进行批判。这些诗作表达了作者对国势危殆根源的深刻思考,表现了他强烈的入世热情和济世精神,也是作者对以杜甫为代表的盛唐诗人现实主义诗歌传统的继承。值得一提的是,韦应物完全以一种盛唐文士积极进取的心态创作这些作品,他意识中潜藏着对开元盛世的无限怀念,表达了他欲复兴唐王朝的人生理想。白居易《与元九书》高度评价了韦应物的这类诗歌:"韦苏州歌行,才丽之外,颇近兴讽……今之秉笔者谁能及之?"

最后,韦应物婉曲简淡的轻吟,潜藏着对盛世生活的深深怀念,依然是盛唐之音的回响。虽然韦应物诗歌的思想内容颇为复杂,但他深藏心底的盛唐之音仍然在不同作品中有所流露。经历安史之乱和爱妻病逝,加之仕途蹉跎,他倍加真切感受到世事无常、人生如寄,表现荣华易逝、人生多变、社会沧桑以及歌颂友情的作品浸透了他的迷惘与哀愁。《淮上喜会梁州故人》曰:

江汉曾为客,相逢每醉还。
浮云一别后,流水十年间。
欢笑情如旧,萧疏鬓已斑。
何因不归去?淮上有秋山。

本诗写于滁州刺史任上,作者在淮上重逢分离十年的故友,诗中追忆昔日与友人诗酒欢聚的场景,但十年离别如浮云流水般卷走了少年的黑发,"萧疏鬓已斑"的他们又相逢,倍感友情之珍贵,虽言重逢之喜,实则抒发了一种悲喜交集、世事沧桑的人生感慨。全诗如行云流水,自然灵动,不仅流露出对故人深厚而真挚的情谊,也潜藏着对过去盛世生活的深深怀念之情。

韦应物心中装满盛唐的图景,可现实却是百弊丛生的中唐。一边是无法挽留的盛世梦想,一边是冷酷悲凉的现实。生存环境的巨大变化使他不再有旧时的张扬,但其作品的主题和风格与盛唐气象之间仍然有一种割舍不断的内在联系。可以说,这是盛唐之音的另一种表现,如"自叹犹为折腰吏,可怜骢马路傍行"(《赠王侍御》),人生壮志无法实现,却要在宦海中与物俯仰,对曾经轻狂不羁的韦应物来说是多么沉重的压抑。在《寄李儋元锡》中,他写道:

去年花里逢君别,今日花开又一年。
世事茫茫难自料,春愁黯黯独成眠。
身多疾病思田里,邑有流亡愧俸钱。
闻道欲来相问讯,西楼望月几回圆。

感时伤怀,真诚地流露了一位廉直官吏的矛盾和苦痛及有志难伸的无奈,婉曲地表达了他热切期盼国家兴盛、人民安居乐业的盛世理想。明代胡震亨也称之为"仁者之言"（《唐音癸签》）。

盛唐一去不复返，但盛唐精神犹如明月的光辉，让曾经沐浴在这种光辉里的韦应物长久留恋，难以忘怀。安史乱后，韦应物前后曾有十余年的辞官闲居生活，最后于贞元七年（791年）退职。闲居期间虽偶有朋友往来，但总体上他的心境更加孤独寂寞。此时期他的诗歌情调高雅清逸，意象明朗省净，虽体现他回避现实的无奈心态，但这类简古淡雅的表象下潜流的依然是盛唐余韵的轻轻南风，如《寄全椒山中道士》：

> 今朝郡斋冷，忽念山中客。
> 涧底束荆薪，归来煮白石。
> 欲持一瓢酒，远慰风雨夕。
> 落叶满空山，何处寻行迹？

抒写对友人的深挚情感，韵味悠长，语言明净雅洁，淡远精致。清代贺裳云："韦苏州冰玉之姿，蕙兰之质，粹如蔼如，警目不足，而沁心有余。然虽以淡漠为宗，至若'乔木生夏凉，流云吐华月'……'落叶满空山，何处寻行迹'……'何因知久要，丝白漆亦坚'，正如嵇叔夜土木形骸，不加修饰，而龙章凤姿，天质自然特秀。"（《载酒园诗话》）细品韦应物这类简古淡雅之作，之所以能体悟到其中的盛唐之音，最重要的是在这种平淡的形式下潜藏着作者对其生活环境的深挚的爱，而不同于大历诗人普遍表现的失落和冷漠。他的这种挚爱之情始终如一，只是在不同的时空中表现方式和色彩不同罢了。

中国古代名家诗词艺术

第十节 白居易叙事诗的艺术特征

盛唐诗家辈出,诗星璀璨。安史乱后,诗入中唐,诗歌该如何发展成为许多诗人思考的问题。这种思考的结果,便有了以韩愈、孟郊为代表的韩孟诗派和以元稹、白居易为代表的元白诗派。而在这些诗人中,白居易更以其明确的诗歌理论和勤勉而多产的诗作毋庸置疑地确立了其在中唐诗坛的宗师地位。

今存白居易诗近三千首,数量之多在唐代诗人中首屈一指。他晚年曾将自己51岁以前写的1300多首诗编为四类:一讽喻、二闲适、三感伤、四杂律。虽然白居易并没有明确地把他的某些诗作定为叙事诗,但在其绝大多数讽喻诗和若干感伤诗中,却可以明确看出他在诗歌叙事方面具有极高修养。这些通过写人叙事来抒发情感,并在叙事方面取得一定成就的诗歌,我们称之为叙事诗。白居易的叙事诗形成了独特的艺术特色。

首先,白居易的叙事诗意旨明确,脉络分明。他自言《秦中吟十首》是"一吟悲一事",一诗只集中写一件事,不旁涉他事,不另出他意,因此创作动机明显,读者一目了然。他效法《诗经》作《新乐府五十首》,每首诗以首句为题,并在题下直接注明诗的美刺目的,如《卖炭翁》"苦宫市也"、《上阳白发人》"愍怨旷也"、《缭绫》"念女工之劳也"等等,同时还利用诗的结尾突出重点,明确标明写作目的,即所谓"首句标其目,卒章显其志",这些都有助于读者明确主题。此外,白诗在结构层次上也脉络分明,很有章法。《琵琶行》由江边送客闻琵琶,应邀弹奏琵琶曲,自述身世飘零意,勾起仕途迁谪苦,作诗赠寄琵琶女,江州司马青衫湿,层层写来,笔笔不乱。《长恨歌》也以从重色到求色再到纵色为线索行文布局,提示出李、杨悲剧的必然性,喻示统治者要想使国家长治久安就必须励精图治,远离艳色。尽管诗中也有对李、杨爱情的讴歌和对二人不幸遭遇的同情,但纵观全诗,讽喻还是第一位的。

其次,白居易的叙事诗体物入微,描摹传神。白居易非常善于运用外貌、动作、心理等细节描写来塑造人物形象,短短几字就使人物形象呼之欲出。如《卖炭翁》以"满面尘灰烟火色,两鬓苍苍十指黑"简单而深情的14个字就勾勒出卖炭老人的外貌,以"可怜身上衣正单,心忧炭贱愿天寒"同样简单而深刻的14个字表现卖炭老人的内心。然后,他选取老人的一次遭遇具体描写,从卖炭翁送炭进城到炭车被宫使掠走这样一个过程,白居易只用八句诗就叙述得一清二楚,人物活动犹如一个个清晰的镜头连续展现在读者眼前。又如《琵琶行》"寻声暗问弹者谁?琵琶声停欲语迟"后句七字三顿,《长恨歌》"揽衣推枕起徘徊"七字四顿,都比较传神地写出了女主人公内心的情感波澜。当然,白居易高妙的描写技巧并不单单表现在人物描写上,如《琵琶行》中连用八个比喻描摹琵琶乐声——"大弦嘈嘈如急雨""小弦切切如私语""大珠小珠落玉盘""间关莺语花底滑""幽咽泉流冰下难""银瓶乍破水浆迸""铁骑突出刀枪鸣""四弦一声如裂帛",以声喻声,颇显功力。清人方扶南《李长吉诗集批注》把这首诗与韩愈的《听颖师弹琴》、李贺的《李凭箜篌引》相提并论,推许为"摹写声音至文"。《长恨歌》"玉容寂寞泪阑干,梨花一枝春带雨"二句,以梨花白喻玉容白,以梨花一枝喻玉容寂寞,以梨花带雨喻玉容含泪,层层

148

设喻,妙笔生花。

再次,白居易叙事诗善用对比,兼行议论。对比是诗人们比较常用的艺术表现手法,但是和前代作家相比,白居易诗中的对比较有特色。一是其诗运用对比比较多,琵琶女前后遭际的对比,李、杨爱情先乐后悲的对比,"一丛深色花,十户中人赋"(《买花》)的对比,"一车炭,千余斤""半匹红纱一丈绫"的对比,比比皆是。二是其诗对比非常鲜明,尤其在那些旨在揭示阶级对立、表明作者人道关怀的作品中更是如此,往往先尽情摹写统治阶级骄奢淫逸的生活,然后在诗的末尾忽然突出一个对立面,以百姓的苦难来加重对剥削者的鞭挞。《轻肥》在描绘大夫和将军们"樽罍溢九酝,水陆罗八珍"之后,用"是岁江南旱,衢州人食人"进行对比;《歌舞》在畅叙秋官、廷尉"醉暖脱重裘"的开怀痛饮之后,却用"岂知阌乡狱,中有冻死囚"进行对比,都收到发人警醒的艺术效果。此外,白居易叙事诗还常注意叙事和议论两种手法的有机结合。其讽喻诗为其叙事诗的主体,多数此类诗往往在叙述最后直接生发议论,对所叙之事做出明确评价,表明自己的看法,这也就是"卒章显其志"。《红线毯》在对红线毯进行具体生动的描绘之后,作者仿佛是当着宣州太守的面提出质问——"地不知寒人要暖,少夺人衣作地衣",给读者强烈的印象。这些议论多数真切深刻,但也有极少数诗作前半叙事,后半议论,安排显得有些生硬。前半是形象的充满感情的诗句,后半是枯燥的板起面孔的说教,给读者割裂的感觉。《隋堤柳》前后迥乎不同就是一例,这样反而不如《卖炭翁》没有一句议论来得自然。

最后,白居易叙事诗语言平易,不乏精警。白诗语言是比较平易晓畅的,其诗初读时较之其他诗人的诗似乎好读一些,所谓老妪能解。白居易在世时,其诗就已经传到了朝鲜半岛,也主要和其诗语言浅近、明白自然、较少用典有关。当然,语言平易这一特点在其叙事诗中也不例外,甚至更为突出。他的讽喻诗,"欲见之者易谕"(《新乐府序》),几乎篇篇都很通俗。当然,语言平易作为一种艺术追求,实现起来并非易事。陶渊明的诗歌语言,评家认为"冲和""浑成",正是一种境界。刘熙载《艺概》云:"香山用常得奇,此境良非易到。"袁枚《续诗品》也说白诗"意深词浅,思苦言甘,寥寥千年,此妙谁探"。白诗语言并不是一味浅显平易,有时也能在浅显平易中掀动波澜,出现一些警句。这些警句有的在篇末,有的在篇中,有的是诗人的口吻,有的是诗中人的口吻,都很鲜明强烈,收到了平淡中见神奇的效果。这些警句有的立意新锐,发人深省,如"是岁江南旱,衢州人食人"(《轻肥》)、"可怜身上衣正单,心忧炭贱愿天寒"(《卖炭翁》);有的耐人寻味,思致情深,如"别有幽愁暗恨生,此时无声胜有声……同是天涯沦落人,相逢何必曾相识"(《琵琶行》)、"在天愿作比翼鸟,在地愿为连理枝"(《长恨歌》)等,早已为普通百姓所接受,千百年来传唱不衰。

白居易叙事诗在艺术上形成这些特色,究其原因,一方面是白居易现实主义的创作追求使然。作为中唐新乐府诗派的代表作家,白居易诗歌主张的核心就是要求诗歌为社会政治服务、为现实服务。其《与元九书》云:"仆常痛诗道崩坏,忽忽愤发,或食辍哺,夜辍寝,不量才力,欲扶起之。"这里的"诗道"是指儒家关于诗歌的理论和要求。他的这一主张与正统儒家诗论一脉相承。针对当时的社会现实,白居易旗帜鲜明地提出了"文章合为时而著,歌诗合为事而作"(《与元九书》)的主张,以此更好地履行自己的谏官职责。为了使天子及群臣更好地对当时社会的不合理现象有一个清晰的认识,白居易在表达方式选择上倾向于叙事;为了使诗歌发挥其社会作用,他强调形式通俗,语言浅显。其《新乐府序》云:"其辞质而径,欲见之者易谕也。其言直而切,欲闻之者深诫也。其事核而实,使采之者传信也。其体顺而肆,可以播于乐章歌曲也。总而言之,为君、为臣、为民、为物、为事而作,不为文而作也。"可以说,白居易绝大多数讽喻诗都坚持了这样一种创作主张。

另一方面,白居易叙事诗的特色与其多情善感的诗人个性有关。安史乱后,盛唐气象已成历史,多情、感伤成了中唐文人的思想主流,白居易也如此。而且其禀性本来就有些多情善感,好友陈鸿就曾评说他是"多于情者"(《长恨歌传》),白居易对此表示认同。他多次提到自己"多情",如在年轻时就说过:"圣忘情,愚不及情,情所钟者,唯居易与兄。"(《祭符离六兄文》)到了晚年,他仍然说自己无法"忘情":"予非圣达,不能忘情,又不至于不及情者。"(《不能忘情吟》)心理学研究表明,多情之人往往偏于感伤,二者几乎总是并存于一个人的性格中。白居易自编诗集时,特意列出"感伤"一类,就是明证。在白居易的诗集中,表现其多情、感伤的诗句几乎随处可见,如《望月有感》之"共看明月应垂泪,一夜乡心五处同"、《览卢子蒙侍御旧诗,多与微之唱和。感今伤昔,因赠子蒙,题于卷后》之"相看泪眼情难说,别有伤心事岂知"。他读到元稹《闻乐天授江州司马》"垂死病中惊坐起"一句,非常感动,以至于在给元稹的回信中云:"此句他人尚不可闻,况仆心哉!至今每吟,犹恻恻耳。"作家的情感越丰富,那么他对事物的观察和描摹通常也越细致,再加上作家的主观感情融于其中,所以作品也就自然感人了。白居易的《长恨歌》和《琵琶行》都能体现出这一点。他写作《长恨歌》时,政治上失意,被授盩厔县尉,加之婚姻上的不幸,不得已和至爱的湘灵姑娘分离。因此,当陈鸿、王质夫提及李、杨爱情悲剧时,触到了白居易内心的隐痛,他于是借李、杨爱情悲剧抒发自己对湘灵姑娘的无限怀念,即借他人酒杯浇自己块垒。元和十年(815年)宰相武元衡被杀,白居易越职上书请捕贼,被贬为江州司马。蜗居江州,青衫相伴,因此见到琵琶女,自然生出"同是天涯沦落人"之感,伤人以自伤,便有了《琵琶行》这一脍炙人口的名篇。

此外,中唐长于叙事的时代风尚对白居易的叙事诗也产生了影响。从唐玄宗天宝年间到唐宪宗元和年间,是整个封建社会盛衰的转折点。高永年《唐代叙事诗繁荣之原因》云:"这是一个根本性的转折,是一个十分重要的关口。唐王朝的由盛转衰,尽管是一姓一朝的事,但是它所包蕴的历史内涵却是无比沉重的。它宣告赞歌已经结束,挽歌已经奏响。"时代的巨变为唐代叙事诗提供了丰富的素材。另外,中唐商品经济的发展和城市的繁荣,使世俗生活变得更加丰富复杂,人们的审美需求也相应发生了某些变化。他们的好奇之心更倾向于世俗社会的奇事,希望文学作品能够更紧密地靠向现实人生。这是一股执着"向俗"的潮流。顺应这一潮流,加之科举考试"行卷"之风的盛行,直接推动唐传奇的兴起和繁荣。而唐传奇的兴起和繁荣,也客观上促进了唐代叙事诗的发展,甚至还有了以不同体裁写作相同题材的现象,如《莺莺传》与《莺莺歌》同时问世,《长恨歌》与《长恨歌传》比翼齐飞。除传奇之外,唐代叙事散文以及讲唱文学对唐叙事诗的繁荣也起到了启发、促进和滋润的作用。白居易顺应时代风尚,致力于对诗歌叙事特性的探索和实践,也是自然而然的事了。

第十一节　刘禹锡诗歌的思想与艺术特征

刘禹锡是中唐著名诗人、朴素唯物主义哲学家,今存诗 800 余首。其诗内容非常丰富,或怀古忧今,慨叹世事变迁、宦途的沉浮;或讽刺时政,发泄积愤,抨击贪官污吏和世俗小人;或托物言志,借景抒怀,表现自己的处世态度。诗风沉着稳练,风调自然,格律精切,意境优美,思想深刻,具有很高的艺术价值。

首先,刘禹锡诗歌具有乐观昂扬的思想精神。刘禹锡作为一位具有朴素唯物主义思想的哲学家,一生虽仕途坎坷,但他善于在逆境中排遣怫郁,总能保持旷达乐观的精神,表现出一种不屈不挠、昂扬勃发的人生志趣。白居易在《刘白唱和集解》中这样评价:"刘梦得,诗豪者也。其锋森然,少敢当者。"明人胡震亨在《唐音癸签》中也云:"禹锡有'诗豪'之目,其诗气该今古,词总华实,运用似无甚过人,却都惬人意,语语可歌,真才情之最豪者。"最能体现他这种志趣之美的当属《酬乐天扬州初逢席上见赠》:

巴山楚水凄凉地,二十三年弃置身。
怀旧空吟闻笛赋,到乡翻似烂柯人。
沉舟侧畔千帆过,病树前头万木春。
今日听君歌一曲,暂凭杯酒长精神。

此诗写于 826 年,是对白居易赠诗的酬答之作。公元 805 年,刘禹锡因参加王叔文领导的永贞革新而被贬朗州。815 年被召回京,却又因作诗"语涉讥讽"得罪权贵而被贬连州。到 826 年,经过 20 多年磨难的他终于再次被召回京,途经扬州,巧遇白居易,二人遂成至交。在淮南节度使王播为他们设置的酒宴上,白居易以后进身份写了赠诗《醉赠刘二十八使君》,对其不幸遭遇寄予了无限同情,格调感伤哀婉。刘禹锡听后,感慨万分。为了答谢白居易的深情厚谊,也为了表明自己的人生态度,他写了此诗。诗的前四句承接白氏赠诗末句"亦知合被才名折,二十三年折太多"而来,以直陈笔法概括了被贬 23 年的不幸遭遇,抒写归来后的感受,用"烂柯人""闻笛赋"典故抒发了怀念故友之情和恍如隔世之感,格调低沉哀婉,在看似平淡的叙述中暗含着对世事的不满、不平和愤恨。后四句文势一变,他从长远着眼看待个人的荣辱得失,从社会大势和国家前途的宏观角度立意运思,表现出旷达、豪迈、积极乐观的人生态度,并回扣诗题,表明对白氏赠诗的答谢之意。其中"沉舟侧畔千帆过,病树前头万木春"为点睛之笔,透射出一种昂扬勃发的精神、始终不衰的政治热情和坚韧不拔的斗争意志,成为千古传诵的佳句,给人一种积极向上的鼓舞力量。尽管此时他已年过半百,但仍"老骥伏枥,志在千里。烈士暮年,壮心不已"。所以当白居易写《咏老赠梦得》表现其"情于故人重,迹共少年疏。唯是谈闲兴,相逢尚有余"的沮丧情绪时,刘禹锡却高唱"莫道桑榆晚,为霞尚满天"(《酬乐天咏老见示》)、"在人虽晚达,于树似冬青"(《赠乐天》)。白居易在《金针诗格》中称赞云:"梦得相寄云,'沉舟侧畔千帆过,病树前头万木春','雪里高山头早白,海中仙果子生迟'。此二联神助之句,自能诗者,鲜到于此,岂非梦得之深者乎?"

815 年,刘禹锡在被贬十年后被召回京,当时正是阳春三月,桃花盛开。洛阳人有赏花习俗,"每暮春,车马若狂,以不耽玩为耻",他也随着人群去观赏,并写下《元和十年,自朗州承召至京,戏赠看花诸君子》,以抒发人生感慨:

  紫陌红尘拂面来,无人不道看花回。
  玄都观里桃千树,尽是刘郎去后栽。

本诗以桃花喻得势的权贵,以看花人喻巴结逢迎权贵的人,闹出了玄都观诗案,造成他政治上第二次被打压,再度被贬十年。然而,这些压制不但没有打倒诗人,反而更增强了他的斗争意志。作为一位具有朴素唯物主义思想的哲学家,刘禹锡性格爽朗、倔强,他不会因失败而消沉、气馁,相反,他却认为这样可以更深入地了解自己和磨炼自己,更深入地体验生活。刘禹锡云:"百胜难虑敌,三折乃良医。人生不失意,焉能慕知己。"(《学阮公体三首·其一》)即使是处于 23 年的逆境中,刘禹锡也不灰心丧气,始终保持对用世的渴望和对理想的执着,至老不衰。828 年,当刘禹锡回到京城后,再游了玄都观,写下了《再游玄都观》:

  百亩庭中半是苔,桃花净尽菜花开。
  种桃道士归何处,前度刘郎今又来。

最后一句是对保守派的蔑视和嘲讽。"刘郎"前冠以"前度",不仅说明特定的人物,而且透露出他不肯妥协、不改初衷、继续战斗的决心和坚定乐观的意志。刘禹锡蒙受冤屈,身处厄境,却始终能有如此慷慨昂扬的气概和光明磊落的情怀,令人叹服。刘禹锡被贬朗州时写的政治寓言诗《聚蚊谣》以"清商一来秋日晓,羞尔微形饲丹鸟"结尾,在平静的诗句中饱含着他对卑鄙如蚊的权宦、方镇及那些趋炎附势之辈的鄙夷不屑和极端憎恨之情。《飞鸢操》则以高洁的远雏永存仁义之心,喻自己决不与世沉浮,更不会妥协改变初衷。这些诗作都是刘禹锡顽强意志、不朽人格的见证。

  刘禹锡这种倔强不屈的品格也体现在其写景咏物的作品中,著名的《秋词二首》便是典型之作:

  自古逢秋悲寂寥,我言秋日胜春朝。
  晴空一鹤排云上,便引诗情到碧霄。
  山明水净夜来霜,数树深红出浅黄。
  试上高楼清入骨,岂如春色嗾人狂。

本诗一反文人悲秋的常俗,激昂高歌赞美秋天,表现其积极进取的精神。"晴空一鹤排云上,便引诗情到碧霄"二句,是作者情感的直接外化,是他向世人吹响的前进号角。他激励自己,也激励那些对现实悲观、对前途失望的仁人志士,要像排云鹤一样奋发向上,大展宏图。《始闻秋风》中的"马思边草拳毛动,雕眄青云睡眼开。天地肃清堪四望,为君扶病上高台",至今能够激励人心。尽管此时作者颜状衰变,但豪情不减,犹上高台,反映了他自强不息的意志、心如砥石的精神。沈德潜称赞此诗云:"下半首英气勃发,少陵操管不过如是。"(《唐诗别裁集》)咏物诗《白鹭儿》则云:

> 白鹭儿,最高格。
> 毛衣新成雪不敌,众禽喧呼独凝寂。
> 孤眠芊芊草,久立潺潺石。
> 前山正无云,飞去入遥碧。

本诗托物言志,借赞美白鹭的品格表现作者自己的思想和为人,抒发了其坚贞自守、不受世俗影响、希望有所作为的积极进取豪情。"前山正无云,飞去入遥碧"二句是他凌云壮志的直接体现。在《鹤叹二首·其二》中,他又云:

> 丹顶宜承日,霜翎不染泥。
> 爱池能久立,看月未成栖。
> 一院春草长,三山归路迷。
> 主人朝谒早,贪养汝南鸡。

作者在鹤的卓异独立、坚韧不拔的品性中,融入了自己的身影,表现其在逆境中始终不肯屈服、守正不阿的品格和对权贵佞臣的愤慨。《学阮公体三首》则借助"老骥""鸷禽"形象表现他的高风亮节,抒发自强不息的奋斗精神。

其次,刘禹锡诗歌具有优美的艺术境界。刘禹锡的许多写景抒情诗,情景交融,构织了一幅幅优美图画,把读者带到如诗如画的优美境界,表现了作者的审美情趣。其《望洞庭》云:

> 湖光秋月两相和,潭面无风镜未磨。
> 遥望洞庭山水色,白银盘里一青螺。

他选择月夜遥望的角度,把千里洞庭湖水尽收眼底:秋夜皎皎明月下的洞庭湖水澄澈空明,与素月清光交相辉映,俨如琼田玉鉴,一派空灵、缥缈、宁静、和谐的境界。千里洞庭风平浪静,安宁温柔,在月光下别具朦胧之美。在皓月银辉下,洞庭之山愈显青翠,洞庭之水愈显清澈,山水浑然一体,望去如同在一只雕镂剔透的银盘里放了一颗小巧玲珑的青螺,十分惹人喜爱。作者通过丰富的想象、巧妙的比喻,独出心裁地把洞庭美景再现出来。诗的末句比喻恰当,色调淡雅,表现出了壮阔不凡的气度,寄托了他高卓清奇的情致。此诗把人与自然的关系表现得这样亲切自然,把湖山的景物描写得这样高旷清超,表现了作者旷达自适的性格情操和审美趣味。

《竹枝词九首·其九》云:

> 山上层层桃李花，云间烟火是人家。
> 银钏金钗来负水，长刀短笠去烧畲。

这是一幅巴东山区人民生活的风俗画。但它不是一般的模山范水，不着力于表现山水的容态精神，而是从中发掘出一种比自然美更为可贵的劳动之美、创造力之美。全诗四句一景，犹如四幅图画，构成一个完满的艺术整体、优美的艺术境界：由满山的桃李花引出山村人家，又由山村人家引出劳动男女勠力春耕的情景。那种与劳动生活旋律十分合拍的轻快节奏，那种着力描绘创造力之美的艺术构思，都隐隐透露出作者欣喜愉快的心情和对劳动生活的赞叹，具有很高的审美价值。

《堤上行三首·其一》云：

> 酒旗相望大堤头，堤下连樯堤上楼。
> 日暮行人争渡急，桨声幽轧满中流。

活像一幅江边码头的写生画，将诗情与画意糅合在一起。作者很善于捕捉生活现象，把诗当作有声画来描绘——酒旗、楼台、樯橹、争渡的人群、幽轧的桨声，动静相映，气象氤氲，通过优美的语言把生活诗化，含思宛转，朴素优美，而又别具一格。《插田歌》前六句云：

> 冈头花草齐，燕子东西飞。
> 田塍望如线，白水光参差。
> 农妇白纻裙，农夫绿蓑衣。

用清淡的色彩和简洁的线条勾勒出插秧时节连州郊外的大好风光，在工整的构图上穿插进活泼的动态：冈头花草崭齐，燕子穿梭飞舞，田埂笔直如线，清水粼粼闪光。农妇穿着白麻布做的衣裙，农夫披着绿草编的蓑衣，白裙绿衣与绿苗白水，色彩鲜明，分外调和，渲染出南方水乡浓郁的春天气息，流动着一种美的意蕴。《堤上行三首·其二》重在描写长江两岸的风俗人情，具有浓郁的地方色彩。末句"水流无限月明多"是写眼前之景，切合江边和夜色，同时也是以流水和月光的无限来比喻歌中"情"与"怨"的无限。全诗情景交融，意蕴无穷，创造出优美的艺术境界。

最后，刘禹锡诗歌包含深刻的哲理。刘禹锡诗歌意境高远，词句精美，思想深刻。官场屡遭磨难，人生屡陷险境，不但没有打倒刘禹锡，反而使他更深刻地领悟到生活的真谛。其诗无论写景咏物，还是抒情言志，都能够透过现象感悟到生活的本质和人生的哲理，耐人寻味，回味无穷。

公元833年，刘禹锡60岁。白居易因友人纷纷离世，自己又年老罢官，怅然写下《微之、敦诗、晦叔相次长逝，岿然自伤，因成二绝》，诗末以"长夜君先去，残年我几何？秋风满衫泪，泉下故人多"作结，情绪沮丧，消极悲观。刘禹锡看后，一方面为了悼念亡友，一方面为了安慰白居易，便写了《乐天见示伤微之、敦诗、晦叔三君子，皆有深分，因成是诗以寄》：

> 吟君叹逝双绝句，使我伤怀奏短歌。
> 世上空惊故人少，集中唯觉祭文多。
> 芳林新叶催陈叶，流水前波让后波。
> 万古到今同此恨，闻琴泪尽欲如何。

从自然界生生不息中得到启发，用以开拓朋友心胸。"芳林新叶催陈叶，流水前波让后波"一联，连用两个生动比喻，既说明了生与死、老与少都在不断转化的规律，又说明了对于这不可抗拒的生命规律，对于新生力量的蓬勃兴起，旧的方面也应知时明理，劝慰友人不要因死者而伤感，也不要因自己年老多病而颓唐，要看到生者自强不息，新生力量不断涌现。这充分体现了他达观的情怀和朴素的辩证观点，具有深刻的哲理意味，给人深刻启迪。这与《酬乐天扬州初逢席上见赠》颈联"沉舟侧畔千帆过，病树前头万木春"所蕴含的哲理一脉相承：社会总是要向前发展的，新事物必将代替旧事物。

《竹枝词九首·其七》写道：

> 瞿塘嘈嘈十二滩，此中道路古来难。
> 长恨人心不如水，等闲平地起波澜。

本诗写尽了世路艰难和世态险恶，这种感受是刘禹锡从自己的切身遭遇中悟出的人生哲理，用语虽浅，含义颇深。诗人并不会因此而改变自己。《浪淘沙九首·其八》云：

> 莫道谗言如浪深，莫言迁客似沙沉。
> 千淘万漉虽辛苦，吹尽狂沙始到金。

以淘金为喻，抒情达志，表明清白正直的人虽然一时被小人诬陷，但历尽磨难之后，其真正价值总会被人发现。这是多么乐观、自信、豪迈、昂扬！这种坚持真理的精神和对人间世态的真知灼见，给与他有相同遭遇的人深刻启迪，引起不同时代人们的心灵共鸣。

刘禹锡的诗歌或描写群众劳动的场面，表现劳动人民的爱情生活，展现江南水乡的人情风俗，具有一种清新自然、健康活泼的韵味，充满着生活情趣；或托物言志，抨击镇压永贞革新的权臣、宦官，揭露丑恶的社会现实，用意深刻，针对性强，具有重要的现实意义；或直抒胸臆，表现了守正不阿的品格和对佞臣的愤慨，旷达坚毅。有"遥望洞庭山水色，白银盘里一青螺"的淡雅清旷，也有"沉舟侧畔千帆过，病树前头万木春"的气势磅礴，还有"芳林新叶催陈叶，流水前波让后波"的通脱潇洒，给后人带来美的享受和深刻的思考。明代杨慎《升庵外集》云："元和以后，诗人全集之可观者数家，当以刘禹锡为第一。其诗入选及人所脍炙，不下百首矣。"

中国古代名家诗词艺术

第十二节　柳宗元诗歌的思想与艺术特征

柳宗元出身士林盛族，祖上世代为官，其父柳镇官至侍御史。《旧唐书·柳宗元传》云："宗元少聪警绝众，尤精西汉诗骚。下笔构思，与古为侔。精裁密致，璨若珠贝。当时流辈咸推之。"他不仅年纪轻轻便以卓越的文学才能和渊博的学问在流辈中享有盛誉，而且早年的科举仕途也颇为顺利。他21岁登进士，26岁第博学宏词科，授集贤院正字，31岁任监察御史里行，两年后入尚书省为礼部员外郎，颇得翰林学士王叔文器重，参与政治革新，成为一时的风云人物。从26岁至33岁，柳宗元可谓"超取显美"（《与萧翰林俛书》），春风得意。但是随着永贞革新失败，顺宗逊位，王叔文被贬（次年被杀），柳宗元受到残酷逼害，十年永州，四年柳州，在当时的僻远蛮荒之地度过了余下的岁月。柳宗元的诗歌除少数几篇外，绝大部分写于贬谪之后，这些诗全面而真实地反映了他的贬谪生活和思想感情。

首先，柳宗元诗歌抒写了被贬的幽愤。其《上李中丞献所著文启》云："长吟哀歌，舒泄幽郁。"政治上的失意之感、被贬的悲愤之情，时刻伴随着柳宗元的贬谪生活，他无计排遣愁怀，抒发幽郁。读柳宗元诗歌，多处可以见他在极度痛苦中挣扎。

《弘农公以硕德伟材屈于诬枉，左官三岁，复为大僚，天监昭明，人心感悦。宗元窜伏湘浦，拜贺末由，谨献诗五十韵以毕微志》写于永州。弘农公，即他的岳丈杨凭。杨凭任江西观察使时，为御史中丞李夷简所劾，以贪污僭侈之罪贬临贺尉。其后罪名得以昭雪，入为王傅。这是杨凭罪名昭雪后柳宗元献给他的一首诗。诗中赞颂杨凭的才德，写他由贬谪而入傅，最后写及自己的不幸遭遇：

独弃伧人国，难窥夫子墙。
…………
世议排张挚，时情弃仲翔。
不言缧绁枉，徒恨缧徽长。
贾赋愁单阏，邹书怯大梁。
炯心那自是？昭世懒佯狂。
鸣玉机全息，怀沙事不忘。
恋恩何敢死？垂泪对清湘。

以西汉张挚未能取悦当世，致终身不仕，东吴虞翻犯颜直谏，性不协俗，终见谤坐徙，写出自己因参与王叔文革新被贬的悲愤，并以箕子、屈原自况，表白自己的炯炯忠心。《酬娄秀才将之淮南见赠之什》感谢娄图南在自己失意之时相濡以沫，表现作者遭受"铩羽"的惨痛、机锋四伏的凄惶和被"远弃""天边"的孤寂。在《零陵赠李卿元侍御简吴武陵》中，诗人叹友伤己，悲愤之情不能自已。吴武陵亦永州流人，与柳宗元有相似的遭遇。"铩羽集枯干，低昂互鸣悲"是对柳宗元和友人的不幸遭遇与满腔悲愤的形象描写。《入黄溪闻猿》写由猿声而引起的对身世的哀伤,读者如见其泪,如闻其哭。《登柳州城楼寄漳汀封连四州》是唐人七律中脍炙人口之作,饱含远逐柳州的"茫茫""愁思"。《游南亭夜还叙志七十韵》是现存柳诗中最长的一首。此诗将纪游、写景、咏志融合成篇,而以咏志为主。作者在游南亭夜还之时,百感交侵,身世之恨、悲愤之情喷涌而出。"八司马"之一的凌准,于永贞元年(805年)十一月被贬连州,母死不能归葬,致一门无主,抢地呼天。凌准泣尽而丧其明,最后惨死于贬所。《哭连州凌员外司马》哭友伤己,令人不忍卒读。"我歌诚自恸,非独为君悲!"正是作者的自白。

柳宗元的忧郁悲愤,不仅表现在他的感怀之作、赠答之章中,还表现在他的写景之什中。其山水诗大多写景抒怀,寄寓自己幽郁孤寂的心情,有的开篇便是身世之叹。《柳州二月榕叶落尽偶题》之"宦情羁思共凄凄"、《法华寺石门精室三十韵》之"拘情病幽郁"、《游朝阳岩遂登西亭二十韵》之"谪弃殊隐沦"、《登蒲州石矶望横江口,潭岛深迥,斜对香零山》之"隐忧倦永夜"、《构法华寺西亭》之"窜身楚南极"等,使人感到即使在游览山水时,他也背负着巨大的政治重压,无法摆脱心中的"宦情羁思"。

其次,柳宗元诗歌抒写了对故乡的思念。柳宗元祖籍河东(今山西运城),但他生于长安,长在长安,在长安有过一段辉煌的人生历程,因此他视长安为自己的故乡。在长安西南郊有柳家的产业,这是一座有良田数顷、果树数百株,还有台馆房舍的庄园。在长安城善和里、亲和里有柳家的住宅,在善和里旧宅中还有三千卷藏书。柳宗元贬官后虽然举家南迁,但长安还有他的亲友和昔日同僚。他被贬后,无法淡忘对长安的记忆,其诗常常表现出对故乡的深切思念。

《与浩初上人同看山,寄京华亲故》作于柳州,本诗形象表现了作者强烈的乡愁:

> 海畔尖山似剑铓,秋来处处割愁肠。
> 若为化得身千亿,散上峰头望故乡。

《南中荣橘柚》曰:

> 橘柚怀贞质,受命此炎方。
> 密林耀朱绿,晚岁有余芳。
> 殊风限清汉,飞雪滞故乡。
> 攀条何所叹,北望熊与湘。

本诗写于永州。柳宗元从贬地的"橘柚",想到"故乡"的"飞雪",不禁发出思乡之叹。《闻黄鹂》将思乡之情写得真切、具体而感人:

> 倦闻子规朝暮声,不意忽有黄鹂鸣。
> 一声梦断楚江曲,满眼故园春意生。
> 目极千里无山河,麦芒际天摇清波。
> 王畿优本少赋役,务闲酒熟饶经过。

> 此时晴烟最深处，舍南巷北遥相语。
> 翻日迴度昆明飞，凌风邪看细柳舞。
> 我今误落千万山，身同伧人不思还。
> 乡禽何事亦来此，令我生心忆桑梓。
> 闲声回翅归务速，西林紫椹行当熟。

本诗由"黄鹂"而引起对"故园"春天景物的联想，寄托作者对故乡的深深思念。这种思乡之情，有时又表现在对故乡田宅的具体描写当中。《游南亭夜还叙志七十韵》曰：

> 卜室有鄠杜，名田占沣涝。
> 磻溪近余基，阿城连故濠。

《游朝阳岩遂登西亭二十韵》曰：

> 故墅即沣川，数亩均肥硗。
> 台馆茸荒丘，池塘疏沉坳。

他对长安城郊鄠、杜之间，沣、涝两岸的居室、台馆、田地、池塘如数家珍，字里行间洋溢着怀恋之情。《首春逢耕者》则从农夫春耕念及故园的田亩："故池想芜没，遗亩当榛荆。"思乡之情触景而生。其他如《零陵早春》《春怀故园》等，都表现出深切的思乡之情。

最后，柳宗元诗歌描写了贬地奇丽的山川景色。柳宗元山水诗有20余首，与其山水散文一样，都是中国古代山水文学不可多得的珍品。界围岩在永州湘水拐弯处。元和十年（815年）正月，他自永州北还过岩下，是年三月出刺柳州，五月赴柳州再经此地，写下了《界围岩水帘》《再至界围岩水帘，遂宿岩下》两篇作品。以生动形象的诗句，描写那里青青的岩壁、澄澈的流水、璀璨的"悬泉"、"云间"的"鹳鹤"，对"悬泉"形状、水声更做了精细刻画，为后人留下了清幽奇丽的山水画卷。《湘口馆潇湘二水所会》写潇、湘二水会合处的景色。碧水"萦回"，渔歌雁叫，加上"高馆""危楼"以及青山、秋空，组成一个清幽绝俗的人间仙境。永州城郊朝阳岩东南为袁家渴，袁家渴西南有石渠，石渠源头为石涧。这是一条山间石溪。柳宗元为它写过一篇记（《石涧记》）和一首诗（《南涧中题》），记侧重于纪游，诗则对石涧的"回风""林影""羁禽""寒藻"做了精细的描写。长乌村在永州，《游石角过小岭至长乌村》生动刻画了长乌村幽谧、旖旎的田园风光。友人崔策在柳宗元"废居八年"（《送崔九序》）之后到永州来看望他。他们一起登西山游览，柳宗元写了《与崔策登西山》，诗中写了登高远望的山水景色，补了《始得西山宴游记》景物描写之不足。此外，他还描写过夏初雨后的愚溪（《夏初雨后寻愚溪》）、南谷荒村（《秋晓行南谷经荒村》）、西园月夜（《中夜起望西园值月上》）、零陵春色（《零陵早春》）、愚溪渡头（《雨晴至江渡》）、寒江雪景（《江雪》）、江上渔舟（《渔翁》）等。柳宗元的山水诗大都以永州山水为题材，较之其山水散文更富于诗情画意。永州山水之所以名扬天下，不仅得力于其山水散文，也得力于其山水诗。此外，他还写过田园诗、咏物诗、咏史诗，还有一些与佛禅和书法有关的作品。

柳宗元与韩愈同是中唐文学革新运动的主将,但他没有像韩愈那样开创出与前人截然不同的新诗体。在诗歌创作方面,他的功绩主要在于继承,在继承传统的基础上写出无愧于前人的作品。在中国诗歌发展史上,他不属于开拓者,但其诗歌已达到很高的水平,不乏千古流传的名篇。

有人认为柳宗元的诗歌风格与陶渊明、韦应物近似,这种看法可能本于苏轼《书黄子思诗集后》——"李、杜之后,诗人继作,虽间有远韵,而才不逮意。独韦应物、柳宗元发纤秾于简古,寄至味于淡泊,非余子所及也。"苏轼将韦应物、柳宗元并举,用"发纤秾于简古,寄至味于淡泊"概括两人的诗歌风格。而韦应物作诗则以陶渊明为榜样,唐人也认为韦诗与陶诗相近。柳宗元古体诗和近体诗数量约各占一半,二者表现出不同的风格:古体工简幽丽,风格更接近谢灵运;近体则疏爽摇曳,完全属盛唐继响。

柳宗元古体诗写得简洁工致,这是柳宗元古体诗的最显著的特点。从笔墨来说,柳宗元古体诗是简洁的;从描写效果来说,柳宗元古体诗是工致的。本来简洁与工致在同一篇作品中难以兼臻妙境,但是柳宗元能抓住描写对象的特质,能用最少的文字把描写对象刻画得生动细致,如《南涧中题》曰:

> 秋气集南涧,独游亭午时。
> 回风一萧瑟,林影久参差。
> 始至若有得,稍深遂忘疲。
> 羁禽响幽谷,寒藻舞沦漪。
> 去国魂已游,怀人泪空垂。
> 孤生易为感,失路少所宜。
> 索寞竟何事,徘徊只自知。
> 谁为后来者,当与此心期。

其中四句写了"回风""林影""羁禽""幽谷""寒藻""沦漪"六种景物,并把它们的形、态、动、静刻画得精细生动,使人如临其境。再看《再至界围岩水帘,遂宿岩下》:

> 发春念长违,中夏欣再睹。
> 是时植物秀,杳若临悬圃。
> 歊阳讶垂冰,白日惊雷雨。
> 笙簧潭际起,鹳鹤云间舞。
> 古苔凝青枝,阴草湿翠羽。
> 蔽空素彩列,激浪寒光聚。
> 的皪沉珠渊,铿鸣捐佩浦。
> 幽岩画屏倚,新月玉钩吐。
> 夜凉星满川,忽疑眠洞府。

"笙簧"八句,写白日雨后界围岩之景:潭水,写了水浪、水光、水响;潭上,写了"鹳鹤""古苔""青枝""阴草""翠羽"和遮天蔽日的水帘。这些景物交织成一个色彩鲜丽、绘形绘声、有动有静、如画如仙的艺术境界。

柳宗元古体诗的另一个特色是爱写清幽之境,并用来表现自己孤寂、抑郁的心情。其古体诗境界凄冷,表现出一种寂寞凄清的情调,这种情调在其山水诗中表现得尤为突出。前所举《再至界围岩水帘,遂宿岩下》一篇中,"古苔""青枝""阴草""翠羽""素彩""激浪""寒光""幽岩""新月""夜星",构成一个清冷幽凄的意境。又如《登蒲州石矶望横江口,潭岛深迥,斜对香零山》:

隐忧倦永夜,凌雾临江津。
猿鸣稍已疏,登石娱清沦。
日出洲渚静,澄明晶无垠。
浮晖翻高禽,沉景照文鳞。
双江汇西奔,诡怪潜坤珍。
孤山乃北峙,森爽栖灵神。
洄潭或动容,岛屿疑摇振。
陶埴滋择土,蒲鱼相与邻。
信美非所安,羁心屡逡巡。
纠结良可解,纡郁亦已伸。
高歌返故室,自罔非所欣。

"清沦""静渚""浮晖""高禽""沉景""双江""诡怪""孤山""洄潭""岛屿",组成一幅幅笼罩着令人震颤的寂寞与清冷的画面,表现出他的"纠结""纡郁"。柳宗元古体诗色彩鲜明,他喜用绿色、白色等冷色。这种清冷色调与幽峭的境界相谐,是表现其孤寂凄清之境的手段。柳宗元古体诗华而不绮,色彩鲜美却不会浓艳,有时他仅用一两种颜色便能取得很好的视觉效果。《渔翁》用山水绿色烘托出渔翁的悠然自得;《江雪》以茫茫皓白烘托广漠的寒冷和无边的空寂,突出"孤舟""独钓",表现他的孤冷、凄寂、幽愤之情。

柳宗元近体诗很少用典,也很少议论,主要通过鲜明的形象表现其落寞的情怀和缠绵的愁思。请看《登柳州城楼寄漳汀封连四州》:

城上高楼接大荒,海天愁思正茫茫。
惊风乱飐芙蓉水,密雨斜侵薜荔墙。
岭树重遮千里目,江流曲似九回肠。
共来百越文身地,犹自音书滞一乡。

本诗写广漠的原野、无际的"海天"、在"惊风"中"乱飐"的水面"芙蓉"、"密雨斜侵"的墙上"薜荔"、重重的"岭树"和曲折的"江流",表现他彷徨无据的心境和茫茫的愁思。再看前面所举的《与浩初上人同看山,寄京华亲故》,通过对尖似"剑铓"的群峰的描写与联想,深刻表现了作者的思乡之痛,读之令人震撼。形象鲜明,神韵摇曳,这是盛唐诗歌的显著特色。苏轼之所以高度评价柳宗元的作品,主要是因为他的近体诗继承盛唐,具有以"远韵"取胜的特点。

柳宗元的近体诗的另一个特点是情深意切。他的近体诗或思乡,或赠别,或感怀,总是笼罩着强烈的抒情气氛,荡漾着缠绵的幽怨情怀。《登柳州城楼寄漳汀封连四州》《与浩初上人同看山,寄京华亲故》就是典型的例子。再看《柳州二月榕叶落尽偶题》:

宦情羁思共凄凄,春半如秋意转迷。
山城过雨百花尽,榕叶满庭莺乱啼。

雨后的"山城"、凋零的"百花"、"满庭"的落叶、"乱啼"的黄莺,这春深之景因融进了他的"宦情羁思"而充满萧瑟的秋意,摇曳着幽怨的情思。再如《登柳州峨山》:

荒山秋日午,独上意悠悠。
如何望乡处,西北是融州。

作者眺望秋日原野,但见荒山层叠,距柳州城北 200 多里的融州仅隐约可见,而故乡长安却在千里之外。淡淡的诗笔,饱蘸浓浓的乡思乡情。此外,声韵悠扬也是柳宗元近体诗的特点。他的近体诗多用响韵,加上和谐的声调,形成强烈的音乐美。

中国古代名家诗词艺术

第十三节　李贺诗歌的风格

在中国诗歌史上，李贺诗以其奇特的风格和影响引人瞩目。他年仅27岁便不幸早夭，遗留在世的作品也不过200余篇，却能在名家卓立的中唐诗坛上别开蹊径，崛起于大家的门庭堂庑之外。杜牧为他写序盛赞其诗歌之美，李商隐为其立传称他为"不独地上少，即天上亦不多"（《李贺小传》）的奇才，皮日休赞许他是自李白以来百年内卓越的诗人。后世许多诗人对他推崇备至。宋代姚勉《赠行在李主人二子》云："李家自古两诗仙，太白长吉相先后。"胡应麟《诗薮》云："太白幻语，为长吉之滥觞。"吴汝纶《跋李长吉诗评注》云："昌谷诗上继杜韩，下开玉谿，雄深俊伟，包有万象，其规模意度，卓然为一大家。"

一、李贺诗歌的风格

杜牧以其独有的艺术敏感力，用诗的语言形象地指出李贺诗歌的特征："贺，唐皇诸孙，字长吉。元和中，韩吏部亦颇道其歌诗。云烟绵联，不足为其态也；水之迢迢，不足为其情也；春之盎盎，不足为其和也；秋之明洁，不足为其格也；风樯阵马，不足为其勇也；瓦棺篆鼎，不足为其古也；时花美女，不足为其色也；荒国陊殿，梗莽丘垄，不足为其恨怨悲愁也；鲸呿鳌掷，牛鬼蛇神，不足为其虚荒诞幻也。盖《骚》之苗裔，理虽不及，辞或过之。《骚》有感怨刺怼，言及君臣理乱，时有以激发人意。乃贺所为，得无有是？贺能探寻前事，所以深叹恨古今未尝经道者，如《金铜仙人辞汉歌》《补梁庚肩吾宫体谣》。"（《李长吉歌诗叙》）这段话非常鲜明地说出了李贺诗歌奇诡冷艳的特点。

李贺诗歌不屑作平常语，"辞必穷力而追新"（刘勰《文心雕龙·明诗》）。对前人常见的题材，李贺不愿步人后尘，而是以新奇取胜，如《秋来》：

> 思牵今夜肠应直，雨冷香魂吊书客。
> 秋坟鬼唱鲍家诗，恨血千年土中碧。

人们习惯上以"肠回""肠断"表示悲痛欲绝的感情，李贺却自铸新词，采用"肠直"说法，愁思萦绕心头，把纤曲百结的心肠牵直，形象地写出了诗人愁思之深重、强烈，可见他用语的新奇。凭吊之事只见于生者之于死者，他却反过来说鬼魂前来凭吊自己这个不幸的生者，更是石破天惊的诗中奇笔。

李贺素以富于想象著称，并且他思路的展开以及想象的衔接处多异于常理，充满错觉与幻觉，故其诗多有奇幻特色。《梦天》中的"老兔寒蟾泣天色，云楼半开壁斜白""遥望齐州九点烟，一泓海水杯中泻"，李贺选取奇幻之象，构成他对月宫、对人世沧桑深沉感慨的意象，实现尘世与天国极富生命寓意的时空转换，显得极为奇幻怪谲。又如《天上谣》：

> 天河夜转漂回星,银浦流云学水声。
> 玉宫桂树花未落,仙妾采香垂佩缨。
> 秦妃卷帘北窗晓,窗前植桐青凤小。
> 王子吹笙鹅管长,呼龙耕烟种瑶草。
> 粉霞红绶藕丝裙,青洲步拾兰苕春。
> 东指羲和能走马,海尘新生石山下。

本诗想象富丽,具有浓烈的浪漫气息。作者运用神话传说,创造出种种新奇瑰丽的幻境。诗中提到的人物和铺叙的某些情节都是神话传说中的内容,但诗人借助想象对它们进行改造,使之更加具体鲜明,也更新奇美丽。像"王子吹笙鹅管长,呼龙耕烟种瑶草",使王子吹的笙有形可见,鲜明地展示了"龙耕"的美妙境界。总之,李贺诗歌把对现实生活的感受与心中虚幻的世界融为一体,传达出他内心的奇情幽思。

李贺还常常选择一些冷僻意象,构成幽冥凄冷的诗境,如《秋来》:

> 桐风惊心壮士苦,衰灯络纬啼寒素。
> 谁看青简一编书,不遣花虫粉空蠹。
> 思牵今夜肠应直,雨冷香魂吊书客。
> 秋坟鬼唱鲍家诗,恨血千年土中碧。

作者刻画了一幅非常凄清幽冷的画面,且有画外音,在风雨淋漓之中仿佛隐隐约约听到秋坟中的鬼魂在唱着鲍照当年抒发长恨的诗,他的遗恨就像苌弘的碧血那样永远难以消释。其他如"嗷嗷鬼母秋郊哭"(《春坊正字剑子歌》)、"桂叶刷风桂坠子,青狸哭血寒狐死……百年老鸮成木魅,笑声碧火巢中起"(《神弦曲》)、"鬼灯如漆点松花"(《南山田中行》)等,这些意象寒气逼人,透出阴幽之境,给人阴森恐怖之感,使人觉得其诗多鬼气,非白昼不敢读。

李贺对诗歌物象色彩的描写,喜用冷艳色调的语词。写红有"冷红""愁红",写绿有"凝绿""寒绿""颓绿",还有"青紫""酸风"等。他宛如一位高明的画家,特别善于着色,以色示物,以色感人,不只是勾勒轮廓。用带有哀伤情感的语词写关键色彩,并注入其强烈的主观感受,使其诗歌呈现出凄冷的格调甚至病态的美。他常常把多种色彩交织起来,构成一幅幅秾艳斑驳、令人目乱神迷的画面,如《雁门太守行》:

> 黑云压城城欲摧,甲光向日金鳞开。
> 角声满天秋色里,塞上燕脂凝夜紫。
> 半卷红旗临易水,霜重鼓寒声不起。
> 报君黄金台上意,提携玉龙为君死。

一般说来,写悲壮惨烈的战斗场面不宜使用色彩秾艳的词语,而李贺这首诗几乎句句都有鲜明色彩,其中如金色、胭脂色和紫红色,非但鲜明而且秾艳,它们和黑色、秋色、玉白色等交织在一起,构成色彩斑斓的景象。他借助想象给所写事物涂上各种各样新奇浓重的色彩,有效显示了它们的多层次性。有时为了使画面变得更加鲜明,他还把一些性质不同甚至互相矛盾的事物融合在一起,让它们并行错出,形成强烈的对比。用压城的黑云暗喻敌军气焰嚣张,借向日之甲光显示守城将士雄姿英发,两相比照,色彩鲜明,给人强烈的感官刺激,造成浓烈的悲壮气氛,具有强烈的感染力。

二、李贺诗风的成因

中唐诗坛出现李贺这样具有鲜明风格的诗人,有唐诗发展的某种必然。唐诗到李白、杜甫,题材的广泛、手法的变化、体裁的运用都达到了极高境界。他们是丰碑,更是不易跨越的高峰。中唐诗人面临的境况是:盛唐诗坛的热闹过后,前辈诗人的辉煌成就可以给他们提供某些借鉴,他们须在学习前人的基础上理性继承前人的成果并有所创新,他们必须有更细微的观察体会,有更深刻的挖掘和更广泛的开拓。但是,李贺奇诡凄冷的诗风,更主要是李贺在多种因素的影响下,在他一生忧愁苦闷心境的主导下形成的。这是李贺诗风最有决定意义的方面,也是理解李贺诗风的关键。

李贺一生备受压抑,他的心灵有时在重压下变得畸形而异于常态,内心充满忧愁苦闷。形成他一生忧愁苦闷心境的原因,首先是中唐社会进一步走向衰微。兴盛的大唐帝国经历安史之乱后,处处显露出衰败迹象,藩镇割据严重,朝廷朋党斗争激烈,宦官肆意专权。元和时代短暂的中兴也并未使帝国再现辉煌,只是回光返照,转眼又呈萧瑟衰朽之象。这个时代的诗人们,一方面经历了前辈诗人没有经历过的政局动荡和贫困生活,他们思考的深刻程度、体味的沉痛程度也非前人可比。另一方面,他们已少有前辈诗人的宽广胸怀和昂扬气象。中唐诗坛上作品题材多琐屑细小,微观挖掘更加深邃,相比之下,宏观把握上明显不足。中唐诗人的眼光常局限于自身的困顿遭遇,他们既不像具有蓬勃青春气息的盛唐诗人那样志向远大,也不同于晚唐诗人那样近于一无所有后的悲哀。中唐诗人处在他们二者之间,其作品中流露的往往是那种欲说还休、失望和希望混杂的尴尬与无奈,这一点在李贺诗歌中常表现为凄恻、幽冷而又奇崛之气。他的诗中没有衰败到极点的深深叹息,而是在绝望中仍抱有希望和寄托的激荡不平。这种忧愁、凄怆的气象和那个时代的社会背景相吻合,也充分体现了那个时代对李贺内心愁苦心境的影响,以及对其诗歌风格的影响。

其次,仕途受阻、怀才不遇的痛苦影响了李贺的心境。由于儒家思想的影响,中国古代知识分子向来追求"修身,齐家,治国,平天下"。而在唐代,尤其是处于社会中下层的知识分子,这种人生理想的实现主要通过科举考试的途径。李贺是唐宗室后裔,远祖是唐高祖李渊的叔父李亮,属于唐宗室远支,到李贺父亲李晋肃时,早已世远名微,家道中落。李贺自述家境的《送韦仁实兄弟入关》云:"我在山上舍,一亩蒿硗田。夜雨叫租吏,春声暗交关。"从中可见他家境之贫寒。其《勉爱行二首送小季之庐山》云:"欲将千里别,持我易斗粟。"已经饥寒交迫,需要外出谋生,凄凉之状,于此可见。然而李贺少时聪慧而有诗名,志向远大,自视甚高。他在诗中一再以"皇孙""宗孙""唐诸王孙"称呼自己,希望通过科考获取功名,置身显耀。《新唐书》谓李贺"七岁能辞章",唐人赵璘《因话录》云:"张司业籍善歌行,李贺能为新乐府,当时言歌篇者,宗此二人。"而《新唐书》甚至把李贺与先辈诗人李益相提并论:"贞元末,名(李益)与宗人贺(李贺)相埒。每一篇成,乐工争以赂求取之,被声歌,供奉天子。"然而在李贺准备参加科考时,因其父名"晋肃","晋"与"进"犯"嫌名",尽管韩愈"质之于律""稽之于典"为其辩解,终无可奈何,他不能参加进士考试,不得不愤离试院。仕途功名的无望,对自视甚高的李贺来说是一个巨大打击。他心中充满找不到出路的哀伤和雄才难展的激愤:"束发方读书,谋身苦不早……狭行无廓落,壮士徒轻躁。"(《春归昌谷》)清人姚文燮注此诗云:"高才为时所忌,如好鸟之处缯缴,嘉鱼之在笼罩。安能振羽鼓鳞,任我飞跃?举步穷途,轻躁又安庸乎!"一语中的。

实际上在很长一段时间内李贺仍抱有实现理想的信念,其《崇义里滞雨》云:

落莫谁家子,来感长安秋。
壮年抱羁恨,梦泣生白头。
瘦马秣败草,雨沫飘寒沟。
南宫古帘暗,湿景传签筹。
家山远千里,云脚天东头。
忧眠枕剑匣,客帐梦封侯。

本诗很好地表现了李贺对自己仕进遭遇的思考——他枕剑"忧眠",梦"封侯"之梦,充满了对未来的不安及对功名难以实现的感慨。诗中"壮年抱羁恨,梦泣生白头"则是他生存状态的真实写照。开篇"落莫"二字,表现了他心中的苦寂,是愁苦心境的写照。随着时光流逝,希望进一步幻灭,李贺心中的苦寂日益沉重,"长安有男儿,二十心已朽"(《赠陈商》)。现实社会中一个人如果功成名就,他的人生价值就得到体现,但这不是人人都能如愿以偿的。这种理想与理想难以实现的矛盾,一直缠绕在作家内心,使得建功立业和怀才不遇的咏叹在文学创作中长盛不衰。在这一点上李贺比他人不幸得多,他连追求功名的资格都被剥夺了。

秋风吹地百草干,华容碧影生晚寒。
我当二十不得意,一心愁谢如枯兰。

(《开愁歌》)

仕途理想的幻灭带给他的是深沉的忧愁苦闷,这给他的身心带来沉重打击,他心神交瘁,未老先衰,使得其诗充满浓郁的伤感情绪和凄凉幽僻的特征。

最后,生存的痛苦也影响了李贺的心境。与仕途无缘后,其生存条件和环境日趋恶化。李贺一向自诩为"王孙",其实早已家道衰落成为孤寒之士,加之自小体弱多病,生存对他来说充满了痛苦。李贺诗中多有他疾病缠身的苦吟。《伤心行》云:

咽咽学楚吟,病骨伤幽素。
秋姿白发生,木叶啼风雨。

> 灯青兰膏歇，落照飞蛾舞。
> 古壁生凝尘，羁魂梦中语。

本诗中物质贫乏与身体病痛交缠在一起，有力表现出李贺内心深刻的痛苦悲伤。"凉馆闻弦惊病客，药囊暂别龙须席"（《听颖师琴歌》），身居京都繁华地，他怀才不遇，积愁成疾，以病客自居。"日夕著书罢，惊霜落素丝"（《咏怀二首·其二》），他一次又一次为自己未老先衰的生命伤心不已。困顿的生活和病弱的身体，使他十分容易感受到生命的脆弱。他在表现这种愁苦心态时，常在秾艳富丽之中发出悲怆凄厉之声，在酣歌醉舞、兴高采烈之时洒下黯然神伤之泪，如《二月》：

> 二月饮酒采桑津，宜男草生兰笑人，蒲如交剑风如薰。
> 劳劳胡燕怨酣春，薇帐逗烟生绿尘。
> 金翘峨髻愁暮云，沓飒起舞真珠裙。
> 津头送别唱流水，酒客背寒南山死。

前八句描绘风和日丽、花鸟芳妍的仲春风光，以及美人酣歌畅舞、气氛浓艳热烈的场景。诗末一句陡转，"酒客背寒南山死"，南山都要死去，何况人呢？秾丽之中深蕴凄冷的情调，构成幽冷的诗境。

前途无望，体弱多病，李贺陷入深刻的孤寂和痛苦中，而来自死亡的威胁，更令李贺胆战心惊，这种内心痛苦使其诗多显幽冥凄冷的鬼气。因此，李贺写到了幽冥世界。他的"鬼诗"仅十来首，约占其全部作品的二十分之一，但"鬼"却与他结下了不解之缘。严羽《沧浪诗话》云："人言太白仙才，长吉鬼才，不然，太白天仙之词，长吉鬼仙之词耳。"李贺并不是脱离人而单纯写鬼，如《苏小小墓》：

> 幽兰露，如啼眼。
> 无物结同心，烟花不堪剪。
> 草如茵，松如盖。
> 风为裳，水为佩。
> 油壁车，夕相待。
> 冷翠烛，劳光彩。
> 西陵下，风吹雨。

本诗以景起兴，通过景物联想到人物形象，把写景、拟人融合为一体。写幽兰，写露珠，写烟花，写芳草，写青松，写春风，写流水，笔笔写景，又笔笔写人，写景即是写人。把景与人巧妙地结合在一起，既描写了景物，创造出鬼魂活动的环境氛围，同时也塑造出人物形象，使读者睹景见人。诗中美丽的景物，不仅烘托出苏小小鬼魂形象的婉媚多姿，同时也反衬出她心境的落寞凄凉，她是那样一往情深，即使身死为鬼，也不忘与所思缔结同心。她又是那样牢落不偶，死生异路，竟然不能了却心愿。她怀着缠绵不尽的哀怨在冥路游荡。在苏小小这个形象身上,可以隐约看到李贺自己的影子。李贺也有自己的追求,就是要建功立业,实现修齐治平的理想,为挽救多灾多难的李唐王朝做一番事业。然而他生不逢时,奇才不被赏识,"无物结同心"。他空寂幽冷的心境通过苏小小这一形象得到了充分展现。在绮丽秾艳的景物背后,有着哀激孤愤之思。也就是说,他通过鬼魂这种形式,反映人世的内容,表现人的思想情感。

　　盛世不复,壮志不遂,生命不永,种种因素共同整合成李贺生命的悲剧意识,在其诗中读者常常看到一个青年诗人在命运面前的痛苦歌吟。人生短促,光阴易逝,怀才不遇,理想和现实困境的冲突,再加上他羸弱多病,使得他对生命的悲剧意识尤其敏感。理想与现实之间的差距越大,痛苦就越深。人在现实中屡遭挫折之后,随着生命的流逝会更强烈地感受到生命短促、时光易逝的悲哀。这生命悲剧意识构成了李贺诗歌的主旋律,他常把忧郁的感情和理想不能实现的痛苦写在诗中,如《秋来》中的忧郁、激愤的情绪。钱锺书在《谈艺录》中云:"细玩昌谷集,舍侘傺牢骚,时一抒泄而外,尚有一作意,屡见不鲜。其于光阴之速,年命之短,世变无涯,人生有尽,每感怆低回,长言永叹。"他在短暂的人生中不能建功立业,便以自己的天赋和敏锐的感受力,对生命的短暂和人生的悲凉进行咏叹,他写黑暗写幽寂,着意创造出一种奇诡冷艳的意境。李贺诗中多处是写恨、传恨的"死""恨""愁""涕""泣""寒""涩"等字眼,在他眼中似乎一切景物都是忧愁凄苦的,如"别浦今朝暗,罗帷午夜愁"(《七夕》)、"东方风来满眼春,花城柳暗愁杀人"(《三月》)、"秋坟鬼唱鲍家诗,恨血千年土中碧"(《秋来》)、"无情有恨何人见? 露压烟啼千万枝"(《昌谷北园新笋四首·其二》)等等。从一定意义上说,这种生命悲剧意识是李贺诗歌独特艺术魅力的重要组成部分。

　　李贺27岁就离开人世,他对自我生命迅速流逝的恐慌比一般人更敏感更强烈。也因为个性的不同,他的生命悲剧意识也与一般人有差异。李贺内心充满苦闷,他更多从自己坎坷的命运中感受世界的冷漠、残酷,对现实社会和人生充满排斥,他心中这个世界天昏地暗:

> 天迷迷,地密密。
> 熊虺食人魂,雪霜断人骨。
> 嗾犬狺狺相索索,舐掌偏宜佩兰客。
> 帝遣乘轩灾自息,玉星点剑黄金轭。
> 我虽跨马不得还,历阳湖波大如山。
> 毒虬相视振金环,狻猊䝙貐吐馋涎。
> 　　　　　　　　　　　　(《公无出门》)

在他眼中就连山水自然也是阴森的,他看到的是枯死的兰花、芙蓉,是衰老的鱼、马、兔、鸦,是残败的虹霓、露珠,是朽腐的桐、桂、竹、柏——"老景沉重无惊飞,堕红残萼暗参差"(《四月》)、"离宫散萤天似水,竹黄池冷芙蓉死"(《九月》)。李贺有时把自己对社会的厌恶幻化为灰暗阴沉的色调,来渲染抒写自然景物——"冷红泣露娇啼色……鬼灯如漆点松花"(《南山田中行》)、"咽咽学楚吟,病骨伤幽素。秋姿白发生,木叶啼风雨"(《伤心行》)、"衰灯络纬啼寒素……雨冷香魂吊书客。秋坟鬼唱鲍家诗"(《秋来》)。这种令人不寒而栗的景象在李贺笔下俯拾皆是。李贺在感受自然景物时不自觉地消融了物我界限,将自己的情绪感触移入自然万物,甚至自然万物也因此充满灵性,变得与他一样苦寒凄冷。明人王世贞《艺苑卮言》云:"李长吉师心,故而作怪,亦有出人意表者。"

李贺在怀才不遇、功名不就的境况下,将其卓越的才华和全部精力投入诗歌创作中,把诗歌当作生命之所在,把他内心浓郁伤感的情绪和凄凉幽僻的特征都写入诗歌中。他的每一首诗都体现着自己内心的情感思绪,反映着自己独特的心路历程。因此,李贺诗歌中的意象多偏于枯寂幽僻,常用"老""死""瘦""枯""硬"等词语。其《伤心行》云:

> 咽咽学楚吟,病骨伤幽素。
> 秋姿白发生,木叶啼风雨。
> 灯青兰膏歇,落照飞蛾舞。
> 古壁生凝尘,羁魂梦中语。

在肃杀萧瑟的暮秋冷败背景下,一片片树叶在凄风苦雨中飘离枝头,发出如人伤心啼哭般的声响。还有苍苍白发、奇诡凄冷的意象,都表达了他身处病态社会的烦闷、压抑、凄凉与愤激之情。又如《将进酒》云:

> 琉璃钟,琥珀浓,小槽酒滴真珠红。
> 烹龙炮凤玉脂泣,罗帏绣幕围香风。
> 吹龙笛,击鼍鼓;皓齿歌,细腰舞。
> 况是青春日将暮,桃花乱落如红雨。
> 劝君终日酩酊醉,酒不到刘伶坟上土!

前面用一个由浓艳美酒、珍异佳肴和美妙歌舞等组成的色彩鲜艳的意象群体来写尽人生乐事,后面却以"桃花乱落""刘伶坟上土"等组成的意象群体来表现人生的失意和空虚,将他心灵深处潜藏的矛盾与苦闷生动揭示出来。可见,李贺诗歌意象是他复杂矛盾内心世界的反映,与他的审美情趣相适应,构成其诗歌感伤、幽僻、奇诡、冷艳的风格特色。李贺内心的忧愁苦闷、生命的悲剧意识,使得李贺诗风独具特色。这种风格特色也是唐帝国江河日下图景的投射,是唐王朝走向衰亡的哀歌。

第十四节 杜牧咏史诗的艺术特征

中国古代咏史诗滥觞于先秦的《诗经》、楚辞,但真正以"咏史"命名则始于班固,随后历经魏晋南北朝,到唐代完全成熟。唐代以前咏史诗数量很少,总共不到200首。然而,有唐一代咏史诗就有1400余首,其中晚唐就达千首以上,占全唐咏史诗总数的百分之七十。一般而言,咏史诗依据史实史事,同时又与社会现实密切相关,将传统比兴手法用在历史题材创作中,作者因历史事实而起兴,以历史事实来比拟和讽喻现实。作者通过对相关史实史事的反复咏叹来反映现实,表达真情实感,它不仅有特定的内容,也有独特的表现方式。

杜牧是晚唐著名诗人,宰相杜佑之孙,思想深受其家学影响,才气纵横,抱负远大,但是偏偏时运不济。晚唐社会藩镇跋扈,宦官专权,朋党倾轧,赋敛严苛,再加上吐蕃、回鹘的侵凌,各种社会矛盾空前尖锐,整个社会处于分崩离析的边缘。报国无门,空有一腔热血的诗人杜牧把自己的才气、睿智、热情诉诸诗歌。杜牧今存诗歌400余首,其中30余首咏史诗,这些咏史诗以其独特的艺术风格在晚唐消沉纤弱的诗坛上独树一帜,具有相当的地位和影响。

杜牧的创作风格独特,他不仅注重作品的思想内容,也非常重视对艺术技巧方面的探索。其《献诗启》云:"某苦心为诗,本求高绝,不务奇丽,不涉习俗,不今不古,处于中间。既无其才,徒有其奇,篇成在纸,多自焚之。"他在此处宣告自己作诗的原则,这也是其诗自成一格的重要原因。曹中孚《晚唐诗人杜牧》评价云:"杜牧尽管才思敏捷,但对于诗歌创作却很认真。他继承杜甫'语不惊人死不休''新诗改罢自长吟'的写作态度,不惜一改再改。"俊爽、峭健、豪迈是杜牧咏史诗的总体特点,但具体而言,其风格特色是多方面的。

首先,杜牧咏史诗视角独特,立意高绝,多喜翻案。杜牧不仅才情卓越,且有治国安邦的策略。他善于从政治、军事、社会、历史的角度取材,以政治家、军事家的眼光,用奔放豪爽的激情表达其鄙弃世俗的思想感情,如《过骊山作》:

> 始皇东游出周鼎,刘项纵观皆引颈。
> 削平天下实辛勤,却为道旁穷百姓。
> 黔首不愚尔益愚,千里函关囚独夫。
> 牧童火入九泉底,烧作灰时犹未枯。

历代作家对秦始皇这位统一全国的封建帝王,不是歌颂他的赫赫战功就是抨击他的残酷暴虐,杜牧却独辟蹊径,嘲笑其愚蠢。开头两句写始皇东游,欲出周鼎于泗水中,侍从煊赫,仪卫壮盛,因而引起刘邦、项羽的嫉妒羡慕,发出"彼可取而代也"的感叹。接着讥笑始皇削平天下,不过是向道旁的穷百姓炫耀罢了。这几句不从正面写秦始皇的威武而其状自现,铺叙概括极为凝练。以下四句讥笑始皇蠢笨——他焚书坑儒,以愚民众,驱役万夫,在骊山营造陵墓,造成后又把役夫尽埋于墓内,欲人不知其陵墓所在,而得长眠于地下,结果却被牧童无意中引火入墓穴,把尸骸烧成灰烬,这是他生前万万想不到的。由此看来,不是黔首愚,而是秦始皇自己更愚。这种高超独拔的见解别开生面。再如《题商山四皓庙》:

吕氏强梁嗣子柔,我于天性岂恩仇。
南军不袒左边袖,四老安刘是灭刘。

四皓安刘已成定论,但杜牧提出了新的见解,最后一句"四老安刘是灭刘"鲜明地提出了自己看法,暗示了四皓安刘为吕后专权做铺垫,同时也对出此下策的张良进行了讽刺。杜牧写诗时,思想不为史实所拘,而是借题发挥,抒情言志。出现在诗中的"史"不是简单记述史实,而是渗透了他主观思想情感的意象化的"史",但又不是随意捏造。袁枚在《随园诗话》中云:"读史诗无新义,便成《廿一史弹词》。虽着议论,无隽永之味,又似史赞一派,俱非诗也。"杜牧善于发现问题,他的咏史诗使人耳目一新、茅塞顿开。"胜败兵家事不期,包羞忍耻是男儿。江东子弟多才俊,卷土重来未可知"(《题乌江亭》),"折戟沉沙铁未销,自将磨洗认前朝。东风不与周郎便,铜雀春深锁二乔"(《赤壁》),等等,立意新奇,无一平正,从中可以看出其雄才大略与远见卓识。

其次,杜牧咏史诗着眼女性,选取历史深镜头来揭示历史内涵。在中国文学史上,《诗经》中就已有关于女性的叙写,但不同时代、不同体式的文学作品中叙写的女性形象的身份、性质、作用及叙写口吻有很大差别。《诗经》中的女性大多是具有明确伦理身份的现实生活中的女性,用写实口吻来写。晚唐社会政治黑暗腐朽,仕途充满压力,有才干、有见识的文人多是志不得伸,再加上唐代开放的社会风气,文人学士接触女性的机会也较多。政治黑暗、国运衰微、生活环境开放及情感所需,使得晚唐文人可以用大量笔墨来写女性,但他们笔下的女性形象往往表现的是作者的弱者心理,作者对她们遭遇的同情实际上是对自身命运不济的哀叹,李商隐、温庭筠等的一些作品就是这样。李商隐"东家老女嫁不售,白日当天三月半"(《无题》),抒发的就是他自己对前途的忧虑。杜牧也不例外,其"十年一觉扬州梦,赢得青楼薄幸名"(《遣怀》),是对自己功业无成的调侃;《杜秋娘诗》中对杜秋娘遭遇的同情,实际上也是对自己无法掌握命运的伤感。但与众不同的是,杜牧笔下的女性形象是多样化的。

杜牧咏史诗中的女性形象大体可归为三类,第一类是木兰、王昭君、绿珠与息夫人等巾帼英烈。在《题木兰庙》与《题桃花夫人庙》中作者对她们进行描写,虽着墨不多,但赞叹之情溢于言表。这类女性像是作者的向往和心灵的抚慰,对其描写不仅表现出他超凡脱俗的见解,更流露出他刚直不阿的个性:通达则如木兰、昭君,为国御敌、为国和番;身处逆境则如绿珠和息夫人,宁为玉碎,不为瓦全。她们是作者心中向往的偶像,寄托着他的壮志与豪情。《新唐书·杜牧传》云:"(杜牧)刚直有奇节,不为龌龊小谨,敢论列大事,指陈利病尤切。"伟丈夫与巾帼英雄看来确有相通之处。作者写诗抒怀,言在彼而意在此。第二类是郑袖、杨玉环与张丽华等。这类女子貌美如花,但大都红颜薄命。作者抒写她们,是为了批判统治者荒淫无道。第三类则以商女、二乔为代表。"商女不知亡国恨,隔江犹唱后庭花"(《泊秦淮》),"东风不与周郎便,铜雀春深锁二乔"(《赤壁》)。"商女""二乔"是两个意象,商女不谙世事,不知亡国之恨,仍然悠闲地唱着亡国之音;二乔乃江东国色,掳走二乔即暗指吴国灭亡。这使读者瞬间就发现诗中意象的对立面,美的感性形象中融入了深刻的理性认知,两个意象起到了曲径通幽的效果。《泊秦淮》从字面上看似作者斥责商女,实际上是借南朝后主纵情声色终致亡国的史实,影射当时身负天下兴亡之责而又全无亡国之忧的达官权贵,讽刺他们纵情声色、醉生梦死的生活,表达作者忧国忧时的沉重心情。《赤壁》讥笑周瑜在赤壁之战中的侥幸成功,若非天赐良机,周瑜很可能是国破家亡的悲惨结局。以二乔立意,可以增加诗的情趣,使冷冰冰的史实顿时增色不少。历史是冷峻理性的,但是杜牧咏史诗却渗入了女子的柔婉,即使弯弓征战、大气磅礴的木兰也有"梦里画眉"之时,这使得诗歌在峭直中多了些圆润。后人评杜牧诗如"铜丸走坂,骏马注坡,谓圆快奋急也"(《唐才子传·杜牧》),须眉之气中有了巾帼的圆纯,在读者视野中起到了舒缓作用,使咏史诗脱去了僵直和生硬。从女性入手,小处落笔,收到言微意丰、深衷浅貌之效。

再次,杜牧咏史诗表达含蓄却不隐晦,蕴含着深刻哲理。清人吴乔《围炉诗话》云:"诗贵有含蓄不尽之意,尤以不著意见声色故事议论者为最上。"缪钺也曾赞扬杜牧咏史诗能够做到精练、含蓄、婉曲、渗析,用旁敲侧击之法,表达丰富的情思,摹写生动的景象,以少胜多,耐人寻味,表现含蓄,突出主题,含蕴深刻哲理。《题木兰庙》云:

> 弯弓征战作男儿,梦里曾经与画眉。
> 几度思归还把酒,拂云堆上祝明妃。

花木兰是中国古代著名的女英雄,北朝民歌《木兰诗》曾对其着力描绘。对照二诗可以看到,杜诗中四句除了首句,其余全是他发挥想象而虚构的情节,使读者生发联想,获得创造性阅读的快感,同时又深刻揭示了木兰的内心世界,更全面显示了这位巾帼英雄的本色,并深化了主题。白天,木兰征战四方,颇有男儿豪气;晚上,却梦里画眉,显出女儿本色。"几度思归"也是儿女常情,并非无情才是英雄,思家、爱家才说明她出征御敌的意义。"把酒""祝明妃"把两个异代女子联系到一起,殊途同归,都是为了国家,可谓灵犀一点,展现出木兰崇高的精神境界,而背后却暗指统治者无能,将安危托妇人。

杜牧咏史七绝常前两句写景,后两句借史抒情。后人许彦周因此称他的咏史七绝为"二十八字史论"。他的这类诗表现手法含蓄,不著一字却尽得风流,通篇层层布景,使人很难察觉咏史的痕迹,如《江南春绝句》:

> 千里莺啼绿映红,水村山郭酒旗风。
> 南朝四百八十寺,多少楼台烟雨中。

本诗表面上描绘了莺啼水村、山郭中酒旗飘摆、寺院楼台点缀于迷蒙烟雨之中的江南春景图,但看到"南朝"二字,有心的读者便会发现作者用含蓄之笔警诫现实之意。历史遗迹提示出历史结局,历史结局又必然引发对历史兴亡的思考和感慨,使史实成为一种寄托思想感情的媒介与载体,引发读者深入的哲理思索。

最后,杜牧咏史诗语言质朴,用典娴熟。用典往往能够收到言有尽而意有余的效果,但是过多用典则会使诗歌晦涩难解,如阮籍的部分咏怀诗。杜牧深知这一点,虽然他熟读史书,对史实、人物了如指掌,但其诗很少用典,即使用了也是为大家所熟知的,如《过华清宫绝句三首·其三》:

> 万国笙歌醉太平,倚天楼殿月分明。
> 云中乱拍禄山舞,风过重峦下笑声。

少许几笔便描绘出昏君、佞臣的丑态,佞臣阿谀逢迎,皇帝愚昧无知,阵阵笑声随风远逝。全诗充满讽刺,生动形象,色彩毕现,意味深长。又如《题宣州开元寺水阁,阁下宛溪,夹溪居人》:

> 六朝文物草连空,天淡云闲今古同。
> 鸟去鸟来山色里,人歌人哭水声中。
> 深秋帘幕千家雨,落日楼台一笛风。
> 惆怅无因见范蠡,参差烟树五湖东。

诗中提到了六朝,提到了范蠡,作者希望像他一样在功成名就之时驾一叶扁舟逍遥于江湖之上,但现实生活有太多伤感。作者显然是在伤悼六朝繁华的消逝,同时又以"今古同"把人带入历史的长河。"'人歌人哭',一代代人都消没在永恒的时间里,连范蠡这样的能臣也寂寞难寻,留下的只有天淡云闲,草色连空。"(袁行霈《中国文学史》)虽然用了典故,却不显晦涩。

杜牧《答庄充书》云:"凡为文以意为主,以气为辅,以辞彩章句为之兵卫……苟意不先立,止以文彩辞句,绕前捧后,是言愈多而理愈乱……是以意全胜者,辞愈朴而文愈高。意不胜者,辞愈华而文愈鄙。是意能遣辞,辞不能成意。大抵为文之旨如此。"杜牧咏史诗以意为主,语言质朴,少用典故,也正实践了这一创作主张。

第十五节　李商隐无题诗的艺术特征

抒情是诗歌的基本特征之一,能否成功抒写真情是衡量诗歌艺术创作是否成功的重要标准之一。晚唐李商隐以其独创的无题诗,取得卓越的艺术成就,在唐代诗史上占据突出的位置。究其原因,在于他成功地抒写了人世间最真、最美的情感。长于言情,是李商隐无题诗艺术创作的根本特征。

首先,情感是诗的生命。与其他情感相比,哀情最易引起人的心灵的震撼。爱情是人类最强烈的情感,恋人之间的离合悲欢易引起读者的共鸣。李商隐独创的无题诗多以男女相思为题材,表现男女之间种种复杂的思想情绪,抒写男女主人公对爱情的追求与向往,其茫然失落且带有浓厚悲剧色彩的爱情诗尤多。他的无题诗无论是抒写男女情爱生活中的缠绵与执着、离别与间阻,还是抒写他们的期待与失望、苦闷与悲愤等,都达到极高的艺术创作水准,获得了震撼读者心灵的巨大的情感力量。其无题诗或抒小会遽别之思,或抒伤离怀远之意,或发伤逝永隔之恨,情真语挚,婉曲缠绵,深情绵邈,精纯华美,集中显示了作者长于言情的艺术天才。从其创作思想上看,他的无题诗多揭露封建礼教之虚伪,重视恋爱男女之间彼此相悦,强烈希望摆脱封建礼教的束缚,给青年人自由,具有进步意义。更为重要的是,他的无题诗把情感表达得真挚深沉,诗中或弥漫着浓厚的感伤情绪,或带有悲剧色彩,风格凄清华美,如《无题》:

> 昨夜星辰昨夜风,画楼西畔桂堂东。
> 身无彩凤双飞翼,心有灵犀一点通。
> 隔座送钩春酒暖,分曹射覆蜡灯红。
> 嗟余听鼓应官去,走马兰台类转蓬。

作者抒写了对昨夜一度春风旋即分离的意中人的深切怀想,心态痴迷沉醉,带有怅然若失之感,具有强烈的艺术感染力。男女两性情境是作者的艺术敏感点和独特的审美视角。其无题诗,无论是两情的温馨欢悦、心有灵犀,还是执着的相思苦痛、凄怆失意,皆渗透着他深挚的情感,哀怨动人。

其次,李商隐特别致力于婉曲见意、曲折达意的创作表达方式,而较少采用直抒胸臆的抒情方式。这一创作方式与诗人缠绵悱恻的情思融合起来,从而形成其别具一格的艺术风调。清代叶燮评之为"寄托深而措辞婉"(《原诗》)。这一深婉的审美风格,既是出于处理上的实际需要,也缘于无题诗所抒写的对象与内容,而且又同诗人用典的嗜好紧密联系,受到他文艺创作思想的支配。这使他创作的无题诗,或有百宝流苏的绮丽,或具千丝织网的细密,或含行云流水的空明,读后令人荡气回肠,情不自已。清何焯《义门读书记》评之曰:"顿挫曲折,有声有色,有情有味。"李商隐独辟的这一艺术创作境界,在中国古代诗艺王国中卓尔不群,如《无题》:

中国古代名家诗词艺术

>　　相见时难别亦难,东风无力百花残。
>　　春蚕到死丝方尽,蜡炬成灰泪始干。
>　　晓镜但愁云鬓改,夜吟应觉月光寒。
>　　蓬山此去无多路,青鸟殷勤为探看。

　　本诗开头从会见的困难着笔写别离的痛苦,因会面难,离别才倍觉难堪。接着用"春蚕""蜡炬"来形容别离后缠绵执着的相思之情,含蓄而鲜明,委婉而热烈。往下继续写别后之情境,青春易逝、孤独难捱的况味加深了离别的愁绪。末尾又强作自我宽慰,表达不能自已的相思之情。作者紧扣离别与相思,但不限于别时的情景,从会见之难一直联想到别后的苦痛和希望,感情深,容量大,且概括面广。本诗抒情迂回曲折、委婉细腻,他采用"剥茧抽丝"的构思方式,由一意象生发出另一意象,前后紧承,绵绵不绝,曲折委婉地把真挚的情感淋漓尽致地表达出来,显得格外真挚动人、深挚邈远、缠绵悱恻。这类作品在作者的无题诗中最具有代表性。又如《无题》(昨夜星辰昨夜风)之"隔座送钩"一联,作者借助联想和想象将实事实情化为虚拟的情境和画面,同样体现了深婉曲折的艺术创作特征。

　　再次,李商隐善于用象征手法和美丽的神话来渲染意境,采用移情入景的手法将爱情感受的朦胧惝恍抒写出来。他将复杂的矛盾甚至惆怅莫名的情绪借助于诗心的巧妙生发,铸造出雾里繁花般朦胧凄艳的诗境。李商隐在其无题诗中常以朦胧意境的营造来代替对情爱事件本身的琐屑描绘。其创作深受楚辞影响,长于把叙述事实、抒写苦闷和幻想爱情交织在一起,借景抒情或融情入景,把他所描绘的事件处理得富于跳跃性和象征性,使其诗所蕴含的情感含蓄深沉、意味隽永,如《无题》:

>　　来是空言去绝踪,月斜楼上五更钟。
>　　梦为远别啼难唤,书被催成墨未浓。
>　　蜡照半笼金翡翠,麝熏微度绣芙蓉。
>　　刘郎已恨蓬山远,更隔蓬山一万重。

　　本诗着意摹写缠绵悱恻的相思相忆和不知所以然的婉曲心理,整个相思相忆的心理流程又与斜月、晨钟、烛影、熏香的环境描写层递而下,在梦幻的交织中创造出一个凄迷哀丽的艺术境界,不仅避免了艺术创作上的平直,而且突出抒写了远别之恨的主题。王国维《人间词语》云:"一切景语皆情语。"情是景的统帅。李商隐无题诗以景传情,通过朦胧凄迷的艺术意境,充分抒发他深挚的情感,表达了他对爱情理想及对美丽"蓬山"的执着追求。其他如《无题》(凤尾香罗薄几重)一诗,就是借助象征手法,着意渲染感情抒发的特殊氛围。

　　最后,不幸的命运孕育了李商隐憔悴行吟的诗篇。李商隐自幼几经离丧,饱尝人生困苦,深体世态炎凉,他在《有感》中云:"古来才命两相妨。"他的好友崔珏说他"虚负凌云万丈才,一生襟抱未曾开"(《哭李商隐》)。他在无题诗中抒写爱情生活的不幸,又同身世遭遇的不幸及对唐王朝命运的忧思紧密联系,从而创作出哀艳的乐章。浸染着浓郁的感伤情绪，是李商隐无题诗艺术创作的又一重要情感特征。《无题》（相见时难别亦难）中的"春蚕"一联，不仅是他那种执着缠绵固结不解的感伤情绪的形象化表达，且这种感伤情绪注入了朦胧瑰艳的诗境，凄美幽渺，耐人寻味。《无题》（来是空言去绝踪）一诗，通过对远别之恨和相思之苦的反复渲染描绘，使"刘郎已恨蓬山远，更隔蓬山一万重"的无望悲剧感更强烈。又如《无题》（飒飒东风细雨来）一诗，作者将抽象感情化为具体事物，通过美好事物的产生与被毁坏相对照，在凄艳之中创造出一种动人心弦的悲剧美。李商隐苦于爱情折磨又执着于爱情。他在无题诗中刻意塑造彷徨求索的人物形象，通过描写对理想对象的不懈追求，表达了他的执着态度，抒写了他的深挚委曲之情。这样的范例在其无题诗中还有很多。此外，李商隐善于熔铸词采，在含蓄深稳之中表现炽热的感情。

李商隐在其无题诗中创造了深婉曲折的抒情方式。其无题诗善于抒写深挚的情感，着力营造朦胧的意境，渲染悲剧气氛，在晚唐诗歌山穷水尽的景况下开创柳暗花明的新气象，为唐诗发展谱写了一片绚丽的晚霞。他在中唐以来逐渐流于散文化的诗歌创作的百草园里以精练含蓄、情深意永的无题诗独标风致，又在该类诗中改变了初盛唐诗人直抒胸臆、质朴明朗的美学追求，独创寄情深婉的艺术至境。

中国古代名家诗词艺术

第十六节　李煜词的情感特征

　　李煜系南唐最后一位皇帝，人称李后主。他在政治上是庸才，在艺术上却颇具天资。他自幼天赋惊人，精于书画，妙于音律，文章诗词无不通晓，在文学方面具有特出才能。从其词的思想内容看，虽仅限于抒写个人狭隘的生活圈子，但不论他写宫廷欢乐或男女情爱，也无论是写别恨离愁或亡国之痛，皆充满着深厚真挚的情感。尤其他降宋以后，在天堂与地狱、苦与乐悬殊的对比中，以其敏锐的观察思考、丰富的情感、深厚的艺术造诣倾吐心声，形成其词真挚、深痛、深刻而又凄恻的情感基调。可以说，作为国君，李煜庸弩无能，但作为词人，他却成就卓著。其词千百年来流传不衰，让无数读者感动，有着独特的情感内涵和特征。

一、坦率真切

　　李煜词以南唐国亡为界，分为前后两个时期。一般说来，他的前期作品主要写宫廷享乐与男女情事（包括幽期密约、依恋相思、怀旧悼亡等），后期则转写物是人非、江山易主的悔恨与悲哀。前、后期在风格手法、情感层次上都不同，但有一点是一致的，即主体情感的坦率真切。坦率真切，意味着投入，意味着实话实说，不装假面，意味着对对象不受拘束限制的体味和展示。具体到李煜不同题材的词，率真则相应地表现为享乐的彻底、言情的坦直、抒写亡国感受的极情尽致。

　　首先，李煜词抒写彻底的享乐。虽然李煜一即位就成了宋朝的儿皇帝，虽然在他统治时期南唐国势日益衰微最后直至覆灭，但作为国君，李煜在他生命前期并不缺乏享乐机会。面对一切繁华热闹光景，李煜全身心投入，彻底享乐。他在《浣溪沙》中写道：

　　　　红日已高三丈透，金炉次第添香兽。红锦地衣随步皱。
　　　　佳人舞点金钗溜，酒恶时拈花蕊嗅。别殿遥闻箫鼓奏。

日高三丈，金炉依旧填香，预示着昨日便开始的达旦之欢还将继续。舞酣钗溜，酒恶嗅蕊，说明放纵欢乐的无已。结尾处别殿箫鼓传来，又使这情景具有了空间普遍性，告诉人们，此地奢华绮靡，并非唯一，整个上层社会都已在这种欲死欲生的氛围中沉醉。这一切，都是彻底的享乐，可见李煜的投入与率真。他还有一首《玉楼春》，也写享乐生活：

　　　　晚妆初了明肌雪，春殿嫔娥鱼贯列。凤箫吹断水云间，重按霓裳歌遍彻。
　　　　临风谁更飘香屑，醉拍阑干情味切。归时休放烛花红，待踏马蹄清夜月。

美人如雪之肌肤给人带来视觉享乐，鱼贯般排列的嫔妃使这享乐达到了奢华的顶点。水云闲淡，声断的凤箫给人听觉以美感，"重按霓裳歌遍彻"的疏狂使对这美感的享受达到高峰。春日带给人以缕缕幽香,临风飘落的香屑使这嗅觉达到了餍足。酒醉之后,心情自然波动,而醉拍阑干则使郁结的情感得到疏导,使之畅发于外,这其实也是对情绪的一种品味与享受。在这种情况下,作者又辟出另一境界,他命令不放烛花,要在夜里骑马踏月归去,要享受这种趣味,体味这种境界,要看冰清玉洁的月色。本词无所顾忌地描写了多方面的享乐,纵笔恣情,彻底餍足。

其次,李煜词言情坦率。李煜前期词多写男女情事,有一部分在内容上甚至未能免于轻佻,然而由于他投入、坦白、直率,所以尽管感情有深浅雅俗,境界也有华艳温馨和暗淡萧索的差异,但都写得形象鲜明,情景如见,如三首《菩萨蛮》:

花明月暗笼轻雾,今宵好向郎边去。刬袜步香阶,手提金缕鞋。
画堂南畔见,一向偎人颤。奴为出来难,叫君恣意怜。

蓬莱院闭天台女,画堂昼寝人无语。抛枕翠云光,绣衣闻异香。
潜来珠琐动,惊觉银屏梦。慢脸笑盈盈,相看无限情。

铜簧韵脆锵寒竹,新声慢奏移纤玉。眼色暗相钩,秋波横欲流。
雨云深绣户,未便谐衷素。宴罢又成空,梦迷春雨中。

第一首以女子口吻写幽会情形。其中直接通过动作、环境表现女子的心理及其变化过程,富于生命活力,逼真细腻,大胆率直,带着李煜词鲜明的个性特点。第二首对环境和人物动作都刻画得很精细,尤其是写女子被惊觉后对对方展示的神态——"慢脸笑盈盈,相看无限情",如其日常生活的再现,未加丝毫掩饰。第三首写对一个女子的钟情、依恋和思念的过程。先写音乐演奏的情况,次写情感相通,再写"未便谐衷素"的心绪,最后写别后思恋。顺次写来,自然真切。而"眼色"二句不避平俗,直截写一时情事,可见李煜言情的坦直与无顾忌。

最后,李煜词抒写亡国感受极情尽致。国亡之前李煜词的悲哀还只是隐约朦胧的,有时还难以指实。国亡之际与做了阶下囚以后,其词的悲哀情调变得切实、深挚、凄苦起来,主旋律便是物是人非、江山易主的感受。他在词中尽情表现这些感受,不装假面,血泪淋漓,在中国词史上竖起一座用热血书就的里程碑。其《破阵子》就表现了这种鲜明的个性。本词写李煜离开南唐时的情景,先是坦率地承认从前"几曾识干戈",接着写眼前归为臣虏的"沈腰潘鬓销磨",最后痛苦地回忆辞庙、听歌、垂泪等难堪的情景。以前有人对李煜"挥泪宫娥,听教坊离曲",颇有些不以为然。苏轼《书李主词》云:"后主既为樊若水所卖,举国与人,故当恸哭于九庙之外,谢其民而后行,顾乃挥泪宫娥,听教坊离曲哉!"宋代袁文在其《瓮牖闲评》中干脆认为:"此词决非后主词也,特后人附会为之耳。"如果结合作者的人生历程,就会发现挥泪宫娥、听教坊离曲的做法既符合他的处事风格,也符合他平素毫不掩饰、率真诚实的个性。郑振铎云:"此正后主至情流露处。他心里不愿哭庙谢民,便不哭庙谢民。此种举动,实胜于虚伪的做作万万。好的作品,都是心里想什么,便写什么的。"亡国之后,李煜回首前尘,颇多反思悔恨,在许多方面都发生了根本变化,但他把自己的生活、自己内心的秘密乃至性格特征、人性弱点无保留地用词表现出来的做法却一如既往,把自己人生中的一切都毫无隐藏地抒写在词中的做法一如既往。刘毓盘说:"(李煜)于富贵时能作富贵语,愁苦时能作愁苦语。无一字不真,无一字不俊。"(《词史》)李煜从入宋到被毒死,历时二年零七个月,他在日夕以泪洗面的境遇中,写了不少词,著名的有《虞美人》《子夜歌》《望江南》《清平乐》《浪淘沙》《浪淘沙令》等。这些词,"并不考虑封建君主的猜忌毒辣,把亡国的感受照实说出来"(周振甫《中国历代著名文学家评传·李煜》),且意义显豁,以情过人。正是这些眼界开阔、感慨深挚、格调独特的词,最后决定了李煜在词史上的杰出地位。

二、敏锐贴切

李煜作为封建国君是薄命的、失败的,但他作为词人却是得天独厚的。961年李煜即位为南唐国主,其时南唐已是宋之属国。以国势论,不要说生性怯懦的李煜,即便是有经纬之才的雄主,恐怕也无力回天了。于是李煜只能屈服于北宋的强大压力,年年进贡,委曲求全,苟且偷安,这是他的薄命。李煜作为南唐国君,并无实际治国理政的才能,他也不致力于关注国家安危,面对国家政治活动中的疑难问题常无法措手。当宋军挥师南下攻陷金陵,他肉袒出降,被俘北上汴京,受宋封为违命侯,开始了他作为囚徒的人生。此后他日夕以泪洗面,直至被赐药毒死,他作为国君是失败的。

然而,李煜拥有天独厚的条件。他生性敏感,天生多才多艺,精书法,工绘画,通音律,诗文均有一定造诣,尤工于词,在创作上感情敏锐贴切。感情敏锐是成为艺术家的条件之一,也是诗词创作的重要基础。若无这一基础,便不能发现新鲜活泼的诗料,也不能抒写丰富变化的诗情。李煜敏锐的感情素质,不仅得益于他的先天禀赋,也得益于他后天的养成与遇合。首先,李煜"生于深宫之中,长于妇人之手",从小受环境熏染陶冶,造就了他在感情把握上如女性般纤细。王国维《人间词话》云:"词人者,不失其赤子之心者也。故生于深宫之中,长于妇人之手,是后主为人君所短处,亦即为词人所长处。"其次,李煜本人确实有与常人不同的诗人天赋。他好像天生不是政治家,而是诗人。据《石林燕语》记载,宋太祖曾因他"揖让月在手,动摇风满怀"的诗句,说他"好一个翰林学士"。李煜一生像一首哀艳的诗,像一场带豪华入凄凉的梦。前人多有李煜"不作词臣作帝王"的评论,都肯定他的诗人天赋。再次,李煜文化素养高,决定了他对情感有超过常人的体悟能力和敏感能力。唐圭璋《词学论丛》说李煜工音律、工画、工书,真可算得上"南朝天子爱风流"了。并说他"是合梁武帝、陈后主为一人的。但他的文学造诣,却高出他们之上而不可以相提并论"。有如此文化素养,自然在对人物、事件的领略和体悟上有着较强的能力,也有较深的层次和较为广阔的阈限。最后,李煜生活经历的变化,助益养成了他的敏锐。陆侃如、冯沅君《中国诗史》认为,李煜一生从经历上可分为三个时期。第一个时期的下限是大周后之死,此期他乐观开朗,作品不外写大周后如何同他调情,小周后如何同他幽期,轻歌曼舞如何使他流连,花残春老如何使他惆怅。第二个时期的下限是975年的被俘北迁,此期词或写人生无常,或写独处与沉默,或写秋夜凄清,或写悼亡的哀伤,题材范围有所扩大。因为自大周后死后,他便由乐观开朗变而为悲观消沉了。第三个时期的下限是他被赐死,本期词以血写成,风格哀艳凄绝,歌咏对象大都是孤独、梦和对于人生的厌倦,题材范围进一步扩大。这种题材和风格的变化,缘起于作者生活经历的变化,他也由此养成日渐敏锐的情感特征。这正是为什么李煜词越来越富于个性、越来越感情真挚、越来越富于感染力的重要原因。这些造就了李煜情感敏锐的特征,使他能在日常生活中发现写词的素材,也使他能在平常素材中发现别人难以发现的深层意味,用来写作情感深刻、含蕴丰厚、概括力和感染力强烈的词。

三、负荷超重

李煜词充分体现了他用敏锐的情感来捕捉情景和创造境界的能力。这种情感包容着作者多层次、多方位的情感体悟,主要有自然感发之情、世路飘忽之感、河山社稷之悲。

李煜词抒写了自然感发之情。《文心雕龙》云:"物色之动,心亦摇焉。"顾随云:"此'物色之动',是生发之意,如草之绿、花之红、树木之发芽。诗人所以写,不仅写花、写草,'心亦摇焉'。"自然物的些微动静,在常人看来,本不重要,尽可不予关注。李煜则不然,他对这些都高度敏感,而且越到后来他的敏感程度越高,如《喜迁莺》:

晓月坠,宿云微,无语枕频欹。梦回芳草思依依,天远雁声稀。
啼莺散,余花乱,寂寞画堂深院。片红休扫尽从伊,留待舞人归。

本词抒写对一个欢爱女子的怀念,妙处在对见到落花时引起的复杂心绪的描写:一方面落花令人触目伤心,另一方面却不肯扫除它们,要把它们留给舞人看。"为什么不扫落花呢? 第一,要留给欢爱的人看看,好花到了这个地步是多么可惜,来引起她的警惕;第二,要让欢爱的人明白,惜花的人对此又是多么难堪,来引起她的怜惜。总之,希望从这里来感动她,以后不再远离。说来虽很简单,意义却很深长的。"(詹安泰《李璟李煜词校注》)。这些都是由"啼莺散""余花乱"等自然景物感发出来的情愫。又如《捣练子令》:

深院静,小庭空,断续寒砧断续风。无奈夜长人不寐,数声和月到帘栊。

本词所写的景物主体是几声断断续续的捣衣声,院静庭香、夜风缕缕、月色清幽都只是捣衣声的环境。就只这断续的砧声已令主人公心惊不寐了,因为主人公心中的惆怅是由这砧声激发出来,剪不断,理还乱。再如《采桑子》:

亭前春逐红英尽,舞态徘徊。细雨霏微,不放双眉时暂开。
绿窗冷静芳音断,香印成灰。可奈情怀,欲睡朦胧入梦来。

本词写暮春怀人,亭前荷花缭乱,细雨迷蒙,惹得主人公双眉紧锁,而绿窗冷静,香印成灰,又将愁入梦,更增伤感。这是"物色之动,心亦摇焉",抒写自然感发之情。

李煜词抒写了世路飘忽之感。由于李煜内心敏感,加上南唐国势衰微,其早期词作未明写世路飘忽、人生无常,这种感受主要是以纵情享乐等方式潜含词中,"寻春须是先春早,看花莫待花枝老"(《子夜歌》)就是证明。从大周后死开始,李煜深隐的忧伤表面化了。他对人间的离合契阔、死生新故都因有了切身体验,而产生真切的认知与体会。他伤爱子又痛娇妻,就是他所钟爱的小周后也不能填满他心头的缺陷,因为早期那极为美满的物质和精神生活已呈现并不完全美满的状态,于是他总感觉到世路飘忽、人生无常,如《浣溪沙》《乌夜啼》《虞美人》等就表现了他的这些感受。其中"天教心愿与身违""烛残漏滴频欹枕,起坐不能平""凭栏半日独无言,依旧竹声新月似当年""烛明香暗画楼深,满鬓清霜残雪思难任"等都是名句。作者此时已有些心神憔悴,即所谓"风情渐老见春羞",比起纯自然感发之情,这种感情更真挚、更实际、更复杂,也更令人感动,如写独居无欢生活和情绪的《阮郎归》:

东风吹水日衔山,春来长是闲。落花狼藉酒阑珊,笙歌醉梦间。
佩声悄,晚妆残,凭谁整翠鬟?留连光景惜朱颜,黄昏独倚阑。

上片春来长闲,意兴阑珊,下片"留连光景",孤独无偶,伤心人怀抱如见。又如他怀人念远的《清平乐》:

别来春半,触目柔肠断。砌下落梅如雪乱,拂了一身还满。
雁来音信无凭,路遥归梦难成。离恨恰如春草,更行更远还生。

上片触景生情,情怀缭乱充盈,下片化虚为实,感情绵绵不断,无休无止。

 李煜词抒写了国亡后河山社稷之悲。从一个极富诗人气质,又极会放纵享乐的国君,一下子沦为阶下囚,他心中情感的巨大反差犹如天壤。李煜词表现出的河山社稷之悲尤为深刻:一是李煜词对亡国之痛的抒写,已不再只是一己身世之感,而是具有高度的概括性,具有了引人共鸣的力量;二是李煜此时的情感在他的一些词中已经扩展,升华为一种对于整个人生的无奈、怀疑和悲悯。关于第一点,以《虞美人》为代表。这首词写亡国之痛,但已经超越了作者个人的伤痛,已经具备了高度的概括力,已经可以是所有亡国遗民的伤痛。另外,由于"'故国'的概念含意很丰富,就是漂流在外的游子,贬谪出京的官吏,他们可把故国看作故乡或故都,引起感动……他亡国后所写的词,大都具有这样高度的概括性。因此,他这些词,好像不是写他一个人的亡国之痛,是替天下千万人写出了他们的无限悲痛,不论是亡国的,贬官的,离乡的,和亲人离别的"(周振甫《中国历代著名文学家评传·李煜》)。关于第二点,以《相见欢》为代表——

林花谢了春红,太匆匆。无奈朝来寒雨晚来风。
胭脂泪,留人醉,几时重。自是人生长恨水长东。

林花开谢,本只是客观景物,但"太匆匆。无奈朝来寒雨晚来风",尤其是"无奈"句,抒情中心便由客观而趋向主观,准确透露出对人生无可奈何的态度。"胭脂泪,留人醉,几时重"是面对现实思考之后的怀疑,"自是人生长恨水长东"是对人生历程的总规律特点的体悟,是对呈现这种规律特点的人生、对在这人生中辗转的人的一种悲悯情怀。又如《菩萨蛮》:

> 人生愁恨何能免,消魂独我情何限。故国梦重归,觉来双泪垂。
> 高楼谁与上,长记秋晴望。往事已成空,还如一梦中。

首句"人生愁恨何能免",明说人生不能免除愁恨,是对人生的一种体悟认知。"往事已成空,还如一梦中",明确表达了对现实的深切无奈、悲哀和绝望,表现了对人生的沉痛悲伤和迷惘。

复习思考题

1. 唐代格律诗(近体诗)成熟的原因。
2. 唐诗繁荣的原因及其表现。
3. 唐代科举与唐诗的关系。
4. 唐诗为什么能成为唐代文学的代表?
5. 陈子昂在文学史上为什么享有重要的地位?
6. 中国山水诗发展的大致脉络如何?
7. 怎样理解盛唐诗"声律风骨兼备"的特点?
8. 比较王维、孟浩然山水田园诗的异同。
9. 李白的生平、思想与其创作之间的关系。
10. 杜甫诗歌在艺术成就上有哪些最突出的特点?如何理解他"沉郁顿挫"的诗风?
11. 杜甫诗歌集大成的特点主要体现在哪些方面?
12. 新乐府运动的背景和主要理论主张。
13. 怎样理解元稹、白居易诗歌的通俗化倾向?
14. 柳宗元的山水诗的主要特色。
15. 结合作品分析刘禹锡的怀古诗。
16. 结合作品分析杜牧七绝的主要特色。
17. 李商隐爱情诗的主要特色。
18. 词的起源及词的体制特点。
19. 敦煌曲子词在词史上的地位。
20. 如何理解李煜"变伶工之词而为士大夫之词"?

进一步阅读建议

1. 〔唐〕王勃等著:《初唐四杰诗》,广陵书社,2018年。
2. 〔唐〕陈子昂撰:《陈子昂集》,徐鹏校点,上海古籍出版社,2013年。
3. 〔唐〕孟浩然著:《孟浩然诗集笺注》,佟培基笺注,上海古籍出版社,2000年。
4. 〔唐〕王维撰:《王右丞集笺注》,〔清〕赵殿成笺注,上海古籍出版社,1998年。
5. 〔唐〕李白著:《李白集校注》,瞿蜕园、朱金城校注,上海古籍出版社,2016年。
6. 〔唐〕高适著:《高适集校注》,孙钦善校注,上海古籍出版社,2014年。
7. 〔唐〕杜甫著:《杜诗详注》,〔清〕仇兆鳌注,中华书局,2015年。
8. 〔唐〕岑参著:《岑参集校注》,陈铁民、侯忠义校注,陈铁民修订,上海古籍出版社,2004年。
9. 〔唐〕韦应物著:《韦应物集校注》,陶敏、王友胜校注,上海古籍出版社,2011年。
10. 〔唐〕白居易著:《白居易集笺校》,朱金城笺校,上海古籍出版社,1988年。
11. 〔唐〕刘禹锡著:《刘禹锡集笺证》,瞿蜕园笺证,上海古籍出版社,1989年。
12. 〔唐〕柳宗元撰:《柳宗元集校注》,尹占华、韩文奇校注,中华书局,2013年。

13. 〔唐〕李贺著:《李长吉歌诗编年笺注》,吴企明笺注,中华书局,2012年。
14. 〔唐〕杜牧撰:《杜牧集系年校注》,吴在庆校注,中华书局,2013年。
15. 〔唐〕温庭筠著:《温飞卿诗集笺注》,〔清〕曾益等笺注,王国安标点,上海古籍出版社,1998年。
16. 〔五代〕韦庄著:《韦庄集笺注》,聂安福笺注,上海古籍出版社,2002年。
17. 〔南唐〕李璟、李煜著:《李璟李煜词校注》,詹安泰校注,上海古籍出版社,2015年。
18. 〔宋〕方虚谷①编:《唐宋诗三千首》,〔清〕纪晓岚批点,中国书店,1990年。
19. 〔元〕方回选评:《瀛奎律髓汇评》,李庆甲集评校点,上海古籍出版社,2005年。
20. 〔明〕赵宧光、黄习远编定:《万首唐人绝句》,书目文献出版社,1983年。
21. 〔清〕沈德潜编:《唐诗别裁集》,中华书局,1975年。
22. 〔清〕王尧衢注:《唐诗合解笺注》,单小青、詹福瑞点校,河北大学出版社,2000年。
23. 〔清〕蘅塘退士选:《陈注唐诗三百首》,陈鹏举注,上海书店出版社,2019年。
24. 俞陛云著:《诗境浅说》,中华书局,2010年。
25. 俞陛云著:《唐五代词境浅说》,北京出版社,2016年。
26. 俞平伯等著:《唐诗鉴赏辞典》,上海辞书出版社,2013年。
27. 唐圭璋、缪钺、叶嘉莹等撰:《袖珍唐宋词鉴赏辞典》,上海辞书出版社,2003年。
28. 缪钺撰:《袖珍宋诗鉴赏辞典》,上海辞书出版社,2003年。
29. 余冠英主编:《中国古代山水诗鉴赏辞典》,江苏古籍出版社,1989年。
30. 沈祖棻著:《唐人七绝诗浅释》,中华书局,2008年。
31. 屈守元、常思春主编:《韩愈全集校注》,四川大学出版社,1996年。
32. 刘逸生选注:《唐人咏物诗评注》,中山大学出版社,1985年。
33. 马茂元选注:《唐诗选》,上海古籍出版社,2017年。
34. 霍松林主编:《万首唐人绝句校注集评》,山西人民出版社,1991年。
35. 曾昭岷、曹济平、王兆鹏、刘尊明编撰:《全唐五代词》,中华书局,1999年。
36. 陈贻焮主编:《增订注释全唐诗》,文化艺术出版社,2001年。
37. 刘学锴、余恕诚著:《李商隐诗歌集解》,中华书局,2016年。
38. 胡大浚主编:《唐代边塞诗选注》,甘肃教育出版社,1990年。
39. 李云逸注:《王昌龄诗集》,中华书局,2020年。
40. 葛兆光著:《唐诗选注》,中华书局,2018年。
41. 陈尚君辑校:《全唐诗补编》,中华书局,1992年。
42. 潘百齐编著:《全唐诗精华分类鉴赏集成》,河海大学出版社,1989年。
43. 王定祥选编:《唐人送别诗选》,郑在瀛注释,中国地质大学出版社,1989年。

---

① 方回(1227—1305),字万里,号虚谷,宋元间人。《唐宋诗三千首》一书将其定为宋朝人,《瀛奎律髓汇评》将其定为元朝人。——编者注

44. 顾青编注：《唐诗三百首》，中华书局，2016年。
45. 中华书局编辑部点校：《全唐诗》，中华书局，1999年。
46. 上海辞书出版社文学鉴赏辞典编纂中心编：《唐五代词三百首鉴赏辞典》，上海辞书出版社，2012年。

第五章　宋至元诗词艺术

学习要点：

1. 了解辽、宋、夏、金、元诗歌发展的概况。

2. 掌握柳永、晏殊、欧阳修、范仲淹、王安石、苏轼、辛弃疾、黄庭坚、秦观、李清照、陆游、元好问等著名作家诗词的思想内容和艺术风格。

3. 理解婉约词的风格、代表作家及其作品。

4. 理解豪放词的风格、代表作家及其作品。

中国古代名家诗词艺术

第一节 宋至元诗词概述

宋至元包括辽、宋、夏、金、元等朝代。其中,宋代包括北宋和南宋,合称两宋。两宋是以汉族为主体建立的华夏正统政权,辽、夏、金、元为游牧民族建立的政权。宋代文学在中国文学发展史上有着重要的特殊地位,它处在一个承前启后的阶段,即处在中国文学从雅到俗的转变时期。所谓雅,指主要流传于社会中上层的文人文学,指诗、文、词;所谓俗,指主要流传于社会下层的小说、戏曲。人们常说的"唐诗""宋词""元曲""明清小说戏曲",指明了各个朝代文学样式发达繁荣的侧重点。我们应该充分评价元、明、清诗词的成就,但其未能超宋越唐是可断言的。如果说宋代诗词(特别是词)是元、明、清作家们不断追怀、仰慕的昨天,那么,元、明、清小说、戏曲的大发展就是宋代刚刚发展起来的白话小说和戏曲的灿烂明天了。宋代继唐代以后出现了又一个诗歌高潮。宋代诗人大都一生勤奋写作,作品众多,如现存苏轼诗2 700多首,杨万里诗4 000多首,陆游诗近万首,远比唐代李白、杜甫为多(李诗近千首,杜诗1 400多首),充分说明宋诗繁荣的盛况。

一、北宋前期

关于宋初诗歌,元代方回《送罗寿可诗序》称:"宋铲五代旧习,诗有'白体''昆体''晚唐体'。"仿效白居易体的有王禹偁,他也提倡杜甫的诗。倡昆体的为杨亿、刘筠等的《西昆酬唱集》,效李商隐体,以《宣曲》诗讽刺宫掖,被下诏禁止。效晚唐体的有"九僧"、林逋、魏野等人,用清淡的风格来写幽静的隐居生活,都受到晚唐诗人贾岛、姚合的影响。这时期的宋诗还是模仿唐诗,没有形成自己的独特风貌。这种情况一直到梅尧臣出现才有所改观,他的诗用思深远,风格平淡,虽作近体,而存古意,"意新语工"。苏舜钦跟他并称,苏舜钦的诗笔力豪俊、超迈横绝,好作古体,内容多结合当时现实。欧阳修学韩愈的以文为诗,又受李白诗的影响。但韩诗矫健,欧诗舒畅,风格不同,这时开始显出宋诗的特色。王安石的诗歌创作工于刻画,善于议论,罢相后退居钟山,所作刻画景物的诗精工明丽,为人所称道。他在修辞上的特点,就是借用古语来表达情思。由于他博览群书,"自百家诸子之书,至于《难经》《素问》《本草》诸小说,无所不读"(《答曾子固书》),所以造成"以学问为诗"的风气。他的词作不多,但像《桂枝香·金陵怀古》,已是以诗写词。王安石在诗、文、词的创作上,都有杰出成就。

北宋前期的词,代表作家有晏殊、欧阳修、柳永等。晏、欧的词主要是小令,多写闲情逸致,词风则承袭五代,受南唐冯延巳影响尤深,但基调有所变化。晏词趋向雍容淡逸,和雅温婉;欧词较为疏宕俊朗,深挚清丽。柳永是北宋第一个大量写作慢词的词人。他的词长于铺叙,不避俚俗,以白描的手法极写都市的繁华和悲欢离合之情,"尤工于羁旅行役",且多以同情的态度描写伶工乐妓的生活和愿望,发展了词体,扩大了词境。柳永创作的长调,显示宋词比唐五代词有了新的发展,但也时有下笔率易、迹近淫靡之病。

186

这一时期以小令著称的还有宋祁、范仲淹、晏幾道等。宋、范均存词不多,前者有一些佳句流传很广;后者在内容上有重要突破,塞垣风光,戍边情怀,苍凉悲壮,慷慨生哀,确是俯视群流,独放异彩。晏幾道是晏殊的幼子,与其父合称"二晏",其所作多数是对往事的低回追忆,感伤惆怅,委婉深沉。这一时期的慢词作家还有张先,其词与柳永齐名,但才力稍逊,长于炼句而短于炼意,词风偏于纤巧冶艳,意境不高。

二、北宋后期

北宋后期继欧阳修领导古文革新的运动并取得完全胜利的是苏轼;在诗歌的创作上有了进一步发展的是苏轼;在词的创作上,打破诗词界限,以诗为词,开辟了词的境界的也是苏轼。苏轼是北宋最杰出的大作家。

苏轼继欧阳修之后,在完成北宋诗、文、词革新运动方面,发挥了更大更全面的作用。欧阳修讲的道是关心百事,有所自得;苏轼讲的道,如学潜水的"日与水居,则十五而得其道"(《日喻》),是在生活实践中有所体会,才能"求物之妙,如系风捕景,能使是物了然于心者,盖千万人而不一遇也。而况能使了然于口与手者乎?是之谓辞达"(《答谢民师推官书》)。其实苏轼的所谓道,在概念上和儒家、道家以及宋代程、朱所谓的道都有所不同,更偏重生活体验,从生活中获得创作构思。他会运用"博喻",用丰富、新鲜、贴切的比喻,来表达这种口未能言的体会。他的创作"如万斛泉源,不择地而出……随物赋形"(《文说》),既有深厚广阔的生活体验,又有"随物赋形"的形象表现手法,显示了北宋最杰出的文学成就。他的诗"出新意于法度之中,寄妙理于豪放之外"(《书吴道子画后》),才情奔放,曲折变化,无不达之意。"以文为诗,自昌黎始,至东坡益大放厥词,别开生面,成一代之大观。"(赵翼《瓯北诗话》)他的词打破了诗词的界限,以诗为词,风格多样,有清新俊逸的,有刚健豪放的,给词开辟了新的境界。他完成了北宋诗、文、词的革新运动。

"苏门四学士"是黄庭坚、秦观、张耒和晁补之,四学士外还有陈师道也极有名。黄庭坚是江西诗派的开创者,陈师道是江西诗派中仅次于黄庭坚的作者。黄庭坚主张"古之能为文章者,真能陶冶万物,虽取古人之陈言入于翰墨,如灵丹一粒,点铁成金也"(《答洪驹父书》)。这是把王安石、苏轼等的以学问为诗的实践进行发展而建立的一套理论。他"搜猎奇书,穿穴异闻"(刘克庄《江西诗派小序》)来引用"陈言",显示其学问。这种"陈言"是用来"陶冶万物"的,所以其诗是有内容的,也表达了其感慨和激情。对黄庭坚,论者毁誉不一,但其主张和诗歌作品在宋代产生了很大影响。陈师道初学黄庭坚,后来改学杜甫,他表达切身体会的五言古诗写得极为朴挚。张耒的诗较多地反映人民生活。秦观词有很高的成就,"寄慨身世,闲雅有情思,酒边花下,一往而深"(冯煦《宋六十一家词选例言》)。"若以其词论,直是初日芙蓉,晓风杨柳。倩丽之桃李,容犹当之有愧色焉。"(况周颐《蕙风词话》)他跟苏轼不同,是当时婉约词派的杰出者。当时著名词人还有贺铸,他的词秾丽中有清刚之气。

稍后的著名词人有周邦彦。他精通音律,创作了许多新调。他的词"多用唐人诗语,隐括入律,浑然天成,长调尤善铺叙,富艳精工"(陈振孙《直斋书录解题》),在当时和后代都为人推重。李清照的词是婉约派正宗,工于抒情,用白描语言曲折地表达深挚的情意,姿态百出。她南渡后的作品,经历了国破家亡的苦难,流露了极为凄苦的感情。这时期她的诗歌又充满爱国激情,具有豪迈遒劲的风格。

三、南宋前期

靖康之难激起了南宋诗人抵抗侵略、保卫祖国的爱国主义精神。他们虽然或多或少受到江西诗派影响,但时代剧变迫使诗人抛开江西诗派"取古人之陈言"的写法,写出表现爱国主义精神的诗篇。这时期取得杰出成就的是陆游和辛弃疾。稍早于陆、辛的诗人有陈与义,"建炎以后,避地湖峤,行万里路,诗益奇壮⋯⋯造次不忘忧爱。以简严扫繁缛,以雄浑代尖巧。第其品格,当在诸家之上"(刘克庄《后村诗话》)。他的身世漂泊与杜甫相似,他的诗也转向杜甫学习,学到杜诗的音节宏亮、风格沉着。"中兴四大诗人"指尤袤、杨万里、范成大、陆游四人。尤袤的诗大都散失。杨万里的诗,自称"步后园,登古城,采撷杞菊,攀翻花竹,万象毕来,献予诗材"(《荆溪集序》)。他从生活中抓住一点感受就写诗,这就摆脱了江西诗派的以学问为诗的规范,创造了一些活泼自然的诗。范成大出使金时所作72首七绝,表达了北宋亡国之痛,反映了遗民盼望恢复故土的心情。他的《四时田园杂兴》60首,对农民的疾苦有深入反映,胜过以前的田园诗。这时期最杰出的诗人是陆游。陆游的诗有两方面主题:一方面是体会生活的隽永滋味,熨帖景物的曲折情状;另一方面是表达强烈的爱国主义精神,要为国家报仇雪耻,收复失地,解救沦陷区人民,悲愤激烈。他在诗和词里都表现了这种精神,在诗里更为突出。

辛弃疾是南宋前期最杰出的爱国词人。他的词里充满了洗雪国耻的豪情,写出了壮志难酬、国势衰落的悲愤。他在苏轼以诗为词后,"别开天地,横绝古今,《论》《孟》《诗小序》《左氏春秋》⋯⋯拉杂运用"(吴衡照《莲子居词话》),以文为词。他的词有纵横奔放的一面,又有秾丽纤绵的一面。这时期的辛派词人有陈亮和刘过等人。陈亮词笔力矫健,气势豪放。刘过词有豪气,多壮语。陈亮又是著名的政治家,坚持抗战,反对投降,要"推倒一世之智勇,开拓万古之心胸,自谓差有一日之长"(《宋史·陈亮传》)。

四、南宋后期

南宋后期的诗词,由于宋金媾和以后经历了一段相对安定时期,爱国主义的歌声逐渐衰退,格律派词人兴起,这一派以姜夔最为著名。"白石脱胎稼轩,变雄健为清刚,变驰骤为疏宕"(周济《宋四家词选》),格调较高,音调和婉。他的《扬州慢》写"自胡马窥江去后,废池乔木,犹厌言兵",反映了一些战乱的感叹,但缺少爱国的激情。史达祖《满江红·九月二十一日出京怀古》之"老子岂无经世术,诗人不预平戎策",表达了一些忧愤。他以咏物词著名,工于刻画。姜夔替他的《梅溪词》作序,称他能"融情景于一家,会句意于两得"。吴文英的词在修辞协律上用力,过于雕琢,不免晦涩。周密的词讲求清丽,曾和吴并称"二窗"(周草窗、吴梦窗),词风相近,但周词并不像吴词般晦涩。他选南宋词为《绝妙好词笺》，代表了雅正派的观点。张炎的词表达南宋亡国后的凄凉哀怨。他研究声律，在唱腔上用功，提倡"清空"。姜夔、张炎的词对后世影响较大。清代以朱彝尊、厉鹗等人为代表的浙派词人，就是推崇他们的。陈廷焯《白雨斋词话》亦极推重他们，称："姜尧章词，清虚骚雅，每于伊郁中饶蕴藉。"又称："张玉田词，如并剪哀梨，爽豁心目。"此外，史达祖、吴文英、周密等南宋词人，也得到清代词人的推重。跟格律派词相当的，有四灵派和江湖派的诗。"永嘉四灵"学晚唐贾岛、姚合的诗，凄清幽咽，境界太狭，抒情太偏。江湖派是受四灵派影响的诗派，其中最著名的诗人首推刘克庄，他在学晚唐体的诗里面填嵌成语典故，可是还不能摆脱晚唐体的格局。南宋末年，诗词中的爱国主义精神再度发扬，有反侵略的忠愤，有崇高的民族气节，也有遁迹山林宁死不屈的孤高。像刘辰翁表现亡国之痛的词、汪元量表现忠愤气节的诗以及记录亡国之痛的《越州歌二十首》等，构成了宋代诗词的强烈尾声。

五、辽、夏、金、元

辽、夏、金、元诗词主要是金、元诗词。金代诗坛，诗人辈出，作品繁多，比较重要的诗人有宇文虚中、吴激、蔡松年、蔡珪、王庭筠、党怀英、周昂、赵秉文、李纯甫等。其中，元好问是金代最重要的诗人，也是杰出的诗论家。他存诗1 400余首，作品之富在金代诗坛上首屈一指，成就也最为突出。元好问生逢金代后期的动乱时代，亲身经历了亡国的惨痛，他个人的遭遇与民族、国家的命运息息相关，他的诗歌生动地展示了金、元易代之际的历史画卷。在艺术上，元好问全面地继承了中国古典诗歌的优秀传统，熟练掌握了各种诗体的艺术形式。时代和个人的条件使他成为金代诗坛上迥然挺出的大诗人。元好问也是金代最杰出的词人，现存词作300余首，数量为金词之冠，艺术造诣也雄视一代，风格与其诗风类似——气象雄浑苍莽，境界博大壮阔。《木兰花慢·游三台》《水调歌头·赋三门津》等，都是其代表作。元词中又有推刚为柔、幽婉深挚之作，如咏赞双蕖和雁丘的两首名作《摸鱼儿》，分别写人与雁的殉情，手法绵密，情致深婉。故宋末张炎称道元好问词"深于用事，精于炼句，有风流蕴藉处，不减周、秦"（《词源》）。

整体而言，元代诗词只在少数文人学士之间传播，不像戏曲、小说在大庭广众勾栏中说唱演出，广受欢迎。清人宋荦为顾嗣立《元诗选》初集作序说："论者谓元诗不如宋，其实不然。宋诗多沉僿，近少陵；元人多轻扬，近太白。以晚唐论，则宋人学韩、白为多，元人学温、李为多，要亦娣姒耳。间浏览是编，遗山（元好问）、静修（刘因）导其先，虞（集）、杨（载）、范（梈）、揭（傒斯）诸君鸣其盛，铁崖（杨维桢）、云林（倪瓒）持其乱，泬泬乎亦各一代之音，讵可阙哉！"在元代诗歌的发展过程中，经历了元初对宋、金诗风的反思和批判，经历了全国统一后南北复古诗风的汇合，宗唐复古（古体宗汉魏两晋，近体宗唐）的诗风由兴起到旺盛，成为一代诗坛的潮流，因此元末人有"举世宗唐"（瞿佑《题鼓吹续音后》）之说。明人李东阳说："宋诗深，却去唐远；元诗浅，去唐却近。"（《麓堂诗话》）当然，元人论诗并不专宗盛唐，也提倡兼收并蓄，因此元人学唐的结果是使元诗也像唐诗那样争艳斗丽。明代中期的"前七子""后七子"倡导复古，提出所谓"诗必盛唐"的口号，显然是对元诗的批判性继承。据唐圭璋编《全金元词》，元代有词人212家，词作3 721首。元代前期的北方词人大多受元好问影响,直接继承金代词坛的传统,宗奉苏轼和辛弃疾,但往往缺乏苏、辛词的豪放意境。前期的南方词人则承袭南宋后期的词风,"远祧清真,近师白石",大抵尊崇周邦彦和姜夔,倡导清丽骚雅的词风。延祐年间以后,南北文化沟通,豪放和清雅两种词风逐渐相互渗透,词作中还出现了散曲化的现象。但总体来看,词在元代是趋向衰落的,只有个别的作家,如由宋入元的周密、张炎以及后期的萨都剌、张翥等,尚能独树一帜。

第二节 柳永词的精神与艺术特征

　　柳永生活在北宋初期。当时的统治阶级尊孔崇儒,整饬纲常伦理,加强经学教育,鼓励世人读书仕进。柳永作为深受这种文化政策影响、被儒家学而优则仕的传统思想熏陶并被打上深深烙印的文人,骨子里有一种渴求功名不朽和道德超升的愿望。这种渴望根深蒂固,是片刻欢娱的情欲不能代替的。"修身,齐家,治国,平天下",金榜题名,读书做官,经世致用,赢得功名,如远方天幕上的一线曙光,召唤着柳永一步一步前进。他热切期望"魁甲登高第",希望"便是有,举场消息",毕生为之孜孜不倦追求。柳永早年为歌伎所作的《长寿乐》一词中写道:"定然魁甲登高第。待恁时、等着回来贺喜。"这真实反映了他青少年时期的价值取向。

　　年轻的柳永抱着追求功名、济世立名的理想,从家乡千里迢迢来到京都,观光上国。此时正是宋王朝太平之世,国家政治清明,社会经济繁荣,市民阶层壮大,歌台舞榭、小巷幽坊人迹不绝。柳永初次进京赴考,年少气盛,意气昂扬,他浪漫的天性及卓越的音乐才能在这种时尚的刺激下得到高度发挥、释放,以至于流连坊曲,不加节制。在秦楼楚馆、勾栏瓦肆里,他受到市井新声熏陶,开始了早期慢词的创作。然而他在词中对浪漫情事的铺陈渲染和对自由意志的公开表达,成了他在科考求官仕进的障碍,这种沉醉于秦楼楚馆的声名也葬送了他的功名。从1017年到1024年的七年间,柳永先后两次参加了科举考试,但皆不中,愤激之下写了盛传一时的《鹤冲天》。这首词抒发了其落第后的牢骚和怀才不遇的愤慨,表现其决心归宿"烟花巷陌""丹青屏障",觅求"平生畅"的"风流事",到青楼妓馆中去寻找理想寄托和归宿。柳永虽然因科考失败情绪愤激而说了许多鄙视功名利禄的话,但他始终没有绝意仕途。为了不绝科举仕进之路,他另辟新径,毅然离开京都漫游江南,以期改变个人命运。1034年,柳永告别江南漫游回京参加科考,这一次终于登第,此时"及第已老",但为了实现自己济世立名的理想,他写了大量反映时事、歌功颂德的歌词。这一时期他创作的两首《玉楼春》,歌颂了真宗后期政治清明、求贤纳谏、国库丰盈的太平景象。他期望通过这些词作引起当朝者注意,获得仕途上更大的发展。这表明柳永词绝非男女风月场所能拘限,柳永也不真正自甘"忍把浮名,换了浅斟低唱",而是密切注意社会发展,试图在仕途上有所作为。

　　因仕途不顺,柳永开始了封建时代许多知识分子未能免除的干谒与漫游。柳永到底漫游了多少地方与干谒过多少人士,已无法考证。不过从有关记载和其作品提供的线索来看,他到过睦州、泗州、华阴、开封、长安、建宁、会稽、杭州、扬州、苏州、金陵、鄂州等地,足迹遍及当时中国大半。这些都会的繁华景象和风景名胜,给他留下了深刻的印象。在这期间,柳永写了许多描绘都市繁华的词,这些词宛如一幅幅北宋初年的风俗画,勾起读者对美好生活的向往,唤起人们的生活热情。《望海潮》云:

　　　　东南形胜,三吴都会,钱塘自古繁华。烟柳画桥,风帘翠幕,参差十万人家。云树绕堤沙,怒涛卷霜雪,天堑无涯。市列珠玑,户盈罗绮,竞豪奢。

中国古代名家诗词艺术

　　　　重湖叠巘清嘉，有三秋桂子，十里荷花。羌管弄晴，菱歌泛夜，嬉嬉钓叟莲娃。千骑拥高牙，乘醉听箫鼓，吟赏烟霞。异日图将好景，归去凤池夸。

　　山河名城之美，在柳永笔下，尽收眼底，令人览之向往不已。无怪乎金主完颜亮会因此而起"投鞭渡江之志"。人们热爱大自然，热爱祖国山川形胜。柳永正是适应了这一需求，他的这类词博得了众多读者的喜爱。

　　在古诗词中，女性一直是文人常写不衰的对象。但柳永却能打破以前温柔敦厚的等待型女性形象的描写常规，表现出颇具人道主义的女性观。柳永超越自身身份的束缚，站在全面人性的立场上来观照以妓女为代表的底层女性的人生，突破了正统思想的局限，以深沉的旋律冲击着世人的灵魂，以期唤醒被封建礼教压抑的人性。

　　北宋时期，歌伎是市民阶层的重要组成部分。但历来正统文人对青楼女子多有歧见，视歌伎为贱民。虽然她们有才有艺，但在正统思想中只能作为消遣对象和寻欢工具。她们是不幸的。柳永与大多正统文人不一样，他对歌伎有着广泛而深刻的同情，并用平等的眼光去看待她们，还她们以应有的尊严。我们细读柳永的歌伎词，就会发现他的这类词具有深刻的甚至超越前人的社会美学意义，倾注着进步的人道主义精神。《惜春郎》云：

　　　　玉肌琼艳新妆饰。好壮观歌席。潘妃宝钏，阿娇金屋，应也消得。
　　　　属和新词多俊格。敢共我勍敌。恨少年、枉费疏狂，不早与伊相识。

《凤衔杯》又云：

　　　　有美瑶卿能染翰。千里寄、小诗长简。想初襞苔笺，旋挥翠管红窗畔。渐玉箸、银钩满。
　　　　锦囊收，犀轴卷。常珍重、小斋吟玩。更宝若珠玑，置之怀袖时时看。似频见、千娇面。

　　才子与佳人地位平等，他们相知、相恋、相思、深情缱绻，惺惺相惜，把对方当作知己，当作自己心灵休憩的港湾。柳永用心贴近这些青楼女子，在词中深入细致地体察青楼女子敏感而微妙的心灵，表达她们扣人心弦的追求，向欣赏者展示了市井生活中最真实的一角。正由于柳永摒弃了先前把歌伎当尤物的观念，而是把她们当作真正的朋友，歌伎们才乐于和他唱和。同样，歌伎们也对柳永有着深厚的友谊，把他当作朋友。

　　柳永的晚年，由于仕途蹭蹬坎坷和政治理想破灭，其人生价值取向发生了很大变化，他把男情女爱看得比名利功业还要重。其《思归乐》云：

　　　　天幕清和堪宴聚。想得尽、高阳俦侣。皓齿善歌长袖舞。渐引入、醉乡深处。
　　　　晚岁光阴能几许。这巧宦、不须多取。共君把酒听杜宇。解再三、劝人归去。

这里的"解再三、劝人归去"所指并非以往人们仰慕的山水田园、丛林草野,而是"兰堂夜烛""醉乡深处"的笙歌罗绮。柳永一再将男女的欢恋缱绻与仕途的追名逐利对比,表达了男情女爱重于名利功业的价值观。在山一程水一程的游宦奔波中,柳永深切地感受到时空的变易无情,感悟到人生的局促和微渺。虽然他不是一个遗世独立的人,而且一生也在名利场上浮沉。

柳永另一名作《八声甘州》将"何事苦淹留"的郁闷和"想佳人"的苦痛相思糅合在一起,在这苦痛复杂的心情中,寄寓了自己身心的抉择:在这倚栏杆处,无语之际,凝愁之间,唯有佳人占据着他的视觉中心、情怀深处。柳永开始反思自己,反思人生,形成了一个艺术家的忧患意识。这种忧患意识包含其自身的存在、自己的价值、自己的人格和尊严,同时也使他由此而正确认识他人、观照他人。上流社会堵塞了他的仕途之路,他只好再次回到秦楼楚馆中来。客观而言,他在仕途上是被损害者。他的命运与那些被损害、被侮辱的歌伎的命运在精神方面何其相似相通!因此,他乐于做歌伎心声的代言人,细致地体会流落青楼对她们精神的压抑和损害,理解她们"常只恐、容易蓦华偷换,光阴虚度"(《迷仙引》)的郁闷,并发出"人间天上,惟有两心同"(《集贤宾》)、"且相将、共乐平生,未肯轻分连理"(《尉迟杯》)的良好愿望。

柳永歌伎词的创作,是在冷漠的社会中寻求一个充满人情味的角落,是内心涌起的对道貌岸然的传统道德和封建礼教的无视与反抗。柳永突破了正统思想的局限,以深沉的旋律去冲击世人的灵魂,呼唤着被封建礼教压抑的人性。

柳永词具有鲜明的艺术风格特征,词律谐婉,情真意切;情景交融,委曲尽致;善于白描;层层铺叙;语言通俗,明白如话。

柳词最大的一个特点是抒情性,即抒发内心的真情实感,感染力极强,能引起读者强烈的共鸣。其《采莲令》云:

> 月华收,云淡霜天曙。西征客、此时情苦。翠娥执手送临歧,轧轧开朱户。千娇面、盈盈伫立,无言有泪,断肠争忍回顾。
> 一叶兰舟,便恁急桨凌波去。贪行色、岂知离绪,万般方寸,但饮恨,脉脉同谁语。更回道,重城不见,寒江天外,隐隐两三烟树。

在交通极为不便的古代,送行本身就有一种难言的悲凉凄伤之感,而在残秋欲霜天、风急霜重的时候送行,更显凄怆深切。一对情侣此时别离,又增加一种悲凄伤楚之气。因而"翠娥执手送临歧,轧轧开朱户。千娇面、盈盈伫立,无言有泪,断肠争忍回顾",心中万言千绪,在此情景之下只能"执手""开朱户""盈盈伫立""无言有泪",无声胜有声,离别的凄伤悲楚尽在无言之中。上阕是写送行的女主人,下阕则写远行者,因为是男性,所以离别之际其表现与女性有所不同。他把感情暗压在心中,不直接外露,但最终还没压住。兰舟越行越远,城市越变越小最后消失在视野中,只剩下隐隐约约的几棵笼罩于雾霭之中的树了。望城望树,实际上是在望人想人,字里行间充溢着男女恋情的凄婉之美。

柳词往往通过融情入景,营造情景交融、曲折委婉的优美意境,体现了高超的写景艺术。尤其是那种在外漂泊的离愁别绪，用凄清的秋景加以点染，读来令人荡气回肠。《八声甘州》的"渐霜风凄紧，关河冷落，残照当楼"，苏轼评此句"不减唐人高处"，词评家宋翔凤说它"高处足冠群流"，周济说它"言近意远，森秀幽淡之趣在骨"。《雨霖铃》之"今宵酒醒何处？杨柳岸，晓风残月"、《玉蝴蝶》之"望处雨收云断"、《夜半乐》之"冻云黯淡天气"等，都是写秋景写离愁脍炙人口的名句。这些词句都深深地蕴含着柳永个人的身世之感，流露出对当时社会的不满情绪，情景交融，委曲尽致。

善于白描，层层铺叙，是柳词显著的艺术特征。其《八声甘州》云：

对潇潇暮雨洒江天，一番洗清秋。渐霜风凄紧，关河冷落，残照当楼。是处红衰翠减，苒苒物华休。唯有长江水，无语东流。

不忍登高临远，望故乡渺邈，归思难收。叹年来踪迹，何事苦淹留？想佳人，妆楼颙望，误几回、天际识归舟。争知我，倚栏杆处，正恁凝愁！

上阕铺写深秋，秋雨、秋风、秋阳、秋花、秋草、秋水，层层铺叙，一一展开，步步推进，秋日凄凉之气一层比一层浓，一层比一层重，羁旅凄苦之情一步比一步深，一层比一层厚，为下阕抒写思乡之情做了充分的铺垫。下阕"想佳人，妆楼颙望，误几回、天际识归舟"，笔法简练地勾画出了一个思妇的形象。读者不仅可以看到楼头这位少妇的形容，而且可以感知她的心灵，感触她复杂的内心活动。除了这首词之外，其余如《夜半乐》《玉蝴蝶》《归朝欢》等，都很有代表性。

语言通俗，明白如话，便于传唱，这是柳词的又一艺术特色。因为通俗如话，所以能够广泛流传于民间，"凡有井水饮处，即能歌柳词"（叶梦得《避暑录话》）。柳永长期浪迹社会下层，因而能用当时的口语来创作，一扫晚唐五代词人的雕琢习气，如《望汉月》一词：

明月明月明月。争奈乍圆还缺。恰如年少洞房人，暂欢会、依前离别。
小楼凭槛处，正是去年时节。千里清光又依旧，奈夜永、厌厌人绝。

纯口语化，通俗婉转，深受广大市民喜爱。

柳永词有一种沉雄、委婉、和谐、清丽的美，凝重而深厚，委婉而深远，蕴藉而和谐，通俗而高雅，读之使人沉吟再三、体味无穷、难于释怀。柳永词不仅在宋代文学中别树一帜，在整个中国文学史上也占有十分重要的地位。

第三节 晏殊与欧阳修词比较

北宋前期,士大夫词人中以晏殊、欧阳修成就最大。他们的词有一定的内在联系,而且二人又都是江西人,所以清人冯煦在《蒿庵论词》中把他们称为词家中的"西江(江西)一派",他说:"宋初大臣之为词者,寇莱公、晏元献、宋景文、范蜀公与欧阳文忠并有声艺林。然数公或一时兴到之作,未为专诣。独文忠与元献,学之既至,为之亦勤,翔双鹄于交衢,驭二龙于天路。且文忠家庐陵,而元献家临川,词家遂有西江一派。其词与元献同出南唐,而深致则过之。"当代学者刘扬忠更把晏、欧词看作与柳永通俗词派相对立的台阁雅词派代表,并把晏、欧为代表的台阁雅词派命名为"北宋江西词派",又具体分析了该派词人基本一致的词学渊源和创作倾向,他认为:"这个词派以南唐词派为主要艺术渊源,以小令为主要抒情工具,以雅洁婉美为主导风格,与同时期的柳永形成对立的两股势力。"(刘扬忠《唐宋词流派史》)这种从划分词派的角度分析晏、欧词的相同点,颇有见地。而晏、欧作为同一词派的两大代表,其词创作倾向有基本一致的一面,又有明显的个性差异。本书侧重探讨晏殊与欧阳修词的差异,在辨析比较中把握二人词作的特色,从而较全面、深入地了解晏、欧词。晏、欧词虽然仍有不少合乐应歌、代女性立言之作,但已有部分词作抒发个人志趣、身世遭际和生活感悟。即使那些应歌之作,也渗透着词人的学识、修养和审美倾向,形成了他们各自的特色。可以说,晏、欧词在题材内容、艺术风格、语言特点等方面都有明显差异。

一、晏、欧词的题材内容差异

首先,在内容方面,晏殊词雍容娴雅,颇具富贵气象;欧阳修词描写民俗风情,带有浓郁的市井生活气息。

晏殊作为仕途得意的高官显宦,不仅政治、经济地位优越,而且学养深厚,情趣高雅,喜爱宾客,爱好文学,颇具文采风流。他的不少词作描写侯门相府宏阔高雅的楼台园林、花鸟风月和士大夫的歌酒雅集,烘托词人雍容娴雅、高贵脱俗的气度,展现上流社会富贵安乐而又风流儒雅的生活图景。描写富贵安乐生活,亦有高雅与庸俗之别。宋人吴处厚《青箱杂记》卷五记载:"晏元献公起田里,而文章富贵,出于天然。尝览李庆孙《富贵曲》云,'轴装曲谱金书字,树记花名玉篆牌'。公曰,'此乃乞儿相,未尝谙富贵者。故余每吟咏富贵,不言金玉锦绣,而唯说其气象,若"楼台侧畔杨花过,帘幕中间燕子飞""梨花院落溶溶月,柳絮池塘淡淡风"之类是也'。"晏殊具有高度的士大夫文化修养,又是台阁重臣,他鄙薄炫金露玉的"暴发户"做派,而以楼台园林、风月花鸟的画意与文人士大夫歌酒风流的诗情相融合,富贵而儒雅,风流而蕴藉。因而叶嘉莹《迦陵论词丛稿》说他"写富贵而不鄙俗"。宋人杨湜《古今词话》记载了晏殊在相府私第与"两禁"官员歌酒雅集的情景:

庆历癸未十二月十九日立春,甲申元日,丞相元献公会两禁于私第。丞相席上自作《木兰花》以侑觞,曰:"东风昨夜回梁苑。日脚依稀添一线。旋开杨柳绿蛾眉,暗折海棠红粉面。无情一去云中雁。有意归来梁上燕。有情无意且休论,莫向酒杯容易散。"于时坐客皆和,亦不敢改首句"东风昨夜"四字。今得三阕,皆失姓名。其一曰:"东风昨夜吹春昼。陡觉去年梅蕊旧。谁人能解把长绳,系得乌飞并兔走。清香潋滟杯中酒。新眼苗条江上柳。尊前莫惜玉颜酡,且喜一年年入手。"

叶梦得《避暑录话》《石林诗话》中也记载了晏殊与士大夫文人酒席"呈艺"、歌酒雅集的事例,可见这已成为宰辅晏殊常有的生活内容。晏殊词中的例子更是比比皆是,如"一曲新词酒一杯,去年天气旧亭台。夕阳西下几时回?无可奈何花落去,似曾相识燕归来。小园香径独徘徊"(《浣溪沙》),又如"日高深院静无人,时时海燕双飞去"(《踏莎行》),深院华屋、风月花鸟、酒宴歌舞衬托主人的文采风流,显得雍容典雅。

和晏词相比,欧词则多关注平民的生活情景、自然景物、风俗习尚,描写市井社会的风景画、风俗画,带有浓郁的生活气息。他的12首《渔家傲》采用连章体的组词形式分写12个月的自然景物和风俗习尚,各具特色,如写正月:

正月斗杓初转势,金刀剪彩功夫异。称庆高堂欢幼稚,看柳意,偏从东面春风至。

十四新蟾圆尚未,楼前乍看红灯试。冰散绿池泉细细,鱼欲戏,园林已是花天气。

正月是一年之首,冬去春回,一元复始,是孕育生机和希望的时节,人们对正月寄寓了种种美好祈盼。词中描写出正月春风和煦、绿柳吐翠、鱼戏绿池、花气萌动的早春景色,又描写了人们剪彩花迎春、看柳意盼春、尊老爱幼贺春、试灯闹元宵等各种风俗习尚,透露出人们热爱春天、追求幸福生活的心愿。《渔家傲》第五首描写吃粽子、饮菖蒲美酒的风俗;第七首写姑娘们陈设瓜果清酒,向织女"祈巧"的风俗,都蕴含着浓厚的生活气息。他用《渔家傲》写的六首采莲曲,勾勒出一幅幅生动逼真的采莲图。在碧水蓝天、绿叶红荷的映衬下,采莲姑娘或采莲欢歌,或荡舟饮酒,或憧憬着纯真的爱情,青春的美与自然的美交相辉映,风格清新明丽,美不胜收。

其次,晏、欧恋情词存在差异。晏殊、欧阳修或为"应歌"、代女子立言,或自抒婚恋感受,都写了数量不少的恋情词,但二人的恋情词有明显的差异。

晏殊恋情词中的男女主人公多贵族阶层人物,感情委婉缠绵,含蓄蕴藉,不失温柔敦厚的儒家诗教。他对人物的描写往往是略貌取神,人物形象显得概括而朦胧,如《蝶恋花》:

槛菊愁烟兰泣露,罗幕轻寒,燕子双飞去。明月不谙离恨苦,斜光到晓穿朱户。昨夜西风凋碧树,独上高楼,望尽天涯路。欲寄彩笺兼尺素,山长水阔知何处!

词中描写了"高楼""朱户""罗幕"及点缀幽兰的庭院,烘托出富贵高雅的环境,显示出主人公的贵族身份,并以此为衬托。上片写主人公触景伤怀、形单影只的"离恨",下片写其欲登高望远而不见其人、欲寄书信而不知其处的"别愁",而对主人公的形貌特征、衣饰装扮未置一词。作者不直接吐露相思之苦,而是将主观情感融进客观景物,借助对秋天清晓和夜晚自然景物的描绘,曲折委婉地传达出主人公与情人离别后盘结于胸、挥之不去的愁苦和哀怨,创造出深远含蓄的抒情意境。刘扬忠《唐宋词流派史》云:"抒情主人公那绵绵的思绪、细腻的感受、脉脉的温情和低回往复的矛盾心态,其实无一不是富于高度儒家文化教养的作者本人的贵族士大夫主体意识的表现……既符合所谓'风人之旨',也不违背儒家'发乎情,止乎礼义'的道德规范。"晏殊写恋情相思的名作,如《玉楼春·春恨》《清平乐》《撼庭秋》等,都写得清雅含蓄。

　　欧阳修的恋情词则多描写平民男女的婚恋生活,展示了平民男女青年情窦初开、初恋、欢会以及夫妻恩爱、离别相思等生活画卷,充满温情爱意、纯真执着,蕴含着浓郁的生活气息。欧词对人物的描写亦是形神兼备,人物感情较热烈大胆、自然率真,人物形象比晏词要鲜明生动,像《阮郎归》:

　　　　南园春半踏青时,风和闻马嘶。青梅如豆柳如眉,日长蝴蝶飞。
　　　　花露重,草烟低,人家帘幕垂。秋千慵困解罗衣,画堂双燕栖。

一位踏青赏春的少女被美丽春光唤醒了春情,那骑马远去的英俊少年更让她一往情深而芳心难宁。《渔家傲》(荷叶田田青照水)则写一个采莲女对爱情的渴望:

　　　　雨摆风摇金蕊碎,合欢枝上香房翠。莲子与人长厮类。无好意,年年苦在中心里。

采莲女由"合欢枝上香房翠"触发了对爱情幸福的憧憬,又以莲子的"心苦"暗示了自己的无爱寂寞。萌生春情之后,就到了恋爱阶段。欧阳修的《南乡子》就是当时青年男女相恋的写真:

　　　　好个人人,深点唇儿淡抹腮。花下相逢、忙走怕人猜。遗下弓弓小绣鞋。
　　　　划袜重来。半軃乌云金凤钗。行笑行行连抱得,相挨。一向娇痴不下情。

少女初恋,生怕人知,故"忙走怕人猜"。但炽热的爱使她终于投入恋人的怀抱,享受爱情的甜蜜。经过长期了解,真诚相爱,最终有情人终成眷属。欧阳修的《南歌子》描写了年轻夫妻美满幸福的新婚生活:

　　　　凤髻金泥带,龙纹玉掌梳。走来窗下笑相扶。爱道画眉深浅、入时无。
　　　　弄笔偎人久,描花试手初。等闲妨了绣功夫。笑问双鸳鸯字、怎生书。

这位新嫁娘以"入时"的梳妆、呢喃的爱语,表达她对丈夫的满怀柔情,更以学写"双鸳鸯字"表达新娘对幸福婚姻的向往。本词既描写了新娘的神情话语,又刻画了新娘的心理、动作,把一位娇柔多情、聪慧机灵的新娘形象刻画得栩栩如生。婚姻生活既有花好月圆的幸福甜蜜,又有离别的孤独相思,欧阳修的《踏莎行》(候馆梅残)、《玉楼春》(别后不知君远近),就是写夫妻离别后的相思牵挂和离愁别恨。尤其是"夜深风竹敲秋韵,万叶千声皆是恨"二句,描写女主人公独对如豆青灯,听着黑夜风吹修竹的秋声秋韵,品味着孤独凄凉的离愁别恨。千愁万恨幻化成风吹修竹的"万叶千声",用风敲秋竹的声音衬托浓重的离愁别恨,情致缠绵,凄迷幽怨。

最后,晏、欧感怀词不同。晏殊和欧阳修都在词中表现对社会人生、自身遭遇的感受,这类词可称之为人生感怀词。他们二人的人生感怀词也有明显差异。

晏殊的人生感怀词多表现惜时伤春、人生苦短的生命意识,而在对生命的忧思中,又以理性精神化解痛苦,情中有思,颇富辩证思维和理趣之美。"燕鸿过后莺归去,细算浮生千万绪。长于春梦几多时?散似秋云无觅处"(《木兰花》)、"可奈光阴似水声。迢迢去未停"(《破阵子》)、"窗间斜月两眉愁,帘外落花双泪堕。朝云聚散真无那,百岁相看能几个"(《木兰花》),词人由莺燕归去、花草零落而敏锐地感受到青春易逝、生命短暂,不禁发出"逝者如斯"的慨叹。其《浣溪沙》云:

一向年光有限身,等闲离别易销魂。酒筵歌席莫辞频。
满目山河空念远,落花风雨更伤春。不如怜取眼前人。

人生苦短,又要与亲人离别,备感惆怅,唯有以酒宴歌舞化解愁苦。别后关山阻隔,登高怀远,徒增伤感。风雨送春,不仅伤别,又伤迟暮。人生有限与爱情缺失两种忧思苦闷相互生发映衬,加深了词中情感的浓度。此时作者以理性化解过分的忧愁,与其徒作无谓的烦恼,倒不如珍重自己,善待眼前亲人,使自己的感情有所寄托,心理得到平衡。这就是叶嘉莹《迦陵论词丛稿》中所说的晏词"情中有思的特色"。晏殊的另一首《浣溪沙》中"无可奈何花落去,似曾相识燕归来"一联,有花落春去、青春易逝的无奈与伤感,又有"燕归"春回的新生与希望。而出句的无情、衰亡与对句的新生、有情,情景相对,虚实相生,颇富辩证思维,引发读者多种联想和思考——让人感悟到时序周流而人生短暂;启示人振奋精神,珍惜生命,在有限的生命中追求青春的永恒;或让人感悟到新陈代谢的历史规律;等等。

欧阳修的感怀词则多抒发人生坎坷、宦海浮沉的痛苦体验,比晏殊的感怀词要具体、深沉一些,如《临江山》:

记得金銮同唱第,春风上国繁华。如今薄宦老天涯。十年歧路,空负曲江花。
闻说阆山通阆苑,楼高不见君家。孤城寒日等闲斜。离愁难尽,红树远连霞。

据释文莹《湘山野录》卷上记载:"欧阳公顷谪滁州,一同年将赴阆倅,因访之,即席为一曲歌以送……其飘逸清远,皆白之品流也。"词人用对比手法,抒发了自己理想落空"空负曲江花"的喟叹,表达了遭谤被贬"薄宦老天涯"的凄凉心情。又如《圣无忧》"世路风波险,十年一别须臾"、《浣溪沙》"浮世歌欢真易失,宦途离合信难期"等,也都表达了"世路"风波险恶、宦海沉浮无凭的人生体验。

二、晏、欧词艺术风格的差异

刘熙载《艺概》云:"冯延巳词,晏同叔得其俊,欧阳永叔得其深。"晏殊、欧阳修二人在诗词创作上根据自己的需要,受到了冯词不同方面的影响。晏殊吸取了冯词中俊逸洒脱的士大夫气度,表达的感情温柔敦厚,委婉含蓄,淡淡的忧伤中透出超脱的气质。晏词格调雍容舒缓,语言精美雅致,在富贵恢宏的气象中寓含深远的情思,形成娴雅俊逸的艺术风格。而欧词则吸收了冯词的感伤基调和柔婉词风,把自己对社会人生的深沉感触融入词中,又善于用曲折深沉的艺术手法来揭示人物深婉细腻的情感,一往情深,而不以理节情。欧词的语言清丽自然,语浅情深。这就构成欧词深婉沉挚的主导风格,如《玉楼春》:

> 尊前拟把归期说,欲语春容先惨咽。人生自是有情痴,此恨不关风与月。
> 离歌且莫翻新阕,一曲能教肠寸结。直须看尽洛城花,始共春风容易别。

在千回百转中把离愁别绪表现得缠绵悱恻、哀婉深沉。其《蝶恋花》之"泪眼问花花不语,乱红飞过秋千去",清人毛先舒评论说:"永叔词云,'泪眼问花花不语,乱红飞过秋千去'。此可谓层深而浑成。何也?因花而有泪,此一层意也;因泪而问花,此一层意也;花竟不语,此一层意也;不但不语,且又乱落,飞过秋千,此一层意也。人愈伤心,花愈恼人,语愈浅而意愈入,又绝无刻画费力之迹,谓非层深而浑成耶?"(王又华《古今词论》)

三、晏、欧词语言风格的差异

晏殊词用语韵律和婉,对仗工整,色调清丽淡雅,忌用俗语、艳语。描写人情物态的语言较概括,注重景物气氛的烘托和暗示、象征意义,形成精致典雅的语言风格。他多选取与七律相近的词调,如《玉楼春》《浣溪沙》《蝶恋花》《破阵子》等。词中颇多平仄合律、对仗工整的句子,如"池上碧苔三四点,叶底黄鹂一两声"(《破阵子·春景》)、"楼头残梦五更钟,花底离愁三月雨"(《玉楼春·春恨》)、"无可奈何花落去,似曾相识燕归来"(《浣溪沙》)、"满目山河空念远,落花风雨更伤春"(《浣溪沙》),而且这些句子大都融情入景,富于联想启发。含蓄典雅有余,而生动鲜明不足。

与晏词相比,欧词的语言清丽自然,雅俗相济。他的语言在书面文言的基础上,吸收俗语、口语入词,既曲尽人情,活泼生动,又通俗易懂,生活气息浓厚。他多用白描手法,用语言直接描写人情物态,增加了形象的生动性和逼真感。《南歌子》中新娘的爱语昵声,"爱道画眉深浅、入时无……笑问双鸳鸯字、怎生书",不仅描写了人物说什么,而且还细致入微地描写了人物怎么说,把新娘的神态、话语刻画得惟妙惟肖,充满了生活情趣。《南乡子》对热恋少女的情态、动作、心理的描写亦是如此。欧词描写景物的语言亦是摄自然之神理,状难写之景如在目前。王国维《人间词话》就特别赞赏欧阳修的《少年游》:"如欧阳修咏春草上半阕云,'栏干十二独凭春,晴碧远连云。千里万里,二月三月,行色苦愁人'。语语都在目前,便是不隔。"并批评道:"梅溪、梦窗诸家写景之病,皆在一'隔'字,北宋风流,渡江遂绝。抑其有运会存乎其间耶?"欧词代表了词的语言应自然近俗的健康发展方向,对后代词人产生了积极影响。

第四节　范仲淹与王安石词比较

范仲淹与王安石都是北宋时期著名的政治家，主张并主持了当时的政治革新。范仲淹在仁宗朝拜枢密副使，改参知政事，推行庆历新政，为守旧派阻挠半途而废。王安石在神宗朝几次拜相，推行新法，被列宁誉为"中国十一世纪的改革家"。他们在中国政治史上都写下了非常厚重的一笔。同时，他们又都是成就卓越的词人，虽然存词不多，然而艺术水准很高，又在某些方面能够开风气之先，在词史上具有极高的地位。

在儒家思想占主导地位的封建社会里，政治家与文学家几不可分。儒家强调"学而优则仕"，"穷则独善其身，达则兼济天下"。如此，文学家是政治攀登的失败者，政治家则因有权势而渐与文学疏离。范仲淹与王安石则是政治家兼文学家，他们在政治舞台上的表演都极为精彩，在文学创作上他们也以诗文知名当世。范仲淹的《岳阳楼记》至今家传户诵。王安石不仅是唐宋古文八大家之一，而且在诗歌的创作上形成"王荆公体"。他们并非专注于词的创作，可以说，他们的词作都只是在诗文创作之余偶一为之而已，因此存词很少。虽然有散佚，但本来写作不多也是事实。范仲淹今存词仅有五首，却可以说他的每一首词都是精绝之作。王安石今存词29首，其特别精妙者也有七八首。他们词的特点都是少而精，能够超越时辈蜚声词坛，穿越千古流传至今，而为后人赞许。

范、王二人的词都以风格多样、善于创新而著称于世，他们既有叱咤风云、感情逸宕的豪放词，也有情感细腻、蕴藉含蓄的婉约词，都拓宽了艺术创新的领域。范仲淹的《渔家傲·秋思》，既是不可多见的边塞词，又是一首气凌霄汉、感情豪逸的豪放词。

> 塞下秋来风景异，衡阳雁去无留意。四面边声连角起。千嶂里，长烟落日孤城闭。
> 浊酒一杯家万里，燕然未勒归无计。羌管悠悠霜满地。人不寐，将军白发征夫泪。

词人将戍守边疆对边关生活的深切体验写入词中，洋溢着强烈的爱国情绪。在极端艰苦的征战生活中，他们盼望建功立业，勒铭燕然，奏凯而归。风格豪迈悲壮，境界开阔雄浑，对宋代边塞词和豪放词的创作都有着深刻影响，是一首在豪放词创作上开风气之先的杰作。

王安石的《桂枝香·金陵怀古》也是备受学人与选家关注的名篇。著名词人苏轼读了此词后非常感慨地说："此老乃野狐精也。"对其表现的精湛的艺术特色，赞誉之情溢于言表。

> 登临送目，正故国晚秋，天气初肃。千里澄江似练，翠峰如簇。征帆去棹残阳里，背西风酒旗斜矗。彩舟云淡，星河鹭起，画图难足。

> 念往昔,繁华竞逐,叹门外楼头,悲恨相续。千古凭高,对此谩嗟荣辱。六朝旧事随流水,但寒烟衰草凝绿。至今商女,时时犹唱,《后庭》遗曲。

此词上阕写景,秋天虽然肃杀,但南京山水之壮阔远非寻常。既有浩浩奔流的"千里澄江似练",又有诸多"翠峰如簇",插入云霄。山水辉映,气势非凡。更有水上船只、市里酒旗、河里彩舟、天上星河,真是繁花似锦,实在"画图难足",无法一一展示。下阕抒情,既抒发六朝兴亡之感,又触及现实。六朝的历史悲剧曾经在此"悲恨相续","至今商女,时时犹唱,《后庭》遗曲"。历史上有许多惊人的相似之处,词人在怀古的同时亦在讽今。

范、王二人不仅给我们留下了精警绝伦的豪放词,而且还都写下了蕴藉含蓄的婉约词。他们创作风格多样,显示出大家风范。范仲淹的《苏幕遮》云:

> 碧云天,黄叶地,秋色连波,波上寒烟翠。山映斜阳天接水,芳草无情,更在斜阳外。
> 黯乡魂,追旅思,夜夜除非,好梦留人睡。明月楼高休独倚,酒入愁肠,化作相思泪。

将羁旅乡思之情写得十分深婉。上阕写景,以秾丽远阔的秋景衬托离愁别绪。末句"芳草无情,更在斜阳外",直接导出思乡之情。下阕抒情,"黯""追"二字将暗淡凄伤缠绵不休的"乡魂""旅思"写得淋漓尽致。主人公独倚高楼,自云碧天蓝至夕阳西下,直至明月高挂天空,足见其思念之久。而"酒入愁肠,化作相思泪",更显其乡思郁积之深,真是难以为怀了。

王安石的《千秋岁引·秋景》是可与范仲淹《苏幕遮》媲美的一首婉约词——

> 别馆寒砧,孤城画角,一派秋声入寥廓。东归燕从海上去,南来雁向沙头落。楚台风,庚楼月,宛如昨。
> 无奈被些名利缚,无奈被他情担阁。可惜风流总闲却。当初漫留华表语,而今误我秦楼约。梦阑时,酒醒后,思量着。

此词上阕以凄清哀婉的秋声、岑寂清冷的秋光,衬托词人的离情别绪,引出下阕的无限感慨,抒发了词人宦海倦旅、苦闷哀怨的心情。在写法上能够虚实相间,用典娴熟,显示出空灵回荡而又情真意切的韵味,恻恻动人,感人肺腑。余如《清平乐》(留春不住)、《生查子》(雨打江南树)、《谒金门》(春又老),都是写得很好的婉约词。

范、王二人作为政治家,在仕途上坎坷不凡,积累了极为丰富的人生经验和人生感悟。他们将这种经验和感悟上升到哲学理论的高度,写出特别富于哲理的精警之作。这些作品虽然不是直接以情动人,却能以精警的哲理启迪人生,引起读者对复杂人世的深入思考。范仲淹的《剔银灯·与欧阳公席上分题》就是一首积聚了丰富政治经验的哲理词——

昨夜因看蜀志,笑曹操孙权刘备。用尽机关,徒劳心力,只得三分天地。屈指细寻思,争如共、刘伶一醉?

　　人世都无百岁。少痴騃、老成尪悴。只有中间,些子少年,忍把浮名牵系?一品与千金,问白发、如何回避?

上阕由读《蜀志》而得出结论:曹操、孙权、刘备,一生浴血奋战,你争我夺,仅得三分割据,还不如刘伶一醉。人尽皆知曹操、孙权、刘备都是历史上的英杰,词人却说他们三位三国鼎立的枭雄不如成日沉迷于酒的刘伶,真是惊世骇俗之论。这个结论是如何得出的呢?下阕做了回答:人生本来就很短促,除过少年的不更世事和老年的痴呆,真正生活得很明白、可以施展才华的年岁是很短很短的,怎能不痛痛快快地享乐,却被浮名牵系,在官场奔波?即便仕途通达,一帆风顺,也难超过曹操、孙权、刘备一生的业绩。无论是官达宰衡,还是富比石崇,又都无法回避衰老的命运。正如唐杜牧所言:"公道世间唯白发,贵人头上不曾饶。"(《送隐者一绝》)一品官可达,千金财可积,然人的年寿有限,不可能长生不老,这是不争的事实。词文看似消极,实则正话反说,劝人及时行乐。南宋龚明之《吴中纪闻》谓此词"寓劝世之意",是很有道理的。范仲淹之所以说岁月不居,光阴不再,是想努力干一番事业,对国家与民族做出一番大的贡献。然由于仕途坎坷,欲"先天下之忧而忧,后天下之乐而乐"而不可得。他高风亮节,却被人误解,遭人暗算,受人攻击,遂不免发牢骚,说与其劳心劳力,还不如醉生梦死!这当然是想有所作为而不可得的牢骚。

　　再看王安石的《浪淘沙令》:

　　伊吕两衰翁。历遍穷通。一为钓叟一耕佣。若使当时身不遇,老了英雄。

　　汤武偶相逢。风虎云龙。兴王只在笑谈中。直至如今千载后,谁与争功。

这首词尖锐地提出了人生的机遇问题。机遇是偶然的,是可望而不可求的,却能决定人生事业的成败。贤如伊尹、吕尚,如无机遇,只会老于渔樵,无所成就。正因为他们得其所遇,碰到了商汤、文王这样的英主,才如鱼得水,充分施展了政治才华,才能"风虎云龙",才有"兴王只在笑谈中"的壮举,在商朝与周朝的兴起和发展中立下了无与伦比的功勋,千百年来无人能与之相比。由此可见,机遇对于个人事功之重要。潜台词是:谁又能主动掌握千载难逢的机遇呢?

　　这两首词,都蕴含着极丰富的人生经验和极深刻的哲理,能启迪读者深思。同时,在艺术表现上,用散文化的笔法,语言口语化,明白晓畅。其语淡如水,而思力却浓于酒,寓意深刻,读来味长。这对后来的豪放派词人,特别是辛弃疾及辛派词人的豪放词之创作,有着积极而深远的影响。

　　范、王二人的词都受到后来词论家的赞誉。关于范仲淹,张德瀛说他"工于词"(《词征》),魏礼赞扬他的词"圆浑流转"(《魏季子文集》)。赵师岇因王安石《桂枝香》词而赞其"真一代奇才"(《吕圣求词序》),王灼则谓王安石"长短句不多,合绳墨处自雍容奇特"(《碧鸡漫志》),杨希闵谓王安石之"词亦峭劲,如冬岭孤松,远霄鹤鸣"(《词轨》)。这些赞誉之词都是比较中肯的。说范词写得"圆浑流转",实则是说他的词浑成自然。词的浑成自然是一种不易达到的艺术境界。所谓浑成自然,并非词人顺手拈来、妙手偶得之境,而是经过一番艰苦锻炼之功而后才达到的高超的艺术境界。无疑,范词自然浑成,境界完美,开北宋词风气之先。王安石词奇特峭劲,令人绝倒,也包含着很高的艺术功力。

第五节 苏轼与辛弃疾豪放词风比较

　　苏、辛词作均以不受声律束缚、题材广阔宏富、笔势纵放、气象恢宏而在两宋词坛上独树一帜，形成了词史上著名的豪放词派。但如果对苏、辛词做一些具体的分析比较，就不难发现，豪放只是他们词风的一个基本特征，而在感情色彩、思想格调等许多方面，二者又有着不容忽视的差别——苏词的旋律更为高逸旷达，而辛词的基调却颇多悲愤沉郁，这应当说是苏、辛词风最重要的差异之一。

　　苏、辛二人一生都经历了极其坎坷的道路。东坡少负奇才，"奋励有当世志"，入仕后因卷入统治集团的内部斗争而屡受打击排挤，两被诬陷贬官，因乌台诗案险遭杀身之祸，晚谪岭海几近不能生还。稼轩"壮岁旌旗拥万夫"，在抗金斗争中显示出杰出的军事才能，但南渡后却得不到统治者的信任和重用，屡遭诬陷，三次免职，先后赋闲达20年之久。政治上的坎坷遭遇，必然对他们的文学创作产生极其深刻的影响。苏、辛词中都不可避免地反映出理想破灭、壮志难酬的思想。然而不同的是，东坡词倾向于从痛苦中求超拔、求解脱，跨越现实的黑暗去追寻理想的光明，从而表现出一种旷达的人生态度。稼轩词则更多地表现了对于现实的苦恨执着和挣扎奋斗，表现了悲愤的呼喊和火一样燃烧的激情。

　　东坡的名篇《水调歌头》，作于熙宁九年，作者当时因政治上受到排挤，外放密州，心情苦闷，可是在这首词里却看不到他的消沉情绪。作者泛观浩瀚天宇，寄意高远月宫，幻想出一个清凉澄澈、玉洁冰清的美妙世界。"我欲乘风归去，又恐琼楼玉宇，高处不胜寒……"这是多么奇异的想象，多么高洁的向往！作者意在冲破现实黑暗，超越现实痛苦，表现出人类对于理想境界的永恒追求。词的下片通过对人生痛苦的冷静思考，得出"人有悲欢离合，月有阴晴圆缺，此事古难全"的结论，以理遣情，进一步表现了作者旷达的胸怀。

　　而在稼轩词中读者就很少看到这种在精神上的超越之感和旷达之气，而更多地感受到辛弃疾对现实的苦恨执着及他那种特有的郁结悲愤之气。例如他的《太常引·建康中秋夜为吕叔潜赋》一词：

　　　　一轮秋影转金波。飞镜又重磨。把酒问姮娥：被白发欺人奈何。
　　　　乘风好去，长空万里，直下看山河。斫去桂婆娑，人道是清光更多。

此词与东坡的《水调歌头》同是写中秋，同样是把酒对月、驰骋神奇想象，充满了浪漫主义色彩，但辛作却始终不能摆脱现实的痛苦，他因岁月蹉跎、壮志难伸而发出"白发欺人"的深沉悲叹。他渴望"斫去桂婆娑"，铲除现实生活的黑暗，实现光明的政治理想，使人间"清光更多"，热烈执着的追求与慷慨激愤的情怀流溢于字里行间。

　　苏、辛词中这种超脱与执着、旷达与悲愤的区别，在他们的词作中多有表现。东坡的《念奴娇·赤壁怀古》与稼轩的《水龙吟·登建康赏心亭》，同是写登临怀古，同是二人豪放风格的代表作,前者起首一句"大江东去,浪淘尽,千古风流人物",横空出世,一下子超越了历史,超越了时空,气格极其高拔旷远;后者起句则面向现实,写水天无际、落日断鸿,衬托自己孤寂忧愤的心情。前者的怀古,是追慕前人风流千古的丰功伟业,胸襟十分开阔;后者的怀古,则是设事用典,抒写自己的胸中块垒,悲愤不能自抑。过去的词论家常说东坡"灵气仙才"(张思岩《词林纪事》),其词"高处出神入天"(王灼《碧鸡漫志》),"具神仙之姿"(刘熙载《艺概》),"直觉有仙气缥缈于毫端"(继昌《左庵词话》),而对辛词却从不见有此种评论。所谓"苏其殆仙"而"辛犹人境",恰恰道出了上述苏、辛词风的明显差异。东坡的一生经历了比稼轩更多的磨难。据其自述,贬落黄州后,"亲友绝交,疾病连年,饥寒并日,人皆相传已死"(《谢量移汝州表》),晚贬谪儋州时,"子孙恸哭于江边,已为死别"(《到昌化军谢表》),可谓尝尽了人间悲哀。然而在东坡词中,这种人生痛苦被他的旷达精神大为冲淡。他极少言悲,直接提到"恨"之处也不多。可是翻阅稼轩词,却会感到悲愤满纸,其感情之强烈更使人泪溅心惊。

东坡350余首词中直接提到"恨"字的地方,除去两首《菩萨蛮》回文词中的文字游戏外,实际上只有二十几处。从内容上看,虽然有的表达了激昂的情绪,如"恨君不取契丹首,金甲牙旗归故乡"(《阳关曲·军中》),有的表现了苦闷的心情,如"惊起却回头,有恨无人省"(《卜算子·黄州定慧院寓居作》),但绝大多数"恨"字写的却是人生离别,如"恨此生、长向别离中,添华发"(《满江红·怀子由作》)、"欲向佳人诉离恨,泪珠先已凝双睫"(《满江红·正月十三日送文安国还朝》)、"花开又花谢,离恨几千重"(《临江仙》)、"苦恨人人分拆破,东西,怎得成双似旧时"(《南乡子·双荔支》)、"此恨固应知,愿人无别离"(《菩萨蛮·新月》)、"无情汴水自东流。只载一船离恨、向西州"(《虞美人》)、"月转乌啼,画堂宫徵生离恨"(《点绛唇·离恨》)、"可恨相逢能几日,不知重会是何年"(《浣溪沙·重九旧韵》)等等。这种现象除了说明东坡一生因屡遭贬谪,对人生离别有着格外深切的感受之外,同时也说明他对仕途坎坷、政治磨难也抱着一种达观超越的态度。与东坡相反,稼轩词中的"恨"是大量的。

稼轩620余首词中直接使用"恨"字近百处,确是"不平之鸣,随处辄发"(周济《介存斋论词杂著》),"悲歌慷慨,抑郁无聊之气,一寄之于词"(徐釚《词苑丛谈》)。稼轩之"恨"涉及范围极广,有心系故国、登临寄恨,如"层楼望,春山叠。家何在?烟波隔。把古今遗恨,向他谁说"(《满江红》)、"中州遗恨,不知今夜几人愁"(《水调歌头·和马叔度游月波楼》);有感叹请缨无路、岁月蹉跎之恨,如"恨苦遭邓禹笑人来,长寂寂"(《满江红·送徐抚干衡仲之官三山》)、"还自笑,人今老;空有恨,萦怀抱"(《满江红·和卢国华》);有借古人酒杯浇胸中块垒之恨,如"堪恨处:人道是属镂怨愤终千古"(《摸鱼儿·观潮上叶丞相》)、"恨灞陵醉尉,匆匆未识,桃李无言"(《八声甘州》);有借景抒情、点染愁恨,如"遥岑远目,献愁供恨,玉簪螺髻"(《水龙吟·登建康赏心亭》)、"天宇修眉浮新绿,映悠悠,潭影长如故。空有恨,奈何许"(《贺新郎》);有宣泄抑郁无聊之气,寄托无凭之恨,如"万恨千情,各自无聊各自鸣"(《丑奴儿·书博山道中壁》)、"春色难留,酒杯常浅,把旧恨、新愁相间"(《锦帐春·席上和叔高韵》);还有倾吐隐曲难诉之情,如"幽径无人独自芳,此恨知无数"(《卜算子·寻春作》)、"醉里谤花花莫恨,浑冷淡,有谁知"(《江神子·赋梅寄余叔良》)。在这无涯之恨海中,也有相当多的伤春、伤别之句,但稼轩自己说得很清楚,"不是离愁难整顿,被他引惹其他恨"(《蝶恋花·送祐之弟》),寄寓着更为广泛的社会内容。稼轩之"恨"的感情强度也达到了十分惊人的程度,恨得那么镂心刻骨,以至"恨之极,恨极销磨不得"(《兰陵王》);恨得那样想见古人,居然"不恨古人吾不见,恨古人、不见吾狂耳"(《贺新郎》);恨得没有尽头,"恨如新,新恨了,又重新"(《上西平·送杜叔高》)。这绵绵不绝的恨竟伴随了他的一生,"六十三年无限事,从头悔恨难追"(《临江仙·壬戌岁生日书怀》)。古往今来,像稼轩这样胸中郁积着这么广阔深沉之恨的词人实不多见。

比较苏、辛词不难发现,他们对现实生活的痛苦抱持的态度不同。苏轼生活在北宋相对承平时期,"学际天人",知识修养使他成为一个超然旷达的理想型的文人,在艰难的人生历程中既能坚持操守,又能随遇而安,面对险风恶浪,始终处之泰然。"坦荡之怀,任天而动"(郑文焯《手批东坡乐府》)、"祸福不足以摇之"(刘永济《词论》),这是其词不轻言痛苦的主要原因。而辛弃疾则生活在外族入侵、国家危亡的南宋时代,他与现实的矛盾根本上是爱国主义与投降主义之间的矛盾,因此不可调和。所以其词"率多抚时感事之作"(毛晋《稼轩词跋》),体现出强烈的时代精神。山河破碎、民族危难,激发出他火一样的情怀;报国无门、壮志难伸,又使他洒下英雄热泪。这种对于现实的苦恨执着,使得其词更具强烈的战斗精神,词风也较苏词更为慷慨、悲愤和深沉。

苏、辛都曾出入老庄、濡染佛释,都曾在苦闷时流露出归隐情绪,如东坡之"都将万事,付与千钟。任酒花白,眼花乱,烛花红"(《行香子·秋与》)、"几时归去,作个闲人。对一张琴,一壶酒,一溪云"(《行香子·述怀》),稼轩之"穷自乐,懒方闲,人间路窄酒杯宽"(《鹧鸪天·吴子似过秋水》)、"而今何事最相宜?宜醉宜游宜睡"(《西江月·示儿曹,以家事付之》),类似之语还有许多。然而如果深入探析他们这些思归欲隐之词就会发现,其中所表达的思想感情也是不完全相同的。东坡词的思归欲隐,虽然也包含着痛苦的因素,但更多体现了旷达的人生态度。他憧憬着淡泊的生活,渴望着心灵的宁静,他愿"小舟从此逝,江海寄余生"(《临江仙·夜归临皋》),目的也正是"忘却营营"。所以东坡词讲到归隐时,心情基本上是平静的。稼轩词的思归却带有较多慷慨悲愤的情绪。每当他提到归隐时,常常与其一生潦倒、壮志未酬联系在一起,表现出"老却英雄似等闲"(陆游《鹧鸪天》)的深切悲叹。辛弃疾的《鹧鸪天》就是把自己"壮岁旌旗拥万夫,锦襜突骑渡江初"的壮声英概,与眼前"却将万字平戎策,换得东家种树书"的凄凉处境形成鲜明对比。再如"平生塞北江南,归来华发苍颜"(《清平月·独宿博山王氏庵》)、"富贵非吾事,归与白鸥盟"(《水调歌头·壬子三山被召陈端仁给事饮饯席上作》)、"且置请缨封万户,竟须卖剑酬黄犊"(《满江红》)、"莫说弓刀事业,依然诗酒功名"(《破阵子·硖石道中有怀吴子似县慰》)等等,在这些词句的后面,读者可以感受到作者内心潜藏着深切的苦闷和冲荡的激情。这样的"思归",不仅有恬淡的一面,更多体现了他对现实的愤慨和痛苦的自嘲。

辛弃疾虽然和苏轼一样,也学习老庄,追慕陶(渊明)李(白),但在稼轩心中还有一个崇拜对象——屈原。他对屈原充满了敬意,如"我亦卜居者,岁晚望三闾"(《水调歌头·将迁新居不成戏作》)、"千古离骚文字,芳至今犹未歇"(《喜迁莺·谢赵晋臣敷文赋芙蓉词见寿,用韵为谢》)、"夜夜入清溪,听读《离骚》去"(《生查子·独游西岩》)、"手把

《离骚》读遍,自扫落英餐罢,杖屦晓霜浓"(《水调歌头·赋松菊堂》)等等。其许多词句就是从屈原作品中脱化而来的,如"余既滋兰九畹,又树蕙之百亩,秋菊更餐英。门外沧浪水,可以濯吾缨"(《水调歌头·壬子三山被召陈端仁给事饮饯席上作》)化用《离骚》,"向空江、谁捐玉佩,寄离恨、应折疏麻"(《玉蝴蝶·叔高书来戒酒用韵》)化用《九歌》中的《湘君》和《大司命》,"人心与吾兮谁同"(《醉翁操》)出自《九章·抽思》。此外,他的《千年调》(左手把青霓)几乎全是融化《离骚》诗句,而《木兰花慢》(可怜今夕月)则是用"天问体"写成。在稼轩词中像这样直接称引、化用,甚至模仿屈原作品的,竟达二三十篇,这在东坡词中极为罕见。

稼轩仰慕屈原的根本原因,在于其理想、激情、对现实的苦恨执着以及"知其不可而为之"的悲剧性格,甚至其痛苦悲愤都与屈原有着惊人相通之处。他的心灵与屈原产生许多共鸣。这一点与东坡确实有很大不同。这种不同直接导致了他们词风的差异,其中最重要的差异就是东坡旷达,而稼轩悲愤。过去有些词论家在谈到东坡的旷达时,常常简单地把这归于佛老,而谈到佛老,又往往简单地斥为"消极""虚无",因而过低地评价东坡的旷达词风,说他"潜形避祸""故作迂疏""萧瑟而令人丧气"等等,甚至产生全面扬辛贬苏的倾向,这是不客观的。

苏轼一生光明磊落、直言敢谏,"立朝大节极可观……在元丰则不容于元丰,人欲杀之;在元祐则虽与老先生(司马光)议论,亦有不合处,非随时上下人也"(马永卿《元城语录》)。苏轼在宦海沉浮中虽历尽磨难,但从不"俯身从众,卑论趋时"(苏轼《登州谢宣诏赴阙表》),更不自诬品节、邀宠取容。这怎么能用"佛老"二字简单概括其思想呢?另一方面,在中国封建社会里,佛老思想虽然产生过消极影响,但也曾是许多正直、进步的知识分子用以反抗黑暗势力、保持洁身自好的重要思想武器。他们在险恶的环境中要坚持高洁的操守,不愿与恶势力同流合污,而在当时的历史条件下又不能彻底反抗,只好追求超拔解脱,企图跨越现实的黑暗痛苦去追寻理想的光明,其积极意义是不应被低估的。

第六节　黄庭坚诗歌的艺术特征

　　作为江西诗派的领袖人物，黄庭坚是宋代诗人最典型的代表。黄庭坚今存诗歌1 956首，内容丰富，题材多样，众体兼备，有多种艺术风格，又有独到的艺术造诣，有分量厚重的七古长篇，又有广为传诵的精美短章，堪称诗坛大家。黄庭坚早期的诗中，有不少讥刺时政、抨击新法弊端和反映民生疾苦的作品，后来由于担心惹祸，他把它们大都删了。占据山谷诗题材主流的是那些表现自我、抒写个人生活经历和文人情趣之作，其中，题咏书画、奇石、亭台楼阁以及笔、墨、纸、砚、香、扇、杖等文化产品或与文化活动有关之物的篇章俯拾即是。它们以密集的人文意象、馥郁的书卷气息，富于诗意地展现了封建社会中一个品格正直高洁的知识分子复杂的精神世界，也多侧面地折射出了时代的风云图景。这是山谷诗题材和内容的特色。

　　山谷诗在艺术上的成就更加引人注目。苏轼以为"一代之诗，当推鲁直"（黄庭坚《与王周彦书》），清代方东树也赞他"英笔奇气，杰句高境，自成一家"（《昭昧詹言》）。整体上看，山谷诗迭出新意，一洗唐调，具有鲜明的艺术个性。读山谷诗，扑面而来的首先是那些五光十色、奇幻生新的比喻，把人引进遍布奇花异草的诗世界里，触发出一种欲知未知的迷茫，以及新鲜发现的喜悦。诗论家们按照喻体和本体相似关系的远近，将比喻分为"近取譬"和"远取譬"两种。钱锺书在《读〈拉奥孔〉》一文中说，喻体和本体"不同处愈多愈大，则相同处愈有烘托；分得愈远，则合得愈出人意表，比喻就愈新颖"。山谷想象力敏锐、犀利、丰富，最擅长创构奇幻生新的"远取譬"，例如"客愁非一种，历乱如蜜房"（《次韵答叔原会寂照房呈稚川》），用密集纷乱的蜂房形容客愁的杂乱无绪；"竹笋初生黄犊角，蕨芽已作小儿拳"（《观化十五首·其十一》），用小黄牛刚露出的角儿比喻初生竹笋，用小孩子的拳头比喻蜷曲的蕨芽；"寒藤老木被光景，深山大泽皆龙蛇"（《八月十四日夜刀坑口对月奉寄王子难子闻适用》），用游动的金龙银蛇比喻月光照射着的深山大泽的寒藤老木；"文章功用不经世，何异丝窠缀露珠"（《戏呈孔毅父》），用缀于蛛网上的闪亮露珠比喻外表华美而内容空虚的文章；"心似蛛丝游碧落，身如蜩甲化枯枝"（《弈棋二首呈任公渐·其二》），用飘荡的蛛丝和挂在枯枝上的蝉壳比喻下棋人专心致志的神情姿态。山谷还擅长逆向想象，不犯正位，别出心裁地运用倒喻，例如"程婴杵臼立孤难，伯夷叔齐采薇瘦"（《寄题荣州祖元大师此君轩》）一联，赞颂环绕轩堂翠竹的高风亮节，竟然用了四位古代忠烈之士的事迹来比喻；又如"西风麾残暑，如用霍去病"（《又和二首·其一》），竟匪夷所思地用汉代抗击匈奴的名将霍去病比喻西风驱逐残暑。山谷的曲喻用得更多也更新奇。所谓曲喻，就是在用了比喻后，再从喻体形象出发，进一步发挥想象，写出本体形象本来并不具有的状态或动作，可谓认假作真，妙想联珠。钱锺书在《谈艺录》中对黄庭坚诗歌的曲喻曾有精彩分析，他说："例若'青州从事斩关来'，'管城子无食肉相，孔门兄有绝交书'，'王侯须若缘坡竹，哦诗清风起空谷'，'湘东一目诚甘死'，'未春杨柳眼先青'，'蜂房各自开户牖'，'失身来作管城公'，'白蚁战酣千里血'等句，皆此类。酒既为'从事'，故可'斩关'；笔既有封邑，故能'失身食肉'；须既比竹,故堪起风;蚁既善战,故应飞血;蜂窠既号'房',故亦'开户'。均就现成典故比喻字面上,更生新意;将错而遽认真,坐实以为凿空。"上述这些新颖奇警的比喻都能给人奇幻生新之感,显示出黄庭坚借助奇思妙想创构新鲜动人意象的艺术功力。

方东树评论黄庭坚七言古诗的艺术结构说:"山谷之妙,起无端,接无端,大笔如椽,转折如龙虎,扫弃一切,独提精要之语。每每承接处,中亘万里,不相联属,非寻常意计所及。"又云:"大抵山谷所能,在句法上远,凡起一句,不知其所从何来……每篇之中,每句逆接,无一是恒人意料所及,句句远来。"(《昭昧詹言》)。山谷诗无论长篇还是短制,大多章法细密,线索深藏,多层次回旋曲折,跳跃变化,极尽吞吐腾挪、起结无端之妙,如元祐元年(1086年)写的七言长篇《送范德孺知庆州》:

乃翁知国如知兵,塞垣草木识威名。
敌人开户玩处女,掩耳不及惊雷霆。
平生端有活国计,百不一试薶九京。
阿兄两持庆州节,十年骐驎地上行。
潭潭大度如卧虎,边头耕桑长儿女。
折冲千里虽有余,论道经邦政要渠。
妙年出补父兄处,公自才力应时须。
春风旆旗拥万夫,幕下诸将思草枯。
智名勇功不入眼,可用折箠笞羌胡。

全诗18句,平均分成三节,分咏范德孺之父、兄及其本人,又以长于治国用兵这个中心题旨贯穿全诗,可谓章法细密,结构严谨。为了避免平直呆板,作者又故意打破这种均匀的局面,在押韵上前八句押平声"庚"韵,又在中间一节之内转韵,使韵转而意不转,造成参差错综,节奏韵律既跳动变化又贯若连珠。清人翁方纲赞曰:"三段井然,而换韵之法,前偏后伍,伍承弥缝,节奏章法,天然合笋,非经营可到。"(王士禛《七言诗歌行钞》)其实山谷此诗并非没有"经营",而是匠心细密,不见人为之迹。

在黄庭坚的其他诗体的作品中,也有这种回旋转折、起结无端、变化莫测的章法结构。七律《王充道送水仙花五十枝欣然会心为之作咏》云:

凌波仙子生尘袜,水上轻盈步微月。
是谁招此断肠魂?种作寒花寄愁绝。
含香体素欲倾城,山矾是弟梅是兄。
坐对真成被花恼,出门一笑大江横。

前三联用洛水女神、山矾花、梅花来比喻、映衬水仙花,尾联"坐对真成被花恼,出门一笑大江横",转接奇突,诗境由幽怨、纤细一变而为开朗、壮阔,突出显示山谷诗起结无端、出奇变幻的特点。又如《病起荆江亭即事十首·其五》:

> 司马丞相昔登庸,诏用元老超群公。
> 杨绾当朝天下喜,断碑零落卧秋风。

前三句写司马光东山再起满朝欣喜的情景,末句一笔兜转,推出一幅秋风断碑的凄凉画面,真出人意表。再看更短的六言绝句《题郑防画夹五首·其一》:

> 惠崇烟雨归雁,坐我潇湘洞庭。
> 欲唤扁舟归去,故人言是丹青。

前三句似是实景,末句点出原来是观画。这种艺术结构突破先景后情、一事一抒的模式,不墨守起承转合的框架,能使读者产生陌生感、惊奇感,艺术效果强烈。

黄诗十分重视句法的锤炼经营,其句子结构每每不守正常语法,或将主、谓、宾次序颠倒,或删去一些句子成分,或把两个意思紧缩一句之中,使句意文气凝练而曲折、劲健而拗峭,给读者深刻印象。"心犹未死杯中物,春不能朱镜里颜"(《次韵柳通叟寄王文通》),抒写饮酒豪兴依在,但青春红颜却不能恢复了。"死""朱"二字联结的意象本不直接相属,且节奏上变正常的"上四下三"句式为"一三三"式,读起来顿挫奇崛,富有力度。再如"眼中故旧青常在,鬓上光阴绿不回"(《次韵清虚》),不过欣幸青春已逝而故人仍在;"未生白发犹堪酒,垂上青云却佐州"(《次韵王定国扬州见寄》),只是说年尚未老却仕途蹭蹬,但经过锤炼,就成了令人耳目一新的奇句,句中跌宕拗峭,刚健有力,蕴含丰富。山谷诗造语尚奇好硬,力求曲折深远,出人意表。"能令汉家重九鼎,桐江波上一丝风"(《题伯时画严子陵钓滩》),称颂隐士严子陵的高风亮节能使汉家政权稳固,却把九鼎之重与钓丝之轻做强烈比照,诗句新奇,意味深长。又如"寒炉余几火,灰里拨阴何"(《次韵高子勉十首·其四》),是说高子勉边拨火灰边改诗句,最后改得像南朝诗人阴铿、何逊的作品一样好,却说成从火灰里拨出阴、何来。"系船三百里,去梦无一寸"(《过家》),写诗人在离家三百里处泊舟,梦魂仍萦绕故乡,用空间意象"三百里"与"一寸"对照,表达出离家虽远而梦归好像举足便到,比喻奇警,句法惊人。

为了避熟求生、推陈出新,黄庭坚在音律上努力学习杜甫的拗体七律,并大大发展了这种诗体。杜甫的159首七律中只有19首拗体,可谓偶一为之;黄庭坚一生中却写了153首拗体,占其七律总数的一半,而且拗峭程度更甚。《题落星寺四首·其三》云:

> 落星开士深结屋,龙阁老翁来赋诗。
> 小雨藏山客坐久,长江接天帆到迟。
> 宴寝清香与世隔,画图妙绝无人知。
> 蜂房各自开户牖,处处煮茶藤一枝。

此诗平仄竟无一句完全合律,且颈联失粘,但拗中仍有律处,如第二句第五字应仄而平,以救第一句第六字及本句第三字之拗。全诗声调拗峭奇崛,同清奇简古的文字相得益彰,很好地衬托出一个远离人世、幽僻清绝的境界,成为黄诗生新瘦硬风格的代表作。

黄诗也有少数七律拗得太过分，读来佶屈聱牙。总的说来，其拗体七律矫正了宋初以来流行的白体、西昆体律诗音调过于圆熟之弊，具有一种奇峭挺拔的特殊韵味，不失为一种成功的探索。

　　黄诗又追求一种经过精心锤炼显得新奇警拔的语言风格，重视炼字，使句中有眼，造成神光四射又骨力峻峭的艺术效果。宋人张戒批评他"专以补缀奇字"（《岁寒堂诗话》）。其实黄诗"奇字"主要是对常用字做别出心裁的用法，并活用词语，改变词性，使之更生动传神、新鲜奇警。《次韵高子勉十首·其十》云：

　　　　沙上步微暖，思君剩欲招。
　　　　蒌蒿穿雪动，杨柳索春饶。

"穿""动"二字写活了蒌蒿。"索""饶"二字不直接写杨柳在春天萌生绿芽，却说杨柳向天公索取了更多春意，从而把早春的生机勃勃景色同思念友人的情意交融一片。又如《送舅氏野夫之宣城二首·其二》：

　　　　试说宣城郡，停杯且细听。
　　　　晚楼明宛水，春骑簇昭亭。
　　　　秪稏丰圩户，桁杨卧讼庭。
　　　　谢公歌舞处，时对换鹅经。

"明""簇""丰""卧"四字，一、三两字形容词用作动词，生动地展现出一幅环境优美、城市繁荣、百姓富足、讼事稀少的宣城夜景，而诗人对舅父李莘治邑政绩的期望之情已流溢画上。更妙的是"姮娥携青女，一笑粲万瓦"（《秘书省冬夜宿直寄怀李德素》），将雪月交辉照亮万片屋瓦想象为姮娥携青女嫣然一笑，又把形容词"粲"字用作动词，于是清冷的景象就转化为瑰丽神奇、逗人遐思的动态画面。其他如"秋水黏天不自多"（《赠陈师道》）、"江雨压旌旗"（《侯尉之吉水覆按未归三日泥雨戏成寄之》）、"润础闹苍藓"（《奉和王世弼寄上七兄先生用其韵》）、"阴风搜林山鬼啸，千丈寒藤绕崩石"（《上大蒙笼》）等，率皆借诗眼传神的警句。

　　山谷喜欢用典，其诗典故经过精心选择，很少生搬硬套，善于熟典生用，死典活用，极尽变化之能事。他的七律名篇《寄黄几复》云：

　　　　我居北海君南海，寄雁传书谢不能。
　　　　桃李春风一杯酒，江湖夜雨十年灯。
　　　　持家但有四立壁，治病不蕲三折肱。
　　　　想得读书头已白，隔溪猿哭瘴溪藤。

首联上句用《左传》"君处北海，寡人处南海，唯是风马牛不相及也"，下句用《汉书·苏武传》雁足传书事，但妙用字面，使人不觉得是用典，并且以否定句使陈熟之典生出新意。

颈联上、下句分别用《史记·司马相如列传》"家居徒四壁立"和《左传》"三折肱,知为良医"的典故,形象表现了黄几复生活的困苦和他治理政事的才能。下句更是反用典故而赋予新的含义,使得诗句峭拔,诗意深刻。

  黄诗以上几个方面互相配合、互相融摄,整体上呈现出生新瘦硬的个性特征。"生新"体现了山谷在诗歌创作上求新、求变的精神,可以说是黄诗艺术的生命;而"瘦硬",即奇崛奥峭,是黄诗的一种主要风格倾向。其实黄诗也有或潇洒俊逸,或精美工丽,或滑稽风趣,或老朴沉雄等多样化的风格,特别是其晚年诗风,由生新奇峭转而追求质朴平淡。由于诗人生活、思想和艺术的成熟,使其诗进入了一个全新境界,部分佳作已达到他所推崇的"不烦绳削而自合""平淡而山高水深"的艺术水准,如《和高仲本喜相见》《新喻道中寄元明用觞字韵》《雨中登岳阳楼望君山》《蚁蝶图》《武昌松风阁》《书摩崖碑后》等,都堪称这一时期的代表作。试读《跋子瞻和陶诗》:

   子瞻谪岭南,时宰欲杀之。
   饱吃惠州饭,细和渊明诗。
   彭泽千载人,东坡百世士。
   出处虽不同,风味乃相似。

通篇用质朴的文字和平直的句法直叙其事,字里行间却包蕴着深沉的感情和深刻的思考,高度地概括了苏轼高尚的品格和坦荡的胸怀,可谓剥落浮华,深入浅出,归真返璞,具有一种崇尚平淡的"老境"之美。

  总之,黄庭坚的诗歌意象新奇,情思深微,清旷脱俗,气力内敛,风味隽永,讲究对偶,自然意远,用事精切多变,炼字生新警拔,琢句深远曲折,音节兀傲奇崛,晚期又呈现出老境之美。黄庭坚凭其独创的艺术成就,在宋代诗坛声名远扬,其诗被称为"山谷体",对后世产生了深远而持久的影响。吕本中尊其为江西诗派宗主。刘克庄说他"会百家句律之长,究历代体制之变,搜猎奇书,穿穴异闻,作为古律,自成一家。虽只字半句,不轻出,遂为本朝诗家宗祖。在禅学中,比为达摩,此不易之论也"(《江西诗派小序》)。当然,黄诗刻意追求奇字僻典,和韵过多,以及过分散文化、议论化的倾向,亦为美中不足。

中国古代名家诗词艺术

第七节　秦观词的艺术特征

　　词作为新兴的音乐文学样式,以《花间集》为标志,在晚唐五代始构建起真正成熟、带有经典意味的艺术范型,遂确立了绮丽婉约的风格特征和应歌娱人的价值体系,且以闺情相思、伤春怨别为主要的描写与表现内容。入宋以后,词成为一代文学的标志性产品,已骎骎然遍及社会的各阶层,红牙铁板,歌吹盈沸,处处回荡着柔曼宛转之声,直是如日中天之势,早已不仅仅局囿于文人寄兴、酒边命笔的范围。

　　秦观词高踞于婉约词前沿或领袖位置,当时同人便称道:"今代词手,惟秦七、黄九耳,唐诸人不逮也。"(陈师道《后山诗话》)这也包括他对花间传统发扬光大的贡献,如《沁园春》:

　　　　宿霭迷空,腻云笼日,昼景渐长。正兰皋泥润,谁家燕喜,蜜脾香少,触处蜂忙。尽日无人帘幕挂,更风递游丝时过墙。微雨后,有桃愁杏怨,红泪淋浪。
　　　　风流寸心易感,但依依伫立,回尽柔肠。念小奁瑶鉴,重匀绛蜡,玉笼金斗,时熨沉香。柳下相将游冶处,便回首青楼成异乡。相忆事,纵蛮笺万叠,难写微茫。

上阕以"燕喜""蜂忙""更风递游丝时过墙"等细密的笔触,摹画春天的景色;下阕以"风流寸心易感"领起,放笔铺述相思离情,如"但依依伫立,回尽柔肠""柳下相将游冶处,便回首青楼成异乡。相忆事,纵蛮笺万叠,难写微茫",并暗暗照应歇拍"微雨后,有桃愁杏怨,红泪淋浪"之语,显得格外周致缠绵。又如《木兰花》(秋容老尽芙蓉院)、《如梦令》(门外鸦啼杨柳),也都是先写景后言情,并兼容情景、以景映情,从自然物象过渡到闺中女子的居室环境和动作,再于结拍点题,或直笔或曲笔。不过前者是因秋至见芙蓉老尽、草上霜花而始伤喟于岁华零落,红颜终将付委于"西风";后者则抒发女子在暮春时节百花凋残的闲愁,较为婉转蕴藉。

　　《浣溪沙》云:

　　　　漠漠轻寒上小楼。晓阴无赖似穷秋。淡烟流水画屏幽。
　　　　自在飞花轻似梦,无边丝雨细如愁。宝帘闲挂小银钩。

此篇曾别作欧阳修词,可见这个流派艺术风貌之相类,因为在花间传统艳歌娱人的制作坐标上,尽管他们所处的位置不同,但主流审美取向并无本质差异。此词旨在描述一种春愁,从"上小楼""宝帘闲挂"的闲散动作里,传达出这愁缠绵迷惘,如烟似雾般地朦胧于心头,而物象譬喻"飞花""丝雨",则将抽象的情绪感觉变得具体可见。虽说怎么也推诿不去,摆脱不了,却又并不是过于沉重浓挚得化不开,再加上轻寒晓阴、画屏幽景的背景映衬,便使情皆能融化到境中。而且此词造语也浅白如话,不用故典牵引,洗净秾艳靡丽积习而转趋清雅柔曼,故被论者认为可以"夺南唐席"(卓人月《古今词统》),"宛转幽怨,温、韦嫡派"(陈廷焯《词则》)。确实,秦观这一类词中不仅仅是传承、发扬了花间精髓,而且将传统上用来佐饮佐欢的娱乐消费层面上的文学样式,提升到以自我为主体的诗的境界,同时也满足了文化品位较高的士大夫阶层的审美追求。

不过,上述这类比较单纯的艳词在秦观全部词作中所占比例并不算太大,也并不能代表他的最高艺术水准。其创作数量居多,也甚受人称赏的词篇,则是借用艳词作载体,于习常惯见的相思恋情、离愁春怨题材中抒写自己某些真实情怀,或者通过花间词的外在形式寄寓、抒发自我身世落拓不偶的感慨与命运连蹇蹉跌的叹息。这类词早在花间派中的韦庄、南唐词家李煜以及入宋以来的大、小晏和张先、欧阳修、柳永等人那里,已有不少精彩先例,甚至已逐渐形成了近乎类型化的一种表现模式,直欲压倒前一种单纯为"应歌"而制作的艳词模式,取而代之成为词的一种主流发展趋向。秦观则后来居上,凭借他的一些名作使之更加丰富多彩,且在艺术表现方面多有拓展深化,将之提升到一个新的高度,从而具有了范型价值。此即词学家们所谓的"秦少游词得《花间》《尊前》遗韵,却能自出清新"(刘熙载《艺概》),故是为"词家正音也"(胡薇元《岁寒居词话》)。陈廷焯评论说:"秦少游自是作手,近开美成,导其先路;远祖温、韦,取其神而不袭其貌,词至是乃一变焉。然变而不失其正,遂令议者不病其变,而转觉有不得不变者。后人动称秦柳,柳之视秦为之奴隶而不足者,何可相提并论哉!"(《白雨斋词话》)此评论固然抑柳太过而扬秦太甚,须知柳词高胜处为秦词所不能到,但秦词佳妙处也足可平视柳词而无愧,故平心而论,二人实堪伯仲比肩,皆为词坛大家且能开风气者。

下面我们来具体分析这一类型的词作。《水龙吟》(小楼连苑横空)调牌下原有题目作"赠妓娄东玉"。时人曾季貍《艇斋诗话》记其本事云:"少游词'小楼连苑横空',为都下一妓姓娄名琬字东玉,词中欲藏'娄琬'二字。然少游亦自用出处,张籍诗云,'妾家高楼连苑起'。"此词系秦观元祐元年(1086年)38岁时所写。上阕铺写春日游览与景色,虽笔法细致却并不及情,但下阕转向写别后自己的相思苦况,"名缰利锁,天还知道,和天也瘦",道出其内心深处的真挚情意,绝非浮泛应付按拍而歌的敷衍者所能。结拍又以"念多情、但有当时皓月,向人依旧",以景喻情,含不尽之味。又如《满庭芳》(山抹微云),写于元丰二年(1079年)冬,时作者31岁。这一年他曾于春夏间赴会稽看望大父承议及叔父定,并游鉴湖,访兰亭,谒禹庙,憩蓬莱阁,与州守程公辟相得甚欢,多有唱和,岁暮离别时在筵宴上咏赠给所喜欢的歌妓。词上阕紧扣"衰草""征棹""离尊""烟霭""斜阳""寒鸦"等眼前景象,兼及与歌妓"蓬莱旧事"的回顾。下阕则摹写分手的情景,慨叹"此去何时见也,襟袖上,空惹啼痕",无限眷春,不能忘怀,尽抒此时自己的真情实感。全篇诗情画景交融无间,满目萧瑟的自然物象映托出自我情感的凄恻哀愁。"将身世之感,打并入艳情,又是一法"(周济《宋四家词选》),体现了秦观词一贯的艺术精神。

这类词因旧生新,较多借助艳词模式述写个人的主观情感,比较含蕴隐微。另一类以新带旧,较多或较直接地显露抒发自我的生命感受,只依托艳词的外在形式而已,如《鹊桥仙》:

纤云弄巧,飞星传恨,银汉迢迢暗度。金风玉露一相逢,便胜却人间无数。

中国古代名家诗词艺术

　　柔情似水，佳期如梦，忍顾鹊桥归路。两情若是久长时，又岂在朝朝暮暮。

本词以咏织女、牛郎的美丽神话来抒写自己对爱情生活的理解、认识和期望。《诗经·小雅·大东》已经将牛郎、织女二星拟人化，之后《古诗十九首·迢迢牵牛星》、吴均《续齐谐记》等流传补充，逐渐将这个故事凝固成形。历来题咏者甚多，但大体上皆以"织女牵牛之星，各处河之旁"，"牛、女为夫妇，七月七日得一会同"（《文选》李善注引曹植《九咏》注）的别离之恨为主旨。秦观别出心裁，独不拘执在聚少别多，却倡言情长处不在朝暮，表达出对爱情执着永恒的追求及不因时空阻隔而变易的真挚专深。这种充满了理想主义色彩的内涵远远超越一般艳词男女怨思的有限容量及世俗价值取向，"化腐朽为神奇"（沈际飞《草堂诗余正集》）。另如《八六子》：

　　倚危亭，恨如芳草，萋萋刬尽还生。念柳外青骢别后，水边红袂分时，怆然暗惊。
　　无端天与娉婷。夜月一帘幽梦，春风十里柔情。怎奈向、欢娱渐随流水，素弦声断，翠绡香减，那堪片片飞花弄晚，蒙蒙残雨笼晴。正销凝。黄鹂又啼数声。

秦观本词作于元丰三年（1080年）32岁时，他家居高邮，告别青春韶华步入中年。毛晋《宋六十名家词》虽然在此词调牌下题作"春怨"，但其主旨仍是抒发自我相思别情，只不过聊借传统的题材为载体而已。作者在回忆过往的恋人与一些美好事物时，心生无限眷念之情，"怎奈向、欢娱渐随流水"，因相互分离及往事流逝滋生出无限伤感，情感意绪复杂丰厚。正因为一时也难以理清排遣，便托寓于暮春落红残雨、黄鹂晚啼，"春怨"显得更加委婉。

　　再如绍圣元年（1094年）春秦观坐旧党籍，在贬谪途中制作的《风流子》：

　　东风吹碧草，年华换、行客老沧洲。见梅吐旧英，柳摇新绿，恼人春色，还上枝头。寸心乱，北随云黯黯，东逐水悠悠。斜日半山，暝烟两岸，数声横笛，一叶扁舟。
　　青门同携手，前欢记、浑似梦里扬州。谁念断肠南陌，回首西楼。算天长地久，有时有尽，奈何绵绵，此恨难休。拟待倩人说与，生怕人愁。

黄升《唐宋诸贤绝妙词选》在此调下题作"初春"。这时作者46岁，生命旅途已经走过大半，宦海浮沉中遭遇蹉跌，所以虽然正值春光泛绿、年华换新之时，开篇便感叹"行客老沧洲""寸心乱"，触目所见皆是"斜日半山，暝烟两岸"、云黯水长的冷落迷茫景象。故下阕转而正面抒情，怀念京国旧友往事，感慨欢乐一去不再，极言"算天长地久，有时有尽，奈何绵绵，此恨难休"，凸显了逐客迁臣积怨悲怀之沉重难释，诚所谓"情致浓深，声调清越，回环洛诵，真能奕奕动人者矣"（黄苏《蓼园词评》）。此词景情互映，因景生情，情融景中，同样在离愁别绪的描摹中流露出自我遭际艰窘多舛的哀怨，已脱传统应歌艳词春愁秋思的模式，回归言志抒情的诗化道路。

　　词作为新兴文体，经《花间》、南唐而构建起它不同于诗歌的艺术范型，到北宋中期

216

臻于顶峰,但因其内容取径较为单调促狭,制作手法、风格面貌渐趋雷同沿袭,逐渐显露出僵固模式化的弊端,严重制约着词的发展创新。苏轼不满于词的旧有习套,力主革新,引进诗歌艺术精神,为词带来诗化的审美旨趣和文化品格,突破艳科小道的樊篱,"一洗绮罗香泽之态,摆脱绸缪宛转之度,使人登高望远,举首高歌,而逸怀浩气,超然乎尘垢之外"(胡寅《酒边词序》),从而给词开拓出更宽广的视野。在此之前的韦庄、李煜等,已尝试着朝向诗化道路回归,在原为应歌之制的词中直接咏叹抒怀,表现自我的各种真实情感和人生感受。只是他们的词作题材内容比较单调,涉及生活范围也较窄小,远不如苏轼"以诗为词""无意不可入,无事不可言"(刘熙载《艺概》)的开阔恣纵。秦观在这点上近似苏轼,他的部分词作直抒胸臆,尽抒在艰难坎坷的人生路途上所体悟到的某些生命意识,或所激发起的复杂情绪,由此摆脱"词为艳科"的窠臼,与前贤在诗化的艺术精神上息息相通。然而由于性情、胸襟等限制,他仅局限于一己的感受与领会,其大部分词作委婉清丽,显得更合乎传统,异于苏轼词的豪放。

绍圣四年(1097年),秦观49岁时被罢监处州酒税后,又削秩流徙郴州。本时期他写了《踏莎行·郴州旅舍》:

雾失楼台,月迷津渡,桃源望断无寻处。可堪孤馆闭春寒,杜鹃声里斜阳暮。
驿寄梅花,鱼传尺素,砌成此恨无重数。郴江幸自绕郴山,为谁流下潇湘去?

高扬的主体自觉意识为导引,伤别念离,慨叹平生。上阕摹写由视觉、听觉所触生的心理活动,客观景象浸染着浓厚的主观情绪,"词境最为凄婉"(王国维《人间词话》)。下阕则即景作情,情寓景间,至结拍"郴江"两句的一问,不独是痴绝,更是凄怨欲绝,可谓无理而有情,直教人回肠荡气。参看秦观贬谪途中所作的《千秋岁》:

水边沙外。城郭春寒退。花影乱,莺声碎。飘零疏酒盏,离别宽衣带。人不见,碧云暮合空相对。
忆昔西池会。鹓鹭同飞盖。携手处,今谁在。日边清梦断,镜里朱颜改。春去也,飞红万点愁如海。

《唐宋诸贤绝妙词选》于此词调下题作:"少游谪处州日作。"并注云:"今郡治有莺花亭,盖因此词而取名。"其时正当绍圣二年(1095年),他47岁。此词与上篇《踏莎行》性质甚相类,因为它们皆呈现出低回怨咽的风貌、凄清冷幽的情调,从而使那种无法消解稀释的末路悲怀与生命迟暮的压抑感抒写得更加深切沉重。美好理想彻底破灭的穷途憾恨、丧失了热情活力及对美好未来的期待,从心灵深处涌流出来。作者用生命融化为最纯粹的词,已完全脱离应歌娱人的制作道路。曾敏行《独醒杂志》曾记载了有关轶事:"秦少游谪古藤,意忽忽不乐",南迁途中经过衡阳,旧友郡守孔毅甫"延留待遇有加"。一日览此词至"镜里朱颜改"之句,"遽惊曰,'少游盛年,何为言语悲怆如此'……谓所亲曰,'秦少游气貌大不类平时,殆不久于世矣'。未几果卒"。

秦观词也做了多样化的艺术探索,显现出不同的风貌,如《好事近·梦中作》:

春路雨添花,花动一山春色。行到小溪深处,有黄鹂千百。
  飞云当面化龙蛇,夭矫转空碧。醉卧古藤阴下,了不知南北。

  此词作于绍圣二年春监处州酒税任时,字里行间弥漫着理想主义的色彩。词中借助象征、托喻手法来表现他毕生的追求与期望,只在结拍处隐隐流露出生命理想终化空烟的伤痛迷惘和彻骨悲凉。周济《宋四家词选》评曰:"概括一生,结语遂作藤州之谶。造语奇警,不似少游寻常手笔。"
  秦观将个体生命的种种感悟、思绪以及缺憾纳入词中,不再借助以往闺思离怨之类的惯有模式,或故为饰辞托言以求深隐婉约之姿,在保留其主流本色风情韵调之际,又平添许多沉咽清幽意味,显得空蒙隽远。因此,秦观与周邦彦向来都被推许作"词家正宗","大抵北宋之词,周、秦两家,皆极顿挫沉郁之妙。而少游托兴尤深,美成规模较大,此周、秦之异同也"(陈廷焯《白雨斋词话》)。秦观的这种艺术精神,影响了后来许多词家,如李清照、姜白石、周密、王沂孙、张炎等,皆将身世、国运寄慨于词,更大程度复归诗化道路,乃至词逐渐衍变为长短不葺的诗,相互间愈益以辞采意格相高,更加倾向于娱己旨趣。

第八节 李清照词的艺术特征

　　李清照是宋代南渡前后的重要作家,也是我国文学史上首屈一指的女词人。易安词属正宗婉约一派,但又风格独具,在词史上独树一帜,"不徒俯视巾帼,直欲压倒须眉"(李调元《雨村词话》),赢得后世的高度赞誉。

　　易安词善于把抽象感情形象化。情感的表达多易流于抽象空洞,尤其是抒情诗词更难写得生动形象,而李清照则善于言情。写愁情之多,她写道:"只恐双溪舴艋舟,载不动许多愁。"(《武陵春·春晚》)船的容量极大,却载不动她的忧愁,说明她愁情之浓、之重、之多,把她在丈夫赵明诚逝世后的愁苦突现了出来。"悲深婉笃,犹令人感伉俪之重。"(吴衡照《莲子居词话》)又如她写思情之不断:"此情无计可消除,才下眉头,却上心头。"(《一剪梅》)通过形象描绘出思情极难排遣。她继承并发展了范希文"都来此事,眉间心上,无计相回避"(《御街行·秋日怀旧》)的描写,对丈夫的思苦宛然在目,具有强烈的感染力。陈廷焯评此词曰:"易安佳句……'红藕香残玉簟秋',精秀特绝,真不食人间烟火者。"(《白雨斋词话》)

　　易安词善于借景抒情。李清照常常在词中借助景物来表现情怀,使之达到渲染感情的良好效果。她有的词一开端就写景,如《醉花阴》之"薄雾浓云愁永昼,瑞脑消金兽",即是以室外"薄雾浓云"的阴霾天气、室内瑞脑消尽的寂寥,来烘托自己独处闺房的孤寂和百无聊赖的情绪,为以下说出人的消瘦做了铺垫,从而达到了水到渠成的艺术效果。其借景抒怀的典范之作要算《声声慢》,开端三句既是写客观环境的冷寂,亦是抒发作者心境的悲凉,二者浑然一体,深深拨动着读者的心弦。词中的景物有淡酒、急风、雁儿、黄花、梧桐、细雨,都是为作者抒情而设。雁儿,不是一般的飞鸟,而是从北往南的可以传递书信的鸿雁;黄花,不是含苞欲放的,也不是盛开的,而是凋零的;梧桐,是凄凉的,是生长在深秋黄昏细雨这个特殊环境之中的。这些衰败凋残、令人伤感的景象,正好把作者那种孤寂忧伤、漂泊无着的情绪烘托得淋漓尽致。明代茅暎《词的》评曰:"情景婉绝,真是绝唱。"

　　易安词叙写情事曲折回环。易安词有的开门见山、一语道破,但更多的是反复回环的叙写。《行香子》之"星桥鹊驾,经年才见,想离情、别恨难穷",写的是牛郎、织女久别难逢的愁恨,实际是借这一神话故事来表达自己与丈夫的离别相思之苦,"正人间、天上愁浓"。她并未直接说出,而是用侧面间接描写的手法,更显韵味幽深。又如《凤凰台上忆吹箫》写她对明诚的思念,颇有浓蕴情致、储蓄婉曲之妙。"生怕离怀别苦,多少事、欲说还休。"她十分害怕离别,其中有着多少难言的苦衷,作者想说而没有说出,这引而不发、欲吐还止的手法,给读者造成思想悬念。接着说:"新来瘦,非干病酒,不是悲秋。"究竟是什么原因造成的消瘦呢?作者又没有直说,使读者产生一种欲知不能即得、欲罢又不能止的感觉,吸引读者进一步探索寻味,感情显得跌宕起伏。清末陈廷焯《云韶集》云:"'新来瘦'三语,婉转曲折,煞是妙绝。笔致绝佳,余韵尤胜。"词末说自己相思之苦不为人知:"惟有楼前流水,应念我、终日凝眸。凝眸处,从今又添,一段新愁。"只有流水同情我的相思之苦,婉曲地表现自己的孤独,暗喻世事无情,说得何等凄清!而"凝眸处"两句更给人留下韵味无穷的遐想。这种徐舒反复的表现手法,使作品产生极强的艺术感染力。陈廷焯《白雨斋词话》云:"妙在才欲说破,便自咽住,其味正自无穷。"清代杨振纲云:"文章之妙全在转者。转则不板,转则不穷,如游名山,到山穷水尽处,忽又峰回路转,另有一种洞天,使人应接不暇,则耳目大快。"(《诗品集解》)

易安词的比喻新颖独到。作家秦牧把比喻看作是"语言艺术中的艺术,语言艺术中的花朵"。一首好诗词往往因善用比喻而传之不朽,如"问君能有几多愁?恰似一江春水向东流"(李煜《虞美人》)、"试问闲愁都几许?一川烟草,满城风絮,梅子黄时雨"(贺铸《青玉案》)。而李清照的成功恰是善用新巧的比喻,这里仅举"人比黄花瘦"为例。以花比美人的例子层出不穷,如"美人如花隔云端"(李白《长相思》)、"芙蓉如面柳如眉"(白居易《长恨歌》),还有以梅花、棠梨、花蕊喻人消瘦的,如南宋程垓《摊破江城子》之"人瘦也,比梅花,瘦几分"、南宋高翥诗"晓风不定棠梨瘦"、戴复古诗"雨寒花蕊瘦",但从未见过以菊花喻人消瘦。黄花是美丽的,它象征着女子的美貌。将如花的女子因相思而憔悴消瘦,比之为秋月西风中霜打寒袭的黄花,就易使读者对她产生特有的同情,从而使作品具有别致新颖的艺术魅力。柴虎臣说:"'黄花比瘦',可谓雅畅。"(毛先舒《诗辩坻》)胡仔《苕溪渔隐丛话》说:"'帘卷西风,人比黄花瘦',此语亦妇人所难到也。"

易安词巧用拟人手法。将自然景物人格化,曲折回环地表现作品中主人公的思想情感,使诗词韵味更浓烈,揭示主题思想更深刻,是诗词创作中常见的一种手法。李清照在抒情时特别善于运用拟人这一手法,如写秋日泛舟游湖,不直接说出对大自然风光的喜爱,而云"水光山色与人亲,说不尽、无穷好","水光山色"极富有人情味,与她亲近,不忍让她离去;又云"眠沙鸥鹭不回头,似也恨、人归早"(《怨王孙》),连睡在沙洲上的鸥鹭似也很生气,怨恨她归去太早。这样就把本是客体的山、水、鸥、鹭变为了主体,而把"我"变为了客体,但主、客二体又融为一体,把作者留恋秋日山水景物的感情曲折地表现了出来,很有情趣。清照晚年流落江南,情绪大异昔日,每当秋日来临,深感孤独寒凉,故写秋色又别是一番景象——"寒日萧萧上锁窗,梧桐应恨夜来霜"(《鹧鸪天》),她仍然没有说自己不喜欢寒霜,而说梧桐深恨"夜来霜"。梧桐本来是没有情感的,也不懂得爱和恨,而她却说梧桐有恨,那敏感的作者,其恨之大、之深便可想而知了。此处用拟人手法是为了突出秋日环境的冷落萧索,衬托主人公心境的凄凉,从而更深层地揭示作品的主题思想,更增加作品回环的韵味。

易安词擅长对比。对比有时间对比、景物对比、人物对比、情绪对比等等。李清照善于用对比手法抒发情怀,如在《清平乐》中把"年年雪里,常插梅花醉"与"今年海角天涯,萧萧两鬓生华"两种景况进行对比。她往年冬天头上常常插着梅花,喝了许多酒,去踏雪赏梅;而今国破家亡,沦落天涯,两鬓已生白发,又哪有心情去赏梅呢?又如《永遇乐》中将"中州盛日,闺门多暇,记得偏重三五。铺翠冠儿,捻金雪柳,簇带争济楚"与"如今憔悴,风鬟霜鬓,怕见夜间出去。不如向、帘儿底下,听人笑语"做比较。昔日元宵节,北宋都城汴京十分繁华,少女们头上插着雪柳、玉梅等饰物,乘坐香车宝马外出赏灯;可是金兵南侵后的今日,作者衰老憔悴,鬓发蓬乱,不敢出门,只有躲在帘下,听他人之欢声笑语。其写昔日欢乐是为了突出今日凄凉,写年轻时踏雪赏梅和观灯的兴致也是为了衬托老年时死灰般的心情,从而揭示金兵南侵给人民带来的深重灾难以及宋王朝投降派的罪恶。通过对比手法,其所展现的社会内涵更广泛,读者因此产生的联想也就更丰富。

易安词工于使用叠声字。词中使用叠声字并非李清照独有,而一下连用14个叠字则为她所首创。《声声慢》中"寻寻觅觅,冷冷清清,凄凄惨惨戚戚",如大珠小珠落玉盘,把读者引到一个凄凉绝伦的冷漠世界。由于声音短促、轻细,很适合表现作者此时此刻孤寂悲苦的心境。"点点滴滴"两对叠声字,更把秋日黄昏梧桐雨声中沦落者悲痛难熬的情绪表现得逼真逼肖。随着叠声中音韵高低的起伏,快速的音乐旋律与滚动着的作者的感情波澜相适配,产生极强的艺术效果。历来词家都称赞她这一创造。南宋张端义曰:"此乃公孙大娘舞剑手,本朝非无能词之士,未曾有一下十四叠字者。"(《贵耳集》)罗大经曰:"起头连叠七字,以一妇人,乃能创意出奇如此。"(《鹤林玉露》)明代杨慎曰:"宋人中填词,易安亦称冠绝,使在衣冠,当与秦七、黄九争,不独争雄于闺阁也。"(《词品》)

易安词语言清新自然,平淡朴实,无雕琢痕迹;用语炉火纯青,极富形象、韵味,颇见锤炼的功夫,因而独创了"易安体",被誉为"此道本色当行第一人"(刘体仁《七颂堂词绎》)。沈谦亦称赞曰:"男中李后主,女中李易安,极是当行本色。"(《填词杂说》)易安词别具一格,艺术性很强,对后世影响较大。朱淑真明显师承李清照。爱国词人辛弃疾有《丑奴儿近·博山道中效李易安体》,说明他对李清照的欣赏。宋末爱国词人刘辰翁读李清照《永遇乐》,"为之涕下"。清代农民女词人贺双卿《凤凰台上忆吹箫》云:"寸寸微云,丝丝残照,有无明灭难消。正断魂魂断,闪闪摇摇。望望山山水水,人去去,隐隐迢迢。从今后,酸酸楚楚,只似今宵。"在使用叠声字上,对李清照词有明显的继承和发展。

中国古代名家诗词艺术

第九节　陆游咏梅诗词

南宋爱国文人陆游的《卜算子·咏梅》是世人皆知的名作。在放翁词中,还有两首调寄《朝中措》的咏梅词。粗略统计《剑南诗稿》,单是以"咏梅""探梅""观梅""别梅"等为标题的诗作竟有150首左右,提及梅花的诗作更是不可胜数。

在作者看来梅花乃是世间最美的花,并尽情加以描绘,如《荀秀才送蜡梅十枝奇甚为赋此诗》:

与梅同谱又同时,我为评香似更奇。
痛饮便判千日醉,清狂顿减十年衰。
色疑初割蜂脾蜜,影欲平欺鹤膝枝。
插向宝壶犹未称,合将金屋贮幽姿。

梅花之色恰像"初割蜂脾蜜",冰清玉润,又像由天而降的莹莹白雪堆堆团团。那花蕊红红的犹如一把红稻,不须鹦鹉啄,却由内向外散发着醉人的香气。诗人描摹梅枝的形影,其蜿蜒苍劲之处"尽是苍龙与翠虬"(《雪后寻梅偶得绝句十首·其九》),其娉婷独立之状简直可以"平欺鹤膝枝"。"花中竟是谁流辈?欲许芳兰恐未然"(《射的山观梅》),"品流不落松竹后,怀抱惟应风月知"(《梅花已过闻东村一树盛开特往寻之慨然有感》),梅花的高标逸韵,只有江左的谢夫人、身着时装的越溪女可以与之相媲美。梅花原本就是天仙下凡、神女出游,她的魂魄是天工造就的——"月兔捣霜供换骨,湘娥鼓瑟为招魂"(《十二月初一日得梅一枝绝奇戏作长句》)、"广寒宫里长生药,医得冰魂雪魄回"(《北坡梅开已久一株独不着花立春日忽放一枝戏作》)。梅花是"青帝宫中第一妃"(《雪后寻梅偶得绝句十首·其二》),是"空谷佳人洛浦仙"(《梅花绝句》),是"蕊殿仙姝下界游,偶来税驾剡溪头"(《雪后寻梅偶得绝句十首·其九》),是"素娥窃药不奔月,化作江梅寄幽绝"(《芳华楼赏梅》)。

梅花之美是因为她兼备了形、香、色这三者,但这只是外在的美质,梅花还具有一种内在的不易为常人所察觉的美。对此,诗人更是啧啧称羡,赞不绝口——"雪虐风饕愈凛然,花中气节最高坚。过时自合飘零去,耻向东君更乞怜"(《落梅》),"凌厉冰霜节愈坚,人间乃有此癯仙"(《射的山观梅》),"精神最遇雪月见,气力苦战冰霜开"(《故蜀别苑》)。梅花的气节在层冰积雪之中最能够充分体现。冬日严寒,众芳畏怯,纷纷藏起自己的娇姿,而梅花却兀自傲立。面对风雪袭击、料峭春寒,绝无半点乞怜之心,矢志不渝、自强不息。即使零落了,身躯化作泥土,仍然以自己的幽香向世人表示,始终恪守自己的情操。这就是梅花的高风亮节。这一切使诗人异乎寻常地喜欢梅花,而不喜欢那招蜂惹蝶的桃李,也不喜欢那随风飘舞的柳花,鄙弃它们的轻薄、狂荡、举措无常、不能自持。

作者爱梅如痴如狂。"何方可化身千亿,一树梅花一放翁。"(《梅花绝句》)他恨不得饱览天下梅花芳姿,凡宦游所到有梅必访,各地名苑古园自不必说,就是东村、西郊那些极为荒僻的地方也要一游。他赏梅的方式也很特别,有时候折枝插瓶,"插瓶直欲连全树,簪帽凭谁拣好枝"(《次韵张季长正字梅花》),"不如折向金壶贮,画烛银灯看到明"(《看梅归马上戏作》);有时修整冠佩,洁斋沐浴,对花小饮,抱琴清歌;有时又折花簪帽,纱帽缀满梅花,帽子被压偏了,路人窃窃相语,以为是湖仙降临,真可谓"与梅岁岁有幽期,忘却如今两鬓丝"(《山亭观梅》)。

如果说陆游的一部分咏梅作品是以比喻新奇、想象美妙而赢得读者喜爱的话,那么他更多咏梅之作则以旋律低沉、心音哀婉打动读者,甚至使人为之涕泣。《卜算子·咏梅》曰:

> 驿外断桥边,寂寞开无主。已是黄昏独自愁,更著风和雨。
> 无意苦争春,一任群芳妒。零落成泥碾作尘,只有香如故。

《城南王氏庄寻梅》曰:

> 涸池积槁叶,茅屋围疏篱。
> 可怜庭中梅,开尽无人知。
> 寂寞终自香,孤贞见幽姿。
> 雪点满绿苔,零落尚尔奇。
> 我来不须晴,微雨正相宜。
> 临风两愁绝,日暮倚筇枝。

梅花是这样长期忍受着寂寞愁苦的煎熬,境遇凄清,知音寂寥。

> 浅寒篱落清霜后,疏影池塘淡月中。
> 北客同春俱税驾,南枝与我两飘蓬。　　　　(《分韵作梅花诗得东字》)

> 月地云阶暗断肠,知心谁解赏孤芳。
> 相逢只怪影亦好,归去始惊身染香。
> 渡口耐寒窥净绿,桥边凝怨立昏黄。
> 与卿俱是江南客,剩欲樽前说故乡。　　　　(《梅花四首·其二》)

作者与梅花异域相逢,叹为知己,因为他们是同样的身世,同样的一副愁肠。又像一对情投意合的伴侣,抑或一对志同道合的密友,相逢之处,樽前叙旧,嘘啼叹离,相互倾诉着自己的伤心事。

> 孤城小驿初飞雪,断角残钟半掩门。
> 尽意端相终有恨,夜寒皱玉倩谁温?(《十二月初一日得梅一枝绝奇戏作长句》)

中国古代名家诗词艺术

老厌纷纷渐鲜欢,爱花聊复客江干。
月中欲与人争瘦,雪后偷凭笛诉寒。
野艇幽寻惊岁晚,纱巾乱插醉更阑。
尤怜心事凄凉甚,结子青青亦带酸。
（《梅花四首·其一》）

诗人与梅花都恨情深重,无以排遣,花憔悴,人消瘦。因心事凄凉,连梅花结子也发青带酸。

奔走人间无已时,夜窗喜对出尘姿。
移灯看影怜渠瘦,掩户留香笑我痴。
冷艳照杯欺曲糵,孤标逼砚结冰澌。
本来难入繁华社,莫向春风怨不知。
（《十一月八日夜灯下对梅花独酌累日劳甚颇自慰也》）

带月一枝低弄影,背风千片远随人。
石家楼上贪吹笛,肯放朝朝玉树新。
（《浣花赏梅》）

交情岁晚金石坚,孤操凛然真耐久。
荒山野水终自得,银烛金壶亦何有?
梦魂不接庄周蝶,心事肯付张绪柳?
晚来画角动高城,起舞聊为放翁寿。
（《小园竹间得梅一枝》）

把酒梅花下,不觉日既夕。
花香袭襟袂,歌声上空碧。
我亦落乌巾,倚树吹玉笛。
人间奇事少,颇谓三勍敌。
酒阑江月上,珠树挂寒璧。
便疑从此仙,朝市长扫迹。
醉归乱一水,顿与异境隔。
终当骑梅龙,海上看春色。
（《大醉梅花下走笔赋此》）

花枝弄影,花瓣逐人,花香盈袂。梅花有时又婆娑起舞,为诗人贺寿。这些都使作者暂时忘却了人间的烦恼忧伤,竟至落巾散发,倚梅吹笛,引吭高歌。每当这种时候,他便往开通处去想。他曾面对梅花这样规劝道:

时至当敛退,勿受晓角催。
安知桃李辈,于子无嫌猜。
（《开岁半月湖村梅开无余偶得五诗以烟湿落梅村为韵·其四》）

>一树红梅已半残,破裘也复敌春寒。
>
>……
>
>人生乐处君知否？万事当从心所安。
>
> (《初春感事·其二》)

安慰梅花,也是自慰,作者似乎从虚无缥缈的幻境里找到了从愁苦寂寞中解脱的良方。

南宋周必大《二老堂诗话》中有这样一段记载:"政和中,庐陵太守程祁,学有渊源,尤工诗。在郡六年,郡人段子冲,字谦叔,学问过人,自号潜叟。郡以遗逸八行荐,力辞。与程唱酬梅花绝句,辗转千首,识者已叹其博。近岁有同年陈从古字希颜,衷古梅花诗八百篇,一一次韵。其自序云,'在汉晋未之或闻。自宋鲍照以下,仅得十七人,共二十一首。唐诗人最盛,杜少陵二首,白乐天四首,元微之、韩退之、柳子厚、刘梦得、杜牧之各一首,自余不过一二;如李翰林、韦苏州、孟东野、皮日休诸人,则又寂无一篇。至本朝方盛行。而予日积月累,酬和千篇云'。"说明在南北朝以前相当长的历史时期内,文人学士们一般不大看重梅花,即使《离骚》也遍咏芳草而独不及梅。梅之作为一种名花异木逐渐被人们认识进而递相赋咏,乃是六朝及唐以后的事。至宋遂为诗家所贵,人们往往借花言志,托物寄情,以梅花为题互相酬唱。

上述周氏所说的千首梅花诗,我们无法睹见全貌,但是仍然可以看到许多分散在各家别集里的咏梅作品。宋人所辑录的梅花诗词专集,目前还能见到几种,著名的如黄大舆所撰《梅苑》十卷,收录自唐至北宋末南宋初所有咏梅的词。范成大撰有《梅谱》一卷,张功甫有《梅品》一卷。此二书或罗列梅花繁多的名目,分叙其枝色特点,或记述奖护梅林之策。宋伯仁还作《梅花喜神谱》二卷,写梅百图,神态各异。凡此种种,足以说明梅花在宋代文士的心中、眼中、笔下受到空前礼遇。

陆游受到这种风气影响,但其爱梅又与宋代其他文人有所不同,其咏梅诗作也不囿于时人樊篱。其咏梅诗词能出尘拔俗,自树一帜。一方面,其咏梅诗词寄寓自己身世之感。陆游的许多咏梅作品都流露出一种共同的思想倾向,即政治失意、理想抱负不得实现而产生的忧郁苦闷之情。陆游一生力主抗金,志在恢复国土,但因投降派主政,他屡遭排斥打击,处境孤危。虽然有时某个有力的主战派人物得用,陆游意欲此时一展恢复宏愿,然而总是很快就破灭了,"报国欲死无战场"(《陇头水》)。希望与失望的矛盾给陆游造成了巨大的痛苦。因此,举凡他政治失意之后所产生的悲愤、苦闷、彷徨,以及思乡念亲之情和消极隐退思想,无一不被融入其咏梅诗词,这些咏梅诗词中无不回荡着作者心中悲怆欲绝的旋律。另一方面,陆游赋予梅花以爱国志士的品格情操。在一般咏梅作品中,梅花作为一种题材往往是高人隐士抒发闲适情怀的对象,而在陆游的笔下,梅花升华为失意的爱国志士坚贞不屈的形象。高度人格化,正是陆游咏梅诗词的又一个显著特色。可以假设——陆游凭借其政治才干、文学才华,如果放弃抗战主张趋炎附势,苟且应对,虚与委蛇,那么他完全可以在仕途上青云直上。他没有这样做,他也不愿意这样做。面对投降派谗害,他没有丝毫奴颜媚骨妥协退让。被任用时力陈杀敌复国之策,留心考察前线地势、物产以为反攻恢复之用;被罢黜乡居时也始终没有忘却国耻未雪,直到临死前夕仍然怀着满腔悲愤。《示儿》曰：

> 死去元知万事空，但悲不见九州同。
> 王师北定中原日，家祭无忘告乃翁。

献身理想，至死不渝。在逆境中自强不息，无畏无惧，磨砺气节，恒守情操。《离骚》中"虽体解吾犹未变兮，岂余心之可惩"的精神在他身上得到了充分体现。这些精神体现在其咏梅诗词中，使之情韵悠然，意境独出，涤荡尘凡，一新耳目。这就使他所创造的梅花形象不仅感人，而且令人由衷地欣赏钦佩，甚至敬重。

陆游故乡山阴三山有镜湖、梅山，还有乡乡植梅的梅市。其故乡古梅得益于云蒸雨润，遍生苔藓，当时最为有名。陆游说自己从小就生活在"锦城梅花海，十里香不断"（《梅花绝句》）的环境之中，这种环境陶冶了他的性情，熏陶了他的情操。他自己也多次说过与梅花"有旧盟""有幽期"，甚至"与梅同谱又同时"，认为自己与梅花结下不解之缘，所以才对之高度热情，以之兴怀，借之言志。在其优秀诗词中，他与梅花已经融为一个密不可分的艺术生命体。

第十节 辛弃疾咏史词

词长于写景抒情,拙于叙事议论,咏史词则弥补了这种缺陷。优秀的咏史词能将写景、抒情、议论融为一体,以历史人物和历史事件为对象,而用意常超越历史人物和事件本身,从对历史的思考引向对现实的观照,或议论,或抒怀,其目的是借古讽今,"借他人酒杯,浇自家块垒"。

词中咏史,始于传为李白的《忆秦娥》,之后孙光宪、柳永、范仲淹、王安石、苏轼等皆创作了少量咏史词,辛弃疾是中国词史上第一个大量创作咏史词的词人。咏史,是辛词最重要的主题之一,如《念奴娇·登建康赏心亭呈史留守致道》《永遇乐·京口北固亭怀古》等,计有数十首之多。平生以英雄自许的辛弃疾未能实现其恢复故土的抱负,因此他常在词中吟咏一些重要的历史事件或英雄人物,乃至一些失败人物的经验教训,从而形成其咏史词强烈的历史感和深厚的历史内涵。这些咏史词蕴含着他崇高的理想追求、激荡的人生情怀及悲情的生命体验,故具有厚重的社会思想价值和认识价值。在艺术上,稼轩咏史词将写景或铺叙、抒情、议论有机融合。可以说,辛稼轩的咏史词在词史上取得了开创性成就。

先看其《念奴娇》。该词小序云:"登建康赏心亭,呈史留守致道。"史致道即史正志,致道为其字,镇江丹阳人。宋孝宗乾道三年(1167年)九月,史正志自吏部侍郎除集英殿修撰知建康府江东安抚使兼行宫留守,又兼沿江水军制置使。史正志一生主张恢复中原,是与辛稼轩志同道合的朋友。辛弃疾于乾道四年任建康府通判,因登赏心亭,赋此词呈史正志。本词上片云:

> 我来吊古,上危楼,赢得闲愁千斛。虎踞龙蟠何处是?只有兴亡满目。柳外斜阳,水边归鸟,陇上吹乔木。片帆西去,一声谁喷霜竹?

据《金陵图经》记载:"石头城在建康府上元县西五里。诸葛亮谓吴大帝曰,'秣陵地形,钟山龙蟠,石城虎踞,真帝王之都也'。"因此,形胜之地建康成为六朝国都。作者登上赏心亭凭栏吊古咏史,因事伤怀,愁情万种,昔日繁华之都如今成为笼罩在悲凉凄清之中破败的历史陈迹。作者吊古伤今,其用意是谴责南宋朝廷不能充分利用建康的有利地势抗击金兵,恢复国土。下片继续吟咏六朝历史:

> 却忆安石风流,东山岁晚,泪落哀筝曲。儿辈功名都付与,长日惟消棋局。

据《晋书·谢安传》载:"谢安字安石……寓居会稽,与王羲之及高阳许询、桑门支遁游处,出则渔弋山水,入则言咏属文,无处世意。"《南史·王俭传》中王俭云:"江左风流宰相惟有谢安。"《晋书·桓伊传》载:"及孝武末年,嗜酒好内,而会稽王道子昏瞽尤甚,惟狎昵谄邪,于是国宝谗谀之计稍行于主(孝武帝)相(谢安)之间,而好利险诐之徒以安功名盛极而构会之,嫌隙遂成。帝召伊(桓伊)饮燕,安侍坐……伊便抚筝而歌怨诗曰,'为君既不易,为臣良独难。忠信事不显,乃有见疑患。周旦佐文武,《金縢》功不刊。推心辅王政,二叔反流言'。声节慷慨,俯仰可观。安泣下沾衿……帝甚有愧色。"东晋孝武帝太元八年(383年),前秦苻坚南侵,时宰相谢安命其弟谢石、侄谢玄等率军迎敌,在淝水大败前秦大军。谢安得驿书,"看书竟,默然无言,徐向局。客问淮上利害,答曰:'小儿辈大破贼'。意色举止,不异于常"(刘义庆《世说新语》)。作者此处借吟咏东晋风流宰相谢安遭谗言被疏远的史实,表达了对时局的忧虑,抒发自己不受朝廷重用、被谗言、遭排挤、年华虚度、壮志难酬的苦闷和忧愤。从而自然引出"宝镜难寻,碧云将暮,谁劝杯中绿",表达了美人迟暮、报国忠诚不为人知的孤独和苦闷。结句"江头风怒,朝来波浪翻屋",进一步表达了对时局的忧虑。词作登亭赏景,因景生情,忆古感今,吊古伤怀,情感悲愤沉郁,境界深沉幽远。

辛稼轩《八声甘州》小序云:"夜读《李广传》,不能寐。因念晁楚老、杨民瞻约同居山间,戏用李广事,赋以寄之。"言明咏汉代李广史事,虽云"戏用",不过是寓庄于谐的手法。上片云:

故将军饮罢夜归来,长亭解雕鞍。恨灞陵醉尉,匆匆未识,桃李无言。射虎山横一骑,裂石响惊弦。落魄封侯事,岁晚田园。

简略叙述了李广数事。《史记·李将军列传》云:"(李广)屏野居蓝田南山中射猎。尝夜从一骑出,从人田间饮,还至灞陵亭。灞陵尉醉,呵止广。广骑曰,'故李将军'。尉曰,'今将军尚不得夜行,何乃故也'。止广宿亭下。"又云:"《传》曰,'其身正,不令而行;其身不正,虽令不从'。其李将军之谓也?余睹李将军悛悛如鄙人,口不能道辞。及死之日,天下知与不知,皆为尽哀。彼其忠实心诚信于士大夫也!谚曰,'桃李不言,下自成蹊'。此言虽小,可以谕大也。"又云:"广出猎,见草中石,以为虎而射之,中石没镞,视之石也。因复更射之,终不能复入石矣。广所居郡闻有虎,尝自射之。及居右北平射虎,虎腾伤广,广亦竟射杀之。"又云:"广尝与望气王朔燕语,曰,'自汉击匈奴而广未尝不在其中,而诸部校尉以下,才能不及中人,然以击胡军功取侯者数十人,而广不为后人,然无尺寸之功以得封邑者,何也'。"本词有对灞陵尉势利的愤慨,有对李广严于律己、以身作则及其朴实性格的赞美,有对李广于紧急时显其神武和胆气的叹赏,最后对李广战功卓著而不被封赏、反遭罢黜之境遇的深表愤慨。此处选取有关李广的四件事简略叙述,仅数十字便勾勒出李广的生平概况及性格风神,简约而深刻。下片云:

谁向桑麻杜曲,要短衣匹马,移住南山。看风流慷慨,谈笑过残年。

作者不在杜曲种桑麻,要移住南山,短衣匹马追随李广,风流慷慨,宠辱不惊,笑度晚年。联系此词小序,隐含晁楚老、杨民瞻对自己不以穷达易交之情谊的赞美。

汉开边、功名万里,甚当时、健者也曾闲。

汉代开疆拓土,奖励立功万里边塞,而神勇如李广者亦且散闲,表达了作者对封建最高统治阶层压抑人才、腐败无能的愤懑和无奈,情感为一转折。最后回到眼前,"纱窗外、斜风细雨,一阵轻寒",点明本篇为夜读《李广传》后之感怀。有文武帅才的辛弃疾21岁起兵抗金,南归后亦多有建树,但他因刚直不阿的性格屡遭朝中权臣的忌恨并被诬以种种罪名,更谈不上实现恢复中原之志。所以他尤为同情和思慕这位与自己遭遇极其相似的汉代名将。此篇读《李广传》而咏李广事,借古喻今,含蓄蕴藉,情随事生,深沉悲壮,从中可见作者涌动的情绪和愤慨,具有动人心魄的感染力。

稼轩《南乡子》标题为"登京口北固亭有怀"。京口,即今江苏省镇江市,据李吉甫《元和郡县志》载:"孙权自吴理丹徒,号曰京城,今州是也。十六年迁都建业,以此为京口镇。"北固亭即北固楼,在镇江北部的北固山上,下临长江。南宋时,京口隔江与金人占领的扬州遥相对峙,为一军事重镇。辛弃疾于宋宁宗嘉泰三年(1203年)六月被任用为绍兴知府兼浙东安抚使,次年三月改任镇江知府。本词为作者到任镇江第二年登临北固亭感怀咏史之作。词作上片起首二句"何处望神州?满眼风光北固楼",直抒胸臆,举目远眺,眼前只有北固楼周边一带的风光,中原故土在何处呢?"千古兴亡多少事?悠悠,不尽长江滚滚流。"千百年来此地经历无数王朝的兴衰更替,如同滚滚东流的长江之水,悠悠流淌,逝者如斯。此处有过渡和开启下片的作用。下片起首二句云:"年少万兜鍪,坐断东南战未休。"据史料记载,孙权字仲谋,18岁接替其兄孙策担任讨虏将军,领会稽太守。从建安八年(203年)开始,孙权率领东吴军队西征黄祖,依靠长江天险联蜀抗曹,并都取得胜利。此处即吟咏三国孙权史事,言孙权年纪轻轻就已统帅东吴大军,雄踞东南,战斗不止。作者突出孙权少年英雄,虽年少就敢于和统治北方、虎视江东的枭雄曹操对抗,可谓胆略非凡。孙权"坐断东南"的形势与作者所生活的南宋极为相似。作者热情讴歌孙权不畏强敌曹魏,并取得了联蜀抗曹的胜利。南宋朝廷偏安江左,不思奋发图强恢复神州,而是碌碌无为苟且偷安,远不及当年的孙权,二者形成鲜明对照。最后三句"天下英雄谁敌手?曹刘。生子当如孙仲谋",继续吟咏三国史事。据《三国志·蜀书·先主传》载,刘备为豫州牧、左将军时,曹操曾从容地对刘备说:"今天下英雄,唯使君(刘备)与操耳。本初(袁绍)之徒,不足数也。"又《三国志·吴书·吴主传》注引《吴历》曰:"曹公出濡须……权数挑战,公坚守不出。权乃自来,乘轻船,从濡须口入公军。诸将皆以为是挑战者,欲击之。公曰,'此必孙权欲身见吾军部伍也'。敕军中皆精严,弓弩不得妄发。权行五六里,回还作鼓吹。公见舟船器仗军伍整肃,喟然叹曰,'生子当如孙仲谋,刘景升儿子若豚犬耳'。"用曹操和刘备来衬托孙权,说曹操和刘备是互为敌手的英雄,而曹操又特别欣赏敢于和自己对抗的少年英雄孙权。对于不战而降的刘景升之子刘琮,则斥之为任人宰割的猪狗。刘琮把祖辈传下来的江山拱手送给敌人,还被敌人辱骂。这三句文意与前二句自然贯连,作者将孙权当作三国时期的一流英雄加以称颂,并暗把孙权与刘景升之子刘琮对比。咏史伤今,三国孙权雄踞江东数十年,而南宋经历数帝,至今竟无一个像孙权这样的人,作者痛惜南宋当局缺乏智勇双全之士扭转对金妥协投降的局面。词中不仅集中展现了孙权的智勇风貌,且紧密地针对现实,启人深思。全词三问三答,前后呼应,雄壮慷慨,格调明快,境界高远。

辛稼轩最著名的咏史词是《永遇乐·京口北固亭怀古》。据邓广铭《稼轩词编年笺注》,此词作于宋宁宗开禧元年(1205年)春,辛弃疾登上京口北固楼,有感于孙权、刘裕、刘义隆三位与京口有密切关系的重要历史人物的史事,咏成此篇。上片云:

> 千古江山,英雄无觅,孙仲谋处。舞榭歌台,风流总被,雨打风吹去。斜阳草树,寻常巷陌,人道寄奴曾住。想当年,金戈铁马,气吞万里如虎。

据《三国志》等史料记载,三国吴主孙权以江东之地联蜀抗曹,奠定了三国鼎立的局面,他设置京口重镇,曾一度定都于此。出身寒微的刘裕也以京口为基地举事,平定桓玄叛乱,率部北伐,代晋建宋。刘裕曾两度挥师北伐,恢复了黄河以南大片国土。尽管物换星移,世事沧桑,但英雄们的业绩伴随千古江山流传至今,他们的事迹依然令人振奋。作者咏古感今,思古叹怀,孙权、刘裕于百战之中建国东南,开拓疆土,与南宋当局主流苟安江左、忍辱偷生的怯懦形成鲜明对比。下片"元嘉草草,封狼居胥,赢得仓皇北顾",继续吟咏史事。据《资治通鉴》记载,宋文帝刘义隆曾三次未经充分准备率军北伐,皆未成功,尤其是元嘉二十七年(450年)最后一次北伐更是损失惨重,反而招致北魏大举南犯,侵夺两淮,并进逼长江防线。数次北伐,虚耗国力,致使国势倾颓,民生凋敝。面对历史,追昔抚今,作者郑重告诫南宋当局一些主张北伐的人应慎重对待北伐战事。下文曰:"四十三年,望中犹记,烽火扬州路。"作者从绍兴三十二年(1162年)率众南归,到今已43年了。此期间张浚等北伐失败,南北和议得成,恢复中原之志可能再也无法实现了。记忆中当年扬州一带烽火依然清晰,却不堪回首。从而自然引出"佛狸祠下,一片神鸦社鼓",佛狸祠下一片和平的神鸦之舞、社鼓之声。作者不堪回首者正是隆兴二年(1164年)南宋朝廷与金人和议之后,苟安江南,使作者无法实现恢复中原之志。最后以"凭谁问,廉颇老矣,尚能饭否"作结,紧承上文,谓自己现在虽壮健如同老将廉颇"一饭斗米,肉十斤"(司马迁《史记·廉颇蔺相如列传》),但在南宋统治集团内部的矛盾斗争中遭受排挤打击,亦如老将廉颇最终未能率军抗敌,空老田园。词作通过以京口为基地的成功人物孙权、刘裕与失败人物刘义隆的对比,把历史人物及其事件有机连贯地组织起来,借这些历史人物和事件表达自己的见解并抒发情感,铺叙、议论、抒情交融不隔,形成博大深沉之境界和沉郁顿挫之风格。

稼轩咏史词还有《木兰花慢·席上送张仲固帅兴元》、《水龙吟·甲辰岁寿韩南涧尚书》、《水龙吟·过南剑双溪楼》、《水龙吟·登建康赏心亭》、《声声慢》(开元盛日)、《鹧鸪天》(壮岁旌旗拥万夫)、《鹧鸪天》(晚岁恭耕不怨贫)、《满江红》(汉水东流)、《满江红·江行和杨济翁韵》、《摸鱼儿》(更能消几番风雨)、《卜算子》(千古李将军)、《水调歌头·舟次扬州和人韵》、《水调歌头》(今日复何日)、《贺新郎·题传岩叟悠然阁》等,而涉及咏史题材的还更多。辛弃疾咏史词做到了词与史、咏史与言志抒怀、史事与今事的完美结合,实现了词的历史感与现实感跨越时空的信息交换和深度融合,也实现了词的文学性与历史性的有机统一。

第十一节 元好问词的艺术特征

元好问不仅是金元之际杰出的诗人,更是一位成就卓著的词人,现存词作 370 余首。与同时代词人相比,无论是数量还是质量都是特出的。其词曲折反映了金元之际的社会生活,抒发了亡国之思。元代郝经《祭遗山先生文》云:"先生雅言之高古,杂言之豪宕,足以继坡、谷……乐章之雅丽,情致之幽婉,足以追稼轩。"清代翁方纲《小石帆亭著录》云:"苏、黄之后,放翁、遗山二家并骋词场,而遗山更为高秀。"清代刘熙载《艺概·词曲概》亦云:"以词而论,疏快之中,自饶深婉,亦可谓集两宋之大成者矣。"他们都对元好问的词作成就给予高度评价。

一、平淡警策

元好问生活在民族矛盾、阶级矛盾都十分尖锐的金末,他目睹了社会动荡萧条的景况,及众多民众流离失所的生活,深有感触,遂将无限感慨发之于词,抒发国亡世乱的伤痛,表达了对时局的高度关注和对人民深切同情。其《水龙吟》云:

> 素丸何处飞来,照人只是承平旧。兵尘万里,家书三月,无言搔首。几许光阴,几回欢聚,长教分手。料婆娑桂树,多应笑我,憔悴似,金城柳。
>
> 不爱竹西歌吹,爱空山、玉壶清昼。寻常梦里,膏车盘谷,挐舟枋口。不负人生,古来惟有,中秋重九。愿年年此夕,团栾儿女,醉山中酒。

这首词不像"百二关河草不横,十年戎马暗秦京"(《岐阳三首·其二》)那样对战乱场面进行客观细致的描绘,而是借助于抒发主观感受来达到反衬现实的目的。1213 年元好问因丁继父忧在家,蒙古军队侵扰河东。第二年春又大举进攻他的家乡忻州,大批军民死于劫难,其兄好古亦在此时遇害。1216 年蒙军进攻太原时,他为避战乱奉母挟书辗转来到福昌三乡镇(今河南宜阳三乡镇)暂居。此后,他大多时候生活在动荡之中。这首词就反映了他在这样的动乱年代亲人离散、有家难归的悲凉凄苦心情。首句问月开篇,看似出语平常,但以"何处飞来"发问,流露出埋怨月圆及身处乱离的伤感之情,平中见奇,大巧若拙。次句"照人只是承平旧"承接首句,更为警策。"只是"稍作转折,不仅回答了首句问月怨月,更引入作者过去那种身处承平时代阖家欢聚、举杯赏月的景象。两相对比,如今同是望月,却恍若隔世。作者孤身漂泊形单影只,抚今追昔而哀感顿生。"何处飞来"恰如"不应有恨,何事长向别时圆",再回首往事难留,承平岁月成追忆,只会带来今昔对比的伤感。因此,"承平旧"三字看似平淡,却极为警策,反映出作者极端悲苦的心情。之后作者以"兵尘万里,家书三月"等数句,叙写其悲凄的处境及难言的苦衷、对时光短暂的怅恨、经长久分离的悲凉,正似月圆而人不圆。"无言搔首",形象真切地表达出他心绪杂乱、无所适从的情态,用语平实,却是传神之笔。"几许""几回"等语亦非常平浅，但却表现了作者与家人聚少离多的深切哀伤之情。桂树、杨柳，平常景物，但作者不落入一般写杨柳以抒离情的俗套，而是以金城衰柳自比其凄苦的心境。在写法上虚实相间，含蓄蕴藉。

作者还善于捕捉日常生活细节，再进行艺术地描绘、概括，来表达其忧时伤怀之情。《浣溪沙·宿孟津官舍》曰：

> 一夜春寒满下厅。独眠人起候明星。娟娟山月入疏棂。
> 万古风云双短鬓，百年身世几长亭。浩歌聊且慰飘零。

此词写其奔波路途的感受，虽未明言为何早起，但稍加思考便知这首词与当时的战乱有关。上片无一字言悲，但作者在"春寒满下厅"的境况下，整夜独眠，静待清冷山月，浸透着作者漂泊异乡、独处孤馆的冷凄之情。下片写作者历经乱世风云。"短鬓"化用杜甫"白头搔更短"，慨叹年华老去。"百年身世"，长久飘零，岁月蹉跎，几多离别伤怀，却又想用"浩歌"去抚慰这种飘零的感伤，真是长歌当哭，内心更加伤痛。

元好问这类词叙写平常之景，亦无惊人之笔，但他正是将这些寻常景物组合起来，来表达其内心的低回婉转之情。描摹情态曲致深切，常常从平常景物开拓出新的境界。正如清代沈德潜《说诗晬语》云："以语近情遥、含吐不露为主。只眼前景、口头语，而有弦外音、味外味，使人神远。"

二、雄豪奔放

清代赵翼《瓯北诗话》评价元好问说："生长云朔，其天禀本多豪健英杰之气。"中国北方质朴率真的民风民俗，"天苍苍，野茫茫"辽远空阔的风景，以及中原地区雄伟壮丽的山河，等等，都陶冶了他的性情，开阔了他的视野。元好问词有的展示其磊落胸怀，抒发为国建功立业的雄心壮志，在雄气浩荡之中创造出雄浑阔大的境界；有的点染祖国名山胜水之景，描摹奇花异木之图，皆能随物赋形，臻其妙境；有的把爱国深情倾注于描绘祖国名山大川等自然风物中，创造出浑雅博大的意境，于写景抒怀之中蕴含着一股雄伟奔放的豪气。

《水调歌头·赋三门津》云：

> 黄河九天上，人鬼瞰重关。长风怒卷高浪，飞洒日光寒。峻似吕梁千仞，壮似钱塘八月，直下洗尘寰。万象入横溃，依旧一峰闲。
> 仰危巢，双鹄过，杳难攀。人间此险何用，万古祕神奸。不用燃犀下照，未必佽飞强射，有力障狂澜。唤取骑鲸客，挝鼓过银山。

黄河是中华民族的母亲河，千百年来文人墨客反复摹写。王之涣有"黄河远上白云间，一片孤城万仞山"（《凉州词二首·其一》），李白有"君不见黄河之水天上来，奔流到海不复回"（《将进酒》），刘禹锡有"九曲黄河万里沙，浪淘风簸自天涯"（《浪淘沙》），等等，都是经典名句。元好问却在前人描写黄河诗词的基础上写出新意。这首词起笔高远阔大、雄壮有力,之后"长风怒卷高浪,飞洒日光寒"两句,粗线条勾勒出黄河怒涛翻卷汹涌、浪花飞溅滔天的逼人的气势。接着"峻似吕梁千仞,壮似钱塘八月"数句,进一步具体形象地描绘出黄河浪峰高卷、奔腾汹涌、雄伟壮观的姿态。千仞吕梁山、八月钱塘潮,都是人所共知的名山胜景。吕梁山位于黄河与汾河之间,主峰关帝山海拔近三千米。钱塘潮奔涌之时滚滚而来,气势雄伟,不少知名作家对此做过描写。孟浩然《与颜钱塘登障楼望潮作》云:"百里闻雷震,鸣弦暂辍弹。府中连骑出,江上待潮观。照日秋云迥,浮天渤澥宽。惊涛来似雪,一坐凛生寒。"李白《横江词·其四》云:"海神来过恶风回,浪打天门石壁开。浙江八月何如此?涛似连山喷雪来。"元好问却以吕梁山、钱塘潮比喻黄河水奔涌之壮观高险,形神兼备。三门津是黄河非常险要之处,河面分人门、鬼门、神门三道,水流平险多变,险处江浪湍急,所谓"鬼门尤险,舟筏入者罕得脱"(《陕州志》),仅人门可通船。"一峰"指黄河急流中的砥柱山,在黄河水高浪急、咆哮奔涌而自然万物仿佛为之破碎溃散的奇险景象中,只有它"依旧一峰闲",不仅描绘出砥柱山藐视高浪急流、昂然屹立江面上的雄姿,也表现了作者神采高扬、勇克艰难的精神。下片"仰危巢,双鹄过,杳难攀"紧承上片末尾"依旧一峰闲",描写砥柱山除了鸟儿在山上筑巢,天鹅从山尖飞过之外,从来都是人迹罕至,难以攀登。一"仰"字不仅抬起气势,且又转移视角。"人间此险何用,万古祕神奸",由描写景物转为感慨议论,作者认为人间要这等险要之地本来就没有用处,自古至今都是为作怪鬼神提供场所。"不用燃犀下照,未必饮飞强射,有力障狂澜。"《晋书·温峤传》记载:"(温峤)至牛渚矶,水深不可测,世云其下多怪物,峤遂燃犀角而照之。须臾,见水族覆火,奇形异状,或乘马车着赤衣者。""燃犀下照"引申为洞察奸邪。"饮飞"乃汉武帝时代官名,掌管弋射鸟兽,此处取其轻疾善射之意。作者认为无论是燃犀洞察妖物的温峤,还是轻疾善射的饮飞,到此都无用武之地,都未必能够挽狂澜于既倒,只有岿然不动的砥柱山能"力障狂澜"。"唤取骑鲸客,挝鼓过银山",只有那位漫游江海的骑鲸豪客,才能敲着鼓横渡波涛如银山叠起的三门峡水。意为作者要涉足前人未到之境寻奇探异,唤取志同道合之士击着鼓穿过峡水浪峰,表现了他不可抑制的积极奋发、昂扬向上的进取精神。整个下片基调郁勃激荡,笔墨酣畅,豪气纵横。本词在用词立意上上下相应,环环相扣。开篇数句极力渲染黄河之险,河水自上游奔涌而来犹如从天上倾泻下来,下临三门,用一"瞰"字不仅把黄河人格化,也回应首句。"直下洗尘寰"不仅进一步铺写"峻似吕梁千仞,壮似钱塘八月"之宏伟,也与开篇首句意义关联,描写真切,含义深刻。不仅浓墨铺写了黄河之"怒"涌,而且衬托出砥柱山之"闲"立,故清代叶燮《原诗》评之曰:"舒写胸臆,发挥景物,境皆独得,意自天成。"写景抒情浑然一体,回环转折曲尽情致。清人沈德潜《说诗晬语》评价李白七言古诗云:"其间忽疾忽徐,忽禽忽张,忽停漾,忽转掣,乍阴乍阳,屡迁光景,莫不有浩气鼓荡其机,如吹万之不穷,如江河之滔溙而奔放,斯长篇之能事极矣。"亦可用来评价这首词。

元好问雄豪奔放的词风在其作品中多有体现,如《水调歌头·汜水故城登眺》:

牛羊散平楚,落日汉家营。龙挐虎掷何处?野蔓胃荒城。遥想朱旗回指,万里风云奔走,惨澹五年兵。天地入鞭箠,毛发懔威灵。

一千年,成皋路,几人经?长河浩浩东注,不尽古今情。谁谓麻池小竖,偶解东门长啸,取次论韩彭!慷慨一尊酒,胸次若为平。

作者缅怀刘邦创立帝业、经营汉中及回定三秦的丰功伟绩,十分敬佩刘邦汜水挫败西楚霸王项羽军队的壮举,表达了对古代英雄人物的深沉追念,吊古感今,慨叹金末统治者无力挽救国家危亡的局面。这类词虽然没有《水调歌头·赋三门津》基调高亢,但家国感慨、世事沧桑之感充盈其间,也表现了作者难平的愤慨。

三、清淳隽永

元好问《论诗三十首·其四》云:"一语天然万古新,豪华落尽见真淳。"他推崇陶渊明诗歌浑然天成的语言所创造出的真淳隽永的艺术境界。他反对齐梁诗歌绮靡纤弱之风,"沈宋横驰翰墨场,风流初不废齐梁"(《论诗三十首·其八》)。他提倡清淳自然、雄浑刚健的诗风,"诗家总爱西昆好,独恨无人作郑笺"(《论诗三十首·其十二》),"切响浮声发巧深,研摩虽苦果何心?浪翁水乐无宫徵,自是云山韶濩音"(《论诗三十首·其十七》)。同样,他的词有的清淳自然,有的雄浑刚健,有的这二者兼而有之。他的咏物言情词写得清丽淳朴,婉而有致,词味隽永,耐人寻味。

《摸鱼儿·雁丘词》云:

> 问世间、情是何物,直教生死相许?天南地北双飞客,老翅几回寒暑。欢乐趣,离别苦,就中更有痴儿女。君应有语,渺万里层云,千山暮雪,只影向谁去?
>
> 横汾路,寂寞当年箫鼓,荒烟依旧平楚。招魂楚些何嗟及,山鬼暗啼风雨。天也妒,未信与,莺儿燕子俱黄土。千秋万古,为留待骚人,狂歌痛饮,来访雁丘处。

这是一首因殉情鸿雁而写的哀婉之词。本词小序云:"乙丑岁,赴试并州,道逢捕雁者云,'今旦获一雁,杀之矣。其脱网者悲鸣不能去,竟自投于地而死'。予因买得之,葬之汾水之上,累石为识,号曰'雁丘'。同行者多为赋诗,予亦有《雁丘词》。旧所作无宫商,今改定之。"本词咏雁抒情,赞叹大雁殉情。上片开篇"问世间、情是何物,直教生死相许",一个"问"字突兀而出,为殉情者发问,实为赞美殉情者。"直教生死相许"回答"情是何物",撼人心魄,"直教"置于"生死相许"之前,突出"情"的巨大力量。"天南地北双飞客,老翅几回寒暑。"大雁秋天南下越冬,春天北归,双宿双飞,故曰"双飞客",从而也人格化了这对大雁,它们比翼齐飞如世间夫妻长相厮守。"天南地北"言空间,"几回寒暑"言时间,高度概括了大雁相依为命、相濡以沫的生活情境和生命历程,为下文殉情做必要铺垫。"君应有语,渺万里层云,千山暮雪,只影向谁去?"细致入微地揣摩描写大雁殉情前的心理活动——当索命网罗惊破双栖好梦之后,作者认为逃离罗网的孤雁心中必然发生了生与死、偷生与殉情的激烈斗争,这一犹豫与抉择的过程并不影响大雁殉情的执着深情;相反,却表明了孤雁以死殉情乃深入思索后的理性抉择,揭示其殉情的真正原因。下片通过描绘自然景物来衬托大雁殉情后的凄苦。"横汾路,寂寞当年箫鼓,荒烟依旧平楚。"这三句写葬雁的地方,"雁丘"所在之处是从前汉武帝巡游经过的地方,当时箫鼓喧天,棹歌齐发,山鸣谷应,热闹非凡,而今却四处冷烟衰草,一派萧条冷落。"招魂楚些何嗟及,山鬼暗啼风雨。"本指武帝已逝,招魂也无济于事,女山神枉自悲啼,逝者是不会再回来了,借指伴侣死不能复生,不管孤雁怎样悲伤哀啼。这就把写景和抒情融为一体,用凄凉的景物衬托孤雁悲苦的心情,表达了作者对殉情大雁的哀悼叹惋。"天也妒,未信与,莺儿燕子俱黄土。"写孤雁殉情将使它不像莺儿、燕子那样死葬黄土无人知晓,它的节烈声名会引起上天忌妒,高度礼赞了殉情孤雁,同时也照应开篇问句。"千秋万古,为留待骚人,狂歌痛饮,来访雁丘处。"进一步抒写孤雁生前身后名与世长存,雁丘也会永远受到后世文人墨客的深切凭吊。这首词名为咏雁,实抒深情。作者运用比喻、拟人等手法,深入细致地描写了大雁殉情而死的故事,并用具有悲剧气氛的环境描写来烘托,塑造了忠于爱情、生死相许的大雁形象。纵览全词,作者没有用一句艳词绮语,而是借对殉情孤雁的直率讴歌来赞美人间"痴儿女""生死相许"的真情,用对孤雁的深切凭吊来歌颂感叹那个时代幸福爱情的艰难,为青年男女爱情遭阻而忧愤叹息。本词情节简单,但行文却跌宕多变,显得温婉蕴藉,豪宕之中寓缠绵之情。清代许昂霄评之云:"绵至之思,一往而深,读之令人低回欲绝。"

元好问词与其诗的创作精神有相似之处,即"构思窅渺,十步九折,愈折而意愈深,味愈隽"(赵翼《瓯北诗话》)。之所以这样,当在于作者用真实的生活感受、人生体悟来"为情造文",而非"为文造情",因此其言情词情真意切,深婉流美。元好问《与张仲杰郎中论文》云:"功夫到方圆,言语通眷属。"提出创作要用经过锤炼"咀嚼有余味"的语言去摹景状物,写意抒情。南宋张炎也称赞他"精于炼句"。元好问词如"画出清明二月天,山城三月只萧然……川下杏花浑欲雪,山中杨柳不成烟"(《浣溪沙》)、"绿叶阴浓,遍池亭水阁,偏趁凉多。海榴初绽,朵朵簇红罗。乳燕雏莺弄语,有高柳鸣蝉相和。骤雨过,珍珠乱撒,打遍新荷"(《骤雨打新荷》)、"一雨浣年芳。燕燕莺莺满洛阳。梨雪渐空桃李过,风光。恰到风流睡海棠"(《南乡子》)等,词句音节和谐流畅,语言自然清新、质朴淳美,词意隽永,颇耐回味。

四、凄婉深沉

元好问的一些词,尤其是其晚年的托物寄意词,颇多感慨,凄婉深沉。这方面应该与他当时所处的社会环境密切关联。清代况周颐在《蕙风词话》中云:"元遗山以丝竹中年,遭遇国变,崔立采望,勒授要职,非其意旨。卒以抗节不仕,憔悴南冠二十余稔。神州陆沉之痛,铜驼荆棘之伤,往往寄托于词。《鹧鸪天》三十七阕,泰半晚年手笔。其《赋隆德故宫》及《宫体》八首、《薄命妾辞》诸作,蓄艳其外,醇至其内,极往复低回、掩抑零乱之致。而其苦衷之万不得已,大都流露于不自知。此等词宋名家如辛稼轩固尝有之,而犹不能若是其多也。遗山之词,亦浑雅,亦博大,有骨干,有气象。以比坡公,得其厚矣。"指出元好问词托物寄意深沉凄婉、感慨深邃的特点。《鹧鸪天·莲》云:

> 瘦绿愁红倚暮烟。露华凉冷洗婵娟。含情脉脉知谁怨,顾影依依定自怜。
> 风送雨,水连天,凌波无梦夜如年。何时北渚亭边月,狼藉秋香拂画船。

上片开始就描绘了一幅凄清的画面——莲花展现给读者的通常是"出淤泥而不染,濯清涟而不妖"的清纯形象,如今却如同一位形容清瘦、黯然销魂的少女,愁倚傍晚沉烟,独立水天。"倚"字颇为传神,刻画出荷花了无精神、娇弱无力的形象。"含情脉脉知谁怨,顾影依依定自怜"二句,化用西晋陆机"伫立望故乡,顾影凄自怜"(《赴洛道中作》)句意。此时元好问已沦为金代遗民,人生孤独失意,恢复故国无望,自怜自叹,无人知晓。作者借此来表达自己心念故国、孤寂伤婉之情,却又希望能够珍重自我、坚守自我的思想。下片"风送雨,水连天,凌波无梦夜如年",进一步写荷花的处境,暗示作者自己在风雨飘摇之中颠沛流离,在急风冷雨水天相连的境况下茫然无措,无力拯救危亡局面,度日如年,思绪万千。"何时北渚亭边月,狼藉秋香拂画船",借莲自比,表达了作者愿与衰莲合为一体,同呼吸共愁恨,希望知音来访以倾吐自我的心情,也与"含情脉脉知谁怨"暗相呼应。这首词托物比兴,寄情深婉,读之让人顿感凄清伤怀。

《木兰花慢》云:

> 对西山摇落,又匹马,过并州。恨秋雁年年,长空澹澹,事往情留。白头。几回南北,竟何人、谈笑得封侯。愁里狂歌浊酒,梦中锦带吴钩。
>
> 严城笳鼓动高秋。万灶拥貔貅。觉全晋山河,风声习气,未减风流。风流。故家人物,慨中宵、扪枕忆同游。不用闻鸡起舞,且须乘月登楼。

此词亦写于金国灭亡之后,词人由大名(今河北大名)还太原。上片开篇写作者在夕阳西下之时,骑马回到阔别 20 余年的并州。如大雁年年回乡,面对熟悉的故乡,情感还是那样深刻,但凌云志未能实现,白首归来而功业无成,不禁感慨万千。他非常渴望恢复故国,能够谈笑封侯。"愁里狂歌浊酒,梦中锦带吴钩",渴望恢复之情令他魂牵梦绕,片刻难以忘怀,无论怎样"狂歌浊酒"都无法消解。下片"严城笳鼓动高秋。万灶拥貔貅","貔貅"是古代民间传说中的神兽,此指彪悍的战马。这两句写金人厉兵秣马,笳鼓震天,军势强盛。此处从反面着笔,暗含恢复故国已经很难。之后他回到家乡,目睹故乡山川风物"未减风流",但是江山易主,物故人非。因此感慨千端,中宵难眠,抚枕追忆曾经同游的好友,也开启下文。"不用闻鸡起舞,且须乘月登楼",写自己与友人如同东晋祖逖与刘琨那样志同道合,渴望恢复故国。然而效仿祖逖闻鸡起舞已然无用,因为用现实手段已经无法打败敌人,而应该采取超现实手段,效刘琨"乘月登楼"恢复故土。《晋书·刘琨传》云:"琨少负志气,有纵横之才,善交胜己……在晋阳,常为胡骑所围数重,城中窘迫无计。琨乃乘月登楼清啸,贼闻之,皆凄然长叹。中夜奏胡笳,贼又流涕歔欷,有怀土之切。向晓复吹之,贼并弃围而走。"全词采用比兴、铺叙、想象、反面入手等手法,表达了作者面对故国,而不能实现恢复之志的哀伤和感慨,基调深沉哀婉,凄恻动人。

这类词还有《鹧鸪天》(候馆灯昏雨送凉)、《鹧鸪天》(憔悴鸳鸯不自由)、《小重山》(酒冷灯青夜不眠)等。

元好问词"或慷慨吐臆,或沉结含凄",达到"长言短歌,俱成绝调"(沈德潜《说诗晬语》)的境界,形成了多样化的艺术风格,其原因是多方面的。一方面与元好问的自身素质和人生经历密切关联。他自幼聪慧,七岁能诗,有神童之誉。他在金宣宗兴定五年(1221年)进士及第,但因科场纠纷被诬为"元氏党人",于是愤不就任。正大元年(1224年)他又登宏词科,被授任为权国史院编修,留官汴京。之后他做过河南镇平县令、河南内乡县令、邓州节度使移刺瑗幕僚、南阳县令,颇有政绩。金哀宗天兴元年(1232年),元好问赴京调任尚书省令史,官至翰林知制诰。天兴二年(1233年),蒙古军队攻破汴京,金国灭亡。金亡之后,元好问等金国大批官员被俘,成为囚徒,被囚禁数年。之后,虽然他由于诗文之名得到元太宗丞相耶律楚材接纳和照顾,生活也有好转,亦有一定的行动自由,但他作为金国旧臣,在国土沦丧的情况下无力恢复故土,伤楚痛心之情不时在心头激荡。他也饱经禁闭离乱之苦,对民众苦难有深切的体会和同情。因此,他的词风格多样,或清新流丽、清淳隽永,或平淡警策、含义深刻,或雄豪奔放、慷慨悲凉,或凄婉哀伤、真切动人,皆能自成格调。从这个意义上可以说,元好问的人生经历和当时的社会环境造就了他的词。另一方面,他在深入认真总结了前人诗词创作经验的基础上,形成了比较符合艺术规律的创作指导思想。他提倡抒写真性情、真感受、真思绪,提倡凌云健笔、自然真淳、慷慨歌谣、雄气纵横的风格,主张诗词创作要在学习前人的基础上勇于创新,反对闭门造车及俯仰随人式的创作,反对俳谐怒骂之辞入诗,等等,都体现了他作为一位杰出诗词大家高度的理论素养。其中,《论诗三十首》绝句是他创作思想的重要代表,值得读者学习借鉴。

元代文学家徐世隆《元遗山全集》评元好问曰:"作为诗文,皆有法度可观,文体粹然为之一变。大较遗山诗祖李、杜,律切精深,而有豪放迈往之气;文宗韩、欧,正大明达,而无奇纤晦涩之语;乐府则清新顿挫,闲婉浏亮,体制最备。又能用俗为雅,变故作新,得前辈不传之妙,东坡、稼轩而下不论也。"清代顾嗣立《元诗选》亦云:"先生天才清赡,邃婉高古,沈郁太和,力出意外。巧缛而不见斧凿,新丽而绝去浮靡。杂弄金碧,糅饰丹素,奇芬异彩,动荡心魄。以五言为雅正,而出奇于长句。杂言乐府不用古题,新意特出。歌谣慷慨,挟幽并之气。晚年尤以著作自娱……自中原板荡,风雅道衰。汴京之亡,故老都尽。先生蔚为一代宗工,以文章独步者几三十年。由是学者知所指归,作为诗文,皆有法度。百年以还,名家辈出,别裁伪体,溯流穷源,论者以先生为标准,不亦宜乎!"现代著名学者缪钺《元遗山年谱汇纂》云:"金自大定、明昌以还,文风蔚起,遂于末造笃生遗山,卓为一代宗匠。其诗嗣响子美,方轨放翁,古文浑雅,乐府疏快,国亡以文献自任,所著《壬辰杂编》虽失传,而元人纂修《金史》多本其书,故独称雅正。诗文史学,萃于一身,非第元明之后无与颉颃,两汉以来固不数数觏也。"评论家对元好问的诗词及散文创作都给予高度评价。

复习思考题

1. 宋词繁荣的原因及其表现。
2. 与唐诗相比,宋词有哪些新特点?
3. 与唐诗相比,宋诗有哪些新特点?
4. 柳永、晏殊、欧阳修、范仲淹、王安石、苏轼、辛弃疾、李清照、秦观、元好问等词人,对词的发展各自做出了哪些重要贡献?
5. 婉约词的发展历程。
6. 豪放词的发展历程。
7. 苏轼诗歌的艺术成就和风格。
8. 黄庭坚的诗歌理论及其艺术成就。
9. 陆游的诗词创作取得了哪些艺术成就?
10. 辛弃疾对咏史词做出了哪些贡献?

进一步阅读建议

1. 〔宋〕柳永著:《柳永词集》,谢桃坊导读,上海古籍出版社,2009年。
2. 〔宋〕范仲淹撰:《范仲淹全集》,李勇先、刘琳、王蓉贵点校,中华书局,2020年。
3. 〔宋〕张先著:《张先集编年校注》,吴熊和、沈松勤校注,上海古籍出版社,2012年。
4. 〔宋〕晏殊、晏幾道著:《二晏词笺注》,张草纫笺注,上海古籍出版社,2008年。
5. 〔宋〕欧阳修著:《欧阳修全集》,李逸安点校,中华书局,2001年。
6. 〔宋〕欧阳修撰:《欧阳修诗编年笺注》,刘德清、顾宝林、欧阳明亮笺注,中华书局,2012年。
7. 〔宋〕欧阳修撰:《欧阳修词校笺》,欧阳明亮校笺,中华书局,2019年。
8. 〔宋〕苏轼著:《苏轼全集》,傅成、穆俦标点,上海古籍出版社,2000年。
9. 〔宋〕苏轼著:《苏轼诗集合注》,〔清〕冯应榴辑注,黄任轲、朱怀春校点,上海古籍出版社,2001年。
10. 〔宋〕苏轼著:《东坡乐府笺》,〔清〕朱孝臧编年,龙榆生校笺,上海古籍出版社,2016年。
11. 〔宋〕黄庭坚著:《黄庭坚全集》,刘琳、李勇先、王蓉贵点校,中华书局,2021年。
12. 〔宋〕黄庭坚撰:《黄庭坚诗集注》,〔宋〕任渊、史容、史季温注,刘尚荣校点,中华书局,2003年。
13. 〔宋〕秦观撰:《秦观词笺注》,杨世明笺注,中华书局,2021年。
14. 〔宋〕周邦彦著:《周邦彦词集》,李保民导读,上海古籍出版社,2010年。
15. 〔宋〕李清照著:《李清照集笺注》,徐培均笺注,上海古籍出版社,2002年。
16. 〔宋〕李清照著:《此情无计可消除:李清照词注评》,吴惠娟导读,郭时羽注,上海古籍出版社,2010年。
17. 〔宋〕辛弃疾著:《辛弃疾全集》,徐汉明点校,崇文书局,2012年。

18. 〔宋〕辛弃疾撰:《稼轩词编年笺注》,邓广铭笺注,上海古籍出版社,2018 年。
19. 〔宋〕辛弃疾著:《辛弃疾词编年笺注》,辛更儒笺注,中华书局,2020 年。
20. 〔宋〕姜夔著:《姜夔词集》,李强导读,上海古籍出版社,2010 年。
21. 夏承焘等著:《宋词鉴赏辞典》,上海辞书出版社,2013 年。
22. 唐圭璋编纂,王仲闻参订,孔凡礼补辑:《全宋词》,中华书局,1999 年。
23. 唐圭璋选编:《全宋词简编》,上海古籍出版社,1993 年。
24. 唐圭璋、钟振振主编:《宋词鉴赏辞典》,商务印书馆,2011 年。
25. 钱仲联、马亚中主编:《陆游全集校注》,浙江教育出版社,2011 年。
26. 姚奠中主编:《元好问词注析》,山西古籍出版社,2001 年。
27. 姚奠中主编:《元好问全集》,李正民增订,山西古籍出版社,2004 年。
28. 王水照、朱刚撰:《苏轼诗词文选评》,上海古籍出版社,2019 年。
29. 邹同庆、王宗堂著:《苏轼词编年校注》,中华书局,2002 年。
30. 张志烈等校注:《苏轼全集校注》,河北人民出版社,2010 年。
31. 辛更儒选注:《辛弃疾词选》,中华书局,2005 年。
32. 高克勤撰:《王安石诗文选评》,上海古籍出版社,2017 年。
33. 高志忠、张福勋编著:《〈全宋诗〉补阙:补诗人、补诗事、补诗评》,商务印书馆,2018 年。
34. 季南注释:《宋词三百首注释》,上海三联书店,2018 年。
35. 刘杨忠选注:《欧阳修诗词》,中华书局,2014 年。
36. 王新霞、胡永杰编著:《壮心未与年俱老:陆游诗词》,人民文学出版社,2017 年。
37. 李静等选编:《唐诗宋词鉴赏大全集》,华文出版社,2009 年。
38. 吕明涛、谷学彝编注:《宋词三百首》,中华书局,2016 年。
39. 北京大学古文献研究所编:《全宋诗》,北京大学出版社,1998 年。
40. 上海辞书出版社文学鉴赏辞典编纂中心编著:《黄庭坚诗文鉴赏辞典》,上海辞书出版社,2012 年。
41. 上海辞书出版社文学鉴赏辞典编纂中心编:《柳永词鉴赏辞典》,上海辞书出版社,2015 年。
42. 上海辞书出版社文学鉴赏辞典编纂中心编:《二晏词鉴赏辞典》,上海辞书出版社,2015 年。
43. 上海辞书出版社文学鉴赏辞典编纂中心编:《秦观诗词鉴赏辞典》,上海辞书出版社,2015 年。
44. 上海辞书出版社文学鉴赏辞典编纂中心编:《李清照诗词鉴赏辞典》,上海辞书出版社,2015 年。
45. 上海辞书出版社文学鉴赏辞典编纂中心编:《姜夔诗词鉴赏辞典》,上海辞书出版社,2015 年。
46. 上海辞书出版社文学鉴赏辞典编纂中心编:《宋词三百首鉴赏辞典》,上海辞书出版社,2017 年。

第六章　明清诗词艺术

学习要点：

1. 了解明清诗词的发展概况。
2. 掌握高启、龚自珍诗歌的思想内容和艺术风格。

第一节　明清诗词概论

明代诗歌在拟古与反拟古的反复中前行,总体成就不及清代,更不及唐代和宋代。明词杰出作者亦少,可称道的作品不多。清代诗词流派众多,但绝大多数作家未能摆脱拟古主义和形式主义的套路,超出前人之处极少。清末龚自珍以其先进的思想,打破了清中叶以来诗坛沉寂,领近代文学风气之先。之后,黄遵宪、康有为、梁启超等新诗派直接用诗歌宣传资产阶级改良运动。

一、明代诗歌

在明代 270 余年间,诗歌创作过程中始终没有出现第一流的诗人或第一流的作品,总是在复古与反复古上兜圈子,缺乏创造力和开拓精神,作品大多比较平庸。当然,比较优秀的诗人和作品还是有的。明初著名的诗人是刘基,他的诗学杜甫、韩愈,诗风比较豪健。比刘基更有名的诗人是高启,由于他不与朱元璋合作,终于招来杀身之祸。他善于学习历代诗人的长处,本人又有才气,故成为明代诗人中成就最高的人。

从明朝永乐年间开始,出现一种所谓"台阁体"诗。其倡导人号称"三杨",即杨士奇、杨荣、杨溥,因为他们都是台阁重臣,故称其诗为"台阁体"。台阁体追求"雍容典雅",全是歌功颂德之作,毫无创新和生气,可以说是诗歌创作的一种倒退。而于谦的创作未受到台阁体诗风影响。他英明清廉、英勇善谋,曾率军打退蒙古兵侵扰,保卫京师,其《石灰吟》广为后人传诵。台阁体流行既久,引起了人们不满,于是出现了反对派,这就是以李梦阳、何景明为首的"前七子",其成员还有徐祯卿、边贡、康海、王九思、王廷相。他们提倡"文必秦汉,诗必盛唐",但是他们的复古只是拟古,没有创造,招致后人批评。继"前七子"之后,又出现了以李攀龙、王世贞为首的"后七子",其成员还有谢榛、宗臣、梁有誉、徐中行、吴国伦。他们的主张与"前七子"基本一致。前后"七子"所形成的诗风流行了很长时间,弊病充分暴露,于是又出现了反对他们的公安派和竟陵派。其中,公安派的反对最有力,其主要成员是袁宗道、袁宏道、袁中道三兄弟,时称"三袁"。因他们是湖北公安人,故得名"公安派"。其中袁宏道声誉最高,成绩最大。他们提倡"独抒性灵,不拘格套"(袁宏道《叙小修诗》),主张文学作品要写自己的真思想、真感情,反对模拟,反对虚假。"三袁"的文学主张合乎文学发展规律,他们反对复古派也取得了成功。在他们的影响下,前后"七子"的流弊渐渐被扫除。而他们的诗多是抒写自己的闲情逸致、幽情雅趣,题材和境界都比较狭窄,整体成就不高。竟陵派与公安派几乎同时出现,代表人物是锺惺和谭元春,因二人都是湖北竟陵人,故称"竟陵派"。他们的主张和公安派大体一致,刻意追求"幽深孤峭"之风,境界偏狭,语言生僻。

明末多灾多难,爱国主义诗歌颇具光彩,代表作家有张煌言、陈子龙、夏完淳等。其中,陈子龙既是一位关心国计民生的著名学者,又是诗人,明末投身抗清斗争中并以身殉国,他律诗写得最好。夏完淳是陈子龙的学生,抗清英雄,作品曾编为《玉樊堂集》《内史集》《南冠草》等。

二、明代词

词至明代虽有所衰落，但是明代初期词家如杨基、高启、刘基等，还各具面目，保存了宋、元遗风。明代中期著名词人有杨慎、王世贞、汤显祖等。杨慎词工秀清俊，尤工小令，为世人所称道。其《临江仙》被《三国演义》小说列为开篇词，还被《三国演义》电视剧用作片头曲歌词。

明末满族贵族集团统兵入关并建立清朝，民族矛盾上升为主要的社会矛盾。陈子龙、夏完淳师徒以身殉国，写了一些优秀词作。陈子龙被陈廷焯等人推许为明代第一词人。陈子龙、夏完淳以及屈大均、王夫之等人的出现，使得明末词坛焕发光彩，不仅挽救了一代词运，而且也为清词中兴开了风气。明代在词学研究方面取得了很大成绩，词谱、词韵、词话、词选之作先后问世。

三、清代诗歌

清代诗坛作家如林，作品繁多，虽不如唐、宋两代佳作如林、名家辈出，但也有不少好的作品。这些作品有的真实反映了社会现实生活，部分作品在继承前人的基础上推陈出新，在艺术上也有一定特色。

清初，主要是由明入清的诗人。其中一部分是遗民诗人，清初诗坛主要为他们所占领，以顾炎武、黄宗羲、王夫之三人声誉较高。顾炎武诗歌创作主张"言意"，抒写性情，不务奇巧。他存诗400余首，多写兴亡大事，托物寄兴，充满深厚的民族感情和爱国思想，风格沉郁悲壮，代表了遗民诗的最高成就。由明入清的明末爱国遗民，以诗著称的还有阎尔梅、归庄、吴嘉纪、屈大均等人。另一部分是以明臣而仕清的钱谦益、吴伟业等人。钱谦益提倡宋诗，推崇苏轼、陆游、元好问，认为诗歌要抒发真性情。其诗作沉郁藻丽，开创清诗新风气，代表作有七律组诗《后秋兴》。吴伟业推崇唐诗，其诗多反映现实，寄寓身世之感，取法"初唐四杰"和元稹、白居易而自成面貌，诗风早年清丽，晚趋苍凉，擅长七言歌行。其"梅村体"继承发展了白居易"长庆体"，把古代叙事诗推向新的高峰。吴伟业与钱谦益各立门户。钱、吴二人与龚鼎孳合称"江左三大家"，钱、吴两家对清诗的影响非常深远。在他们之后，诗坛崇宋、尊唐两大派别相互争胜，直至清末。尊唐派多受吴伟业的影响，以王士禛为代表，还有朱彝尊、赵执信和沈德潜等，被称为"南施北宋"的施闰章和宋琬也以学唐人为主。崇宋派多受钱谦益的影响，主要有吕留良、查慎行、厉鹗等。王士禛是康熙诗坛领袖，论诗提倡神韵，推崇唐诗中王、孟等"山水清音"，追求一种言语之外的意趣和韵味，崇尚清远含蓄的审美境界。其诗内容多为描写山水风景和朋友间的酬赠，一些七言绝句写得委婉含蓄、格调清新，体现了他提倡的"神韵"意趣。神韵说的提出，标志着清初现实主义诗风渐削弱和转变。王士禛之后的著名诗人查慎行和赵执信，被称为"南查北赵"。查慎行推崇宋诗，尤受到苏轼和陆游的影响，成为宗宋派一大家。其诗以白描见长，多纪游吊古之作，也有不少反映社会民生问题的诗篇,诗风宏丽稳惬、情真意切。赵执信崇尚晚唐,有意标新,诗思峭刻。

从雍正时期开始,出现了一些诗派,主要有格调派、肌理派、性灵派等。沈德潜奉唐诗为圭臬,倡导"格调说",宣扬"温柔敦厚"的诗教,强调含蓄蕴藉的风格,重视格律声调,为格调派代表。其诗多歌功颂德之作,也写了一些抒写人生感慨或民间疾苦的诗歌,编有《唐诗别裁集》《明诗别裁集》等。翁方纲倡导"肌理说",主张写诗"以肌理为准",要求把思想内容(义理)同组织结构(文理)、学问材料(肌理)统一起来,提倡作诗以学问为根底,以考据入诗,显然是清代提倡经学和乾嘉学派影响下的产物,为肌理派代表。袁枚是性灵派代表诗人,也是清中叶诗坛上的重要诗人。他继承公安派,主张诗歌表达性灵,抒写真情实感和个性,反对格调派模拟盛唐和肌理派卖弄学问。其诗多抒写个人生活感受和思想情趣,语言明畅,纵横奔放,表现新颖,风格灵巧清新,具有一定的革新精神,存诗 4 000 余首。赵翼诗作和诗论都与袁枚接近,主张创新,推重灵性,风格明快流畅。其诗在当时与袁枚、蒋士铨齐名,合称"乾隆三大家",有《瓯北诗话》等。蒋士铨作诗直抒所见,反对片面追求格律和辞藻。其诗浑厚奔放,气势苍茫,不拟古不守旧。比袁枚稍早的郑燮出身贫寒,能诗善画,为"扬州八怪"代表,主张写诗要反映社会、注重民生。其诗直抒性情,富有个性,反映社会现实和民间疾苦。比蒋士铨稍晚的黄景仁少有诗名,其诗富有才气,抒写真情实感,多写穷愁不遇的身世之感,低沉伤感中透着怨愤,他的七言诗很有特色。

在清代诗歌史上真正能召唤风雷、打破万马齐喑局面的是晚清龚自珍,他也是清代成就最高的诗人。其《己亥杂诗》315 首,是他在道光十九年(1839 年)辞官返回故里(杭州)这一年写的一组叙事诗,很有特色。他的诗表达了先进的启蒙思想,在艺术上具有鲜明个性,打破了传统手法,既不是唐诗,也不是宋诗,而是真正有独特面目的清诗。

鸦片战争不仅划分了一个时代,也成为诗歌创作的主题,姚燮、鲁一同、朱琦、贝青乔、林则徐、张维屏、魏源、陈继昌等都创作了不少反映鸦片战争的诗歌,这类诗歌忧国忧民,感思颇深。晚清,以黄遵宪、丘逢甲、康有为、梁启超等为代表的诗界革新派,成就卓著,大都传承龚自珍风格。可以说,晚清诗歌成就足以媲美清初。

总之,清代诗坛以其诗人众多、流派纷繁、内容丰富、风格多变、体式创新,成为古典诗歌史上的光辉末页,犹如落日绮霞。清代诗人有 6 100 余家,为历代之最。

四、清代词

词至南宋而达于极盛,元、明两代,词学中衰,名作极少。到了清代,一时人才辈出,各种风格流派争镳并驰,词人专集多如繁星。据《全清词钞》统计,清词人初选得 4 000 余家,成编仍有 3 196 家。清词被人称为词的中兴,被后人誉为与宋词并立的两个高峰。但是,清人各家之词在风格上仍未脱前人窠臼,不论是学北宋或学南宋,学苏轼、辛弃疾之豪放或学姜夔、张炎之醇雅,都未能超过模拟对象,始终走在复古路上。

从清初至清中叶的重要词派有阳羡派、浙西派和常州派。与清代中叶比较,清初词坛更为兴盛。清初诗人大多能词,词作者极多,以陈维崧、朱彝尊、纳兰性德最负盛名,号称"清词三大家"。陈维崧诗、词、文兼工,以词名为显,著有《迦陵词》,存词 1 600 余首,是阳羡派的创始人。其词学苏、辛,风格豪放,气魄阔大,善用词来反映重大社会现实,表现民生疾苦,是清代词坛上学习苏、辛词的佼佼者。阳羡派因其创始人和代表人物陈维崧是宜兴(古名阳羡)人而得名。朱彝尊是浙西词派的创始人和代表作家,兼长诗、词、文,曾纂辑自唐迄元500余家词为《词综》。他的词宗南宋,主张用姜、张之醇雅去矫苏、辛之显露,而归之于温柔敦厚的诗教,多言情咏物之作,格律精严,字句工丽,在艺术上有一定的成就。朱彝尊的词论和词作在清初影响极大,当时即有沈皞日、李良年、龚翔麟、李符、沈岸登和他相互唱和,号为"浙西六家",浙西词派即因其代表词人朱彝尊是浙西人而得名。纳兰性德是清初成就最高的词人,作词主张情致,反对模仿雕饰,词作以小令见长,多写相思离别之情和对亡妻的悼念,情调感伤低沉、凄婉哀怨,感情自然真挚,多用白描手法,直抒胸臆,风格近李煜,著有《饮水词》。

从清中叶起,随着社会矛盾加深和统治阶级内部危机深化,一些词人便不满意浙西派的萎靡堆砌和阳羡派的粗犷叫嚣之弊,转而提倡"意内言外"之说,嘉庆初年以张惠言、周济为代表的常州词派由此产生。张惠言有感于浙西词派题材内容的狭窄,论词强调比兴寄托,反对无病呻吟和单纯咏物的作风,比较注重思想内容,词风委婉沉郁,有时流于隐晦。他是常州词派的开创者和代表词人,常州派也因其是常州人而得名。他编辑的《词选》对清词体格的变化很有影响。周济是常州派词论的最后完成者。常州派虽与浙西派相对立,却仍然重形式、轻内容,围绕着艺术形式兜圈子,以至意隐境狭,把词引入了迷离恍惚的窄胡同。虽然张惠言的词寄意深远,语言凝练,不乏佳作,但在张、周之后,常州派愈盛,而词却愈衰。

在鸦片战争期间,林则徐、邓廷桢等的词,表现了强烈的抗英精神。辛亥革命时期的词,以民主主义革命家秋瑾的创作为代表。其词如《鹧鸪天》,视死如归,慷慨激昂,思想境界不同凡响。

中国古代名家诗词艺术

第二节 高启诗歌的艺术特征

元代统治者尚武轻文，蒙古贵族看不到儒学对稳定社会秩序的重要作用，他们在入主中原后停止科考近80年。因此，元代绝大多数读书人没有机会通过科考进入仕途实现他们治国平天下的理想，社会地位极为低下。他们中有的归隐山林，放浪形骸；有的混迹勾栏瓦舍，与优伶为伴，为其创作杂剧，有的甚至亲自粉墨登场。这些因素都削弱了元代诗歌对社会价值尤其是政治价值的追求，元代诗人重视个人价值和感受，注重抒发个人生活情趣，具有很强的非功利倾向。元代著名诗人萨都剌、杨维桢等都具有这种倾向。在这种风气影响下，元末诗歌出现了追求繁缛靡丽、华而不实的风气，但高启诗歌在元末明初独树一帜。在以小说、戏曲为主流文化的环境中，他自觉肩负起推动诗歌发展的重担，在一定程度上改变了元末以来诗歌创作缛丽不实之风，促进了明初诗歌的健康发展。他存诗二千余首，诗体制不一，善于学习汉魏晋唐诸体，有的雄健豪放，有的清新典雅，风格多样，佳作颇多。

一、雄健豪放

高启天资颖悟，学问深厚扎实，见解独到，他善于总结前代诗人的创作经验，尤能揣摩汉魏晋唐诗人的作品。他是一位自视不凡、性格孤高的诗人，他学习李白诗歌，形成雄健豪迈的诗风，如《登金陵雨花台望大江》：

> 大江来从万山中，山势尽与江流东。
> 钟山如龙独西上，欲破巨浪乘长风。
> 江山相雄不相让，形胜争夸天下壮。
> 秦皇空此瘗黄金，佳气葱葱至今王。
> 我怀郁塞何由开，酒酣走上城南台；
> 坐觉苍茫万古意，远自荒烟落日之中来！
> 石头城下涛声怒，武骑千群谁敢渡？
> 黄旗入洛竟何祥，铁锁横江未为固。
> 前三国，后六朝，草生宫阙何萧萧。
> 英雄乘时务割据，几度战血流寒潮。
> 我生幸逢圣人起南国，祸乱初平事休息。
> 从今四海永为家，不用长江限南北。

这首诗描绘钟山、大江的雄伟壮丽，通过缅怀金陵历史而发出深沉的感慨，把故垒萧萧的明代都城金陵（今江苏南京），写得气雄势壮，不仅抒发感今怀古之情，也表达了对国家统一的喜悦。开头"大江来从万山中"四句写目之所见，浩浩荡荡的长江水从万山千壑中奔流向东,绵亘两岸的山势也随之宛转东向,只有那龙蟠虎踞的钟山挺然屹立在西边,好像要乘着长风冲破巨浪挽住大江而西向似的。大江向东奔流,钟山却欲西上,这就采用拟人手法赋予了这二者以人格力量。二者都是那样正气凛然,一个要冲向大海变作波涛,一个要屹立西天巍为砥柱;一个掀起惊涛拍岸,一个不愿随波逐流。在作者笔下,大江和钟山都成了自己某种精神的化身,气势雄伟、器宇轩昂的江山成了作者自我的写照。"江山相雄不相让"四句分承"大江"与"钟山"两联,"相雄不相让"正是对开篇四句的高度概括,"形胜争夸"则有力振起下文。作者从眼前的雄伟实写,转向深邃的历史回顾。金陵依山带河,固若金汤;金陵王气郁葱,至今不衰。但是守天下在德不在险,在于得人心而不在于王气。纵使秦始皇欲镇"金陵之气",而金陵还是那样"佳气葱葱",也为"我怀郁塞何由开"等四句做好铺垫。汉文帝领导西汉走向强盛,贾谊却认为天下事可为痛哭者多;明太祖方建大明王朝,高启心里便产生"我怀郁塞"之惑,这体现了远谋深虑者居安思危、防患未然的忧患意识。作者在酒酣耳热之际登上金陵雨花台,"荒烟落日之中"忽然萌发一种怀古之情,回想"金陵昔时何壮哉!席卷英豪天下来"(李白《金陵歌送别范宣》),深深陷入了对现实和历史的思考——那建都于此的六朝帝王,前后相续上演了一幕幕悲剧。"石头城下涛声怒",形象概括了在他脑海里闪现的这一幕幕历史悲剧。东吴孙皓与陈后主的悲惨结局,引发作者"我怀郁塞何由开"。陈后主被杨广统帅的隋军俘虏,其空想凭借"武骑千群"就可以阻挡隋军,"谁敢渡"嘲讽了后主的狂妄无知。吴主孙皓先是表演了"黄旗入洛"的历史笑剧,后又妄想"铁锁横江",可惜被王濬战舰攻破。这两位君主妄图坐拥长江天险,但是他们都先后亡国失家,成为历史笑柄,这正是引起作者思索的原因。"前三国,后六朝"几句,作者进一步展开对六朝历史的反思。从反思"石头城下涛声怒"的"点"到整个三国、六朝的"面",从先后上演的历史悲剧到总结普遍的历史规律,从而进一步深化主题。作者认为不管是"前三国"还是"后六朝"都已成为历史,那些曾经的豪华宫阙如今已淹没在荒烟衰草之中,那些致力于割据的英雄们为了自身利益"争地以战,杀人盈野;争城以战,杀人盈城"(《孟子·离娄上》),他们的王朝是牺牲无数将士的生命换来的,而那些牺牲了的将士的鲜血汇入寒冷的长江水滚滚流淌,真是"兴,百姓苦;亡,百姓苦"(张养浩《山坡羊·潼关怀古》)。因此,三国、六朝成为后人凭吊和思考的历史。新建的大明王朝能否改变这一悲恨相续的历史规律,作者不敢想,当然也不能说,这正是他"我怀郁塞何由开"的真正原因。"我生幸逢圣人起南国"四句,作者笔锋一转,从对历史的深沉反思转而对现实的歌颂赞美,表达了他对国家美好未来的热切期望:从此战乱消弭,四海一家,南北合一。全诗音韵铿锵,雄健豪放,气势纵横,舒卷自如。

高启青年时期写的《青丘子歌》,抒写自己疏放的性格和吟啸的人生,表达了自己卓尔不群的志趣和高洁情操。这首诗后半部分云:

> 高攀天根探月窟,犀照牛渚万怪呈。
> 妙意俄同鬼神会,佳景每与江山争。
> 星虹助光气,烟露滋华英。
> 听音谐韶乐,咀味得大羹。

中国古代名家诗词艺术

世间无物为我娱,自出金石相轰铿。
江边茅屋风雨晴,闭门睡足诗初成。
叩壶自高歌,不顾俗耳惊。
欲呼君山老父携诸仙所弄之长笛,和我此歌吹月明。
但愁欻忽波浪起,鸟兽骇叫山摇崩。
天帝闻之怒,下遣白鹤迎。
不容在世作狡狯,复结飞佩还瑶京。

想象奇特,声韵高亢,气雄势高,感情充沛,风格豪放,展现了强烈的浪漫主义精神。他的这种诗风显然受到李白歌行雄奇豪放之风的影响。《醉歌赠宋仲温》写友人宋仲温的豪侠风貌及相互之间的意气相倾;《姑苏杂咏·南园》感叹人世沧桑,笔调豪宕,气势奔放。

天高海阔无处往,借问何以销烦忧?
千石酒,万户侯,请君论此谁当优?
吴门日出花满楼,醉眠不须遣客休。
君留绿绮琴,我脱紫衣裘。
今日春好能饮否?东风吹散江南愁。

(《醉歌赠宋仲温》)

君不见平乐馆,古城何处寒云满。
君不见奉诚园,荒台无踪秋草繁。
白日沉山水归海,寒暑频催陵谷改。
皇天大运有推移,富贵于人岂长在。
请看当年广陵王,双旌六蠹何辉光。
幸逢中国久多故,一家割据夸雄强。
园中欢游恐迟暮,美人能歌客能赋。
车马春风日日来,杨花吹满城南路。
…………
春已去,人不来。
一树两树桃花开,射堂鞠圃俱青苔。
何须雍门琴,但令对此便可哀。
人生不饮胡为哉?人生不饮胡为哉?

(《姑苏杂咏·南园》)

这些诗句都可以看到李白歌行的影响。

▶ 二、清新典雅

高启诗歌有的雄健豪放,有的清新典雅、含蓄蕴藉,体现出多样化的风格,反映了他杰出的艺术才能和高度的艺术造诣，如《清明呈馆中诸公》：

> 新烟着柳禁垣斜，杏酪分香俗共夸。
> 白下有山皆绕郭，清明无客不思家。
> 卞侯墓下迷芳草，卢女门前映落花。
> 喜得故人同待诏，拟沽春酒醉京华。

这首诗抒写作者的游子思乡之情，写得清新流丽，含蓄委婉。"清明无客不思家"，既说"无客不"，自然也包括作者本人在内。全诗直接抒写思家之情的也仅此一句，其余则着力描写景物，新烟、垂柳、矮墙、杏酪、青山、城郭、芳草、落花等等，色彩缤纷，清新明丽，画所难及。然而作者似乎并未陶醉在这些美景中而忘记思家之情，相反，触景生情，这些景物更衬托和引发了他的思乡之情。宫墙外的垂柳，丝丝弄碧，新烟萦绕。精心制作的杏酪，散发出阵阵芳香。这风光节物无不在告诉作者清明时节到来，自然也唤起他往岁在家乡与亲人共度佳节的温馨回忆。客居青山环绕的京师金陵的作者便由此思念起家乡来了。"卞侯墓下迷芳草，卢女门前映落花"两句，意味更深曲复杂。"迷芳草"，芳草萋萋，一片凄迷，化用《招隐士》"王孙游兮不归，春草生兮萋萋"，已寓思归之意。而作者偏偏又以芳草与卞侯墓并置，以落花与莫愁女映照，暗含富贵难久恃，盛时难长留的感慨。作者来京时曾写道："北山恐起移文诮，东观惭叨议论名。"(《被诏将赴京师留别亲友》)《赴京道中逢还乡友》又曾写道："我去君却归，相逢立途次。欲寄故乡言，先询上京事。"内心对自己来京任职显然已产生矛盾和疑虑。加之写罢此诗后仅四个月，朱元璋召见作者，面授户部侍郎，他却固辞不受，遂被放还。因而在他的思家之情中交织着这些感慨，就是很自然的事了。末尾两句"喜得故人同待诏，拟沽春酒醉京华"，强自宽慰，幸而有几位同院故友可与沽酒共饮，一醉京华。用意正是针对上述节物风光描写中的寡欢、不幸心情，而"醉京华"之"醉"也是遣闷宽怀而醉，而非是欢快而自醉。

《梅花九首·其一》曰：

> 琼姿只合在瑶台，谁向江南处处栽？
> 雪满山中高士卧，月明林下美人来。
> 寒依疏影萧萧竹，春掩残香漠漠苔。
> 自去何郎无好咏，东风愁寂几回开？

首联二句，并不因"琼姿"为常用来形容梅花的熟词而显得平凡——神话中昆仑山上有瑶台12座，皆以五色彩玉筑成；梅花既有瑰丽风姿，那么就本该充任瑶台琼玉，至于她们为何不留居缥缈仙山，却被不知哪位仙家栽向了风景秀美、人杰地灵的江南，这是个令人大惑不解的疑问。此二句给人间之梅花赋予了谪仙的身份，使她们虽降生大地，却终究超凡脱尘、气质迥异于人间众花。若不是作者对梅花高洁之品质有深刻理解，怎么能做此奇想而写此奇语和发此奇问？至于为何只写栽于江南而不说栽于天下，这大概是作者一生足迹未出江南，在他心中只有山川钟秀、人杰地灵的江南沃土才最适宜梅花生长。"雪满山中高士卧",梅花到底还是降临人间,不过她们既然素具仙骨,当然不屑生长于尘埃之中,而是栖居于远离尘世烦嚣的铺满大雪的深山,这才是这位孤高脱俗的隐士的心愿。人们说到梅花总会说她"傲霜斗雪",其实梅花又何尝逞勇好斗?雪满山中,她们却安稳酣卧,何尝想去与大雪逞强斗勇?"月明林下美人来",当然,梅花是世人愿意亲近的对象,如同美人。不过这美人既然是仙女下凡,俗人自然不能轻易窥到,若去闹市中寻觅则无异于水中捞月。人们应当摒弃俗念,洁身前往清风明月的林泉之下,才能见到她款款而来。她的神情是那样超朗娴雅,容貌又是那样清秀动人。这两句成为咏梅的千古名句,含义深刻——梅花像独立而无惊无惧的高士、秀雅而不艳不俗的美人,这正是那些人格独立、志趣高洁之士的象征。颈联"寒依疏影萧萧竹,春掩残香漠漠苔"二句分承上二句,进一步申说,山间苍苍秀竹自会主动与高士交往,他们清寒凄冷的萧萧竹声与梅花疏朗的身影相依相伴,他们的仪态显得更加高峻;山间那不起眼的广漠密蒙的青苔也知道爱怜美人,当梅花完成了报春使命、花瓣零落融蚀于春泥之时,他们也会展现出浓浓春意,去轻轻遮掩梅花残留的清香。这二句正常的顺序应该是"萧萧寒竹依疏影,漠漠春苔掩残香",作者把"寒"与"春"提到句首,凸显这二者才是展现"疏影""残香"的梅之精神,句尾的"竹""苔"则是梅花的辅助衬托。词序变化使得本诗境界全出,笔法甚为老到。尾联"自去何郎无好咏,东风愁寂几回开",何郎指南朝梁诗人何逊,作品有《扬州法曹梅花盛开》等诗。作者认为梅花的"好咏"佳作自何逊之后便没有了,梅花也在何逊去世之后便不逢知己,在漫长的岁月里、在寂寞愁寂的东风中开落了多少回。当然,何逊不是中国诗歌史上第一位咏梅的诗人,何逊之后的诗人们也创作了不少咏梅的名篇佳作。作者说何逊之后的近千年来只有自己才是梅花的知音,这显然目无古人、太过自负了。然而若没这份空前的自信,又如何能抛开古人旧作的陈规限制,别开生面地创作出这首千古佳作呢?整体上看,本诗清新雅丽,采用想象和象征手法,含义深刻。

《梅花九首》中还有一些清词丽句,颇富韵味,如"将疏尚密微经雨,似暗还明远在烟""淡淡霜华湿粉痕,谁施绡帐护香温""云暖空山栽玉遍,月寒深浦泣珠频""春愁寂寞天应老,夜色朦胧月亦香"等等。

此外,高启的一些五律也写得严谨工整、细致精练。《观鹅》云:

　　交睡春塘暖,萃香日欲曛。
　　嫩怜黄似酒,净爱白如云。
　　击乱思常侍,笼归忆右军。
　　沧波堪远泛,莫入野凫群。

写天鹅高洁的形象和对天鹅的崇高期待。《送陈则》云:

　　挟策去谁亲,侯门不礼宾。
　　愁边长夜雨,梦里少年春。
　　树引离乡路,花骄失意人。

> 一杯歌短调,相送欲沾巾。

写与友人陈则的依依惜别之情。都写得非常工致,含义隽永。

高启的一些绝句也写得清新自然、平易朴实。五绝如《阶前苔》:

> 莫扫雨余绿,任满闲阶路。
> 留着落来花,春泥免相污。

写居所前阶的苔藓在春雨过后长满台阶,清新明了,也表现了作者闲适恬静的心境。《寻胡隐君》云:

> 渡水复渡水,看花还看花。
> 春风江上路,不觉到君家。

写在一路春花与春水交互映衬的春天美景中寻访隐居友人,心情愉悦,可谓良辰美景赏心乐事,辞浅意深,耐人寻味。七绝如《逢吴秀才复送归江上》:

> 江上停舟问客踪,乱前相别乱余逢。
> 暂时握手还分手,暮雨南陵水寺钟。

写战乱之后与故人偶然相遇,停舟相互询问战乱之中的流离情况。然而在短暂的因为别来无恙而欣喜之后,却又要匆匆握别,还要为前途难测而怅惘。写得辞浅意深,读来感慨良多。《客中忆二女》云:

> 每忆门前两候归,客中长夜梦魂飞。
> 料应此际犹依母,灯下看缝寄我衣。

前二句作者写自己为客金陵,时常梦见两个爱女倚门相迎;后二句猜想女儿们在这夜深人静之时应该正依偎在她们的母亲身旁,看着母亲为父亲缝制衣服。作者把这种对女儿及家庭的思念之情写得深刻明了,朴实自然,充满温情。

高启善于以不同体裁和风格来表现不同题材和情感,或雄健豪放,或清新典雅,或严谨精练,或朴实自然,都写得含蓄蕴藉。从整体上看,其诗雄健豪放和清新典雅这两种风格的作品占多数。这与其本人的个性气质、高洁品性及人生经历密切关联。高启聪颖超群,生性敏感,情感丰富。他学养深厚,对现实和历史都有非常深入的思考和深刻的感受。他又人格独立,不肯曲己寄人,由元入明之后"不肯折腰为五斗米,不肯掉舌下七十城"(《青丘子歌》)。因此,他的诗风格多样,众体兼备,佳作甚多,展现了他诗歌创作艺术的高度成熟。其中,他的歌行体多写得豪迈雄健,因为这种诗体句式富于变化、篇幅比较随意,更适合用来表达他感慨深邃、跌宕起伏而又独特的思想情感,能够使他的情感自由抒发和充分表达。

虽然高启人生短暂，但他是明代成就最高的诗人，在中国诗歌发展史上占有不可忽视的地位。清代纪昀在《四库全书总目提要》中说："启天才高逸，实据明一代诗人之上。其于诗，拟汉魏似汉魏，拟六朝似六朝，拟唐似唐，拟宋似宋，凡古人之所长，无不兼之。振元末纤秾缛丽之习，而返之于正，启实为有力。"清代赵翼《瓯北诗话》中推他为明代"开国诗人第一"。毛泽东在自己的书法作品中称高启为"明朝最伟大的诗人"。

第三节 龚自珍诗歌的艺术特征

龚自珍存诗600余首,其诗以其特有的浪漫主义色彩描绘了他所生活的时代,表现了一位启蒙主义者理想与现实之间的矛盾,具有撼人心魄的艺术力量。鸦片战争之前的半个世纪,清王朝的统治江河日下,但是贵族地主统治阶层依然顽固自大、昏聩愚昧,沉醉于乾嘉盛世的迷梦里奢侈享乐,醉生梦死,在宋明理学的教条中蹒跚徘徊,奄无生气。龚自珍是近代中国睁开眼睛看世界的第一批地主阶级知识分子。他生于安乐而长于危难,在表面灯红酒绿、歌楼舞榭的太平景象中看到了潜藏的可能导致国破家亡、天翻地覆的社会危机,他的人生如同预示清王朝覆亡的秋叶和被当权的贵族地主高层排挤打击的落花。龚自珍把对社会黑暗腐败的揭露与渴望变革的理性结合起来,把坎坷不平的身世与江河日下的时局紧密联系起来,融化在他的诗歌里,从而使他的诗歌浸透着独特的浪漫主义色彩。

一、启蒙主义诗歌的浪漫抒情

龚自珍生活在清王朝江河日下的时代,其诗所表现的生活、理想、激情具有与前代浪漫主义诗歌不同的色彩。这首先表现在他作为一位启蒙主义者的理想和黑暗现实的深刻矛盾。

> 九州生气恃风雷,万马齐喑究可哀。
> 我劝天公重抖擞,不拘一格降人材。　　　　　　　　（《己亥杂诗·其二百二十》）

这首脍炙人口的佳作在其诗中有代表性。该诗把毫无生气的现实、生气勃勃的理想和渴望人才的激情有机结合在一起,形象渲染了作者理想与社会现实的矛盾。他呼唤社会变革的政治"风雷"到来,打破奄奄一息、毫无生气的状态,希望人才不被埋没,充分利用人才。这和他个性解放的思想密切关联,具有启蒙主义特点。这种动摇封建统治秩序的呼吁,自然会引起当时及后世有志改革者的共鸣。

现实社会的深刻危机使龚自珍反复吟咏他的忧患与渴望,也使他的诗歌蕴含着一股悲怆的情调。这是他的诗与前代浪漫主义诗歌最显著的差异。"忧患吾故物,明月吾故人"(《寒月吟》),"患难汝何物,屹者为汝动"(《自春徂秋,偶有所触,拉杂书之,漫不诠次,得十五首·其六》),他的忧患与生俱来,忧患经常触动他的心灵。"人事日龌龊,独笑时颇少"(《自春徂秋,偶有所触,拉杂书之,漫不诠次,得十五首·其十二》),现实社会严重的危机和看不到未来的前景,是他忧心忡忡的根本原因。由于政治高压和文字狱的恐怖,以及掌权的高层贵族地主阶级排挤打击,龚自珍不能直陈时弊直抒胸臆,"第一欲言者,古来难明言。姑将谲言之,未言声又吞"(《自春徂秋,偶有所触,拉杂书之,漫不诠次,得十五首·其十五》)。他不得不采取暗示、象征等手法,或用历史典故来寓意,或用自然景物来衬托，或用禽鸟动物来影射。"既窥豫让桥，复瞰轵深井。长跪奠一卮，风云扑人冷"（《自春徂秋，偶有所触，拉杂书之，漫不诠次，得十五首·其五》），用春秋战国时期两个刺客的典故来预示民众的反抗。面对"四海变秋气，一室难为春"的现实，龚自珍列举周、秦两代灭亡的历史教训："宗周若蠢蠢，燹纬烧为尘。所以慨慷士，不得不悲辛。看花忆黄河，对月思西秦。贵官勿三思，以我为杞人。"（《自春徂秋，偶有所触，拉杂书之，漫不诠次，得十五首·其二》）在历史上曾经是那样强大的西周和大秦也成为过客，不能不使人联想到清王朝的命运，"所以慨慷士，不得不悲辛"，形象深刻地写出当时正视现实的士大夫们忧患悲愤的原因。

龚自珍还善用对比和寓言来揭示封建社会的腐朽黑暗，这些对比和寓言也富于浪漫主义色彩。他有的诗色彩迷离绚丽，描绘出种种理想的生活图景，常常引起读者向往。《能令公少年行》中，作者将山林湖海之隐、金石书画之隐、茶烟口腹之隐、禅悦风情之隐……举凡文化传统中出现过的隐逸形态全部贯通一气，整合出一个"浩浩乎如冯虚御风，而不知其所止；飘飘乎如遗世独立，羽化而登仙"（苏轼《赤壁赋》）般奇异绚丽的精神世界，字里行间透出飞扬飘逸、雄放惬意。这首诗总结了那个时代知识分子群体所能想象出的最为适情放逸的境界，富于浪漫主义色彩。然而这一切都只是镜花水月。诗歌末尾云："噫嚱！少年万恨填心胸，消灾解难畴之功？吉祥解脱文殊童，著我五十三参中。莲邦纵使缘未通，他生且生兜率宫。"无论想象的意境多么美妙，现实却是那样黑暗，让人怅惘、绝望，无法消解填满心胸的"万恨"，只能寄希望于"他生且生兜率宫"。美妙的想象与残酷现实的强烈对比，增强了诗歌的感染力。

《反祈招》借周穆王远游的故事表达自己心中的志向。诗云：

春之崖，白云满家，褰其异花。
何山不可死，使我东徂？
春之麓，白云盈谷，褰其异玉。
何山不可死，使我东复？

诗歌展现了一个神妙的境界——在西王母居住的尾仑山上飘浮着朵朵白云的山谷里，到处是神奇美丽的异花奇草，到处有璀璨发光的珍宝美玉，这里什么地方不能作为你的终老归宿之所，有什么值得你留恋而偏要回到那东方的老家去呢？在艺术表现上，这首诗继承了《诗经》重章叠句、反复咏唱的手法，给人一种无可奈何的感受。龚自珍的带有启蒙主义思潮争取个性解放、渴望个人自由的理想，对于封建专制礼教思想具有某种破坏性。然而龚自珍又如"化作春泥更护花"（《己亥杂诗·其五》）的落花，对封建社会全盛时代的怀恋使他既憎恨现实又无法脱离现实，追求美好的未来却找不到通向未来的出路。本诗序云：

《反祈招》何为而作也？夫瑶池有白云之乡，赤鸟为美人之地，春山宝玉异花之所自出，羽陵异书之所藏。几厥数者，有一于此，老焉可矣，何必祇宫为哉！穆王自赋诗有之曰："居乐其寡。"即穆王实录也。

夷考王自入南郑以还，郁郁多故，东土山川非清和，人寿至促夭，辇辇盛姬，返踔道死，左右既无以为娱，车马所费，用度不足，更制锾赎，以充军国。史臣以耄荒书之。恩爱死亡，金钱乏绝，暮气迫于余生，丑名垂于青史。贵为天子，何异鳏民？享国百年，何翅朝露？

　　盖西王母早见及此也，是以其谣有之曰："将子毋死，尚复能来。"岂非悼此乐之不重，识人命之至短，讽之以留八骏之驭，决之以舍万乘之尊，窃窕伤骨，飘摇动心者乎！穆王不悟，不以乐生，乃以戚死。呜呼！慕虚名，受实祸，此其最古者矣。万乘且然，何况下士？尝以睱日读《祈招》之诗，翩然反之，作诗二章，以贻后之自桎梏者。所以祛群言，果孤往。世有确士，必曰：夫龚子之志荒矣。

作者自己已经意料到可能会受到一些读者指责，却偏要写这类作品，这正是他无法解决内心矛盾的反映。

奇异想象、古代史迹、神话故事、生活场景、偶然际遇等等，在龚自珍的诗中都可能别具深意。面对西方资本主义的经济侵略，尤其是卑鄙的鸦片贸易，直接威胁着帝制社会的经济安全，龚自珍把侵略者比为神话传说中凶狠阴险的大恶兽猰貐：

　　猰貐猰貐厉牙齿，求覆我祖十世祀。
　　我请于帝诅于鬼，亚驼巫阳莅鸡豕。　　　　　　　（《己亥杂诗·其一百七十一》）

　　昼梦亚驼告有喜，明年三月猰貐死。
　　大神羹臬殄臬子，焚香敬慰少昊氏。　　　　　　　（《己亥杂诗·其一百七十二》）

猛兽猰貐要断绝中华民族的祭祀，就是要斩断中华民族独立发展的历史，这是西方侵略者要鱼肉当时中国的形象表现。诗人上天入地请求救援，终于得到大神亚驼的帮助，一举消灭了怪兽猰貐，然后他欣慰地敬告中华民族传说中的祖先少昊氏。这首现实感很强的寓言诗，揭示了当时愈趋尖锐的民族矛盾，流露出对国家民族可能面临深重灾难的忧虑。诗歌想象中的胜利和现实当中清朝政权在西方侵略者面前处处于弱势，形成强烈对比。可以看出他的诗寓言与对比两种手法常常联结为用，如同经纬交织编成了当时社会生活中一幅幅鲜明的画面。

二、时代启蒙者的悲情特色

　　龚自珍是中国封建社会末路上的抒情诗人，又是资产阶级民主革命前夕的一位启蒙主义抒情诗人。他把自己的悲愤、怨恨、忧虑、感伤、欢乐和希望，甚至生平经历、交游问学等都用诗歌来表达，在诗歌中塑造了许多鲜明的抒情主人翁形象。这些形象带有当时地主阶级革新派中初步民主主义思想启蒙的特点，体现了时代启蒙者的悲情特色。"瓶花帖妥炉香定，觅我童心廿六年"（《午梦初觉怅然诗成》），他一生始终保持了童心般的纯洁心灵，与黑暗污浊的社会对抗。"何敢自矜医国手，药方只贩古时丹"（《杂诗》），不敢自矜为"医国手",想用"古时丹"来疗救社会故疾。然而清朝贵族地主高层怎么可能放弃既得利益呢?这就给其诗中如"医国手"等救济时弊者涂上了哀伤的悲剧色彩。"少年揽辔澄清意,倦矣应怜缩手时"(《己亥杂诗·其一百零七》),忧国忧民的情怀只换得满襟的清泪,救民水火之抱负改为退隐故园的不平。这些抒情形象也在失望牢骚之中显露出脆弱颓唐的情绪。《己亥杂诗·其一百零二》云:"网罗文献吾倦矣,选色谈空习性存。江淮狂生知我者,绿百字铭其言。"《己亥杂诗·其一百零七》又云:"今日不挥闲涕泪,渡江只怨别蛾眉。"时代启蒙者的孤独与哀伤在诗中表现得非常突出。

《秋心三首》作于1826年。作者第五次参加会试失败,加之好友谢阶树、陈沆、程同文等人相继辞世,就在这样异常凄凉落寞的心境中写了这三首诗。组诗主旨不仅在于为亡友招魂,也自伤沦落,反映了龚自珍这位启蒙者的希望与幻灭、痛苦与执着,集中展现了时代启蒙者的悲情特点。《秋心三首·其一》云:

秋心如海复如潮,但有秋魂不可招。
漠漠郁金香在臂,亭亭古玉佩当腰。
气寒西北何人剑,声满东南几处箫。
斗大明星烂无数,长天一月坠林梢。

开篇横空而出,写出了当时"四海变秋气"的社会形势,高层贵族地主阶级精神上空虚堕落,成了颓波难挽之秋魂。在这秋声四起、秋风萧瑟的冷落环境中,诗歌抒情主人公明言"秋魂不可招"。颔联抓住外在特征抒写主人公的形象,他臂上的香花和腰间的古玉象征了古雅高洁的精神,展现了典雅传统的色彩。颈联紧接诗意,集中写主人公的胸襟和才能。"剑"字象征了建功立业的理想壮志,"箫"则比喻文章学术的建树成就。当时研究中国边疆历史地理和社会状况成为风气,龚自珍在研究西北史地方面也颇有成就。他关心西北边防的建设和巩固,著有《西域置行省议》《北路安插议》和《御试安边绥远疏》等政论文,故云"气寒西北"。他在《又忏心一首》中云:

经济文章磨白昼,幽光狂慧复中宵。
来何汹涌须挥剑,去尚缠绵可付箫。

龚自珍渴望建功立业,著书立说,他把自我形象融合到诗歌主人公形象中。《秋心三首·其一》尾联写天上无数如斗大的灿烂明星想把月亮的光辉压下去,月亮也随着时空推移跌落中天、低挂林梢。这首诗以景喻人,暗示才智之士不为世用,反遭俗众排挤打击而落拓潦倒。诗中抒情主人公的形象曲折地反映了遭到顽固守旧的高层权贵集团排挤打击的具有启蒙精神的士大夫的不幸境遇,展现了一股悲凉不平之情。

《秋心三首·其二》云:

忽筮一官来阙下,众中俯仰不材身。
新知触眼春云过,老辈填胸夜雨沦。

> 天问有灵难置对,阴符无效勿虚陈。
> 晓来客籍差夸富,无数湘南剑外民。

本诗上承第一首进一步写才智之士在政治上的不幸遭遇,他们偶尔得到一官半职却投闲散置。"夜雨"一典出自杜诗,比喻故交。范成大有诗句"人情旧雨非今雨,老境增年是减年"(《丙午新正书怀十首·其一》),"旧雨"亦专称故交。此处用"春云过"比喻媚柔轻薄的新贵权势如春云覆空,用"夜雨沦"暗示自己故交好友都沉沦寥落。五、六两句写不为世用的彷徨,像战国屈原《天问》那样呵天问地激越的呼喊,像古代经典《阴符经》那样经邦治国的抱负,都没有实现的机会,概括了当时一批启蒙思想家在政治上的不遇,具有重要的典型意义。尾联笔锋一转,把目光从日益溃败的朝廷转向新一代人物身上。"客籍"即其政论《古史钩沉论》中的"宾",他们不为旧王朝殉葬,却可以为新政权服务。作者在《尊隐》一文中又提出了蓬勃兴起的"山中之民"。"客籍""宾""山中之民"实则是同一种人的三种不同称谓,他们是作者赞美并且寄托希望的新人物。联系作者的人生和思想可知,他把希望放在地主阶级中具有启蒙精神的革新人物身上。这些革新人物是当时中国逐步发展起来的资本主义在思想政治上的代表,是即将崛起的新政治力量。

《秋心三首·其三》云:

> 我所思兮在何所,胸中灵气欲成云。
> 槎通碧汉无多路,土蚀寒花又此坟。
> 某水某山埋姓氏,一钗一佩断知闻。
> 起看历历楼台外,窈窕秋星或是君。

本诗全写抒情主人公的幻想。首联二句,"所思"是"胸中灵气"集聚而成的,如云彩般缥缈不实。颔联"槎通碧汉无多路,土蚀寒花又此坟",这幻想如遥远广漠的银河,没有舟楫可以渡过;这幻想又如存在久远的古坟里的钗佩,土花斑驳,多处锈蚀。这两句暗写作者期望的政治改革是通过阐发古代行之有效的方法措施来实现的,即所谓"钟虡苍凉行色晚,狂言重起廿年暗"(《己亥杂诗·其十四》)。不过,作者借以表现政治主题的艺术形象却显得比较虚。颈联"某水某山"则地点不详,"埋姓氏"姓名不详,"一钗一佩"也不清晰。借古人道具演出新的历史场面是晚清维新运动的一个特点。从龚自珍的"古时丹"发展到康有为的托古改制,都是打着古代圣贤及其思想方法的旗号来推行新的政治活动。由于相关的思想方法未必完全成熟或切实可行,因此既要在诗歌中有所表达,但又不能和盘托出,只好描绘一种笼统的意象或塑造某种虚多于实的境界,犹如给所写对象披上一层帷幕。尾联写一个想象画面,理想犹如遥远天空的秋星,明亮而又美丽,亦关合招魂主题。

《秋心三首》不仅塑造了一个富有文化修养、胸怀救国大志的抒情主人公形象,这个形象也是一个饱受打击、不为世用而不得不把希望寄托在并不清晰的未来的悲剧形象。这个艺术形象概括地反映了鸦片战争前的半个多世纪中,地主阶级中部分有才能、有远见知识分子的不幸遭遇。在这形象中含蕴的怨恨和悲愤、抑郁和渴望不仅能感染当时的读者,也为后代读者所同情。

龚自珍的一些诗既有抒情又有议论,但一般不涉事实,议论亦不具体,而是把现实社会的某些普遍现象提升到历史高度,提出问题和抒发感慨,表达自己的态度和愿望。其诗中的政论既不显得抽象,也不显得散文化。其诗文辞如"月怒""花影怒""太行飞""太行怒""爪怒""灵气怒"等等,把寻常景物写得虎虎生气,动人耳目,激起读者不寻常的想象。又如《西郊落花歌》描写落花,"如八万四千天女洗脸罢,齐向此地倾胭脂……又闻净土落花深四寸,冥目观想尤神驰……安得树有不尽之花更雨新好者,三百六十日长是落花时",将容易引起感伤的衰败景物描写成非常壮丽的景象,可谓想落天外。《己亥杂诗·其五》曰:

浩荡离愁白日斜,吟鞭东指即天涯。
落红不是无情物,化作春泥更护花。

从衰败中看出新生。

古代伟大的浪漫主义诗人屈原、李白都塑造了极富艺术感染力的形象。龚自珍推崇他们,也从他们的作品中吸取养分。然而由于时代不同,他们诗歌中的抒情形象又各有特点。龚自珍作为地主阶级中的先进知识分子,在封建社会渐趋没落的时候,找不到实现自己政治理想的机会和空间,不为统治阶级上层所容,这当然是时代的悲剧。因此,其诗中的抒情形象也具有较强的悲剧色彩,具有典型的时代意义。

三、构思灵活多变

龚自珍《己亥杂诗·其一百四十二》云:

少年哀艳杂雄奇,暮气颓唐不自知。
哭过支硎山下路,重钞梅冶一卷诗。

说他从少年时期开始写诗就"哀艳杂雄奇",含有追求艺术构思多变之意。他将多种不同的事物信手拈来,如水光花影,自生姿彩。

龚自珍善于将抒情议论有机结合,使诗歌雄辩而又富于感染力。《十月廿夜大风不寐起而书怀》灵活运用比兴手法,从描述自然现象转入评述社会现象,相互对比映衬,环境气氛有力烘托了主题。开头写寒风骤至:

西山风伯骄不仁,虩如醉虎驰如轮。
排关绝塞忽大至,一夕炭价高千缗。
城南有客夜兀兀,不风尚且凄心神。

京城寒风骤然来临,因而炭价陡起,民生艰危。

> 家书前夕至,忆我人海之一鳞。
> 此时慈母拥灯坐,姑倡妇和双劳人。
> 寒鼓四下梦我至,谓我久不同艰辛。
> 书中隐约不尽道,惝恍悬揣如闻呻。

家书到来,作者遥想江南慈母灯前坐下,"姑倡妇和",一派温暖和睦的景象。与京城的寒冽对比,然后转而评述社会现象。

> 我方九流百氏谈宴罢,酒醒炯炯神明真。
> 贵人一夕下飞语,绝似风伯骄无垠。
> 平生进退两颠簸,诘屈内讼知缘因。
> 侧身天地本孤绝,划乃气悍心肝淳!
> 欹斜谑浪震四坐,即此难免群公瞋。
> 名高谤作勿自例,愿以自讼上慰平生亲。
> 纵有噫气自填咽,敢学大块舒轮囷?

作者以不凡的笔力,直把贵人与寒风类比,凸显了贵族官僚之阴冷凶残。然后紧紧连接,一气直下,写自己在京城的遭遇。作者作为思想先进的启蒙者,其言行处处不合官场流俗,被守旧的上层官僚贵族视为眼中钉,并受到他们的迫害。而且他还不能为自己辩护,"纵有噫气自填咽",在官场上吞声咽气,孤立无援,感到欲哭无泪。可见他受贵族官僚逼迫之强烈,及自己内心悲愤之深广。之后是一个细节描写:

> 起书此语灯焰死,狸奴瑟缩偎幰茵。

作者把自己比作灯灭之下瑟缩依偎在幰毯上的猫,象征上层贵族官僚压制迫害之下黑暗窒息的社会氛围,并与诗歌开头孤独悲愤的情绪呼应。诗歌结尾云:

> 安得眼前可归竟归矣,风酥雨腻江南春。

用归隐江南来回应这些贵族官僚的攻击排挤,又用江南风酥春暖来对比北方冬寒风骤,形象有力地凸显了作者与上层官僚贵族的矛盾难以调和。构思上,由自然之风转入社会之风,由家书怀念远客京城的自己转为自己怀念故乡,从眼前北方的寒冽彻骨转为展望江南故乡的和润温暖,起伏开合,灵活多变。本诗形象有力地谴责上层达官贵族骄横跋扈,也表达了自己遭受压抑迫害的愤懑,思想深刻。

龚自珍的诗多集中写一个故事,或刻画一种事物,或描绘一个境界,全诗叙写对象不变,通过层层铺叙,逐层深入,叙议结合,最后揭示主题。《能令公少年行》就是这种类型的代表。本诗开头即点出全诗主旨,"蹉跎乎公!公今言愁愁无终",引出以歌酒解愁的相关活动和想象,给全诗定下忧思绵长的基调。中间大段逐层展开,酣畅淋漓地描绘了一个理想境界。这种境界使读者"可以怡魂而泽颜焉"。这一段描写得愈美丽动人，铺叙得愈深入，下文转折就愈显得突出善变——"噫嚱！少年万恨填心胸，消灾解难畴之功"，回归忧虑愁恨的基调，美丽的幻境更衬托出作者对现实的忧恨。诗末云："吉祥解脱文殊童，著我五十三参中。莲邦纵使缘未通，他生且生兜率宫。"作者在对现实的无奈和绝望之中，将希望寄托在未来托生佛国，呼应诗歌开头"愁无终"的主题。本诗没有直接叙写现实，中间大段诗句避实就虚，只写美妙的理想境界，但却反衬出作者在严峻现实之中绝望的心绪。

龚自珍诗歌在构思上还有一些创新，比如《己亥杂诗》有单首绝句抒写一个主题，也有十余首绝句组成组诗抒写一个主题的；描写自然景物与叙议人事互相生发；欲扬先抑，转折跌宕；等等。

龚自珍用古典诗歌表现新的启蒙思想，构思灵活多变，这就是其诗之所以"奇"的一个重要原因，对近代诗歌的发展产生了积极影响。他的诗有的瑰丽，有的朴实；有的古奥，有的平易；有的生僻，有的通俗；有的清丽自然，有的沉着老练；有的用典过繁、过生显得艰深，有的过于含蓄曲折而显得隐晦。他的优秀诗篇以其思想的深刻性和艺术的独创性，别开生面，异于唐宋，开创了中国古典诗歌的新时代，也开创了近代诗发展的新风貌。

复习思考题

1. 明清时期出现了哪些诗歌流派？这些诗派各自的创作主张是什么？分别有哪些代表作家和作品？
2. 高启的诗歌创作心态。
3. 龚自珍的思想与诗歌创作。

进一步阅读建议

1. 〔明〕于谦著：《于谦集》，魏得良点校，浙江古籍出版社，2015年。
2. 〔明〕李东阳撰：《李东阳集》，周寅宾、钱振民校点，岳麓书社，2008年。
3. 〔明〕李梦阳撰：《李梦阳集校笺》，郝润华校笺，中华书局，2020年。
4. 〔清〕吴梅村著：《吴梅村诗选》，叶君远选注，人民文学出版社，2000年。
5. 〔清〕纳兰性德撰：《饮水词校笺》，赵秀亭、冯统一校笺，中华书局，2015年。
6. 〔清〕纳兰性德著：《纳兰词今译》，盛冬玲译注，中华书局，2019年。
7. 〔清〕龚自珍著：《龚自珍诗集编年校注》，刘逸生、周锡馥校注，上海古籍出版社，2013年。
8. 夏承焘、张璋编选：《金元明清词选》，人民文学出版社，2005年。
9. 李伯齐、李斌选注：《李攀龙诗选》，人民文学出版社，2009年。
10. 熊礼汇选注：《公安三袁》，岳麓书社，2000年。
11. 王英志选注：《袁枚诗选》，人民文学出版社，2009年。
12. 赵伯陶选注：《王士禛诗选》，人民文学出版社，2009年。
13. 刘新文编著：《明清诗选评》，人民出版社，2019年。
14. 锺振振主编：《金元明清词鉴赏辞典》，商务印书馆国际有限公司，2019年。
15. 孙之梅选注：《钱谦益诗选》，人民文学出版社，2009年。
16. 孙克强、裴喆编辑校点：《龚鼎孳全集》，人民文学出版社，2014年。
17. 饶龙隼选注：《何景明诗选》，人民文学出版社，2009年。
18. 李圣华选注：《高启诗选》，中华书局，2005年。
19. 张兵、冉耀斌选注：《李梦阳诗选》，人民文学出版社，2009年。
20. 上海辞书出版社文学鉴赏辞典编纂中心编：《元明清词鉴赏辞典》，上海辞书出版社，2017年。
21. 上海辞书出版社文学鉴赏辞典编纂中心编：《元明清诗鉴赏辞典》，上海辞书出版社，2018年。

参 考 文 献

〔汉〕司马迁著:《史记》,中华书局,2006年。
〔汉〕班固撰:《汉书》,中华书局,2007年。
〔晋〕陈寿撰:《三国志》,〔宋〕裴松之注,中华书局,2006年。
〔宋〕范晔撰:《后汉书》,中华书局,2007年。
〔梁〕沈约撰:《宋书》,中华书局,1974年。
〔梁〕萧子显撰:《南齐书》,中华书局,1972年。
〔梁〕释慧皎撰:《高僧传》,汤用彤校注,汤一玄整理,中华书局,1992年。
〔北齐〕魏收撰:《魏书》,中华书局,1974年。
〔唐〕姚思廉撰:《梁书》,中华书局,1973年。
〔唐〕姚思廉撰:《陈书》,中华书局,1972年。
〔唐〕李百药撰:《北齐书》,中华书局,1972年。
〔唐〕房玄龄撰:《晋书》,中华书局,1974年。
〔唐〕魏徵、令狐德棻撰:《隋书》,中华书局,1973年。
〔唐〕令狐德棻等撰:《周书》,中华书局,1971年。
〔唐〕李延寿撰:《北史》,中华书局,1974年。
〔唐〕李延寿撰:《南史》,中华书局,1975年。
〔唐〕刘肃撰:《大唐新语》,许德楠、李鼎霞点校,中华书局,1984年。
〔后晋〕刘昫等撰:《旧唐书》,中华书局,1975年。
〔五代后蜀〕赵崇祚辑:《花间集全译》,房开江注,崔黎民译,贵州人民出版社,1997年。
〔南唐〕李璟、李煜撰:《南唐二主词校订》,〔宋〕无名氏辑,王仲闻校订,中华书局,2007年。
〔宋〕薛居正等撰:《旧五代史》,中华书局,1976年。
〔宋〕柳永著:《乐章集校注》,薛瑞生校注,中华书局,1994年。
〔宋〕欧阳修、宋祁撰:《新唐书》,中华书局,1975年。
〔宋〕欧阳修撰:《新五代史》,〔宋〕徐无党注,中华书局,1974年。
〔宋〕司马光编著:《资治通鉴》,中华书局,2007年。
〔宋〕苏轼撰:《东坡词编年笺证》,薛瑞生笺证,三秦出版社,1998年。
〔宋〕辛弃疾著:《稼轩词编年笺注》,邓广铭笺注,上海古籍出版社,2018年。
〔宋〕姜夔著:《白石诗词集》,人民文学出版社,1998年。

〔宋〕刘克庄著：《后村词笺注》，钱仲联笺注，上海古籍出版社，1980年。
〔宋〕周密编纂：《绝妙好词译注》，邓乔彬、彭国忠、刘荣平撰，上海古籍出版社，2000年。
〔元〕赵孟頫著：《松雪斋文集》，钱伟强点校，浙江人民美术出版社，2019年。
〔元〕脱脱等撰：《宋史》，中华书局，1985年。
〔明〕钟惺著：《隐秀轩集》，李先耕、崔重庆标校，上海古籍出版社，1992年。
〔明〕陈子龙著：《陈子龙诗集》，施蛰存、马祖熙标校，上海古籍出版社，2006年。
〔清〕吴伟业著：《吴梅村全集》，李学颖集评标校，上海古籍出版社，1990年。
〔清〕顾炎武著：《顾亭林诗集汇注》，王蘧常辑注，吴丕绩标校，上海古籍出版社，2006年。
〔清〕王夫之著：《王船山诗文集》，中华书局，1962年。
〔清〕朱彝尊、汪森编：《词综》，上海古籍出版社，2005年。
〔清〕王士禛著：《王士禛全集》，袁世硕主编，齐鲁书社，2007年。
〔清〕查慎行著：《查慎行选集》，聂世美选注，上海古籍出版社，2019年。
〔清〕沈德潜等编：《清诗别裁集》，上海古籍出版社，2008年。
〔清〕王昶辑：《明词综》，王兆鹏校点，辽宁教育出版社，1997年。
〔清〕赵翼著：《廿二史札记校证》，王树民校证，中华书局，1984年。
〔清〕董诰等编：《全唐文》，中华书局，1983年。
〔清〕王文诰辑注：《苏轼诗集》，孔凡礼点校，中华书局，1982年。
〔清〕顾太清、奕绘著：《顾太清奕绘诗词合集》，张璋编校，上海古籍出版社，1998年。
〔清〕沈德潜选：《古诗源》，中华书局，1963年。
〔清〕严可均校辑：《全上古三代秦汉三国六朝文》，中华书局，1958年。
〔清〕陈衍选编：《宋诗精华录》，高克勤点校集评，上海古籍出版社，2019年。
〔清〕上彊村民重编：《宋词三百首笺注》，唐圭璋笺注，上海古籍出版社，1996年。

傅德岷等主编：《唐诗鉴赏辞典》，上海科学技术文献出版社，2019年。
傅刚著：《魏晋南北朝诗歌史论》，商务印书馆，2017年。
傅璇琮、蒋寅主编：《中国古代文学通论》，辽宁人民出版社，2005年。
高灌缨选编：《明诗三百首》，海南国际新闻出版中心，1995年。
郭杰、李炳海、张庆利著：《先秦诗歌史论》，吉林教育出版社，1995年。
郭绍虞著：《中国文学批评史》，百花文艺出版社，2008年。
胡国瑞著：《魏晋南北朝文学史》，上海文艺出版社，1980年。
胡俊林著：《永嘉四灵暨江湖派诗传》，吉林人民出版社，2000年。
胡适著：《白话文学史》，东方出版社，2012年。
黄宝华选注：《黄庭坚选集》，上海古籍出版社，1991年。
黄畲笺注：《欧阳修词笺注》，中华书局，1986年。
李圣华选注：《高启诗选》，中华书局，2005年。

李中华著：《中国古代文学风貌与文学精神》，湖北人民出版社，2005年。
刘大杰著：《中国文学发展史》，上海古籍出版社，1997年。
刘乃昌编著：《姜夔词新释辑评》，中国书店，2001年。
刘忆萱选注：《李清照诗词选注》，上海古籍出版社，1981年。
龙建国著：《唐宋词与传播》，百花洲文艺出版社，2004年。
龙榆生编选：《唐宋名家词选》，上海古籍出版社，1980年。
龙榆生编选：《近三百年名家词选》，上海古籍出版社，2014年。
逯钦立辑校：《先秦汉魏晋南北朝诗》，中华书局，2017年。
罗根泽著：《中国文学批评史》，上海书店出版社，2003年。
罗斯宁、彭玉平编著：《宋辽金元文学史》，中山大学出版社，1999年。
罗锡诗、夏晴编著：《魏晋南北朝隋唐文学史》，中山大学出版社，1999年。
裴世俊选注：《钱谦益诗选》，中华书局，2005年。
戚世隽、董上德编著：《明清文学史》，中山大学出版社，1999年。
钱穆著：《国史大纲》，商务印书馆，2017年。
钱锺书：《宋诗选注》，人民文学出版社，2005年。
钱仲联校注：《剑南诗稿校注》，上海古籍出版社，1985年。
任自斌、和近健主编：《诗经鉴赏辞典》，河海大学出版社，1989年。
沈祖棻著：《宋词赏析》，上海古籍出版社，1980年。
史仲文著：《两宋词史》，中国社会出版社，2005年。
孙立、师飙编著：《先秦两汉文学史》，中山大学出版社，1999年。
孙钦善选注：《龚自珍诗词选》，中华书局，2006年。
唐圭璋编：《全金元词》，中华书局，1979年。
唐圭璋编纂：《全宋词》，王仲闻参订，孔凡礼补辑，中华书局，1999年。
陶尔夫、刘敬圻著：《南宋词史》，黑龙江人民出版社，2005年。
陶然著：《金元词通论》，上海古籍出版社，2010年。
王双启编著：《陆游词新释辑评》，中国书店，2001年。
王双启、郝世峰、孙昌武、马光琅选注：《历代豪放词选》，贵州人民出版社，1984年。
王水照选注：《苏轼选集》，上海古籍出版社，1984年。
王水照主编：《宋代文学通论》，河南大学出版社，1997年。
王兆鹏著：《唐宋词史论》，人民文学出版社，2000年。
吴梅著：《词学通论》，复旦大学出版社，2005年。
吴书荫、金德厚点校：《陈与义集》，中华书局，1982年。
吴小如等撰写：《汉魏六朝诗鉴赏辞典》，上海辞书出版社，2016年。
吴熊和著：《唐宋词通论》，浙江古籍出版社，1985年。
萧涤非等著：《唐诗鉴赏辞典》，上海辞书出版社，1983年。
严迪昌著：《清词史》，江苏古籍出版社，1990年。
杨海明著：《唐宋词论稿》，浙江古籍出版社，1988年。
游国恩等主编：《中国文学史》，人民文学出版社，1963年。

袁行霈著：《中国诗歌艺术研究》，北京大学出版社，1996年。
袁行霈主编：《中国文学史》，高等教育出版社，1999年。
曾昭岷、曹济平、王兆鹏、刘尊明编撰：《全唐五代词》，中华书局，1999年。
张仲谋著：《明词史》，人民文学出版社，2020年。
章培恒、骆玉明主编：《中国文学史》，复旦大学出版社，1996年。
郑振铎编：《中国文学研究》，上海书店，1981年。
郑振铎著：《插图本中国文学史》，北京出版社，1998年。
郑振铎著：《中国俗文学史》，东方出版社，2012年。
周啸天主编：《唐诗鉴赏辞典补编》，四川文艺出版社，1990年。
周义敢、程自信等校注：《秦观集编年校注》，人民文学出版社，2001年。
周裕锴著：《宋代诗学通论》，上海古籍出版社，2019年。
朱德才主编：《增订注释王沂孙张炎词》，文化艺术出版社，1999年。
朱东润主编：《中国历代文学作品选》，上海古籍出版社，2008年。
北京大学古文献研究所编：《全宋诗》，北京大学出版社，1998年。
中华书局编辑部点校：《全唐诗》，中华书局，1999年。

白葵阳：《风骚各领的山水华章——谢灵运、谢朓山水诗比较》，《常州师专学报》（社科版）2002年第3期。
毕士奎：《秦月汉关寄边情——王昌龄边塞诗思想价值论略》，《苏州教育学院学报》2001年第3期。
蔡彦峰：《玄学与陶渊明诗歌考论》，《中国韵文学刊》2013年第1期。
蔡燕：《论初唐四杰的人格精神与唐诗刚健风格的形成》，《曲靖师范学院学报》2003年第5期。
蔡燕飞：《论李贺诗歌的陌生化取向——贺诗独特风格成因探析》，《湘潭师范学院学报》（社会科学版）2006年第5期。
曹芬：《高适、岑参边塞诗比较》，《安徽农业大学学报》（社会科学版）2006年第4期。
曹柯新：《人生的诗意解读——论〈古诗十九首〉的生命意识》，《山东文学》2008年第3期。
曹启勇：《浅议范仲淹词的特征》，《美与时代》2013年第11期。
曹辛华：《论秦观词调选、用特点及其意义》，《北京大学学报》（哲学社会科学版）2012年第5期。
曹志平：《论柳永词的传播及其文化价值》，《华中师范大学学报》（人文社会科学版）2001年第5期。
常昭：《冰炭满怀抱　欣慨交心胸——陶渊明诗歌总体风格新论》，《广西师范大学学报》（哲学社会科学版）1999年第1期。
车茂立：《李贺诗歌冷艳鬼才的特点初探——与李白诗歌在意象使用上的比较》，《名作欣赏》2015年第26期。

陈碧娥：《论阮籍〈咏怀诗〉审美意象的多重性》，《西南民族大学学报》（人文社科版）2003年第6期。

陈才智：《古典诗歌的阅读与理解——以白居易的〈琵琶行〉为例》，《杜甫研究学刊》2016年第2期。

陈静：《李白七绝艺术风格论》，《兵团教育学院学报》2002年第1期。

陈尚君：《李白诗歌文本多歧状态之分析》，《学术月刊》2016年第5期。

陈斯怀：《充满张力的情思——〈古诗十九首〉情感思想论析》，《辽宁师范大学学报》（社会科学版）2006年第6期。

陈维志：《试论王维、王昌龄边塞诗的成就》，《西北第二民族学院学报》（哲学社会科学版）1996年第1期。

陈向东：《浅谈汉乐府民歌的艺术特色》，《湖南社会科学》1999年第2期。

陈咏红：《韩愈诗审美理想新探》，《广州大学学报》（社会科学版）2004年第9期。

陈友冰：《李贺诗歌的唐宋接受》，《文学评论》2008年第1期。

陈玉洁：《鸟意象：阮籍咏怀诗中的边缘化表达》，《北方文学》2020年第6期。

陈岳芬：《北宋时期柳永词的传播与接受》，《暨南学报》（哲学社会科学版）2006年第3期。

陈云：《汉乐府风俗文化及其美学阐释研究》，《戏剧文学》2016年第9期。

储兆文：《论杜审言、沈佺期、宋之问的山水诗》，《唐都学刊》1999年第1期。

崔桂萍：《论刘禹锡诗歌的艺术个性——在中唐诗歌新变背景中考察》，《南京理工大学学报》（社会科学版）2006年第2期。

崔际银：《李商隐诗歌名篇臆见》，《苏州科技大学学报》（社会科学版）2021年第3期。

崔璐璐：《论〈古诗十九首〉抒情艺术的超越性》，《文学界》（理论版）2011年第6期。

崔森：《从柳宗元寓言诗论其对永贞革新的复杂心态》，《中北大学学报》（社会科学版）2017年第1期。

崔月华：《〈庄子〉与〈离骚〉浪漫主义之异同》，《聊城大学学报》（社会科学版）2004年第1期。

邓乐群：《杜甫的别类才情及其诗歌表现》，《江海学刊》2011年第6期。

邓乔彬：《农业文化与〈诗经〉的史诗及饥者劳者之歌》，《南阳师范学院学报》（社会科学版）2003年第1期。

邓乔彬：《秦观"词心"析论》，《文学遗产》2004年第4期。

邓乔彬、周韬：《唐宋词乐的发展变化与柳永苏轼词》，《东南大学学报》（哲学社会科学版）2007年第4期。

董兰、高云亮：《浅论龚自珍诗歌中的爱国主义》，《青年文学家》2016年第21期。

董连祥：《论山水·述离居·叙情怨——略说沈佺期、宋之问诗歌的意蕴、意象》，《昭乌达蒙族师专学报》（汉文哲学社会科学版）2001年第2期。

董小伟：《陶渊明诗歌的艺术风格与人生哲理》，《文教资料》2005年第32期。

董志全：《曹植诗歌艺术探微》，《辽宁广播电视大学学报》2006年第2期。

杜亭：《苏轼与辛弃疾词风例析》，《文学教育》2013年第8期。
杜晓勤：《初唐四杰与儒、道思想》，《文学评论》1995年第5期。
方伟平：《浅析李清照词的言情特色》，《名作欣赏》2015年第35期。
房本文：《唐人选唐诗中李白诗歌异文刍议》，《文学遗产》2012年第3期。
房日晰：《范仲淹王安石词比较论》，《古典文学知识》2011年第3期。
冯明霞：《再谈"闺阁豪杰词坛独步"之感想——李清照词的风格与独创性》，《社会心理科学》2009年第3期。
冯淑静：《阮籍〈咏怀〉诗的艺术特色》，《济南交通高等专科学校学报》2002年第1期。
符佑玺：《李贺诗歌的生命意识和审美价值》，《曲靖师范学院学报》2007年第5期。
傅正义：《中国诗歌"二源"合"一流"嬗变大势的初步确立者——曹植》，《重庆工商大学学报》（社会科学版）2011年第6期。
高峰：《孟浩然诗歌的艺术精神》，《古典文学知识》2002年第6期。
高海兰：《略论〈九歌〉的艺术特色》，《青海师专学报》（教育科学）2005年第2期。
高恒文：《孟浩然诗歌艺术特征新探》，《天津师范大学学报》（社会科学版）2001年第2期。
高林清：《白居易诗歌的叙事结构模式探微》，《龙岩师专学报》2003年第4期。
高梦纳：《试论范仲淹词的美学特征》，《安徽文学》2015年第7期。
高坡：《苏轼与秦观词艺术风格比较》，《吉林广播电视大学学报》2005年第4期。
高玉林：《浅谈曹植诗歌的艺术成就》，《湖北师范学院学报》（哲学社会科学版）2006年第4期。
郜林涛：《谢灵运山水诗的艺术成就》，《名作欣赏》2000年第2期。
葛晓音：《陈子昂与初唐五言诗古、律体调的界分——兼论明清诗论中的"唐无五古"说》，《文史哲》2011年第3期。
耿春梅：《细琢淡品 悲欢空切——李清照词的艺术特色探析》，《名作欣赏》2011年第3期。
耿甦：《奇峭诡怪 奇思苦吟——浅析李贺诗歌的艺术特色》，《淮南师范学院学报》2006年第5期。
龚贤：《李商隐无题诗创作艺术说略》，《写作》2005年第3期。
龚贤：《孟浩然诗歌艺术说略》，《写作》2006年第5期。
巩玲玲、王艳冰：《〈诗经〉婚姻爱情诗研究》，《青年文学家》2021年第15期。
谷振声：《〈诗经〉爱情诗美学特征论》，《辽宁师专学报》（社会科学版）2005年第2期。
顾云清：《试析王维山水诗的禅意》，《辽宁师专学报》（社会科学版）2006年第4期。
郭晓凤：《论李白诗歌的艺术特点》，《黑龙江教育学院学报》2006年第5期。
郭艳华：《宋夏休战与柳永词的"盛世"之音》，《北方民族大学学报》（哲学社会科学版）2016年第6期。
韩晓光：《意惬关飞动 篇终接混茫——杜甫诗歌结尾艺术管窥》，《杜甫研究学刊》2008年第4期。

郝清菊：《浅论陶渊明诗歌的感伤特征与审美价值》，《河南师范大学学报》（哲学社会科学版）1997年第5期。

何方形：《柳宗元诗歌的审美时空》，《固原师专学报》2005年第2期。

何梅琴：《评析左思〈咏史〉诗》，《名作欣赏》2005年第10期。

何兴楚：《也说高适岑参诗歌的比较研究》，《黄冈师范学院学报》2007年第2期。

贺锐：《左思〈咏史〉诗中艺术形象的意义》，《延安职业技术学院学报》2009年第1期。

洪迎华：《论苏轼对刘禹锡诗歌的创作接受和理论发展》，《长江学术》2008年第4期。

洪越：《读者与作者的"竞争"——论晚唐五代杜牧形象的生成》，《文艺研究》2021年第9期。

胡传志：《天放奇葩角两雄——陆游与元好问诗歌比较论》，《北京大学学报》（哲学社会科学版）2010年第4期。

胡大雷：《从汉代的采风政策与董仲舒的家庭观看汉乐府民歌妇女形象》，《玉林师范学院学报》2002年第2期。

胡可先、徐迈：《风格·渊源·地位：欧阳修词论》，《河南社会科学》2012年第2期。

胡如虹：《论汉乐府民歌叙事诗》，《湖南城市学院学报》2006年第1期。

黄桂凤：《杜甫李商隐咏物诗之比较》，《古籍整理研究学刊》2016年第4期。

黄连平：《放翁原具自家真——浅谈陆游词的内容特色》，《中国青年政治学院学报》2005年第5期。

黄润之：《谈谈杜甫诗歌的艺术风格》，《上海金融高等专科学校学报》2002年第2期。

黄邵英：《柳永词作的精神特质与美学风格》，《广西师范学院学报》（哲学社会科学版）2007年第1期。

黄松毅：《论〈诗经〉史诗的仪式功能——少数民族史诗参照视野下的〈诗经〉史诗》，《民族文学研究》2006年第2期。

黄晓辉、周兴柳：《试析〈诗经〉爱情诗中的女性形象美》，《名作欣赏》2016年第29期。

黄兴华：《从〈诗经〉怨刺诗看先秦时代的理性精神》，《河北自学考试》2007年第5期。

黄于兰：《简论李煜词之"美"的三个层面》，《吉首大学学报》（社会科学版）2015年第1期。

季惟尊：《高启七律的艺术风格》，《名作欣赏》2018年第33期。

贾长营：《气韵雄浑 慷慨悲凉——浅谈曹操的诗歌》，《北京广播电视大学学报》2000年第1期。

江枰：《论刘禹锡咏史诗前后期内容上的差异及成因》，《兰州学刊》2004年第4期。

江艳华：《阮籍"咏怀"诗的玄学特征》，《云南师范大学学报》（哲学社会科学版）1998年第6期。

姜艳华：《浅析王维山水诗的艺术特色》，《内蒙古电大学刊》2002年第2期。

蒋寄红：《大气磅礴 神奇变幻——析韩愈诗歌艺术特色》，《理论与创作》2001年第3期。

蒋寄红：《论曹操的诗歌创作艺术》，《湖南社会科学》2003年第3期。

蒋南华：《重读〈九歌〉——再论屈原〈九歌〉的思想内容及艺术成就》，《黔南民族师范学院学报》2003年第4期。

蒋寅：《超越之场：山水对于谢灵运的意义》，《文学评论》2010年第2期。

金秋、匡永亮：《辛弃疾词对楚辞的继承与发展》，《鸡西大学学报》2016年第8期。

靳娟：《论汉乐府民歌的艺术特色及文化价值》，《兰台世界》2012年第36期。

景遐东、许玲玲：《王维诗歌色彩词运用探析》，《湖北师范大学学报》（哲学社会科学版）2020年第4期。

孔瑞明：《曹操诗歌的民歌特色和文人性》，《名作欣赏》2000年第3期。

邝奕子：《"多少楼台烟雨中"——从杜牧诗看自然之道中的历史感》，《南开学报》（哲学社会科学版）2016年第5期。

赖爱清：《王维诗歌中的"天人合一"思想》，《北京理工大学学报》（社会科学版）2009年第6期。

兰翠：《初唐四杰诗歌中的民族情感探析》，《烟台大学学报》（哲学社会科学版）2020年第6期。

雷恩海：《略论韩愈诗歌的创新》，《贵州社会科学》1995年第4期。

冷成金：《苏轼词对现实悲剧性的审美超越》，《河北学刊》2016年第3期。

冷成金：《论欧阳修词的悲剧意识——兼与晏殊、张先词比较》，《甘肃社会科学》2019年第5期。

李保华：《汉乐府诗与〈古诗十九首〉艺术特征的异同》，《南都学坛》2007年第1期。

李晨：《文学史的选择：论龚自珍诗歌的"经典化"》，《文学遗产》2020年第3期。

李谷乔：《浅谈陈子昂的诗歌理论及〈感遇诗〉》，《吉林省教育学院学报》2007年第6期。

李海莉：《论王昌龄边塞诗的情感内容》，《怀化学院学报》2008年第3期。

李恒：《苏轼谐趣词对辛弃疾词的影响》，《文艺评论》2015年第4期。

李棘：《空灵中涌动着的禅味生命——王维山水诗审美趣味探析》，《辽宁行政学院学报》2007年第9期。

李建华：《从晚年田家诗看陆游诗歌创作的艺术个性》，《佳木斯大学社会科学学报》2009年第5期。

李建青：《简析刘禹锡的诗歌特点》，《濮阳教育学院学报》2002年第2期。

李金坤：《瞿秋白咏梅词的精神世界及其词学接受之意义——兼与陆游、毛泽东咏梅词比较》，《中国韵文学刊》2015年第1期。

李军：《论孟浩然诗歌的艺术风格》，《渭南师专学报》1992年第4期。

李奎福:《李清照词的艺术特色》,《吉林省社会主义学院学报》2010年第2期。
李丽萍:《〈诗经·国风〉婚恋诗的地域性研究》,《西南民族大学学报》(人文社科版)2008年第6期。
李名方:《论白居易的诗歌理论和诗歌创作》,《毕节师专学报》1998年第2期。
李萍:《天然去雕饰——试论陶渊明诗歌的风格特征及形成因素》,《湖北师范学院学报》(哲学社会科学版)2007年第5期。
李勤印:《情之所钟在我曹——陆游咏梅诗词探胜》,《北京师院学报》(社会科学版)1985年第3期。
李瑞星、杨瑾瑜:《雄浑爽朗　流畅婉转——浅谈刘禹锡诗歌艺术特色》,《新疆职业技术教育》2007年第4期。
李山:《西周农耕政道与〈诗经〉农事诗歌》,《中国文化研究》1997年第3期。
李绍海:《试论白居易叙事诗的艺术特色》,《牡丹江教育学院学报》2006年第3期。
李世萍:《汉乐府民歌婚恋诗思想透视——兼析〈孔雀东南飞〉焦刘悲剧的原因》,《廊坊师范学院学报》2006年第4期。
李淑清:《曹操诗歌中的生命与情感》,《齐齐哈尔大学学报》(哲学社会科学版)2002年第4期。
李曙光:《晏殊词的书写范式——以基调、复调作品及哲思为视角》,《文艺评论》2016年第1期。
李天树:《李煜词艺术特色赏析》,《成都大学学报》(教育科学版)2007年第8期。
李希兴:《杜牧咏史诗中的偶然性思想》,《社会科学论坛》2015年第11期。
李小宁:《苏轼与辛弃疾词风比较》,《华夏文化》2006年第2期。
李晓峰:《试析李贺诗歌创作的艺术特色》,《河北大学成人教育学院学报》2004年第3期。
李昕炯:《苏轼、辛弃疾婉约词风简析》,《宁夏师范学院学报》2015年第4期。
李秀菊、邹红梅:《汉乐府民歌对女性命运的展示》,《电影评介》2006年第21期。
李艳军:《秦观词风格赏析》,《克山师专学报》2004年第2期。
李永平、王天觉:《李贺诗歌与唐代外来文明》,《陕西师范大学学报》(哲学社会科学版)2011年第2期。
李玥:《试论王维山水诗的空灵美》,《喀什师范学院学报》2005年第1期。
栗敏、孙月:《浅析〈诗经〉的爱情诗》,《科教文汇》2008年第4期。
梁鉴江:《柳宗元诗歌简论》,《学术研究》1998年第2期。
廖泓泉:《"层深而浑成"——论欧阳修的词体结构艺术》,《内蒙古财经学院学报》(综合版)2005年第3期。
廖泓泉:《论柳永词的美学特质》,《甘肃社会科学》2008年第1期。
林静:《初唐"四杰"并称再探——以入蜀游历为中心》,《文学遗产》2015年第4期。
林善雨:《沈佺期、宋之问应制诗艺术特色》,《铜陵职业技术学院学报》2007年第2期。
林心治:《论刘禹锡诗歌的精神美个性美及其成因》,《渝州大学学报》(哲学社会科学版）1995年第1期。

林长红：《论秦观词的"冰"与"火"二重词境》，《赤峰学院学报》（汉文哲学社会科学版）2021年第8期。

凌丽：《论高启诗歌的抒情艺术特征》，《三明学院学报》2020年第3期。

刘超：《〈离骚〉多元化的艺术风格及其成因》，《四川文理学院学报》2007年第6期。

刘东岳、苏国伟：《论〈诗经〉爱情诗表现方式的特征》，《河北大学成人教育学院学报》2007年第2期。

刘芳：《回归与守望——孟浩然诗歌中的故园情怀与山水精神》，《湖北工业职业技术学院学报》2021年第4期。

刘复初：《〈九歌〉的艺术特色》，《云梦学刊》2007年第1期。

刘加夫、崔丽敏：《声、光、色交融的艺术世界——谢灵运山水诗名篇迥句赏析》，《名作欣赏》2000年第5期。

刘柯：《淡逸清深　哀婉真挚——略谈柳宗元的诗歌》，《浙江师大学报》1998年第5期。

刘克勤：《试论陶渊明诗歌的独特风貌》，《丽水师范专科学校学报》1999年第1期。

刘丽霞：《陶渊明诗歌艺术特色赏析》，《河北自学考试》2007年第9期。

刘青海：《末世篇章有逸才——试论杜牧诗之学李》，《北京大学学报》（哲学社会科学版）2010年第4期。

刘青海：《论王维诗歌与诗骚传统的渊源关系》，《文学遗产》2015年第6期。

刘水根：《王安石咏史词刍议》，《江西社会科学》1997年第8期。

刘顺：《天人之际：中唐时期的"天论"与诗歌转型——以韩愈、柳宗元、刘禹锡为例》，《文艺理论研究》2015年第1期。

刘素琴：《也谈〈诗经〉的怨刺诗》，《湖北经济学院学报》（人文社会科学版）2007年第7期。

刘廷富、陈雪萍：《愁情瘦境，清雅风流——由李清照词的语言特点看其审美追求》，《名作欣赏》2016年第33期。

刘廷富：《试论杜甫诗歌意象生成的特点及其审美价值》，《成都教育学院学报》2005年第10期。

刘伟：《试论陈子昂的诗歌理论及其创作》，《山东电大学报》2000年第4期。

刘文刚：《论孟浩然诗歌的语言艺术》，《西华大学学报》（哲学社会科学版）2010年第2期。

刘小兵：《论阮籍〈咏怀诗〉的诗史意义——以唐人对阮籍〈咏怀诗〉的接受为视角》，《中南民族大学学报》（人文社会科学版）2016年第2期。

刘扬忠：《陆游、辛弃疾词内容与风格异同论》，《中国韵文学刊》2006年第1期。

刘永山、张增林：《担荷人类罪恶，抒写赤子之心——评李煜词的情感模式》，《山东文学》2008年第4期。

刘召明：《高启诗学理论发覆》，《文艺理论研究》2020年第5期。

路卫华：《自成高格，自成名句——论杜牧"咏史诗"的艺术风格》，《漯河职业技术学院学报》(综合版)2006年第3期。

罗程心：《陶渊明诗歌田园意象社会文化探源》，《汉字文化》2021年第14期。

罗浩春：《陆游词中的自我形象研究》，《佳木斯大学社会科学学报》2019年第4期。

罗龙炎：《黄庭坚的诗歌创作论》，《江西社会科学》1995年第11期。

罗艳玲：《浅论王维山水诗的艺术特色》，《邵阳师范高等专科学校学报》2002年第1期。

马丰蕾：《浅析曹植诗歌的艺术特征及贡献》，《北方文学》2019年第33期。

马兰州、杨绿颖：《梁宋文化的特质及对杜甫诗歌创作的影响》，《杜甫研究学刊》2015年第3期。

马里扬：《"眉山记忆"与苏轼词风的嬗变轨迹》，《文学遗产》2012年第1期。

马里扬：《欧阳修词与政治心态的内在转向》，《北京大学学报》(哲学社会科学版)2012年第1期。

马银琴：《〈诗经〉史诗与周民族的历史建构》，《诗经研究丛刊》2018年第2期。

马永红：《从诗歌创作中探究曹操与曹丕父子的文人气概》，《青年文学家》2021年第15期。

马志英：《论曹操诗歌的悲情色彩及审美体认》，《北方民族大学学报》(哲学社会科学版)2012年第2期。

孟寒：《本色真意　平中寓奇——试论陶渊明诗歌的风格及价值内涵》，《魅力中国》2007年第8期。

苗晓丽：《骨气奇高　词采华茂——浅谈曹植诗歌的艺术特色》，《牡丹江师范学院学报》(哲学社会科学版)2007年第6期。

牟维珍：《李商隐无题诗产生的文学史意义》，《甘肃社会科学》2007年第5期。

木斋：《论李白王维在曲词写作上的分野——兼论盛唐诗歌为中国文学的第二次自觉》，《齐鲁学刊》2011年第2期。

倪春雷：《略论白居易诗歌平淡的审美风格》，《现代语文》2006年第7期。

倪孝林：《高适、岑参边塞诗艺术风格之异同》，《甘肃教育学院学报》(社会科学版)1998年第2期。

宁胜克：《论〈诗经〉史诗的民族理性精神》，《信阳师范学院学报》(哲学社会科学版)2004年第5期。

宁松夫：《孟浩然诗歌"清淡"风格的形成》，《襄樊学院学报》2002年第3期。

潘江艳、王祖基：《略论左思〈咏史〉八首》，《社科纵横》2007年第4期。

庞国太：《浅谈汉乐府民歌的艺术成就》，《内蒙古电大学刊》2007年第1期。

彭昊：《〈诗经〉讽刺诗与怨刺诗之区别及其特色》，《长沙大学学报》2000年第3期。

彭晖：《崇高美的巍巍高峰：论李白诗歌艺术风格》，《益阳师专学报》2002年第1期。

彭庭松：《论〈古诗十九首〉之感伤情怀及审美特征》，《石油大学学报》(社会科学版)2003年第6期。

蒲小莉：《柳宗元诗歌引用〈诗经〉浅析》，《辽宁工程技术大学学报》(社会科学版)

2021年第4期。

戚德志、刘吉美：《盛唐之音与王昌龄的边塞诗》，《呼兰师专学报》2002年第1期。

钱鸿瑛：《千回百折　哀感无端——晏殊词风格探微》，《北京大学学报》（哲学社会科学版）2012年第1期。

钱志熙：《论王维"盛唐正宗"地位及其与汉魏六朝诗歌传统之关系》，《北京大学学报》（哲学社会科学版）2011年第4期。

钱志熙：《论龚自珍诗歌的复与变》，《求是学刊》2016年第2期。

乔力：《论秦观词的艺术精神及词史意义》，《齐鲁学刊》2006年第5期。

覃素安：《论〈古诗十九首〉士人的悲态心理》，《文艺评论》2016年第8期。

邱美琼：《承传与转折：方回对黄庭坚诗歌的接受》，《重庆社会科学》2006年第3期。

邱世友：《柳永词的声律美》，《文学遗产》2002年第4期。

荣斌：《试论陆游的咏梅诗词》，《天府新论》1996年第1期。

阮礼军：《浅析陈子昂的诗歌理论及其对盛唐诗歌的影响》，《石河子大学学报》（哲学社会科学版）2007年第1期。

沙先一：《试论沈佺期、宋之问的两重人格及其审美境界》，《徐州师范大学学报》（哲学社会科学版）1996年第4期。

沙云星：《试论汉乐府民歌的叙事特征》，《西南民族学院学报》（哲学社会科学版）2002年第3期。

尚学锋：《阮籍〈咏怀〉的生命关怀和抒情模式》，《首都师范大学学报》（社会科学版）2000年第6期。

邵权：《李清照词的情感和艺术特色》，《鄂州大学学报》2014年第11期。

沈文凡：《试论杜甫诗歌的现实主义特色及其新闻传播性》，《杜甫研究学刊》2000年第3期。

沈文凡、徐婉琦：《调和偕适：白居易诗歌的儒禅观》，《吉林大学社会科学学报》2021年第5期。

盛誉：《浅论晏殊词的主体介入性》，《兰州教育学院学报》2020年第2期。

施仲贞：《左思〈咏史〉诗情感特征与艺术手法之浅论》，《湖北教育学院学报》2007年第6期。

石坚：《作个才人真绝代，可怜薄命作君王——论李煜词的自我救赎与悲剧的必然》，《当代文坛》2011年第3期。

石俊霞：《谈〈诗经〉爱情诗中女性的美》，《名作欣赏》2007年第18期。

舒子芩：《诗化的哲学自然观：浅析泰戈尔与陶渊明诗歌中自然观之表现》，《北方文学》2010年第2期。

宋华、郭艳华：《晏殊词在唐宋词转型过程中的词史地位》，《文艺评论》2012年第10期。

苏亮：《盛唐之音的绝响——略说高适、岑参边塞诗》，《太原大学教育学院学报》2005年第3期。

苏伟民：《〈诗经·国风〉爱情诗解读》，《孔子研究》2010年第5期。

苏者聪：《浅谈李清照词的艺术特色》，《东坡赤壁诗词》2014年第4期。

孙德华：《从〈诗经〉的爱情诗看周代的聘婚礼及婚制特点》，《长春大学学报》(社会科学版)2007年第7期。

孙董霞：《论〈诗经〉"二雅"怨刺诗与屈原创作的因革关系》，《湖南师范大学社会科学学报》2013年第4期。

孙海燕：《以诗说禅：黄庭坚诗歌中的禅意造境艺术》，《佛教文化》2010年第1期。

孙建峰：《论王安石诗的自身互文现象》，《江苏社会科学》2013年第2期。

孙杰军：《陶渊明诗歌风格之我见》，《宿州师专学报》1999年第4期。

孙金荣：《论李商隐无题诗中的儒释道意象》，《山东社会科学》2010年第4期。

孙明材：《"出尘拔俗有远韵而语平易"——黄庭坚后期的诗歌创作追求》，《北方论丛》2008年第6期。

孙鸣晨：《左思〈咏史〉八首系年》，《齐齐哈尔大学学报》(哲学社会科学版)2021年第4期。

孙文葵：《论黄庭坚诗歌中的民主性精华》，《河北师范大学学报》(哲学社会科学版)1982年第3期。

孙小彬：《一组神奇瑰丽的民族祭歌——屈原〈九歌〉艺术美分析》，《吕梁高等专科学校学报》1999年第1期。

孙雪霄：《论辛弃疾词的曲折含蕴美》，《齐鲁学刊》2013年第1期。

谭淑红：《李商隐无题诗的感伤情怀》，《大连教育学院学报》2008年第1期。

谭淑娟、陈全明：《诗意与哲理的新境界——杜牧咏史诗解读》，《贵阳金筑大学学报》2003年第4期。

谭思健：《论〈离骚〉的比兴体系及其审美价值》，《江西教育学院学报》2001年第2期、第4期。

谭新红：《李清照词的经典化历程》，《长江学术》2006年第2期。

汤春华：《诗情画意的完美融合——论王维山水诗的艺术特色》，《沈阳教育学院学报》2003年第4期。

汤江浩：《词至熙丰体变新——王安石词考论》，《中国韵文学刊》2001年第1期。

汤军：《论孟浩然诗歌的隐逸情怀》，《兰台世界》2014年第36期。

唐建：《孤独的诗歌与孤独的消解——论柳宗元诗歌的创作》，《柳州职业技术学院学报》2004年第1期。

唐月琴：《试论李清照、陆游、辛弃疾词作的对比手法》，《深圳大学学报》(人文社会科学版)2003年第4期。

陶文鹏：《黄庭坚的诗歌艺术》，《中国书画》2005年第6期。

陶文鹏：《论辛弃疾词锤炼字句与对仗排比的艺术》，《北京师范大学学报》(社会科学版)2021年第2期。

田彩仙：《阮籍〈咏怀〉诗的意象组合》，《社科纵横》2000年第3期。

田耕宇：《"以诗为词"与词体文学的雅化——论苏轼词与"雅词"的关系》，《西南民族大学学报》(人文社科版)2003年第3期。

涂育珍：《论王安石词风的形成》，《湛江师范学院学报》2002年第4期。

妥泽民、袁桂：《论黄庭坚晚期诗歌老成美审美风格的诗学特征》，《广州广播电视大学学报》2021年第4期。

汪小玲、李翮：《浅谈李清照词的语言特色》，《三峡大学学报》(人文社会科学版)2007年第2期。

王传飞：《屈原身心历程的现实逻辑与〈离骚〉的文脉结构新论》，《三峡大学学报》(人文社会科学版)2021年第5期。

王国彪：《古代朝鲜诗人车天辂与李白诗歌浪漫境界比较》，《云南民族大学学报》(哲学社会科学版)2013年第1期。

王昊：《雅正与尊情：元好问词学思想的内在张力及其意蕴》，《社会科学战线》2009年第9期。

王欢：《浅析〈古诗十九首〉的艺术特色》，《安徽文学》2007年第6期。

王辉斌：《柳永词艺术成就新论》，《贵州社会科学》2004年第5期。

王佳楠：《〈诗经〉爱情诗中的婚俗与民俗》，《大连大学学报》2001年第5期。

王建平：《试论曹植诗歌的情感格调》，《陕西师范大学继续教育学报》2000年第4期。

王丽梅：《阮旨遥深：试论阮籍〈咏怀诗〉的风格特征》，《镇江师专学报》(社会科学版)1999年第4期。

王良永：《左思〈咏史〉诗艺论析》，《阜阳师范学院学报》(社会科学版)2002年第4期。

王琳、李存霞、杜瑞平：《谢灵运山水诗新探》，《中北大学学报》(社会科学版)2006年第5期。

王璐：《浅谈秦观词风的嬗变》，《赤峰学院学报》(汉文哲学社会科学版)2013年第11期。

王敏：《论〈九歌〉的悲剧意蕴》，《佳木斯教育学院学报》2013年第8期。

王敏杰、陈蓓蓓：《范仲淹词作的艺术特色》，《名作欣赏》2020年第14期。

王娜：《王昌龄边塞诗特色浅析》，《安徽文学》2014年第1期。

王庆华：《浅谈李煜词的艺术特色》，《辽宁师专学报》(社会科学版)2008年第3期。

王庆生：《沙尘埃里白玉 灌木丛中青松——论谢灵运的诗作及其在中国文学史上的地位》，《郑州经济管理干部学院学报》2004年第1期。

王顺贵：《"元轻"之再检讨：以元稹、白居易诗歌题材为中心进行考察》，《广西社会科学》2010年第2期。

王铁良：《论李商隐〈无题〉诗的女性情结》，《时代文学》2008年第7期。

王伟康：《高适、岑参边塞诗创作风格差异及其成因探赜》，《扬州大学学报》(人文社会科学版)2003年第6期。

王晓波：《动静相谐 意境清幽——浅析王维山水诗的艺术特色》，《河南广播电视大学学报》2005年第4期。

王欣：《论杜甫诗歌的艺术成就》，《焦作工学院学报》(社会科学版)2004年第1期。
王鑫：《论杜甫诗歌的艺术特色》，《佳木斯教育学院学报》2013年第5期。
王艳芳：《试比较苏轼和辛弃疾的豪放词》，《兰州学刊》2008年第7期。
王亦玮：《〈九歌〉中的动态意象群》，《中国石油大学学报》(社会科学版)2020年第1期。
王原赞：《略论曹植诗歌的抒情艺术》，《江苏教育学院学报》(社会科学版)1994年第3期。
韦春喜：《咏史诗成熟的标志之作——左思〈咏史〉诗》，《戏剧文学》2006年第7期。
韦春喜：《陈子昂咏史诗试论》，《鲁东大学学报》(哲学社会科学版)2009年第6期。
韦强：《杜甫流寓株洲所作诗歌的诗史意义与文化精神》，《怀化学院学报》2021年第4期。
韦永霞：《刘禹锡诗歌的美学特征》，《淄博师专学报》2006年第4期。
魏耕原：《李白诗歌结构论》，《吉林师范大学学报》(人文社会科学版)2016年第2期。
文航生：《论"二雅"怨刺诗的创作动机》，《贵州大学学报》(社会科学版)2008年第3期。
吴博群：《论〈古诗十九首〉中的时空观与抒情性》，《西安文理学院学报》(社会科学版)2021年第1期。
吴春波：《〈古诗十九首〉与汉末文人的生命意识》，《学术探索》2014年第2期。
吴大顺：《论汉乐府的生成模式及其体制特征》，《中南民族大学学报》(人文社会科学版)2017年第1期。
吴伏生：《信任与怀疑：中西对陶渊明诗歌的不同阐释》，《中国比较文学》2016年第1期。
吴功正：《初唐"四杰"的文学审美成就》，《求是学刊》2002年第2期。
吴亚男：《王安石词学观与其佛理词的"用世"之心》，《大众文艺》2020年第2期。
吴在庆：《杜牧诗解读与品鉴二题》，《古典文学知识》2012年第3期。
吴振华：《李贺诗歌奇诡幽峭风格与其任奉礼郎的关系》，《古典文学知识》2016年第6期。
夏中义：《"隐逸诗"辨：从田园到山水——以陶渊明、王维、谢灵运为人物表》，《中山大学学报》(社会科学版)2011年第5期。
夏祖恩：《〈诗经〉的史诗特色初探》，《福建师范大学学报》(哲学社会科学版)2001年第1期。
萧晓阳：《襄阳民歌与孟浩然诗歌的流丽品格》，《中南民族大学学报》(人文社会科学版)2016年第1期。
肖瑞峰：《论刘禹锡谪守和州期间的诗歌创作》，《浙江社会科学》2013年第10期。
解爽：《浅谈韦应物、柳宗元诗歌艺术风格的异同——以五言古诗为例》，《天府新论》2009年第1期。

谢冬雁:《陶渊明诗歌艺术风格及其田园诗》,《黑龙江教育学院学报》2003年第6期。

谢琰:《"兼济"的下移与"独善"的升华——白居易诗歌精神在唐宋之际的影响与变迁》,《华中师范大学学报》(人文社会科学版)2011年第4期。

辛红娟、耿会灵:《接受理论视域下李商隐无题诗的跨文化美质再现》,《东南大学学报》(哲学社会科学版)2013年第2期。

徐安琪:《柳永词学思想述论——由"骫骳从俗"的审美趣尚谈起》,《文学评论》2008年第1期。

徐柏青:《论曹植诗歌的审美价值》,《湖北师范学院学报》(哲学社会科学版)2006年第6期。

徐柏青:《从〈诗经〉中的祭祀诗看周人的宗教观念》,《湖北师范学院学报》(哲学社会科学版)2014年第1期。

徐翠先:《柳宗元诗歌的创作风格及其艺术渊源》,《江苏大学学报》(社会科学版)2010年第1期。

徐祝林:《品初唐"四杰"诗歌魅力价值的时间律》,《唐都学刊》2012年第1期。

许芳红:《诗显而词隐　诗直而词婉——从陆游、辛弃疾、姜夔的咏梅诗词解读诗词互渗》,《山西大学学报》(哲学社会科学版)2011年第6期。

许丽丽:《李商隐"无题"诗简论》,《攀枝花学院学报》(综合版)2005年第3期。

许智银:《沈佺期宋之问送别诗研究》,《平顶山学院学报》2006年第4期。

薛正新:《论秦观词风的转变》,《宁夏大学学报》(人文社科版)2015年第3期。

阎续瑞:《韩愈诗歌的审美艺术解读》,《淮海工学院学报》(人文社会科学版)2003年第3期。

杨国安:《从和谐到冲突——韩愈诗歌美学简论》,《云南艺术学院学报》2005年第4期。

杨简、李清文:《论〈诗经〉中的怨刺诗》,《佳木斯大学社会科学学报》2004年第2期。

杨景龙:《从李白到杜甫:中国诗歌抒情向叙事转换的开端》,《河北学刊》2016年第5期。

杨兰:《浅论王昌龄边塞诗的艺术特色》,《榆林高等专科学校学报》2001年第1期。

杨雯雯:《〈九歌〉沐浴意象的文化人类学解读》,《河南师范大学学报》(哲学社会科学版)2016年第6期。

杨新平:《王昌龄诗歌章法论》,《广西社会科学》2009年第5期。

杨新生:《略论杜牧的咏史诗》,《黑龙江史志》2008年第6期。

杨有山:《试论欧阳修与晏殊词的差异》,《信阳师范学院学报》(哲学社会科学版)2008年第1期。

杨云辉:《论杜牧咏史诗的艺术特征》,《吉首大学学报》(社会科学版)1999年第1期。

杨忠伟:《试论白居易叙事诗的艺术特色及形成原因》,《佳木斯大学社会科学学报》2005年第2期。

姚春梅：《一江春水向东流——论李煜词的抒情艺术》，《和田师范专科学校学报》2005年第3期。

姚敏杰：《论"初唐四杰"诗歌创作的革新实绩》，《首都师范大学学报》（社会科学版）1995年第4期。

姚敏杰：《"初唐四杰"的山水景物诗》，《华夏文化》1996年第1期。

叶帮义：《试论欧阳修词与诗之关系》，《中国社会科学院研究生院学报》2007年第6期。

叶丹菲：《论柳宗元诗歌中的审美移情》，《柳州师专学报》2002年第4期。

叶继奋：《杜牧咏史诗的审美特征》，《宁波高等专科学校学报》2000年第1期。

叶嘉莹：《论苏轼词》，《中国社会科学》1985年第3期。

叶嘉莹：《灵谿词说（续十四）——论陆游词》，《四川大学学报》（哲学社会科学版）1985年第4期。

叶汝骏：《"临川三王"词叙论——兼与王安石词比较》，《东华理工大学学报》（社会科学版）2016年第4期。

易烨婷：《论王昌龄悲慨与劲健互渗的诗歌风格》，《河南理工大学学报》（社会科学版）2021年第2期。

游锡剑：《柳宗元永州时期诗歌创作艺术特色之多维艺术风格研究》，《前沿》2012年第8期。

于年湖：《高适、岑参边塞诗语言风格成因之比较分析》，《商丘师范学院学报》2003年第3期。

余来明、陈文新：《李贺诗风与唐人小说中的鬼诗》，《贵州文史丛刊》2002年第2期。

余兴凯：《试论〈古诗十九首〉的主题》，《文学教育》2008年第4期

余彦汐：《浅析苏轼词中的"月"意象及其与情思明暗互动——兼与辛弃疾词比较》，《名作欣赏》2021年第26期。

郁贤皓：《气象雄浑　奔放飘逸——谈李白诗歌的艺术特色》，《古典文学知识》2006年第5期。

郁玉英、杨剑兵：《欧阳修居洛词的主题及其文学地理学意义》，《井冈山大学学报》（社会科学版）2016年第5期。

袁辉：《日常生命的诗性展现——杜甫诗歌的平民意识及其思想内涵》，《天中学刊》2017年第2期。

詹海菊：《苏轼辛弃疾豪放词风的异同》，《南都学坛》2003年第5期。

詹其仙：《陆游与姜夔咏梅词艺术特色比较》，《大庆师范学院学报》2014年第1期。

战学成：《祭礼与〈诗经〉祭祀诗的文化内涵》，《北方论丛》2013年第5期。

曾晓莲：《诗·画·魂：品王维山水诗》，《宜春学院学报》2007年第1期。

查屏球：《刘禹锡咏史诗在大和初的影响——兼论中晚唐诗歌学人气渐显之趋向》，《晋阳学刊》2015年第4期。

查正贤：《论自注所示白居易诗歌创作的若干特征与意义》，《文学遗产》2015年第2期。

张采民：《论陈子昂的诗歌革新主张与诗歌创作》，《南京师大学报》（社会科学版）1998年第4期。

张彩霞：《陶渊明诗歌的艺术风格》，《沧桑》2005年第1期。

张彩云：《〈诗经〉爱情诗探略》，《湖南涉外经济学院学报》2007年第2期。

张潮：《谢灵运山水诗的审美特色》，《徐州教育学院学报》2005年第2期。

张凤：《简论刘禹锡的诗歌创作》，《辽宁师范大学学报》（社会科学版）1997年第4期。

张福庆：《苏轼、辛弃疾豪放词风之比较》，《外交评论·外交学院学报》2003年第4期。

张慧：《论〈诗经〉怨刺诗的文化精神》，《陇东学院学报》2014年第2期。

张节末、徐承：《作为审美游戏的杜甫夔州七律：以中古诗歌律化运动为背景》，《学术月刊》2009年第9期。

张静：《论离骚的美学特征》，《宿州学院学报》2006年第4期。

张来芳：《汉乐府民歌叙事艺术探幽》，《江西社会科学》1997年第10期。

张瑞君：《论辛弃疾词的时空表现艺术》，《河北师范大学学报》（哲学社会科学版）2009年第2期。

张圣：《李贺诗歌风格与其心境的关系》，《承德民族师专学报》2007年第4期。

张思齐：《〈离骚〉文体风格比较探源》，《烟台大学学报》（哲学社会科学版）2004年第4期。

张甜燕：《从晏殊词谈欧阳修对其词的继承与发展》，《名作欣赏》2014年第27期。

张伟：《试论柳宗元诗歌的淡美风格》，《沈阳师范学院学报》（社会科学版）2001年第1期。

张伟：《浅议杜牧的咏史诗》，《辽宁工学院学报》（社会科学版）2001年第4期。

张文潜：《浅论晏殊、欧阳修的词风》，《福建师范大学学报》（哲学社会科学版）1983年第1期。

张晓伟：《谢灵运与南朝乐府的互取——兼论谢灵运诗歌的抒情性特征》，《安徽大学学报》（哲学社会科学版）2021年第1期。

张鑫宇：《浅析李煜词的分类及独特的文化形象》，《边疆经济与文化》2021年第10期。

张兴茂：《刘禹锡诗歌图像结构与意境生成》，《名作欣赏》2020年第36期。

张旭：《秦观词纯美意境的构成》，《文艺评论》2012年第6期。

张雪梅：《韩愈诗歌风格演变探微》，《徐州工程学院学报》2006年第2期。

张洵、何婉：《白居易叙事诗中的人物描写》，《内蒙古电大学刊》1996年第1期。

张宇辰：《郑文焯评柳永词"骨气高健"说探论》，《齐鲁师范学院学报》2021年第4期。

张雨婷：《从汉乐府诗歌来看中国俗文学的特质》，《汉字文化》2020年第1期。

张玉奇：《陆游辛弃疾咏梅词之比较》，《九江学院学报》2008年第5期。

张宗福：《论李商隐无题诗的内在意蕴》，《西华师范大学学报》（哲学社会科学版）2006年第6期。

章辉：《李白诗歌的生命美学情调》，《四川文理学院学报》2021年第3期。

章可敦：《〈诗经〉爱情诗"阴盛阳衰"现象探微》，《名作欣赏》2006年第3期。

章岢然：《浅述〈诗经〉中的怨刺诗》，《辽宁工学院学报》（社会科学版）2006年第6期。

赵爱梅：《慷慨激昂　豪放悲壮——高适、岑参边塞诗奏响盛唐之音》，《青海社会科学》2007年第3期。

赵昉：《自然于心　宁静致远——陶渊明与华兹华斯诗歌中生态思想解读》，《东北师大学报》（哲学社会科学版）2011年第6期。

赵晖：《论李贺诗歌形象的陌生化特征》，《吕梁学院学报》2021年第4期。

赵慧先：《真淳淡远的田园意趣——浅谈陶渊明诗歌的艺术风格》，《邯郸职业技术学院学报》2002年第2期。

赵建梅：《刘禹锡晚年的心态及诗歌创作》，《中国社会科学院研究生院学报》2008年第4期。

赵建明：《"湘水有清源"——陈子昂对屈原的接受》，《中华文化论坛》2016年第4期。

赵娟：《浅论陈子昂的诗歌理论及创作》，《山西青年管理干部学院学报》1999年第2期。

赵沛霖：《关于〈诗经〉祭祀诗的几个问题》，《河北师范大学学报》（哲学社会科学版）2008年第4期。

赵沛霖：《论阮籍〈咏怀诗〉：出世思想与〈咏怀诗〉发展的三个阶段》，《北京大学学报》（哲学社会科学版）2010年第3期。

赵银芳：《谈杜牧咏史诗的艺术风格》，《北京航空航天大学学报》（社会科学版）2007年第3期。

赵银芳：《论范仲淹词意境的审美特征》，《现代语文》2013年第2期。

郑福田：《一江春水向东流——李煜词情感特征说略》，《内蒙古师大学报》（哲学社会科学版）1997年第6期。

郑家治：《淡妆浓抹总相宜——王昌龄李白七绝之比较》，《成都师范高等专科学校学报》2001年第1期。

郑雯丹：《陈子昂诗歌的"风骨"理论浅析》，《文化学刊》2018年第2期。

周安舜：《浅析曹操诗歌的内容和风格》，《铜仁学院学报》2007年第1期。

周涤：《陆游咏梅诗刍议》，《绍兴文理学院学报》1987年第4期。

周慧敏：《论王昌龄诗歌的语言艺术》，《鸡西大学学报》2016年第8期。

周建华：《自是人生长恨水长东——李煜词作情感特征论略》，《赤峰学院学报》（汉文哲学社会科学版）2008年第3期。

周珊珊：《浅论王维诗歌的意境》，《山西师大学报》（社会科学版）2013年第4期。

周顺彬：《浅谈杜甫诗歌中的现实主义精神》，《黑龙江教育学院学报》2000年第1期。

朱家慧：《论曹植诗歌中泪的情感内涵》，《佳木斯大学社会科学学报》2016年第2期。

朱进国：《一介寒士的探索——解读左思〈咏史〉诗》，《名作欣赏》2007年第2期。

朱彤：《略论陶渊明诗歌的艺术风格》，《阅读与鉴赏》(教研版)2007年第7期。

朱小利：《浅谈左思〈咏史〉诗的儒道互补精神》，《南京广播电视大学学报》2013年第3期。

朱小玲：《试论李白诗歌的艺术特征》，《金华职业技术学院学报》2003年第2期。

朱瑜章、高少媛：《以气为主　以自然为宗——李白诗歌艺术个性探析》，《河西学院学报》2004年第4期。

诸葛忆兵：《论范仲淹承前启后的词史地位》，《河北学刊》2010年第4期。

诸葛忆兵：《晏殊、欧阳修"采莲"词论略》，《文艺研究》2015年第4期。

庄庭兰：《陆游词体探析》，《华南师范大学学报》(社会科学版)2012年第5期。

梓镳：《苏轼与柳永词》，《文史杂志》2017年第1期。

邹华：《论李煜词的诗化》，《云南民族大学学报》(哲学社会科学版)2010年第1期。

邹进先：《杜甫诗歌审美意象的新变》，《求是学刊》2005年第1期。

邹瑞刚：《论杜甫诗歌的意境美》，《四川教育学院学报》2006年第6期。

祖秋阳、木斋：《曹操诗歌的分期及其在诗歌史地位的重新认知》，《琼州学院学报》2016年第1期。

陈雯艺：《龚自珍诗歌创作倾向研究》，硕士学位论文，长沙理工大学文法学院，2018年。

胡思佳：《李清照词作的空间意象研究》，硕士学位论文，东北师范大学文学院，2021年。

孔策：《元好问词研究》，硕士学位论文，海南师范大学文学院，2020年。

图书在版编目(CIP)数据

中国古代名家诗词艺术/龚贤编著. —上海：复旦大学出版社，2022.11
（信毅教材大系. 通识系列）
ISBN 978-7-309-16409-1

Ⅰ.①中… Ⅱ.①龚… Ⅲ.①诗词-文学研究-中国-古代 Ⅳ.①I207.2

中国版本图书馆 CIP 数据核字(2022)第 176207 号

中国古代名家诗词艺术
ZHONGGUO GUDAI MINGJIA SHICI YISHU
龚　贤　编著
责任编辑/高原

复旦大学出版社有限公司出版发行
上海市国权路 579 号　邮编：200433
网址：fupnet@fudanpress.com　http://www.fudanpress.com
门市零售：86-21-65102580　　团体订购：86-21-65104505
出版部电话：86-21-65642845
上海四维数字图文有限公司

开本 787×1092　1/16　印张 18.5　字数 416 千
2022 年 11 月第 1 版
2022 年 11 月第 1 版第 1 次印刷

ISBN 978-7-309-16409-1/I·1332
定价：52.00 元

如有印装质量问题，请向复旦大学出版社有限公司出版部调换。
版权所有　　侵权必究